[上册]

写给鼹鼠先生的情书

吉祥夜
作品

青岛出版社
QINGDAO PUBLISHING HOUSE

图书在版编目（CIP）数据

写给鼹鼠先生的情书 / 吉祥夜著. --青岛：青岛出版社，2018.8

ISBN 978-7-5552-6100-1

Ⅰ. ①写… Ⅱ. ①吉… Ⅲ. ①长篇小说－中国－当代 Ⅳ. ①I247.5

中国版本图书馆CIP数据核字(2017)第233988号

书　　名　写给鼹鼠先生的情书
著　　者　吉祥夜
出版发行　青岛出版社
社　　址　青岛市海尔路182号（266061）
本社网址　http://www.qdpub.com
邮购电话　010-85787680-8015　13335059110
　　　　　　0532-85814750（传真）　0532-68068026
责任编辑　郭林祥
责任校对　李玮然
特约编辑　孙小淋
装帧设计　千　千
照　　排　梁　霞
印　　刷　北京彩虹伟业印刷有限公司
出版日期　2018年8月第1版　　2018年8月第1次印刷
开　　本　32开（880mm×1230mm）
印　　张　15
字　　数　350千
书　　号　ISBN 978-7-5552-6100-1
定　　价　55.00元

编校印装质量、盗版监督服务电话　4006532017　0532-68068638

建议陈列类别:畅销·青春文学

[上册] 目 录

[下册] **目 录**

Chapter 01

夜太黑，我看不清方向，可我看得见你在我瞳孔里恒久的影像，所以，我始终坚持信仰。

9月25日，晴转多云转暴雨转龙卷风转暴风雪！

我的心情现在就跟这天气一样！你这该死的鼹鼠！是钻进地里出不来了吗？再不回来，我要嫁人了！

萧伊然在键盘上噼里啪啦一顿猛敲，敲出一段激愤的文字，心中火气未消，心堵脑堵全身上下都堵得要爆炸，再也打不出一个字来。

她拿过桌上那瓶水，咕噜咕噜猛灌，这时电脑跳出一个提醒：四爷回复了你的日志。

萧伊然点开一看，一个贱贱的头像，一个贱贱的人，贱贱地回复了一句："今天明明晴空万里，哪儿来的龙卷风暴风雪？"

她将水瓶一扔。

我这一肚子火正没处燃烧，你个挨千刀的往刀口上撞是吗？没有龙卷风？没有暴风雪？好！十三姐我就让你知道什么是龙卷风！什么是暴风雪！保证让你如痴如醉！欲仙欲死！终生难忘！

萧伊然站在窗边，外面几点零星灯光，蓬蓬勃勃的花木在暮色中混成模糊的暗影，那些晦暗不明的枝蔓更让她心里焦躁不安。

眼前浮现出一张笑得十分欠揍的脸，她一跺脚，拿上车钥匙冲出房门，目不斜视地穿过客厅，行走间带着一股凛然气势，视沙发上坐着的四个人如无物。

“丫头！”她的父亲萧城显站了起来，不满女儿这骄纵的态度。

她头也不回，边走边喊：“你们谁喜欢他，谁就去嫁给他！要我嫁，除非抬我的尸体去……”

尾音未完，人已经消失了，门砰的一声关上。

萧奶奶摸着脑门摇头叹气：“当初说了不让她考警校，不让她考警校，你们偏不听。听听，听听，张嘴闭嘴尸体尸体的，哪里有半点儿姑娘家的样子！”

萧城显和妻子对视一眼，也唯有叹息。

萧老爷子不同意了：“当警察有什么不好？不都是为人民服务吗？”

他话还没说完，就被萧奶奶啐了一口：“姑娘家就该安安静静温温柔柔的，到了年纪好好找个人嫁了，成天舞刀弄枪的，我这脑仁儿都疼。你说，人宁家老四有什么不好？两人你跟着我，我撵着你，跟屁虫似的长大，知根知底，是门上好的亲事，这丫头……唉，真是愁死我了！”

“你那都是什么老封建思想？”萧老爷子很不满意老伴儿的态度。

眼看着老两口儿又要抬杠，萧城显的妻子白一岚叹息着劝阻道：“算了，爸、妈，丫头这心里……也苦啊……”

家里四位长辈的议论萧伊然并没有听到，她一口气驱车而去。

杏林北路，一听这名字，就知道这条路的行道树是银杏，每年秋天打霜的时候，银杏叶黄澄澄一片，很是美丽。

宁时谦的家就在这里。

这条路萧伊然走了不下百次，若哪天阳光甚好工作不忙心情也不错的时候，她的确是能体会到这里静谧的美，无论叶黄还是叶碧。

只是，今儿个她可就没心情欣赏了。

宁时谦的家就在一楼，带个小院子，才住进来不到两年，当初他装修的时候曾问她这院子怎么拾掇来着。

她说要一条鹅卵石的小路，要一张吊床、一个秋千、一个带顶的小咖啡座，清闲下来就可以在小院里晒太阳、看书，喝杯咖啡、煮煮茶，再来两碟点心，那日子可就赛神仙了。

彼时宁时谦不以为意，琢磨着有这样的时间和地点，大概也是呼朋唤友来喝酒的概率比较大，但是，最终还是做成了她设想的样子。

她想要的，他从来都给。

清闲的时间很少，但有这么个地方可以瞎混她还是很喜爱的，而且他还在院子旁做了个阳光房，里面布置得和院子的风格一样，即使寒冷的冬天也能享受下午茶的乐趣，她有时候往阳光房里的懒人沙发上一躺，就哪儿也不想去了。

最初她没有钥匙，总是他领着她来，有一回她情绪化到顶点，直奔他家他却不在家，她爬进小院在露天吊床上吊了一下午受了凉，便引起了他的重视，给了她一把钥匙。

是的，萧伊然喜欢这个地方，安静、自在，她待在小院或者阳光房里的时候，就好像与这个世界隔绝了一般，再没人打扰。即便宁时谦在家，也如同无人一样。

这是她“治疗”的地方。

而她的“病”，他明明知道，却还答应什么订婚！所以，她今天才如此生气。

萧伊然打开门，里面还没开灯，昏暗的空间里，唯有茶几上的笔记本电脑发着亮光，扑面而来的除了黑暗，还有满屋子令人窒息的烟味。

而那个人，坐在地上，一只手拈着支烟，另一只手拿着一个酒瓶。对于她的到来，宁时谦看了一眼，露出她熟悉的笑容：“来了？”而后，握着瓶颈继续灌酒。

她按亮了灯，突如其来的亮光让他一时不适应，被猛灌下去的酒呛了一下，咳嗽不止。

萧伊然的怒火在进来闻到烟味的一刻有些微平缓。她生下来就和这个人认识，再了解不过，没遇到事他是不会这样的。

“你怎么了？”她大步走过去问。

他一脸懵懂地看着她："没事啊！"

"没事喝什么酒？"她一把抢过他的酒瓶。

他咯咯两声，吸了口烟："这不……庆祝下我们……好事将近吗？"

不提还好，一提这茬萧伊然就怒火中烧，把酒瓶一扔，一脚踹过去："你还好意思说！"

两人之间熟稔异常，彼此过招也是常有之事，不过大多是她打他躲。系统搞个散打比赛，他一不小心拿了第一，当时便有同事开玩笑说他打遍系统无敌手，有人却提出，宁时谦也堪堪排第二，因为有一个人他打不过，这人便是萧伊然。

这些年她常常这样出其不意地进攻，早让他在她身边时养成随时戒备的习惯，她脚一动，他便灵活地跃开了。

"你还没醉嘛！"萧伊然银牙轻咬，上前和他缠斗起来。

看他俩打架，她二哥萧伊庭曾戏说就是看猫和老鼠的动画片，宁时谦是那只笨猫，她是那只可爱调皮的小老鼠，实力分明悬殊，结果却总是小老鼠把笨猫折腾得很惨，当然，战场也会被折腾得惨不忍睹。

于是，在酒瓶、烟灰缸甚至笔记本电脑都被无辜殃及，惨烈躺倒在地上以后，宁时谦也被萧伊然反手扭住，整个人被压在了她的膝盖之下。

"好好好好，我错了，饶命……"宁时谦连连求饶。

这场拼斗，萧伊然用尽了全力。除了订婚这事带给她的愤怒，这三年来无处释放的情感如火山一般，都在此刻喷发，而他，如岩浆过处的野草，任她焚烧摧残。

这一番发泄，也让她无论是身体还是心理都陷入极度疲乏状态，眼睛里竟然浮起了泪光，颤着声音质问他："你怎么能做出这么禽兽不如的事来？你跟他是兄弟！是兄弟啊！你就是这么当哥哥的？！"

听见她哽咽的声音，他才慌了，翻身从地上起来，想抱她，却在她的泪光里垂下了手，笨拙地叫着她的名字："十三……我……对不起……"

她用力抹了下眼睛，将泪水拭去："你为什么要答应订婚？你说啊！"

宁时谦讪讪的："那个……不是都说我是垃圾桶吗？专收人不要的……"

“你……宁老四！”

“好好好！”宁时谦举手投降，“我错了……”他眼神游移，最终落在笔记本电脑上，原本暗下去的光在跌在地上时又被震亮，“这……不是江琳……订婚了吗？”

江琳……

萧伊然看了眼笔记本，果然，上面是江琳发来的邮件，订婚宴的现场富丽堂皇，江琳穿着礼服，美艳无比。

他的这个答案，她应该愤怒的，可是现在她没有力气了，站起来指着电脑：“你的江琳你等不到了，可是我的鼹鼠先生还会回来！就在上个月，他还给我写了信！所以，宁时谦，这件事就这么揭过去了，我会跟我爸妈说我不嫁给你，但是以后，也请你站对你的立场！夺兄弟妻这种事不要再提起！否则，宁时谦，我们连兄弟都没法做了！”

这是她从出生以来第一次叫他的全名，说完，她就大步往外走去。

宁时谦看着她高挑的背影，眼中充满悲凉，心里一痛，忍不住道：“十三！你还记得你高中的时候说过要跟我谈恋爱吗？”

她脚步缓下来，含泪的眼睛在灯光下如嵌入珠玉：“那时候……”

那时候正是豆蔻年纪，班里渐渐有了一对一对悄悄来往的小情侣，也不乏男生往她的书桌里塞零食、塞小卡片。可恋爱是什么感觉？没有男生比她和宁时谦更亲密，于是她抱着她的小卡片跑过去找到他，跟他说，咱们也谈个恋爱怎么样？

然后，她便被宁时谦板着脸训斥了一通，什么小小年纪乌七八糟想什么东西！什么再有这样的想法打断她的腿！什么再有男生骚扰她就来告诉他，他帮她揍人去！什么好好念书别瞎想他是她哥！

然后，他把她的小卡片全扔进了垃圾桶，再然后，还真的送她上学，接她放学，盯了她好一阵，直到再没有男生敢往她的抽屉里塞小卡片为止。

后来，她考上警校，在学校遇到比她高一级的学长——秦洛。他是她从未见过的男生类型，高大帅气自不用说，爽朗中的斯文、稳重里的温柔，还有出类拔萃的在校表现，都牢牢地攫住了她的心。

遇到秦洛，萧伊然觉得自己懂了什么叫恋爱。

她记得在她和秦洛的恋爱关系确定下来以后，她第一个告诉的人就是宁时谦。

彼时的宁时谦只是沉默地听她说，陪着她笑。她还说他傻笑来着，一时促狭心起，问他可有喜欢的人，他扭扭捏捏半天，憋出几个字：有啊，江琳。

萧伊然笑了，难怪高中的时候他把她一顿训，原来他喜欢江琳啊，不过，他可得加油了，江琳可是众星捧月的公主，喜欢她的男生可以绕城几圈。

不过，他可真是笨啊，喜欢一个人只会默默喜欢，不会去表达，不会去追求，等了那么多年，等到江琳出国，等到江琳订婚。

想到这里，萧伊然也不怪他了，不过是一个傻乎乎的可怜人。

她叹了口气："那时候，我不懂啊。你别喝酒了，好好睡一觉吧，我走了。"

宁时谦久久凝视着她离去的方向，她没有关门，夜风卷着些许初秋的气息，吹散了房间里的烟味，泛起淡淡的萧瑟。

指间的烟不知何时燃到了尽头，烫疼了他的手指，他才从恍惚中回神，扔掉烟头，捡起地上的碎酒瓶、烟灰缸，还有笔记本电脑。

屏幕仍然停留在江琳订婚的邮件上，邮件接收的时间就在十分钟前。

灯光亮得刺眼，盯着电脑屏幕的宁时谦，眼角滑下一滴泪。

萧伊然开着车行驶在回家的路上，较之来时，车速慢了许多。

杏林北路行人寥寥，路灯昏暗，沉甸甸的夜色静谧异常，风里树叶沙沙作响，在这样的寂静里显得尤其突兀，撩得人心烦意乱。

她终于在一旁停了车。

她需要一个地方静下心来，宁时谦的小院是最佳场所，可她现在不能去了，至少今晚不能。

萧伊然将手机拿了出来，打开QQ空间。

QQ空间这玩意儿，很多人都不玩了，她还保留着。这里，有她和秦洛分开这三年来的所有。

三年了，你还记得我的样子吗?

三年前，秦洛毕业，回了西南边陲老家，他们便再也没见过面。起初还给她电话，后来，连电话都没有了，他们所有偶尔的联系都靠这个QQ号，也是从那时起，秦洛将QQ名改成了鼹鼠先生。

在这个QQ里，空间的每一篇日志都是她写给他的信，诉尽她所有的相思。为此，她还删掉了QQ里的其他好友，只留下她的鼹鼠先生和宁时谦。

宁时谦是她从小到大的兄弟，其实她也想过要删了他的，可是宁时谦毕竟是她的发小儿，她从不忌讳在他面前说什么，而且，他跟秦洛也从不认识到渐渐成为惺惺相惜的兄弟，所以，她终究还是留下了宁时谦。

她看着QQ上鼹鼠先生灰色的头像，点进他的空间，最后一篇日志是秦洛上个月写的，她已经看了很多遍，可开头两个字“然然”，还是让她热泪盈眶，记忆里温柔的呼唤久远得已恍若隔世，却又如此深刻清晰。

秦洛一走就是三年，见不着面，没有电话，她不知道这份感情是怎样坚持下来的，很多时候，她也害怕，害怕这样的等待最后成空，可是，只要再看到秦洛的只言片语，她又会充满信心，并且深深自责，她不该怀疑这份感情的，毕竟，她跟他是同行，太了解在边境的缉毒警察面对的是怎样的情况，她甚至有预感和猜测，他这三年在干什么，所以，信任他，信任这份感情，是她最好的爱他的方式。

她的心情在他的逐字逐句间渐渐平静下来，这时，手机跳出一个回复提醒。

萧伊然赶紧去看，“鼹鼠先生”四个字跳入她的眼帘，火一般灼烧着她的眼睛，还有他回复的那一行字：“傻丫头，你要嫁给谁呢？”

瞬间，她好不容易平复的心情再度海啸般咆哮起来，含在眼中的泪哗然决堤，握着手机的手指都在发抖。她和他之间有多久没有这样同时在线了啊！

她很想很想听他说说话，颤抖着手回复他：“秦洛，我好想你！我想听你的声音！很想很想！”

然而，鼹鼠先生只是给她发了条消息：“然然，我不方便。”

她理解他的不方便，可是，她真的很想他啊！她哭着回复：“那可以视频吗？让我看看你……”

“然然……”

他只回了她一个称呼，省略号里尽是无奈。

她懂了，哭泣的表情发了一屏幕。

他说："然然，我爱你。"

于是，所有的委屈和思念的疼痛都在这五个字里融化了。

萧伊然和秦洛用手机聊了半个小时，秦洛说，他必须下线了。

她已经很满足了，半个小时呢，这在秦洛离开后的三年里是聊得最久的一次了，她叮嘱他万事小心，依依不舍地看着他的头像灰了下去。

而后，萧伊然发动、起步、回家，像一株蔫下去的小树又重获雨露阳光的滋润，生机勃勃地继续这日复一日的相思。

从杏林北路回萧家会经过一条小胡同，晚上胡同口会有人出摊，卖些小吃什么的，其中有个馄饨摊的鸡汤馄饨特别好吃。

经营馄饨摊的是一位老大爷，姓葛，六十左右的年纪，很健壮，一个人推着馄饨车，满是力气。人也实在，每次萧伊然和宁时谦加班完了去吃馄饨总给他们满满的两碗，久火熬得浓浓的鸡汤，撒上点儿香菜，她每回都能吃得连汤汁儿都不剩。

萧伊然这时才感觉饿了，想起来晚饭还没吃，光顾着生气了。

于是她停了车，想去买碗馄饨，结果发现葛大爷没有出摊。

人有时候就是这样，想吃什么的时候没吃着就分外惦念。为了填饱肚子，她在葛大爷常摆摊的旁边摊上买了碗酸辣粉，顺便问起摊主葛大爷今天怎么没来卖馄饨。

"葛老头啊！已经好几天没来了！我想想，22号那天起就没来呢！"卖酸辣粉的老板娘是个能唠嗑的，话头一起，就噼里啪啦说开了，从葛大爷一直说到这生意难做，乃至她自己家的子女那本难念的经，最后又回到葛大爷身上，"对了，他说的，22号是他孙女生日，就不出摊了，后来就一直没来过，也不知道是不是病了。别看葛老头健朗，老人家的身体是说倒就倒的，这人年纪大了，最怕三病两痛的，孩子孝顺还好，孩子不孝顺啊……唉……"

萧伊然吃着酸辣粉忽然想起了家里的爷爷奶奶，心里有点儿难受。

萧家家族庞大，她爸兄弟姐妹十来人，都生的儿子，家里从爷爷奶奶到各位叔叔伯伯再到哥哥们盼女孩儿快盼出病来了，终于到她爸这里生了一个她。

毫无疑问，她成了整个家族的宝贝，自小就被爷爷奶奶亲自带在身边，千宠万宠的，真可谓要风得风要雨得雨。可大概也是过于骄纵了，她有时候还会对爷爷奶奶大呼小叫，比如今天，就为了宁时谦的事还跟他们顶嘴了。

她有些吃不下去了，放下筷子，开车绕了很远的路，买了爷爷奶奶喜欢的老字号糕点。

萧伊然回到家里时，已经十点了。

老人家精力不如年轻人，往常这个时候他们早就睡了的，此刻却还歪在沙发上，看得出是在等她，爸爸妈妈也在等。

一看见她出现，萧奶奶就拍着胸脯呼出一口气，张口就喊："宝贝丫头，你可回来了。"

萧城显也是担心的，却不免摆起了父亲的威严："你像什么话？赌气就往外冲，还对爷爷奶奶发脾气，越长大越不懂事了是吗？越来越任性！"

萧城显这才刚开始训斥呢，萧白羽老爷子就不高兴了："她小孩子家的，不对家里人使性子对谁使性子？你骂她干什么？难不成你还指望别人来宠着她，由着她任性？"

"有啊！"白一岚看着女儿，叹息，"然然，爸爸妈妈是过来人，看过的事比你多，如果说这世上还有谁能像家里人一样宠着你纵着你，这个人也只有时谦了！然然，你好好想想，错过了时谦你会后悔一辈子！"

白一岚一提这个话题，算是说到萧奶奶心坎上了，马上接道："丫头啊！你妈说得真是没错，你看看你吧，现在忙得常常不见人影，过年过节任务来了说走就要走，这种工作性质，一般的男人哪里受得了？人家娶妻娶贤，要娶个贤妻良母！更何况，自从你开始养狗，浑身都带着狗的味道，哎哟，别人家姑娘都喷香水香喷喷的，也只有时谦不嫌弃你，天天跟你混一块儿……"

"扑哧！"萧伊然被他们轮番轰炸，终于被奶奶逗笑了，扑上去抱着奶奶撒娇，"奶奶，您放心，您的孙女继承了您的一切优良基因，漂亮温柔又可爱，怎么会被人嫌弃呢？我啊，是在等，等一个像爷爷这么好的人来娶我！”

“小丫头片子，就会耍贫嘴！”萧奶奶嘴上斥责，心里却乐开了花，脸上的笑藏都藏不住。

连萧城显都被逗得嘴角一弯，又给忍住了。

萧奶奶不放弃，摸着萧伊然的手有几分苦口婆心的意味：“我看宁家小四就很不错啊……”

“奶奶！”萧伊然在萧奶奶怀里扭了扭，“你们就别为难他了，要他娶我，就跟娶他弟弟似的，多难受啊！”

“胡说八道！一个女孩子怎么说话呢？”白一岚对这样的女儿也是颇为头疼，“这桩婚事，是他们宁家自己提出来的，小四不愿意能来跟我们商量？”

“那他也是被他家里人给逼的！”萧伊然挥挥手，“就跟你们现在逼我一样！哎哟，你们不知道啊，宁家几个伯伯伯母有多着急他的婚事！毕竟他都一把年纪了！我跟他这么好的关系，他们自然就想到我了，如果我……”

她本来想说“如果我不是有了要等的人，嫁给他也无所谓，就当为兄弟两肋插刀排忧解难了”，可是，心里有了人，婚姻这东西，就不能当人情了。

“奶奶！爷爷！我给你们买了糕点，很晚了，你们等我那么久等累了吧，早点儿睡觉吧。放心，孙女一定能风风光光把自己嫁出去的！”

这样一个混乱的夜晚终于在她的撒娇耍赖中过去了，累了一天的她头挨到枕头就睡着了，梦里含笑。不管怎么说，今天是开心的一天，再多的情绪，有秦洛那句“我爱你”，便足以温暖她的夜。

第二天早上四点萧伊然就醒了，五点准时到达警犬大队，新的一天又开始了。

两年前进入刑侦支队，一个月后被分到警犬大队，她就和一只德国牧羊犬建立了深厚的感情，给德国牧羊犬起名叫贝贝。

同事们都笑她，这个名字起得一点儿也不霸气，可她就是喜欢。它是她的宝贝。

萧伊然刚来的时候，它才半岁。她每天五点就来给它清理干净，喂它吃饭，给它早训，一直到晚上晚训结束，一天中大多数时间是和它度过的。

两年来，它是她的工作伙伴，是她的朋友，也是她的亲人。它开心的时候，和她一起撒欢儿；它不开心的时候，她宝贝似的安抚它；它生病了，她像照顾小婴儿似的照顾它。

奶奶本来就对她当警察一肚子意见，得知她不好好坐在办公室里工作，成日去和一只狗打滚更加不开心。如果她告诉奶奶，这两年她那漂漂亮亮弹钢琴跳舞长大的孙女时不时把狗狗的粪便扒拉开来观察，只怕要晕过去。犹记得，她最初训练贝贝钻火圈的时候，它不肯钻，她便抱着它一起钻过去，这事同事给拍了张照片发给她，她觉得挺有意义，就设为手机屏保了，结果被奶奶看到，当即就闹着要她去辞职……

自那以后，她再也不敢在家里说丁点儿基地的事，甚至夏天连胳膊都不太敢露，因为胳膊上好几处训练时不小心被贝贝弄伤的痕迹，狂犬疫苗也是偷偷去打的。

就是在这样的朝夕相处里，她和贝贝之间那种毫不保留的绝对信任和亲密，是别人不能体会的。

这日一大早，她和其他十一名同事打开狗舍，里面顿时一片沸腾，都在热情地跟它们的训犬员问好！

而她的贝贝直接冲了出来，直往她身上扑。她叫着它的名字，开心地抚摸着它，这些小家伙，都恋主得不行。

可是，它们又乖得不行。她和同事们一声令下，狗狗们马上安静下来，炯炯有神地望着他们，等待着他们的指令。

萧伊然笑了，带着贝贝跟上队长老赖的步伐。

早训结束以后，萧伊然和几个同事接到命令，立即带警犬出发，跟刑侦的同事们会合，一起追捕持枪犯罪嫌疑人。

宁时谦是看着警犬大队的人下车的。

萧伊然最后一个出来，身材高挑，牵着贝贝，走在队伍里，挺拔秀丽，如俊挺的小白杨。

他不由得想起她曾来借他的警衬穿的日子。她个子高，他的衬衫穿在她身上倒也不显得特别不合身，只是颇为宽大，但被她往皮带里一收，同样的衬衫，生生就被她穿出几分窈窕的意味来。

今天，他知道她必然要来。

“宁队，看什么呢？看傻了？都等着你部署，准备出发呢！”刑侦支队同事魏未过来顺着他的目光望了一下，一眼看到了萧伊然，恍然，“原来是准嫂子啊！”

宁时谦皱起眉，一把将他的头推开：“去去去！瞎说什么呢！马上要执行任务了，还胡说八道！”也不知道是怎么回事，队里居然一个个都知道他要订婚了，这事提上日程也不过几天，谁泄露出去的？

魏未嘻嘻一笑：“队长，你老脸都红了！”

“开会！”宁时谦绷着脸，下了楼。在楼梯口，他摸了摸自己的脸，真的红了？

走到会议室门口，宁时谦正好遇上警犬大队的也进去，一眼就看到最后的萧伊然，太阳穴隐隐作痛，脑袋一蒙，转身就往回走。

“老四！”

他刚转过身，就听见一声娇斥。

“啊？”他只好转回来，呵呵呵地笑，“来了啊……”

“我说你慌慌张张跑什么？鬼撵你啊！”萧伊然心里是坦坦荡荡的，虽然订婚这事有点儿荒谬，但正因为荒谬，她觉得说清楚就没啥了，毕竟她有秦洛，宁时谦也有心心念念的人，两人该是怎样还是怎样。

“我……我不是上洗手间吗？”

魏未从后面跟上来，咦了一声：“队长，你不是才从洗手间出来吗？”

宁时谦眼一瞪，“开会，都进去吧，抓紧时间。”

萧伊然盯着他看了看：“你没事吧？昨晚后来还好吧？”他这样子，眼眶发黑，面色憔悴，明显没休息好的样子。

“我没事！”宁时谦扔下她，头也不回地进了会议室。

萧伊然古怪地看着他的背影，想到昨晚的事心中释然了。算了，一个失恋的男人，一个订婚又被拒的男人，不和他一般计较。

会议室里坐着的不仅是市刑侦支队的同事，还有池西分局刑侦。他们接到线报，犯罪嫌疑人回了池西老家，所以他们驱车来到池西，跟池西分局的同事一起执行任务。

会议室里一派肃然，宁时谦仅用几分钟时间将案情简单说明并进行了部署，而后锐利的目光一扫全场：“出发！”

萧伊然微微一笑，这就是她认识的宁时谦。

从她身边经过时，宁时谦皱着眉头轻轻问了句：“笑什么？”

她嘴角扬起弯弯的弧度：“我笑我家贝贝。”

“怎么？”她时时挂在嘴上的就是她家贝贝。

“我家贝贝吧，有时候也爱撒娇，懒懒的，可是啊，只要一牵上训练场，马上生龙活虎目光如电！”

宁时谦抬了抬眉毛，什么叫也？他忽然明白过来，想骂一声臭丫头，她却已经牵着贝贝走远。他终究叹气，臭丫头，我该怎么办？

心里揪着一阵阵发疼，宁时谦眼神更加狠厉，脚下亦是不停，飞快上车。

一行人从池西城进入山路行驶了一个多小时，犯罪嫌疑人徐某的家就在这山里。

为了隐蔽，他们上山的时候没有走大路，山路崎岖，他们却如履平地，悄无声息，轻盈地在林间穿梭。

越往上越难走，眼看到了一截陡峭之处，宁时谦的速度慢了下来，默声指挥着队友继续前进。等到萧伊然走到跟前，他伸出手去，谁知她却牵着贝贝，轻轻巧巧就跃了上去。

他的手在空中僵了一会儿，摇头失笑。

还记得有一回春节，他领着她出去逛庙会，那时候她还是个小不点儿，穿着新衣服，欢喜雀跃地在人群里蹦啊蹦，奈何太矮了，什么都看不到。他是个半大的小伙子了，又长得快，个子倒是差不多能赶上一般的大人，于是便把她举起来骑在他的肩膀上。她一手捏着糖葫芦，一手摸着他的耳朵，两只小脚甩啊甩的，开心得不行。

只是好景不长，前方突然放起了炮仗，人群四下里闪躲，他到底力气小了些，又被挤得站不稳，顿时两人仰天摔倒在地，他还压在了她身上，听见她在身下哇哇大哭，他吓坏了。

这时候人潮依然很乱，甚至有人踩在了他的手背上，疼得他也想哭了，可是听见她的哭声，他生怕别人踩着她，于是傻傻地扑在她身上。人群不断往后退，也不断有人踩着他的背、他的手和脚，他都咬牙不吭声……

后来，他一身的伤，衣服也破了，回去被揍了一顿，她跑来看他，还是哇哇大哭，边哭边往他嘴里塞糖。

他以为她还害怕，咬着糖，拉着她的手保证：以后上哪儿都会拉着她，再也不会让她摔倒了。

往事如电，在他的脑子里一闪而过。

曾几何时，那个紧紧牵着他的手的小丫头真的长大了……

“宁队，你状态是不是不好？”队里的老警察老金经过宁时谦身边时问他。

“没有！走！”他怎么会允许自己状态不好？再如何愤恨和彷徨都不会扰乱他的心！

当他们潜伏在徐某家附近的时候，天色尚早，徐某还没有回来。

这里是典型的山区农村砖房，每家房子之间距离较远，山上草木繁茂，很适合埋伏。一时间，山里静了下来，他们伏身在草木丛里，彼此的呼吸声都能听见。

预计徐某不会那么早来，他们在等天黑。

秋老虎的天气，又当正午，比夏天还热，穿着防弹服趴在草丛里如同在蒸桑拿一般，连贝贝和老赖的赛虎也热得吐着舌头直喘气。

整整一个下午，萧伊然背上已经被汗水浸透，头发也是湿漉漉的，全贴在脸上。

夜色渐渐暗了下来，宁时谦叮嘱大家小心，而后朝萧伊然走过去。

“很热？”他低声问。

“还好。”她抹了一把汗，手是脏的，连带着把脸也给抹黑了。

他心里动了动，有点儿想去给她擦擦。

她从小就是个爱干净的小姑娘，又是所有人的宠儿，娇气得很，出去玩儿没走多点儿路就要抱的角色，也不知道是怎么扛下艰苦的训练一步步摸爬滚打到今天的，而且还甘愿和警犬待了两年。如果说，她从警的原始动力是因为崇拜他，那后来一直支撑下来的力量就是秦洛给的了。

她是个要强的姑娘，是必然要求自己能和秦洛并肩的。

“怎么了？”她觉察到他的目光盯着她的脸老长时间了。

秦洛……

他眼神一暗，心里那点儿痒痒的想法便歇了下去，伸手给她把防弹衣系紧：“穿好，别贪凉快。”

“嗯。”她点点头，瞟了他一眼，“你不热吗？渴不渴？”

她说着拿出一瓶水来，拧开瓶盖。

他笑了笑，姑娘家从警就是有好处，力气大，不娇气，别说拧瓶盖了，扛着桶装水跑也是小菜一碟啊！小丫头还有点儿良心，知道给他水……

他正伸手去接，却见她蹲下来，摸摸贝贝的头，把水喂给贝贝喝了……

他的手尴尬地停在那里，随即他啧了一声，这是多少次上演人不如狗系列了，他怎么就不长记性呢！

萧伊然给贝贝喂完，看见他怨念的脸，扑哧一笑，另取了一瓶水扔给他：“自己拧！”

他凝视着她的笑脸，很想把她的头发一顿猛揉，就像她幼时留着樱桃小丸子发型，眼睛圆溜溜，腮帮子鼓鼓的，每次他看见她都忍不住先揉上一把一样。

“臭丫头！”他笑着威胁，“越大越不像话！还戏弄哥哥了是吗？”

她冲他吐了吐舌头，转头盯着屋子了。

“有人。”老金轻轻说了声。

没错，大家都看见了，从屋子里出来个孩子，捧着碗饭，身后还跟着个女人，叮嘱着别把饭撒了。

众人屏住了呼吸，然而，并没有其他动静。

女人在门口的晾衣杆上晒了好些衣服，然后带着孩子进屋去了，房子里亮起了灯。

夜幕更深，秋燥终于渐渐缓了下来，山里夜风一吹，有了凉意。

时间一点儿一滴滑过，不觉到了午夜，房子里的灯也熄了，黑暗像巨大的黑洞笼罩下来。

等待的过程中，只听见风拂动树叶，哗啦啦作响。

“来了。”魏未低低一声。这家伙，平时油腔滑调的，一旦执行起任务来，可就是一只年轻的马利诺斯，聪颖机警，警戒心又强。

“嗯，准备。”宁时谦也道。

山路复杂，徐某可以从任何一个地方上山，围截是不可能的，所以他们制订的方案就是瓮中捉鳖。

但是，屋子里有一个妇女和一个孩子，难度就大了许多。

宁时谦临时改变了方案，在徐某进屋之前就截住，以免伤及无辜。

那人急速向屋子靠近，宁时谦也指挥着众人向他靠拢，在距离房屋不到二十米的地方，双方到了最佳距离，宁时谦挥了挥手。

老赖轻声一句命令，赛虎便如离弦的箭悄无声息地飞快蹿出。

而就在此时，传来一声清脆的童音：“爸爸！”

灯光一亮，小孩跑过来，徐某将孩子抱起，与此同时，赛虎已经扑向了徐某。

“赛虎！停！”

紧急之下的呼停，已打草惊蛇。

徐某迅速反应过来，枪指向跑在最前面的宁时谦，而宁时谦的枪也指着他。黑夜里响起孩子哇哇大哭的声音，以及女人的哭喊：“孩子！把孩子给我！”

徐某的手是抖的，一群警察，一只警犬，他似乎没了活路，女人哭得他心烦意乱，脸上的肌肉也开始抖动起来。

畜生！萧伊然看着哇哇大哭的孩子，心是痛的，却不懂孩子的父亲为什么丧心病狂至此。

而孩子的妈妈已经哭喊着将“畜生”两字骂出口：“那是你自己的孩子！你还有人性吗？”

“闭嘴！”徐某厉声呵斥，转而对警察嘶声吼道，“把枪放下！”

“把孩子放下。”宁时谦的声音比徐某冷静得多。

徐某一路逃亡，心智已近癫狂，歇斯底里地喊道："放下枪！"

宁时谦做了个手势，所有人缓缓放下了枪。

"踢过来！"徐某吼道。

宁时谦盯着徐某身后，用力一踢，将枪踢到徐某身后很远，沉声道："现在可以放了你自己的儿子吗？"

徐某急促地喘着气，面目扭曲，手抖得厉害，却始终不妥协。

"这样，你挟持我，我换下你儿子。"宁时谦朝前一步。

"不许动！"徐某嘶哑地吼道，"你以为我是傻子吗？"

"可是，他是你儿子。"黑暗中，只有一盏橘黄色的灯发出的光，宁时谦眼睛里的冷光如同利刃，"要不这样，你先打我一枪，我没有战斗力了再换你儿子。"

徐某有些犹豫，胸口剧烈起伏："你穿着防弹衣！耍我呢！"

"好，我脱！"宁时谦迅速扯下防弹衣，张开双臂，"开枪！"

徐某的手仍然在剧烈颤抖，他大口喘着气，一切反应无不泄露出他内心的交战。

宁时谦眼神愈加暗沉："开枪，随便你朝哪儿开！"

徐某抖动的脸上，汗大颗大颗往下坠，睫毛上都是汗水，模糊了他的视线。

他用力眨了眨眼睛，有汗流进眼睛里，本就绯红的一双眼，被刺得更疼。

"警察！"他咬牙切齿地挤出这两个字来，而后手一抬，枪口对准了宁时谦。

就在这千钧一发之际，一只警犬从徐某身后跃出，死死咬住了他的手腕，徐某吃痛，枪掉到了地上。与此同时，宁时谦就地一滚，孩子到了他手里，而徐某身后，萧伊然和贝贝几乎同时跃出，拾起了宁时谦踢到徐某身后的枪。

"不许动。"萧伊然用枪口抵住了徐某的头。

一连串变化不过发生在一秒之间，两人配合默契，准确无误。

之前卸了枪的警察们也迅速围上来，将徐某制服在地。

徐某疯狂地喊叫反抗着，可是都没有用了。

宁时谦把孩子交还到他妈妈手里，一回头，却见被压倒在地的徐某手里飞出一个黑乎乎的东西，正飞向萧伊然的方向。

他一惊，飞扑过去，同时听见徐某狂喊着："臭娘儿们，炸死你！"

宁时谦抱着萧伊然在地上连续打着滚，爆炸声在他们身后轰然响起，是自制炸鱼的鱼雷，威力还挺大。

萧伊然被宁时谦抱得紧紧的，压在身下，耳边轰隆隆的，爆炸声仿佛余音未散，呼吸里满满都是爆炸后二氧化硫和硝的气味，还有一种熟悉的、伴随她长大的、属于他的气息。

她忽然想起了很小的时候他带她去逛庙会，她小小的一个人，在人群里蹦啊蹦的，什么也看不到。

他便让她骑在他的脖子上，她一边吃糖葫芦一边东张西望。

后来，也是这样噼里啪啦一阵乱响，她就摔倒在地上了。后脑勺着地，很痛，又害怕，她开始哇哇大哭。那会儿他也是这样抱着她，趴在她身上。她鼻子里全是这样刺鼻的气味。他哄着她说，十三不哭啊，不哭，等下去给你买好吃的。

她就真的不哭了，也不怕了，抽着气，还闻到了他身上的味道。

回家的路上，他果然给她买了好多糖，他的衣服都破了，手上脸上都在流血，她却好好的什么事都没有。

她觉得特别难过，然后就一直哭，到家了还在哭。

"十三，怎么样？伤着没？"他发现她怔怔的，样子有点儿傻。

她回过神来，看见上方他的脸挡住了夜空。乡下的夜晚星星是很亮的，可他这张大脸一挡就什么都看不到了，只看见他那双眼睛，亮亮的。

"我没事。"萧伊然低声说，身上还承载着他的重量，她动不了，推了推他，要坐起来。

两人同时起身，情况有点儿乱，她又起得太猛，额头撞在了他的下巴上，她哎哟一声，捂住额头。

他脸色一变："我看看我看看，撞疼了？"他总是记得那个小时候的十三，被宠坏了的小姑娘，娇滴滴的，打个针怕疼，磕着了嚷疼，就连写字写久了也要喊手疼。

"没事！我哪儿有那么娇贵！"她挥挥手，不过还是抱怨了一句，

“你那是下巴啊还是铁啊！难怪总说你们男人铮铮铁骨呢！”

他笑，男人就是这么粗的，哪儿像她，软乎乎的，现在他还记得小时候捏她的脸的感觉，就跟捏棉花糖似的。

“这夜太黑了，我没看清，撞疼了等会儿回去擦点儿药。”他还是很抱歉。

萧伊然再一次怔住，脑子里一字一顿地回放着一句话：夜太黑，我看不清方向，可我看得见你在我瞳孔里恒久的影像，所以，我始终坚持信仰。

这是秦洛写给她的。

宁时谦和她滚到了草木堆里，那边却要收队了，老金大喊：“宁队！你们还好吗？”

宁时谦大声回道：“没事！准备收队！”

他领着萧伊然准备过去跟兄弟们会合，萧伊然却想起一件事来，蹿到他面前，一边倒退着走，一边斥责他：“我说你刚才把防弹衣脱了干吗？不要命了？”

宁时谦弯了弯嘴角，听着她喋喋不休地说下去：“宁小四，有你的啊！暗示我包抄过去，我还以为你想出什么好招了呢！合着你是在犯浑呢？一把年纪了，还越来越能逞英雄了？脱防弹衣？如果枪走火怎么办？如果贝贝没能咬掉他的枪怎么办？如果他开枪速度比贝贝快怎么办？如果他发现我了怎么办？这些你都没想过吗？你还笑呢？只要有一点儿点误差你就挂了你知道吗？还笑？你是不是觉得你刚才特英雄特威风啊……”

他开始有些脑仁儿疼，再让她说下去，得没完没了！

他还是笑笑的，突然道：“别动，有蛇！”

萧伊然的训话戛然而止，脸上表情十分丰富，惊恐、变色，而后一声尖叫，跳起来挂在了他身上。

他伸手将她接住，闷闷地笑。

她从小就怕这些，毛毛虫、蚯蚓、蜈蚣等爬行类的东西，现在长大了，又当了警察，别的都克服了，唯独蛇这一关过不了，还是怕。她常常引以为耻，也着急，毕竟作为一个警察，应该是如超人一般的存在，她却怕这么个东西，如果哪天要执行相关的任务她该怎么办？但心理上某些障碍是着急也没用的。

他倒是觉得没啥大不了的，女孩子，总要怕些东西才像女孩子样儿，才让他这爷们儿有点儿用武之地，至少，此时此刻，他才能感觉到怀中这个拽紧他衣领的女孩儿还有一点儿点当年那个软乎乎娇滴滴的小十三的影子。

“走……走了没？”她在他身上不停往上爬，脚不敢沾地。

他终于忍不住笑了：“骗你的……”

“你……宁小四！”她气恼的时候有几分张牙舞爪的模样。

他喜欢逗她，从小就喜欢，看着她生气的样子觉得格外可爱，粉白粉白的脸会气得通红，小腮帮子鼓鼓的，让人忍不住想咬一口。

她气极了也是会咬人的，用她小小的糯米似的牙齿咬他的肩膀，咬他的脖子，咬他的脸，可是又舍不得真咬，轻轻的，痒痒的，让他心里也像有什么在细细地挠。

后来，不知从什么时候起她就不再咬他了，大约是因为长大了。

萧伊然此刻真是被气得狠了，看着他那张笑脸，真恨不得一口咬下去才行。忽地一阵汪汪汪的叫声响起，随之，毛茸茸的物体扑了过来，扑得宁时谦满头满脸，还非得挤到他们中间来。

“这倒霉玩意儿！扑我一脸口水！”宁时谦嫌弃地别开头，放了萧伊然。

贝贝成功地夺走了宠爱，欢喜地往她身上扑。

萧伊然哈哈大笑，贝贝给她报仇了！“还是咱家贝贝对我好！走咯，贝贝！”她摸摸贝贝的头，领着它扬长而去。

宁时谦看着一人一狗离去的背影，怀中柔软的、温暖的某种感觉迟迟没有散去。

夜风从开着的窗户涌进来，不知哪里的桂花开了，风里混着浓浓的桂花香。

九月，正是桂花飘香的季节，她的生日也快到了。

她想秦洛了。

萧伊然打开电脑，眼前浮现出秦洛的眼睛，亮亮的，总是含着笑。

三年前她过生日的时候，秦洛亲手给她做了一碗桂花小汤圆，看着她吃的时候，就是这样的眼神，那时候她觉得，桂花汤圆都没有他的眼神甜，被他看着，心就像被煮在甜水里，沸腾起来，不停地冒甜蜜泡泡。

鼹鼠先生的头像是灰的。

她心里有些黯然，给他留言："秦洛，生日那天好想吃你煮的桂花汤圆。"

消息发送出去后，她等了许久，都没有等到回音。这在意料之中。

萧伊然默默叹息。

其实今天她情绪并不好。昨晚追捕回来以后，她情绪就有些低落，总是想起徐某儿子的眼神，在经历了这样的惊吓之后，不知道会在一个孩子心里留下多少阴影。原本宁时谦决定在徐某进屋以前就行动，原因之一就是为了避开孩子，没想到，最后还是没能避过。

萧伊然打开空间，把心里的想法都写进了日志里。这三年，她的喜怒哀乐，她的生活工作，都是这样以日志为信，写给秦洛看。不需要秦洛回复，只要显示他看过，她就满足了。

她刚写完，不消停的四爷就来凑热闹了，在日志下回了她一句："十三儿，出来吃馄饨。"

萧伊然有些无语，这个人除了吃吃喝喝还能叫她去干点儿别的吗？

"不来！我累了！"她回道。她的确累了，昨晚一个通宵，今天又上了一天班，才结束晚训回来，她现在只想睡觉！

"乖，来陪陪哥，哥是失恋的人啊！刚刚又挨了训！小丫头有点儿良心！"他说。

挨训了？也是！昨晚他那么冒险的行为不挨训才怪！

最终萧伊然还是没能拗过他，换了衣服出去了。

她到那条小吃胡同的时候，他已经先到了，在那里买酸辣粉打包，手里还提着好些吃的，馄饨摊的位置仍然是空的。

"葛大爷又没来啊？"萧伊然诧异地问，这可是奇怪了，葛大爷从来没隔这么多天不出摊的。

"是啊！一直没来！也不知道还做不做了！"卖酸辣粉的老板娘把他们的两碗粉打包好交给她。

“干吗打包啊？在这里吃不行吗？”她提着粉，发现他还没开车，“你的车呢？”

“打包回去吃啊！还能喝点儿啤酒、聊聊天什么的！你不开车了吗？我打车来的！”他理所当然地朝她的车走去。

萧伊然觉得也不错，她也累了，没精力边逛边吃。

他买的东西很多，酸辣粉、凉拌泡菜、小龙虾、花生、茴香豆儿，还有卤牛肉、卤蹄髈、卤鸡脚等。

看着宁时谦把所有东西摆上茶几，她坐在地上，撑着下巴：“我说老四，你领着我，什么时候能做点儿高大上的事？”

她细细回忆了一下，她认识他二十多年，他每次来找她就是“十三十三，我发现一个地儿，啥啥东西特好吃，快，我带你去……”

难道她的前二十多年人生里表现得这么爱吃？

他去冰箱里拿了几瓶啤酒出来，熟练地啪啪打开，递给她：“叫四哥！成天老四老四的！”不时还小四！

“四哥？我四哥可不是这样的！”她拿着啤酒瓶眼神很是鄙视，“我四哥人家约女孩子，是喝红酒，请女孩子吃饭是高级餐厅，跟女孩子约会是去听音乐会看话剧，给女孩子送礼物全是高级定制，不时还弹个钢琴看个法语电影，你说你成天拉着我撸串、路边摊、喝啤酒，拿什么跟我四哥比？你送给我的最贵的东西就是生日蛋糕！你还订了个大白猪的造型！”

宁时谦一口气喝了半瓶，听她说完笑得岔了气，呛得一直咳嗽：“话说，你是女孩子吗？如果我约女朋友，我也会装一装，去喝红酒听音乐会，可你……哈哈哈哈……”

他扔给她一串爆笑，拿一块卤猪蹄塞住了她的嘴。

不得不说，其实这家卤猪蹄挺好吃，他们在一起吃吃喝喝这么多年，哪个角落有啥好吃的，都如数家珍，而且，他带着她吃，吃得她的口味也跟他一样了，可是，既然不把她当女孩子，之前还说要跟她订婚？

她直接上手拿着猪蹄啃，顺便再次鄙视他，果然把她当万能钥匙！可兄弟可姐妹还可老婆！

“就你？你能听懂音乐会吗？会品红酒吗？还装，你也只能装一装而已！”他们这对损友，从小互损也不是一次两次了，算是他们相处模式的一种，她哼哼了两声，“难怪没有女朋友！”人家江琳就是跳芭蕾舞听音乐会的女神，跟他压根不是一挂的！

“啧啧！”他一边吃卤牛肉一边捂心口，作痛心疾首状，“我说妹儿啊！哥我现在是受伤的男人！女神结婚了，新郎不是我，昨晚立了功，今天还被训，我叫你来是安慰我的，不是在我心口扎刀的！”

好吧，“那……干杯……”萧伊然拿啤酒瓶和他碰了碰。

宁时谦瞪着她，“你这干杯，是庆祝的意思啊。”说着，他自己都笑了，“你说的干，那得干！”

“嗯嗯！”这点她毫不含糊。

就在她对着酒瓶咕噜咕噜吹的时候，他略带感性的声音响起：“十三，不是我不想像你四哥那样，而是，我没有那个机会。”

她瓶里的酒喝了一半，停住。

“十三。”啤酒淡淡的涩味融进了他的嗓音里，略带沙哑，“我妈去世那会儿你还在襁褓里，我一辈子都忘不了当时的情景。最后一面的时候他们捂住了我的眼睛不让我看，可我还是看见了，半个头都没有了，虽然血污都已经清理干净，可是那样的惨状……”

他说不下去，有些哽咽。

萧伊然从来没见过这样的宁时谦。她在襁褓里的时候发生过什么她自然是不知道的，自她懂事起，就觉得他是个没心没肺的人，光会带着她吃、带着她玩儿，成天胡闹闯祸，隔三差五要被宁伯伯揍，她从没在这个人的眼里看到过阴霾。至于他的妈妈，她只听说是因他爸爸当年破了个大案，被人报复致死，其他便没有太多信息了，而他，也从来没提过他妈妈，倒是他爸，二十多年不曾再娶。

他笑了下，眼里有光：“后来我几乎成了没人管的野孩子，我爸忙得顾不上我，也没人教我品红酒，教我欣赏音乐，没人送我去学法语，至于钢琴……倒是弹了两年，我妈走后，也没学了。后来我大伯见我这样淘，怕我学坏了，把我扔进部队几年，钢琴这些个东西就更加不会再去碰了。”

她听着，心里只觉得酸。他真是从来没跟她说过这些……

“四哥，我……我以后再也不跟你打架，再也不气你了，我要对你好好的。”她有些内疚，觉得自己好像总是欺负他。他比自己大，什么都让着她，自己在他面前有时候难免就会蛮不讲理。想着他在部队那几年常常溜回来看她，尤其知道有男生给她写小卡片之后，天天溜出来跟着她，结果还被罚关禁闭，她愈加觉得自己要做个好妹妹。他是没有妈妈的人，她要让他感到温暖才是。

他听了笑出声来：“那我可要烧高香了！嗯，那来吧，哥昨晚累了一个通宵，腰酸背痛的，来给哥按按。”

他原是玩笑，她却当了真，果真洗了手跪在他身后给他按肩膀，他眯着眼睛，嘶嘶地叹着真幸福。

“十三。”他微闭了眼睛，“有很多事情我们都不希望它发生，可是，人生总有些意外惨烈得让人无法接受，只是人活着，总要向前看的，每个人都会找到属于自己的定位，很久很久以后，那些痛到无以复加的伤，渐渐会变成心里的一道疤痕，生活依然是五颜六色的，明白？”

她按着他肩膀的手顿了顿，感觉他这又不是在说他自己了，莫非他今晚说了这一大通其实是在开解她？

她探着身体，头伸到他面前：“你……是看了我的日志啊？”

他木然，良久才说：“算是吧。”有些事情的真相总有一天要昭告，他无法想象，那时候的她会悲痛成什么样……

“以后……不要偷看我给秦洛写的信啊！”她回到沙发边靠着，将手机翻了出来。

“什么叫偷看？我都正大光明地看……”他话还没说完，就发现她变了脸色。

“啊啊！秦洛回我了！秦洛上线了！”她看见她的日志后有秦洛到访过的痕迹！又急又喜的她马上给秦洛发信息：秦洛！你在吗？在吗？

然而，秦洛再没有回答。

她沮丧极了，快要哭出来：“我不该过来的！我就该在电脑前一直等着秦洛的！他好不容易出现一次！”

宁时谦静静地看着她，墨色瞳孔暗沉下去。

“不行！我得走了！”她心里不太安宁，手机一收就起身要走。

“十三！”他出口叫住她，言语间有些急切。

“嗯？”她边走边问，甚至没有停下脚步，走到玄关处开始穿鞋。

他张了张嘴，却什么也没说出来，看着她低垂下头，一缕头发垂下来，脖子处白皙细腻的肌肤在灯光下泛着温润的光。

她伸手将那缕头发拢至脑后，没听见他的声音，颇为诧异，转头再问：“怎么不说话了？”

“我……”他坐在背光处，眼里的神色晦暗不明，“那个，明天值班吗？”

“不值，休息，怎么了？”

“段扬明天出院，一起去接他。”

“行啊！”段扬是和她一起从派出所来的，很熟，只不过她去了警犬大队，段扬留下了，“明天走的时候叫我吧！”

然后，他就这么眼睁睁看着她走了，轻轻的关门声震碎了她背影后的寂静，咔的一声，好似钝器划过玻璃，划得人心里也咔一声响。

他拿起啤酒瓶喝了一口，满桌吃的再也没动一口。

萧伊然开着车回去，心情也渐渐平静下来，觉得自己刚才在宁时谦那里有些着急上火不应该了，他心情不好，说好她去陪他的，结果又这么任性地跑了。萧伊然暗暗叹息，觉得她四哥实在有些可怜，也许，她该为他做点儿事情，毕竟他也老大不小了，是该有个人照顾他了。

她开着车窗，夜风送进来的不仅仅有麻辣鲜香的味道，还有阵阵清脆的风铃声。

原来，又到小吃胡同了。

哪儿来的风铃声啊？以前都没有。

她想起秦洛了。

曾经秦洛也送给她一串风铃，他说，挂在窗口，风吹动的时候风铃响了，就是他想她了。只是后来，她搬宿舍的时候风铃被室友打碎了。

想起他温柔的笑容和话语，萧伊然心里变得柔软湿润，跳下车循着风铃声找去。

卖风铃的是个小姑娘，正在埋头穿线，手里是个半成品风铃。

“你好，这些都是你自己做的风铃吗？”萧伊然瞬间爱上了这些风铃，每一个都不尽相同，材质各异，有木质的、金属的、贝壳的……

“是啊！”姑娘抬起头，笑脸明媚，一头长发在夜风里飘扬，“您可以定制您喜欢的款式，不过要过几天来取。”说完，她咳了几声，而后又抱歉地说，“不好意思，感冒了，几天都没出摊，今天也刚刚来。”

萧伊然笑了笑，在挂着的风铃里慢慢挑，她喜欢金属材质的，因为碰撞起来声音更清脆。“定制还能写字？”她发现有些风铃上写了祝福的话语。

“是的！前几天卖馄饨的葛大爷还给她孙女定制了一个生日风铃呢！”姑娘大概也是急于推销，很健谈，“您要定制吗？送朋友还是自己用？”

“不用，我买给自己的。”萧伊然挑了一款简单的金属管组合的风铃，付了钱，“谢谢。”

她只是喜欢听风铃被风吹动的声音，那会告诉她，很远的地方，有人在想她。

买下之后，她心念一动，又问：“你可以在风铃上画画对吗？”

“可以啊！”姑娘用力点头。

“那……我再定做一串，画上……三角梅吧，你知道三角梅吗？”秦洛说，他的家乡，开满三角梅。

“知道知道！不知道我也可以回去查呀！”姑娘笑着说。

“那好，我先付定金？”

“不用，你明天来取再给就行！”姑娘连连挥手。

“好！”

萧伊然将风铃挂在车上，开着窗，就这样叮叮咚咚一路回家，好似风中有人在低喃：然然，然然……

她有些恍惚，眼前浮现秦洛熟悉的脸。

和风铃撞在一起的是一枚小羊玉牌，圆圆的、胖乎乎的小羊，很是可爱，是秦洛送给她的，说长得像她。

她是属羊的，可是并没有这么圆滚滚好不好？！

她为这个礼物还曾生他的气，可又在他要收回的时候跺着脚去抢了回来。

现在萧伊然回想起那些点点滴滴，嘴角不由自主就泛起了笑容，夜色中的眼眸都变得柔和起来。

自从秦洛离开以后，她就把这玉牌带在身边，不能戴饰物，她便用绳子拴了，挂在车上，陪伴她朝出暮归。

这样，她会感觉自己离秦洛更近一些，就好像，从不曾远离。

她伸手将玉牌取下来，放进口袋里，加速，车滑入车流里。

街角的黯黑路灯下，一辆黑色的车尾随上了她，始终保持不远不近的距离，车内的人点了烟，却并没有吸，夹在指间，手握着方向盘，烟头在黑暗的空间里燃着，如被遗忘了一般。

车渐渐驶入繁华地段，两车之间的距离越拉越远，车里的人盯着她的车消失在车流中，眯上眼，才发现手里的烟已经燃了很长一截。

男人弹掉烟灰，用力吸了一口，掉头而去，昏暗的光线里，夹着烟的左手只有四根手指，小指齐根缺失……

萧伊然回到家，耳边响着的还是风铃的撞击声。

她没有开灯，习惯性拿出手机和那个灰色的鼹鼠先生聊天，说风铃，说那只小羊玉牌，说从前在学校里的往事。

秦洛，你很喜欢鼹鼠吗？等你回来，我送只鼹鼠的玉牌给你可好？

这句话刚发出去，她的手机就有电话打进来。

是大队电话！

“伊然！有紧急任务！”那端传来大队长的声音，要求她立即赶去协助禁毒大队的工作。

她不敢耽搁，飞奔出门。

郊区的一栋别墅。

已是深夜，里面还亮如白昼，四个人围着桌子在打麻将，旁边还有打扑克的、扔骰子的、有和女人搂成一团的，别的房间里，甚至还有人拿着针管在注射。

场面一团混乱。

角落里，男子端了杯酒，却不喝，只轻轻晃着酒杯，目光盯着酒杯里的液体，面色凝重。

“郎哥！过来玩儿啊！”原本在打麻将的穿紧身裙的女子笑着过来倚在他身边，丰满的胸贴在他的手臂上，都快挤出来了。

男子手臂被她一撞，几滴酒液溅出来，滴在他的手背上。

他眯了眯眼，眼中泄出阴寒的光。

女子有些害怕，往后缩了缩：“对不起，郎哥，我不是故意的……”

他却笑了，笑得有些轻浮，放下酒杯，拍了拍她的脸，搂着她站了起来。

“阿郎！过来玩儿！一个人坐那儿有什么意思！”有男人喊他。

叫阿郎的男子搂着女人上前，坐了女人的座位，那女人便娇娇地贴在他身上，给他点烟。

其他人笑笑骂骂地说了几句荤话，惹得叫阿郎的又笑着捏了捏女人的脸。

几圈过后，有人慌慌张张地闯进来：“警察来了！”

一句话顿时让整栋房子乱成了一锅粥，原本还在嬉笑的一屋人顿时拿起了武器，跳窗的跳窗，夺门的夺门，作鸟兽散。

跳窗的倒是跑了，从门口出去的直接和警察撞了个正着，被迎面而来的警察一个个制伏在地。

贝贝在房间里闻了一圈，萧伊然松开牵引绳，贝贝纵身跃到窗外，朝黑暗中奔去。

萧伊然和几个同事随即跟上。

闻讯亡命而逃的人一个个被擒获，众人却发现本次行动要抓的头目——代号为黑叔的，还没有被抓到。

这栋别墅依山而建，派人封住路口以后，禁毒大队的同事便和萧伊然兵分几路，开始搜山。

贝贝在漆黑的山林里蹿得飞快，萧伊然紧紧跟着它，却不知，黑暗中一支枪已经瞄准了她。

只听一声枪响，萧伊然他们就地一滚，这一枪准头却偏了，并没有打中。

男警们迅速往枪声来源处追过去，躲在林中的人一边开枪一边逃，贝贝却朝另一个方向追去。

萧伊然和另一个同事跟着贝贝跑，只见贝贝往灌木丛里一扑，扑到的却是挂在上面的一件衣服。

“人跑了？”萧伊然拿着衣服，拍了拍贝贝的头，“再追！”

两人沿着山路一路追踪下去，山脚下是一条小溪，线索到这里断了。

那边，黑叔已经被抓住，正是之前试图开枪打萧伊然却没打中的人，此刻他手腕隐隐作痛，目光在这些警察身上扫过，不知是其中的谁，击中了他的手腕才让他这一枪失了准头。

“还有人没有抓到，应该不会离开这座山！”萧伊然抹了一把额上的汗，头发也全被汗湿了。

禁毒大队的大队长决定继续在封山的前提下搜山，如此，一直到第二天早上，也没能发现那人的踪迹。

众人最终确定，这个人跑掉了。

黑叔是活跃在临近几省的大毒贩，也是本次行动的目标，这次算是把他整个团伙的主要人物给端掉了，经过审问之后，得知跑掉的人叫阿郎，是毒品货源方派来接头的人，特点是左手只有四指。

阿郎这个名字，是第一次出现在警察的视野里，资料库里都没有他的名字，自然也没有更多信息。

“我也是第一次与他接触，他出现的时候总戴着口罩，我们接头不看脸，自有我们可靠的接头方式，我可以告诉你们，但是你们拿着没用，我被抓了你们钓不上他的，特点……我只知道他左手没有小指。”

这是黑叔录口供时关于阿郎的交代，于是，一道通缉令发了出去，全网通缉阿郎。

萧伊然带着贝贝回警犬大队以后，才觉得全身又是汗又是土的，很不舒服，于是去了更衣室，打算把备用的衣服换上，手习惯性伸进口袋里，却全身僵直。

她的小羊玉牌不见了！

她下意识就要往外冲，可刚迈出一步，想起自己在上班，脚收了回来，心里却骤然间像缺失了一块，空得难受。

到下班时间，她第一件事就是开着车往郊外奔。

沿着昨晚走过的路，她来来回回走了一遍又一遍，也没有找到她的玉牌。天色渐渐黑了下来，烦躁和绝望也如这黑夜一样，将她笼罩、淹没。

烦躁，源于由来已久的忐忑；绝望，源于断了和他的最后一丝关联。

是的，这个玉牌是证明她和他之间爱过的唯一凭据，最终，也还是丢了吗？

她站在灰暗的树林里，任黑夜一层层笼罩下来，一层比一层更暗，一层比一层更冷。

山里的夜，静得吓人。

她站在那儿一动不动，被骤然响起的手机铃声给惊了一下。

是他，宁老四。

“喂？”电话响了很久，她才接听。

“你在哪儿？”那边的人声音很急迫。

“在……玉山。”她咬着唇道。

“和谁？干吗去了？”

“我一个人，找东西。”她下意识就说了实话，她从来没有在他面前撒谎的习惯。

那边的人突然就跟打雷似的炸了起来：“你跑玉山去干什么？萧伊然！我看你真是无法无天惯了！为所欲为！没脑子的浑蛋！你今天最好别回来！回来看我怎么收拾你！”

他鲜少直呼她的名字，一旦叫了就是生气了。可是，她现在心情也极度不好，无缘无故被他这样一顿骂心里憋屈极了，不假思索地顶了回去：“你谁啊你？我的事要你管？！”

他气得狠了，半晌答不出话来：“你……你……好……好，我是谁是吗？待会儿我就要让你知道我是谁！”

萧伊然气得不想跟他说话，直接把电话给挂断了。

她仍然不甘心，继续往丛林里钻，打着手电筒找，直到他的电话再次打来，扔给她一句：“发个位置！”

虽然萧伊然对这人的态度极度不满，可还是给他发了个位置。

没多久，她便看见有人打着手电筒过来了。

萧伊然站在那里等着他收拾她，她倒要看看他怎么收拾她！

他急匆匆地过来，憋着一肚子怒火准备在见到她的时候狠狠拍她一顿屁股！可是看着黑漆漆的夜里，手电筒光圈圈着的孤零零的人儿，他的心先疼了起来。宁时谦走上前，原本要狠拍下去的巴掌抓住了她的肩膀，再一看她倔强的小脸，眼中好像还泛着水光，哪里还有半星火气？

他叹了声："姑奶奶！祖宗！你这深更半夜的一个人上来找什么？你不是知道昨晚这里才抓了人，还有一个在逃啊？"

她咬着唇不吭声。

他满是无奈，声音又放柔了些："到底找什么？你告诉我，我没准儿能帮你！"

"小羊玉牌。"她低声嘀咕着，"秦洛送给我的那个小羊玉牌，昨晚还在口袋里，肯定是掉这里了！"

小羊玉牌？他知道，就是她挂在车上的那东西，看得比命还重，他拿下来玩儿一玩儿都不准的。

宁时谦暗暗叹息，轻声说了句："这玉牌不见了就成这样，如果是人不回来了，还不知道会怎样……"

"你瞎说什么？你个乌鸦嘴！你活腻歪了啊？"萧伊然火起，腿一屈，便顶在他的小腹上。

"啊！"他捂住肚子惨叫，"荒野谋杀！"

"你就装！我让你装！"她飞起一脚朝他踢过去。

他敏捷地躲开，两人便开始了熟悉的老鼠逮猫游戏，你打我躲，见招拆招，在他觉得差不多了的时候，她一拳勾过来，他顺势拉住她的手腕，用力一拉，将她拉进怀里："好了，打累了吗？累了我给你揉揉胳膊！"

被他这么胡搅一通，萧伊然倒是没那么难过了，但还是觉得硌硬，盯着他的眼睛，认真地纠正他："不许说他不会回来了，他一定会回来的！"

宁时谦沉默，已经不知道自己的做法究竟是对还是错……

"四哥……"她忽然就哽咽了，小脸埋在他的肩头上，"四哥，以后开玩笑不可以说他不会回来，好不好？我们都是当警察的，你难道不明白，说他不回来，多不吉利啊！好不好？"

他闭上眼，心中叹息，似乎走到这一步，也别无选择了，走一步看一步吧……

"好，四哥错了，四哥以后不说。"

"嗯。"她吸了吸鼻子，忽地耳朵一痛，却是被他拧住了耳垂，随即他不满的抗议声响起："臭丫头！多大的人了啊？鼻涕还擦我衣服上！"

她捂住耳朵，却扑哧一声笑了出来。

最终，那个小羊玉牌还是丢了，找不回来了，也不可能继续找了……

两人各自开着车回去，她在前面，他跟在她后面，这样，便可以看着她的车，不然，在这黑灯瞎火的郊外，他怕开着开着她的车就不见了。

没了人声的山头，草木间渐渐响起窸窸窣窣之声，戴着口罩的男人自深草丛里站了起来，左手四指上几道细绳缠绕着，绳的末端，玉色在月下闪着微光。

口罩上方的一双眼睛，盯着山脚远去的两盏车灯，目光与这黑夜融成一体。

两车进城以后，萧伊然等着宁时谦，和他挥了挥手，往回家的路驰去。

宁时谦想了想，却开车去萧家找萧伊庭了。他家做玉的，没准儿可以做一块一模一样的玉牌出来。

萧伊然车开了一半，忽然想起什么，掉头往杏林路去了。

她要去取风铃。

可是，她到了风铃摊，姑娘却抱歉地告诉她，本来给她做的那个风铃被人给买走了，请她改天再来，另外给她做一个。

没办法，萧伊然只能空手而归。

Chapter 02

接下来的几天都很忙，值晚班、夜训，萧伊然直接睡在了大队。

待这几天过去，她再去取风铃，那姑娘竟然没出摊。

回到家里，萧伊然没有马上休息，而是记起一个非常艰巨的任务，于是坐下来打开电脑，翻出她所有的老照片，一张一张看，边看边皱眉摇头，表情异常丰富。

大约半小时后，萧家的门铃响了，阿姨去开门，发现是宁时谦。

“宁先生，这么晚。”阿姨随口道，却也不奇怪，宁先生可是萧家常客，来往从不拘泥时间。

“嗯。”宁时谦一本正经的模样，“我找伊然谈个案子，很紧急。”

“您请进，然然在房间里。”阿姨被他严肃的样子给镇住了，只开了个小灯，光线昏暗，毕竟她知道宁警官经手的案子，指不定又是哪里杀人了。

宁时谦点点头，道貌岸然地上楼，去了萧伊然的房间。

门没反锁，他一扭就开了，发现她趴在电脑前又是咂嘴，又是唉声叹气，屏幕上一张一张照片快速闪过。

她听见声响回头招招手：“哎，你来得正好，快过来！过来！”她好像习惯了他这样大晚上突然闯入，丝毫不觉得诧异。

宁时谦走近，她的电脑屏幕上是一张女孩儿的照片，她兴冲冲地拉着他坐下，两眼放光：“快看快看，你觉得她怎么样？”

“周小清？”这个人他是认识的，她的同学嘛！

她不满地瞪了他一眼：“我知道她是周小清！我问你觉得她怎么样！美不美？”

美不美？他敢说她的同学不美她不揍死他？宁时谦猛点头：“不错啊！当然美！”

她的眼睛更亮了：“周小清人美肤白大长腿，性格活泼又热情，会唱歌跳舞还会弹钢琴，完全符合你梦中情人的标准，最重要的是，她没男朋友……”

宁时谦听着，明白了些什么，瞪着她。

萧伊然感觉到这眼神里并没有什么善意，蹙起眉，开始反省，自己做错什么了吗？

猛然间，她拍了拍自己的额头，她这是多傻啊！周小清不是翻版的江琳吗？她这不是在往他伤口上撒盐吗？

她赶紧换照片，一个留着齐眉头帘的清纯乖巧女孩儿出现在屏幕上：“这个呢？怎么样？”

宁时谦瞟了一眼：“太幼稚！”

“是吗？”她嘟哝了一句，要成熟的？她挑了张美艳的，眉眼妖娆，“这个呢？”

“嗯？皮肤太黑！”这回他瞟都没瞟了。

她就不乐意了！还嫌弃别人皮肤黑呢！他自己黑得跟煤堆里挖出来的似的！不过，她作为一个铁兄弟，还是要把他的终身大事放在首位的！既然嫌弃，那她就再选！

这回萧伊然给他看了一张肤白的，鬈发，女人味十足：“这个怎么样？”

“牙齿不整齐！”

牙齿不齐都看见了？她愤然再出一张！

"眼睛太大！"

这回她火了，"宁老四！你别是在故意找碴儿吧？眼睛大也不行？你到底中意怎样的？"

宁时谦手臂往她椅背上一搭："嗯……要求并不高，头发没染色没烫，刚过肩膀的样子；皮肤也不是非要特别白，健康色就好；眼睛嘛，大不是重点，关键要传神，会说话那样；身材好，高挑……"说着，他低头看了看她的胸口，"要……有料！你明白？腰要细……"

萧伊然寻思了一会儿，不免郁闷，这不又是江琳吗？江琳身材凹凸有致，眼睛灵动逼人……

她不死心，干脆在网上搜美女图，也好找个样本，让她照着标准去找不是？

只是，照着这标准，搜着搜着，她就搜出好多比基尼美女！而且还有好些是跟泳装男合拍的！动作还有些暧昧……

她倒是没觉得羞耻，以前宁时谦跟那些男生对着泳装美女图流口水的时候，她也大咧咧加入进去，跟他们一起讨论谁的身材更好，所以，今儿再来讨论一番吧！

"哎哟！这个身材好啊！你看这胸！你看这腰！还有这臀！太让人羡慕了！我有这身材多好！唉！我这……"萧伊然捶捶桌子，"我就没屁股啊！"

宁时谦不动声色地弯了弯嘴角，这丫头在他面前说话从来就是这样没遮掩，什么话都往外蹦，也不知道这到底是好事还是坏事。不过，针对她这个"遗憾"，他上上下下打量她一番，低声说了句："挺好。"再翘就多了……

萧伊然没听出来，一拍他的肩膀，英雄所见略同地道："你也觉得好啊？成，我明白了！"末了，她盯着屏幕上的泳裤男摇头，"我还是不喜欢这种肌肉男，看起来可怕！男人结实就好，肌肉不要太饱满……"

宁时谦眼睛眯了眯："嗯，一般中国男人肌肉都不会饱满成这样……"

她的思维发散出去了："也不知道秦洛身上是怎样的？"

他用力在她脑袋上敲了个栗暴，"小姑娘要点儿脸行吗？明目张胆地在男人面前想裸男！”

她揉了揉脑袋，趴在桌上，心里蕴满相思，目光也变得潋滟起来，水润润地看着他问：“是怎样的啊？你肯定见过！你们一起换过泳裤！”

他板着脸去拧她的耳朵：“越说你还越来劲儿了是吗？”

“你说说啊！”她丰泽的唇瓣微微嘟起来，灯光下显得格外莹润。

他咳了两声，对这种赖皮行为还真是无可奈何，“跟我一样，你要不要看看？”

她丢了一个白眼给他：“你？我从小看到大，还有什么可看的，从头到脚一块黑炭……”

他拧着她耳朵的手力道更重了！

正在此时，门被推开了，传来萧奶奶的笑声：“小四来了啊！正好，吃点儿夜宵……”

她话没说完，就看见惊悚的一幕，宁小四在摸然丫头的脸？电脑上是什么东西？萧奶奶不是老封建，一瞬间脑子里七拐八拐转了好多个弯，似乎明白了些什么，尴尬不已，放下夜宵连连摆手：“奶奶什么都没看见啊！你们……你们继续……”

她吓得赶紧掉头就走，末了，又回头嗔了他俩一眼：“下回记得锁门！别这么马虎！”

萧伊然蒙了，奶奶这是什么反应呢？等她往电脑上一看，终于明白过来，急得拍开宁时谦的手追出去：“奶奶！奶奶您弄错了！我们没有看那种……”

萧奶奶却一副十分开明的样子，笑着挥手：“快回去吧！只要你们俩好好的就行！奶奶替你们高兴着呢！现在也不是旧社会了，横竖你们要结婚的！宁家不敢不负责任！”

“不是！奶奶……”

萧奶奶丝毫没有年迈的迹象，走得飞快，生怕自己当了大灯泡！

“奶奶！不是您想的那样！真的！您听我……”

好吧，奶奶已经不见踪影了……

萧伊然拍拍额头，十分无语，沮丧地走回房间，发现那个罪魁祸首已经四肢舒展地躺在她的床上，还闭上了眼睛，怡然的模样全然当什么都没发生！

她气恼地冲上前，学着他的样子拧起他的耳朵，怒道："你给我起来！你个倒霉鬼！我奶奶误会我们在……"

他喷笑："误会我们干什么？"

"误会我们在看片做……"她急怒之下脱口而出，说了一半到底没能说出口。她终究是个没嫁的女孩儿！要脸！

他定定地看着她，灯光映在他墨色的瞳孔里，水银般流动，他的声音突然蒙上一层薄雾一般："误会了又有什么关系？奶奶不是说了吗？反正我会负责的！"

萧伊然很少听到他这样说话，每一个字都好似在喉间打转，软软的，像是化不开的呢喃。

她脸色当即沉了下来："宁老四！你什么意思？"

他眼睛里那些流动的光泽瞬间散去，落入无尽的黑暗，"没什么意思，我开玩笑呢！"

"宁老四！我跟你说了，这种玩笑不要开！你把秦洛放在什么位置？"她严肃起来的时候也是很吓人的。

他闭上眼："好好好，对不起，以后再也不说了！"

"不早了，你该滚回去睡觉了！"她板着脸驱赶他。

他皱起眉来，翻了个身，背对着她："很累了好吗？我就睡这里了！别吵了！"

她想起小时候她去他家里玩儿，他是个精力极度充沛的，闹一宿也不会觉得累，她是个女孩儿，到点儿就困得不行，常常靠在他身上不自觉就开始脑袋一点儿一点儿地打瞌睡，奶奶要带她回家，她就赖在他身上不肯动，也是说"奶奶，我很累了，就睡这里了"……

那时候，他们常常睡在一起，不是他来她家，就是她住他家，大人们也习以为常。

"十三，你真是越来越狠心了，重色轻友到了惨绝人寰的地步。"他在那儿低低抱怨。

萧伊然默然。她知道他很累，昨晚一个通宵没睡，今天又审了一天……

“那你睡吧，我不吵你了。”她给他把被子扯过来盖上，自己出了房间去客房。

在她离开以后，他转过身来，睁开眼，默然不语。灯关了，窗帘也拉上了，房间里黑得如墨一般。

“四哥，四哥，我怕！抱抱！”曾几何时，有个小丫头总喜欢和他一块儿睡，明明害怕偏偏要听他讲鬼故事。

“四哥，你说我睡着了床底下会不会伸出一只手来？”

“不会。”

“那如果真的来了怎么办呢？”

“那四哥把它打死！”

“四哥不怕吗？”

“不怕！四哥是男子汉，什么都不怕！”

“那我也不怕了，只要有四哥在就不怕了！”

其实她并不知道，小时候的他也是害怕的，但是他明白她的心情。就好像很小很小的时候妈妈带着他去找爸爸，要经过一条很黑很黑的路，没有路灯，他一点儿也不害怕，因为他认为妈妈在就不用害怕，而事实上，妈妈也是害怕的，只不过他不知道而已。

人，都会有依赖，并把这个依赖假想成保护神。他当了她很久的保护神，直到长大。长大究竟是在哪一天呢，他却记不得了……

他该有三四十个小时没睡觉了吧？宁时谦很累，累得头上像箍了个金箍一般疼，却怎么也睡不着，眼前出现了秦洛那张总是洋溢着阳光般灿烂的笑脸。

他捏捏眉心，翻了个身。

宁时谦记不得自己是什么时候睡着的，只知道最后一次看时间是凌晨四点，睡得也不那么安稳，恍恍惚惚间眼前全是秦洛。

“宁哥，好好照顾然然。”

这句话，在他梦里浮浮沉沉，一遍又一遍，醒来的时候，仿佛还有这样的男声在他耳边反反复复地说。

萧伊然在房间里转进转出，发出各种声音，他恍恍惚惚地看着她，想起今天该去接段扬。

去医院的时候，开的是萧伊然的车，还是宁时谦驾驶，风一吹，叮叮咚咚的风铃撞击声吸引了他的注意："哟，这声儿还挺好听，哪儿来的？"

"买的呗！"她轻轻用手抚了抚金属管，秋日的阳光尽数落在她眼里，一片金光粼粼。

宁时谦只觉得那光晃得眼睛刺痛，他移开了目光，默然开车，这一路，竟然没人说话。

到了医院，两人走向段扬病房的时候，还在走廊上听见护士用激动的声音在说着什么，他俩疑惑，担心段扬出事，加快了步伐。

两人一进去，便见护士谭雅手里拿着一个酒瓶，涨红了脸训斥："我从来没见过这么不配合的病人！还是警察呢！你们警察的纪律性呢？"

宁时谦暗道一声不好，凑上去想缓和一下气氛，赔着笑脸，刚要开口说话，谭雅已转过脸来怒气冲冲地对着他："还有你，你是想害死他吗？如果是，别在这里害！我们医院负不起这个责任！"

段扬低着头，被谭雅训得一声不敢吭，偷偷对宁时谦使眼色。

宁时谦讷讷地觍笑："不是，这酒不是……"

"还敢说不是你带的？难不成是他自己去买的？他时刻在我们眼皮子底下怎么去买的？上回你来我就看你鬼鬼祟祟的！你还不承认？"谭雅把酒瓶往垃圾桶里一扔，"有本事你再给我捡起来！"

宁时谦一张黑脸不知何时悄悄泛了红，笔直站在那里解释，"段扬说他头疼，失眠，想试试喝酒……"

"嗬！"谭雅怒笑，"那怎么不试试砒霜啊！一吃肯定睡着了！"

"……"宁时谦无言以对，这护士脾气也太火爆了。

谭雅大概也意识到自己失言，冷了脸调整了语气："不好意思，我也是秉着对病人负责的态度，希望你们不要放在心上。其实你头疼和失眠是可以和医生说的，实在受不了我们可以开镇痛的药，也可以适当用药助眠，喝酒是不可取的，不过，你现在已经基本康复，马上要出院，这些你都用不着了，出院后注意禁食刺激性的食物。"

宁时谦隐隐觉得哪里不对劲，此刻气氛一缓，也笑道："对不住，护士，是我们自己大意了，段扬、段扬说……酒……还能消毒，喝点儿下去没准儿帮助杀菌……”

段扬被这么一说，一张黑脸也窘得通红。

谭雅被气笑了，狠狠瞪了段扬一眼，转身走了。

只有萧伊然一直捂着嘴笑，瞄了眼谭雅的背影，悄声问：“段扬，你……没有喝吧？”

段扬咳了两声：“还没来得及打开呢，就被没收了。”

办好出院手续，宁时谦扶着段扬上车的时候，却正好看到谭雅出来。

“宁队，谭护士正好下班，我们送送她吧。”段扬低声道。

宁时谦是谁？警察！警界小神探！嗅觉不亚于萧伊然的贝贝！他立马闻到了异样的气息，看了看时间：“这个点下班？早班已过，中班还早着！”

“就是下班！我知道的！她今天早上就该下班的！肯定又带新护士给耽搁了！谭护士是很负责的护士！”段扬急道。

“她明天什么班？”宁时谦不动声色地问。

“还是晚班。”段扬不假思索地回答。

“后天呢？”

“早班。本来她今天就该休息了，是和另一个护士换了班。谭护士很热心。”

宁时谦笑了，拍了拍段扬的肩膀：“终于开窍了啊！”

“什……什么……”段扬再木讷，也听出宁时谦语气里的不寻常了。

萧伊然笑着凑过来：“段扬，你们宁队的推理习惯你还不了解吗？就你现在这个状况，我帮你把你宁队心里的话剖析一下。段扬这小子有情况！一，住一回院把人家护士的值班规律摸得清清楚楚！臭小子，你队长我哪天值啥班你怎么总要去查表？二，事出反常必有妖！你小子平时锯嘴葫芦一个，现在这么多话，你敢说你不是心里有鬼？”

段扬一张黑脸瞬间又红了，说话间谭雅已经走近，宁时谦笑嘻嘻地提出送谭雅一程，关键时刻为兄弟两肋插刀都行，何况只是当当司机呢？

谭雅推却不过，搭了他们的车，车上，她也被萧伊然的风铃给吸引了：“这风铃造型很别致啊，在哪儿买的？”

“小摊上。”萧伊然又不傻，现在也摸出点儿意味来了，忙着替段扬献殷勤，“姐姐喜欢的话，我下回给您捎一个！”

“不用不用，我就是看着特别。”谭雅怎么会收她的礼物?

萧伊然是个自来熟，跟谁都能说上两句，更何况现在有心讨好谭雅，知道段扬是个闷葫芦，一路都逗着谭雅说话，其间不时恰到好处地夸夸段扬的好，一路说笑，倒是很快就到了谭雅的家。

得知谭雅马上还要送儿子皓皓去美术班，萧伊然马上主动要再送她一趟，盛情难却，谭雅眼看要迟到了，于是再次感谢他们。

宁时谦憋着笑，暗地里朝萧伊然竖大拇指，倒是段扬，全程不说话。

虽然一路急赶，皓皓却还是迟到了。

“妈妈……”皓皓有点怕被老师批评。

“皓皓，是妈妈的错，下班晚了，妈妈陪你进去吧。”谭雅牵起了儿子的手。

“我……我也去吧。”段扬道，说完紧跟着进去了。

“我也去看看！”萧伊然纯属看热闹的。

宁时谦待要阻止，她人已经走远了，他无奈地笑笑，只好也跟上去。

皓皓的美术老师是个三十多岁的男子，清瘦、文雅，看上去倒是很有几分艺术家气质，看见他们来，眼睛微微一亮。

“三水老师，不好意思，我们迟到了。”谭雅脸上泛起了红晕，赔着小心。

青年画师三水，小有名气，能拜入他门下不容易。

“没关系，进来吧，皓皓。”三水把皓皓牵了进去，眼神温和。

“对不起，耽误您上课，我先走了，等会儿再来接孩子。”谭雅是费了一番工夫才帮皓皓求得跟三水学画的机会，所以很害怕惹恼了三水而被退学。

然而，三水看谭雅的眼神始终是温和的：“行，您放心吧。”

三水带着孩子进去了，他们一行四人也上了车，先把谭雅送回了家，再送段扬。

谭雅下车后，萧伊然便看着段扬笑：“哎，段哥，你上什么车啊，待会儿反正谭护士还要来接小孩儿，你就该守在画室门口等着谭姐来，多好的机会！”

她本是玩笑，段扬却当了真，红着脸结巴道：“那……那会不会有点儿丢人？”

萧伊然哈哈大笑。

“那……我现在下车？不然你们送我回去！”段扬认真地把手搭在了车门上。

宁时谦忍不住了：“老段，别听她瞎胡说，你得把谭护士给吓着！”

段扬这才反应过来萧伊然是打趣他，脸更红了，却不生气，只憨厚地笑。

萧伊然却眨巴着眼睛：“我认真的啊！那个三水老师的眼神，一看就对谭护士很特别，段哥，劲敌啊！”

宁时谦呵呵笑了两声：“十三，你对其他男人的眼神感觉倒是很敏锐啊！”

“开玩笑！我们是警察！警察要对一切蛛丝马迹观察入微，明不明白！”

宁时谦笑着摇头。

两人把段扬送回了家，宁时谦没有急着开车走，将车停在路边上，两眼看着她，勾勾手：“过来。”

“干吗？”萧伊然虽心存疑惑，还是靠近了他。

他指指眼睛：“看看我眼睛里有什么？”

萧伊然觉得这个人莫名其妙，皱着眉头盯着他的眼睛看，末了，又翻开他的眼皮看，蓦然大喊：“结膜炎？！你滴眼药水了没有？”

他一把挥开她的手，“去去去！我哪儿有结膜炎！我说你动作倒是挺熟练！”

她笑：“那当然，我常常给贝贝看嘛！”

“哎，我陪你去医院看看眼睛去！”她还是担心他的眼睛的，红得厉害。

“我没事，我只是红眼病！”他心里闷着一口气。

“红眼病？那更得去看了！”

“说不去就不去！”

“那成，你陪我回一趟单位，我去取点儿药给你滴。”

他怒了："萧伊然！你要把给狗用的药给我用？"

萧伊然本就是逗他，也不知道为什么，这家伙对贝贝总是羡慕嫉妒恨的心态："这有什么呀？贝贝吃的用的可不比我们差，伙食标准比我还高呢，给你用算抬举你了！"

她一边哈哈笑，一边摸他的头，就跟给贝贝顺毛的动作一模一样，摸得相当顺手。

"要不要再给我喂根火腿肠啊？"他青着脸问。

她扑哧笑得更欢，火腿肠没有，巧克力有一块，她从口袋里掏出来，啊一声："乖，张口！"

"你个臭丫头！"他哭笑不得，揪着她欲一顿收拾。

周末的阳光洋洋洒洒地穿过挡风玻璃，落在他的肩膀上，她的一切仿佛都还和很多年前一样，只要在一起的时光，总是这样玩玩闹闹，总是这样阳光满天。

如果，时间可以永远停留在这样的阳光里，那他宁可没有以后。如果，可以如果。

后来，他坚决不肯去医院，萧伊然也没有去单位拿贝贝用的药，只是给他买了瓶眼药水让他先滴着。

"过来，先滴几天试试，我跟你说，如果没有好转还是要去看医生的！"她熟练地拧开眼药水，朝他招招手。

给他滴眼药的时候，她离他很近，温软的指尖撑开他的眼皮，温声软语，属于女孩儿的清香气息尽数喷在他的脸上："乖点啊，别动……别眨眼！别眨眼啊……"

他怔怔地看着她，想起她小时候被带得娇弱，身体不太好，总是生病，娇滴滴的小姑娘又怕打针又怕吃药。他常常陪她一起去打针，护士要进针的时候，她扁着小嘴要哭，他在一旁抱住她的头，捂住她的眼睛，唱歌给她听，她听着听着，走了神，护士一下就扎进去了，她也忘了哭，然后，泪眼汪汪地看着他，认真地评价：四哥，你刚才唱走调儿了……

可是，纵然他总是唱歌走调儿，她每回打针却偏要眼巴巴地望着他回来，等他回来了陪她一起去，再唱歌给她听……

往事一幕幕，她的容颜在他眼前变成从前的模样，粉粉嫩嫩的小脸，笑起来眉眼弯弯，细白细白的牙齿糯米粒儿似的，一笑就隐隐可见。

倏然，他眼中一凉，液体模糊了他的视线，就像石子投入明媚静好的春湖，涟漪荡漾开去，一切景象都摇散不清了。

“好了，闭会儿眼睛。哎，你说，我们等会儿去哪儿？”难得休息，萧伊然琢磨着是不是大玩儿一场。

他脑中灵光一现：“不如，我们去吃晚饭，看电影？”

萧伊然一拍手：“好主意！”

“那我们先去吃个午饭，下午打场球吧！”这是他和萧伊然正常的活动，没事打个球，打出一身臭汗，什么疲劳都没了！

“谁跟你打球。打完球一身臭谁跟你去吃饭看电影？我跟你说，今晚你再去撸串我跟你没完！要去餐厅！餐厅！现在先各自回家，你好好睡一下午，睡足了，咱们再说吃饭看电影的事！”萧伊然看着他这张脸，心里连呼惨惨惨，明明一个帅小伙，却眼睛绯红，皮肤干燥，胡子拉碴，这么个惨绝人寰的样子，人家姑娘怎么看得上？

晚餐时间，宁时谦来接萧伊然。

萧伊然一看到他就傻眼了：“你……你就这模样？”

半旧T恤、牛仔裤，唯一讲究的是将胡子给刮了。

诚然，他们习惯了穿着随意，便于奔跑和打斗，可是今晚他还穿成这样，不怕她跟他绝交吗？

宁时谦则一脸愕然，完全不懂她这般要将他生吞活剥似的眼神是为什么，正苦苦思索着哪儿又得罪这位姑奶奶了，萧伊然旋风般刮到他面前，推着他就往楼上跑，直接把他推进了萧城显的更衣室，一进去，二话不说就把他的T恤下摆往上一推，利利索索给脱掉了。

“哎！我说你干吗呢？姑娘家矜持点儿行不行？”他下意识捂住皮带扣。

她狠狠剜他一眼：“挡什么挡？赶紧自己脱了……”

“你……想要干什么？”他把更衣室门关上，小心翼翼压低了声音，“咱这样……太明目张胆了，你要真有这个想法，我勉为其难吧，待会儿可以去我家，不用这么着急，我家没人……”

萧伊然正在她爸爸的衣柜里找适合宁时谦的衣服，起初还不明白他这话的意思，细细一琢磨，反应过来，直接把一件衬衫罩在他头上："你脑子里果然都是一个颜色的！跟便便同色！"如果不是待会儿还要把他牵出去见人，她就一拳把他打成熊猫了！还勉为其难！

骂完她又找了条裤子："赶紧给我换上，我在楼下等你！"

宁时谦换了衣服下来的时候，萧伊然暗暗点头，总算是满意了。爸爸的衣服太正统了，不过，极难得看到宁时谦穿得如此"商务化"，这一扮上，竟然给了她强烈的惊喜。她就知道，宁时谦本就有一副相当不错的皮囊，只是平日里穿着过于随意，而她又审美疲劳了，所以没发现他这出类拔萃的气质。

"怎么样？"宁时谦还有几分臭美地在她面前显摆自己的美色，全然不知这是要被人牵出去卖了。

"帅！"萧伊然直接一个字！"快走！要迟到了！"

宁时谦有些狐疑，电影早着呢，怎么就要迟到了？到了餐厅，他才明白是怎么回事，森森然看了萧伊然一眼。

萧伊然先是赔了个笑，毕竟先斩后奏，可是紧接着她又给了个恶狠狠的眼神以示威胁：你给我好好表现！不许砸我的场子！

"四哥，这是我朋友瑶瑶。瑶瑶，这就是我四哥！"她笑着冲瑶瑶眨了眨眼。

叫瑶瑶的女孩儿很漂亮，长发垂肩，五官柔和，气质尤佳。

"你好。"宁时谦点点头，非常配合萧伊然的工作。

"瑶瑶是文学硕士，可有文学修养了，所以我邀了她今晚一起看话剧！"萧伊然在桌底下踩了踩宁时谦的脚，示意他主动些。

原来今晚还是看话剧！他笑了笑，显得非常温文尔雅的样子。

"宁先生不喜欢看话剧吗？"瑶瑶倒是落落大方。

宁时谦扬了扬嘴角："我？平时看得少，侦破惊悚悬疑的看得多些，对了，我看过印象最深的一部剧演的是把人的内脏放在油锅里炸，看着那些肝啊肺啊被炸得刺刺作响……"

瑶瑶脸色白了白。

萧伊然的脸色也白了白，不过是气得发白！她勉强撑出一个皮笑肉不笑的笑容来："瑶瑶，我们……职业所限，所以看这种比较多，不说了不说了，先点菜吧。”她手指在桌下准确地掐住了宁时谦大腿上的肉，用力拧了下。

为了不让点餐这个环节出现问题，萧伊然果断没有让宁时谦参与进来，和瑶瑶顺利把餐点完了。

餐厅里人不多，很安静，流淌着轻缓的音乐，宁时谦识相地没出声，只是微笑。

菜一道道地上来。

“先生、女士，你们点的鹅肝。”服务员把餐盘分别放在他们面前。

宁时谦没说话，拿起了刀叉。

萧伊然还是满意的，这家伙平时把自己弄得跟个糙汉似的，但到底是宁家的人，一举一动很上得了台面，今天这般人模狗样地收拾一番再好好装模作样，实在是一个浮世翩翩佳公子。

只不过，这家伙真的不能讲话，一开口，所有的美好都幻灭了……

他品尝了一口鹅肝，脸上满是回味的表情：“嗯，这肝儿不错，比油炸的看起来更接近肝本来的颜色，味道也更醇美，油一炸表面可就焦了，硬硬的，一点儿也不好吃。”

瑶瑶正用刀切下第一块鹅肝，闻言双唇紧抿，双手僵直。

萧伊然气血一涌，如果她面前有一口大油锅，她一定把他扔进油锅里翻来覆去炸一通！

“宁老四！”她脸色已相当不好，冷着眼从牙缝里挤出他的名字。

他却一脸无辜的样子：“怎么了？我老爹每次做黄焖鹅总是喜欢把鹅肝炸得焦焦的，你又不是没吃过……”

萧伊然看了一眼瑶瑶，只见瑶瑶已经苍白着脸把刀叉放下了。萧伊然只能忍！总不能当着瑶瑶的面揍得他满地滚！萧伊然忍着怒火冲着他冷笑：“我就觉得，还是宁伯伯炸的肝好吃。”

“是吗？他会很开心的。”宁时谦冲萧伊然一笑，一口把剩下的鹅肝片吃完，坐等下一道菜。

服务员来撤盘并接着上菜的时候，萧伊然和瑶瑶面前的鹅肝都没动过。

“谢谢，我不要了。”瑶瑶白着脸说。

服务员便给他们换上了鳕鱼。香煎鳕鱼，淋上一层乳白色酱汁，浓浓的，在雪白的大盘子里蔓延开去。

宁时谦一看，又道："十三，你还记得上次那个坠楼案吗？死者头部着地，脑浆都流出来了……"

眼看瑶瑶一脸难受，萧伊然心里就像有一座火山，蠢蠢欲动，蓄势待发。

面对着一盘鳕鱼，她并不恶心，可是她也气得没办法再动刀叉了，结果，他老人家大快朵颐，三两口吞完了鳕鱼，还意犹未尽。

接下来的时间，简直就是一场浩劫。

"哎，十三，上次那个杀人案，死者腹部中十几刀，肠子都出来了，我们看着法医把肠子塞回肚子里的，你还记得吗？这个奶油的形状跟那肠子好像啊！"

"对了，瑶瑶喜欢看话剧，话剧里有这种血腥画面吗？又怎么表现才逼真呢？比如流血，用什么代替血？像这样的草莓果酱？"

时间每过一秒，萧伊然的眼神里就侵入一点儿冰，到最后，已完全被寒冰覆盖。

瑶瑶的脸也越来越白，直至全身僵硬。

而此时，瑶瑶的手机响了，她僵着脸挤出一缕牵强的笑来："不好意思，我去接个电话。"

瑶瑶离了座，宁时谦还在那儿若无其事地吃东西，包括"像鲜血一样的果酱"，都被他蘸得干干净净。

萧伊然胸中那团火焰烧着，眼里更是一片刀光剑影，死瞪着他，可他浑然不觉似的，悠悠然吃着他的晚餐，喝着他的水。

终于，她忍无可忍，伸手将水杯往上一扣。

宁时谦猝不及防，一杯水尽数倾倒在他脸上，大部分顺着鼻子、嘴巴流经下颌，淌到他的衣领里和胸前，一部分呛进了他的鼻腔和口腔。

他喀喀地连声咳嗽："好丫头……喀喀……心狠手辣……"

萧伊然冷笑："我记得溺水而亡的人非常难受，吸入大量水，水直接灌入肺部，呼吸受阻，之后水又从口、鼻等处呛出……"

说着，她拿纸巾拭去他口鼻边的水，说是拭，其实是掐，疼得宁时谦连连皱眉。

“嘶，溺水而亡的人还全身肿胀，五官变形呢，你好歹也诅咒我一个漂亮点儿的死法，免得你给我收尸的时候害怕！”明明被她掐得疼，宁时谦也不避开，随她掐，还顺着她的话逗乐子。

萧伊然咬牙切齿：“谁给你收尸？别做梦了！”

他一双黑漆漆的眼睛眨了眨，亮亮地看着她，几分玩笑、几分认真地道：“十三啊，哥这辈子就指着你收尸了，我爸铁定指望不上，除了你我想想也没其他人了……”

萧伊然心里一颤，这句话莫名苍凉。她有些懊悔，他们这踩着刀尖过日子的职业，好好地她说什么收尸！也太不吉利了！

她正想说点儿什么把话圆回来，瑶瑶接完电话了，脸色依然苍白，回到他们面前也不再坐下，拿起包歉意地说：“很抱歉，宁先生、伊然，我临时有点儿事得走了，你们慢慢吃吧。”

“瑶瑶……”萧伊然知道完了，泡汤了，刚刚心尖上那一抹不忍的颤动重新被愤怒取而代之。

瑶瑶笑了笑，没再说其他的，快步离开了。

萧伊然只觉得脑仁儿疼，立马追出去，一迭声地喊着瑶瑶的名字。

餐厅外面，瑶瑶总算停下脚步，看着萧伊然哀叹。

“瑶瑶，你别生气，他就是这么个人，嘴没遮拦，其实人挺好的！”萧伊然急道。

瑶瑶暗暗摇头，叹息：“伊然，算了，我知道，他是故意的，他看不上我。”

“不是……”他不是看不上你啊，他是谁都看不上，除了江琳！可是，她又能怎么解释？“对不起，瑶瑶……”

“多大事啊！这种事本来就看缘分！你回去吧，我先走了！下回咱们姐妹俩再单约出来吃饭，我请你！”瑶瑶拉拉她的胳膊。

“那，你还没吃饭呢，再怎么也吃了再……”萧伊然想起那一堆恶心的比喻，识趣地没有说完，经历了这么奇葩的一次，谁还有胃口和勇气一边吃一边在脑中发挥无尽的想象力？

瑶瑶走了以后，萧伊然怒火冲天地回到座位，那人还不知死活地在那儿冲着她笑。

“出来！”她今晚也是一口没吃，现在有将他生吞活剥的冲动。

“哎，十三……”他坐在那儿不动，欲言又止的样子看起来似乎有苦难言。

所以，他这是怕了吗？她心里犹自愤然难平。他也知道怕？知道怕还可劲得罪她？！

“宁老四，你少给我装！乖乖给我出来！”餐厅这种地方，她实在不想动手拎他！要教训也得找个没人的地儿！

他一脸无奈，笑笑：“埋单啊！我的钱包在我自己的裤子里……”

萧伊然愕然，怎么也没想到会是这样的原因。

他站起来，牵着她的手，忽而低下头，在她耳边低声说：“好妹妹，你请哥哥吃好吃的行不？”

也不知是他呼出的气太热了，还是她想起了幼时自己的“不知羞”，她耳根子唰地就泛了红。

小时候的她虽然备受娇惯，但是爸爸妈妈也是有原则的，好些东西都不准她吃，小小的她也没办法单独出门，于是总是缠着他：“好哥哥，你请我吃好吃的行不？”

当然，每一回他都满足了她的愿望，悄悄把她带出去，背着她走很远的路去吃她想吃的东西。

他可有钱了，跟大人一样。

这是她自小就有的想法。后来她才知道，他之所以手里总有很多钱，是因为他没有妈妈，宁伯伯很忙，顾不上他，就给他钱，让他自己管自己。

他却把许多钱花在了她身上，给她买吃的，买娃娃，买她喜欢的一切。

那时候奶奶就点着她的额头说她不知羞，可他愿意啊，后来她“知羞”地不要他买东西了，他每天放学回来还给她带呢！

那会儿院里的小男孩们每回看见他拿着小糖人儿、小玩意儿，就起哄笑他：你又讨好你的小媳妇了？

她听了，还刻意去问他，小媳妇是什么呀？

他说，就是好妹妹……

慢慢地，她明白小媳妇是什么意思了，可也不觉得恼，还美美地认为，给他当小媳妇也挺好的。

小时候的玩笑自然不能当真，可她如今真是为他的媳妇发愁！想到这儿，萧伊然心里那点儿属于回忆的温情荡然无存，她恨恨瞪了他一眼，别以为来点儿怀旧回味就能灭火！

埋了单，回到车上，她正要大发雷霆，他忽然长臂一伸，将她整个搂入怀里，头重重地搁在她的肩膀上，他发间洗发水淡淡的清香味侵袭着她的呼吸。

“你……干什么？”她全身发紧。

“十三……”他低低地叫她，“我知道你生气，可是你现在是不是很讨厌我成天围着你转，所以想把我随便推给别人？”

“十三，我只是……习惯了对你的依赖……”

萧伊然听着，一片迷惘。他依赖她吗？怎么会？从小到大，都是她依赖他啊！

“我妈走的时候，我总是对自己说，你是男子汉了，是大人了，也总在外面努力装成大人的样子，可是只有我自己知道，其实我心里还住了一个懦弱、幼稚的我，这个我会想妈妈，会害怕，害怕一个人待在家里，害怕没有人关心。那时候的你，甜美又可爱，总跟着我黏着我，长辈们都说，是我牵着你的手带着你长大，其实他们都不知道，对我来说，是你软乎乎的小手牵着我，陪着我成长。十三，我妈走后，我把你当成最亲的人之一，可现在，如果你厌烦我了，觉得我妨碍你了，你告诉我就好，我会离你远远的，但不要逼我跟不认识的人勉强打交道，我不喜欢……”

萧伊然怔怔地听着，许久都没有回应，只是心里翻江倒海的，一阵阵难受。

她和他认识二十多年了，他从来没有一口气说过这么多话，更没有过这样的时候。在她眼里，他是刚强的、捣蛋的、幽默的、阳光的，从小她看各种英雄片，奥特曼、蜘蛛侠、超人，最后都会在她梦里化作一个形象，那就是他，他是她的奥特曼，是她的蜘蛛侠，是她的超人，却原来他所有高大的表象下还有这样不为人知的一面。

她是他最亲的人之一，他又何尝不是她最亲近的人？

再想想他的生活，的确是除了她，再没有其他处得近的女孩子，就连他钟情多年的江琳，他都没有勇气去表白……

此刻他趴在她的肩头上，好像将他这二十多年的孤单与脆弱都负于她身上一般，直压得她肩膀发酸。

他说话的时候，下巴上的胡楂还擦着她颈上的皮肤，有些刺痛，有些痒，她便想起，自己从前是个爱哭包，一点儿点疼一点儿点委屈就喜欢抱着他的脖子呜咽，他在外面那么粗犷的一个人，每回都极有耐心地哄她，抱着她一圈一圈地走，很多时候，她都是这样被他哄着哄着，就在他肩膀上睡着了。

其实有时候她并不是那么疼，也不是那么委屈，只是喜欢这种感觉，喜欢他抱着她转圈，喜欢他用变声期公鸭似的声音柔柔地说话。

萧伊然想着那些时光，眼眶便湿了，心里也润润的，泛着酸。她忍不住伸手摸着他的头发，就像摸着贝贝的头给贝贝顺毛一般。这会儿的他，还真像贝贝撒娇时的样子，委屈得惹人疼。

“四哥，我怎么会厌烦你？你是我四哥啊！”比她自己的四哥还亲密的四哥啊！

趴在她肩头的他嘴角微微一扬。

后来那场话剧，他们谁也没看，因为肚子饿。

对于这一点儿，萧伊然颇不以为然，她啥也没吃，饿是必然的，可他从头到尾没停过嘴，也饿？

宁时谦眼一瞪：“就那一小碟一小碟喂猫都不够的东西，我能吃饱？不如回去吃奶奶做的酱猪蹄！”

奶奶的确做了酱猪蹄，而且一大早就开始准备了，就因为他喜欢吃。后来，听说他们要在外面吃晚饭奶奶也没失望，只说等小四晚上回来当夜宵。现在好了，果然没有白做。

只是萧奶奶看着这俩人在餐桌上狼吞虎咽地啃着猪蹄，为了最后一个还差点儿大打出手，不知是怎么回事。不是出去吃了晚饭吗？

“奶奶！你看十三！我是客人她还跟我抢！”宁时谦唇上还沾着油花，悲愤地跟萧奶奶控诉。

“你……哪儿是什么客人？你比我大还跟我抢！”说好的好哥哥呢？说好的好吃的都留给她呢？说好的最亲的人呢？

这对冤家……

萧奶奶却被逗乐了，年纪大了，就喜欢看着孩子们这么乐呵呵闹腾的情景，尤其自己做的吃食还这么讨孩子们喜欢，更让她高兴，不过，却也不由得诧异地问：“你们俩没吃晚饭啊？”

宁时谦此时已经将整个盘子都抢了过来，满腹委屈地控诉：“奶奶！十三说请我吃饭，没给我吃饱！”

萧伊然那叫一个憋气！他还没吃饱！她是一点儿没吃好吗？对这种人，不需要再有什么口舌之争了！能动手绝不吵！

萧伊然直接一个黑虎掏心，再和他对拆几招，发现一个空当，将猪蹄抄入手中，然后脚底抹油逃跑了！小样，这么喜欢逗奶奶开心，你继续陪奶奶说话吧！

宁时谦看着她捧着猪蹄跟踩了风火轮似的背影，暗暗好笑。

“这丫头！你把猪蹄给小四留下！”萧奶奶笑骂无用，只好无奈地叹气，“走，小四，奶奶剥核桃给你吃！”

“好嘞！”他响亮地答应了，净了手，过来扶着奶奶去看电视。

说是奶奶给他剥核桃，慢慢的，却变成了他剥，奶奶吃。他剥得很快，奶奶年纪大了，吃一些便觉得不消化，他剥出来的核桃便堆积在糖盒里，渐渐积了半盒。

萧奶奶看电视入了迷，也没管他的核桃了，边看边和他讨论剧情，他不明白前面的剧情，奶奶还讲给他听。

待今晚的黄金剧场结束了，萧伊然才出来，还带来一股浓浓的香味。

“什么东西好香啊？”宁时谦的鼻子对主食和肉食都很敏感，这些是他的至爱。

萧奶奶还沉浸在剧情里，顺口答了句：“然丫头做的窝头。”

“是吗？”然丫头还会做窝头？他怎么不知道？宁时谦一看，可不吗？萧伊然端着一盆冒着热气的窝头出来了。

他心里那个乐啊，奔过去：“十三，真是好妹妹！心疼哥哥没吃饱是不？太能干了！”他随手拿了一个起来，往嘴里一塞就咬掉了半个，又香又软，很好吃！窝头里还有肉呢！“十三，你这什么做法？可真香！”他含着半个窝头，含糊地问，忍不住又伸手拿了一个，跟之前在餐厅吃法餐那个举止优雅的男子是截然不同的两个人！

十三愣愣地看着他，眼神里满是惊悚：“当然香了，我这窝头里加了牛肉馅、鸡蛋、胡萝卜、牛奶，还有……”

还有后面的没说完，她不敢说了……

“难怪……”他说着，第二个窝头已经啃掉一半了。

萧伊然于心不忍：“可是……”

很多事情都坏在一句可是上。

“可是，我这是做给贝贝明早吃的呀……”

时间静止，半个窝头卡在他的嘴里……

“喀喀喀……”他一阵猛咳之后，手机响了，他边咳边瞪她一眼，接了电话，脸色瞬间变得凝重。

“怎么了？”她预感出了事。

“我马上来！”他电话一挂，拉着她就走，“杏林南路发现一具女尸，跟我去看看。”

杏林南路，离他家不远。

他们俩赶到事发地的时候，警戒线已经拉好，虽然是晚上，可线外仍然围了好些围观群众。

萧伊然匆匆扫了一眼，发现好几个小吃街的老板，都撂了摊子过来围观了。

警戒线围着的是一栋老旧的房子，这边这样的房子很多，房型小，临着街边，大多是外来租户在住。老城改造，拆了一部分，比如宁时谦在杏林北路的房子就是这几年建起来的，杏林南路这边还在规划中。

萧伊然跟着宁时谦迅速穿过人群，进入警戒区，一直跟着他进了楼道。

一楼东户门大开着，魏未的身影在门口一闪。

就是这里了。

死者还躺在地上，一地的水，混着死者身上的血，满地都是红色，一直流到了门外。

“是她？！”萧伊然惊叹。

“你认识？”宁时谦回头问她。

工作中的他，全然没了刚才在家里嬉皮笑脸逗奶奶开心的样儿，就好像一只又蹦又跳的宠物犬摇身一变，变成了一只猎豹，目光灼亮机警，微蹙的眉、硬朗的下颌，无一不诠释着严肃和敏锐二词。

“是我们常去那条街上卖风铃的姑娘，我车上那个风铃就是在她这里买的！”萧伊然眼前浮现女孩儿甜甜的笑脸，甜润的声音犹在耳侧，给她介绍各种风铃。

宁时谦听了，眉头皱得更紧。

魏未向他汇报：“房东报的警。死者颈部有两条薄而深的伤口，一条割断颈动脉。窗户紧闭，门也是锁着的。这栋楼停水两天了，水龙头估计没关，晚上八点来的水，水漫了整个房间，房东经过门口，看到门缝里流出来的血水，吓得撞开了门，然后看见死者，才报的警。”

“房间里没有打斗痕迹，窗户没有破损，并且窗户紧扣，至于门，据房东说，在他进门时，门也是锁着的。”魏未接着说，手里提着证物袋，“死者的手机最近拨出的一个电话是在前天晚上，分别于八点半和八点五十连拨了两次，但是都没有接通，这个号码我试着打过去，是空号。”

“房间亮着灯，据邻居回忆，从前晚开始就一直亮着。”魏未想了想，又道。

萧伊然并非没有经历过命案，却是第一次遇到自己认识的人被杀害，想着前几天还对自己笑逐颜开的小姑娘，她心里涌上说不出来的滋味。

细细回忆，她只记得姑娘说得最多的就是她的风铃，一个风铃一个故事，姑娘说，她从没做过两个相同的风铃。

萧伊然环顾这间屋子，典型的旧式单间，起居就寝都在这间屋里，两扇窗户上挂满各式各样的风铃，只是没有风，风铃安安静静的，没有一点儿声响。

如魏未所说，除了地上堆满一箱一箱的风铃材料略显凌乱，并没有任何打斗的痕迹，小小的屋子还算整洁，也一目了然，只是如今那些箱子也全泡在水里，浸透了红色的血水。

萧伊然再一次将目光落在姑娘身上，姑娘紧闭着双眼，满身的血还是让人触目惊心，只是……

“咦？”萧伊然发出一声疑问。

“想起什么了？”宁时谦低头问她。

她轻轻一指：“她的头发！剪了头发？我上次见她是长发来着！”如今却剪短了。

按理，女孩儿剪个头发也没什么，只是这发型也太奇怪，上下不齐，而且剪得很短，底下的头发在腮边，上面一部分却在头顶。

“这情形，好像是被人用手抓在手里一剪刀给剪去的。”宁时谦也察觉到异样了。

“对！很奇怪！”女孩儿都是爱美的，再如何跟自己的头发过不去也不会剪成这般。

技侦的同事一直在拍照，勘查现场，等他们忙完，宁时谦下令收拾现场，尸体需要法医鉴定，而相关证人要带回去问讯。

“你先跟他们回去，我等会儿再来。”宁时谦对萧伊然说。

她知道他的习惯，还要留下来找蛛丝马迹，好些案子都是他于纤毫之中拨云见雾，最终找出真相的。

因她也算认识这个女孩儿，所以跟同事一起回去做笔录，希望能提供一些线索，他则带着魏未留下来。

和她一起回分局的还有房东以及几个邻居。

她把自己知道的跟分局同事说清以后出来，就听见房东在那儿暴躁地发火：“你们是什么意思？怀疑我是凶手？我是凶手我会报警吗？没错，我是见她漂亮有过一些心思，可不代表我会杀她！我杀她干什么？还有你们！”房东又指着那几个邻居，“你们存心害我是吗？你们什么时候见我调戏她了？话不能乱说的你们知不知道？”

“怎么了？”萧伊然低声问老金。

不过是这房东曾对死者不安好心，邻居们实话实说使得房东恼羞成怒。

老金他们还要继续问房东，萧伊然便离开了。

想着待会儿宁时谦他们大概又得忙到半夜，萧伊然打算去买点儿夜宵，等他们饿了的时候也能充充饥，于是干脆去了杏林北路那条小吃街。

大概因为今晚的命案，小吃街的气氛和往常有些不一样。摊位少了好些，就连食客也显得稀稀落落，一些生意不大好的摊位，摊主三五成群低声议论着什么，仔细一听，就可听见“全是血”“太可怜了”之类的叹息。

“我昨晚还觉得奇怪，为什么潇潇不来出摊呢，今儿就出了大事！”卖酸辣粉的老板娘唏嘘不已。

死者叫肖潇，老金他们已经查清。

萧伊然一路买东西过来的，听见后问：“阿姨，潇潇从昨晚开始没有出摊吗？”

“没有，从前天晚上就没来了。”老板娘见是老顾客，熟练地准备下粉，“要一碗吗，姑娘？”

萧伊然想了想，点点头，在小摊上坐下：“来一碗吧。”

趁着老板娘下粉的时间，萧伊然打量着周围，肖潇的摊位空着，街灯下，女孩儿明媚的笑容似在光影中若影若现。

萧伊然眨了眨眼，移开目光，不忍再看。

老板娘手脚麻利，一会儿一碗粉就端到了她面前，老板娘唉声叹气道：“这人有旦夕祸福，真是料不准的！还有老葛啊，也很多天没来了，真不知道还好不好，毕竟年纪大了……”

萧伊然这才想到，卖馄饨的葛大爷消失好些天了。

葛大爷和肖潇，完全搭不上线的两个人，萧伊然却觉身体里仿佛有根神经在莫名跳动。

这种感觉并不那么舒适，她皱了皱眉，轻轻拌着透亮的粉丝：“阿姨，您知道葛大爷住哪吗？”

“怎么？想吃葛大爷的馄饨啊？”老板娘笑着问她。

萧伊然便想起自己从来没有穿制服出现在这个地方，老板娘并不知道她的职业，于是笑了笑：“是啊，我们家有人想吃，想好些天了，一直没买到。”

老板娘摇摇头：“具体地址我也不知道，我只知道在杏林南路后面那条街。”老板娘一抬头，笑了，“你家的来了！”

她家的？萧伊然顺着老板娘的目光一看，却是宁时谦带着魏未来了，他们估计也是来调查的，只是，怎么在老板娘眼里，他就成她家的了？

“十三！”他也看见了她，径直走到她的桌前。

老板娘笑了：“小伙子，要来碗粉吗？”

宁时谦坐下道：“来两碗吧！”

萧伊然忽然想起什么，大声对老板娘道：“一碗不放辣椒。”

宁时谦看了看魏未：“你不吃辣椒？”末了他又看着萧伊然，“你怎么这么了解这小子？”

萧伊然没好气地瞪他：“你不准吃！”火气重成这样还想吃辣椒！

宁时谦不乐意了：“酸辣粉酸辣粉，没辣椒怎么吃？老板娘，别听她的，多放辣椒！”

“你放！你放！明天你喊眼睛疼，我往你眼里洒辣椒水你信不信？”萧伊然盯着他仍然泛红的眼睛凶狠地说，猛然间再度想起一事，“你下午回去有没有滴眼药水？”

自然是没有……

宁时谦被她盯得心虚：“好了好了，不放就不放行了吧？”

老板娘在一旁笑：“小伙子，眼睛疼就不要吃辣椒，听媳妇的没错！”

宁时谦眼睛微微一眯，原本因案子紧锁的眉头稍稍舒展了些，连连应道：“好好好，不吃，我听。”

魏未一脸揶揄，嘀咕道：“前几天还不承认呢！现在成媳妇了？”

萧伊然心里想着事情，一时倒没注意两人说了什么，一眨眼，看见宁时谦和魏未两人挤眉弄眼，一看就没好事：“你们俩刚刚说什么？什么媳妇的？”

“啊？”宁时谦把魏未的头往前一推，“他！他说他想媳妇了！”

魏未一脸憋屈：“我什么……”

“想就想了，别害羞！”宁时谦用力在他脑袋上一拍。

萧伊然点点头：“男人嘛，想媳妇才正常，跟你似的，那才不正常！对了，等这个案子了结了，你记得去医院看看到底什么毛病！”她这么看着，好像他的眼睛比之前更红了似的，有些担心。

“噗——”魏未被一口粉呛到，辣椒呛进气管里，难受得不行，“宁队——咯咯咯——你原来……”难怪提起他和萧伊然订婚这么大火气，原来是有毛病！

宁时谦眼看着魏未的眼睛往他小腹以下探索，不知道到底该打萧伊然的小嘴，还是戳魏未的眼睛。

还好，萧伊然并没有听明白魏未的话，思绪仍在这个案子上，问他：“你俩后来有没有发现啊？”

魏未还在咳，却急吼吼地抢着答：“我没发现……咯咯咯……我跟宁队一个澡堂子洗过澡都没发现他……哎，宁队，我记起来了，我真的没看到你……”

宁时谦脸都白了，一双眼睛又是冰又是火的，大有“你再往下说我捏死你”的意思。

魏未还算识趣，知道剩下的话不能在公共场合说出来，所以硬生生把“硬起来”三个字给吞回去了。

萧伊然听得莫名其妙：“没看到他干什么？”

“别理他，他想媳妇想疯了。”宁时谦一脸严肃，“什么也没发现，凶手反侦查能力很强，没有留下任何可疑之处，指纹都抹得干干净净，现在先等法医鉴定和技侦进一步侦查。”

魏未这才明白，原来萧伊然问的是案子，他想岔了……

“不可能没有任何痕迹的！”萧伊然全然不知这两人之间刚刚只差生死搏斗了。

“是！风过留尘，雁过留声，在我宁时谦的眼睛里，这世上还没有什么事是不留痕迹的！你吃完没有？吃完先回家去，我等会儿还要再去看看。”除了再查查现场，他还要查查魏未的脑子！今晚堵塞了！

“你去看你的，我还有点儿事，我先走了。”她心里始终惦记着葛大爷，她得去找找葛大爷的家。

“哎，你去哪儿？”宁时谦见她走得急，站起来问她。

“明天告诉你！我等会儿直接回家！你埋单啊！”她大步走向停在路口的车。

待她走远了，魏未盯着宁时谦的某个部位，脸上的表情绝对好奇多过关心，就差把“我现在很八卦，我将发现惊天秘闻”这句话贴脑门儿上了：“宁队，你……真的……呃，不行？”

宁时谦恨不得用酸辣粉糊他一脸！但想了想宁时谦忍了！咬着牙搂着他的肩，在他耳边低声说：“告诉你一个秘密……”

“好好好！我保证不告诉别人。”魏未眼睛里的兴奋分明在传递一个信息：兄弟们等着，我马上就能告诉你们一个大秘密！

宁时谦靠近他的耳朵，呼出的热气都喷进他的耳朵里了：“我跟你说，我并非不行，我只是对女人不行，你懂了吗？”

说完宁时谦还对着他的耳朵吹了口气。

魏未呆了呆，随即一个激灵，大喊一声，连酸辣粉都不吃了，撒腿就跑。

宁时谦瞪着他落荒而逃的背影，拿起桌上的辣椒盒里的小勺，往自己的粉里加了两大勺，开始埋头大吃。

萧伊然开着车往杏林南路驶去，行驶间，挂在车里的风铃摇摇晃晃碰撞，丁零丁零的声音在夜风里格外明显。

经过十字路口时，恰好是绿灯，她还是减缓了速度，突然之间，人行道上却出现一个女孩儿。

萧伊然立即踩住刹车，庆幸自己速度不快，仔细一看，这女孩儿竟然是盲人，手中拿着导盲杖一点儿一点儿地试探着过马路。

萧伊然身后的车一个劲地鸣笛催她，她担心地看着女孩儿，忍不住探出身体叮嘱：“你小心些啊！”

的确是要小心啊，大晚上的，怎么让盲人女孩儿一个人上街呢，尤其，这里才发生一起凶杀案！

她看着女孩儿缓慢的步伐，心都提起来了，干脆下车搀住她：“我扶着你吧。”

女孩儿朝着她的方向惊喜地一笑：“谢谢你啊！”

女孩儿刚说完，一个中年妇女就跑了过来，上气不接下气地道：“姑娘，怎么突然不见了，吓死我了！”

“我家阿姨来了，谢谢你。”女孩儿对萧伊然笑笑，中年妇女扶住了她。

既然有人管女孩儿了，萧伊然也就作罢，回之以微笑："早点儿回去吧！"

"嗯，谢谢。"女孩儿点点头。

萧伊然回到车上，车门一开一关，风铃再次叮咚作响。

"这风铃的声音，真好听啊……"女孩儿转过脸来，眼神迷蒙。

"姑娘，是的，是风铃。"中年妇女扶着她边走边回答。

"风铃啊……"女孩儿声音悠悠扬扬的。

转眼，女孩儿走过人行道，绿灯再次亮了，萧伊然开车离去，女孩儿回过头来，脸上似笑非笑的表情在路灯下蒙上一层恍恍惚惚的诡异色彩。

萧伊然几乎是逢人便打听，到底被她问到了葛大爷的住址，也在一栋旧房子里，三楼，她在楼下张望的时候里面没亮灯，黑着的窗户给人一种莫名的惊悸感。

她爬上楼，用力敲门，里面却一点儿动静也没有。倒是邻居听见敲门声，开了门，探头出来问："你找这家人吗？"

"是啊！"萧伊然忙回头，"葛大爷是住这里吗？"

"是的是的！"邻居忙道，"不过好几天没看到他了，不知去了哪儿，大概去看他孙女了吧，前阵子还听说他孙女过生日呢。"

萧伊然又敲了一阵，还是没反应，她总不能随随便便砸人家门，只好无功而返，想着大概是她的错觉，葛大爷真的是去给孙女过生日了吧。

案子陷入迷雾之中，宁时谦整整一周都住在分局，查案、分析、开会，萧伊然却面临着是否休假的问题。

自从工作以来，她就没休过公休假，今年她有些动心，想去看秦洛。

她记忆里的秦洛还是三年前的样子。他瘦了吗？黑了吗？有时候她梦里辗转，秦洛的样子真的总是模糊的。

她的生日，她想吃秦洛煮的桂花酒酿小丸子，给他留了言，既然他不能来，她便去看他好了。

这样一想，萧伊然便果断做了决定。

三年不见了，想到突然要见面，她竟然紧张得心跳如擂鼓，临出发那天晚上她给秦洛发了信息，告诉他自己要过去，然后守在电脑前一直等，等到半夜也没有等来秦洛的回音。

如擂鼓般跳动的心隐隐生出模糊的不安，那一晚萧伊然便辗转难宁，翻来覆去大约快天亮才浅浅入睡，意识刚沉落就开始做梦。

很可怕的一个梦，黯黑的夜晚，她站在荒郊野外，周围一个人也没有，只有黑沉沉的雾霭。

梦里的她胆小又娇气，一个劲地往前跑，只想冲出这迷雾找到秦洛。可是，无论她怎么跑，包围她的一直都是雾。

忽然，传来窸窸窣窣的声音，她回头一看，顿时吓得尖叫，迷雾中汹涌而来的竟然是蛇群，不知道到底有多少条，挤挤挨挨，身体交缠，吐着信子追向她。

“秦洛——”她大喊着，猛然被人抱起。

她下意识四肢缠在那人身上，紧紧抱着他的脖子，耳边传来低柔的安慰声：“别怕，十三，别怕……”

“四哥……四哥……”她辨得出来，这是宁时谦的声音，她每次害怕的时候，都是他这样抱着她，用轻柔的声音哄她。

闹钟尖锐地响起，她猛然间睁开眼来，哪儿有什么迷雾，哪儿有什么蛇，不过是梦罢了，只是，她的的确确紧抱着一个人的脖子，却是爸爸……

“爸。”她低声叫着，依然心有余悸。

萧城显一笑：“梦里也喊小四，梦到什么了？”

梦里那些可怕的画面阴沉沉地压在她心上，头有些闷闷的痛，她下意识地抱紧了萧城显的脖子，也不答，轻轻唔了一声，萧城显身上柔软的衣料贴在她的脸上，还有他刚刚洗漱过的清爽味道，她蹭了蹭，渐渐安下心来。

萧城显笑：“傻丫头！都当警察了，还是爸爸的娇女儿！”

他言语间虽是嘲笑，却带着浓浓的宠溺。

萧伊然有些羞窘，脸在他怀里埋得越发深，引得萧城显大笑出声，拍着她的背：“今天是休息吗？如果还想睡会儿就好好盖着被子，这么大人了还踢被子，一大早身上冰凉。”

今天的确休息，她却不能睡了，得准备去找秦洛。

她吸了吸鼻子，头还是闷痛，松开了萧城显：“爸，我起床了。”

“我的宝贝马上生日了，想要什么礼物悄悄告诉爸爸，爸爸送给你，不让妈妈知道。对了，要不要换车？”萧城显冲她眨眨眼，促狭地说。

她扑哧笑出声来：“好啊，爸你藏私房钱。”换了车妈妈还不知道吗？爸爸有时候也是傻萌傻萌的。

“小丫头！”萧城显在她额上弹了一下，“爸就你一个宝贝，爸的私房钱还不全花在你身上？”

萧伊然哼了哼，不遗余力地奚落爸爸：“你叫妈妈宝贝的时候别以为我没听见！”

萧城显一阵尴尬，耳根微微泛红，萧伊然顿时嘻嘻哈哈地笑，跳起来跑进浴室去了，末了，又从浴室里探出头来，对仍在那里尴尬的萧城显笑道：“爸，我今天要出差，生日不能在家过了，女儿给您省钱了！”

萧城显倒并没有表现出失望，只问：“去几天啊？”

“三天！”只休三天，她也放不下她的贝贝，离开三天这大宝贝估计都得闹腾好一阵才服其他同事管。

一场秋雨一场凉。

昨晚半夜下了雨，温度骤然间降了不少，萧伊然又是开着空调睡的，难怪爸爸说她早上身上冰凉，她从家里出发的时候头还是疼的，一路旅途，空调温度都很低，等她到了边南，头疼更严重，鼻子也塞住了。

秦洛家的地址她知道，还在学校的时候秦洛就告诉过她，还说等她一毕业就带她去见婆婆，那会儿把她羞得追着他打，满操场都回荡着他们的笑声，只是，如今她已经毕业很久了……

南方的初秋，阳光还明晃晃的，萧伊然站在街头，只觉得这金灿灿的太阳照得她头晕目眩。

陌生的街道，穿梭的车流，她手里紧紧握着手机，却没有秦洛的联系方式。

是啊，多么奇异的恋爱，她竟然没有他的号码……

这三年里她不止一次想过为什么，也不止一次自问自答地给这个问题找了答案，她始终相信秦洛，相信他的信仰。

循着牢记的地址，萧伊然来到秦洛的家。

干净舒适的小区，小区里种满了三角梅，粉艳艳、紫灿灿的，一片一片绵延开去。

一切都和他说的一样。

他温润的声音仿佛仍然近在耳侧：我家乡的秋天跟这儿不同，这里秋风一起，树叶就变黄，满城金晃晃的。我们那儿四季如春，一年四季鲜花不败，你下次去就知道了，我家搬了新房，小区里成片的三角梅，整个世界都是花的颜色，明艳极了。

她很是憧憬，与其说是憧憬有着花样颜色的城，不如说是憧憬他成长的地方。

今天，她终于站在这里了，可是，他在哪里？

他家住几栋几层他都告诉过她，只等着她毕业带她回家。分别了三年，深呼吸这一路，临到门口，她却紧张了，在楼下忐忑不安地转悠了好几圈，最后才捂着胸口进电梯。

盯着电梯一路上升的红色数字，萧伊然却思绪凌乱。秦洛在家吗？如果不在怎么办？见了他妈妈她该怎么自我介绍？女朋友吗？如果他在家，她第一句话又该跟他说什么？我好想你？还是，嘿，我来了？

电梯在十二楼停下，她的思绪也被打断，萧伊然整了整头发和衣服，深呼一口气，出了电梯。

门上贴着对联和一个立体的福字，这是人间烟火气息的标志，代表着这屋里是有人住的。

那一刻，她竟然热泪盈眶。

三年相思，一路忐忑，她终于可以看见实实在在的他，而不是用回忆取暖，在梦里去追寻他的影子。

萧伊然伸出几乎颤抖的手，轻轻按响了门铃，门铃却没有发出声响，她继而敲门，从小声的轻叩到用力去敲，始终没有回应。

她摸着门上的福字，手指上沾染上一层灰……

或者，是她记错了门牌号？

她不甘心，转身去按对面的门铃。

这一回，倒是很快有人开门了，一个四五十岁的阿姨，萧伊然泪眼婆娑地努力在阿姨脸上寻找着秦洛的痕迹。

阿姨倒被她这个样子给吓着了：“姑娘，你找谁啊？”

“我……我找……请问这家是姓秦吗？”她听见自己的声音在颤抖。

“秦？”阿姨思考了一下，“哦，你找秦家的人啊！不是这家，是我对面，可是他们早已经不住这里了。”

“不住了？”萧伊然一颗心沉入谷底，难怪福字上面那么多灰。

“是啊！都搬走很久了，得有三年了吧！秦家就一个老太太在这儿住着，可怜着呢，老年痴呆，什么都不记得了，好在三年前女儿把她接去享福了，再没回来过！”

萧伊然不知道自己后来跟阿姨说了些什么，转身看着染灰的对联，现在她才发现，之前太兴奋，竟没看见这对联都已经褪色……

希望和憧憬就像升空的彩色气球，突然遭遇无名之箭，被扎得粉身碎骨。

她顿时站不住脚，眼前一阵阵发黑，萧伊然蹲下身来，对着手机哭了出来。

内心再如何强大的人，也会有偶尔迷惘的时候，这样的爱情，令她此时此刻不知道自己爱着的到底是一个人，还是那个叫鼹鼠先生的卡通头像。

有时候向往一座城，不过是因为城里有某个人。

恰如她当日曾问秦洛的一样：秦洛，那你是喜欢你的家乡还是喜欢我们这儿？

秦洛说：我喜欢有你的地方。

所以，纵然这是座开满鲜花的城市，此时此刻于她而言也不过是黑白色的。

秦洛，我要回家了。

她的眼泪簌簌而下。

脚步虚软、脑袋沉重，她知道自己是生病了，可是，比生病更难受的是她心里的煎熬。她甚至怀疑，自己到底还有没有再见到秦洛的一天。

到底还有些舍不得，萧伊然就这样在街上晃悠着，身边来来去去的出租车驶过，她却忘了搭，只是在想，秦洛是否也曾在这样的路上走过？是否在这家小馆吃过米线？他说他家门口那家米线店的酥肉是最好吃的，就是这家吗？

这是他上过的小学吗？他说原本校门口有一棵大古树，后来修新校门就给砍掉了。

看着从校门里走出来的小学生，她才意识到，天色将晚。

“姐姐。”忽然一个细小的声音叫住了她。

她低头一看，首先入眼的是小男孩儿手里捧着的一大捧三角梅。

“姐姐，送给你。”小男孩儿腼腆地笑着。

她有些诧异：“为什么送给我？”

小男孩儿的脸在三角梅的映衬下红艳艳的：“因为你漂亮啊！”

小男孩儿把花塞进她怀里，远处另一名男孩儿叫他的名字，他欢快地和她挥手说拜拜，而后蹦蹦跳跳地跑开了。

萧伊然苦笑，生日没有见到秦洛，却意外收到一份陌生的祝福。

她不再像个游魂在街上瞎晃，上了辆出租，走上回家的路。

小男孩儿送她的三角梅，她舍不得丢弃，一直抱在怀里。这是秦洛家乡的花，抱着它，是不是怀里也有了他的气息？

在飞机上，她才意识到自己真的病得更严重了，整个旅程头痛欲裂，找空姐要了两床毛毯还觉得冷，一路昏昏沉沉就没有清醒的时候。

直到准备下机了，空姐关切地来问她：“您好，女士，请问有什么需要我们帮助的吗？”

她迷迷瞪瞪醒来，一片茫然之下明白这是到地儿了，忙摇摇头：“不用了，谢谢，请问现在几点了？”

“凌晨一点儿了。”

萧伊然解开安全带站起来，眼前一黑，头一阵眩晕，她赶紧扶住座椅背，再次谢绝了空姐的帮助，如踩在棉花上一般下了飞机。

她迷迷糊糊走到出口，两眼发黑地往外走，却直直撞到一个人怀里。

她本就不舒服，皱了皱眉，前方分明没有人啊，她却感觉自己被这个人抱紧了，熟悉的声音响起：“这是干吗呢？都不认人了？”

竟然是他！

熟悉的臂膀、柔和的声音，令她所有的委屈和绝望，还有那压迫着她的不适，都在这一瞬间化作潮水般的热流，在身体里涌动，且齐齐涌出眼眶。

泪水就这样不受控制地汹涌而出，她将头埋在他的胸口，被他压着后脑勺，哽咽得说不出话来，只一声声闷闷地呼唤："四哥……四哥……"

他知道，必然是这样的结局。

宁时谦什么也没问，只是揉着她的头发，拥紧了她："乖，我们回家。"

手指无意中触到她颈上的肌肤，他才发现烫得惊人，神色瞬间严肃了："怎么把自己给折腾病了？走，赶紧去医院！"

"医院"这俩字把哭得浑浑噩噩的萧伊然给惊醒了，她埋着头死命揪紧他的衣服不松手："不去……不去医院……"

他有些无可奈何，小丫头从小就怕去医院，每回生病要去医院之前哭得那叫一个惊天动地，就跟要她的命一样，有时候还当真煞有介事地喊"四哥，救命啊，救命啊"……

"听话，你病了……"他的语气已经柔软到极限了，就跟哄着一只受惊的小兔子似的，唯恐大点儿声就把她吓着了。

"不！不去！"她肆无忌惮地把眼泪鼻涕都擦在他的衣服上。

"我说……"他哭笑不得，"又来了啊！我说你已经长大了啊，丫头，还这么埋汰我的衣服……"他从来就没见她这样埋汰过秦洛的衣服，这人跟人的待遇真是不一样啊！

她却不管不顾的，只念叨着不去医院。

"好好好，咱不去医院，咱去药店买点儿药吃总行了吧？你在这儿又哭又闹又耍赖的，人人都看着你呢，你不嫌丢人我还嫌丢人！走吧！能走吗？要不我背你？"他把她的脑袋从自己怀里捞出来，只看见一张满是泪痕的脸，眼睛和鼻头都红红的，他心里跟被针扎了一下似的，暗暗叹气。

她吸了吸鼻子，视线全被泪水蒙住了，也看不清他的样子，只摇摇头："我能走。"

"那走吧。"他小心地扶着她。

盯着他的手，她才猛然感觉自己手里好像少了点儿东西！哦，她的三角梅，落在飞机上了……

"我、我的花……"她嘀咕了一声。

“什么花？”

眼前浮现满城三角梅的颜色，萧伊然终于还是摇头道：“算了……”

“对了，你怎么知道我去了哪儿？又怎么知道我这时候回来？”她擦了擦眼睛，视线终于清晰，去哪儿是瞒不住的，可赶上来接她也太神了吧？“你不是忙着案子吗？今天这么有空？”

“别忘了我是干什么的！我去你家找你，你的平板还放在床上，你昨晚百度了三角梅，三角梅在你心里代表的是秦洛，是秦洛生长的城市。你工作后从来不愿意休公休假，过生日却申请了休假，除了秦洛还有谁能让你这么做？从警以来，你没有晚起的习惯，就算休息，也最多睡到七点，何况你心里还搁着对你来说最重要的事，所以你必然是坐早上的航班去的边南。你没有找到秦洛，因为，如果你找到了，一定会在空间晒，而你除了工作迫不得已，从来不喜欢独自在外过夜。既然没找到，你一定会当天回来。我晚上十点打你的电话，你的手机关机，我查看了一下今晚的航班，你除了坐这一班没有其他航班时间吻合，当然，晚点不算。”

他说了一大堆他的推理逻辑，她却只听见一句：三角梅在你心里代表的是秦洛。可她，把三角梅弄丢了……

机场明亮的灯光，刺得她视线模糊。

他站住脚步，给她拭去腮边的泪，在她衣领间拈起一片三角梅花瓣。

花瓣在他的指尖上停了一小会儿，他轻轻一弹，花瓣悠悠飘落：“走吧。”

他牵着她的手离开，回头，花瓣飘飘然，刚好落地，被后来的行人踩了一脚，那一脚却像重重地踩在他的心上，碾得他心口闷闷地疼。

宁时谦把萧伊然带回了自己家。

萧伊然烧得有些糊涂了，一路坚持，不过是凭着一股子毅力，如今见了宁时谦，倒似放下了所有的警惕和戒备，在车上就昏睡过去，就连到地儿了也昏睡不醒，宁时谦没办法，把她整个给抱进去的。

他把她放在床上，给她倒水、喂药，这些事他做得行云流水，十分顺溜。原因有二，第一，这丫头从小生病就娇气，病了总等着他哄，他哄她吃药的时候不知道多累，自然小小年纪就会照顾了；第二，他和老爹相依为命，虽然老爹忙得没时间管他，但总是他爹，以往工作拼命，偶尔也挂个小彩，如今年纪大了，有时也难免有个三病两痛，这种时候，尽管有保姆，他这个当儿子的，伺候老子也是理所当然，只不过，老头子总嫌宁时谦在面前晃得碍眼，没几分钟就没好脾气地要轰他走。

萧伊然睡得很沉，很不高兴被他叫醒，皱着眉，还一挥手打翻了他手里的水。

他只能再去倒一杯，这回不敢大意，先用冰凉的小勺沾了点儿水在她唇上试探。

这是他照顾她得出来的经验。

发烧的时候，她嘴唇会特别干，也口渴，先沾沾水，让她尝尝滋润的感觉，她就会有想喝的渴望了。

果然，她舔着小勺，双眼惺忪，睁开一条缝来。

“乖，吃药了啊。”他顺势把药丸塞进她嘴里。

她特别不高兴，马上就要抗议的样子，他适时抬起她的脖子，把水喂到她嘴边：“喝水，喝水就好了。”

就这样，他到底是把药给喂下去了。

她喝了满满一杯水，模糊不清地嘟哝了一声什么，又睡去了。

宁时谦坐在床边静静地看了她许久，手指拨弄着她额前的头发。

她的头发颜色不黑，典型的萧家人的头发，有些天然的栗色，发质很是柔软，揉在手里感觉软绵绵毛茸茸的。她的眼睛也是这样的颜色，润润的眼珠盯着你看的时候，就像一只小猫，有时娇柔，有时机灵。

大概他看到她的第一眼便是被她这个样子给吸引了吧。小小的她，还在襁褓里就像一只小奶猫，软乎乎娇滴滴的，刚刚哭过，栗色的眼睛水汪汪的，小嘴一扁一扁，说不出地可怜，看见他，便盯着他瞧，小嘴还在那儿吐泡泡。他走到这边，她眼睛追着他到这边，他换个方向，她歪着脑袋又跟过去。

那时候，他只觉得自己的心尖尖都软成一摊水了，只想戳戳她粉白粉白的小脸蛋儿，又怕自己动作粗鲁，弄疼了她。

萧伊然烧得稀里糊涂的，出了一身大汗，感觉到有人在给她擦汗。

她不知道自己在哪里，可是奇怪的是，一点儿也不害怕，更不担心，大概是因为被子里的味道，还有这双手都让她有种莫名熟悉的安心感。

他看见她动了，好像要醒，轻轻拍了拍她：“十三，喝点儿水吗？”

她浑浑噩噩的，头还是很沉，脑子却有些清明了。

于是她意识到这个人是他，也明白这是他的房间，他的味道她从出生就熟悉的。别看他黑黑的，又皮糙肉厚，却是个干净人，不管是房间里还是他自己身上都是清清爽爽的味道，很好闻，一点儿也不像那些打完球的男生，一股汗味。

大概是她习惯了他这样的清爽，所以但凡男生气味不好闻的她就有排斥感，所以，秦洛没有，真好。

萧伊然还在乱七八糟地想着，水杯已经递到嘴边了，嗓子又涩又疼，还火辣辣的，几口温水喝下去，舒适了不少，可是嘴里淡而无味，她也不想再多喝了，摇摇头：“几点了？”一开口，她才发现嗓子哑了。

“早上五点，舒服些了吗？要不起来洗个澡，你出了很多汗。”

她竟然睡了一晚！

萧伊然看见他还穿着昨晚的衣服，心里一动，哑着声音问：“你一个晚上没睡？”

宁时谦没说话，给她把换洗的衣服取了出来。

是，她在他这里存了些衣服，只怕中学时就落了不少衣服在他家，他搬家的时候一股脑儿还都搬来了。

看着他比中学时宽阔了不少的肩背，她心里有股说不出来的滋味气流似的乱钻，暖暖的，柔柔的，又有点儿泛酸。

“你别忙了，我自己找，我好多了。你休息会儿吧。”她忍不住道，沙哑的嗓子里带了哽音。

“那你洗澡，我等会儿再来。”他便出去了。

萧伊然起床时还有些头重脚轻的，也有些眩晕，不过的确好多了。

浴室里也全是他的味道，男士沐浴用品的香味冷冽又清爽，全然没有甜腻的气味，她洗完澡，整个人都轻松了不少，似乎连呼吸都顺畅了。

萧伊然终于觉得肚子有些饿了，这才想起，昨天她竟然一整天没吃东西。

她走出浴室时，他又回来了，坐在小沙发上，指了指桌面：“饿不饿？吃点儿东西。”

她看见桌上摆着一碗酒酿小圆子，加了桂花蜜和红糖。

她愣在那儿，说不出话来。

“这东西不好消化，你病着，少吃点儿，喝点儿汤。”他黑亮亮的眼睛朝着她看过来，表情没有一丝异样。

可是，她想吃的是秦洛做的圆子……

“你……”心里那股气流又开始乱窜，她却不知该说什么，“你……你做的？”

“不是……”他摸了摸头发，“我……我爸晚上过来了，给我做的夜宵，你又不是不知道我不爱吃甜的，搁那儿热着呢。不过我爸那厨艺，你就将就着点儿吧，能熟就行，老头子也不知怎么回事，老了越不让他吃的东西他偏要吃，什么甜食肥肉的，一顿能吃一大碗……”

他啰啰唆唆地说了一大堆，她也不打断他，只默默听着，一双猫儿似的眼睛在黎明不太亮的光线里一眨不眨地看着他。

他被她看得转开了视线，挥挥手：“快吃吧，啰唆！”

她在他对面的地板上盘腿坐下来，撑着下巴，栗色的眼睛染上了这黎明色，晨雾一般，声音还有些沙哑，却反而更突显出她猫儿似的慵懒：“宁时谦同学，第一，宁伯伯吃圆子从来不加桂花蜜，觉得甜腻；第二，我前两天回家的时候还听我爸爸说，宁伯伯出差去了，至少得去半个月，昨晚可回不来；第三，看来你对你自己爸爸的了解还没我多，你该说是你家保姆做的我更容易相信些；第四，你见人说人话见鬼说鬼话，可从小到大只有在我面前撒谎的时候会先摸头发，撒完谎还要说一大堆有的没的来掩饰你的心虚……”

别以为只有你会推理！

宁时谦被她说得目光愈加游移，耳根子还有些热，咯咯两声，直接端起碗，一勺汤带着一粒小圆子塞她嘴里：“吃吧！”

她喜欢的红糖味混着浓郁的桂花蜜的香味，经过涩痛的咽喉，甘甜的滋润使得喉咙舒服了不少，而后再一路暖至胃里，很是熨帖，她整个人都舒坦了些。

小圆子煮得太软了，唯恐不熟，用力过猛的感觉，不过还好，口感绵软。

“怎么样啊？”他一脸的疑问。

她细细回味着嘴里的桂花红糖味：“你怎么不说是你煮的？”

“还不是……怕你说难吃吗？”

所以甩锅给老爸？

他的脸也开始微微发热了：“你不是病糊涂了吗？怎么突然那么清醒？”

她没理他，从他手里把碗端了过来，默默地吃他煮的小圆子。

无端地，她又想起昨天一天的游荡，吃着，心口就热了，眼里也热了，再吃不下去，放了碗，爬回床上，将脸埋在枕头里。

感冒好些了，枕头里属于他头发的气味愈加浓郁，她又有些呼吸不过来了。

“不吃了？”他站在床边问。

“嗯，我再睡会儿。”她闷在枕头里说，声音还是嘶哑。

“那你盖着被子，我得走了，今天要早点儿去分局开会呢。”他给她把被子扯上，扳过她的肩膀。

“你去吧，我睡会儿就回家了。”她拍开他的手。

他站了一会儿，走了。

萧伊然把自己闷在枕头里，也许是发烧后身体疲累，也许是捂迷糊了，倒是真的渐渐再次沉睡，并且开始做梦。

梦里回到那年高中，她穿着宽大的校服，扎着个马尾辫，听说宁时谦从学校回来了，抱着小卡片兴冲冲去给他看，还傻兮兮地仰着头问他：咱们也谈个恋爱怎么样？

后来还梦到了些什么她醒来的时候就记不清了，梦里他的脸色也是模模糊糊的，她迷迷瞪瞪地盯着天花板，只记得那日黄昏的夜来香将后院装点得如锦缎一般。

于是她又想起那些成片的三角梅来，两种艳丽在眼前不断交替，心仿佛也如同麻花般绞在一起，绞得发疼。

她慌乱地伸手四处摸索手机，在床头摸到了，宁时谦帮她插好了在充电。

有些粗鲁地扯掉了线，她把手机抓在手里，一如当年秦洛离开时她依依不舍地抓紧秦洛的衣袖。

秦洛说：然然，等我来娶你。

可是，她快记不得秦洛说这句话时的声音了……

三年了，没有哪个时候她比现在更想和秦洛说说话。

明知不可能，她还是打开QQ，使用了语音通话，这是她第一次开语音通话，也是因为病了，才变得没有理智，变得这么傻。

“秦洛……”她听见自己的声音嘶哑地响起，假装秦洛就在那边。

另一个角落，窗边的办公桌上放着一部手机，手机的主人正在专注地看文件。

手机一响，因为太专注了，他简直舍不得将目光从卷宗上移开，匆匆瞟了一眼就按了接听，甚至没想到要看看这个来电到底是谁，直到耳边骤然响起女孩儿悠悠的声音：“秦洛，我看见三角梅了……”

他愣住，随即女孩儿嘶哑的尖叫响起：“秦洛！你接听了？是你吗？秦洛！你说话呀！”

他喉间如被卡住，什么也说不出来，揉了揉眉心，只觉得脑中嗡嗡地响，乱糟糟一片。

最终，他飞快掐断了通话，回复了一条文字信息：“然然，是我，我听见了，我不方便说话，很抱歉。”

很久，那边都没有回音，他手指有些抖，好些文字涌进脑海里，甚至，指尖已经打出了一行字：“然然，我们分手吧。”

可耳边那嘶哑的女声久久回荡不散。

最终，他还是删了那行字，改为：“然然，我知道你想我，我也是。”

发送完毕，他望着窗外，心里堵得呼吸都变得困难。

风过，树叶簌簌作响，一片金黄的银杏叶转了几个圈，轻盈地落在他的窗台上。

又过了许久，在他已经重新投入到卷宗里的时候，手机响了两声，他一看，是她回过来的信息，简单的几个字：“我知道了。”

他手指滑过这几个字，仿佛看见女孩儿湿漉漉的、猫儿一样的眼睛，表情委屈又懂事。

萧家。

萧奶奶正在训萧城显："都是你，好好的，干什么同意然丫头去当警察？这过生日也不能在家，姑娘家的，成天在外奔波……"

萧城显已经不知道这是第几百次因为这事挨母亲训斥了，但凡哪天见不到萧伊然的身影，母亲就要抱怨一番。

他早已经习惯，和妻子白一岚默默听完母亲的念叨，赔着笑说："妈，这当警察也有当警察的好，然然自幼身体不好，自从上警校以后可是结实不少，不是吗？"

诸如这样的解释这几年来萧城显想了很多，也没有一种能让母亲满意。

果然，萧奶奶听了愈加生气："那警察还有生命危险呢。"

眼看着更猛烈的一场暴风雨就要来临，萧城显闭了闭眼，准备迎头去接，却听门一响，娇嫩欢快的声音响起："爷爷奶奶、爸爸妈妈，我回来了！"

萧奶奶立马笑成了一朵花儿，"然宝然宝"地招着手，示意她到自己身边来。

萧伊然感冒还没好全，脸色看起来很不好，又怕传给奶奶，稍稍坐得远点儿，萧奶奶却一把将她搂进怀里，心疼不已："看看，看看，这出去一天下巴就尖了不少，小脸白得没法看，今晚可得好好补补！小丫头，还知道赶回来过生日呢！一岚，赶紧张罗，晚饭得丰盛些！"

"好。"白一岚看着女儿的样子，也是心疼，嗔怪地瞪了女儿一眼。

萧伊然冲妈妈吐吐舌头，在奶奶怀里故意说："奶奶，您看妈妈，可会节约粮食了，就怕我吃多了，不乐意给我吃，瞪我呢！"

一席话说得所有人大笑起来，尤其白一岚，当真是哭笑不得。

萧奶奶捏着她的脸："这小嘴，真是奶奶的开心果！对了，小四呢？今天把他也叫回来吃饭，咱们然丫头的大日子呢！"

"奶奶，他最近可忙了，大概没时间。"那个案子足够他焦头烂额的了。

"再忙也得吃饭啊！我来打电话！"萧奶奶拿起手边的电话，拿上了手写的电话簿，“城显，给我把老花镜拿来。”

“妈，用我的手机吧。”萧城显直接把号码拨好了给她。

公安分局。

会议室里，刑侦支队“10.10杀人案”调查组正在开会。

“法医的尸检报告和技侦科的报告都已经出来了。证实死者的死亡时间是10月10日晚上八点到十点之间。死者脚踝和小腿处有擦伤，脖子处有淤痕，初步推断是死者挣扎时所致。死者脖子处有两道伤口，一道较浅，另一道深2.5cm，颈动脉被割断，基本断定为致命伤。整个房间没有被破坏的痕迹，也没有留下除死者以外其他人的指纹。案子目前的疑点是，第一，门把手上一点儿指纹也没留下，就连死者的都没有，可见，作案者是从大门进出的，而且出去的时候擦掉了所有痕迹。第二，死者的左手三个手指指甲内侧有小刀刮过的痕迹，初步推断死者死前挣扎时指甲里留下了纤维类证物，被清除了。第三，就是死者的头发。据认识死者的邻居说，10月10日最后见到死者的时候她还是长头发的，是什么人剪掉了她的头发，为什么要剪？第四，我在死者家里发现了这样东西。”宁时谦拿出证物袋，里面装着一枚蓝绿色的吊坠，嵌在银色的底座里。

“女生喜欢首饰并没有什么不对吧？”有人提出疑问。

“是。”宁时谦点头，“女生喜欢首饰的确没有什么不对，我找人鉴定过，这是质地非常好的镶嵌绿松石，纯手工制作打磨，找不到品牌，找不到出处，但是，价格不便宜，从女孩儿的居住和经济条件来看应该是舍不得买这样的东西的。”宁时谦把装吊坠的证物袋传给大家看。

“你的意思是情杀？是有人送的？”魏未拿着证物袋端详。

“不排除这个可能，但是据邻居和房东反映，并没有见过死者有男朋友，死者手机的通话记录里也没有可疑异性。而且，泡水的缘故，吊坠上已经没有任何指纹或者皮屑等生物证据了。”

“所以，到现在为止，案情还是没有任何进展？”分局副局长一脸严肃道。

宁时谦没有说话，低下了头。

副局长调整了一下语气：“我知道这些天来你们都很辛苦，破案也不是那么容易的事，跟犯罪分子斗智斗勇不仅需要体力也需要脑力，更何况是面对这样一个反侦查能力强大的凶手。这样吧，今天就到这儿，大家下班后回去好好休息一晚，别再熬了，养足精神再来打这场硬仗！”

案子没有头绪，众人都很沮丧，散会的时候都蔫头耷脑的，魏未一看：“别啊，兄弟们，不相信咱们自个儿，也要相信‘宁尔摩斯’啊！咱们队的金字招牌不会就这么砸了的！”

宁时谦苦笑，刚想说话，手机响了，是萧城显的号码，他一接，却听见萧奶奶的声音：“小四啊，今晚有空吗？来我们家吃饭啊！”

他想起萧伊然那丫头，这会儿应该是回去了：“有的，奶奶，我就来。”

萧奶奶一听就开心了：“好，想吃什么奶奶给你做，说说。”

宁时谦笑了笑：“只要奶奶做的，我都喜欢吃！”

魏未看着他的样子，就知道他口中的奶奶是谁了，故意道：“宁队，这是又要抛下兄弟们跟嫂子约会去了吗？我们还说辛苦了这么久一起聚个餐。”

宁时谦嫌弃地推开他那张大笑脸：“去去去，说多少回了，别乱叫嫂子！”

“我没乱叫啊，我就只叫萧警官一人！”魏未一脸无辜的样子。

宁时谦没办法，知道只有一个办法能解决这些猴崽子，掏出钱包，拿出一沓钱：“行了行了，吃饭去吧啊，别闹我了。”

魏未达到目的，嘻嘻一笑，领着几个年轻警官齐刷刷给宁时谦敬了个礼：“是！遵命！”而后，再齐刷刷转身，踏着正步走了。

宁时谦无奈地摇头失笑，准备开车去萧家。

萧家今天叫他去吃饭，自然是为了给萧伊然过生日。

这个日子，他从小就记得很牢，再忙也不会忘记，而且，还得有礼物，不然十三小公主是不会饶了他的。

这滋味他尝过。

在部队里那会儿他的确误了一次，因为被关禁闭出不来，没能赶上她的生日，当然也谈不上礼物。后来，足足一个月，她没理他。这一个月里，他一天一件好东西地给她攒着，攒了足足三十件礼物，扛了一皮箱送给她，才算是补上了这个错儿。

为此，就连萧奶奶都说他太惯着她了，这要是换个人早恼了这骄纵的性子。

他也只是笑，萧伊然还煞有介事地纠正奶奶：谁让他是四哥呢？别人我还不乐意让他惯！

他便乐了，心里暖暖的全是满足，想想，丫头从前脾气的确是坏得不行，那也的确是他惯的，在旁人面前她从不这样。

也不知道，她在秦洛面前是怎样呢？丫头长大后，脾气改了许多……

想到这里，他心里又堵又痛，转开了念头，一心考虑送她什么礼物好。

虽然萧伊然如今成了一朵警花，但骨子里还是喜欢女娃娃喜欢的那些个东西。一时，宁时谦又想到了那枚绿松石吊坠，心下一动，开车专程去了女孩子最爱逛的那条街，里面各种女孩儿爱的小玩意儿应有尽有，尤其还有好些店是卖纯手工制作的玩意儿。

他能对这条街熟悉也得归功于小十三啊……

宁时谦一家一家地找，找十三会喜欢的礼物，也找跟绿松石吊坠类似的东西，但是，手工首饰店倒是找到好几家，却都没有人认识这吊坠。

也是，他这样找等同大海捞针。

眼看这条街快要逛完了，他的手机再次响起，萧奶奶催他了。

宁时谦匆匆进了一家娃娃店。

十三喜欢各种娃娃，从周岁开始到现在都没有变过，所以过生日送娃娃是最保险无过的礼物，由此，他也熟悉了各种娃娃。

这家店橱窗里的娃娃吸引了他的目光。

说不上来为什么，一眼之下他就觉得娃娃很逼真。

娃娃材质各有不同，塑胶的、纯布的都有，但不管哪一种，娃娃的双眼都好像活的一般，流光溢彩的，而且服装发型，无一重复，神态姿势也各不相同，跳舞的、拉提琴的、看书的，就跟一个个千娇百媚的女孩儿无异。

他踏入了店铺。

“先生，您好，要买娃娃吗？”一个圆脸，留着齐耳学生头和齐刘海儿的女孩儿迎上来。

宁时谦眼神一顿，莫名觉得一阵诡异，随之，明白过来是怎么回事。

女孩儿的装扮跟橱窗里的一个娃娃一模一样，穿着和服，趿着木屐，衣服是天蓝色底加殷红色梅花，脸涂得很白，为了和娃娃的眼睛相似，还化了闪闪发光的眼妆。

女孩儿的瞳孔也是蓝色的，在眼妆的作用下流淌着琉璃般的光泽。

这样的配色，莫名让宁时谦觉得后背凉飕飕的。

女孩儿见他看得入神，一笑，眼中琉璃般的光泽愈加闪亮。

宁时谦眯了眯眼："你的眼睛……你是中国人吗？"

女孩儿笑出声来："哈哈，先生，男人果然对女孩子的东西一点儿都不了解，我戴了美瞳啊，我是正宗中国人！"

女孩儿笑声的真实感击散了他背后那些凉意，宁时谦觉得自己多疑了，尴尬地笑了笑："你们店的娃娃很特别，橱窗里那个是按照你的样子做的吗？"

"是我cos她呀！"女孩儿笑道，"我们店没有两个完全相同的娃娃，每一个女孩儿都会在其中找到一个自己，先生要不要给女朋友挑一个？"

他的目光在店内的娃娃中慢慢搜寻，心中想着，这么特别的娃娃十三应该会喜欢，嘴上却和女孩儿闲聊："你们店开多久了？怎么以前我没见过？"

"嗯，一年多了吧，我们店还挺有名呢！先生应该喜欢传统一点儿的女孩子吧？看看这个娃娃怎么样？"女孩儿戴上手套，递给他一个娃娃。

一年多？他有两年左右没来这里逛了，也难怪……

他原是想找一个像十三的娃娃，女孩儿拿的这个有点差距。

十三是过肩的头发，略带冷灰的棕色，非常特别，这个娃娃却是一头乌黑的超长发，系着蝴蝶结。

不过，娃娃的五官很精致，尤其那双眼睛，又黑又亮，像宝石一般闪光。

粉红色的裙子，是十三小时候喜欢的。

女孩儿见他在犹豫，便道："先生如果不满意，可以定做的，您想做成什么样子就能做成什么样子。"

"算了，就这个吧。"只是一份礼物而已，定做肯定是来不及了，十三会不开心，“多少钱？”

“这个娃娃的价格是……”女孩儿翻看了一下吊牌，“7888元。”

“什……么？”依着他，就一个娃娃，788已经是很贵了！女孩儿是不是搞错了？

女孩儿笑了：“先生，这个娃娃在我们家不算贵，上万的都不少呢。你有没有觉得每一个娃娃的眼睛都很亮？那是真正的宝石，不是市面上的玻璃或者塑料。还有，娃娃的每一套衣服和鞋，包括发卡、包包等配饰都是设计师以时装高定的标准来设计的，像我这样一套和娃娃同款的衣服价格都不便宜，还有娃娃的头发，是真正的头发……”

最后几个字进入宁时谦耳里，他脑中嗡地一响：“什么？”

“我说，我们娃娃的头发，是真发……”女孩儿戴着手套的手指在娃娃的头发上抚过，“您看，我每拿一个娃娃出来都是戴手套的，可见我们的娃娃有多宝贝。”

这个娃娃值多少钱于宁时谦而言已经不是重点了，他关心的是头发：“你们哪里来那么多真头发？”

“收购啊！”女孩儿惊讶地看着他，仿佛在说，你这都不知道吗？“有人专门收头发的呀，收到以后会供应给假发商，我们也从他们那里收。”

“可以给我看看你们的订货单吗？”宁时谦出示了警官证。

“这……”女孩儿有些为难，“我们收个头发哪里有订货单啊！都几个熟人，有了头发就供应给我们。”

“那让我见见你们老板吧。”

宁时谦见老板的过程并不顺利。

这家店叫瞳，接待他的店员叫陈莓。

据陈莓说，老板日常并不会在店里，只亲自设计和制作娃娃，而且一年中很多时间是在外旅行的，而此时，人已经在外地了。

他好不容易电话联系上，那边却一问三不知。

“不好意思，店里进货的事都是陈莓负责，我不清楚。”

“不好意思，我只做娃娃，对娃娃以外的事我不清楚。”

“不好意思，我这边有事了，警官有什么话可以等我回去再联系。”

一个电话之后，他唯一得到的信息是：这个女老板声音很温柔，但是并不年轻了。

“警官，这个娃娃要吗？”陈莓手里粉红色裙子的娃娃乌黑的眸子闪着光，与之辉映的是娃娃耳朵上指甲盖儿大的耳钉，也是同样亮泽的黑色。

因为耳钉小，又隐藏在头发里，他之前没发现。

“这个耳钉和娃娃的眼睛是一样的材质吗？”他的手指碰到了耳钉，耳钉底座上的针刺到了指尖。

“是的。我们用的是品相非常好的天然黑水晶，而且这个是我们老板亲手打磨的。水晶有价手工无价，所以，警官先生，这款娃娃7888是真的不贵。您看这一款。”陈莓拿出另一款娃娃，也是黑眼睛的，“这个娃娃是客人定做的，眼睛和全身饰品都是黑钻石，才是真的贵。警官，我们的每一款娃娃都是具有收藏价值的。”

宁时谦微微点头，打开手机相册，将作为证物的吊坠照片给她看：“这枚吊坠，你认识吗？”

女孩儿只看了一眼就笑了：“这是我们店娃娃的吊坠啊！”

“你确定？”这可没有品牌也没有任何标记。

“当然，我自己店里的东西我怎么会不认得？”陈莓脸上露出骄傲的笑容，将照片放大，“我们老板特制的镶嵌底座是别人仿不了的，不信的话您起开宝石可以看到我们店的标记，一只眼睛。”

宁时谦闭了闭眼，暗暗呼气，有种得来全不费功夫的感觉：“陈小姐，请你帮我查查这吊坠的具体信息，看是谁买走的。”

陈莓耸耸肩：“很抱歉，先生，我们是没有顾客资料的。”

明明看到了曙光，却又被推进一团迷糊的黑暗里，他有些错愕，“不是吧？你们这么贵的娃娃不做顾客资料，售后怎么办？没有会员制？”

陈莓微微一笑：“我们店卖出去的东西我们自己都认得，只要顾客拿回来我们就会承担售后。我们没有会员制。老板说，我们出售的不是娃娃，是缘分。所以，有缘自然会再见，无缘也不会再强求。”

宁时谦去萧家的时候已经九点多了，萧家的晚饭自然是误了。

他想着去萧家赔个礼道个歉，然后自己一个人随便去哪儿吃点儿东西，再回家静静，好好理理线索。

萧伊然出生的时候正是仲秋，院子里的桂花开得蓬蓬勃勃的，香味浓郁到让人气闷。他一个男人，自然是有些嫌弃这种香味的，可这些年来，却慢慢对这种味道生出些许不一样的情愫，好似闻到这香味就意味着离她家近了。

他是喜欢去萧家的，有时候甚至能找到回家的感觉。

所以，走在这条开满桂花的小径上，宁时谦莫名就生出些疲惫来。家，就是一个让人想懒懒地瘫在沙发上一动不动，啥都不想的地方。

他想起了本该是他家的地方，想起了老头儿，可是，他和老头儿好像几个月没见了。

走到萧家门口，宁时谦竟然打了个哈欠。

他闭了闭眼，敲门。

门响，灯光耀眼，眼前是张明媚的笑脸，某个人还跳起来，在他鼻子上狠狠一揪："就知道你会晚来！"

他揉着鼻子，仔细打量她，见她的确好了不少，放下心来。

宁时谦进门，想和长辈们打声招呼，发现四个都坐在客厅里，一见他都站了起来，萧城显还招呼他："时谦来了，那吃饭吧！赶紧吃饭！"

"不是……萧叔叔，你们还没吃饭啊？"不会是在等他吧？

"可不嘛！丫头不让吃啊！非得等你来！这可如何是好，生个闺女，女生外向啊！"萧城显笑着打趣。

而那位外向的女生，此时却围着宁时谦打转，眼睛就盯着他手里的袋子。

黑色的纸袋，没有任何logo，就画了一只眼睛。

宁时谦哭笑不得，这也就是长大了，要搁从前可不是打转这么客气，早趴到他身上，把他里里外外的口袋掏了个遍，找礼物了。

他把袋子递给她："拿去吧！生日快乐！"回头却向几个长辈赔不是，"爷爷奶奶、萧叔叔、白姨，真不好意思，临时查个案子，让你们等我，我怎么担当得起。"

"当得起当得起，丫头说你当得起你就当得起！"萧城显忙道。

那边，萧伊然已经拆开了礼物，惊喜地叫出声来："啊！瞳家的娃娃！老四，你怎么知道我想要他们家娃娃想很久了！”

宁时谦笑笑，心里觉得满满的，好像他走很远很远的路，一身疲惫，就是为了看到她这样的笑容。

吃饭的时候，他有些恍惚。

萧家流萤的灯光里，眼前的一切变得模糊起来，他在模糊的光影里微笑。

萧家人的欢声笑语里有什么内容渐渐变得遥远，他只听见一片嗡嗡之声，其间夹杂着朗朗大笑。

萧伊然骤然之间没听到他的动静，诧异一看，发现他竟然靠在餐椅上睡着了。

虽然她自己也是警察，可还是没来由地心疼了一下。大概正因为是同行，所以她才更理解他的辛苦。

这些年看着他睡过野外、睡过地板、睡过办公桌，可一边吃饭一边就睡着了，还真是第一次。

随着她笑声的收敛，其他人也注意到了他。

萧奶奶先叹了声：“这到底是有多辛苦！”言语间，充满了疼惜。

“他大概好几天没睡了。”萧伊然想起昨晚他还通宵照顾生病的她，还有那一碗软到黏牙的桂花小圆子，桂花红糖汤汁的温度似乎还烫在心间不曾散去，甜润而温暖。

众人一时都噤了声。

萧伊然二话不说，走到宁时谦身边，蹲下身轻抓住他的手臂，将他背到了身上。

萧爸爸起身，刚想说“我来吧”，被白一岚用力一掐，疼得他直咧嘴，回头一看，爱妻正给他使眼色，一脸“你真不识趣”的嫌弃样儿。

他这才恍悟。可是，女孩儿背男人？他还真第一次见着。

话说，萧伊然也是第一次背宁时谦。

她以为背他上楼是件很容易的事，可她完全低估了他的重量以及她自己的负重能力，当然，也忽视了他趴在她背上时短暂眯缝的眼……

开始还好，一家人看着她稳妥地背着宁时谦走向楼梯，就连上楼的步伐都踏得稳稳的，实在有些惊叹他们家丫头的神力，尤其萧奶奶，心理遭到了巨大伤害："别人家姑娘都是娇娇弱弱的，怎么咱们丫头背个男人还能健步如飞？城显啊，都怪你同意她……"

萧城显扶额，又来了，哼了一句："这小子太狡猾！"

恰在此时，众人听见扑通一声响，而后萧伊然一声哎哟传来。

萧奶奶震惊："这是怎么了？摔着了？"

一时，萧家几位长辈齐齐疾步往楼梯而去。

楼梯上，萧伊然趴在地上，背上还结结实实压了个宁时谦。

某人一脸大梦初醒状，趴在萧伊然背上十分茫然的样子："我……我这是在哪儿啊？"

奶奶算是明白为什么这小子狡猾了……

萧伊然也反应过来。

"宁老四！如果不是我生日不宜见血光，我一定要揍得你一身骨头寸寸折断！"

"奶奶，救命！"宁时谦开始熟练地满屋子转圈。

看着那个躲到奶奶身后冲她挤眉弄眼的大男人，萧伊然站住了脚步，无端地，心内泛起淡淡的酸楚，其实，如果每一天都像现在这样，也没有什么不好，至少，她已经习惯了。

黑夜，月光洒下。

只是，这光不似洋洋洒洒自天而降，反似自地底冒出，阴森寒冷，远处还冒着白烟，透着丝丝诡异气息。

被这阴冷所包围的，是成片的三角梅，在月光下红成异样的血色，一直延绵到世界尽头一般。

冷，好冷，萧伊然抱紧了肩膀，还是觉得寒气刺骨。

"然然！"

熟悉的呼唤传来。

她循声看去，只见秦洛满身血污地朝她跑过来。

"然然，快跑！"

"秦洛！"她想朝秦洛跑过去，脚却如被钉在了原地，怎么也迈不动。

“然然！”秦洛没入了血红色三角梅花丛中。

“秦洛！”萧伊然走不了，急得差点儿哭出来，她不知道，为什么秦洛的喊声那么绝望。

忽然，一阵阴森而恐怖的大笑声响起，笑声处出现的是一双眼睛，乌黑光亮，寒气阵阵。

笑声越逼越近，却是朝她飞快移动过来，她看不到人脸，看见的只是一双眼睛，黑黝黝的眼睛，好似两个巨大的冒着寒光的黑洞，要将她吞噬。

“啊——四哥——”她一声尖叫，从梦里醒了过来。

梦里的阴冷和恐惧还深刻得如身临其境，她冷得浑身发抖，抓紧被子睁开眼，只见前方一双黑幽幽的眼睛正盯着她。

她大惊，再次啊地尖叫，跳下床就往外冲。

她刚打开门，便看见门口杵着个熟悉的身影，即便化成灰也认识的身影，如一棵树，是她亲眼看着从小小树苗，历经二十多年，渐渐长成参天的模样。

“四哥！眼睛！眼睛好怕……”所有的恐惧都在这一瞬爆发，那双眼睛似乎还如影随形盯着她的后背一般，让她全身发冷，后背发凉。

她扑进他的怀里。

宁时谦将她整个抱住，一如抱着当年那个小小的她。

她把头埋进他的怀里，像只受伤的小猫，呜咽着向他诉说这双可怕的眼睛，吐字和表述都模糊不清：“梦……秦洛……三角梅……流很多血……有眼睛在追他……眼睛很可怕……盯着我……要吃了我……”

此刻的她，仿佛又回到那个孩子的时代，属于他和她的孩提时代，只有他和她的孩提时代。

他耐心地听着，时不时地回应一句：“梦到秦洛了？”

“嗯……秦洛要我快跑……”

“因为有可怕的眼睛追你们吗？”

“嗯，很可怕很可怕，黑黑的，像两个大黑洞……”

“不怕啊，你只是做梦而已，它并不是真的。”他抱着她走进房间，下巴擦着她的额头，发现居然滚烫，难怪怀里抱着的这个人身体也是烫的，原来是感冒又反复了。

他把她放回被子里。

她从被子里伸出手来，抓着他不放："可是像真的一样，眼睛里就像有冰，看着我的时候，冷得我打哆嗦。"

他反过来抓着她的手，轻轻安抚，幸好是夜晚，否则他柔软的声音实在和他硬邦邦的外形不搭调："傻丫头，你当然觉得冷，你啊，又发烧了！我去给你拿点儿药来吃。"

"不！不吃药！你别走！你走了大眼睛又要来了。"她拼命摇头，沉浸在梦中的恐惧里，全然不再是那个英姿飒爽的女警官。

"十三，你听我说……"

"不！不听！每次听你说你都是骗我的！你看！你看眼睛就在那儿！在那儿！"她指着前方，另一只手死死抓紧他。

他一看，却是那只娃娃……

"好好好，别怕，我去把它赶走！"他让她抓住自己的一根手指，站起来打开灯，探身拿起娃娃给她看，"你看，是她的眼睛。"

灯一亮，萧伊然渐渐恢复了些理智。

"你是发烧了，做噩梦！"这丫头，从小就是这样，一生病就容易做噩梦，梦到各种奇奇怪怪可怕的东西，人也变得格外脆弱。

是啊，她大概是烧糊涂了……不过，梦里秦洛一身血污的样子那么清晰。

她回忆着梦里的一切，怔怔地说不出话来。

他以为她还在害怕："这个娃娃吓着咱们十三了，咱们不要它了，怎么样？"

萧伊然怔然地点头，心思全不在这上面。

他走到窗边，打开窗用力一扔，娃娃就被扔出了窗外。

"好了，再也没有眼睛吓小十三了，我去给你拿药来，可以吗？"他返回来，给她把被子盖好，"我保证，三十秒就回来，不信你数三十下。"

从小她就是这样，害怕的时候，他要离开一会儿，她便会说："三十秒就回来，我数三十下。"

她终于再次点头。

他这才走出去，却见萧家一家人都在外面等着，也是，刚才那一声尖叫、一声四哥，只差把房顶给掀了，怎么能不惊动大家？

对于他从萧伊然的房间里出来这件事，他觉得是不是要解释一下，毕竟两人现在都长大了，他之前进的可是客房。

“十三她做噩梦……”

他还没来得及说她病了，萧奶奶就冲着他笑：“知道，我们知道！既然有你在，那我们就回去睡觉了！”

“奶……”

萧奶奶已经拉着其余三人各自回房了。

好吧，他也不傻，有机会不用那不是辜负奶奶的心意了？

他守了萧伊然一夜。

萧伊然吃了药之后又睡了，后来倒是没有再做噩梦，大概是因为他在身边，所以心里也就安定了吧。

只是她醒得很早，醒来的时候觉得自己肩膀上很重，动了动，肩膀上的重量也动了动，她低头一看，是他，睡在她肩头上。

萧伊然身上忽然一紧，却是他伸手抱住了她的腰。

她微微一抖，用力将他推开，板起了脸闹脾气：“宁老四！你搞错没有？我是病人啊！你还睡我肩上！”

宁时谦被她推翻在地，一脸迷茫：“我……怎么在这儿？啊！我以为我抱着的是枕头！”

说完他手一撑，从地上站了起来，甩下一句“我走了，上班快迟到了”，匆忙离去，在房间门口却两脚不听使唤，竟然差点儿绊倒。

萧伊然在房间里扑哧笑出声来，在她的笑声里跑出去的他，觉得自己有种仓皇而逃的落魄感。

清晨的分局，已经呈现每天都一样的景象——井然有序的忙碌。

段扬病假结束，第一天回来上班，这个案子的卷宗已经在他的办公桌上。

“死了？”段扬大为震惊，“我……”他还想着请宁时谦带他去买风铃呢，谭雅好像很喜欢那个风铃。

“是的！你看看吧！我始终觉得这个头发的事有点儿问题。”宁时谦敲了敲卷宗。

段扬快速地看了一遍，神情悚然。

“喂，你怎么了？”好歹段扬也是警察啊！比这更残忍的案例都遇到过，这会儿被吓着了？

段扬嘴唇有些发白，当然，也有重伤初愈的缘故：“竟然……竟然是真事！”

“你在说什么啊？”

段扬将卷宗一放，眼睛里透着异样的灰色：“我老家曾经有个传闻，说是有人专门杀害长头发的年轻女孩子，杀完之后还把人头发给剪了。那时候我高三，吓得我们班女同学晚自习后都不敢一个人回家……”

“说实话，那时候我年纪也小，有时候被女同学拉着陪她们回家自己也挺害怕的，但后来年纪大些了，也没听过案子被破之类的，就觉得跟鬼故事一样，是传闻而已，不是真的，可现在这案子……”段扬摇摇头，“这两者之间应该不会有联系。”

宁时谦也觉得这个传闻跟“10.10杀人案”不会有联系，毕竟不是一个地儿，时间间隔也太长，那时候段扬高三，现在段扬都快三十了，十年过去了……

“对了，你老家是哪儿？”宁时谦随口一问。

“凤城。”

宁时谦差点儿被自己的口水呛到。凤城？

十年前，他正是狗也嫌的闯祸年纪，他在哪儿哪儿就鸡飞狗跳，大伯恨不得拿根铁链把他锁起来！很大一部分原因就是没人管束，因为他老爹那会儿在凤城任职！

“喂！喂！你去哪儿？”

在段扬的叫唤声里，宁时谦已经冲出办公室。

瞳。

萧伊然站在这家店门口，看着店外的招牌，瞳字写得像一只眼睛，灰蒙蒙的暮色中，这只眼睛里流动着一层层微光，不似周围店里那般耀眼，暗涌流动，层层颜色交替，恰似人瞳光暗涌。

这家店她听说已久，却从不曾来看过。似乎这两年来，她已经渐渐远离这些女孩儿的玩意儿了。

她手里抱着昨天宁时谦送的那个娃娃，原本被宁时谦扔出窗外了，今早她想起，又去捡了回来，可是，娃娃的一只眼睛坏了。

细细想来，从小到大，宁时谦送她的礼物不计其数，也许是太多了，所以她反而不太珍惜了吧，好像完整剩下来的不多，有的被她送人了，有的坏了脏了，有的莫名其妙不见了。

可是，她幼时那性格小霸王似的，自己胡乱对待他送的礼物，却不允许他糟蹋她给的东西，别说正儿八经节日、生日礼了，就连她平日里嫌弃不要的本子啊笔啊这些小玩意儿，都不准他不重视，哪怕是记满笔记的本子、写完墨的水笔，他都一样不少地全部保存着呢。

这些事小的时候她觉得理所当然，甚至记得不那么清晰了，如今大了，想起来才觉自己不应该，实在太不讲道理。

笑了笑，萧伊然抱着娃娃走进店里。

店里依然是陈莓在，今天换了身装扮，cos的是店里的另一个娃娃。

“您好。”见有客人来，陈莓热情地打着招呼。

“你好。”萧伊然目光在店内缓缓移动，为每一个精致的娃娃而惊叹。

“您要买娃娃吗？”

“不是。”萧伊然收回目光，笑着把自己的娃娃递给她，“你看，我这个娃娃坏了，可以修吗？可是我没有小票也没有售后单。”

“这是我们的娃娃。”陈莓一看就道，“不过，我记得这个娃娃是昨晚一个警官先生才买回去的，怎么就坏了？哎呀，衣服还这么脏，这是扔泥里了吗？”

萧伊然有些不好意思：“不小心……能修吗？”

“能！”陈莓爽快地给她开了维修单，“您稍等。”

萧伊然站在店里欣赏着娃娃，陈莓把娃娃拿去了二楼。

二楼亮如白昼，天花板上竟然悬挂了上百盏灯，灼热而刺眼。临窗而坐的，是一个女孩儿，安静得仿佛不存在一样。

“有人来修娃娃了？”女孩儿并不曾回身，便问道。

“是的。昨天才买回去的娃娃，今天就坏了……”陈莓把娃娃放下，“眼睛掉了。”

女孩儿手指一颤，淡淡冷笑。

“瞳小姐……”陈莓轻轻叫女孩儿的称呼，她知道，店里的每一个娃娃瞳小姐都视若珍宝。

“阿莓，以后这样的人再来买娃娃，不要再卖给她。”女孩儿声音还是淡淡的。

“哦，知道了……”陈莓心里却在嘀咕，那她怎么知道哪些客人是爱护娃娃的呢？

“咱们的娃娃都是有生命的，每一个娃娃就是一个精灵呢……”女孩儿幽幽地叹气，“可怜的孩子……”

“那这个呢？”陈莓抱着手里的娃娃问。

“下去把我的话告诉她，我们拒绝为她修娃娃，也拒绝她这样的客人！娃娃收回，她买娃娃的钱还给她！”女孩儿手里拿着一个娃娃，眼睛没有焦距地看着窗户，手下却在忙碌着，娃娃栗色的发丝在她指间滑动，她沉沉的声音问身边的女人，“她的头发有多长呢？到这儿吗？肩膀？”

“比肩膀长一点儿……”女人回答。

陈莓把这话原封不动地传给萧伊然的时候，萧伊然完全惊呆了，说实话，她还没见过这么牛的店家。

萧伊然从瞳出来的时候，外面已经完全天黑了，这条街却依然热闹，霓虹尽放，正是上班族和学生党闲下来的时间，三三两两的闺密好友在一起闲逛。

她穿行在人流里，不时也四处看看，偶尔发现一些深得她心的小玩意儿，毫不犹豫地收入囊中也是一种快乐。

淘宝的过程中，淘到一个非常可爱特别的打火机，她首先想起的就是宁时谦，可转念一想，虽然他老戒不了烟，可她也不能助纣为虐啊！所以，她又把东西给放回去了。

这时，她的手机却响了，单位来电。

她心里一紧，这不是贝贝有事就是要出任务了！

萧伊然赶紧接了电话，果然，那端是值班同事汤可的声音：“然然，你家贝贝不对劲了，还闹情绪不肯配合。”

“病了？”她加快了脚步，下午下班的时候还好好的呢！

“是的！给它看病它还很抗拒！你还是过来看看吧！”

“你让贝贝听电话！”贝贝可是她的心头宝啊！

汤可就在离贝贝不远的地方，很快，萧伊然就听见手机里传来贝贝狂躁的叫声。

“贝贝！贝贝！宝贝！是我！”每叫一声她的心就紧一分，揪得她心都疼了。

汤可那边是开了免提的，她知道贝贝能听出她的声音！

果然，贝贝听见后就不再那么狂躁了，静了一会儿，电话那端便传来它呜呜呜的声音，仿似受了天大的委屈。

这个小娇娇！

萧伊然心口一抽一抽的：“贝贝，乖，我马上就过去！”

说完她又说了好些安抚贝贝的话，这才恋恋不舍地挂断电话。

她收了手机，却无端感觉有人在身后跟踪她。

萧伊然停下脚步往后一看，却只看见人来人往和瑰丽的灯光。

她微微皱眉，继续往前走，走了一段，这种感觉并不曾消失。

萧伊然提高了警惕，再一次冷不丁回头，仍然没有任何异状。

她暗暗奇怪，加快了步伐，并且索性往人少的地方走，待她再次回头时，却看见路中间也站定一个人，却是曾有过一面之缘的三水老师，谭雅儿子皓皓的美术老师。

他手里举着一张画朝她走来，白净的脸上含着微笑：“对不起，刚才忍不住画了一张你，希望你不要介意。”

萧伊然一看，他手里举着的可不是一张她的速写吗？就是她在娃娃店里的样子。

她倒不会介意，只是她现在没时间说闲话，得赶回大队去，便匆忙笑了下：“当然不会，不好意思，我有急事要走了，老师再见。”

她甚至没有找他要那张画，匆匆走了。

Chapter 03

凤城。

宁时谦开着车在凤城转着圈，双眉紧锁。

从段扬那里得知所谓的传闻后，他便飞奔去找他当年在凤城任职的老爹，没想到，他老爹告诉他，还真有这么一件案子！他老爹离开的时候都还没破！

于是他第一时间又赶来了凤城公安局调案卷。

十年前的案子跟这一桩如出一辙，而且竟然有两个女人丧命！两起命案间隔时间仅仅一周。就连杀人的手法都一模一样，同样的利器割断颈动脉而亡，受害者同样被剪去了头发。

这样诡异的两起命案，十年前同样没有留下任何蛛丝马迹可供破案，有老警员仍然惦记着这个案子，可当年都没能把它给破了，时过境迁，又哪儿来的突破口？

“10.10杀人案”和十年前的两起是同一人所为吗？

宁时谦细细地翻阅着这两位女死者的资料，一人是舞蹈老师，一人无业。难得的是，卷宗里还夹有两位死者的生活照，一个在跳傣族舞，一个在公园里赏花。

他把案卷复印了一份，同时给了凤城公安一个名字和一张照片，请求他们帮忙调查，便带着复印件离开了公安局。

宁时谦也不知道自己开着车满城转什么。

凤城本身不大，一个小时足够他把城区转个遍，而他现在已经转好几遍了，甚至还去了十年前的案发现场，只是，十年时间，旧貌新颜，新房子盖了一栋又一栋，旧城的影子都没了半分，饶是他有一双明察秋毫的眼睛，也没能有新的发现。

看着那些新建不过几年的楼房，他决定离开。毕竟，凶手在的地方，才是最有可能有线索之处。

既然打算回去，他心里便开始盘算着给萧伊然带点儿什么东西回去。

这么多年他早养成了习惯，无论去哪里，回去都得给她带点儿什么。小时候，他跟着大人回老家回来也好，夏令营回来也罢，只要离开几天，小丫头一见他就会笑眯眯地跑上来，粉团子似的歪着圆圆的小脑袋问："四四，你给我带了什么？"

每回把东西给她，看着她欢喜满足地笑眯了眼，他就觉得心窝窝里都是甜的。

凤城这么小，看起来经济也落后，他一时没找到什么可带的，忽然想起从前老爹还在这里的时候，有一回带了一种凤城特有的酥糖回去，传统制法，和别处的酥糖不太一样，小丫头很喜欢吃，后来他又央求了好几回要老爹再带，可老爹都给忘记了，小丫头还巴巴地问了好几次。

这回他来了，怎么也要给她买到才行！

结果，还真让他给找到了，不起眼的小铺子，专卖传统吃食，他买了一大包。

看着店里琳琅满目的糕点，他自己也觉得饿了，才想起一天下来他都没吃东西，旁边正好有小吃店，他坐下来，叫了碗馄饨。

热腾腾的馄饨一端上来，他就闻到熟悉的香味，脑中有什么东西轰然一响，亮光闪过。

老葛！

这馄饨不是老葛馄饨摊上的香味吗？与此同时，曾经和老葛的一段对话在宁时谦脑中响起：

“老葛，您这馄饨香味独特啊！汤跟别人不一样！”

“嘿嘿，那当然！这是家乡的做法！”

“您老家哪儿的啊？”

“凤城！”

宁时谦舀起来送到唇边的馄饨落回了碗里，溅起的汤汁烫疼了他的脸。

扔了张钱在桌上，他飞快地跑了，上车，重回公安局。

这一回，他却是让凤城公安局帮着查葛天忧在凤城的住所。

老葛这个人，就像影像上不起眼的一个缺口，自缺失那天起就是个有些异样的存在，可又偏偏让人想不起来，这会儿宁时谦突然想起，也不知是触动了哪一处的灵感。

其实，老葛的失踪是否跟命案有关，是一点儿头绪都没有的，只不过现在案子一团迷雾，宁时谦一点儿异样也不愿意错过。

虽然找老葛的旧居费了些工夫，但最终还是找到了。

宁时谦和凤城公安一起前往老葛在凤城的家，却是大门紧锁。

“家里是有人住的。”宁时谦摸着门，并且蹲下身来摸了下门周围的地砖，都很干净，并没有长久不住人的积灰。

然而，他们敲了很久的门，都没有人开门。

此时已近晚上，家家都亮了灯，周围不知哪一户还传来炒菜的香味。

凤城公安的同事便敲开了邻居的门，一家一家地调查，得知老葛的确是回来了，这些天一直住在家中。

没有找到人的宁时谦是不会甘心的，也不回去了，只打了个电话给魏未，让他去查查老葛家人有什么异常，自己和凤城的同事开了车离开。

事实上他并没打算真的离开，留下一个同事在附近盯着，转了一圈后，借了凤城同事的一辆私家车，又开了回来，找了个视野范围大，又不起眼的地点顶替了之前那位同事的岗位守株待兔，等老葛回来。

然而，他们在明，有人在暗。

早在他领着凤城公安第一次登门的时候，老葛的身影就出现在傍晚灰蒙蒙的暗影里了，只不过，一眼就看到了宁时谦的车，立即藏了起来。

他的车，老葛是熟悉的，不知道开到他的馄饨摊多少次……

他们是来找他的！

老葛躲在暗处，一直看到宁时谦和几个身穿警服的人出楼道，他弓着身子，全身发抖，眼里也满是惊惶。好在他对这一片再熟悉不过，立即择路而逃……

所以，宁时谦守了一个晚上，除了车里烟灰缸满满一缸的烟蒂，什么收获也没有。

而他，不能一直这样耽搁下去。

将这件事情拜托给凤城公安，又详细地把十年前的受害者信息做了记录，宁时谦启程回去了。

连续两天日夜陪着贝贝，今天贝贝终于好转了，萧伊然换了便装开车回家，却在路口听见一辆陌生的车朝她按喇叭。

她减速，对方车里探出一个人来，居然又是温文尔雅在微笑的三水老师。

“萧警官。”三水下车，跟她打招呼。

“你好。”她只好也打开车窗。

三水手里抱着个盒子，萧伊然一看便知是瞳家的盒子。

“你的娃娃，修好了。”他打开，盒子里躺着的娃娃不但修好了，还做了一些改变，换上了一身警服，“我刻意让她们换了衣服，你喜欢吗？”

她顿觉惊喜：“三水老师，这……你认识瞳的老板？”

他笑着摇头：“不认识。只不过，她说不卖给不珍惜娃娃的人，并没有说不卖给我。”

萧伊然这才想起他曾给她画的那张速写，想必她和陈莓的对话他也听见了，那时候她还真没注意旁边都有什么人。

“其实……并不是不珍惜，而是……”她想了想，又觉得没必要解释。

“我知道，所以，我又把它送回到你手上了。”三水把娃娃交给她。

萧伊然犹豫起来，毕竟她跟此人没什么交情，要么收下娃娃给他钱？毕竟这个娃娃最初是老四给她的，而且，换了警服的娃娃像是给她定做的，她真的很喜欢。

他似乎看穿了她的心思，笑道：“萧警官大可不必权衡计算，我也不是无所求的。”

“哦？”她警惕之心顿起，毕竟，来求警察一般不会有什么好事。

他见了她的表情笑容更深了：“萧警官误会了，我只是想请萧警官给我当一回模特。”

“我？当模特？”萧伊然完全没想到是这个请求，不假思索就拒绝了，“不行不行，我哪儿有时间啊！”当模特不得一整天坐着不动？

“我知道萧警官上班很忙，我可以将就你的时间，周末或者你下班后一两个小时都可以，画画不需要一蹴而就的，你有时间便让我画几笔就行。”三水也不气馁，十分诚恳地想要说服她，“萧警官，很抱歉，我知道我很冒昧，我也是为了一个评比而必须画一幅新作，苦于没有灵感，在见到萧警官的第一眼，我眼前就亮了，你给了我想画的感觉。”

萧伊然想到那天送皓皓去画画时三水发光的眼神，当时她还以为他对谭护士有意思……

尽管如此，她仍然不想答应。

“萧警官，你不知道，你……很像我故去的一个亲人，我这么说，不知道你会不会生气，尤其眼睛，也是栗色的，所以你让我有亲近感。你放心，我并没有亵渎你的意思，这种亲近感对我来说，是很圣洁的。”

萧伊然已经不知道该怎么说了，面对艺术家，她连推辞都显得苍白无力。夜风忽起，吹得她车里的风铃一阵乱响，风里的寒气直往她衣服里钻。

“你……冷吗？”

风里响起三水的声音，仿佛也带着寒意，她情不自禁一抖，忽然，她的手机响了，电话来得正好，是宁小四！

银杏树在他所生长的燕北市是市树了。临近燕北，行道树便渐渐过渡成银杏，橙黄的树叶并没有因为暗下来的黄昏失了颜色，路灯初亮，半明半暗，尽数投射在叶片上，晚风一摇，光影片片，星河曳曳，仿似整个银河系都在头顶一般。

一路风尘，满身疲惫，宁时谦便在这熟悉的景象里有了不同的意味，以致他嘴角透出点点笑意来，肚子也饿了起来，想想，自己这两天都没好好吃上一顿饭。

想到吃饭，他自然也想到某个人，从来混吃混喝都是跟这个人！

心里默算了一会儿，现在她应该是下班的点，宁时谦便直接把车开往她的单位，快到时打了这个电话。

电话响了一声，传来萧伊然的声音："喂？"

"十三！"他心里分明有某种柔柔的东西在涌动，声音却如炸雷一般粗犷，"哥饿着呢！出来整点儿酱肘子、卤猪耳朵吃！"

"你在哪儿呢？"她好久没有这么迫切地想见到他了！

这热情的语气让他有些受宠若惊！

"我快到你们单位了！咦？"他已经看到她了，视线里还多了个人……

"咦啥呀？在哪儿呀？"话音刚落她也看见他的车了。

他闷了会儿："我好像发现敌情了！"

敌你个头！她暗暗骂了一声，电话一挂，冲他用力挥手。

他的车嗖一下，飙到她车前停下，笑着道："这是……"

"哦，你忘了？这是画家三水老师啊！"萧伊然手里抱着娃娃盒子，出于礼貌介绍道。

宁时谦笑得有些阴："哦，画家啊，你好你好。"

感觉到明显的敌意，三水颇有涵养地点点头："你好，幸会。"然后他又对萧伊然道，"既然你有朋友来，那我就先走了，改天约，静候你的到来。"

而后，三水转身就走了，上了自己的车。

宁时谦盯着那辆车，眼珠子都快盯出来了，脸上阴阴的笑也消失了，黑着一张脸，直接凶巴巴地问："什么意思啊？改天约？你和他约什么？"

"哦，他请我给他当模特……"她老老实实地说。

可是，她还没说完，宁时谦就暴跳如雷了，戳着她的脑袋：“他请你当模特！萧伊然！请你用你的脑子好好想想！他为什么要请你当模特？”

“为……什么？”她被他这怒气搞得莫名其妙的。为什么？三水刚刚说了原因，可眼前这火冒三丈的人又知道什么原因了？

他看着她那猫儿似的纯净眼睛更火了，这小丫头还是被保护得太好了，虽然当了警察，但是在某些方面实在没有戒备心！

他以后要好好教教她！不急！慢慢来！

看见她怀里的盒子，宁时谦压制着怒火，努了努嘴：“这是什么？”

萧伊然打开来给他看：“是娃娃啊，刚才三水……”

她话没说完，手里一空，盒子不见了，眼前一道抛物线划过，盒子被他摔了出去。

她的娃娃！

萧伊然气极，一拳头就挥过去了：“宁老四！你可恶！”

这回他没有让着她，揪住她的手腕一扭，就把她反手扣住了，让她挣也挣不脱。

怒火什么的，他也不压制了！

慢慢来什么的，他也不管了！

现在他就要教她！马上！

“萧伊然！秦洛没有教过你不能随便收男人的礼物吗？秦洛没有教过你，男人送你礼物没安好心吗？”宁时谦对着她的耳朵吼。

手腕被他扭痛了，萧伊然觉得自己掉以轻心，着了他的道才被他抓住，听他提起秦洛，更是火冒三丈。他这什么意思？谴责她做了对不起秦洛的事？一气之下萧伊然也不管不顾地乱喊：“关你屁事啊！秦洛都不管要你管！”

“女孩子家家，跟你说过多少次！别把那些污秽的字眼挂在嘴上！”他将她整个人都禁锢在怀里，“就是因为秦洛不在，管不着你，我才要帮他看着你，免得你年少无知，犯下不可犯的错！”

“我犯什么错了我？你放开我！”手动不了，萧伊然便去勾他的脚。

宁时谦敏捷地跳开了：“你还没犯错？不都跟人约上了吗？”

“他只是请我当模特！再说我还……”

“当模特？”他再度打断她的话，“你凭什么当模特你告诉我！瘦竹竿一根，要胸没胸，要屁股没屁股！脸也长得不过如此！穿上制服混男人堆里立马雌雄莫辨，你说你凭什么当模特？”

原本还准备解释的萧伊然，此时气得胸口剧烈起伏，感觉自己要爆炸了，手脚都无法制服他，一气之下她一口咬在他的胳膊上，往死里使劲地咬着！

“萧伊然！你跟贝贝是一个种族吗？”宁时谦吃痛之下，松了手。

萧伊然重获自由，一拳打过去，正中他的鼻梁：“宁时谦！我告诉你！今儿这仇结大了！”

她从来没叫过他的名字，再如何生气顶多也是叫宁老四，这回可真把她得罪狠了……

宁时谦摸了摸鼻梁，看着她气呼呼地上车，开始有点儿后悔。今儿这药只怕果真下得太猛了，他这要费多大的劲才哄得过来？

他也上车，闷了好一会儿，目光落在旁边给她带的酥糖上，心里忽然就拗着一股执念，一脚踩了油门，冲到她的车前，直接把她逼停了。

萧伊然铁青着一张脸，坐在车里不理他。

宁时谦倒是真的累了，没了力气再响炸雷，爬到她的车引擎盖上坐着，两人就这样僵持着。

最后，她下了车，将车门一锁，扔下车不要，走了。

他赶紧跳下来，追到她面前，撑着她的肩膀，服了软：“十三，我出去了两天，累得很，回来第一时间就想跟你吃个饭，就想吃个饭而已。”

她还僵在那儿，沉默不语，却不往前冲了。

他提着的心落了一半，关键时刻只能靠卖惨，可见这丫头还是心疼他的，这么多年，没白疼她：“我累得不行了，开着车回来，差点儿边开边睡着……”

她微微动容，想说什么，却又忍住了。

“咱们不吵了，陪我吃饭去，好不好？”他握着她肩膀的手加了点儿力，提醒她该理自己了。

她终于有了反应，哼了一声：“你不怕我在饭里下泻药就去吃吧！”

宁时谦乐了，肯下泻药那就是不生气了！他一乐嘴皮子也欢腾了：

"你下泻药我也吃啊！下砒霜我都吃！"

她依然气哼哼地道："拉不死你！"

他推着她上车，无奈极了："十三，说过多少次了，不要把这些粗俗的字眼挂在嘴上，我那娇滴滴的小妹妹哪里去了啊？"

两个人总是这样，吵了闹，闹了好，萧伊然气鼓鼓地嘟着嘴，人却已经听话地上了车。

还是像从前一样，她的车在前，他在后为她保驾护航。

被宁时谦扔掉的那个娃娃盒子静静躺在地上，盒盖被摔开了，露出里面的娃娃，墨色瞳仁，乌黑头发，身上警服藏蓝色布料，衬得娃娃脸孔纸一样白。渐暗的暮色里，娃娃乌亮的瞳孔反射着夕阳的颜色，血一样红，上扬的嘴角噙着的那抹微笑，透着诡异的味道。

萧伊然开着车，风铃随着行车的节奏叮叮咚咚地响，她无端觉得脊背发冷。光线暗了，她回头一看，几团黑影飘了进来，她心里一惊，一脚踩了刹车，再细看，原来是后座车窗没关，飘了几片树叶进来。

她把车窗关上，仍觉得莫名地冷，忙打开暖气，等着回暖。

车窗外响起动静，她侧目，窗外昏黄的灯光里，是宁时谦焦灼的脸、纠结的眉头，纹路褶皱间，填满的仿佛都是温暖。

她打开车门，他响雷似的声音就炸开了："干吗突然刹车？"差点儿追尾了知道吗？

"走走走，去你车上吧！"她锁了自己的车，熟练地爬上他副驾的位置。

宁时谦无语地看着她，只看见她眼眶底下青得跟熊猫似的，大概他不在的这两天，她也累得够呛，顺手揉了揉她的头发，求之不得与她同车。

萧伊然懒懒地靠在座椅上，像只慵懒的猫儿，被他一揉，更是眯上了眼睛。车窗分明还开着一条缝，风习习地钻进来，她却再没感觉到冷。

秋冬之交的夜晚，两人就着冷风，席地而坐，倒是吃了个热火朝天。

宁时谦心里挂着事，始终觉得这个三水有点无事献殷勤的嫌疑，啃猪蹄的时候黑着一张脸，咬得格外带劲。

萧伊然气儿倒是消了，觉得宁时谦有点儿怪怪的，一晚上就光啃，也不说话，再联系之前他打电话时的别扭劲，她胳膊肘碰了碰他：“小四，怎么了？出去被人欺负了？”

他继续啃！

她的脸凑了过来：“真的？岂有此理！谁敢在四爷头上动土？告诉我！我给你出气长脸去！”

她一副罩着他的语气让他啃骨头的节奏慢了下来，想起小的时候他总是闯祸，老爹要么没时间管他，一旦有时间管了就是揍，若是凑巧她来找他玩儿遇上了，她小小的胖嘟嘟软乎乎的身子就趴在他身上，紧紧抱着他，使劲仰起白嫩嫩豆沙包似的脸，娇声软语地给他求情：“宁伯伯，不打四哥，四哥会疼。”

说着，她还竖起粉嫩嫩的小手指给他老爹看：“上一回，小然然的手被刮一下，可疼了，爸爸说，刮在然然手上，疼在爸爸心上。宁伯伯，您打在四哥屁屁上，疼在然然心上，宁伯伯不打不打……”

老爹一个糙汉子，哪里抵得住娇滴滴的小丫头这般模样？被她给萌化了，自然也没了情绪再打他。

小丫头愈加蹬鼻子上脸，有一回居然还招招手示意老爹蹲下来。

老爹对他，从来是秋风扫落叶一般，可对小丫头，真真如捧着一尊白玉娃娃，唯恐一个不小心就摔碎了，所以，小丫头要他蹲他绝不敢站着。结果，蹲下来后小丫头软乎乎的小胳膊抱着老爹，吧唧就在老爹脸上亲了一口，宁时谦偷眼看着，老爹那张脸简直僵化成石头了……

他心里回忆着，萧伊然得不到答案，心里焦急，连瞌睡都跑掉了，推着他问：“说话呀！”

宁时谦嫌弃地看了她一眼：“你？也就会欺负我老爸！”

“我什么时候欺负宁伯伯了？我不知道多爱他！”小丫头反应很强烈。

宁时谦没说话，心里默认。没错，她的确爱老头儿，老头儿也爱她呀！玉雪可爱的小人儿，把老头抓得紧紧的，有求必应！谁不说她才像老头儿亲生的闺女，他是捡来的？

萧伊然细细想了想，觉得不对！这小子忘恩负义！她打记事起分明就有多次在他的“生死关头”挺身而出，用她幼小的身躯为他“挡刀挡枪”！什么叫光会欺负宁伯伯？

“宁小四！”她拍着宁时谦的肩，“咱不能这样哈！十三姐我护着你的时候，没想过要你报答，可你不能把姐姐我为你上刀山下火海的日子给忘了！”

还姐姐呢！

他终于扑哧笑出来，身体后靠，一双漆黑的眸子眯起来。记忆里的确是有这么回事。有一回，他们几个不知怎么跟院里另一拨“混世魔王”又打起来了，之所以用又，实在是这对垒的次数太多，也记不清是为啥了。可这一次，明明约架的地点是保密的，小丫头不知从哪里冒出来，穿着小白裙子、小皮鞋，小脸绷得紧紧的，不知天高地厚往中间一站：“不许打我四哥！”

于是，整个世界都静止了。

你想啊，两堆斗得乌七八糟泥猴似的浑小子，中间突然插进来个软乎乎、白嫩嫩的雪团子，谁能不愣？

对面那堆泥猴子跟见了鬼似的，看傻了。

全场就宁时谦心里焦躁，这要是小丫头被打了可咋办？她那张豆沙包子脸绷得再紧也还是豆沙包子啊！别说打了，就那堆泥猴子黑乎乎的手往她身上擦一下都给擦脏了啊！

趁着对方还在愣神的工夫，宁时谦抱起小丫头就跑，他们这边一群人也全跟着跑，倒是另外那群泥猴仍然傻在原地，眼睁睁看着他们跑出五十米才想起要追。

那是他们年少英勇战斗史上唯一一次当了逃兵，后来终于甩掉那帮人后，一堆人对着喘气，每个人都不寒而栗：还好十三没事，不然今天每个人回去都得脱层皮……

“想起来没有？”萧伊然伸手在他眼前晃了晃，免得他这么眯着眼睛看她，看睡着了。

他扬扬眉，点头：“想起来了，谢谢十三姐一路罩着我长大！”

萧伊然扑哧一笑：“那可不！所以姐姐我对你恩重如山啊！想想怎么报答我！”

刚才她还说不要报答！

他只定定地看着她，漆黑的眼眸如同蒙上一层雾霭，声音也变得雾蒙蒙的：“我想想啊……”

萧伊然撑着下巴等着他的答案。

“嗯……”他闭了闭眼，“怎么报答呢？我以身相许好不好？”

没有声音……

他一颗心狂跳，睁开眼来，拳头已经到了他面前，他就地一滚躲开，感觉一身冷汗，立马不正经地抓住她的拳，笑嘻嘻地把她拉过来：“女孩子家家的，别这么粗鲁，小心秦洛不要你了！”

萧伊然一反常态，不打不闹也不动了。

他心里莫名一冲动，话脱口而出：“十三，你看我，也是没人要的，如果秦洛三年内还不来娶你，我们俩就凑合在一起得了……”

萧伊然还是傻站着不动。

宁时谦心头有些发毛，壮着胆子嘿嘿笑：“那个……反正我们也凑合这么多年了……”

萧伊然这个时候根本没留意他在说什么，注意力全部集中在自己身上那股黏黏糊糊的感觉上，回头一看，地面她刚才坐过的地方也有可疑痕迹！

他终于留意到她的不对劲，皱眉：“怎么了？”

“那个……”她讷讷地道，“你家……成‘案发现场’了！”

“什么？”他不懂，四处看看，目光落在地面上，暗暗笑了，“可疑血迹？”

萧伊然无地自容，他一个大男人，看到这种情况难道首要反应不是羞涩一下吗？为什么跟她宿舍室友似的一副见怪不怪的样子！是不是还能和她讨论一下哪个牌子的好用啊？

“那个，客房柜子里，好像有你要的东西。”他松开她的手。

她一蹦就往他家里跑，熟练地用钥匙开了门，找到他说的某种“东西”，还真是她惯用的牌子。

等她一阵忙乱地收拾好出来，发现他还站在那里发呆，皱着个眉。

好吧，在他面前，她这种突发状况不是没有过，可那是很久以前的事了，那会儿她自己还不咋懂事呢！不然也不会傻乎乎地问他谈个恋爱可好的傻问题了！

“你……在干吗？”不会真的在研究地上那点儿血迹吧？萧伊然顺着他的目光一看，他真的皱着眉眼睛一眨不眨地看着地上的血。

她大窘，站在他面前挡住他的视线：“你看什么呀？”

宁时谦眼神一晃，这一回却是死死地盯着她。

她被看得面红耳赤，一跺脚：“宁小四！”

他猛然把她往边上一拉：“站在窗边别动。”

她突然之间明白过来，这家伙是在思考案子了，顿时呈立正姿势站好。

宁时谦眯着眼看了会儿，跳出了花园，直奔他的车：“有人撒谎！”

他一上车就疾驰而去，萧伊然匆忙清理了花园里的“可疑血迹”，也打车跟了上去。

待她到分局的时候，宁时谦已经在重新看案卷，看的是上次录的口供。

他思考案情的时候往往会陷入忘我的境界，旁人最好不要打扰他。

认识他这么多年，这点萧伊然还是非常清楚的，于是默不作声地坐在一旁。

大晚上的，办公室就他们两个人，他认真看着案卷，浑然不知她也跟来了。萧伊然坐着，而后蜷着，疲倦终于将她完全侵袭，她渐渐就睡着了。

宁时谦猛然站起来，刚想打电话，一眼看到蜷在椅子里睡着的萧伊然。

他想要把她叫醒，转念想着醒了她自己迷迷糊糊开车回去又是一番折腾，不免摇头，脱下自己的衣服盖在她身上，自己冲了出去。

原本给他们组好好休息的一个晚上，最终众人又没能休息上，连夜把房东带回来重新问话。

审讯室里，宁时谦冷着脸，盯着对面的人，漆黑的瞳孔散发出慑人的光。房东一脸惶然，下意识地躲避着他的目光，双脚微微颤抖。

这样的对峙，在段扬例行公事地问过房东基本情况以后，已经持续了二十分钟。

在这二十分钟里，宁时谦始终不发话，段扬也不知他要问什么，房东低垂着眼皮，额上渐渐渗出汗来。

似乎终于忍受不了这样的逼视，房东清了清嗓子："警官，我已经都说清楚了，你们又把我弄来干什么？"

宁时谦终于发了话："10月12日晚上你为什么会从死者家经过？"

"我上次就说了！去催房租！"房东大声说，言语之间还有些不耐烦。

宁时谦也不压制他的情绪，连珠炮似的问："一般几号交房租？"

"9号！她超过三天了！"

"房租每个月多少？"

"2000。我说你问这个干吗？"房东抵触情绪很大，满脸不耐，"我说你们警察吃饱了撑的没事干？不去抓凶手折腾我干吗？"

"死者叫什么名字？"

"肖。"

"全名！"

"肖潇。"

"多大？"

"不知道！"

"不，你知道！上次的口供你说她二十三。"

"哦，我忘了，那就是二十三。"房东显得愈加焦躁。

宁时谦眼中冷笑，低头看了眼案卷："是我看错了，不是二十三，是二十二。"

"警官，你耍我玩儿吗？！我要投诉！"房东情绪激动起来。

宁时谦的眼神冷下来，语气却淡淡的："你说得没错，我骗你的，你上次的口供没有提到年龄。"

"你！你们领导呢？我要投诉！"

宁时谦眯了眯眼："你很紧张？"

"我不紧张！"

"你心虚？"宁时谦看向他在发抖的双腿。

"我不心虚！"

“你的手在抖。”

“我没有！”房东双手死死抓住椅子。

宁时谦不动声色道：“不心虚就回答我的问题！”他盯着房东，盯着那双强制着不抖动的手和仍然在微微抖动的双腿。

房东脸上呈现出一种无畏的表情，和宁时谦对视。

“死者是做什么的？”宁时谦继续问。

“做风铃拿去摆摊卖。”

“你们的房租签了几年合约？”

“一年。”

……

宁时谦问了一连串这样看似跟案件无关的问题，房东都飞快地答了。

宁时谦忽然又问：“上个月9号死者交房租了吗？”

“没有！三个月一交。”

“上个月你去收房租了吗？”宁时谦紧紧逼问。

“没有。”

“你说谎！上一次的口供，你说你去收房租了！”宁时谦敲了敲桌子，声音有点儿大，震得审讯室里都隐隐有回声。

房东搬了新家，早已不住案发那套房子。

第一次录口供，有邻居指证，看见房东上个月9号出现，房东便说，那天是去收房租的。

房东被他绕了几次，已经绕糊涂了，脑袋里嗡嗡作响，下意识眼珠上翻：“我记错了，我是去修窗户的，她说窗户坏了。”

“窗户坏了？”宁时谦语气悠长地重复着他的话。

“是。”

“哪扇窗坏了？”

“朝……朝南的窗。”

“那修好没有？”

“修好了。”

“你说谎！根本没有修好，我们到案发现场的时候朝南的窗户还是坏的。”

房东撇了撇嘴，声音渐渐变小，“那……是朝北的，我记错了。”

“徐东！”宁时谦直呼房东的名字，“不要再撒谎了！你9号去找死者，不是收房租，也不是修窗户！你做了什么你心知肚明！”所有的窗户都是好的！

房东低着头，嘴唇紧抿。

宁时谦慢慢地又补充了一句：“当然，我心里也明白，死者更加明白！”

审讯室里沉默下来，房东再次开始擦汗。

“徐东。”安静的审讯室里响起叮叮咚咚清脆的风铃声，宁时谦手里拎着的正是一串风铃，“听见响声了吗，徐东？”

房东余光瞟了他一眼，点头。

“风铃不但会响，还会说话，它会告诉我们死者来不及说的话。”

“我……我去……”房东斜着眼睛盯着那串风铃，通红的颜色，也不知是什么材质做的，叮叮咚咚响着，“我是去修窗户的。”

宁时谦手指托住一片风铃，轻轻转着：“有人告诉我，肖潇的每一串风铃都是一个故事，每一串风铃都标注着日期，这一串风铃你说会有什么故事？还是红色的，是悲剧？是惨剧？”

房东紧盯着风铃，并不暖和的天气，额上的汗滴却大颗往下淌。

只听宁时谦注视着风铃，一字字念道：“9月9号，本是晴好的天气，对我来说却是一个噩梦。徐东，我这辈子最恨的人，就算我化成鬼也不会放过他……”

宁时谦并没有继续往下念，房东几近瘫在椅子上，闭着眼，浑身被汗水湿透。

“我……我说……”房东熬不住了，在宁时谦透视一般的目光里熬了许久，耗到现在已是极限，“我……我的确不是去收房租，也不是修窗户，是……是强迫她和我发生了关系……”

段扬开始记录。

“可是我没有杀她，真不是我杀的！”房东又急急地说明。

“死者不报警？”宁时谦问。

“我……我威胁她，不让她报。我说，如果她报警，那全世界都知道她是被强暴过的女人，会被唾沫星子淹死，也别想再嫁人。她小地方来的，胆子小，懦弱，又单纯，就没敢报。她想搬走，我……我不想就这么放她走，就跟她说，如果她不走就免她一年房租，并且保证以后不再骚扰她，这件事就我知她知，当从来没发生过；如果非要走，我就把她被人强暴过的事满世界说，让她在这座城市待不下去。”

“后来呢？”宁时谦绝不相信所谓不再骚扰她的鬼话。

“后来，我又去找过她几次，她都防备得严严实实，我也没得逞。警官，我说的都是实话，再没有半个字假话了，否则，就让肖潇的冤魂天天来找我！”

宁时谦沉思了一会儿，点点头，把人交给段扬，问话到这儿结束了。

他出去的时候，萧伊然还睡得很沉，身上盖着他的衣服，蜷得更紧了，像只小猫儿似的。

他往椅子上一坐，继续看案卷。

不久，段扬回来了，看着他欲言又止。

宁时谦抬起头来，扬眉，似在问：有话要说吗？

“宁队，这风铃上没有写故事啊，哪儿有你说的那些字？”段扬从片儿警调来的时间不长，宁时谦办案的思维他还没能完全跟上。

宁时谦轻轻嘘了一声，怕吵醒睡着的萧伊然，领了他去别处说。

办公室里亮如白昼，红色风铃的颜色艳得跟血似的。

“这个徐东，上次录口供就格外急躁，一句不和就跟人吵起来，今天也是这样，你看他回答问话，句句都在大声嚷嚷。俗话说，有理不在声高，反过来，声高的就有可能是急于掩饰。

“今天他远比上一次录口供紧张，除了控制不住发抖的双腿，还有很多小动作，比如撇嘴、抿嘴唇，这些很可能都是有隐情不愿意说的表现，还有往上翻眼睛，则很有可能是在编谎话。”

这些段扬都懂，宁时谦从部队出来就从事刑侦，肯钻研，不怕苦，几年积累下来，破案能力、业务能力以及对微动作心理画像的研究实践相当有造诣，这也是他年纪轻轻能成为他们头儿的原因，可是，这个风铃到底说了什么话？

段扬拎着风铃，皱着眉研究。

轻微的碰撞声里，只看见风铃的顶端除了写有日期外，还画了一幅小画，画上是一个女孩子，画功一般，也看不出画的是谁，段扬只好把求助的目光看向宁时谦。

宁时谦从他手里把风铃接过来，红色泪滴状的珠子相互碰撞，在黑夜里发出细碎的声音。

“你看这些珠子像什么？”宁时谦轻声问。

段扬看着，不过是红色的珠子而已，非要说像什么，那就……“瓜子？”

宁时谦闭了下眼睛，好像差得太远。

段扬也知道自己这个答案有点儿荒谬，瓜子不是扁的吗？他想了想，想说松子，可是看着宁时谦的脸色，还是决定不说了，一个劲摇头。

宁时谦便指着顶端那幅画，指着女孩儿的耳朵：“看她的耳环。”

“嗯。”段扬看见了，耳环也是红色的珠子，跟风铃悬挂的那几串很像。

“这幅画，应该是仿着一幅名画画的，《戴珍珠耳环的少女》，维米尔的代表作。虽然外国少女变成中国女孩儿，画得也一般，但女孩儿的姿势穿着、画的色调，还有这枚耳环的形状都一样，除了这枚珍珠耳环的颜色，变成了红色。”

段扬听着，愣在那里。宁队还懂画？难道不是和他们一样是大老粗吗？

“珍珠在维米尔的画作里是贞洁的象征，有评论家说这幅画可能作于少女成婚前夕，而死者把所有的珠子都涂成了红色，还有，每一颗珠子都故意做了裂纹。萧伊然警官说，女孩儿做的每一个风铃都有一个故事，我早该想到的，这风铃里有一个悲伤的故事。”宁时谦叹了口气，“你看，这些裂纹全是做成X状的，我们只道是工艺，可X，也是徐东拼音的首字母。死者胆小懦弱，把所有的害怕和压抑都写在这风铃里了。”

宁时谦陷入沉思，段扬也愣了半天，这个推理打死他也推不出来！合着这当警察的破个案，还得上知天文下知地理，博古通今琴棋书画样样精通，不然可怎么破得出来？

“宁队，我算是服你了！”段扬终于憋出一句话，“有什么是你不懂的？”宁队年纪比自己还小那么一点儿点，却这么优秀。

宁时谦摇摇头：“凑巧懂而已，我母亲，是画家。”

他对母亲的印象也只剩这个标签了——画家，还有就是旁人眼里所看到的，形容给他听的：母亲生得极美，娇柔温婉，举手投足当真如仙女一般。大伯母回忆起母亲的音容来，只叹息着说了两句：海棠春暖，如沐春风。

这样的母亲，完全和父亲不搭调，据说在一起是因为一个很老套的英雄救美的故事，而父亲拥有这样的母亲，真是如获至宝，放在心尖尖上，捧在手心里。

只是太遗憾，再如何珍惜，母亲还是离老头儿而去。

老头儿说，母亲太好，所以老天嫉妒了。

天妒红颜，就是这样。

母亲走的时候，宁时谦还小，没能从她那里得到多少艺术熏陶，能懂一点儿点画，也是因为老头儿。

老头儿有空的时候常常在书房一坐就是一个晚上，看母亲留下的书，看她留下的画作。许多的名画鉴赏，上面有母亲的随手笔记，他就看着那些字发呆。

后来，宁时谦也好奇，也想妈妈，趁老头儿不在的时候他就钻进书房，也会看看书、看看画。太深奥的他看不懂，也没耐心看，就挑一些画来看，慢慢的，竟然也记住了一些名画。

别人的妈妈是妈妈，他的，是一幅又一幅的画。

段扬是知道宁时谦从小没母亲的，一时也不知道该说些什么，干脆把话题转回到案子上来：“宁队，可凶手会是徐东吗？”

宁时谦放下风铃，在办公室里走了一个来回：“杀人不外乎几个动机：为财，为情，为利，为复仇，为灭口。死者一个女孩儿，没有值得丧命的财，也没跟谁有利益之争，看起来也没跟人结仇。”

“那为情？或者是知道了什么被灭口？”段扬也陷入了沉思。

“当然，也有些案例，这些动机都没有。”宁时谦揉着眉心，“我总有一种错过了什么的感觉，但是一时又想不出到底是什么，一叶障目，挡住了整个世界。”

眼看段扬还在等着他说话，宁时谦挥挥手：“今天就到这儿吧，辛苦你了。”

段扬看看时间，半夜了，忙道：“宁队，你还是回去休息吧，萧……”他是捡着宁时谦刚才的称呼说的，想说，萧伊然警官还在隔壁睡着呢，可又觉得这个称呼异常别扭。

宁时谦点点头：“嗯，你呢？”

“我也回去！”他还打算去北雅医院转一圈，今天谭雅值晚班，没准儿能碰上接她。到时候见面了他以什么为借口呢？对了，巡逻！

宁时谦便往隔壁走去，段扬看着他的背影忍不住了：“宁队，为什么是萧伊然警官？不是十三吗？”

宁时谦脚步一个趔趄。

段扬若有所思：“当一个人分明跟另一个人关系很近，却用生疏的称谓来称呼对方时，说明这个人心里必然有鬼。宁队，你上次上课讲的啊！”

这家伙不是一贯呆吗？这次学以致用倒是很灵活，宁时谦回头，很不客气地说，“所以你叫人家谭护士？”

段扬不说话了。

宁时谦回头，萧伊然站在门口。

段扬脸都灰了，三十六计走为上策，一脸“我什么也没说”的表情溜之大吉。

萧伊然却好像没有听见他后来说的那些话，只是看着那串风铃。

“怎么了？”宁时谦问她。

萧伊然摇摇头：“我好像没听你说过伯母的事，今儿还是第一次。”她甚至不知道他妈妈是画家，没有人说，她也没问过。仔细回想，他曾经的家里倒是挂着好多幅画的，她也从没好好留意过。

宁时谦笑了笑：“回去休息吧。”

她和他一同出去，入目一片黑暗，只几盏昏黄的路灯。

“案子有眉目了？”他们是不同的两个部门，案子上过多过深的问题她不会问，但是她还是关注结果和走向的。

宁时谦上车来，点点头，又摇摇头：“有点儿麻烦。”

萧伊然沉默了一会儿，车已经开动了，她忽然又道："你家里怎么会有……嗯，女生用品？"

宁时谦斟酌着措辞："嗯……这是有故事的。"

萧伊然好奇地看着他。

"我家进了小仙女，遗落了很多东西在家里。"宁时谦凝视着前方的路灯，煞有介事地说。

萧伊然失笑："仙女呢？"

"我把她关起来，不让她走了。"

萧伊然愈加啼笑皆非："打算把她关着当老婆？"

"嗯！有这个打算！"

"好吧，我等着你娶个仙女四嫂！"她固然是不信的，靠着座椅，打了个哈欠，闭上眼，又开始昏昏欲睡，脑子里漫天跑马，忽然想起了什么，嘀咕一句，"秦洛会回来的。"

宁时谦一愣，才明白她这是回答之前他说的话，如果秦洛没回来，他们俩就凑合过。可是，这反射弧也太长了些。

宁时谦扭头看她，萧伊然已经闭上了眼睛，眼睫毛长长的，垂下来，在下眼睑上投下浅浅的阴影，于是他舌尖翻滚的那句"秦洛不会回来了"怎么也说不出口。

"如果，我说如果，他真的不回来了呢？"他换了个说法。

"会的！你别闹。"萧伊然仍然闭着眼睛，挥了挥手。

"那边有他的家，有他的父母，有他的工作，也许他真的不会回来了。"宁时谦幽幽地看着她。

萧伊然嘴角弯起弧度："那……我就调过去，去加入他的家，去陪他的父母，去和他一起工作。"

宁时谦愣了半晌："十三，你好狠的心，见色忘友，你舍得我？"

而萧伊然，闭着眼没说话，是睡着了吗？

杏林北路宁时谦的家。

萧伊然在房间里睡着，没有开灯，黑暗中只看见模糊的被子隆起的曲线。

宁时谦坐在一旁的椅子上，跷着二郎腿注视着她，手里拿了瓶啤酒。

他已经坐了很长时间，手边的桌子上摆了两个空酒瓶，手里这一瓶也喝掉了一半。

连续多个晚上没怎么睡了，是该好好休息才对，可宁时谦越想睡越睡不着。

他自己也不明白为什么要在这里坐着，又到底在看什么，黑暗中并不能看清床上那个人的脸，可他知道是什么样子。看了二十几年，她嘴角的那颗小痣在什么位置，阳光下、灯光里分别是怎样深浅的颜色他都清清楚楚，闭着眼睛也能描绘出她的瞳孔的颜色来，不是纯黑色，跟她的发色一样，是淡淡的栗色。

她睡觉的时候总喜欢微微张着嘴，像一朵小花吐开一点儿点花蕊，嘴唇是淡粉色，莹润润的，像她小时候爱吃的水晶糖。

她的睫毛很长，弯弯的，闭着眼睛的时候像乖乖的瓷娃娃，他小时候总喜欢用手去摸她的睫毛，毛茸茸的，弄得他手指尖儿痒痒的，心尖儿也痒痒的。

宁时谦一口气喝掉剩下的半瓶啤酒，随手就把空酒瓶往桌上搁，却不小心碰到了另外两个酒瓶，他手忙脚乱也没接住，酒瓶掉在地上，发出巨大的碎裂声。

他怔在了那里，看着她惊醒过来，坐起，睁着一双雾蒙蒙的眼睛看着他："怎么了？"

黑夜里，只有这双眼睛最清晰，灼灼的，他脑中却醒目地勾勒出她唇瓣的样子，粉嫩粉嫩的颜色，像涂了一层水晶糖的糖液，微张着。

地上破裂的酒瓶里残余的酒液挥发开来，空气里满是啤酒冒着泡的气味。

那些泡沫渗透进他的血液里，在他的身体里翻腾、上涌。

他突然向前扑了过去，扑向床上坐着的那个黑暗中的影子。

嘴唇首先触到的是一片柔腻清凉的皮肤，用力擦过后便是又软又糯的润泽，他噙住了，辗转再不愿松开……

被他扑的人大概是吓着了，呆在那里一动不动，他热血一涌，开始扯她的衣服。

终于，她清醒过来，一脚踹在他的肚皮上。

萧伊然用力不小，宁时谦被踹开，肚子隐隐作痛。

灯亮，宁时谦对上她严肃而气愤的脸，那一刻，比肚子更痛的，是心窝深处的某个地方。

他有些无措，垂下头："怎么是你啊？"

"你以为……"萧伊然喘着气，眼里亮亮的，不知是什么东西。

"我……刚刚做梦，梦到江琳了……"说完，他抬头看了她一眼，见她紧绷的小脸涨得绯红，大概是气极了，愈加不知所措，如平日那样不正经地笑笑，"十三，我亲也亲了，摸也摸了，我会负责的，不如我跟我爸爸说说……"

他话还没说完，便听啪的一声，一个巴掌扇在了他的脸上，火辣辣地疼。

眼前的人忽然哭了，眼泪大颗大颗地往下掉。

宁时谦慌了，萧伊然从小就爱哭，可这是第一次被他弄哭。

他上前想抱着她哄，却被她用力推开，而后，她光着脚跳下床，拿起衣服边哭边跑出了他家。

宁时谦闭上眼，身体往后一仰，躺在她躺过的地方，脑中一片混乱。

他真是脑子进水了！不，是进啤酒了……

他仿佛听见啤酒在脑袋里晃荡的声音，晃得他头晕，忽然手机来电，也来了消息，老葛的儿子和孙女有下落了。

虽然并不确定老葛和这个案子有关系，宁时谦仍然立即带了人去。

老葛跟他的儿子并没有住在一起。

老葛住在杏林路附近的旧房子，老葛的儿子却带着老婆小孩儿住在新房。

他们先奔着新房去了。

老葛的儿子葛壮就跟他的名字一样，很壮实，模样也跟老葛挺像，被问起老葛，他也很是迷茫："我爸不见了吗？我不知道啊！我们一家才旅游回来。怎么会不见呢？我们去旅游前孩子过生日他还来了，挺支持我们旅游的，可是我们叫他一起去，他又不愿意。"

葛壮带他们去了老葛住的房子。

“我们……”葛壮说话的时候有些犹豫，“我们的房子有点儿小，所以，我爸一直住老房子里。”

这些宁时谦都看在眼里，葛家经济并不宽裕，再加上适才说话时葛壮媳妇的脸色，老葛在这个面积不大的新房子里显然是没有立足之地的。

而老葛自己住的地方，已经简陋得不能再简陋。

一个单人间，吃饭睡觉都在这里，东西堆得乱七八糟，尤其床上，被子和衣服都混作一团，还有他的馄饨挑子，积了一层薄灰。

这个家，好多天没人住了。

葛壮进来想收拾，被宁时谦阻止了，职业习惯，不管凶杀案是否跟老葛有关，一切都不动为好。

宁时谦的视线落在窗边的风铃上。

粉色的瓷片，画着五颜六色的花瓣和小动物，很可爱，顶部的盘子上写着“丫丫生日快乐”的字样。

“丫丫是我女儿，这个风铃本来是给她的生日礼物，结果被我女儿不小心摔坏了，丫丫难过得一直哭，我爸就拿回去说让卖风铃的给修，这个看样子是修好了，还没来得及给丫丫呢。”

段扬戴了手套，把风铃收了起来，而魏未走到床前，一件一件把衣服拎开细细观察。

翻到其中一件外衣时，魏未的目光凝住——有几根长发。

老葛寡居，但长发也有可能是丫丫或者葛壮媳妇的。

魏未把长发收了起来。

葛壮在旁边有些紧张：“警官，您这是……什么意思啊？我爸他怎么了？”

魏未没有说话，继续翻那堆衣服。

宁时谦走到馄饨挑子前。

老葛其实挺爱干净，锅子、炉子在出摊的时候都收拾得干干净净整整齐齐的，即便现在撂在这里，也保持着它原有的样子，一头汤头，一头煮锅。

宁时谦站在馄饨挑子前，眼前浮现出老葛熟练地给他们煮馄饨的画面，热气腾腾的鸡汤用勺子舀进碗里，再用漏勺舀馄饨进去……

汤勺和漏勺都还摆在那儿呢，一次性碗也挂在馄饨挑子右边。

宁时谦伸手拿出一个碗来，搁在汤锅边后，隐隐觉得有些别扭。

他揭开汤锅和开水锅，汤锅里是有汤的，但是已经熬干，底部甚至焦煳了。

“我没搬去新房子之前，我们全家都挤在这里。”葛壮说。

宁时谦点点头，在房子里四处查看：“你们是凤城人？”

“是的。”

“来这儿多少年了？”

“快二十年了吧，我爸那时是厂里职工，跟着厂迁过来的，分了这么个小单间，后来厂子倒闭，我爸就出摊卖馄饨。”

老葛煮馄饨，用的是煤炉，这在如今的家庭中已经是淘汰不见的东西。

宁时谦端起锅子，炉子里是燃剩的煤球。

他刚要把锅放下，目光一凛，看见灰色的煤渣里隐隐露出了灰黑色残屑。

他将锅往地上一搁，叫来魏未，把炉子里的煤渣都倒了出来，从里面扒出零星几点黑屑，不多，只有几点。

魏未小心地把东西都收集了起来。

宁时谦在房间里继续细细查看了一番，带着魏未和段扬走了。

葛壮很着急，一直跟着追问老葛到底怎么了，宁时谦他们也无可奉告，上了车。

“去肖潇家再看看。”宁时谦对开车的段扬说。

“好。”段扬发动车子，车朝着杏林南路驶去。

他们身后的路边，停着一溜的车，其中一辆车里，一双眼睛微微眯着，凝视着他们远去的方向。开关门的瞬间，人影绰绰，投射在地面，车里人看见，眼神一暗，闭上了眼，用力按下关窗按钮。

公安分局刑侦支队办公室。

宁时谦站在窗口，窗外的萧瑟之色似乎每过一天就浓厚一分，先前还金黄的银杏叶，不知不觉间已经凋零得所剩无几了。

门口传来脚步声，宁时谦回头，见刑侦实验室的徐素笑吟吟地站在门口。

“给你送DNA报告来了。”徐素手里拿着的，正是魏未在老葛家拾起的那几根头发的检验报告。

宁时谦一笑：“哪儿敢劳您大驾，打个电话来我去取就行了。”

“得！少来这套！”徐素笑着瞪他，“命令我做事的时候怎么不这么客气了？你宁大队长的事儿是头等大事，谁也不敢耽误！”

宁时谦急着看报告，也没多说，只笑笑，接过了报告，一看之下，那几根头发却并非死者肖潇的。

他继续往下看。

“怎么？案子还是一点儿眉目也没有？”徐素问。

宁时谦皱了皱眉，重重呼气：“不说了，我开会去，都等着我呢！”

徐素摇头叹息：“时谦，查案归查案，你也要悠着点儿，你看看你脸色多差！是多少天没好好睡觉了？这样下去可不行！”

“知道了！”宁时谦敷衍地回了一句，匆匆召集人开会去了。

“哎——”徐素还想说儿点什么，宁时谦已经不见人影了，徐素只能再次摇头。

众人很快集中到会议室，宁时谦把检验结果通报出来：“我想听听你们的看法。”

片刻的沉默后，魏未站起来发言了：“我觉得可以锁定目标——老葛。你们看，这是在老葛家的煤渣里找到的残屑。”

他拿出了证物袋：“这些是什么东西呢？从没完全燃烧的这几块残屑来看，是衣服。老葛为什么要烧衣服？我认为这是血衣。死者肖潇被割断颈动脉而死，凶手身上必然溅上了鲜血，而最重要的是，我们重新去了一次肖潇的家，有了些新发现。”

魏未看了眼宁时谦，某队长正在凝神听着，长指无声地轻敲着桌面。

于是魏未继续。

他叫来段扬，手里拿着一支笔当作凶器，模拟了犯罪现场。

“当时，凶手是这样。”他右胳膊从后面绕住了段扬的脖子，“死者挣扎，凶手被顶到靠墙，这个过程中，刀划伤了死者的脖子。”

段扬配合他，将他顶到墙壁前。

魏未头往墙壁上一碰，左手的笔在段扬的脖子上一划："凶手第二刀又狠又准，割断了死者的颈动脉，血溅出来，溅到了凶手身上，墙壁上也有。"

他松开段扬："我们在墙根的位置发现了一根男人的头发。我们第一天去现场的时候，因为现场泡了血水，所以忽略了这根头发。"

他拿起报告："徐姐这份报告里给了我们三个问题的答案，第一，老葛衣服上的长发不是死者的；第二，煤渣里找到的的确是衣服烧毁后的残屑；第三，这才是最关键的，我们在墙根发现的男人的头发，是老葛的。所以，我认为基本可以将老葛纳入嫌疑范围。"

宁时谦在魏未表演的时候看得很认真，却始终没发表意见，老金却皱着眉提出质疑："这里面，唯一有怀疑价值的就是老葛的头发，但是，仅仅一根头发能说明问题？葛壮不是说老葛要给孙女修风铃吗？也许是修风铃的时候留下的呢？老葛杀人？动机是什么？作案工具又在哪里？死者的伤口又薄又深，什么工具能留下这样的伤口？"

"刀啊！死者是做风铃的，她用的刀就很薄很锋利，我们在她家里不是找到好几把这样的刀？凶手随手就能拿到。至于动机，把这件案子和十年前凤城的案子联系起来，杀人未必需要动机，我甚至觉得，肖潇的死和十年前的杀人案是同一个凶手干的。"魏未坐下来，再次看向宁时谦，等着他表态。

老金也看着队长："我觉得还是有很多疑点，就说这杀人工具，别忘了在死者家里我们找到一本账本，上面记录了，一共买了五把刀，而死者家中剩余的刀仍然是五把，除一把在桌上，刀刃还沾有木屑，其他的都好好地在刀盒里。"

"凶手行事极为谨慎，现场几乎没留下任何痕迹，指纹都清理得干干净净！难道不能杀完人把刀洗了再放回盒子里吗？"魏未坚持己见。

"别忘了，10月10号停水。"老金沉稳地道。

魏未愣住，默了一会儿又道："这不是大问题，作案工具也可能是凶手自己带来的，用完带走，随便往哪儿一扔，我们根本找不着。"

"这是个大问题！"老金却看着宁时谦道，"这种伤口用的刀有点儿特殊，我觉得，应该类似手术刀、理发专用剃须刀之类的。”

一时老金和魏未争论起来。

宁时谦也没阻止，默默听他们争辩，直到段扬听着，觉得已经没有争论下去的意义，试着吱声：“要不，咱们听听宁队的意见？”

那两人终于停了下来。

宁时谦点点头，却说了一句无关的话：“魏未，你是左撇子？”

“是啊！”魏未眼神奇怪地看着他，他是左撇子一事，队里早就众所周知了，宁时谦也不是不知道，这时候这么问干啥？

“嗯。”宁时谦收起卷宗，“不管怎么样，老葛这个人我们是一定要找到的！先找到他再说！还有，我始终觉得死者肖潇和瞳娃娃店有关联，这二者之间的连接点到底是什么？头发？”

他沉思着，却又摇摇头。

宁时谦寻思着要再去瞳看看，下班的时候，萧伊庭那边却打来电话，说他要的玉已经好了，让他去拿。

宁时谦便去取了过来，顺便打了萧伊然的电话。想起那个荒唐的吻，他心里还是有点儿虚，但是有这玉在手上，他总算有一个借口。

“喂！”萧伊然倒是接了电话，却并不是那么热情。

这在他预料之中，谁让他近来净犯浑呢？宁时谦连忙赔笑道：“十三，你那块玉，我找到了。”

“找到了？在哪儿找到的？”果然，听见玉，萧伊然激动了。

“说来话长，你在哪儿？我送去给你。”宁时谦再一次细细打量手里的小羊玉牌，的确跟她之前那块相似度达九成九。

萧伊然正准备开车回家呢，听了后约了地点跟他会合。

宁时谦忙驱车去了，将玉牌献宝似的给她：“不容易啊！我请了附近的村民帮忙在溪里打捞，打捞到现在才找到。你看看，是不是这个？”

萧伊然拿着玉牌，心里说不出什么滋味。她知道这块不是，溪对岸是男同事过去搜的，她根本没有过溪，怎么会掉进溪里？而且，那是她每天都盯着看的玉牌，他找来的替代品，再像也骗不过她的眼睛。可是，面对他灼灼的视线，她却说不出“不”字，握紧玉牌，点了点头。

宁时谦更加欢喜：“找回来就好！以后可要好好收着，别掉了啊！”

"嗯。"萧伊然将玉牌装进了口袋里。

"不挂上？"宁时谦指指挂风铃的位置。

萧伊然摇摇头："还是不挂了吧。"

"好，随你，现在陪我去瞳看看吧。"宁时谦索性上她的车。

"好。"萧伊然没问去干什么，只是回答的声音有些哑。

她的四哥，无论他对她做了什么，她都不会真的生他的气……

宁时谦指指瞳的店门："还想不想再买个娃娃？走，哥给你买。"

萧伊然的目光有些意味深长："哪儿能一直让四哥买呢！以后有了四嫂，更不能了！"

宁时谦眼神微微一暗，却马上揽住了她的肩膀："放心！你四哥我绝对不是见色忘义之辈！就算娶十个八个四嫂，也没人能越过咱同生共死的兄弟，不然可怎么对得起你曾为四哥我赴汤蹈火枪林弹雨啊！"

萧伊然笑出声来："还十个八个四嫂呢！美得你！就算你能娶到，宁伯伯也得把你劈成两半！"

"不怕！"宁时谦在她耳边笑，"不是还有你吗？你的十个八个四嫂都有可能眼睁睁看着我被我爸劈，你不会！"

他勾着她的肩膀，果真如兄弟那般往瞳走去。似乎，两人又回到了最初，那个吻引起的风波好似没有发生过一般，只是，宁时谦僵硬的笑容，笑得他脸颊有些发酸。

店里仍然是陈莓在，一见宁时谦便微笑："警官今天和女朋友一起来吗？"

"呃，呵呵……"宁时谦低头看了萧伊然一眼，没有否认，只道，"你好，我听说你们老板回来了，我想见见她。"

陈莓有些迟疑，这时，却从二楼传来一个声音："请他们上来吧。"

两人在陈莓的引领下上了楼。

一上去，两人就觉得凉风嗖嗖袭来。

窗户开着，一年轻女子坐在窗边，头顶的天花板上，却不知亮了多少盏灯。

如今天气已冷，这么大开着窗，实在是凉。

宁时谦下意识地想要握住萧伊然的手，这时候，女子却转过身来，嘴角带着笑意，却两眼无光："警官先生找我？"

宁时谦一听便知道，这不是当初接他电话的那个人。

女孩儿又笑了："警官先生，我叫莫瞳，是这家店的法人，上次和您通话的是我的阿姨，也是我们店的娃娃制作师。您看，我一个瞎子，怎么能做娃娃呢？"

宁时谦怔然，他很少有这样说不出话的时候，内心惊叹，这个女孩儿分明是盲人，却能看穿他心里在想什么？

女孩儿却再次窥破他的心理，一笑："瞎了眼的人，心思总比别人灵敏些。二位请坐吧。"

宁时谦坐了下来，一旁的萧伊然却微皱了眉一直在思索。这个盲人女孩儿，竟然是她在案发那晚遇到过的姑娘，不承想，却是如此灵透的一个人。

"警官先生一再找我，想必不是为了买娃娃吧？是有什么事情要问我吗？关于前段时间杏林南路被杀害的那个女孩儿的案子？"

萧伊然心里正存了疑惑，没想到女孩儿竟然就这样挑明了。

"你……也知道这个案子？"宁时谦眯了眯眼，能这么镇定自若地谈论一件杀人案，这只是一个普通的盲人女孩儿？

女孩儿眼角挑起几分嘲讽："我说了，我只是眼瞎，不是心瞎。"

宁时谦一愣："对不起，我不是这个意思。"

"不管你是什么意思，我一个普通公民，既然警察找上门来，我就有义务配合你们的调查，不然，就凭你们这么对待我的娃娃，我根本不会让你们进门！"女孩儿的语气并不善，"那天我去杏林南路那边闲逛，买好吃的好玩儿的，听见有人议论这个事，就让阿姨陪着我去凑了会儿热闹，不是还遇上了她吗？还跟我说话来着。"

萧伊然看着宁时谦，点点头。

"你……去看……"萧伊然觉得用"看"字不妥，立即又改了口，"去打听杀人案，不怕吗？"

正常的女孩儿不是应该感到害怕吗？何况她还是盲人！

"什么都看不见有什么可怕的？"女孩儿幽然道，"生命的降临、流逝和离去都是自然规律，只是方式不一样而已，怕什么呢？有一天我也会和她一样。”

萧伊然忽然注意到桌上一个还未制作完的娃娃，栗色过肩的头发，眼睛也是栗色的，上了粉色桃花妆，眼妆尤其好看，只是还没有穿衣服。

“这个妆……真是比真人还美。”萧伊然不由得赞叹了一声，隐约觉得这娃娃的五官有些眼熟。

“是吗？”女孩儿笑了笑，眼睛“看”着她，却没有焦距，冷森森的，“那警官同志觉得这个娃娃好不好看？有没有哪个地方需要再改改？”

萧伊然直到坐进车里，还觉得身上凉飕飕的，仿佛女孩儿那双没有光泽的眼睛依然冷飕飕地“盯”着她的后背一样。

她不知道这种感觉从何而来，车里很暖和，一冷一暖，她竟然打了个冷战。

她想找宁时谦说话，却没见他人影，他竟然还没出来！

萧伊然刚想下去找他，发现他垂着头走出来了。

“你干吗去了？”等他上车后，她问。

“想买娃娃啊！怎么都不肯卖给我！”他脑子里还想着刚才看见的那个跳舞的娃娃，在橱窗的角落里，有些旧了。

“难道就因为我弄坏了娃娃，她就这么厌憎我吗？”萧伊然皱着眉低声嘀咕。

“什么？”宁时谦后上车，没听清她的话。

萧伊然摇摇头。

“那个娃娃，我以后想办法再给你买一个。”他说着话，却从衣袖上拈起一根头发。

“谁的头发？”萧伊然看了看，不是自己的。

宁时谦没回答，找了个袋子，把头发装进去，说话都有些心不在焉，还是那句：“下次给你买娃娃。”

萧伊然见他这么谨慎，也知这头发丝大概很重要，没再多问，仍然只是摇头，见过了瞳的老板，她再也不想要娃娃了。

此时，宁时谦的手机却响了，来电人是徐素。

他一接，徐素就嚷开了：“在哪儿呢？”

“我……在外面。”宁时谦下意识看了眼萧伊然。

“我这有些老家特产，拿给你，给你放办公室了，你明天记得带回去。”

“啊？”宁时谦有些意外，“那个……徐科长，不用了吧，我……”

“就这样了，绿灯了，我要走了。”

他话没能说完，就被迫接受了特产。

“谁啊？徐素？”萧伊然诧异地问。

“嗯。”宁时谦偏头看着她，“说给我拿了点儿特产。”

“是吗？”萧伊然比较敏锐一些，眼前忽然一亮，“四哥，是不是……啊？徐素她对你……嗯？”

她虽然说得含含糊糊，但是意思已经十分明显，宁时谦敲了下她的头：“少胡说八道！你就这么盼着把你四哥我推销出去？是个女人都要跟我扯上关系？”

萧伊然不以为意，并且对此事表现出了极大的热忱，连刚才在娃娃店带来的阴霾都一扫而尽了：“可是，四哥，不是随便一个女人都会给你送土特产的！”

“那你说我是跟女人好还是跟土特产好？”宁时谦瞪了她一眼。

萧伊然扑哧一笑：“都一样，好了之后女人和土特产都有了！”

宁时谦瞪了她一会儿，收效甚微，叹了声气，“行了，你四哥我这德行，除了死尸能调动我全部的注意力，没哪个女人能这么吸引我，到时候啊，害了人家姑娘，你也不希望吧？”

萧伊然拧着眉头，深表忧心：“哎，一个只对死尸有热情的四哥，可如何是好啊！”

“是啊，我如何是好啊……”宁时谦看着前方起伏的灯火，幽幽道，“既然这样，那你就对四哥我好些，比如四哥一个人孤零零的，吃了上顿没下顿，你没事的时候给四哥做做饭洗洗衣服什么的，让哥也享受点儿女人的温暖，别再让哥过着人不如狗的生活！怎么样？”

两人说着话，却各有心思。萧伊然的思绪还在瞳娃娃店里打转，宁时谦脑中更如一张蜘蛛网一般发散开来。

宁时谦的手机再次响了，他一看，是杏林路派出所来的电话。

“喂，我是宁时谦。”

“宁队。”派出所同事的声音在那端响起，“刚才一个捡垃圾的来报案，发现一个包袱，里面有一双带血的鞋子、一把刀，还有一堆女人的头发。”

“我知道了，马上过去。”

宁时谦看向萧伊然。

萧伊然冲他一笑。

宁时谦伸手摸了摸她的头发，示意她先回去：“捡垃圾的老人也知道这个案子，看到头发吓坏了，觉得可能和案子有联系，就送到派出所去了。”

萧伊然下了车，望着暮色中他渐行渐远的挺拔背影，想起他适才说的话，默默打了个车走了。

宁时谦从派出所回去的时候已经很晚了，打开灯，淡淡的香味在空气里浮动，是清洁以后的气息。

玄关、茶几、餐桌等好几处地方都插了鲜花，五颜六色的，一小朵一小朵，跟路边的野花似的，很可爱。

看着那些花儿，他嘴角便浮起了微笑。

茶几上的花瓶底下压着一张字条。

宁时谦走过去拾起来，上面是熟悉的字体：“四哥，我这儿有两个重要的消息要告诉你，一个好消息，一个坏消息，可是你只能选择知晓其中之一，如果你打算听好消息，就前往餐桌。”

宁时谦失笑，这分明没有给他选择的余地嘛！都不告诉他想听坏消息该怎么做！其实，他还是对坏消息比较感兴趣一些。

不过，他还是遵从她的指引去了餐桌边。

餐桌上的鲜花里夹着一张小小的卡片，淡淡的紫色，隐在层层叠叠的花瓣里。

“四哥，会不会充满了期待？其实我是想告诉你，菜在电蒸锅里热着，如果你回来时它还是热的你就吃些吧。怎么样？四哥，有没有一点儿点感动？”

感动？说实话，最初他是有的，而且脑子一热，相当感动！但是，仅存的理智提醒他，无事献殷勤非奸即盗啊！这不还有一个坏消息吗？到现在还没给他半点儿提示呢！所以说，这么霸道地只给他好消息还拍他马屁的策略背后，到底是怎样惊天动地的坏消息？

宁时谦若有所思地四处查看，终于让他看出点儿异样来！

放在餐厅里的一个花瓶不见了！

平时，这花瓶就搁在边柜上，他基本都给忽略了，若不是多个心眼，没准儿还注意不到！发现了花瓶的bug之后，他很快又有了新的发现——酒架上的酒也变了样！他记得是有好几瓶白酒的，原是准备哪天老头儿要来吃饭就开瓶给他喝，现在怎么全是啤酒瓶了？

宁时谦哭笑不得，原来这就是她说的坏消息！

他往厨房走去，果然看见电蒸锅电源亮着，已经跳到了保温挡，而厨房的地上，有一袋垃圾。

他打开一看，可不就是那个花瓶吗？

“咳咳……”宁时谦清了清嗓子，打了个电话给肇事者。

那边的人倒是很快接了，而且难得是弱弱的语气：“喂，四哥……”

“嗯……”他故意拖长了声音，气势有些威严，“我在我家厨房发现了……嗯……某只尸体，被肢解了……”

萧伊然在那头郁闷了：“你……你看见了？”她可知道，那个花瓶是他搬新家的时候家里长辈送的乔迁贺礼，好像是雍正年间的古董。

“嗯！看见了！正在做法医鉴定呢！”宁时谦憋住笑，“初步认定高空坠落而亡，死亡时间大概在今晚六点至十点之间，我看，是过失杀人，不，过失杀瓶。”

还有心情开玩笑！证明没生气！萧伊然心里一松，“四哥，谢谢你！你真好，那可是值钱的宝贝呢！我……要不我下回赔你一个吧！”

“怎么赔？”他有些绷不住了。

“我让我爸去找个物件儿来赔给你！”一模一样的是找不到了，差不离的应该还行吧？

宁时谦暗乐：“怎么？你难道就想民事赔偿了结？我可不答应和解，必须追究你的刑事责任！”

还追究刑事责任呢，又不是法官！怎么判她？“那你想怎么样？”

“嗯……我现在还没想好！我饿着了，先吃饭再想，什么时候我想到了怎么惩罚你，再告诉你吧！”他揭开蒸锅，顿时菜香扑鼻，心里跟着暖了起来，哪里舍得罚她，什么宝贝，哪儿有比电话那端的大宝贝更宝贝的呢？只要她高兴，把他这房子拆了他都不皱一下眉头！

“好！”萧伊然的语气也轻松起来，“四哥，你吃饭啊！吃完饭就乖乖睡觉！明天肯定又会很忙呢！对了，我今晚夜观星象，感觉西北方比较适合你，如果你待在西北方，一定能保佑你升官发财，年内就娶个漂亮媳妇，还三年抱俩！得偿所愿！所以，你就睡客房算了啊！就这样，我也睡了，别再打电话来了，我马上就睡着了！晚安！”

宁时谦听着，莫名觉得瘆得慌，难道还有什么是他不知道的？

夜观星象？西北方？客房？马上睡着了？晚安？

他暗叫大事不好，拔腿飞快往卧室跑。

开门一看，果不其然，他捏着眉心，头疼不已，觉得自己要收回刚才的话了！十三大小姐，你闹成这样，不如把房子拆了吧……

眼前是怎样的景象？

她在他的卧室里到底干了些什么？打扫卫生还是游泳？

他的衣服全部湿漉漉地横七竖八躺在地上，被子也湿了，晾在阳台上……

这才是她说的坏消息吧？难怪不给他提示，因为他一定能看见的嘛！

他再一细看，桌上还有一张字条。

“四哥，嘻嘻，我知道你不会生气的，一定不会生气的！对不对？当我们遇到纷繁复杂的案件，扑朔迷离的案情，第一重要的是冷静，冷静！对不对？然后再去思考解决的办法，切忌浮躁不安，暴躁易怒，以免给我们自己错误的引导！四哥，你可以的！加油！”

是！他不会生气的！不会！

他一个电话打过去！那边传来某人捏着鼻子的回应：“您好，您播的用户已睡着。”

已睡着……已睡着……

他绷着的脸终于破功，啼笑皆非。

那就，睡着吧……

不过，小十三，你存在我这儿的这些烂账，总要一笔一笔讨回来！

公安分局，第二天下午。

杏林路派出所提交的血鞋、凶器和头发都已经检验出结果，无论是凶器及鞋子上的血，还是头发，都与死者匹配。

结果摆在会议室的桌上，宁时谦正盯着它，出了神。

与会的几个人相互看看，段扬忍不住道："这鞋，葛壮指认过了，是葛天忧的鞋，那把刀，葛壮说是葛天忧自制的，专用于厨房，的确很薄，跟伤口也吻合。"

宁时谦点点头。

"宁队！那我们，是不是可以下通缉令了？"魏未见他一直不出声，急了。

宁时谦摆摆手："再等等。"

"还等？！这案情已经十分清晰了！"魏未和段扬几乎异口同声。

宁时谦点头："嗯，等等，辛苦兄弟们了！"

魏未无可奈何，站起来离开会议室，末了又想起什么，转身道："对了，徐姐送结果来的时候你不在，这回又给你带了水果，放在你桌上了，要我转告你一声。"

宁时谦捏了捏眉心，徐素近来有些奇怪啊！

段扬难得开窍，凑近了他："宁队，徐科长好像格外关心你？"

宁时谦脸一横，"是不是太闲了没事做？"

段扬撇撇嘴："那你不让我们去抓人，当然是闲的！"

魏未也凑热闹似的添油加醋："我也闲着，不如找萧警官喝茶去！"

宁时谦顿时黑了脸，"你敢！"

"为什么不敢？顺便把水果给萧警官捎去，说说它们的来历！"魏未笑嘻嘻道。

玩笑归玩笑，众人该滚还是要滚的，不然宁队的眼神都足够杀人了……

人都走了，宁时谦仍然在对比着各种证据和案卷思索，不知不觉，天已擦黑。

萧伊然下班的时候，再次遇上了三水，又在路口等着她。

她有些无奈，看着他自夜幕中朝自己走来。

“萧警官。”三水依旧是那样温和真诚的笑容。

“你还真是……”萧伊然摇摇头，“你怎么知道我这时候下班？”

三水笑着摇头：“我不知道，我等了一下午了。”

萧伊然有些无语了。

“精诚所至，金石为开。萧警官，我是真心诚意请你当我的模特。”他甚至鞠了个躬，“很抱歉，萧警官，作为一个从事艺术的人，没办法抗拒灵感的驱使。”

萧伊然看着他，想到了他那个画室，微一思考道：“好吧，我去。”

三水大喜：“谢谢你，萧警官！那我们什么时候？”

“现在吧，我现在有时间。”萧伊然爽快地道。

三水欣喜不已：“那太好了！我请你吃饭？”

“不必！我已经在食堂吃过了，还是先把你的任务完成吧！”萧伊然关上车窗。

三水摇头笑了笑，也上了车。

萧伊然跟着三水的车来到他的画室，也是他教学的地方。

“请进，萧警官。”三水将她迎进去，还给她倒了水。

萧伊然摇摇头，示意不要水，目光环视着墙上的画，有学生作品，也有好些是三水自己所作，包括他临摹的一些世界名画，其中就有《戴珍珠耳环的少女》。

“三水老师，这幅画……表达了什么呢？”萧伊然站在画前，问道。

“你认得这幅画？”三水走了过来，“《戴珍珠耳环的少女》，维米尔的代表作，她是如此神秘，没有人知道她为什么笑得如此恬静，也许是迷茫，也许是憧憬，也许是思考，你认为是什么就是什么。”

三水看着她，忽道：“你戴珍珠耳环也一定很好看。”

“珍珠？”萧伊然耳边回响起宁时谦对这颗珍珠的解说。

“是啊，珍珠对女子而言是最圣洁的饰物，是贞洁的象征。”三水说着伸出手去，指尖几乎摸到少女耳朵上的那颗珍珠。

“画画吧。”萧伊然微微皱了皱眉。

“好！”三水请她坐下，在她椅子旁的小桌上放了一瓶血红的玫瑰，“开始了，辛苦你了。”

萧伊然点点头。

时间一点儿一滴地过去，萧伊然觉得背都僵直了，难受地移动了一下身体。

三水看见了，微微一笑，搁下画笔：“累了吧？今天就到这里吧，辛苦你了。”

“画好了？”萧伊然凑过去看。

“没有，下次再接着画好了。”三水站开了些，让位置给她看。

“你明天不是休息吗？明天接着画？”他又道。

萧伊然没有应答，只盯着画看。

才画了一部分，脸蛋儿画得明艳而慵懒，和那束玫瑰倒是相得益彰，他却给她的耳朵上添了个珍珠耳环。

“我并没有戴耳环啊！”

三水擦着手，微笑：“画画本来就不是一板一眼地复印啊，可以加进自己的东西，女人戴珍珠好看。”

萧伊然没有再与他争：“你为什么喜欢珍珠呢？是你故去的亲人喜欢吗？”

三水脸色微微一变：“不是。”末了，他索性道，“我送你回去吧。”

“那倒不用。”萧伊然拒绝了，“我是警察，还有人敢劫吗？”

三水笑了：“那好，我就偷懒了，萧警官一路小心。”他送她到门口，又试探着求问，“那明天见？”

“再说吧，再见。”萧伊然没有给准确的回复，离开了三水的画室。

公安分局内的宁时谦还在加班，他看了看腕表，晚上九点了。

而正在此时，他的手机狂响，老金在那边报告：“宁队，葛天忧出现了，北雅路。”

“知道了，盯紧，你们几个人？”

“四个。”

“好，有任何情况及时汇报。”

他挂了电话后，在会议室里走来走去，最终叫上了魏未和段扬，一同赶去。

他亲自开车，确定了老金的位置之后，与老金在北雅路会合。

“看，葛天忧就在那儿。”

老金所指的地方，是街边的一个小面馆。

葛天忧穿着一身深灰色衣服，头发比之前卖馄饨的时候多了许多白发，乱糟糟的，看起来很久没洗了，显得很脏。他佝偻着身子，东张西望的，整个人看起来很紧张。

葛天忧在面馆里叫了一碗面条，似乎心思也不在吃面上，不停往外张望。

天已经黑了，下班高峰期，外面车水马龙，堵得水泄不通。

突然，葛天忧站了起来，没再吃面，脚步匆匆地走出了面馆。

宁时谦他们的视线里多了个人：谭雅。

“糟糕！”宁时谦皱眉，低声道。

谭雅下班以后，头发放了下来，长长的，快到腰际了，风一吹，飘飘扬扬的。

急的是段扬，眼神紧张地看着宁时谦，恨不得马上冲出去。

谭雅的路线是要乘地铁回家，宁时谦挥了挥手，示意段扬带三个人跟上，随即指着魏未等人：“你们跟我走地面。”

“建设西路78号。”段扬走出去之前急急地交代了一句。

宁时谦皱眉，当他不知道呢？这小子除了会跟着人家当保镖就没点儿别的招了！

“她喜欢走小路！”段扬不放心地又追加了一句。

宁时谦无语，大概这家伙借着巡逻的名义把人家的作息都摸得清清楚楚了。

建设西路。

谭雅从地铁口出来，跟平常一样拖着疲倦的双腿往家走。今天科室里比从前更忙些，也格外累，她只想回去让自己这两条腿休息一下。

从地铁站到她家，还有近2000米，如果走小路，会节省一半的时间，只是，小路窄，几乎没有车经过，人也少。

她毫不犹豫转入了小路。

作为本地人，这条路上的一草一木她都熟悉，也从来没有害怕，哪怕下晚班她也是照走不误的，只是没想到，今天她才走了一半，就觉得有些不对劲。

有人跟着她！

谭雅心里一紧，盼着是跟她一样的路人，可是，如果是寻常路人，为什么会在她回头看的时候人影全无？

她下意识抓住了口袋里的手机，心里发毛，加快了脚步。

越想越怕，谭雅拿出手机刚想打电话，一股冷风袭来，有人从后面勒住了她的脖子，她眼前寒光一闪，好像是刀……

她的手机掉在地上，谭雅呜呜叫着，挣扎变得徒劳无用。

忽然，眼前灯光大亮，摩托车的轰鸣声狂响，她还没看清是怎么回事，一辆摩托车从她头顶飞过，身后袭击她的人惨叫一声，她脖子上的禁锢便松开了。

她双腿一软，倒在地上，喘息着咳嗽。

“谭护士，怎么样？”有人扶起了她，她一看，是常常下班的时候会遇到的那个巡逻的警察，叫段扬，谭雅心里顿时一安，再也不怕了……

她再看向那个对她行凶的人，是个花白头发的老者，已经被段扬的同事给铐起来了，而刚刚飞车救她的人，也是她认识的，宁时谦，宁主任的弟弟。

萧伊然的车从三水的画室出来，车内的她眉头轻锁，面色凝重。

行驶一段后，她停了下来，给宁时谦打电话，却始终没有人接。

分局那边却又是一夜审讯。

宁时谦亲自审问，手机扔在外面的办公桌里，静音状态，在抽屉里振动了好几次，最后安静下来。

葛天忧对他杀人的罪行供认不讳，包括十年前凤城的两起杀人剪发案，甚至连作案动机都交代得清清楚楚。

审讯过后，虽然疲惫，但大家基本都松了一口气，这个案子像沉沉乌云，这段日子以来，一直压得人心情抑郁。

段扬有些情绪，看了看仍在一旁沉默不语的宁时谦，忍不住道："早该把葛天忧抓了的！太险了！再慢一秒谭护士就被割断喉咙了！"

魏未碰了碰他，小心地瞄了眼宁时谦。平时他们开玩笑可以臭宁队，但质疑宁队决策的话作为下属还是不便说的吧？

"我年轻丧妻，对那些女孩子心怀不轨，怕她们报案败露，所以将她们先奸后杀。这个卖风铃的，反抗太激烈，我怕吵醒邻居，没能成事，只杀了她。剪头发是因为……我老婆有一头长发，我对长头发有一种癖好……"

宁时谦脑海里一直回放着这个片段，葛天忧说完这段话便号啕大哭，两手抱着自己的头，手指狠命地揪着头发。

听了段扬的话，宁时谦眼睑微抬，眸中闪着精光："你说什么？"

段扬以为他恼自己，但想着晚上谭雅受惊的样子，脾气一倔，臭着脸哼道："说就说！既然早就怀疑葛天忧，他一出现就该把他抓了！谭护士差一秒就被割断血管了！"

宁时谦点点头，若有所思。

魏未拿眼瞪段扬，还捅了捅他的腰："让你胡说！"而后笑道，"宁队，不管怎样，终于可以结案了！这段时间啊，大伙都跟上了金箍似的，现在总算松口气了。"

宁时谦做了个请大家坐下的手势，看向老金："老金，你怎么看？"

老金摇摇头，脸色凝重："我觉得有些不对劲……"

"哦？怎么个不对劲？"宁时谦来了兴趣，眼看魏未要说话，摆摆手阻止了他。老金是队里年纪最大的刑警，经验丰富。

"就是刚刚说的，再慢一秒谭护士的颈动脉就被割破了！但事实上，从葛天忧勒住谭护士，到宁队飞车过来，葛天忧有足够的时间下刀。"老金左手往前一抱，右手一划，"你看，如果葛天忧真的是身负多条命案的杀人狂，看到宁队的车过来，一秒钟都不要，这刀就割下去了！"

宁时谦满意地敲了敲桌子："正是这样！"

魏未也呆住了："你们是说……葛天忧根本就不想杀谭护士？凶手另有其人？"

“是的！”宁时谦站了起来，“很多疑点！先回答段扬的问题，为什么不抓葛天忧！因为我始终没有将葛天忧作为杀人嫌犯来怀疑。你们不觉得整个破案的过程都好像被人牵着鼻子走一样吗？当我们找不到蛛丝马迹的时候，葛天忧家里就有蛛丝马迹出现；当我们质疑作案工具的时候，作案工具就出来了，还附送了血鞋和头发；当我们要找老葛的时候，老葛也自动现身，还送给我们一个凶杀现场。而且所有的线索都不是那么轻易地让我们发现的，需要我们费神去查去找，反而显得更加刻意。”

他顿了顿，接着道：“就比如你们说的，后来发现的那根老葛的头发，我可以百分百地肯定，我在那之前去勘查过两次，都是没有头发的！”

“有人放进去的？怎么可能？”魏未觉得宁时谦这回有些盲目自信了，“我们都贴了封条的！谁还能进去？”

“想进去的人，自然能进去。”宁时谦示意魏未少安毋躁，“再有，最重要的一点儿。”

他示意魏未过来，重复凶杀的动作，左手绕住了魏未的脖子，右手作持刀状一横：“从法医的验尸报告看，死者的伤口是这样的，对不对？刀刃的走向，进刀深，出刀浅，只有右手持刀才会造成这样的伤口，但是有一点儿很多人都疏忽了，你们，包括真凶在内都没留意，那就是，葛天忧是左撇子！我在他的馄饨挑子前比画了半天觉得别扭就是这个原因！而且，昨晚他袭击谭雅的时候，我也看得很清楚，葛天忧是左手拿刀！”

分局会议室里的几个人讨论得热火朝天。

萧伊然仍然在联系宁时谦，这个时候竟然还关机了。

她有些懊恼，而此时，三水却打电话来了。

“喂？”她语带狐疑。他怎么知道她的号码？！

“萧警官？我在你家附近，我们说好今天再一起画画的呢？”三水的声音听起来很温和。

萧伊然犹豫了一下：“你等等，我马上下去。”

她给宁时谦发了条短信，开车出去，在离她家五百米处见到了三水的车。

“本想到你家接你的，怕有不便。”三水今天穿了套休闲装，温和中带着随意的洒脱。

萧伊然有些不自然，拢了拢头发："你怎么知道我的家？"

三水笑了笑："有心想要知道一件事，怎么会办不到呢？就像我想知道你的电话号码，想要，自然就找得到了。"

萧伊然默然不语。

"走吧。"他做了个请她步行的动作。

"走路？"萧伊然惊讶道。

三水笑："今天天气这么好，我们不去画室了，就在公园吧。"

这附近的确有一个公园，萧伊然想了想，在公园至少比在他那里好，于是和他一起走了。

碧空如洗，霜叶镀金，人工湖波光粼粼，似阳光奢靡洒下满湖金羽。金秋十月，华美得如一幅油画。

"就在这儿怎么样？"三水又在地上铺了桌布，放了水果、饮料和点心上去，"什么时候画累了就吃点儿东西聊聊天。"

萧伊然没有搭腔，在他指定的地点坐了下来。

他今天看起来心情不错，还很健谈，一边画一边和她说话，只不过，她回应得有些冷淡。

三水便搁下笔，笑了笑："你很讨厌我吗？那为什么还要来给我当模特？"

萧伊然活动了一下筋骨："没有。"

三水也不和她争辩，笑容间有些自嘲："如果我是你，一定会离我这个人远远的。"

萧伊然蹙眉看着他。

"真的。"三水深深地呼出一口气，"以后，你还是离我远些吧。"

他看着她琥珀色的眼睛，像猫儿一样，又笑道："可是你真离我远了，我又舍不得呢。"

萧伊然咳了一声："三水老师，我们是来画画的。"

"当然。"三水笑，"我们只有画师和模特的关系，但不知道为什么，我突然就是想和你说说话。你看，我平时从来不喜欢跟人说这么多话的。"

“是吗？三水老师跟朋友在一起不也一样能高谈阔论吗？”萧伊然手心里有些汗，她下意识蹭了蹭。

“不，”三水脸上出现淡淡的自嘲的笑，“我没有朋友。”

“没有朋友？”萧伊然诧异地反问。没有朋友是怎么成为青年画家的？

“真的。”三水轻轻地强调，“很多很多年了，都是我一个人，孤单而绝望的感觉，就像肩上扛着两座大山，孤独而艰难地行走在沙漠里，看不到希望，没有明天。”

秋日的阳光还算和煦，萧伊然却觉得身上微微生寒。

三水盯着她，眼睛里雾蒙蒙的，好像看的是别处：“萧警官，我说得太多了，你会不会厌烦？”

他却又不等她回答，自言自语：“可我偏偏就是想和你说，我已经很久很久没有想和谁说说话了……”

三水看着她，空洞的眼神渐渐聚焦，慢慢向她走近。

“萧警官。”他站在了她面前，“真是太可惜了……”

他伸出了手，抚上她的脸。

在他的手指触到皮肤的瞬间，萧伊然微不可见地皱了皱眉。

她的手机却在此时骤然响起。

萧伊然身体一颤，躲开了他的手指：“我接个电话。”

来电却是宁时谦，终于回电话了。

“十三，我一直忙着，不知道你找我。有事吗？”

“没，没事……”萧伊然下意识瞟了三水一眼，三水正对着她微笑。

电话那头传来有人叫宁时谦的声音，宁时谦便匆匆对她说：“十三，我这忙着呢，有事再联系我，我先忙了啊！”

“嗯！”她听着那边只剩一片忙音。

三水看着她笑：“有事？”

萧伊然内心斟酌了一下，笑道：“是有点儿事，我得先回去了。”

“那好，我们今天就不画了吧。”三水收拾好东西，“我送你回去？”

“不用，我自己可以。再见。”萧伊然扭头看了一下他的画，觉得一双眼睛的确画得传神，只是给她加了一头飘逸的长发。

她没有再给宁时谦打电话，而是直接去了分局找他。

他办公室的门开着，却是空的，萧伊然便在里面等他，刚坐了一会儿，宁时谦就匆匆回来了。

“你可来了，我有事跟你说。”她急忙站起来。

“怎么了？”他看起来很忙，扫了她一眼，发现她身上还沾着两片枯叶，“你上哪儿去了？”说着顺手把叶子拿掉了。

萧伊然低头一看，解释：“我刚刚跟三水在公园。”

“三水？”宁时谦一听脸色就变了，一双眼睛本就因熬夜而通红，此刻红彤彤地瞪着她，有着前所未有的威严，“你跟三水逛公园？萧伊然！你的脑子呢？”

“我……”

他原本就忙，此刻没有时间跟她啰唆，也没听她分辩，指着她的鼻子，威慑力十足：“萧伊然，我现在没时间，你没事的话就给我老老实实待在这里，哪儿也不许去！等我忙完再来找你算账！”

萧伊然急了：“你听我说啊！”

“没什么可说的！”宁时谦急匆匆找了份卷宗，语气前所未有地严厉，“我告诉你，等会儿我回来要不见你的人的话，你就会明白，你以前看到的宁时谦都是错觉！”

“哎呀！你能不能听我说几句话啊！就几句！很重要的！”萧伊然拽着他的衣袖，急得跳脚。

宁时谦终于停下脚步，耐着性子看着她，眼睛里的火气却一触即发，好似在说：你说，如果你说的话不是给我灭火的，最好不要找死。

萧伊然倒是真的没见过他这样，但是也不怕他，毕竟她说的事情对他来说很重要：“是这样的……”

她用非常精练的语言快速说完后松了手，眼睛亮晶晶地看着他，好像在说“求表扬”。

没想到，宁时谦听了之后，眼神更加犀利了，她都能感觉到里面的怒火快把她点着了。萧伊然有些委屈，下意识往后缩了缩，结结巴巴道：“你……你别这样嘛，怪可怕的……”话说，这样子的他，真的好陌生啊！

“怕？你也知道怕我？”宁时谦气得指着她的手指都在发抖了，“从现在起，你给我关禁闭！就待在这屋子里，不准踏出去半步！”

“你……你凭什么关我禁闭啊？”萧伊然也气着了，“你又不是我们大队长！我不归你管！”

宁时谦压根没理她，拿着卷宗快步走了，出去时还把门给锁上了。

萧伊然用力拍打着门，“宁小四！你胆儿肥了啊！关着我，我饿了怎么办？我明天要值班怎么办？”

可是，人已经走远，她怎么拍都没用了……

萧伊然觉得简直不可思议，她一个警察，居然被关了！还关在公安局！

她看了看窗外，三楼，她倒是可以翻窗出去，可是，这也太丢份了！被人看见她以后不要在局里做人了！

最重要的是，刚才宁小四的样子的确有些吓人，虽然她从来就不怕他，但是……但是……

萧伊然在心里但是了半天，最后老老实实承认，他认真起来的样子并不是开玩笑，而且，她也是警察，知道他现在这个案子处于关键时候，她还是不要闹腾，免得坏了他的事。

可是！她都这么乖了！为什么他还这么顽固不化？当真关她一天不让她走啊！

午饭的时候宁时谦派了魏未来给她送饭，她话还没来得及说几句，魏未就跟躲瘟疫似的关上门走了。

晚饭时间，魏未又来了，放下一盒饭就要走。

“你给我回来！”萧伊然被关了一天，本就一肚子火，冲着魏未就追上去了，“我是妖精吗？要吃人吗？你唯恐跑不及的！”

魏未赔着一脸笑，“不是……”

“那是什么？”萧伊然虎着一张小脸。

“不是老大不让我多待吗？说你诡计多端，怕我被你忽悠了，你要跑了我可就有好果子吃了。”魏未说完立马跑了，跟被鬼撵似的。

还诡计多端？这是真把她当犯人关着了啊！宁小四！等你空了，我要让你知道！你从前认识的萧伊然都是假象！

她刚吃完饭，家里奶奶打电话来了，问她是不是回家吃饭。

听见奶奶的声音萧伊然就委屈了："奶奶！我回不去！宁小四他太坏了！关着我不让我回家！"

"啥？宁小四关着你？为啥呀？你犯啥错了？"

这是亲奶奶吗？"奶奶！是不是啊？宁小四才是您亲孙儿啊？"

奶奶在那边笑了："好了好了，宁小四那孩子在我眼皮子底下长大的，跟你在一起啊，每回都是你没道理，只有你欺负他的。行行，那你俩一起吃饭吧，我们不等你了！"

"奶奶！"萧伊然欲哭无泪，"奶奶，您要帮我教训宁小四！"

奶奶在那边笑得格外响亮："那可不行，你啊，不然找你宁伯伯吐吐苦水，让你宁伯伯帮你教训吧。"

萧伊然无可奈何地缩在椅子里，一直到晚上，她无聊得趴在桌上快睡着了，才听见门响，睡眼蒙眬中，看见宁时谦来了。

他走近了，黑着脸，扔给她钥匙："去值班室睡觉！"

这是真的要关禁闭啊！萧伊然呼地站起来，刚要发火，就看见他发青的眼眶，尤其那双眼睛，肯定没好好滴眼药水，又这么累，红得吓人。

火气在心里滚了几滚，退潮一样，瞬间没了，萧伊然暗暗哼了哼，皮肤黑成那样都能看见黑眼圈，想来是累狠了，姑奶奶暂且不跟你计较！顿了顿，她问他："你呢？"

"我也眯一会儿，这几天都得24小时值班。"他在她坐过的椅子上半躺下。

萧伊然还想说什么，宁时谦挥了挥手："快去，别惹我，省得我收拾你！"

"我……我明天也要值班！"说完她又觉得自己真是欠啊！还老老实实请示他，这是连她自己都默认关禁闭了吗？

宁时谦绷着的脸差点儿裂了，勉强控制住了眼角的笑意："嗯，明早去上班，下班或者回家继续关禁闭，或者来我这里！你自己选！但是你想去别的地方，自己好好想想可不可以！"

萧伊然转身就走！心里发了狠，宁小四，特殊时期我不反驳你，你等着，等案子了结！

看着她明明气得不行，却仍然不吭一声就走的背影，宁时谦暗暗好笑，他家小十三，其实还是个很乖的小姑娘。

连续几天过去，萧伊然果真乖乖听他的话，每天按时上下班，也没打电话闹他，直到这天下午下班时，她突然接到一个陌生电话。

“萧警官，是我。”

三水！“你好，三水老师。”萧伊然忙道。

“萧警官，明天有时间吗？我们一起吃晚饭？”

萧伊然握紧手机，忙问：“你现在在哪里呢？现在没有时间吗？”

三水在那边沉默了一瞬，笑了：“萧警官突然这么着急见到我吗？”

“不是，我只是……”

“萧警官，明晚吧，明晚八点，我再联系你。”

他话一说完，电话就断了，萧伊然立即给宁时谦打电话，接通却被他掐掉了，她心里一急，完全忘了跟他闹别扭的事，直接开车往分局去。

深夜，葛家附近的街道渐渐沉寂，已经有好些户熄了灯，整个街区都昏昏欲睡了。

葛家那盏灯原本一直亮着，窗口映出个高大的男人身影，微微弓着背。

身影来来回回走了几圈后，窗内的灯终于熄了，仿似还伴随着一声叹息。

夜，似乎又深了几分。

门口悄无声息地多了一个高挑瘦削的人影，而后响起了轻轻的叩门声。

老葛原本侧躺在床上，听见敲门声一惊，迟疑了一下，门外的轻叩声却更加急促起来。

他爬了起来，凑到门口，将门拉开一条细缝，压低声音问：“谁？”

“我。”外面是个男子，一推门，哗啦一声，防盗链还拴着，发出巨大的声音。

“你来干什么？”老葛抓住门把手用力压，两人一内一外，僵持起来。

外面的人抵着门，略显急躁：“你怎么出来了？没按我说的去说？”

“我说了！”老葛也用身体紧紧压着门。

“那你怎么出来了？”

老葛沉默不语。

“你把我交代出去了？”

老葛还是不说话。

外面的人更急，带了几分狠厉：“别忘了你给我的承诺，钱你收了，以为就不会吐出来了吗？小心我既拿回钱，还拿走你全家的命！开门！”

老葛依旧默然，推着门的手却小了几分力道，并回头看了看。

外面的人半只手伸了进来，一边去摸防盗链的开关，一边威胁：“想想你的孙女！想想你儿子媳妇的命和房子！赶紧给我开门！”

老葛犹犹豫豫的，终于将链子给取了下来。

门瞬间被撞开，那人甚至等不及开灯，就见黑暗中寒光一闪，那人手持什么利器朝着老葛挥过来。

那人原以为一击必中，却不料老葛身手竟然十分灵活，一个翻身躲过了袭击，来人正要继续，突然之间灯光大亮，凌乱的脚步声中传来异口同声的大喝：“不许动！”

与此同时，老葛反身一踢，来人手腕一痛，手里的刀掉落在地，紧接着，被几个人按倒在地，冰凉的手铐铐在了他的腕子上。

他挣扎着一看，屋子里站了好些警察，而那所谓的“老葛”，却是警察假扮的！天黑失察，加之此人穿着老葛的衣服，头发也染得跟老葛一样花白，又不肯多说几句话，他内心里忧急，匆匆往内看了一眼，竟然没有分辨出真假。

段扬压制着这个人，恨恨一句：“原来真的是你！”

明亮的灯光下，那人一张斯文白皙的脸，正是教孩子们画画的青年画家三水老师。

萧伊然也赶过来了，看着这个人，虽然是预料之中，可又觉得不可思议。

三水的目光落在萧伊然身上，嘴角竟然浮起淡淡的微笑：“你早就怀疑是我？”

宁时谦蹙眉，移步挡在了他和萧伊然之间，冷然叫出三水的真名：“柳池。”

三水震了一瞬，移开了目光。

宁时谦很不喜欢三水盯着萧伊然的眼神，皱着眉，正要下令把人带回去审问，手机却在此时响了。

魏未在那边报告，语气既愧疚又着急：“宁队，我们负责盯着瞳小姐这边……我们……失职了。”

“怎么了？”宁时谦下意识看了眼三水，发现三水也是眼神一变。

“瞳小姐不见了！”魏未心虚，小声道。

这次行动，自宁时谦计划时开始，就安排了人盯着瞳，包括瞳娃娃的店铺和瞳小姐的住所。今晚是轮到魏未带队的，为此，魏未还有些不乐意。他年轻，喜功，贪刺激，更愿意来抓捕第一线，对于守着一个盲女这样没有挑战性的分工有些轻视。可是，就这么个简单的事，还让他给办砸了。

“宁队，是我的错，我领罚。”魏未有些无地自容。

“别说了，你赶紧安排一下，联系警犬大队帮忙，尽快找到人。”他想起那个总是自称盲女的瞳小姐，那双没有光泽的眸子对着人的时候，总是让人脊背冒起丝丝寒意。

宁时谦指挥魏未重新布局找人，这边分局里的审问也开始了。

这是一次困难的审问，无论问三水什么，他都保持沉默，拒不开口。

Chapter 04

老金只好求助宁时谦。

宁时谦却再次接到了魏未的电话，魏未急迫的声音在那端说："宁队，瞳小姐在三水的画室，挟持了学画的孩子们，要求和能做主的人对话。"

"她？"宁时谦顿时心头一震，这个眼睛看不见的女孩儿真是出人意料。

"是，还有她的保姆。"魏未本就为自己的疏忽而羞愧，如今更是觉得无颜面对宁队。

"她要什么？"宁时谦看了一眼三水所在的审讯室门，那边传来一阵混乱的声音，还有喊话声，依稀能辨出女子的声音来。

"宁队，她要见两个人。"魏未在那边传话。

"谁？"

"她要见……三水，和萧警官……"魏未说出后面这个人的时候迟疑了一下。

萧警官？！十三？

"她说的萧警官是十三吗？！"这实在出乎宁时谦的意料。

"是！宁队！她说了，半个小时之内要见到人，否则就引爆炸弹，和所有小孩儿同归于尽！"魏未急迫的声音惊雷般在宁时谦耳边炸开。

半个小时！

没有时间犹豫了！

萧伊然就在宁时谦旁边，被他连同三水一块儿押回来的，这么长时间了，他还没给过她好脸色呢。

"走吧！"萧伊然站起身，情况刻不容缓。

宁时谦黑着一张脸，眉间的怒火藏都藏不住了，可看着萧伊然严肃端正的小脸，和她那一身和他一色的制服，什么情绪都压了下去，想了想，领着队伍，带着三水出发了。

原本一直到审讯都还平静甚至冷静的三水，距离画室越近却越焦躁，直到下车，目光落在画室那扇紧闭的门上时，他竟瞬间眼眶泛红。

"瞳瞳！"一声嘶哑的呼喊从他喉咙里爆出。

窗帘拉开一扇，瞳小姐的脸在玻璃后露出半边，隔着玻璃，她无神的眼睛好似也瞬间有了光彩："阿池！"

"你怎么这么傻？我不是安排你走了吗？怎么还不走？"三水手上戴着手铐，被控制着，冲着窗户大吼，声音仿佛要冲破玻璃般，太阳穴青筋暴起。

瞳小姐对着他的方向，微笑道："阿池，你知道的，我不会一个人走。"

声音喃喃的，窗外的人只看见她的唇在动，却不知道她在说什么，她噙在嘴角的那一抹微笑，让宁时谦想起了她店里的那些娃娃，竟然有种不寒而栗的诡异感。

"萧伊然还要多久才来？"她的声音忽然高了起来。

"瞳瞳！"三水脸色骤变，情绪激动，若不是段扬他们紧紧按着他，他几乎要挣脱禁锢，冲向瞳小姐了。

"瞳瞳！"他左右挣不掉，有种痛心疾首的无力感，"瞳瞳听话，别闹，把他们都放了，你听我的安排，从此以后好好生活。"

瞳小姐面对着他的方向，脸上的表情极其平静，窗户开了一道小缝，她的声音更加清晰地传了出来，清脆悦耳，像风中撞击的风铃，不，是真的响起了风铃声，从画室里传来的，叮叮咚咚，伴随着她的声音：“阿池，你忘记了？我们说过的，同甘共苦，生死与共，曈曈不会让你一个人承担的。”说完，她的声色变得凄厉，“萧伊然那个贱人呢？到底要什么时候才来？”

十三？宁时谦眉一紧，脑海里已迅速将生平过滤了一遍，在他和萧伊然重合得密不透风的这么些年里，无论哪个旮旯都没有这两个人的存在。

他抢过魏未手里的扩音器，大声道：“有什么要求可以跟我说，我代表萧伊然警官。”

“你？”曈小姐尖锐的声音穿过窗缝，“你也跑不掉的！叫萧伊然出来！不然这里的所有人都陪葬好了！”

不知她做了什么，屋里顿时传来小孩儿大哭的声音。

一个声音在宁时谦身后响起：“我来了。既然你要找的人是我，那就把无辜的孩子放了，冲着我来就是。”

宁时谦苦笑，到今天为止，他仍是不习惯把萧伊然当成战友，下意识抓住了从他身边掠过的萧伊然的手腕。每到这样的时候，他就会和萧奶奶一样懊恼当初怎么就同意她走上警察这条路……

那边曈小姐却一改平静的模样，异常激动，唰地拉开全部窗帘，露出画室的全景。好几个孩子，包括谭雅的儿子在内，都被绑在椅子上，胸前绑着个计时器之类的东西，曈小姐的手里则拿着个遥控器，就连她家的保姆也被绑着，不知道她一个盲眼的女孩儿，是怎么做到的。

“无辜？”曈小姐骤然高喊，嗓音嘶哑，“你也懂无辜这个词？你过着风生水起的日子！想过死去的无辜的人吗？”

萧伊然完全听不懂曈小姐的意思，只看着孩子身上绑着的炸弹，心急如焚，却不敢触恼她，稳着声音道：“曈小姐，咱们有话好好说，你先说你的要求行吗？”

“要求？”曈小姐忽然大笑。

窗户大开，风灌进窗内，从里面传来风铃的撞击声、孩子的哭声、曈小姐的笑声混合在一起，透着阴冷的寒意。

萧伊然静静地等着，等着曈小姐笑完。

却见瞳小姐手指突然按在了遥控器的键上："如果我要求你们所有人和我一起同归于尽呢？你们也答应？"

"皓皓！"凄厉的哭声传来，却是谭雅闻信赶了过来。

段扬一看赶紧拉住她，不让她往里冲，谭雅连同其他家长一起被拦住。

情势再度紧张，萧伊然急忙安抚道："瞳小姐，慢着！"

就连三水也急了，大喊："瞳瞳！放下！你连我的话也不听了吗？"

"瞳小姐，你别急，你不是要我来吗？我来了。"萧伊然虽然不明白为什么瞳小姐对她有着莫名其妙的恨，却也清楚她不是真的要这些孩子与之同归于尽，只是用他们作为威胁想要谈判而已，所以尽力地安抚她，"你有什么要求，现在可以跟我说了，好好地说。"

瞳小姐握着遥控器的手微微发抖："第一，放了柳池！第二……第二……"

她的声音也一直在抖，却说不出第二要怎样。

三水看着她，眼泪却流了出来："瞳瞳……"

瞳小姐眼睛看不见，只顺着三水出声的方向问："阿池，是她吗？是萧伊然来了吗？"她眼睛看不见，耳力却十分敏锐，萧伊然的声音她听过几回便已牢记在心，可仍是对自己不那么自信，茫然中十分激动，没有焦距的眼睛四处找着三水。

"是！"三水竟然呜咽出来，"她是……可是瞳瞳，你不要这样……"

"好！好……是就好……"瞳小姐却根本不听他的，忽然尖声高叫，"第二！用你萧伊然的命换这些孩子的命！你愿意吗？你舍得去死吗？"

宁时谦暗暗皱眉，瞳小姐眼睛不方便，第一个条件还好，欲擒故纵难度并不大，这第二条，却让人难以操作。

"柳池，不可能的。"宁时谦站在三水身边，"你比瞳小姐冷静，你该明白，她是无辜的，不该被牵连到案子里来，如果她今天真的错下去，她也就没有回头路可以走了，她原本是可以好好生活的。"

如今，只能利用三水对瞳小姐的感情了，希望三水可以说服她。

"柳池，今天的事可能会有三个结局，其一，瞳小姐计划失败，你们双双被捕，等待你们俩的是法律的审判；其二，瞳小姐计划成功，你们出逃，可是你们又能逃到哪里去？全国通缉，你带着眼睛不方便的瞳小姐风餐露宿吗？其三，瞳小姐放弃这个计划，放了人质，你为自己的行为负责，她依然可以生活在阳光下。”

他的声音不大，按理瞳小姐是听不见的，只是片刻的寂静让她慌了神，看不见，也没了目标，她猛地随手一抓，把一个孩子抓到怀里，嘶声大喊：“阿池！阿池你在哪儿？我看不见你！你不要听他们胡说八道！我只知道……只知道……今生这十八层地狱我要跟你一起下，一起逃，或者一起死！可就算死！也要拉着萧伊然陪葬！”

宁时谦黯然，被她这么一闹，不知道他说的那番话是不是白说了？

风铃还在叮叮咚咚地撞击，宁时谦看见三水的眼里浮动着迷离之色。

那边谭雅的心都碎了，瞳小姐勒着的正是皓皓。

萧伊然一步步往前走：“好，你放了孩子，告诉我，要我怎么做。”

“不要过来！”瞳小姐似乎感觉到了声音的靠近，对着萧伊然的方向道，“你们不是有枪吗？你拿着枪，对着自己的脑袋开枪就行了！”

宁时谦眼前出现了一双手，没有人比他更熟悉这双手，白皙纤细，他牵了二十几年。

“干什么？”他心尖一缩。

“枪给我。”萧伊然斩钉截铁。

“干吗？”他使劲瞪眼，意思这里交给他，不需要她来出头！

“拿来！”萧伊然的语气透着不可违逆的坚决和严肃，“要不你指着我的脑袋？宁时谦！这不是在打架！”

他也知道不是在打架！

可是……

纠结了一秒钟，他太阳穴的青筋鼓了又鼓，脑中更是千回百转，最终还是把枪给了她，冲魏未使了个眼色，魏未则回了他一个手势，表示一切已经安排妥当。

萧伊然举着枪，对着自己的太阳穴，一步一步朝窗户走近。

瞳小姐耳力极佳，纵然风铃碰撞，萧伊然一点儿一点儿靠近的脚步声听在她耳里也如鼓点一般，每前进一步，便在她心头敲一下。

“站住！不许再往前走！”她尖声叫起来，掐住了手里孩子的脖子，举着遥控器的手指颤抖着，“不要再过来了……不许……就在那里……开枪！解决你自己！”

“好！我不走了！不走了！我就在这里！你别激动。”萧伊然握着枪，停住了脚步。

瞳小姐侧耳细听，只听见风铃随风吟唱，瘦弱的身体喘息得如风中残柳。

萧伊然的目光穿过窗户，穿过那些一脸惊恐的孩子，落在对面那扇墙壁的窗户上，厚厚的窗帘一动不动地遮着窗。

忽然，窗帘微微一颤，一缕亮光泄了进来……

“好……你开枪！现在！就现在！”瞳小姐蹲下身，手里依然拿着遥控器，将皓皓搂在身前，挡住了自己。

萧伊然盯着她，她苍白的脸和发抖的身体其实都在表达着她的惊慌和无措。

稳了稳心神，萧伊然朝天开了一枪，而后那扇窗的窗帘忽地大开，特警轻轻从窗户跃入，枪声隐去了他们落地的声音。

瞳小姐眼中盈满了泪，颤抖着，无神的双眼茫然四顾：“死了没有？萧伊然死了没有？阿池！”

三水并不能回答她，嘴被押着他的刑警捂着。

而屋内，在瞳小姐躁乱的情绪下，特警轻轻朝瞳小姐靠近。

房间里回荡着瞳小姐慌乱而暴躁的声音：“萧伊然！你死没死？说话啊！没有人说话是吗？没有人说话！那我就和你们同归于尽！同归于尽……”

她字字声嘶力竭，如根根尖刺划着每个人的耳膜，尖锐的声音刺得人心口发毛。

所有人都做好了准备，千钧一发之际，紧张的空气里却突然传来一阵口琴声，清扬、舒缓，如泉绕山涧，如风过枝间，亦仿佛有人在月下浅唱：月亮出来亮汪汪哎亮汪汪，想起我的阿哥在深山……

不知从何而来，婉转萦绕，微风一般拂过，紧绷而冰冻的湖面吹开了一条缝，柔软的湖水流动起来，僵局打破……

旋律愈加悠扬，却始终不知吹琴人在何方，但莫名其妙地，瞳小姐紧绷的身体如被抽空了一般，骤然软倒在地，一双茫然四顾的眼睛似在寻找着什么，眼泪哗哗直流。

皓皓脱离了她的怀抱，几乎是同一时间，屋里的特警飞速抱起皓皓，萧伊然正要破窗而入，却被人撞开，一个身影飞身入窗，一脚踹在瞳小姐的手臂上，她手里的遥控器飞了出去，被人跃身接住。

宁时谦……

更多的拆弹特警穿窗入室，瞳小姐被控制，孩子们也被特警小心地抱开。

一切就这样结束了，就连那突如其来的口琴声也消失了，好似刚才那随风飘过的不过是一阵天外来音。

瞳小姐被铐了起来，拆弹特警一个个凝神忙着给孩子们拆除炸弹，蓦地，一个特警轻轻咦了一声，继而有特警报告：孩子们身上的都不是炸弹！是假的！

保姆在一旁流泪："是假的！都是假的！瞳瞳可善良了，一只兔子死了都要哭几个星期的，怎么会炸孩子呢！不会呀！她只是想救她相依为命的哥哥……"

之前那个歇斯底里的瞳小姐，无端变了副模样，只默默瘫坐在地上流泪，任警察摆布，好似一个空了灵魂的躯壳。

屋外的三水一直在颤抖，当他看见瞳小姐被警察带出来时，绝望地嗷一声，双手颤抖地揪住了自己的头发，双眼发红，盯着萧伊然的身影，突然癫狂了一般，竟然挣脱了警察的禁锢，朝萧伊然冲过去。

只是，戴着手铐的他，还没迈出几步，就再一次被警察控制住。

警笛长鸣，三水和瞳小姐都被押上了警车。

宁时谦觉得有些异样，回头一看，却见萧伊然站在原地，四处张望，眼里竟然有着和瞳小姐一模一样的茫然和寻找。

他皱了皱眉，招手："十三！"

她却没听见……

宁时谦走上前去拉她，看见了她眼角的湿润。

她转着圈地找着，终于注意到他，拉住他，焦虑地问："你听见了是不是？你听见有人吹口琴！吹《小河淌水》！吹《云南小调》！是不是？”

曾经喜欢用口琴吹《云南小调》的人，是秦洛……

可是，怎么可能是他？

宁时谦苦笑，揉揉她的头发，把她牵走：“是，不过是巧合。”

萧伊然呆住了，任由他拉着走，一步一回头。

是啊，不会是他，若是他回来了，怎么会不联系她呢？

她只是太想他了吧……

瞳小姐叫柳瞳，是柳池的妹妹。

这是审讯时，瞳小姐唯一承认的事，其他的就再也不肯开口。可是宁时谦他们早已调查清楚，她并不是柳池的亲妹妹。

而另一间审讯室里，柳池却要见萧伊然。

宁时谦憋了一肚子火，还是让人把萧伊然给叫了进来。

萧伊然进来的时候只看见宁时谦黑着一张脸，这阵子他的脸色一直不太好看。

她一坐下来，三水的目光就落在她身上了。

她下意识看向宁时谦，除了一张大黑脸，并没能从他那儿得到任何暗示。

倒是三水先说话了：“我应该先约你吃饭才是。”

萧伊然算是明白三水这句话的意思了，先约她吃饭，也就是他觉得他应该先杀了她再解决葛天忧。

萧伊然神色严肃：“柳池，你是不是太自信了一些？”她并不是他想杀就能杀的！

“萧警官。”三水看着她，“我只是不明白，是什么让你怀疑上我的？”他自问并没有在她面前露出什么破绽。

“你请我当模特。”萧伊然表情是冷然的，内心却在翻腾，某人说过，她这穿上制服扔进队伍里雌雄莫辨的身材，凭什么请她当模特！

她把翻腾的气血压下去，表情冷静而端庄：“你画的我却不是我，你说我像你的故人，你画的只是你的故人而已。”

“可是……这有什么问题吗？”三水倒是显得平静。

“没有问题，这不是问题。有问题的是你的画，”萧伊然眼神愈加严肃，“你给我画的速写，唯一完成的那张画，题了落款——你的名字，一个‘池’字。我曾经在肖潇的风铃摊上看到过类似的画，画在肖潇的风铃上，落款也是‘池’字。”

三水把速写给她看那天，她就觉得不对劲，除了气氛不对，他的速写也让她觉得有什么地方不寻常，却想不出来到底哪里不对，直到她去他的画室，看到他的画——《戴珍珠耳环的少女》，才猛然想起宁时谦解读的肖潇风铃上的故事，也由此想起她第一次在肖潇的风铃摊上买风铃时忽略的那些细节，两度匆匆一瞥的“池”字在她脑子里得以重合。

“一个风铃一个故事，肖潇把她的故事写在风铃里了，你大概忘了去读。”她想起那个在夜风里欢快地介绍风铃给她的女孩儿，内心里的难受一层层漫了上来。

三水却笑了笑，凉薄中带着嘲讽：“我竟蠢了一回，是我不够谨慎。”

“不，你是太谨慎了！”萧伊然想了想，又道，“应该说你活得太紧张了，紧张到你不敢让任何真正跟你有关联的人暴露于人前，所以，谁都不知道你和肖潇的关系，我们甚至找不到你和肖潇有过电话联系的痕迹。你把真实的你藏在阴暗里。”

三水看着她，缓缓摇头：“不。”

萧伊然眼神一敛。

“有一个例外。”三水说，“我联系了你。”而后他苦笑道，“也是这个例外，让我坑了自己，否则，不是你，他们又怎么能发现我？”

三水眼神轻蔑地看向宁时谦。

“你错了。”萧伊然站起来，“他们发现的破绽更多，柳池，你还是都交代清楚吧。”

若要人不知，除非己莫为。

萧伊然看了一眼身边的宁时谦，想起他曾说过的话：雁过留声风过留痕，这世上的事，或昭昭，或渺渺，都在一双眼睛里逃不了，这双眼睛叫天理公道。

没有什么可说的了，她转身离开审讯室。

三水的目光落在宁时谦身上，自此，仍然没有供认，反而用挑衅而质疑的眼神看着宁时谦，好似在质问他。

宁时谦皱了皱眉，微微沉吟，一条一条给他摆明：“第一，葛天忧是左撇子，你给他设的局对一个左撇子来说疑点重重，那么所有指向葛天忧的证据也自然疑点重重。”

三水怔了怔，似乎没想到葛天忧会是左撇子。

“第二，关于物证。”宁时谦接着道，“那双鞋子和那把刀都是老葛的，头发是死者肖潇的，鞋子、刀、头发都有死者的血，可是，鞋子和刀上的血跟头发上的颜色和浓度都不一样，颜色要浅，也更淡一些，明显不是同一时期的，应该是后来想要制造物证时制造出来的，把凶手染血的衣服或者别的什么东西上的血溶在水里，再染到鞋子和刀上的。”

“第三，娃娃。”宁时谦取出了另一个证物，一个黑头发黑眼睛、曾经被宁时谦从萧伊然怀里抢过来扔掉的娃娃，“其实瞳的娃娃都是你做的。这个是瞳小姐不愿意再修复的娃娃，你修好了，送给了萧警官。可是，跟你的娃娃扯上关系的人，只怕都没有好下场。十年前，在凤城，两起命案，死者都留长头发，死后头发被人剪掉，她们的头发去了哪里？”

宁时谦拿出一个证物袋：“这是我在柳瞳的娃娃店里不小心沾上的头发，来源于店里那个跳舞的娃娃，算是无心插柳，我把这根头发带回去检验，结果跟凤城公安局留存的十年前其中一名死者的档案资料匹配，当年死去的女人，头发被你做成了娃娃。至于肖潇的头发去了哪里，我想如果这个案子没破，不久以后，就会出现在柳瞳店里的娃娃头上，而萧警官，假如你明天还有机会和她吃晚饭的话……”

他没有再往下说，开始另一段：“我第一次给瞳家娃娃老板打电话，也就是瞳小姐，保姆说她在外地，而后来我们查到，她接电话的时候是在凤城。很巧，十年前的那一天，凤城发生了一场火灾，有一户姓苏的人家，一家三口在那天丧生，仅有一名小女孩儿被救了出来，却瞎了眼睛。所以，那天是个忌日，瞳小姐是回去拜祭了。她不姓柳，姓苏。你不断做娃娃，是在做火灾中遇难的女孩儿，也就是你说的故人，瞳小姐的姐姐……”

随着他缓慢的语调，三水缓缓闭上眼睛，最后，他身体发抖，无法自控地发出一声如兽般挣扎的吼叫。他耳边不断回响的是那晚的风铃声，魔音一般撞击着他的耳膜、他的灵魂，还有记忆里那火苗，噌一下将女人的头发点燃，瞬间焚到尽头，而后便是皮肉燃烧的声音和刺耳的尖叫，混着风铃声魔音般越放越大，最后幻化成狰狞的面孔和焦黑弯曲的手指。

他一把掐住自己的喉咙，如同那双手当年也这般掐着他一样……

老金见状，立刻上前按住了他，把他的手指从脖子上掰开。

而此时三水眼中，已是死灰一片。

狂乱过后，是绝望的平静，自此，三水，真名柳池，对自己杀人的罪行供认不讳。

“人都是我杀的，跟姓葛的没关系。我杀人那晚，不小心被姓葛的看见，我本来想杀了他灭口，可是……”柳池顿了顿，“可是，那时候时机不佳，我没有动手，就威胁他不准说出去，更不许报警，不然就杀了他孙女，他答应了。后来，你们查得紧，我看你们又有些怀疑老葛，索性承诺给他一大笔钱，让他替我顶罪，他同意了，然后我开始布局，引导你们一步一步往老葛身上查，就这样。那笔钱我给的都是现金，他不知埋在什么地方。他儿子刚买了房子，欠一屁股贷款，估计是要留给他儿子的。至于瞳瞳，她今天只是玩儿了一出闹剧，我请求你们轻罚她，她只是一个什么都看不见的人，害怕我这个唯一的哥哥也离开她，她没有错……”

“为什么要杀肖潇？”

“她不贞。我恨不贞的女人……”三水闭上眼，眼前浮现出十年以前，年轻的女孩儿在车里和另一名男子苟合的画面，车里挂了一串风铃，随着车起伏的节奏不断晃动撞击……

宁时谦并没有打断他的沉默，良久，听见三水沉浸在往事里缥缈的声音：“当年我和瞳瞳的姐姐在一起的时候还很年轻，没有钱没有地位，她姐姐……后来跟一个富二代在一起了，我不服，跟踪很多次，有一次居然被我碰到他们在车里……”

他顿了顿，往事既让他痛苦不堪，又羞于启齿，那串跳动的风铃又在他眼前撞啊撞的。

他狠狠闭眼，将这一截跳了过去：“总之，她对不起我，我很生气，那天深夜去质问她，他们全家都睡了，她跟我吵了起来，我气得掐住了她的脖子，掐着她往窗台上撞。窗子上挂着和那个男人车里一样的风铃，我边撞风铃就边响，不知道什么时候开始她就不反抗了，我还一直掐着她撞，风铃也一直响……后来，我终于意识到，我不小心把她给掐死了……我其实是害怕的，坐在她的尸体旁边想抽根烟冷静一下，可手一直抖，连烟都点不着，后来，火还掉下去了，掉到她的头发上，她的头发真长啊，一下就燃了起来，我看着她的头发冒出青烟，发出烧焦的臭味，越烧越短……”

他仿佛又回到了那个恐怖的夜晚，那个他曾深爱过的长头发女子，被他生生掐死的瞬间涨红了脸，一双浅栗色的眼睛泪光盈盈……

他蹲下来，双手颤抖地抱住自己的头：“我怕被人发现我杀了人，一不做二不休，干脆把她家都给烧了，伪造成电线着火的样子。我躲在一旁看她家渐渐被火吞噬，后来听见瞳瞳在里面大哭，哭着喊爸爸妈妈，喊姐姐，我那时候突然不忍心了，她还那么小，曾经总是萌萌地叫我哥哥，于是我冲进去把她拎了出来，从此算是和她相依为命……

“大火烧毁了一切，烧掉了她的家，烧去了我杀人的痕迹，也把他们一家三口烧成了焦炭……我以为这样就没人能抓我了，我却有了心魔。我每晚都做梦，梦到瞳瞳的姐姐栗色的眼睛，梦到她长长的头发在我面前化为灰烬。我开始做布娃娃，我要做一个和她一模一样的布娃娃出来供奉，求她原谅，求她回来。可是没有用，她只在我梦里出现，栗色眼睛里充满了恨，要我偿命，要索我的魂。我觉得自己快疯了，我恨，恨她背叛我；我怕，怕她来找我。只要在街上看见长头发的女孩子我就害怕，她们都变成了她的模样来索命。我怕听见风铃的声音，只要一听见风铃响，我就想起她和那个男人在车里鬼混，想起那个夜晚我掐着她的脖子用力撞击，铃声让我入魔，让我出现幻觉，让我觉得眼前的一切女人都是她，都该死……这种情况下，我在凤城又杀了两个人，她们都有长长的头发，提着风铃，大晚上地招摇而过，她们都幻化成了她的模样……我杀了她们，再剪了她们的头发，把她们做成了布娃娃的模样……

“糊涂的时候杀人，清醒的时候害怕，我觉得自己不能这样下去了，带着瞳瞳离开了凤城，远走彩云之南。我自己对着医学书吃药，我疯狂地画画，渐渐走出了阴影，用了十年时间，功成名就，然后遇上肖潇。她身边全是风铃，我最初接近她是想试试自己是否已经痊愈，是否还会受到风铃声的影响……后来，我发现自己真的好转了，甚至有和她恋爱的想法，只是偶尔瞳瞳的姐姐还会在我梦里冒出来骚扰我，让我心神不宁。有一天我去找肖潇，结果，房东刚刚从她那里离开，她……她失去了贞洁，我走进去，房间里风铃响个不停，我脑中嗡嗡直响，像又看见了十年前那个女人在男人身下……我恨……”

说完这么多话，三水好似用尽了所有力气一般，全身瘫软在椅子上，额头满满一层汗，眉间却舒展开来，像是卸下了一副重担。

“也好……”他喃喃道，“我这十年从来没有哪天像现在这样轻松，我的病，到今天，算是真的好了……”

“萧警官呢？为什么想要杀她？”

三水依然闭着眼睛，又是一阵沉默，而后，才幽幽地道：“因为她的眼睛和她很像……”

案子到这里总算告一段落。

柳瞳没有被起诉，教育并拘留之后，她家的保姆接了她回家。

宁时谦此时才算是真正闲下来，一旦闲下来，也就想起要跟某个人算账的事了！她明知道三水是如此危险的人物，居然还敢单刀赴会！

他憋着一肚子火，去警犬大队接她，点着她的脑袋把她训了一顿。

萧伊然却是十分委屈的表情：“我打你的电话了！打了好多个你都不接！”

他想来想去，到底还是自己的错，忙着开会和部署，不便接电话，最后揉揉她的脑袋，“走吧，去我家吃饭，老头儿想我们了，要亲自下厨。”

是他跟老头儿提出想回家吃饭的，是他想老头儿了，他跟老头儿真是太久没聚了。

宁守义的家还是三十多年前那种老房子，面积小，楼房旧，在单位里，宁时谦买了新房子叫他搬，他也不肯搬，只把宁时谦给赶走了，两父子就这么各自单独过，有时候萧伊然想起，觉得这一老一小都挺可怜。

她不会做菜，而宁守义也不擅长，记忆里这二十多年父子俩在吃这方面真挺凑合的，用她奶奶的话来说就是，这小四真不知道是怎么长到这样牛高马大的！

萧伊然想了想，和宁时谦一起买了几个卤菜，便一起回了宁家。

宁守义已经在家了，正在厨房里忙碌呢，听见儿子回来的声音，便打发他去买酱油，而萧伊然一进去宁守义就把她往外赶："去去去，别弄脏了衣服，在外面坐着去。"

萧伊然把卤菜放下："宁伯伯，要不我给您洗洗菜吧？"她有自知之明，做菜不行，打杂还是可以的。

"不用！你要真没事啊，帮我看看我那手机，怎么开机都开不了！你们年轻人会鼓捣！"

萧伊然只好出去了。

宁守义的手机放在餐桌上。

说是餐桌，其实只是一个小方木桌，就搁在电视机旁，旧得脱了漆，这几平方米的小客厅，搁个沙发、一张旧桌子、一个旧电视柜就挤得满满的了。

她拿起手机充电，发现电都不能充了，沮丧地把手机一扔："宁伯伯，您这手机也太老了！该换了！"

"是吗？那我现在一时半会儿没用的，对了，你四哥的旧手机还搁书桌抽屉里，他那个手机还是好好的就不用了，你给我充充电，我临时用用。"厨房里发出刺啦一声爆油声。

那部手机她知道，宁小四淘汰的手机呗！她觉得宁伯伯实在是太省了！

"宁伯伯！我说您干吗还用四哥不要的呀！买个新的吧！要不我给您买！"自小，宁伯伯就疼她，她买一部手机孝敬宁伯伯也是应该的。

"不用！哪儿能要你买呀！丫头！"伴着炒菜的声音，宁守义笑呵呵的声音传来。

萧伊然进了书房去找手机。

说是书房，其实是宁时谦以前住的房间，小得只能放下一张旧单人床、一张桌子，床和桌子也是年代久远了。

她想起宁伯伯房间里也是一样，只比这儿多一个柜子。

自她记事起这个家里的家具就没换过，最具历史感的是墙上的两张照片。

一张应该是那个时代的结婚照吧，宁伯伯和宁伯母可年轻了，现在的宁小四就是照片上宁伯伯的样子。

还有一张是他们一家三口的全家福，宁小四才三四岁，白乎乎的，也有过糯米团子的时候啊！

在她的印象里，好像没谁家里是这样的境况了，宁伯伯又不是没钱！

她忍不住去厨房说："宁伯伯，您要不搬去跟四哥住吧，他买那房子就是孝敬您的，您看您这里，旧得跟历史博物馆似的，他心里也不好受呢！"

宁守义笑着转过身，作势要点她鼻子的样子："你知道个啥！快整手机去！"

萧伊然无奈，返回客厅给旧手机充电。

还好，宁小四的淘汰手机居然还能充电。

充了几分钟，她试着开机，也成功了！

"宁伯伯，可以用！"她一边汇报，一边试着各种应用。

Wi-Fi自动连上，她打开QQ，眼睛如同被针一扎，与此同时，心口遭遇大锤重重一击，轰隆隆的回声震得她脑袋都蒙了……

她坐在那儿，宛若一个布偶，宁守义叫了她无数声她都没听到，耳边只剩下巨大的轰鸣声，嗡嗡作响。

"丫头？"宁守义后来是走到她面前，伸手在她面前挥舞，才将她唤醒，"丫头，你这是怎么了？"

萧伊然全身都是僵硬的，就好像整个人被铸成了水泥塑像，连血液都不再循环了。

"丫头？"宁守义见她不对劲，伸手摸了摸她的额头。

就是这轻轻的一触，却如钝器重锤，将她这水泥给敲裂了。

她算是活了过来，而后握着手机的手开始发抖，牙关紧咬也没控制住这颤抖自手传至全身，却再也没有勇气低头看一眼手里的手机。

宁守义被她吓着了："丫头，你是不是不舒服？"

她的双瞳终于聚焦，落在眼前这个年过半百的人脸上，却好似半天不认识一般，盯着他，表情一片茫然。

忽然，她将手机一扔，撒腿就跑。

她不知道该跑向哪里，前路没有了方向。她甚至看不清眼前的一切，世界皆是混沌，只是用执行任务的速度，拼了命地在大街上跑，像一个移动的空壳。

恍惚间听见汽车鸣笛，可是无论多少车鸣，都没有阻止她的奔跑。

大街上的喧闹好像隔了重重的雾，离她很远很远，都在闹些什么她一个字也听不见，直到有人挡在她身前，她一头撞了上去，终于停了下来。

短暂失聪的耳朵好似恢复了听觉，她听见了一声熟悉的“十三”……

哦，她看见了，她面前这堵墙是他……

而她此刻最不想见，又最想见的人也是他……

内心里惊涛巨浪，狂啸着要向他呼啸而去，涌到喉管，她却一个字也问不出来，卡在那儿，膨胀得要爆炸。

他什么都不知道，在夕阳下像往常一样笑：“傻丫头，你跑什么呀？一路喊你都没听见。”

她看着他的嘴一开一合，一拳便照着那地方打去。

这一拳用尽她心里惊涛骇浪的力量，他竟然被打出去好几米，若不是他稳，他得在地上滚上几圈。他的嘴里瞬间涌入甜腥味，出血了……

他从来没见过这样的她。

两人平时总是打打闹闹，可玩笑成分居多，也没谁真的下狠手，但这一回，她是用了十成力了。

他不知道自己哪里惹了她，觍着脸走回来，握住她的肩膀开玩笑：“不是吧？我离开这么一会儿谁又惹姑奶奶生气了？好好好，不气了，我给你买了糖……”

他自顾自地说着，没提防，她又是一拳揍过来，他直接变成熊猫眼不说，心里也惊了，这丫头今天到底生哪门子气？他眼珠子都快被打爆了……

而她根本不给他任何沟通的机会，在大街上就当真和他打了起来。

他了解她的习惯，如果心里真的遇到事了，通常来找他打一架，体力耗尽，气也就消了，所以，索性也不再问她，陪着她在这大庭广众之下练拳脚。

两人一路追，一路逃，一路打。

从日暮黄昏，打到华灯初上，直到他跑进公园，在公园里和她进行最后搏击，她瘫倒在草地上，力气耗尽。

他也出了一身大汗，坐在她身边，开始询问："到底遇上啥事了？"

萧伊然闭上眼，她不是不想问，内心里的疑问已经扩散膨胀到难以忍耐，可是，那些话语始终在喉咙里打转。

她不敢问，不问，或者还有希望，问了，就只剩绝望了。

她再次睁开眼的时候，头顶是一片星光，他拉着她的手臂要她起来："回去吃饭，老头儿还等着呢！"

她没动，冷风中传来几不可闻的轻颤喉音："有几句话，我再问你最后一次，记住，是最后一次。"

他见她这么严肃心里也发怵，面上却笑着："什么事这么重要？"

"第一，我生日放假那次，你怎么知道我去了边南？"

他隐隐有种不好的预感，"我说过我推……"

"行了，别编了！"她粗暴地打断他，"第二个问题，你怎么知道我生日想吃桂花小圆子？"

他怔在了那里，说不出话来。他想，这只怕是暴露了……

她忽而坐了起来，气势逼人："还编吗？再编啊！告诉我你不是鼹鼠先生！用充分的证据来证明你不是！"

说到后面，她竟吼起来，有歇斯底里的痛楚传来，这痛楚感像一把钝刀，不锋利，无法一刀见血，却一刀刀割在心上，竟成了折磨，还不如一刀来得痛快。

他动了动唇，终于坦白："是的，是我，我是鼹鼠先生。"

这一刻终于来到。

做错了事总是要承担后果的，不如早说早解脱。

她听了，好一会儿都没有反应，静静地坐在那里，良久道："他呢？"

这才是他两年里无法启齿的理由，但她总是要面对这一刻的，不能继续错下去了。

他艰难地从喉咙里挤出三个字来："牺牲了。"

萧伊然闭上眼，眼泪滑落下来，似有千斤重，自心尖穿透，刺穿了整颗心。

"他做卧底，牺牲了，QQ号和密码是他的领导给我的，说是他的遗言。"

萧伊然咬紧了牙关，不让自己哭出声来，只有眼泪无声地流。

她早该想到的。

鼹鼠先生，生活在地底的人……

三年没有联系，她不止一次地质疑过各种可能性，其中有一种是执行特殊任务去了。所以她懂事，理解，坚定地等待，却从来不曾去想他真的回不来。

她不敢想……

"十三！"宁时谦伸手去给她擦泪，"想哭就好好哭一哭吧！"

她如被火烫到了般猛然弹起来，尖声喊出四个字："不要碰我！"

她双眼发红，形容凌乱。

他从没见过这样的她，也从没像此刻这般，觉得她突然离自己很远，很远。

"不要碰我！从今以后都不要再出现在我面前！我不想看见你！"她一口气说完，便如逃离瘟疫一样飞快逃离他身边。

他第一次，没有在萧伊然哭泣的时候追上去。

他想，这一步，他大概是迈不出去了……

他不知道自己干了件什么傻事，第一次拿到这个号的时候，他怕她伤心难过，想着暂时不告诉她。

他忍不住登录了秦洛的号，却看见她除了专门为秦洛写日记以外，还有大量的留言。

那些关于思念的词句，那些等待和坚持的脆弱和敏感，都让他不忍。

不知道哪一天开始，他假装秦洛给她回复了一句，从此便在谎言的路上越走越远。

而他自己，独自承担好友牺牲的噩耗，同时还尝尽另一种心酸……

他也曾动摇过，不止一次想告诉她真相，尤其那次他在办公室看案卷入了神，她一个QQ语音电话打来，他无意中接了，只要开口说一个字，一切就都暴露了，他差一点儿就脱口而出了，可她的急切和热情终究让他不忍心。

现在，一切都藏不住了。

这样也好吧。

人总不能一辈子生活在谎言里，而真相总是残酷的。

秋天的夜晚，冷风瑟瑟，他和她终于朝着两个方向各自归去。

他心中萧瑟，只觉得这瑟瑟冷风浸入了胸口，在他鲜活跳动的地方肆意扫荡，卷起千层浪。

宁时谦回到家里，是一桌丰盛的饭菜和无措的老头儿，还有桌上那部淘汰的手机。

他颓丧极了，每次登录都记得清除痕迹的，偏偏最后一次扔掉这旧手机的时候忘记了……

萧伊然是跑回家的。

跑进灯火辉煌的夜色，跑过车水马龙的街道，她如一个机械娃娃，不知疲累，没有感觉，奔跑在这夜里，麻木而仓皇，以致连来来往往擦身而过的车都不曾注意，过往司机善意或者非善意的谩骂也没有将她骂醒。

她眼前只有陆离的光影和不知名的前路，而前路，其实已经临近她的家。

车灯的光束打在她身上，一个紧急刹车，车停了下来。

车里坐着一脸冷色的柳瞳和惊悸未定的保姆。

“怎么了？”副驾驶座的柳瞳问。

驾驶座里的保姆手心微汗：“萧……萧警官，差点儿撞到她。”

“萧伊然？”柳瞳无神的双眼微微一眯。

“是……”

“在哪个方向？离车多远？”柳瞳的声音瞬间紧迫起来。

“就在我们正前方，刚才不到一米，现在十几米吧……”

柳瞳一听，立时压着嗓音：“加油！”

“什么？”保姆没听明白。

“我让你踩油门！加油啊！”柳瞳吼了起来，一手摸到了方向盘上，整个人都往驾驶座扑过来，身体压在保姆腿上。

保姆慌乱之下，果然一脚踩下了油门，车开始加速。

“快！快！快啊！撞到了吗？撞上了吗？”柳瞳尖叫。

保姆这才明白她这是要撞萧警官，吓得赶紧踩刹车：“瞳瞳，不可以！不可以啊！”

柳瞳虽然看不见，却明显感觉到了车在减速，牙关紧咬，摸索着爬到保姆身上来，脚也在驾驶台底下乱踩，终于被她一脚踩上油门，她兴奋得脸上发光：“她还在前面吗？在前面吗？”

“在……不不，不在……”保姆被这样的柳瞳吓呆了。

“啊——”柳瞳脸上充斥着的，是令人恐惧、同归于尽的兴奋。

车飞速朝前方的萧伊然冲过去，眼看就要撞到了，眼看就擦到她的衣服了，忽然，一个黑影蹿了出来，将萧伊然用力一拉并一推，萧伊然被推进了岔路。

一切都发生得太快，萧伊然还没来得及看清是谁推的她，车便已经开远。

她站在原地，蒙了一会儿，转身往岔路更深处走去，那是回家的方向，她心中的起伏，始终无法平复。

她没有看见的是，已经远去的车挡住了的、始终追踪在车前奔跑 的男人。

“一米八以上？瘦？短发？年轻？跑起来很快？不是宁警官？”柳瞳嘴角浮起苍白的笑容，重复着保姆对前方这个男人的描述，身体依然挤在保姆身上，却放松了方向盘，脚也离开了油门，“在我们前方多远？”

保姆被她之前的举动给吓着了，支支吾吾不愿开口。

“呵呵——”柳瞳淡淡一声笑，不再歇斯底里，脸上透着看尽世事的沧桑。

“瞳瞳……”保姆想劝她坐回去。

然而，话音未落，柳瞳不管三七二十一，又是一脚油门踩下去，车疯了般往前冲，这一次的目标却是那个男人。

保姆再度魂飞魄散，反应到底比之前快了许多，眼看就要撞到人，用力一打方向盘，避开了人，同时却将柳瞳甩到了一旁，车门瞬间打开，柳瞳滚了出去。

保姆的头撞在车窗上，力道太大，她瞬间晕了过去。

柳瞳在地面滚了几滚，居然滚到了男子脚边，她感觉到了，一把便攀住不放，手自他的腿往上不停摸索，眼泪哗哗直流，声音更是抖得不能自已："我知道是你……我知道……你还活着……原来你还活着……"

男子一声不吭，努力了几次，想把腿从她手里抽出来都没成功。

她用尽所有的力气攀着他，只要可以抓住，甚至用牙齿咬住他的腿，一边咬一边哭着呓语，语无伦次，颠三倒四："还活着啊……活着真好……你为什么还活着呢，死了不好吗？你还记得我吗？你可能记不得了吧？不，你还记得的，不然你为什么要来吹口琴？你想救她吗？就像今天你又救了她一样？她有什么好呢？比我好吗？"

男人还是一语不发，她便笑，表情迷蒙而痴惘："你不说话就不说吧，反正我知道是你。我也不会告诉别人，我知道你不想其他人知道，你看，我多了解你，最了解你的人是我，你明白吗？我不晓得我用了多少心思去琢磨你。那个时候，我一点儿点大，柳池把我带到边南，没有了家，没有亲人，而且，我还是亲眼看着自己的家人被那个自称哥哥的人放火烧死的。他们在火里尖叫、挣扎，最后化为焦炭，而我，还要把杀人犯当哥哥，和他相依为命……不然怎么办呢，他会杀了我吧，就像杀死那两个女人一样杀了我，再剪了我的头发。不不不……我不要死，我要活着，活着折磨他，也折磨我自己。那时候，我那么害怕，又怕又恨，来到一个陌生的地方，只有你，你那么好，给我买好吃的，叫我小妹妹，温柔地跟我说话，每天傍晚我都听你在隔壁吹口琴。我听见了夕阳的颜色、花儿的芬芳、泉水的清澈……我黑暗的世界里，只有这个时刻是彩色的……"

笔直站立的男人，腿上紧绷的肌肉缓缓松弛下来，戴着口罩的脸看不见表情，唯有那双眼睛，在黑夜里隐隐发光。

"你看，我就知道是你……真的是你……"柳瞳欣喜地落下泪珠，更紧地抱着他的腿，"我是瞎子！瞎子眼瞎心不瞎！瞎子的心比旁人更敏锐！你知不知道，我揣摩了你那么多年，揣摩你的模样，记着你手上皮肤的触觉，就连你的呼吸对我来说都跟别人不一样。你说，我怎么会认错呢？”

她喜悦而颤抖地在他衣服上摸索，忽然抓住了他的手，惊叹：“你的手指呢？还有一根手指呢？”

他眼前浮现小女孩儿白皙稚嫩的小脸，一双无神的大眼睛里是与年龄不符的阴暗与忧虑。那时候，他只当她是个可怜的盲眼丫头，偶尔给予一些垂怜，却从不曾想到，背后还有这许多故事。

他缓缓抽回手，本不想开口，却终于说了一句：“真正的凶手，是你。”

柳瞳愣住了，抱着他的腿的手不由自主松了一松。

他再拔出腿来便容易了。

她依然怔怔的，自言自语：“你怎么知道呢？你怎么什么都知道呢？”

末了，她又在昏暗的灯光里哧哧地笑：“是了，你当然知道，你那么聪明，有什么是你不知道的呢？我也不想杀人啊，可是，我活着干什么呢？我天天同一头狼生活在一起，他烧死了我的家人，烧瞎了我的眼睛，我恨他，恨不能喝他的血，拆他的骨，可是，我又离不开他，离开了他我一个瞎子，怎么活下去？他让我叫他哥哥，我偏不叫，我为什么要叫一头狼哥哥？后来，我终于有一个想要叫哥哥的人，他却……他却只想当我哥哥……他喜欢别的女孩子，那个女孩子很美吧？我看不见她到底美不美，我只知道，她不是瞎子。你是不是嫌弃我是瞎子呢？如果我不是瞎子，你是不是就会像喜欢她那样喜欢我呢？”

她静静地等着回答，然而，良久都没有声音，她手一紧，才察觉怀中空空，刚才抱着的那个人，早已不知道去了哪里，只剩下风，冷冷地穿过衣服，往身体里钻。

保姆皱着眉在车里悠悠醒转，好一会儿才想明白晕过去之前的情形，发现柳瞳在地上坐着，保姆大吃一惊，不知道之前到底是她把人甩出去的，还是柳瞳自己滚出去的。

保姆忙从车里下来，小心地扶着她：“瞳瞳，瞳瞳，我们回家吧。”

柳瞳淡淡地笑：“人呢？阿姨，人呢？”

保姆四下里一看，哪里还有男子的身影，叹息道：“没人了，走了，都走了……”

保姆是这对兄妹来燕北后便聘来一直照顾柳瞳的，瞎眼的女孩儿，相依为命的兄妹俩，很是让她同情，却没想到哥哥是个杀人犯，这以后，女孩儿就真的是一个人了，可怎么办？

“走了？”柳瞳却笑了，笑出声来，“走了？都走了？好啊！都走了！”

保姆觉得这一刻的柳瞳有些可怕，可看见她小脸上那双空洞的大眼睛，又觉怜悯不已，叹着气把她扶起来，安抚道：“都走了，咱们也回家啊！”

柳瞳仍然呵呵地笑着，任由保姆把她扶上车，却在车启动以后慢慢安静下来，只是默默流泪。

不知行驶了多久，她突然道：“阿姨，谢谢你。”

“什么？”保姆一时不懂她为何这么说。

柳瞳默了默，苦笑道：“谢谢你，最后还在我身边。”

保姆也笑了，眼里流动着温柔：“不要怕，阿姨……会照顾你。”

她说这话，其实心里是犹豫的。这段时间的经历，说她不害怕是假的，她的雇佣时间还没到，原本想着等合同时间到了，她也就走了，可现今看女孩儿这么可怜，她又不忍心。

不管怎么样，好好把合同期做满再说吧。她暗暗叹息。

女孩儿听了她的话眼泪再次涌出，却道：“把车开去山上吧。”

“什么？”保姆又不懂了，这大晚上的去山上干什么？

“开去山顶。我想去看日出。”

虽然保姆不明白她一个盲女为什么要去看日出，但看日出这样的想法总比开车撞人好些。

一个小时后，车便停在了山顶。

“阿姨，你回去吧。”柳瞳平静地说。

保姆吃了一惊：“那怎么行？我在这里陪你。”

柳瞳摇摇头：“我想一个人待着。”

“可是……”

“我就在这里不下去，你知道，我反正也看不见什么。”

保姆知她的性格，决定了便不会改变想法，犹豫了一下道，“那，我明早来接你。”

柳瞳想了想，缓缓点头：“关了车灯。”

保姆走了，走下山的，车自然要留给柳瞳。

车灯关闭的夜晚，山顶一片黑暗，一人一车浓缩在这黑暗里。对柳瞳来说，黑暗和光明有什么不一样呢？

一夜静默，仿佛万物无存。

太阳一点儿一点儿从天际挤出来，先是波纹般晕开红色的云潮，而后，慢慢将半边天空染红。

柳瞳眼前始终一片黑暗，直到闹钟报时，六点半。

这个时候太阳应该已经出来了吧？

曾经有人在傍晚的暖风里吹口琴，把糖果放进她的手里，那人的声音还如此清晰：“瞳瞳，太阳是红色的，伸出手指来试试。风是不是暖暖地拂过手指？那就是太阳的颜色啊。太阳红，是最温暖的颜色，是希望的颜色。难过的时候，想一想明天的太阳依旧会暖暖地升起，就会充满希望，因为，明天会是新的一天，阳光会驱散所有的阴霾……”

她摸索着打开车窗，手指探出去，清晨的山风带着绕指的凉。

她蓦地流下泪来，泣不成声。

你看，你骗人，太阳的颜色哪里是温暖的？阳光驱不散阴霾！新的一天对我来说也没有希望！十年前开始，我的人生就没有希望了！柳池这个恶魔，毁了我人生中所有的希望，他凭什么还能去爱另一个人，凭什么还能开始新的生活？我不允许！我在天上的家人也不允许！还有你，给了我希望的你，又让我重新跌回黑暗。我已经不知道该怎么办了，我恨她，恨她毁了我的希望，可是你那么喜欢她，我又想把她送来陪你，你死了就好了呀，我就送她来陪你……可你没死，我该怎么办呢？

那就活着吧。

有希望地活着，应该是一件很美好的事吧？

晨曦薄染的山顶，响起一阵口琴的声音，杂乱无章，曲不成调。

而后，山顶的车缓缓向前移动，到了山崖边上也没有停止，忽然车猛地加速，从山崖滚落……

公安分局。

宁时谦指间夹了一支烟，双眉紧锁，办公桌上摆了一堆案卷。

魏未进来，一把捞走了他的烟："又抽？等会儿徐姐又要来开窗了！"

最近实验室的徐素来得有点儿勤。

魏未瞟了一眼案卷："柳池的这个案子不是结了吗？你怎么还在看？"

宁时谦捏了捏眉心："我总觉得有哪里不对劲。"他这几天脑仁儿整天整天地疼，萧伊然已经多日不理他了。

"还有哪……"

魏未话没说完，办公室电话就响了，他住了嘴，去接，说完后有些愣愣的，回头道："头儿，柳瞳出事了，交警队来的电话。"

"走！"宁时谦立即起身。

西山山脚已经拉起了封锁线，现场只有一辆撞坏的车，车窗和挡风玻璃都裂开了，方向盘和玻璃上全是血。

"早上我们接到群众报案就赶过来了，初步调查，车是从山顶滑下来的，车里只有一个人，已经死亡，死者身份确认是柳瞳，盲人。"交警队的同志把情况大致跟宁时谦说了一遍，同时，也暗示了一个疑问：盲人怎么会一个人在车上？车又是怎么滑下来的？

宁时谦脑子里一直有几个点，却无法连成顺畅的线，直到他忽然注意到驾驶座的缝隙里微微发亮的东西。

他戴上手套，把东西取了出来。

是一支口琴，木质的外壳，已经很旧了，大概因为长期抚摸，已十分光滑，边缘和角落颜色脏脏的。最重要的是，口琴一侧右下角刻了一行盲文。

宁时谦拍了照，把图片传回分局，不多时，技术发回盲文的翻译：

songgeitongtongqinluo。

qinluo……

一个常常在宁时谦心里沉浮，却万万想不到的名字缓缓升起。

秦洛？

怎么可能？

宁时谦头脑里的那些点，渐渐连成了线。

萧伊然，柳瞳，绑架，《小河淌水》，口琴声……

他似乎，终于知道一直以来他以为的不对劲是什么……

哭声打断了他的思绪，柳瞳的保姆被女警拉着，叫着柳瞳的名字哭道："瞳瞳，你怎么会这样呢？昨晚我不该把你一个人留下的啊……"

宁时谦叫上魏未，立即去了瞳。

店已经不营业了，娃娃静静地待在橱窗里，衣饰华丽，栩栩如生。

魏未打了个冷战："我怎么，还是觉得瘆得慌。"

宁时谦不理他，开始漫无目的地寻找，从楼下，到楼上。

"头儿，你到底要找什么？"魏未帮着他角角落落地寻，可总得有个目标不是？这家店他们不是没来过！

宁时谦拉开衣柜，淡淡的香水味飘出来，里面一排全是柳瞳的四季衣服，并没有什么异常。

他戴着手套的手指无意识地在一件件衣服上滑过，忽然在一条裙子上停了下来。

绿色长裙，蕾丝花边，寻常女孩儿穿的款式，并没有什么特别的地方。

宁时谦脑中火花一闪，打开手机相册，里面存着凤城公安局发给他的照片，照片里的人是柳瞳的姐姐，穿着件蕾丝绿色裙子，褐色长发。

他的目光在两件裙子之间来回扫视，蓦地，目光落在蕾丝花边领口的位置，两个针孔，一根绿色线头。

一颗始终没有着落的绿松石，在他脑海里被嵌了上去。

他把裙子装起来，走下楼。

在这个娃娃的世界里，要找到一顶褐色假发实在是太容易了……

看守所里，柳池再一次被提审。

宁时谦把口琴、裙子、假发和绿松石放到了桌子上。

柳池一惊，继而苦笑："你们又是何必？人是我杀的，我都认罪了，你们又何必去为难一个盲女？"

"柳瞳死了。"宁时谦说。

柳池愣住，而后便狂躁起来："你们……你们欺人太甚！杀人偿命！我以命抵命！你们为什么要逼死她？为什么？"

宁时谦微微闭了闭眼："她是自杀的。一个人在山顶看了日出，然后发动车，滑下山崖，车毁人亡。"

"看日出……"柳池抱头哭泣，"她什么都看不见，看什么日出……"

许久，柳池才平静下来，宁时谦也没有催促他，只静静等待。

"人，真的是我杀的。"柳池长长地吁气，沉默之后，将所有事情和盘托出，"我有心病，但是这十年里，也慢慢好转。我跟瞳瞳之间的关系很奇怪，我是她的仇人，却偏偏对她有养育之恩，她恨我，可又离不开我，我明知道她是我犯罪的见证人，却无法杀了她。我们就是这样别别扭扭在一起以兄妹的名义生活了十年，也算是彼此依靠，相依为命。后来，我认识了肖潇，并打算开始新的恋情，瞳瞳那么恨我，怎么可能让我如愿？用她的话说，她这辈子在地狱里无法翻身了，是死是活也都要拖着我一起沉沦。所以，她开始用各种各样的办法激我犯病，最常用的就是假扮她姐姐的样子，在夜晚猛然出现在我面前，找我索命……她的这个方法挺有效的。"

"你杀肖潇那晚，柳瞳也在？"宁时谦问。

"是。她就是穿着这套衣服，一脸天真地要跟肖潇玩儿化妆游戏，化成了一脸烧焦的样子……风铃大作……她喊着她姐姐那晚喊的话……"柳池陷入往事里，神情又开始有不对劲的势头。

宁时谦见状，立马让人准备给他镇静。

柳池却摇摇头："我没事，其实说出来那天就没什么大事了。"

宁时谦见他的确能自己平静下来，才继续问："那萧伊然警官呢？"

"她就是冲着萧伊然来的。你既然拿到这支口琴，就应该知道是为了谁。那年不知她从哪里得到那个人的死讯，就一心一意要来萧伊然所在的地方，也一心一意想要杀了萧伊然。那时候，我是想带着瞳瞳好好过下半辈子的，所以一直对她的想法敷衍搪塞。她一个盲人，到底能力有限，没办法找到萧伊然，直到我被她刺激得病发，再次杀人，你们自动出现在我们面前，就控制不了后来的局面了……”

柳池和柳瞳的案子，最后结束在秦洛这个名字上，至少，在宁时谦脑海里久久盘旋的便是这个名字。

宁时谦、秦洛、萧伊然，三个名字之间好像已经打上了一个死结，谁都解不开的死结，萧伊然大概是再不想解开了，而宁时谦，也没有勇气去解。

她是海岸线，他是海。

她知道海会以温柔的姿态，永远包围着海岸线，春夏秋冬，日升月明，沉默，宽广。

一年以后。

冬天的第一场雪，在夜幕降临的时候翩然而至，将这座城市繁华的初冬打了个措手不及。

砂糖一般的雪粒子落在她的车窗上，片刻便化成了水，远处的街灯，在水雾里晕成模糊的一团。

手机有来电，家里的电话。

萧伊然按了接听键，整个车厢里都是奶奶温暖的声音：“然然啊，什么时候回家呢？”

她开了雨刷，水雾瞬间抹去，整个世界一片清明：“奶奶，我快到了，马上呢。”

“好！等着你呢！”

今天是爸爸的生日。

一年了，家里人都说，然丫头长大了。

捧着给爸爸的礼物进家门的时候，萧伊然是笑着的，脱了鞋，光着脚就朝爸爸奔去。

“我的闺女！”萧城显张开怀抱迎上来。

萧伊然扑过去，在萧城显的脸上吧唧一下，把礼物塞进他怀里：

"爸，生日快乐，明年十八！"

"鬼丫头！"萧城显笑，揉她的头发，"去换衣服，下来吃饭，就等你了！"

"好！"萧伊然朝爷爷招招手，"爷爷，我回来了！"

端坐的老爷子嗯了一声："显子放学了？"

一年时间，生活发生了太多变化，爷爷的身体大不如前了，常常忘这忘那。显子是萧城显幼时的小名，老爷子这是混淆时光了……

萧伊然上楼的时候，笑容便没有了，心里酸酸的，有些发胀。

听得门铃响，又有人来，依稀是某人的声音，她忽然不想下楼了，可是不能，今天是爸爸的生日。从小她虽任性霸道，可是不会不懂事。

她坐在他的对面，能感觉到他的目光直直地落在她身上，皮肤上犹如附了一块烙铁，灼得发烫。

她没有看他，笑着站起来点蜡烛："爸，来许愿！这回您可要许个靠谱儿的愿！"

萧城显笑了："我什么时候许的愿不靠谱儿了？"

"别以为我不知道！"萧伊然眨眨眼，一双明眸透着小女儿的狡黠与灵动，"您去年可是许的，妈妈的更年期早点儿过去！"

萧城显失笑，"臭丫头！你爸今天生日也不放过？"

萧伊然头一歪，靠在白一岚的肩膀上，模样娇娇的："我是妈妈的小棉袄！"

"是吗？那是爸爸的什么？"萧城显假装生气，"想想你钱不够花的时候！"

萧伊然眼珠转了转："我是爸爸的小钱罐啊！"

萧家人听了父女俩的话无不哄堂大笑，白一岚看着宝贝女儿的眼里满是宠溺和心疼，奶奶笑得直摇头："这家里啊！然丫头就是个开心果！"

唯有她对面的宁时谦，静静地坐着，看着她微笑。

是啊，她从小无忧无虑，从不曾尝过快乐以外的情绪，最大的烦恼不过是生病了要吃药打针，过生日了没有收到可心的礼物，可如今，这颗小小开心果，果儿是开口的，只怕心儿却是苦的。

往日那个小小的她不开心了，有他哄，他知晓她所有的小习惯，有的是办法把她哄好。

可是，这个世界不是所有的烦恼都可以哄哄就好的，更何况，他也无法再靠近她。

自去年鼹鼠先生的事暴露以后，他就无法再靠近她。

在单位偶尔遇上，她假装没看见他。

他厚着脸皮堵她，她不是揍他就是凶他，惹她烦了，她直接甩他一脸汽车尾气。

这样的家庭聚会，她有时会迫于无奈叫声四哥，可他知道，她叫的时候，眼睛都没在他身上聚焦。

眼前萧城显愿已许，蜡烛已吹熄，开始切蛋糕了。

“然然，给你四哥分块儿大的！”萧奶奶发指令了。

“好嘞！”

一块最大的蛋糕呈到了宁时谦面前，还有她脆生生的一声：“四哥！吃！”

他忽然想起了那个才一岁多的萧伊然，软乎乎的小面团子一样的小东西，把她的奶瓶往他嘴里塞，奶声奶气的一句“四四，七”，还有那个四岁的萧伊然，从幼儿园回来，手心紧紧攥着的糖都捏化了，黏糊糊地往他嘴里塞。

那样的萧伊然，还会再回来吗？

宁时谦笑：“谢谢小十三。”

他伸手去接，却不料横空出现另一双手，将蛋糕给抢走了……

萧老爷子着急地把蛋糕护住：“留给顺顺吃。”

顺顺，是奶奶的小名，却有几十年没有人这么叫了。

萧奶奶瞬间哽咽了，用纸巾擦着眼角：“这老头儿子！”

白一岚也放下了筷子，默默拭了拭眼睛。

萧伊然看着这一幕，眼里泛起了泪花，一辈子，真是一个十分美好的词啊……

第二天召开全局大会，萧伊然早早到了会议厅，找了个座儿坐下，身边坐了自己队的女警汤可。

离开会时间还早，会议厅里人不多，陆陆续续有人进来。

忽地，萧伊然听见汤可招呼："哎！宁队！坐这里来！"

随即萧伊然眼看着汤可起身，把座位让给了那个人。

她迅速站起身，准备换座位，被人一把抓住了手腕，并且用力一扯，她被扯回座位。

"你干什么？"萧伊然打量周围，他俩的动静已经闹得附近有人看过来了。

"我请求自辩！"宁时谦握紧了她的手腕。

萧伊然用力挣扎，"马上开会呢！你别发疯！让人看笑话！"

"你觉得我还会怕笑话？"宁时谦手下使力，让她动不了分毫，"就算是罪恶滔天，法庭也会给予自辩或者辩护的机会，怎么到了我这儿，你就单方面给我裁决了？"

萧伊然端坐着，沉默不语。

"我知道我不对，我愿意接受任何惩罚，但是这样冷暴力我不同意！这都一年了，你总得给我说话的机会！"

萧伊然依然没吭声。

"十三，我并不是有意欺骗你，我……我也是怕你伤心，想给你一个缓冲的机会，也许……也许时间长了，你们不见面，没来往，感情也就淡了，到时候自然而然就把他放下了，这个消息也就可以瞒住不告诉你了……

他低声说了一堆，却依旧没有得到她的回应，而他也没机会再说下去了，会议开始。

两个多小时的会议，好不容易散会，她一句话也没说就起身走了，他赶紧跟在身后，看着她笑容满面地跟其他同事说话，心里不知是什么滋味，她对任何人都像从前一样笑嘻嘻的，唯独对他，如同秋风扫落叶……

散会人多，他挤啊挤的，萧伊然越走越远。

她在开车门了！

眼看又要错失好不容易见面的机会，宁时谦面前还十来级台阶，再慢就追不上了！

"让让！让让！同志们让让！"他扒开人群，没走台阶，直接翻越走廊，飞身而下，朝她的车奔去。

身后，甩下一堆目瞪口呆的警察。

“宁队这是干什么呢？追嫌犯吗？”

“不会吧，哪个嫌犯跑到局里来自投罗网，找死啊？”

“去看看！万一有事呢！”

开始只是几个警察以追嫌犯的速度飞奔而去，眼看着宁时谦跨越花坛，跃过障碍，他们也跟着一路狂奔。其他同事不知发生了什么事，但见他们这么火急火燎，以为有紧急情况，也跟着一路飞跑，于是，队伍越来越壮大……

最后，宁时谦扑向车门，以他们曾在宁时谦追飞车时所见过的潇洒身姿打开车门，飞身入车，而他们也在火速追赶后将车团团围住。

按照平素抓嫌犯的常规，警察们该是大喊：“不许动，举起手来！”

可是，眼下他们怎么喊得出？

车里，宁时谦抓着萧伊然的手腕，将她按在靠背上……

显然，车上的人也被他们的阵仗给惊到了，两人都目瞪口呆地看着他们。

空气短暂安静后，有人笑出了声：“不许动！举起手来！”

大家哄堂大笑。

“宁队威武！”

“宁队必胜！”

“宁队加油！”

各种起哄声不绝。

真是丢人丢到姥姥家了！

车里宁时谦一张黑脸泛着红，小心翼翼地松了手，打开车窗探出头去就要冲这群唯恐天下不乱的人怒吼一句，可脑袋刚一伸出，领导出现了，一脸慈祥地打量他，笑呵呵地道：“小宁啊，干得漂亮！”

宁时谦顿时如同泄了气的皮球，一句话也说不出来了。

领导往车里看了看，看见萧伊然涨红的脸，打趣道：“小萧，咱们警察队伍的好男儿个儿顶个儿的棒，你说是不是？”

萧伊然还能说什么？

从此，宁时谦一战成名，局里单身汉们群策群议，展开了深刻的批评与自我批评，最后达成一致，这么多年为什么还单身？就是缺乏宁队这种敢打敢拼死不要脸的精神。所以，向宁队学习成为他们脱单路上的指明灯！

当然，这是后话，被围在车里当珍稀动物围观的萧伊然一肚子火气。

领导怕小年轻害羞，好不容易把围观群众驱散，宁时谦却在她面前抬不起头来，暗暗觉得自己今天出门没看皇历……

“十三……”他酝酿的满肚子的话已经在刚才气壮山河的“宁队威武”中碎成粉末，再也捡不起来了。

萧伊然沉着脸，打开车门跳下车。

宁时谦急慌慌地也下去了：“十三，你要干吗？”

萧伊然走向一片僻静的空地，实在不想再被参观！

她转过身，宁时谦已经跟了上来。

昨夜的雪还未化尽，四周花坛的万年青郁郁葱葱的，顶着一团团毛茸茸的新雪。宁时谦从雪深处走来，一身藏青色制服，端正的帽子愈加拉长了他的身高，显得挺拔而颀长，肩章上银色的星星衬得他的五官格外硬朗。

他就这么走过来，举手投足，竟比周遭的雪松更具风骨。

萧伊然挪开眼，硬着嗓音，语气比这天气更冷淡：“你不是说受不了冷暴力吗？那就热暴力吧！今天就当是决战，所有恩怨过往，一战了结！”

看着她“我就是这么暴力”的表情，宁时谦一点儿奉陪的心思都没有，老鼠抓猫的游戏，如果她喜欢，他可以陪她玩儿一辈子，可是，不是他们之间了结的终点。

“我赢了怎么样？”他的声音有些疲倦，他也会疲倦。

“我赢了，你永远不要再跟我说话！你赢了……你赢了……”她踌躇着，却不知该付出怎样的赌资。

“怎样？我赢了怎样呢？我们回到从前？”他逼上一步，已经被那句“你永远不要跟我说话”给气到想狠狠揍她一顿。

“不！”她忙道，“你赢了，我帮你做一件事，算是……算是谢谢你这些年对我的好！”

他气得差点儿一口老血喷出来，果然一个人老被宠着是会被宠坏的！

“来吧！”她摆出了搏击的架势。

他从前无法理解有什么事情可以用“肺快气炸”来形容，这几个字一定是文学夸张，可他现在深切感受到了，肺叶子在冒火，马上就要爆掉了！

既然她要打，那就打吧！

不给她点儿颜色看看，她大概真的以为她全局第一了！

这回宁时谦甚至没有等她先出拳，一脚就朝她飞了出去，凌厉的脚风，卷起地上融雪的污渍，纵然她侧身躲过，泥浆还是沾上了她的脸。

萧伊然用手背一抹，一个后旋腿，和他斗到了一起。

和他打打闹闹这么多年，萧伊然知道他一直让着她，可是，她从来没想到，他的拳风如此强劲，不说他的拳头真的砸到脸上会如何痛，单单他拳风过处，都能感到皮肤被刮痛。

越是凶猛的对手，大概越能激起斗志。

萧伊然拼尽了全力，一如在她对面的是要抓捕的嫌犯，也有拳脚落在他背上、腰上，砰砰的响声，听得她自己都心惊，而她自己身上，也遭到数下重击，甚至被他一脚踢翻，在地上打了几个滚，衣服滚了一身泥水，爬起来又继续打。

她不知道他们在干什么，也不知道为什么要这样，两个人竟然像拼了命一样在搏斗。

最后，宁时谦一脚飞来，她站在那里不动，生生接了这一脚，正中她的左脸，她甚至听见颌骨咔嚓一声响。

巨大的力道掀翻了她，萧伊然飞出去好几米，又在地上滚了几圈，才停下来。

她趴在地上，剧痛瞬间袭遍全身。

“为什么不躲？！”远处，传来他愤怒的质问。

萧伊然心里酸酸地疼，为什么都这样了，他还要关心她？

宁时谦三步并作两步跑近：“有没有伤到？”他蹲在她身边，却不敢动她，唯恐她已经伤了骨头，顿时懊悔不已。

萧伊然趴在雪水里，低低地哭了起来。

宁时谦慌了，又是担心又是焦躁，掏出手机准备叫救护车：“等等，去医院！”

萧伊然挣扎着从地上爬起来，半边脸都是麻木的，一把拍掉了他的手机，眼泪啪嗒啪嗒掉，呜咽道：“现在你满意了吗？是不是满意了？我不欠你什么了！你不要再跟着我了！再见！”

她说完掉头就走，因为用力过猛，扯得身上不知哪里痛，走路一拐一拐的。

看着她狼狈地走远，宁时谦眼前是她刚才站起时面目全非的模样，脸上身上都是泥水，一边脸肿着，还划破了皮，哭得像个孩子。

可是，他不能也不敢再像从前那样把哭泣的她抱进怀里。

她这二十多年的生命里，还从来没有一天像今天这么狼狈。

她说，她再也不欠他了……

宁时谦用力一脚踢在花坛上，脚趾痛得扭曲，却远远不如此刻的心痛，他真是疯了才会这么欺负她……

Chapter 05

萧伊然上了车，趴在方向盘上流泪。

她不知道这副模样回去该怎么跟家里人交代，若是从前，她早委屈地跟奶奶告状了，宁小四敢欺负她，奶奶要帮忙教训宁小四!

可是，从前他们也不会这样啊……

萧伊然号啕大哭起来，却不知道自己到底是为什么哭，内心里却又生出一个朦胧的想法，这样也好，他这样把自己揍一顿挺好，身体上痛的滋味大概有一部分可以偿还心上的痛了……

她想好了，回去就说是执行任务受的伤，至于回大队，他们爱怎么说就怎么说吧……

萧伊然的脸养了快一个月才完全消除痕迹。

这个月，宁时谦真的从她的生活里消失了，再没有来萧家蹭饭，偶尔单位遇上，也是淡淡的表情。

她觉得，她和他算是真的了结了吧。萧伊然感觉心头轻松不少，有一个声音在她内心深处说：秦洛，我这样，才对得起你，是吗?

秦洛，我想去看你了，该去哪里找你?

一年了，她始终不敢面对这个事实，甚至不敢想，更何况亲赴他所在之地？

傍晚的分局门口，停着一辆车，萧伊然坐在车里，静静看着进出的车辆，直到一个熟悉的车牌进入眼帘。

两车的距离渐渐近了，他的车却不像要减速。

萧伊然按了按喇叭，车里的人才恍然注意到她的样子，车缓缓停下来，和她的车平行。

车窗落下，露出她熟悉的面容，眼眸里却是陌生的冷淡。

“萧警官，今天这么空闲？”他说话的样子，带着淡淡的疏离。

萧伊然转过脸，看着前方，挡风玻璃外的景色模糊成一片虚影，她开口说话，却喉间紧涩：“我想问你些事。”

宁时谦笑了，不似从前那般温暖，反有些陌生的讥讽：“萧警官不是说我们两清了吗？不是再不相见？”

萧伊然默然。

“没事的话，那我先走了。”他那边的车窗缓缓上升。

“等等！”萧伊然忙道，“我就想问问关于秦洛的事。”

上升的车窗停住，车内传来宁时谦的声音：“问吧。”隔着玻璃，声音有些遥远。

“你去过那边吗？他的……墓在哪儿？”说到“墓”字的时候，她轻颤的嗓音模糊而轻细，到现在，她仍然害怕说出这个字眼。

那边短暂沉默，然后道：“去过，在最初知道这个消息的时候。”

她握着方向盘的手微微一抖，等着他说后面的话。

“没有墓，也……没有遗体。”说起秦洛，宁时谦语气里最初的冷漠终是消散，沉重的声音在颤抖，那也是他的兄弟，秦洛的牺牲，也是他心里的痛。他倒是真的希望，秦洛能鲜活地回来赴约，兑现他的诺言，把这个姑娘娶回家。

萧伊然捂住脸，泪水从指缝间溢出。

她知道，知道边界一线的缉毒同志有多么危险，知道光荣牺牲的兄弟们许多都没有墓碑，也知道他们中有的人连遗体都找不回来，可终究还是抱了一线希望，可以再对着他的名字说说话……

“你想去看他？”宁时谦在车里问。

“嗯……”她想去，早该去了的，只是没有勇气。

“秦洛有一个接头人，你到了以后可以找他，姓张，你叫他张队长，他知道秦洛所有的事，我把号码发给你。”

手机振动，是他发给她的信息。

萧伊然抹去泪水，通红着一双眼：“谢谢。”

“不客气。”

谢谢。不客气。

这算不算最熟悉的陌生人？

两车之间忽然多了一个人，敲着他的车窗：“哎，怎么这么快？也不等我！我今天没开车！”

萧伊然转头一看，是徐素……

徐素也看见了她，冲她笑了笑：“萧警官，你好。”末了，她回头看看宁时谦，迟疑地问，“你们……有事吗？”

“没事，上车吧！”宁时谦探过身来，打开车门。

徐素上了车，半开的车窗里传来她的声音：“今晚吃什么？”

后来的对话萧伊然就听不见了，他的车窗完全关闭，车也渐渐滑远。

她的眼角还有泪痕，用手背擦了擦，查看手机信息，他发来的，果然是张队长的号码。

萧伊然坐在车里，很久都没有动，连窗都忘了关。

从分局出来的车辆渐渐稀少，最后到无，夜幕也缓缓笼罩下来，街灯一盏一盏点亮，在渐深的冬夜里，并不能给这世界带来多少温暖。

良久，分局里又开出一辆车，在她旁边停下。

车里的人是老金，看见她的车停在这里不走很惊讶，下来跟她打招呼：“萧警官？你在这儿干吗？”

萧伊然脸上僵硬冰冷，她用手搓了搓，血液仿佛才重新循环：“老金，我……没干吗……”

“宁队早就走了啊！”老金的意识里，萧伊然除了来找宁时谦还能找谁？

“哦，我……我不是来找他的……”萧伊然语气有些慌乱。

“那你找谁？我帮你看看去！除了值班的，人都走完了，就你一人在这儿！”

是啊，就剩她一人了……

萧伊然僵直地坐着，前方是街灯盏盏，枯枝在夜风的肆虐下哗哗作响。

风这么大啊，难怪这么冷。

边南。

萧伊然顺利找到了张队长，一个四十来岁的男警，此刻，她正坐在张队长的办公室里，面对着张队长的诸多无可奉告。

“我也很难过，在一次行动中，他暴露身份，我们看着他从车里被扔出来，被乱枪打成了……”张队长不忍再说下去，面色沉重，“遗体没能带回国，就地安葬了，没有立碑。”

萧伊然点点头：“谢谢。”

她也是警察，理解这份工作的特殊性和保密性，张队能说这么多她已经很感激了。

张队按了按太阳穴，叹息：“他是我一手带着的，我很痛心。”

两人陷入沉痛的静默。

“对了。”张队打开抽屉，“他这儿有一封信，是行动前他写给你的，放在我这儿很久了，一直没有机会交给你，既然你来了，他最后的嘱托我也算完成了。”

张队将信推到萧伊然面前，信封上熟悉的笔迹写着：萧伊然亲启。

行动前的遗书吗？

信封上的字刺得萧伊然眼睛发痛，她在QQ空间里给他写了那么多封信，他从来没有回信，可她宁可他不回，也不要看到他的遗书。

街角的咖啡厅，就在他家小区对面，她一年多以前来看过三角梅的地方。

南国没有冬天，三角梅依然开得蓬蓬勃勃，可他的家中，早已空无一人。

萧伊然点了一杯黑咖啡。

她从来不喜欢喝苦的东西，跟秦洛在一起时她点卡布奇诺，他点黑咖啡相陪。

萧伊然点了，却不喝。

然然。

他在信的开头这样称呼她，她还能想起四年前在警校校园里他每每这么唤她时的温暖笑容，只是，真的犹如上一世了……

然然：

真希望你永远没有机会看到这封信，可是，你看到了，那么，我只能说，很抱歉，然然，我失约了。

不要难过，你也是警察，你该为我骄傲的，对吗？

然然，还记得我们的誓词吗？

恪尽职守，不怕牺牲，全心全意为人民服务。我愿献身于崇高的人民公安事业，为实现自己的誓言而努力奋斗。

青山埋忠骨。这是一名人民警察最好的归宿。

所以，不要为我哭泣。

记得吗？我说过的，夜太黑，我看不清方向，可我看得见你，在我瞳孔里恒久的影像，所以，我始终坚持信仰。

然然，我的信仰里有你。

我们用属于警察的方式相爱，走到这里，我的生命和我们之间的爱都画上了圆满的句号。

我走了，走得无怨无悔，我要一起带走的，还有你给我的爱，就在这一刻，无论还剩下多少，全部给我，不许再藏私，然后，把我清理干净，用你余下的生命继续去爱，爱这个美好的世界，爱这世界上可爱的人。

这，才是我的然然，值得我以信仰来爱的然然。你还会在阳光下笑，在雨中奔跑，或许，偶尔也还会傻傻地流泪，不过，那不再是为我，只是为你自己更鲜活的人生。

然然，再见。

然然，再见，萧伊然反反复复默念着这四个字。他不许她哭，可她怎么做得到？她本来就是那么爱哭的一个人啊……

秦洛，让我哭一次吧，就这一次。哭完我就答应你，从此以后好好去爱这个世界，爱这世界上可爱的人……

于是，那个午后，咖啡厅里所有人都注意到了这个奇怪的女人，对着一杯黑咖啡，傻瓜似的哭了一个下午。

咖啡厅服务员战战兢兢好几个小时，天色将暮，服务员终怕她一个单身女子出事，到她身边来，轻声问她："女士，请问有什么可以帮您吗？"

萧伊然顶着一张泪痕斑斑的脸，恍恍惚惚地道："你们店，开了多久了？"

服务员一脸茫然，逻辑没跟上，她哭，跟他们店开几年有关系？"五……五六年了吧……或者六七年，我也记不清了……"

"五六七年啊……"萧伊然喃喃念着，注意到店外窗台上的盆栽三角梅，"拜托您等等。"

她疾步跑到店外，搬了一盆三角梅进来，搁在她就座的桌子上。

"这……"服务员完全蒙了，"女士，您这是干吗呢？"

萧伊然擦了擦脸上的残泪，手忙脚乱地从钱包里掏出卡："我不知道该给你们多少钱，一万块够不够？一万块……"

她把银行卡送到服务员面前。

"这……这……太多了啊……"服务员完全傻掉了，一杯咖啡只要几十块啊！

"我想拜托你们，这个座位一个星期内不要招待其他顾客，这盆花放在这里，一个星期不要动它，我付钱，可以吗？"

遗体没有回国，没有墓碑，秦洛真的把他自己从这个世界刷机刷走了，就连她这里，除了那封遗书，都不再有他的痕迹，她的小羊玉牌也丢了……

萧伊然摸了摸口袋里那块玉牌，嘴角泛起苦笑。

这个咖啡厅，无论存在了五年还是七年，那会儿都还有他呢，也许、可能，他也曾在这里坐过呢？她坐的这个位置，刚好可以看见小区里他家那栋楼，他会喜欢坐这里吗？

从来没有这样的顾客，服务员不知道她到底是什么意思，而且一万块钱也太多了，服务员迟疑着不答应，萧伊然苦苦哀求，还哭得一塌糊涂，服务员才终于答应了她。

萧伊然谢过服务员，端起那杯冷掉的黑咖啡，一口气喝干，呛得她连连咳嗽，嘴里满满都是苦味。

秦洛，黑咖啡还真苦啊！

萧伊然也不知道自己突发奇想的行为是干什么，大约是想最后留住跟秦洛相关的那丝若有若无的气息吧……

燕北市初雪化尽，空气仿佛都清透了不少，仿佛这一场初雪洗去的不仅是这座城市的尘埃，连空气里的霾粒子都化去了。

萧伊然回到家里的时候，萧城显和白一岚正好收拾了东西要出去，萧城显手里提着大包小包的营养品。

“你回来了！”细心的白一岚看见女儿衣服上沾了几根头发，伸出手，温柔地给她捡掉了，“你宁伯伯生病住院了，我们居然一直不知道，也没能去看看他，这都出院了，不管怎样，还是要去探望的。”

“那宁伯伯现在在哪儿啊？”萧伊然琢磨着，如果在杏林北路的房子里，那她去还是不去？

“一起去吧。”萧城显牵住了她的手，“在老房子呢！”

萧伊然松了口气。

距她上一次来宁守义的家已经过去一年多了，那部电未充满的旧手机……

萧伊然两手插在棉服的口袋里，摇摇头，把关于那部手机的记忆甩了出去。

老房子隔音不好，走到门口她就听见里面电视机的声音了，倒也显得热闹。

萧城显敲了敲门，里面传来应答：“来了！”

萧伊然身体一僵，第一反应是跑——这个声音是他的！

她还愣在那里，门就开了……

宁时谦出现在他们面前，还穿着警衬，袖子挽到了肘关节，两手湿漉漉的。

“萧叔叔、白姨，你们也来了！”他笑起来和平常一样，把他们让了进去，只不过，没有像从前那样揉萧伊然的头发，亲昵地叫她小十三了。

一行人进去就看见宁守义躺在沙发上，电视机播着新闻，小餐桌上摆着一道菜。

宁时谦倒了三杯水过来，也没茶几可放，就直接放在餐桌上了：“萧叔叔、白姨，你们先坐坐，一会儿就吃饭了。”

“哟，小四能做饭？”白一岚挺惊讶的，笑着有几分打趣的意味。

萧伊然也觉得奇怪，他们俩可都是家务白痴。

“他哪儿能做啊！”宁守义嫌弃地看了眼自己儿子，“别把厨房烧了就不错了！这不是一直有小徐帮忙吗？”

小徐？徐素？萧伊然想起前两天发生在公安分局的事。

宁时谦也笑了笑：“我爸这一病，一切都乱了套，我不也得学着点儿吗？反正啊，我小时候我爸怎么把我喂大的，我现在也怎么伺候我爸了！”

白一岚听了笑出声，这两父子的生活，出了名乱七八糟的，宁小四小时候不止一次穿不同颜色的袜子去上学！这一天三餐的，实在是敷衍了事！

“知道你这个月辛苦了！别显摆！”宁守义也笑了。

“爸，儿子伺候老子，天经地义，我也不辛苦，不过啊，您不能再这么犟了，搬我那儿去住吧！有个三病两痛的，我也第一时间知道！萧叔叔，您劝劝我爸，不然他一人在这里，真让人不放心！”从前还有保姆，后来他搬出去，这房子几天都没人，老头儿子索性把保姆也给辞退了。

“你小孩管大人的事？赶紧帮忙去！”宁守义横着眉毛冲儿子凶。

“行，那我做菜去了！”宁时谦进了厨房。

厨房里一直有炒菜的声音，刺啦的油响伴着流水哗哗声。

“我来吧。”宁时谦的声音从厨房里传出来。

随即响起女人的声音：“你能做什么呀？去去去，帮我取个盘子吧！”

而后，便响起盘子清脆的碰撞声。

客厅里，宁守义却看着萧伊然笑了："然丫头今天怎么了？一声不吭的，不高兴？"这丫头，自进门叫了声宁伯伯后就再没开过口。

"没有啊，宁伯伯，我只是……有点儿累了。"萧伊然拿起一个苹果，"宁伯伯，我给您削苹果吧。"

宁守义大笑："然丫头现在是真心给宁伯伯削，还是自己想吃呀？"

萧伊然红了脸："宁伯伯，您怎么还提小时候的事啊！您给我留点儿脸面呗！"

小时候萧伊然是只小馋猫，到宁伯伯家里看见好吃的糖，贪吃得不行，可又惦记着妈妈说的话，不许在别人家乱吃东西，她便软软地跟宁伯伯撒娇："宁伯伯，这个糖可好吃了，我给您剥好不好？"

提起这事，萧城显也笑了，白一岚还拧了拧自己宝贝女儿的脸。

"老宁，你这回是怎么回事啊？"萧城显问起宁守义的病情。

"嘿，人年纪大了可不就毛病多了吗？"宁守义摆摆手，"没啥大事！"

萧伊然削着苹果，插嘴道："宁伯伯，您一点儿也不老！您这走出去，不认识的还以为您四十不到呢！看起来比我爸年轻！"

她说得虽然有点儿夸张，但也不是凭空乱说。宁守义虽然没有妻子照顾，但一直坚持运动，精神面貌很好，也不显老，走出去说跟宁时谦是兄弟，没人不信。

她的话自然逗得宁守义大笑："然丫头这张嘴，就是讨人喜欢。可惜不是我的女儿，不然，有这么个宝贝陪着，病都好得快些！"

白一岚却瞟了眼厨房的门，面上笑着，心里犯嘀咕了，本来是打算送给你家的，可惜啊，你儿子也太心急了，这就等不得了……

女人的心思总是小些，心尖尖上住的都是自己家的人，自己的宝贝女儿怎么看怎么好，今天宁小四这情况算是让白一岚彻底凉了心。

萧城显却在为宁守义着想，当真劝他："老宁啊，时谦说的不是没道理，你一个人住这儿的确不是回事，现在儿子大了，懂得孝敬你了，你就顺他的意思，搬去和他一起住呗。"

宁守义几十年也没和谁说过心里话，如今病了，也多了些柔肠，低头叹道："不怕你笑话我，老萧，几十年了，我这家里一点儿都没变过，看见没，时谦一岁那会儿第一次评上健美儿童的奖状还是他妈妈亲手贴上去的，那天可把她给乐坏了，笑得跟朵花儿似的，我现在还记得呢！这人虽然走了这么些年，可我住在这家里，就觉得她还在，晚上回来开着灯，坐这儿看会儿电视，我就能感觉她还坐在边上给我和儿子织毛衣，边织边跟我说儿子今天又干了什么坏事……"

宁守义说着，眼眶有些湿润，又觉得自己十分失态，一开口就没刹住，说得多了些，这还有弟媳和侄女儿在呢，实在不像话，立马把话岔开了："丫头，你苹果削好没？"

"哦，好了，就好了。"萧伊然其实早红了眼眶，原来宁伯伯不肯搬家竟然是因为这套旧房子里有他这一生的爱情回忆，这些家具想来都是当年结婚时置办的吧？上回她还在宁伯伯面前嫌弃他家里东西旧呢，她记得还说他家像历史博物馆，真不应该。

萧城显便不好再劝了："不然，叫时谦住回来也行啊！"

宁守义摇摇头："他年轻人有他年轻人的世界，没得在我眼前还招我烦！放心吧，老兄弟，我自己心里有数，死不了！"

萧伊然最听不得这些，不管怎样，她也是半个在宁家长大的小孩儿，宁伯伯真心疼她，她对宁伯伯的感情也跟亲人似的，听着这些话，难受得想哭。茶几上有水果碟，她便在碟子里把苹果切成块儿，用牙签插上给他吃："宁伯伯，吃苹果，不能吃多，就吃一小块儿，吃多了待会儿吃不了饭了！"

她说话的语气，完全像哄小孩儿。

宁守义乐了："这闺女真贴心！老萧、弟妹，你们有福气！"可惜，他瞧这个月儿子和徐素天天一起往医院跑的情形，只怕这闺女以后是别人家的了。唉，和徐素比起来，他还是更喜欢然丫头一些，这可是他老早就看中的儿媳妇呢，可是，这种事不能勉强，只能说缘分使然啊！

四个人说着话，厨房里菜也炒得差不多了，

宁时谦一盘一盘端出来，都是十分清淡的菜，很适合病后初愈的宁守义，菜的颜色和摆盘，也看得出，这掌厨的人厨艺十分不错。

"萧叔叔、白姨，坐下一块儿吃吧！"宁时谦摆好凳子，多拿了三副碗筷。

“不不不，我们已经吃过了！吃了来的！”萧城显忙道，“就是纯粹来陪你爸爸说说话，你们吃吧，我们就先回去了！”

其实萧伊然还没吃呢！不过，她也没有留下来吃饭的打算，站起来准备和爸妈一起走了：“宁伯伯，我们走了，您啊，这回可要乖乖听话，好好养病，养好了才准去上班！您是长辈，又是领导，可要起带头作用的！”

她太了解宁伯伯了，工作起来不要命的一个人！她记得小时候，有一回宁伯伯受了伤，还打着石膏呢，就从医院逃跑了……

“好好好！”然丫头这孩子，每说一句话怎么都这么可乐呢？宁守义是真的高兴，当下便答应了，“好好好！都听然丫头的！你是领导！”

萧城显也笑了，笑容里有为父的骄傲。女儿小时候虽然任性调皮，如今却可人又乖巧，当真是小棉袄。

“那老宁，我们就先走了，下回咱兄弟俩再好好唠！”他这是要告辞了，却发现自己老婆还站那儿不动，于是催了声，“一岚，走了啊！”

白一岚正关注着厨房里呢，想看看宁小四选的女朋友是个什么样儿，可这个老萧今晚净坏她的事！她不由得狠狠瞪他一眼。

萧城显无辜得很，也很茫然。

正好，这时候徐素端着最后一碗汤出来了，宁时谦一见徐素立刻迎了上去：“我来我来，别烫着！”

白一岚心里更堵了，见不得宁小四对别的女人这般勤劲，于是萧城显又遭了殃，被白一岚在胳膊上用力一掐。

“不是说走了吗？”白一岚说话还是温温柔柔的，手上的劲却不小。

萧城显哭笑不得，刚才不是她自己一直不动吗？

“时谦，去送送你叔叔阿姨。”宁守义抬手催了催儿子。

“好！”宁时谦擦干手，拿上外套。

“不用不用！又不是外人！外面冷，你就别出来了！”萧城显把宁时谦往回赶。

“走吧，这楼道灯也不太亮，我给你们照照亮。”宁时谦穿上外套，还顺手拿了手电筒。

下楼的时候，宁时谦打着电筒走在最后面，这样前面的人就都能看着亮：“白阿姨，您小心。”他还伸手在白一岚身后虚扶着，防止白一岚万一踩空他可以及时扶住。

宁时谦一直把他们送上车，萧伊然一头钻进车里就缩在了黑暗中，再不冒头了，任爸爸妈妈和他告别。

“萧叔，您开车慢着点儿啊！”宁时谦在外面跟车里的人挥手，“阿姨，再见。”

“哎！行！你回去吧！”萧城显把窗户关上，车开动起来。

直到驶出宿舍区，白一岚才忍不住了：“这男人啊，忘性真是大！”

萧城显预感自己又快变成那条总是被殃及的池鱼，马上讨好地说：“一岚，你得具体问题具体分析，不能以偏概全，以个体代替全部。你得说谁！具体到哪个男人忘性大！不能一竹竿打翻一船人是不是？比如说我，我就不是一个忘性大的人！”

“瞧瞧你那样儿！我说一句你辩解了十句！可见你心虚！”白一岚没好气地对丈夫说，不过，她心里有更气的事，所以没继续跟他较真儿，“我说宁小四！有了女朋友，可不得了！一句话也没跟我们然然说！划楚河汉界呢？撇得这么清，跟谁巴着他似的！”

“妈！他谈他的恋爱，您干吗把我给拉进来！”萧伊然摇着妈妈的肩膀抗议。

白一岚被她摇得一晃一晃的，索性伸手揽了她：“别晃，晃得我头晕！”想了想，她又道，“也是，跟你有什么关系！那也是你们同事吗？”

“谁啊？”萧伊然靠在妈妈肩上有些困了，这几天她几乎没法成眠，这会儿旅途归来，累极了，想来今晚能睡个好觉了。

“就那个啊！”白一岚不满地戳了戳她，觉得她装傻，“宁小四的女朋友啊！”

“哦，徐姐啊！是，跟我不同科室，也不在一块儿，她跟宁……四哥是一栋楼的！”萧伊然闭上眼睛，真的想睡了。

“你叫徐姐？她看起来的确不年轻了，多大了？”白一岚说是不关心，但女人大概总是口是心非吧……

“具体多大我也不清楚，但我往常听四哥也叫徐姐的。应该比四哥大点儿吧！妈，您别在背后说人年龄好吗？这多不礼貌啊！”

“然然说得挺有道理，我看这姑娘挺不错，有礼貌，会照顾人，厨艺也不错，宁家需要这样一个女人，他爷儿俩也该过过有人关心有人疼的日子了！”萧城显适时地发表了自己的意见。

萧伊然在白一岚肩上也小鸡啄米似的点头：“对，我也觉得挺好，四哥他从小就没有妈妈，虽然亲戚朋友家的女人都对他不错，但到底不是亲的，还是不一样，有徐姐这样的人照顾他，大概也能弥补他从小缺失的温暖。徐姐是个好人，也漂亮，从前也是警花来着。”

“我……我也没说她不好啊！这不……好歹我也是看着宁小四长大的，出于长辈的关心，对他的终身大事多加打听也没错吧？说得好像我成了恶人似的！再说了，什么叫他爷儿俩没有人关心没有人疼，我们家对宁小四还不好啊？但凡有一颗糖，还能抠半颗给他留着！”

末了，白一岚又想通了，也罢，这俩孩子一起长大，这么多年都没发生不该发生的事，闺女最后还爱上了别人，现在又落得这样的结局，也是他俩没缘分吧！

“算了算了。”她轻声嘀咕，“我操心别人干吗，我自己家闺女天下无双，我还不如多操心自己闺女。”

“妈，瞧你说的，我没有那么好……”萧伊然喃喃地道。

“怎么不好了？在我眼里，天底下就没女孩儿比得上我闺女！”

萧伊然笑了：“妈，那您不是王婆卖瓜啊？我真没那么好！您看，我性格不好，脾气也不好，成天捣乱闯祸，任性得恨不得地球从东往西转，不会做饭，不会做家事，连洗个衣服都洗不好，除了打架一无是处，我就是个废柴，还是从里坏到外的废柴……”

萧伊然说着，眼神便恍惚起来，视线放远，落在窗外不知名的地方，完全没有听见白一岚对她这番话的强烈谴责……

爷爷的情况似乎又糟糕了些，外面住的那些儿子孙子通通不认得，每天住在一起的萧伊然和爸爸妈妈，爷爷有时候也会恍惚。

爷爷唯一永不会认错的人只有奶奶，只是思维一会儿在现在，一会儿回到几十年前，糊涂的时候，除了奶奶，还不让旁的人近身，把奶奶累得够呛。

萧伊然开始把所有空余的时间用来陪爷爷。虽然爷爷常认错她，可是陪在爷爷身边，和他说说话，聊聊往事，她也能给奶奶减轻点儿负担。

她也愿意陪着爷爷。她和爷爷之间好像转换了角色，二十年前那个陪着她玩儿、哄着她的爷爷如今变成了孩子，开始由她带着爷爷玩儿。

比如，最近爷爷不知从哪儿鼓捣出一个破收音机，成天就抱着收音机听，看见她，还会对她说："点歌，给顺顺听。"

旧收音机里除了沙沙声，不会再有唱给顺顺的歌，萧伊然便现学了《花儿为什么这样红》《大阪城的姑娘》等老歌，唱给爷爷听，唱给"顺顺"听，爷爷听了会露出很开心的表情。

周末的时候，气温回升，冬日里出现难得的蓝天白云和暖阳。

萧奶奶见外面没有风，便要带萧爷爷去公园晒太阳。

萧伊然帮着奶奶准备了水和吃食，陪着爷爷奶奶一起逛公园去了。

她找了张长椅，扶着爷爷坐下，爷爷看着公园骑车玩儿球的孩子，乐呵呵地指着一个拍篮球的男孩儿说："城显！"

萧伊然笑了笑，爸爸年轻时是爱打球的。

萧奶奶便和他说起了儿子小时候的事，爷爷有时候也能插上一两句，比如，"篮球冠军"，一会儿又变成，"城显尿床"……

虽然话题颠三倒四，这幅画面却很温馨。

"然丫头！"不知何处传来一声呼唤。

萧伊然一看，不远处，却是宁时谦和徐素陪着宁守义来了。

世界真小，他们两家隔得不远，这中间也的确只有这个大公园了。

"宁伯伯。"她忙站起来。

"丫头乖！萧伯伯、伯母，你们也逛公园呢！"宁守义笑着说。

他是坐轮椅来的，宁时谦推着，低着头叫了声："爷爷、奶奶。"

"哎！"萧奶奶答应着，指了指宁守义，"小义子，还记得吗？"

"小义子？"萧爷爷有点儿茫然的样子，忽然又说道，"小义子抄城显作业！"

一时大家都笑了起来。

萧奶奶明显注意力在徐素身上，边笑边不时打量两眼。

萧爷爷却盯着徐素手里提着的老式饭盒。

萧伊然暗暗叫苦，爷爷现在对老式的东西尤其感兴趣，这不是要人家饭盒了吧？要是人家还以为他要吃的，多丢人……

果然，宁守义看见他的眼神了，笑道："时谦，把盒子里的吃的拿出来，我们也坐在这儿晒晒太阳，吃些点心吧。"

"好！"宁时谦把徐素手里的饭盒打开，里面是煎得黄黄的韭菜合子，还有鸡蛋摊饼。

萧奶奶都能看出，明显是这个女人的手艺了，宁家这俩大老爷们儿是做不出来的。她心里是不舒服的，笑着拒绝了："不用了，我们出来才吃了东西，自个儿也带了，老头儿子就是看着这饭盒好玩儿，不是真要吃。"

奶奶刚说完，萧爷爷就指着韭菜合子说："吃，吃。"

萧奶奶脸都黑了。

宁守义笑了："伯母，吃吧，又不是什么金贵东西，家常玩意儿，小徐自己做的，手艺还不错！尝尝！"

"你啊！胃不好，待会儿吃多了又积食！"萧奶奶虽然不乐意，可是又不忍心让萧爷爷不高兴，"只吃小半个啊！"

她到底还是掰了小半个喂给他吃，宁守义便问起爷爷的病情。

"时好时坏。你呢？怎样了？"萧奶奶边喂萧爷爷边看了眼宁守义坐着的轮椅。

宁守义笑："早好了，臭小子管得紧，不让劳累，走个路都不行了！还有然丫头啊，可是对我下了通牒的！我哪儿敢不听呢？是吧，然丫头？"

这三人的到来，围住了长椅，也挡住了阳光，一时让人感觉有些阴凉。

萧伊然自他们来就没怎么说过话，被宁守义点名，看着宁守义笑："宁伯伯，还好这儿没外人，不然让别人听见以为我这么凶，我可怎么嫁得出去！"

若是从前，宁守义也许会说，嫁不出去嫁到我们宁家来！可是，现在不能说了啊！宁守义想着身后的两个人，有些遗憾，不过，也仅仅转瞬即逝，毕竟小徐是相当不错的姑娘。

萧奶奶也想到了这个问题，宁小四可是她心心念念想要的孙女婿，此刻只觉得心里不得劲，人都是自私的，不管别的姑娘千好万好，心里向着的始终是自家宝贝。好好的一个周末，萧奶奶不太想看这些糟心事，把萧爷爷扶了起来："老头儿子，咱们说好了要多走走，锻炼身体的，可不能老坐着了！来，然然，扶爷爷起来。"

"好！"萧伊然用纸巾给爷爷擦了擦嘴，挽住爷爷的胳膊。

"奶奶，我来吧！"宁时谦却站到了萧奶奶那侧，搭住萧爷爷的另一只胳膊。

"不用不用！"萧奶奶忙道。

"奶奶，我来！我力气大，扶得稳一些！"宁时谦强势地将爷爷搀了起来。

萧爷爷看看萧伊然，又看看萧奶奶，眼神忽然慌了："顺顺！顺顺！"

"我在这儿！在这儿！"萧奶奶马上把宁时谦挤开了，笑着解释，"老头儿子现在不喜欢让外人靠近，谢谢你了啊，时谦。"

萧奶奶从前都是叫他小四的，现在觉得这俩字太亲昵了，还是时谦合适。

宁时谦笑了笑，凑到萧爷爷面前："爷爷，我是宁家的小四啊！以前陪您喝酒的！还记得吗？"

萧爷爷却像没听见一样，指着远方卖小吃的道："顺顺！顺顺！"

"好好好！看见了！我们去买！"萧奶奶搀着老伴儿，笑道，"那我们走了，守义，你也要好好保养身体啊，年纪不小了！"

萧伊然帮爷爷理了理围巾，说了句"宁伯伯再见"，便头也不回地走了。

走了几步，她却听见后面有人喊："十三！十三！"

他？叫她？

萧伊然回头，看见宁时谦提着一个水壶跑过来，公园里枝叶萧条的背景下，他身穿墨绿色短款棉服，移动的身影变成冬日阳光下唯一挺拔的苍翠。

“水壶没拿！”他跑到她面前，说话时呼出的气儿冒着白烟。

“谢谢。”萧伊然伸手去拿。

宁时谦却拿着不松手，僵持片刻，他将水壶挂在了她的脖子上：“去吧。”

“嗯。再见。”

越过他的肩膀，她可以看到远处的宁守义和轮椅后的徐素。脱下警服的徐素，温婉得像一朵安静的兰花。

天气好，公园里人也多，来了好些跳舞打腰鼓的老爷爷老奶奶。

萧爷爷平时就爱看这些热闹，萧伊然也就和奶奶陪着他挤在人堆里看。

看渴了，爷爷要喝水，萧伊然取下水壶倒水给他喝，却不料人太多，挤来挤去，被人一撞，水壶掉地上，水也全洒光了。

萧伊然无奈，对萧奶奶道：“奶奶，我去便利店买瓶水吧，您和爷爷在这儿等我！”

“好！”萧奶奶答应了。

萧伊然买水不过二十来分钟的时间，回到跳舞的地方，却发现大家舞也不跳了，围在那儿不知在干什么。

她凑上前去，却听见奶奶的哭声：“这可怎么办啊！老头儿子啊！”

她吓坏了，挤到奶奶身边：“奶奶，怎么了？爷爷呢？”

萧奶奶一见她哭得更厉害了，抓着她的手臂满脸是泪：“然然，都是奶奶不好！没看好你爷爷，爷爷他……他不见了！”

“怎么不见的？在哪儿不见的啊？”萧伊然也急了，不过，还是先安慰奶奶，“奶奶，您别急，您慢慢说，说清楚，我去找！”

“就你去买水的时间，我和你爷爷在这儿看跳舞呢，我一错眼，就没看见你爷爷了！我这四周都找了，没找着！丫头，我可怎么办啊？”

“奶奶，您别急，您先找个地方坐着休息，我去找！相信我啊！爷爷走路慢，走不了多远的！我一定把爷爷找回来！”她一边扶着奶奶到一处凳子上坐下，一边把爷爷的特征说给围观的人听，“拜托，拜托大家，如果看到这样一个老人家，请您把他带到这儿来或者打我的电话！”

她把电话号码报给大家以后，便迅速跑离人群，然而，她刚冲出去，就撞到一个墨绿色的身影上。

“怎么回事？”宁时谦抓住了她的肩膀。

萧伊然没工夫跟他解释，匆匆一句：“我爷爷不见了！”便甩开他的手找爷爷去了。

身后，她听见他在问奶奶：“爷爷身上放名牌了没有？”

“没有！我想着，我反正寸步不离地守着他，不会有事儿的，所以从来没想过给他挂个牌儿，我……都是我的错……”

奶奶哭得更伤心了，萧伊然也跑得更快了。

找人这事，说起来容易，真正找起来却全无方向。

她一边找一边通知了爸爸妈妈，相信很快整个家庭所有人都会知道了，之后，她又给这个片区的派出所打了电话，那样找起来就容易得多。

然而，发出去这么多信息，萧伊然所得到的回音都是，暂时还没找到……

傍晚，她接到家里的电话，早已被爸爸接回家的奶奶在电话里哭：“然然，你说他能去哪儿呢？能上哪儿去呢？都怪我不好……”

是啊，她也想问，爷爷能去哪儿呢？但她还是安慰奶奶，保证一定将爷爷带回来。

萧伊然这边刚挂电话，立刻又有电话打进来了，是他。

“喂？”在外面跑了一天，她顾不上吃喝，嗓子都有些哑了，心里焦躁的是爷爷也一天不吃不喝的，一定又饿又渴吧？这大冬天的，一个人找不着家，会不会冻病了？会不会摔倒？萧伊然想着这些，仿佛看见头发花白的爷爷独自在冷风里迟钝而又茫然的样子，心里难受得不行，听得他的声音在那头叫十三，眼泪差点儿都掉下来了。

“十三，你赶快来我家！我找到爷爷了！”

一瞬间，欣喜充斥着每一个细胞，她和他之间有怎样的磕绊恩怨全抛诸脑后了，当下最要紧的就是爷爷！

“真的？”她的声音带着掩饰不住的喜悦。

“嗯！赶紧来！在我爸这边！”

萧伊然飞速赶去了宁家。

还在街口，她就看见灰白暮色下的街边，蹲了两个人，一老一少。

老人身上套着件棉大衣，脖子上围了厚厚的围巾，都不是他自己的；年轻人蹲在他对面，还穿着那件墨绿色的短棉服，手里在忙活着什么，一老一少的视线都凝在年轻人的手上。

爷爷怎么会到这里来？两人为什么又蹲在街上不进屋？

萧伊然把车停在路边，朝他们走近。

越来越近，她才发现宁时谦手里拿着的是一把刀、一块木头，不知道在削什么，而爷爷，极认真地看着他手里的活儿。

萧伊然看着这幅画面，无端地，心里就热了起来，好似小时候奶奶蒸包子时揭开了蒸笼，热乎乎的，蒸汽直往上冲，冲得眼底也热热的，连带着视线都变得模糊不清了。

爷爷看得那么认真，旁边多一个人也没察觉，宁时谦倒是知道她来了，抬头看了一眼，对她点点头。

萧伊然也蹲了下来，发现他手里在削着的是一个木头陀螺，刚开始削没多久，还是个半成品。

“我们从外面回来，看见爷爷站在这里，我就给你打电话了。我本来想叫爷爷进家里等的，可爷爷说要等顺顺，又说要削陀螺，我只好给你打电话，让我爸给找了木头和刀来，在这里削陀螺陪爷爷。”

他的声音她听了二十几年了，自她出生，这个声音就伴着她一块儿成长。她慢慢长大，这声音也经历了清脆的童音期、尴尬的变声期和如今低沉的成熟期，无论哪个时期，她都再熟悉不过。

他不是个特别温和的人，有时候脾气还挺暴躁，所以他说话并不是那么温柔，一旦发起火来还挺吓人的，只有对她，却总是这样温和的语气，好像说每一个字都极有耐心，特别安静的时候，都能感觉到他喉音的颤动。

地上还放着一个保温盒、一个保温水壶。

她看了一眼，便听他又道：“爷爷不肯进屋，只好在这儿让他喝点儿热水，吃点儿东西，刚吃过。”

萧伊然默然不语，只看着他灵活的指头转着陀螺，木屑一点儿点往下落，落在地上的小袋子里，这一刻，似乎全世界都只剩下小刀擦着木头的声音了……

难怪爷爷看得那么入迷……

一阵冷风吹过，木屑都飞了起来。

这样的天气，不吹风还好，一刮风，就冷到了骨子里。

萧伊然手忙脚乱地把地上的木屑都捡到小袋子里，扶着爷爷，一手拨着她被风吹得到处飞的头发，说：“爷爷，咱们回家吧，太冷了，奶奶在家等你呢！”

萧爷爷看了看她，却是不肯：“顺顺下班，接顺顺。”

奶奶年轻时候是护士，常常三班倒，那时候爷爷总是亲自去接奶奶下班……

萧伊然含了泪：“爷爷！顺顺在家里等您呢！咱们快回去吧！不然顺顺该等急了！”

萧爷爷似乎听明白了，眼睛却不舍地看着宁时谦手里的陀螺，指着：“要削陀螺，给城显玩。”

萧伊然只好朝宁时谦伸出手，“这个给我吧，今天谢谢你。”

宁时谦看着她，把陀螺交到她手里，她拿着晃了晃：“爷爷，我们拿回家去削好不好？顺顺在家里等着呢！”

萧爷爷不说话，半晌，指着宁时谦：“他会削！他削！”

萧伊然无话可说了。

宁时谦笑了笑：“不如这样吧，你还是劝他去我家，我很快削好，你们再带回去，这样也能让爷爷正经吃顿热饭，喝点儿热汤，今儿一天他中饭也没吃，就刚才吃了点儿鸡蛋饼。”

萧伊然想了想，也只能这样了，总比在这儿站着吹冷风好，而且，爷爷确实该吃点儿热乎乎的东西。

从公园到这里，说远不远，对如今的爷爷来说，走过来还是挺难的，也不知道他怎么走到这个地方来的，更不知吃了多少苦头，宁时谦说他们回家的时候才找到，那这一天爷爷都是在挨冻……

萧伊然无法再想下去，难过得想哭，却也听从了宁时谦的建议，点点头，把陀螺交还给宁时谦，劝着爷爷：“爷爷，他给削陀螺，我们去家里让他削好不好？这里太冷，会冻病的，生病了就要吃药，可难受了。”

萧爷爷想了半天：“生病？顺顺要打针。”

“对！生病了顺顺要给打针，我们去家里好不好？去家里就不会生病了！”她趁机道。

她劝了半天，总算是把爷爷给劝动了，肯挪动位置，离开这个地方，最后，他又还想起来：“接顺顺下班！”

萧伊然已经习惯了爷爷这样的颠三倒四，忙接上：“顺顺在家里了！”

萧爷爷这才由着他俩把他搀起来走。

也不知道是蹲久了，还是冻木了，萧爷爷一挪脚，却没站住，整个人重心往下倒。

萧伊然吓坏了，轻叫一声，用力撑住。

她只能庆幸，另一侧还有一个宁时谦，不然这个子相当大了，她一个人无论如何也撑不住爷爷。

看着被宁时谦紧搂住的爷爷，萧伊然终于没能忍住，一整天的担忧和心酸都爆发了，轻泣一声，哭了出来。

宁时谦扶爷爷站稳了，把陀螺塞到她手里：“没事没事，别哭，有我在。”

说完，他站到爷爷前面，将爷爷的双手拉到肩上，一用力，把爷爷给背了起来。

他的步伐很稳，冷风中，暮色又深了几分，数秒之间，街灯点亮，她便在这冬日暮色里踩着他的脚印去他的家，灯光将他和爷爷的影子投射在地上，很长，很长。

她看着前方雾蒙蒙的暮色，还有暮色中模糊的灯光，怀里抱着一堆东西，抽泣得停不下来……

家里暖气热烘烘的，萧伊然觉得毛孔都舒展开来，在外面冻了一天的爷爷只怕更加舒服。

宁时谦把萧爷爷安置在沙发上，徐素立刻用托盘端了三碗姜汤过来，这是给他们仨一人一碗了。

萧伊然从小就不爱喝这个，有时候在外玩儿得冻着了回去，奶奶逼着她喝，她怎么也要好一阵撒娇的，最后都是宁时谦耐心地哄着她，一口一口喂给她喝。

当然，那是小时候了，她如今是不能那么任性了。

“谢谢。”她先端了一碗喂爷爷，“我等会儿喝。”

三人进来时，陀螺便搁在了茶几上，宁时谦顺手又拿了起来，继续削。

徐素便把姜汤端给他：“你把这个喝了。”

“我不用！”他是个糙汉子，和老头儿混着日子长大的，除了幼时在萧家被奶奶逼着当萧伊然的榜样喝过几回，自己什么时候有这样的讲究?

“你得喝了！每个人都要喝！赶紧的！我那儿正炒着菜呢！”徐素不由分说把碗往他面前又推了推。

这样命令的语气，在徐素那儿却是少见的强势。

宁时谦无可奈何，只好接过碗，也不管烫不烫，咕噜咕噜一口气喝干了。

萧伊然全心全意地喂着爷爷喝姜汤，吹一吹，再哄着爷爷：“爷爷，张嘴，啊——”

那情形，全然像大人哄着小孩儿。

宁守义看着，不禁打趣：“我们然然可是真的长大了，如今也会照顾爷爷了！”

想当初，那个十来岁的萧伊然来家里玩儿，还不愿意好好吃饭，只有儿子有办法拘着她坐在面前不动，一勺一勺喂给她。

“宁伯伯，人总要长大的啊！”萧伊然轻轻说。

身边削陀螺的人，一直在削陀螺。

徐素动作麻利，一会儿便做了一桌子菜。

该吃饭了，萧爷爷却因为在外走了一天，累着了，靠在沙发上睡着了。

“然丫头，你自己过来先吃吧，爷爷刚才吃了些饼，也没空着肚子，等会儿醒来再吃点儿。”宁守义朝萧伊然招手。

萧伊然却在犹豫。之前她来宁家，是因为爷爷非要陀螺才上来的，不然她直接带着爷爷回家了，现在爷爷睡着了，也不要陀螺了，是不是该马上回家呢?

“宁伯伯，不然……我还是回去吧，家里人着急。”只是爷爷睡着，她是叫醒他，还是又请人背啊？

“急什么！”宁守义不赞成地道，“你肯定也饿一天了，先吃点儿垫垫肚子，爷爷累了，让他休息下，急着回去干什么？是嫌弃宁伯伯家的菜不好？”宁守义却知道，这丫头大概是和他家生分了，原因是儿子有女朋友了吗？可不管怎样，他和萧家诸位兄弟的情分总是在的，不能因此就连两家的旧情都淡了。

话说到这个份儿上，她不吃也不行了。

萧伊然在餐桌边坐下，听得宁守义叫宁时谦：“你不来吃？你还要我请啊？”

宁时谦还在那儿削陀螺，头也不抬：“我削陀螺，削好再吃，等下爷爷醒来要带走的！”

宁守义也就不再说他了，只招呼萧伊然多吃点儿，还给她盛汤，倒让她过意不去，忙站起来：“宁伯伯，我自己来。”

“好！你自己来！”宁守义就是喜欢她不拘束的活泼性子，如今儿媳妇当不成了，总还是侄女的，女孩子要像她从前那样大方活泼才好。末了，他又劝徐素，“小徐，你也多吃点儿，这些日子辛苦你了。”

“哪里，应该的……”徐素低下头去。

她皮肤很白，一低头便显得她纤细的脖子线条很美，白皙中还隐隐透着粉红色，再一看，脸色都泛了红晕。

这是害羞了？

萧伊然赶紧低头喝汤。

都说徐素厨艺很好，萧伊然吃在嘴里，却食不知味。宁守义见她光喝汤不吃菜，又给她碗里夹了好些菜，她不得不求饶：“宁伯伯，我实在吃不下了。”

坐在一旁的徐素站了起来：“萧警官空着肚子，可能吃这些也没胃口，我熬了粥，养胃的，你先喝点儿润润。”

“不……”萧伊然刚想说不用了，徐素已经进厨房给她盛去了。

徐素，真是一个贤惠的好女人……

只是，萧伊然并没有来得及喝粥便响起了敲门声。

“大概是我爸爸他们来了！”她居然松了一口气，跳起来去开门。

果然，何止是爸爸妈妈，不知来了多少叔叔伯伯、堂兄堂弟，知道的晓得是来接人，不知道的还不定以为来干吗呢！

宁家那么小，这么多人进来根本装不下，还闹哄哄的，感觉这天花板都要吵翻了，于是大家也不耽搁了，来了那么多男丁，轻轻松松就能把睡着的爷爷给弄走了，萧伊然也如释重负收拾了东西跟着走人。

“等等，这个好了，拿回去给爷爷吧。”宁时谦追到门口，把陀螺交给她。

萧伊然犹豫了一下，其实想说，以爷爷现在的状况，醒来肯定已经把陀螺这回事给忘了，不过，她没有说，还是收下了陀螺，道了声谢谢。

一场虚惊之后，生活重新回到原来的轨道。

尽管不愿意，萧奶奶还是让萧伊然写了张小卡片，放在爷爷的衣兜里，对爷爷的照顾也更加细心了，当真是眼睛一秒钟也不离爷爷。

不知不觉快要到新年了，年底商家们可着劲做活动，愈加把新年渲染得热热闹闹。

大学以前的萧伊然是爱美的小姑娘，喜欢漂亮的裙子精致的饰品，爱偷穿妈妈的高跟鞋、偷用妈妈的彩妆，后来从警之后，这些女孩儿的东西鲜少能派上用场了，但不代表她不喜欢，然而，今年她是真的一点点儿心思都没了。

白一岚心疼女儿，便在萧伊然轮休日的时候强迫她陪着自己去逛街。后来逛累了的白一岚决定母女俩过二人世界，就在外面吃饭了。

餐厅是萧伊然喜欢的，她知道，这是妈妈的好意，不过，当她在餐厅偶遇所谓的熟人——妈妈朋友的亲戚的大姑的儿子，她就知道，这份好意有点儿过了。

“妈……”萧伊然无可奈何地看着妈妈。

白一岚把她按在座位上，便和对方聊起了天，再然后就狗血地要去洗手间，临去之前还给他们做了个简短的介绍。

“妈，您这一去洗手间还会回来吗？等会儿我怎么回家？”萧伊然不客气地问。

“这是张铎。”白一岚狠狠瞪了她一眼，然后对男孩儿笑，“你们俩先聊着，我一会儿就来。”

人走了，剩下萧伊然和对面这个……嗯，张先生吗？好像姓张，大眼瞪小眼，至于聊天，这样的情形好像似曾相识，也许她可以借鉴下。

“萧警官是吗？”男孩儿笑了笑，“不知道怎么称呼你好，这样不唐突吧？”

“嗯。”她今天就是黑毛衣套大衣出来的，此刻大衣脱了，一件黑毛衣衬得她原本十分娇美的五官多了些冷硬气质。

张铎开始主动找话题：“不知道萧警官平时有什么爱好？喜欢看电影吗？”

电影？这个话题的回答她这里可是有份标准答案的，萧伊然回忆了一下，点点头：“看啊，尤其喜欢看侦破类的，上次有个片子，关于一个杀人案的，死者腹部中十几刀，肠子都出来了……”

她正打算绘声绘色地把肠子的形状好好描述一下，就感觉到身边多了一种压迫感。

萧伊然抬头一看，他怎么来了？！

宁时谦看起来清瘦了一些，显得整张脸更加轮廓分明，也穿了件黑毛衣，外套搭在手上，站在她旁边。

萧伊然暗暗摇头。

也许是她的偏见，像她这样在警校成长的女孩儿，所见男子都是背脊挺直、形容刚硬、气质宛若雪地青松的硬汉，行走带风，坐立有骨。

这个张先生吧，单单坐这里也算得上是气质优雅的英俊小生，可是宁时谦这么一出现，这人就完全不能看了。

大概个人眼光不同。

只是，他今天怎么会出现在这里？还那么巧合让她遇上了？

宁时谦也不打招呼，直接坐在她身旁，问她：“你朋友？”

萧伊然有点儿莫名其妙，胡乱点了点头。

“你好。”宁时谦朝张铎伸出手去。

张铎还陷在这是什么人的迷糊里，糊里糊涂跟宁时谦握了握手，点点头：“你好。”

“今天买了些什么？”宁时谦拿过萧伊然面前的水喝了一口，似乎觉得太冰了，皱了皱眉，叫来服务员，“换杯热的来。”

末了，他又跟萧伊然说：“告诉过你多少次，不要喝冰水！”

萧伊然觉得自己错乱了，这个人……今天没病吧？“你……”她太震惊了，张了张嘴，却找不到词可以说。

服务员加了杯热水过来，宁时谦给搁在她面前了，又捡起了之前的问题问：“今天逛街买了些什么？”

萧伊然还半张着嘴，不知道眼下到底在上演哪一出，半晌，她喃喃道，“给爷爷奶奶买了些东西。”

宁时谦握着水杯，手指压在玻璃杯壁上，透过水的折射，指腹好像被压扁了，白白的。

“我呢？”他轻轻转动了一下杯子。

“啊……”萧伊然以为自己听错了。

“没给我买？”宁时谦一副头疼的样子，“我的袜子和内裤都没有换的了！”

这、这、这……好像有点儿不对劲，这种对话萧伊然从没遇到过，一时脑子打结，不知道是什么意思，又该如何去应对。

宁时谦默了默，又道：“算了，我一半的袜子在你家，不然我等会儿去拿吧！”

他的确有些衣物在她家，但是，她脑子现在处于死机状态，怎么戳都戳不通啊！

对面的张铎，脸上那叫一个五颜六色……

就在此时，宁时谦的手机响了。

“不好意思。”他也很有风度，接起电话，“喂？嗯……嗯……我马上过去。”

极短的一个电话，他立马变得十分严肃急迫，一把抓住萧伊然的手腕：“走！赶紧！紧急出警！”

萧伊然想说，他出警关她什么事？她又没接到警犬大队的电话！

可是，他手指跟铁一样，拎着她，快把她的肉都揪下来了，萧伊然整个人被他提离了座位。

“不好意思，先走了。”临走，宁时谦还没忘记跟人道歉。

萧伊然被他拉离餐厅，到了外面，他把她的外套给她套上，刚才还笑得风度翩翩的脸此刻乌云滚滚的。

萧伊然觉得手臂被他勒过的地方胀疼胀疼的，没准儿明天就肿了。当下自己揉了揉，皱着眉问："你发什么疯啊？"

"萧伊然！"宁时谦改捏她的下巴骨，咬牙切齿地叫着她的名字，"你可真能折腾啊！"

她想说两句，却一句话也说不出来，腮帮子被人捏着呢。

宁时谦看看时间，吃饭是吗？也好！应该也差不多了，于是钳住了她的手腕，拖着她往停车场走。

"你干什么？你干什么？放开我！"萧伊然用力挣扎。

然后，这个男人把她拽上了车，一直臭着一张脸。

车在一家中式餐馆前停下，门口挂着大红灯笼，怪喜庆的。

"下车吧。"宁时谦黑着脸说。

这是吃饭？萧伊然猛然想起一件事，她被他拎出那边餐厅的时候，包没带出来。想起上次带他相亲的经历，她问了句："确定你请？我没钱。"

宁时谦差点儿又要吐血了，下车走到她那边，打开车门："下来！"

这是确定了！她肯定。

萧伊然正要下车，却看见餐馆里跑出一个熟悉的身影，这不是徐素吗？他带她来和徐素一起吃饭？

徐素也看见他们了，两眼红红的。

宁时谦觉得萧伊然眼神有异，不由得回头一看，也看见了徐素，两人面对面。

徐素一见他便捂住了嘴，眼泪哗哗流了下来，而后，一个转身就跑了。

"哎！"宁时谦朝她跑开的方向伸了伸手。

萧伊然见他迟疑不前的样子也有些恨铁不成钢！徐素一见他就哭肯定是受委屈了！他还跟个傻瓜似的杵在这里，活该他一辈子没有女朋友！

"你去啊！跟着去啊！"真是皇上不急，急死太监！她趴在窗口催他。

“你在这儿等着我！先进去也行！别走啊！”宁时谦匆匆交代一句，便去追徐素了。

萧伊然看着徐素上了出租车，宁时谦在那儿犹豫着回头看了看她这边，然后也跟着进了车里，车就开走了。

回到家里，萧伊然蹑手蹑脚地进屋，家里正在大战……

“萧城显，今儿你给我把话说清楚！”白一岚一双杏眼瞪着父女俩。

萧城显赶紧赔笑：“你这是何必呢？吓着孩子！”

“萧城显！”白一岚银牙一咬，明显是最后通牒了。

萧城显其实挺心虚的，媳妇气成这样，如果让她知道她娘儿俩的行踪是他透露给宁小四的，那他不得睡一个月书房？虽然他是不小心被宁小四套了话……

所以，也算是为了自保吧，他为难地推了推女儿：“闺女，跟妈妈认个错，下回咱不这样了。”

还有下回啊？

萧伊然暗暗掐爸爸的手臂，气得控诉，“爸爸，您卖女求荣！”

这成语是这么用的？

白一岚本来一肚子怒火，莫名其妙被女儿这句话给逗得要笑了，好不容易忍住，指指自己面前的地板：“你给我站过来！”

萧伊然慢慢地挪，快要到妈妈面前时突然喊道：“妈妈，子不教父之过！是爸爸说的，我一辈子不嫁人在家当老姑娘都行，他养我！”

说完她立马撒腿就跑！

她那身手，直接从茶几上飞了过去，对付宁时谦不大够，但对妈妈绰绰有余，一会儿，她便叫着奶奶往老人房里奔去了。

剩下的事情，交给老爸吧！

她隐约听见爸爸在客厅里喊冤：“我没说过啊！闺女离间我们的！她就是只小狐狸，你千万不要上小狐狸的当！”

“你们两个都不是好东西！”白一岚气得不行，偏偏这个宠女儿宠得没边的男人说起女儿是小狐狸的时候还一脸得意！你得意个什么劲？“从今天起，你搬去书房睡！”

果然受伤的又是他！

而此时的宁家，宁小四正在挨训，面对着的是臭着一张大黑脸的宁守义。

父子俩大眼瞪小眼，最后宁时谦叹气："爸，我也是为了您好，难得人家有心，人又好，我都不介意多个只比我大五六岁的妈，您还……"

"你给我闭嘴！"宁守义只差一掌掴过去了。

这一年来，这个儿子时不时带点儿东西回来，有时候是吃的，有时候是衣服，父子俩的都有，说是徐素给的。

他跟萧家丫头闹得这么僵，宁守义也看出来了，只道儿子有了新动向。

后来宁守义生病，儿子先是带着徐素去医院看他，然后又和徐素一起给他送饭，他便觉得这算是正式带儿媳妇到他面前了。

有时候这小子自己没有空，就徐素一个人来，宁守义也默认了这是儿媳妇的孝敬。

再后来，徐素就直接来家里做饭了，宁守义也只当她跟儿子关系又进一步了。

今晚吃饭，宁守义以为是正式认儿媳妇，可这时候来告诉他，徐素喜欢的是他？今晚吃饭不是认儿媳，是他和徐素的二人晚餐？

他承认自己今天对徐素态度的确不好，可是这也太荒唐了！

宁时谦也觉得无语："爸，您是怎么想的？我跟徐素？怎么可能啊！"

宁守义冷冷地看着他："我怎么想的？你怎么不问问萧家的人怎么想的？你萧奶奶！你萧叔萧阿姨！"

宁时谦哭笑不得，这个误会到底是怎么发生的？"我还以为只有十三那傻丫头脑子有问题！原来这么多人……"

好吧，他再怎么也不敢说他老子脑袋有问题，他怕遭雷劈！

"我，是我脑袋有问题……"宁时谦双手做防御状态，防止老头儿子的攻击。

他想了想，又觉得挺可乐的，虽然这时候乐有点儿不地道，毕竟把自己的快乐建立在徐素的痛苦之上。

宁守义看了看他，到底没忍住，一巴掌呼出去，打在他脑袋上：

"笑！你还笑得出来！"

宁时谦并没有被打疼，笑着从冰箱里拿了两罐啤酒出来，索性坐到老爹身边，打量了老爹一番。

"看什么？"宁守义虎着脸。

"看您帅啊！"宁时谦忍不住笑，"说实话，这祸到底是谁惹的？还不是您自己？如果您不是这么帅，怎么会有女人看上您？"

眼看宁守义又要打过来，宁时谦急忙抱着头求饶，末了，开了一罐啤酒递给他爹，憋着笑道："要不，连十三都说您年轻，咱们走出去，您更像我哥呢！"他说完笑出声，举着自己的啤酒在宁守义那罐儿上碰了一下，"来，咱哥儿俩好！"

宁守义气得挥起了拳头。

宁时谦赶紧跳开："别动气！千万别激动！您才从医院出来不是吗？"

"你老子我再进医院一定是你害的！"

宁时谦挪了个地方，遥对着老头儿喝啤酒，"别这么说啊！我怕被雷劈！"

"这会儿知道怕雷劈了？"宁守义想起今晚徐素在他面前表白那一幕，恨不得把这小子给吊起来打！就像小时候一样！

宁时谦喝了口啤酒，叹了口气："我说爸，真不行？您看看，没个女人，我们爷儿俩连喝个啤酒都没人给炸花生米。"

"那你赶紧把你的事解决了！你老子我娶了你妈，生了你这么个兔崽子，人生任务早完成了！你也赶紧把任务给完成！"

"不是……"宁时谦挺为难的，"我要娶回来的那个，她也不会炸花生米啊！"

"所以你就为吃个花生米把你爹卖了？"宁守义说起来又起了火，"我过我的！你过你的！嫌我碍事你就给我滚！你爱跟谁喝酒吃花生米跟谁去！别来我这儿碍眼！快滚！"

"不是……爹啊！您真不中意徐姐？徐姐是真心的！都喜欢您很久了！"宁时谦说着，又忍不住要笑。

"人家比我小十几岁！造孽啊我这是！"宁守义也不想再跟儿子多说

了，站起身往里屋去了，边走边撂下一句话，“臭小子我告诉你，你别再给我瞎张罗！否则，我这儿你不要再来了！我眼不见为净！别怪我不认你这个儿子！”

“哎……”回答宁时谦的是老头儿关门时砰的巨响。

房间里，宁守义坐在床边，端着那罐啤酒，凝视着墙上的照片。

照片上的人是初嫁他时的模样。

那日两个人开了介绍信去登记，然后就去照相馆拍了这张照片。

她向来喜欢淡雅颜色的衣裳，那日却穿了件大红的裙子，一头乌发烫了时兴的卷儿，比画报上的人物还美。

他是个大老粗，到现在都还不明白，她那么美那么好，还是画家，为什么会喜欢他？他可是连只猫都画不好，那时候也没有钱，她却义无反顾地嫁给他，好看的画画儿的那双手给他洗衣做饭，还心甘情愿给他生娃。

她嫁给他，他却没保护好她。

一转眼二十多年过去了，他记得的还是她年轻时的样子，一点儿也没变过，十分爱笑，笑起来就是照片上这个模样，温温婉婉的，左颊上现出一个小酒窝。

“守义……”

恍惚中，似乎传来她温柔的呼唤，熟悉得仿佛从不曾离开。

他的视线一片水雾模糊，心里某个地方又酸又软。

“我在呢。”他心中也有一个声音在回应，“我回来了，陪我喝一杯。”

床头柜上有一只杯子，宁守义给斟上酒：“现在我喝得少了，顶多喝点儿啤酒，臭小子管我管得紧，不让喝。小兔崽子啊，长大了，管得多了，还想给我娶个女人回来，可是，在我心里，你从来就没有走，这个家，又怎么住得进别人？”

二十多年了，都是这么过来的。无数个夜晚，一杯酒，或者一盏茶，和她的照片说说话，他一点儿都不觉得时间有多么难过。

就这样，挺好，他这辈子是不打算再改变了，心里的位置只有这么一点儿点，他舍不得再装一个人进来把她挤出去。

年底有全市文艺汇演。

萧伊然被选上代表本系统排演节目，和她一起被选上的还有十几个女警，其中包括队里的汤可和实验室的徐素。

自那次吃饭与徐素遇上之后，萧伊然就再没见过徐素，这次见面，徐素平平静静的，看不出有什么变化，萧伊然猜测，她大概已经跟宁小四和好了。

这支临时组建的舞蹈队警花们发现，不用再为因为排练而耽误的晚饭担心了，因为她们有一个大方又暖心的宁队长！

连续三天了，宁队长都送了吃的到舞蹈室来！

大家纷纷猜测宁队长是为了谁送的爱心晚餐，最后一致认为是托了萧伊然的福！毕竟，宁时谦和萧伊然青梅竹马的事迹在分局也是很有名的！

萧伊然却连连摇手：“你们错了！完全弄错了！绝对不是我！”

“那是谁？”大家表示十分好奇。

萧伊然想了想，宁时谦和徐素的关系还没公开，她这么八卦给曝光了，对两个人多不好，于是卖了个关子：“不告诉你们！”

她悄悄地打量徐素，见她一个人在那边拉腿，也不跟她们一块儿吃。

萧伊然走过去跟徐素搭话，递给她一个饭盒：“徐姐，你怎么不吃呀？”她真是为宁小四的终身大事操碎了心！还要给他当调解员！宁小四能争气点儿吗？

徐素只淡淡看了一眼，也没接：“谢谢，我不饿。”

她并不冷淡，只是脸上写着：我不想说话。

看样子，宁小四还没将徐素哄好。不过，作为四哥的好姐妹，萧伊然还是很想为他分忧的。

她放下饭盒，跟徐素一起压腿：“徐姐，我四哥这个人啊，外表看起来粗粗的，又笨，不会说好听的话讨女孩子喜欢，也不懂得揣摩女孩子的心思，心却是十分好的，会用实际行动关心人。你看，这每天给这么多人送饭，还不是以这个为借口表达对你的关心？”

徐素终于不淡定了，见鬼似的看着她。

“真的！”萧伊然以为徐素被她说动了，“他就是傻乎乎只会用自己的方式来表达感情的笨男人，你不要同他计较那么多了……”

徐素的目光从她脸上移向她身后，轻轻一句：“你弄错了。”然后便走了。

弄错了？

“徐姐！”萧伊然转身，想要叫住徐素，却发现自己被一个黑影笼罩……

来人又黑着脸……

她发现这个人近来在她面前总是黑着一张脸！

萧伊然再度无语，指着徐素离开的方向：“拜托！摆酷有什么用？赶紧去追啊！”

萧伊然！我能被你气疯！

看来，指望她在意自己是完全不可能的了！

“排完了吗？”宁时谦听得出自己的声音里都带着杀气。

萧伊然却完全没有领会到，乖宝宝似的猛点头：“嗯嗯！你赶紧去追吧！”

宁时谦吸了口气，抓住她的手腕：“排完就跟我走！”他控制不了自己的脾气了。

“你干吗呀？”萧伊然另一只手抓住窗户，“你抓我干吗呀？”

宁时谦扯了几下，没扯动，干脆蹲下来将她一扛，扛到了肩膀上。

萧伊然被吓一跳，手抓得没那么紧了，于是被他顺利地给扛走了。

众目睽睽之下，她真的丢死人了！她挣扎了几下要下来，被他几巴掌扇在屁股上，低喝：“你给我老实点儿！不然别怪我不给你留面子。”

“疯子啊！我的包！我的包！”萧伊然用力捶打着他的背。

汤可眼明手快，飞快给她拎了包过来，挂在她的脖子上：“萧伊然，给你！”

要不要这么配合？萧伊然预感自己明天一定会成为全局的风云人物！警犬大队萧伊然被刑侦宁队长于众目睽睽之下打屁股，还扛出了大楼……

“你到底想要干吗？有话好好说不行吗？”她果然被他一直从顶楼扛到一楼，尽管她一路抗议，也完全无效。

他终于把她放了下来。

萧伊然隐隐还觉得自己屁股疼，这家伙下手真重！

楼道昏暗的灯光下，宁时谦的脸更黑了。她甚至可以看见他胸口巨大的起伏，这是在忍怒气？

“萧伊然……”宁时谦嗓音有些粗哑，呼吸也粗重，“你用你的笨脑袋瓜好好想想，我跟徐素怎么可能？想不明白再用你的耳朵给我听好，我和徐素没有任何关系！徐素喜欢的是我爸！”

萧伊然用了十几秒来消化这个消息，然后，脸上扯出一个僵硬的笑，“哦，哦，这样啊，难怪……”难怪徐素说她弄错了。

宁时谦等了等，她又没了下文！心头火苗一个劲地蹿，灯光下她懵懂的眼神、花瓣一样的唇，让他不知道到底该把这个人狠狠打一顿，还是扑上去狠狠要一顿，总之，要狠狠的才解恨！

“那，真是对不起，我还真弄错了……”萧伊然轻轻道着歉，却低下了头。

他再看不见她的眼神，也好，也许这样彼此都多了些勇气。

“十三，有些话我必须说清楚了，我三十岁了，我们已经认识二十多年……”宁时谦顿了顿，声音喑哑下来，有些话必须说出口，哪怕说出以后便回不了头，“十三，去年订婚的事，没有人逼我，我是认真的，我想娶你，你再考虑一下。”

萧伊然还是低着头。

终于说出来了，不管结果怎样，宁时谦心里轻松了一大半。

他呼出一口长长的气：“十三，抬头看着我。”

萧伊然依然低着头，站在他面前一动不动，风把她的头发吹飞起来，将她整张脸都遮住了。

宁时谦有些慌，握住她的肩膀：“十三……”

萧伊然受惊一般，猛地推开他，迈开步子飞跑起来。

“十三！”宁时谦追出去，却见她跑得更快了。

最终，他停下了脚步。说了，便罢了，留点儿时间给她消化和思考吧。

萧伊然一路没命地狂奔，甚至忘了去开车，冲出了分局大门，冲到了大马路上，冬日的冷风呼呼刮过，几乎将她的耳朵都给割下来，她反而跑得更快了，似乎只有这样，才能把宁时谦刚才说的话从她耳朵里吹走。

嘀嘀——一阵急促的喇叭声响起，随之便是紧急刹车的声音。

萧伊然停下脚步，清醒过来，发现自己站在一个十字路口，差点儿撞上右转弯的车。

“怎么回事？”车内后座上的人问。

开车的人握着方向盘的手微微一动，灰暗的光线里，这人左手只有四根手指：“差点儿撞到人。”

“小心点儿！非常时期，别惹麻烦！”

“是。”

马路上的萧伊然目光下意识扫过车牌，也看不清车里的人，退到人行道上，微躬了躬身，表示歉意。

车开走了，萧伊然站在路边，看着川流不息的车水马龙，红绿灯的交替换了一次又一次也无察。

第二天局里突然召开紧急会议。

去年抓捕黑叔为首的贩毒团伙一案早已审判，其中一名外号叫雷子的，被判无期徒刑，近期要转往外省监狱服刑。这个雷子是活跃在边境的制毒贩毒团伙头目之一阿虎的弟弟，接到最新线报，阿虎很有可能在押送途中劫囚。

这一次，警方不仅仅要保证顺利押送犯人，还要将阿虎一举抓获。

所以，这次行动需要沿途各地市投入大量警力配合，埋伏在线报所提供的几个可能性最大的点，围成瓮中捉鳖的形势。

既不能让阿虎有所察觉，又要出动足够的警力，宁时谦和萧伊然都接到了任务。

于是，在囚车出发前的那个晚上，在两城之间线报所给的点形成了全线埋伏。

清早，线报最终确定，阿虎劫囚的点就在宁时谦他们分局埋伏的地方——距离燕北市市区四十公里左右的国道，两侧都是树林。

幽深的森林，宽广的林区，一眼望去，谁也不知道幽深之处有什么。

沿途各路口已经设了关卡，这条路上并没有车辆通行，这样的结果，要么阿虎他们会在关卡就被抓住，要么这些人已经潜入这片林区，就等着劫囚了。

九点，一辆囚车由远及近驶来，所有人都屏住了呼吸。

在囚车越来越近的时候，忽然从隐秘的树林里冲出二十来个持枪人，将枪对准了囚车。

这里离警察埋伏处还有些远，一声令下后，警察们迅速向目标行进，萧伊然和警犬大队的同事们也放开了警犬。

子弹打在囚车上，一阵噼啪乱响，车窗玻璃纷纷裂开。

驾驶室门从里面打开，车门也随之拉开，全副武装的警察灵活而敏捷地从车里跃出来，先隐蔽，而后与劫犯斗在了一起。

此时，劫犯才发现车里并没有雷子!

“上当了！快跑！”有人喊。

可是，一群劫犯已经被疾行而来的警察火力包围，完全走不出去了，便亡命地朝着林子里警察的埋伏处一阵胡乱扫射，但是他们在明，警察在暗，并没有对警察造成任何伤害，而这些人相继有人受伤、被击倒。

在火力的掩护下，宁时谦和一部分警察冲出了林子，将这伙人逐一制伏、逮捕。

有几人想要垂死挣扎，跟警察肉搏起来，与宁时谦斗在一起那人还分外凶猛，萧伊然靠近了些，拍了拍贝贝的头，发出指令，贝贝便向那人扑过去，一人一狗，迅速将人铐住。

至此，场面完全被控制住，劫囚犯被逐一带上囚车。

宁时谦表扬了贝贝一句，萧伊然也为她的贝贝感到无比骄傲，正想上前鼓励鼓励它，听到同事向领导汇报，这些人中并没有阿虎。

就在此时，萧伊然听见一句“小心”。

魏未枪口对准对面林子的方向，只是电光石火的一秒，萧伊然看见对面黑洞洞的枪口，对准的正是宁时谦的背心，距离不到五十米。

她没有任何犹豫，扑过去将他推开。

两声枪响。

尽管穿着防弹衣她还是感到了痛，她觉得，子弹是穿透防弹衣了。

“十三——”她听见了宁时谦嘶哑的喊声。

她看见同事们纷纷冲入林子，也听见贝贝嗷地怒啸，从她头顶跃过，冲入了树林。

“十三！”宁时谦把她抱在怀里，摸到了一手黏糊糊的、带着腥味的液体，“十三……”

他哽咽着，双手发抖，说不出话来，只是贴着她的脸，在她脸上轻轻磨蹭，心肺俱痛！

萧伊然那么怕痛的一个人，打针都要哭很久，却给他挡子弹，她是不是傻？他皮糙肉厚的，需要她挡什么子弹？！她这是要他的命啊！

“四哥……”她忽然哭了，觉得自己脸上湿湿的，好多泪，“好痛……”

她其实还是那个萧伊然，骨子里从没变过，娇气、怕痛，想着子弹在自己身上穿了孔就怕得不行。

“四哥，痛……”萧伊然哭着呢喃，周围闹哄哄的，还有人围上来问她怎么样，有打急救电话的，她都看不见，眼前只有他的鼻子，他的眉眼，还有他的发际线。

有粗糙温暖的湿意在她脸上挪动，吮吸，还有他模糊的声音：“我知道痛，是四哥不好，你忍忍，忍忍啊，我们很快去医院……”

“不去医院，四哥，不去……不要去医院……痛……”萧伊然揪着他的衣袖，浑身有些抖，身上凉凉的，大冬天里，她像被泼了桶冷水一样。

他仿佛又看见那个娇娇的小十三，眼泪汪汪地揪着他的衣角哭，奶声奶气的声音让他整颗心都化了，她叫着他四哥：“四哥，打针痛痛，然然不去医院……”

“乖，听话，四哥陪着你，抱着你，给你唱歌，给你买好吃的，咱们乖乖去医院……”熟悉的词句脱口而出，好似时光从不曾远去，他们还是手牵手的年纪。

林子里藏着的人正是阿虎，已经被魏未击中，并且铐上了车。

救护车还没来，大家围在萧伊然身边，从没见过这样的宁队长，温柔得好似哄着襁褓中的小婴儿，说的那些话和他平时硬朗的外表怎么都不搭，甚至可笑，但是谁也笑不出来，汤可看着看着，还哭出了声。

两人之间挤进一个毛茸茸的生物，在萧伊然怀里拱啊拱的，呜呜呜呜地叫着。

“贝贝……”萧伊然贴着贝贝毛茸茸的身体，似乎暖和了一些。

宁时谦心里焦躁，拎着贝贝，想把它赶走：“别闹贝贝！姐姐受伤了！你拱得她疼！”

贝贝却好似听懂了一般，一阵呜咽，乖乖地趴在她怀里不动了，将他和她阻隔开来。

萧伊然贴着贝贝，半闭着眼，水光迷离地道：“四哥，别赶贝贝，我冷……贝贝暖和……”

宁时谦一听，解了自己的防弹衣，脱了外套，把她的防弹衣也给脱了，裹上自己的外套。

她的防弹衣上一大摊血刺痛了他的眼睛，两手殷红的他用力一抹眼睛，粗哑着嗓音吼了一句：“衣服！还有衣服吗？！”

身边围着的魏未他们一个个迅速把衣服给脱了递给他。

宁时谦不管三七二十一，一件又一件地盖在她身上，连同贝贝一起，捂得严严实实。

他还要往上加，汤可拉住他的手臂，哭着说：“宁队长，别盖了，压太重她没法呼吸！”

他的手才停住，僵在那里。

层层叠叠的外套，衬得她的小脸愈加小，好像只有他一个巴掌那么大，下巴尖得让人心疼，不知道是不是藏青色衬的，皮肤苍白得惊人。

他从来没见过她这样。

她从小就是个闹腾的主，不让人省心，病了也要折腾人，要哭要闹要撒娇，要人哄着抱着骄纵着，现今安安静静地躺在这里，脸苍白得没了生气，连呼吸都那么微弱，半闭着的眼睛也已合上，那个哭着闹着要四哥的十三呢？

宁时谦碰碰她的脸，触手冰凉，再探进衣服里摸她的手，盖着这么一堆衣服，为什么手还是这么凉？

“十三！”他握着她的手，“不冷，不冷啊！四哥给你取暖！你别睡！醒醒！别睡！”

萧伊然即将陷入昏睡，只听得人吵得心烦，眉间微微蹙起，却怎么也睁不开眼睛。

“十三！”他转而捧住她的脸，手指轻轻摩挲着，想把她冰凉的肌肤焐热，想把她唤醒，然而，她始终不肯睁开眼，他焦躁不已：“为什么救护车还不来？”

是不是他自己开车送她去医院更快一些？

其他人不知道说什么，宁队，不是救护车太慢，是你太着急……

可是，他们也同样着急啊！

众人翘首等待中，终于听见救护车的呼啸声。

萧伊然被抬上了救护车，宁时谦紧跟着去了。

看着医护们忙碌的除了警察外，还有一直蹲在原地的贝贝，直到救护车呼啸着离去。

因为要押送那二十几个劫囚犯，已经先走了一大批警察，剩下陪着宁时谦和萧伊然的，此时也准备撤离。

汤可牵着她的警犬，猛然想起了贝贝，回头一看，贝贝还望着救护车远去的方向，脚下踩着萧伊然的防弹衣。

“贝贝，走，我们回家了！”汤可牵上了贝贝。

贝贝却似牢牢钉在了地上，不肯离去，冲着救护车的方向大声地叫。

“贝贝，我们走了，回去等萧姐姐！”汤可用力拽牵引绳，仍是没有拖动，贝贝反而往相反的方向使力，她甚至被拖着走。

“我来！”魏未从她手里接过牵引绳。

他的力气比汤可大，这回倒是拉动了，只是，贝贝紧紧护着那件防弹衣，趴在地上抗拒拖拽的力量，被魏未拖行着移动。

贝贝感觉到了力量的对比，被彻底激怒了，跃起来冲着魏未发出狂暴的怒吼。

汤可急了，赶紧阻止魏未：“你别对它这么强硬！会适得其反的！”

魏未松了牵引绳之后，贝贝又回到原地，把萧伊然的防弹衣扒拉到自己脚下，低头嗅着防弹衣上的血迹，呜呜两声，然后乖乖地坐在那里不动，目光还是注视着救护车离去的方向。

汤可捂住嘴，哽咽道：“它流泪了。”

魏未一看，还真是，两眼亮亮的……

“它在等萧伊然回来……”

“可是不能一直让它在这儿等啊！”魏未想了想，“是不是因为那件防弹衣？它一直护着，不然把衣服拿过来？它会跟着衣服走吗？”

汤可摇摇头，她也不知道。

魏未决定尝试一下，可是，已经被激怒过的贝贝简直进入高度戒备状态，只要魏未稍微靠近，它立即警惕地冲着魏未大叫。有一次，魏未的手碰到了衣服，贝贝顿时狂躁起来。

汤可唯恐贝贝攻击他，把他拽了回来：“你别闹了，还是我来吧，我好歹也曾照顾过它，它记得我的。”

这边汤可想尽办法安抚贝贝，让它的情绪不那么激动，再慢慢地亲近它，和它沟通，好不容易才把它哄好，带它回了大队。

而医院那边，萧伊然已经被送进手术室，宁时谦在外面焦灼地等待着，和他一起等着的还有领导。

急促的脚步声响起，宁时谦坐在那儿犹如没听见，直到面前出现两双脚，他才抬头，面对的是萧城显盛怒的脸，还有白一岚的一脸担忧。

“这到底怎么回事？”萧城显接到宁时谦的电话便火急火燎地赶了来。

宁时谦不知道怎么说，心中内疚难言，他多么希望躺在里面的是他自己！十三到底懂不懂他？从小到大，她都是他呵护在手心里的娇娇宝，她怎么不想想，他能舍得她受伤？

两位领导过来说明了情况，并安慰着萧城显夫妇。

当着领导的面，萧城显是不好发火的，眼神却足以将宁时谦给凌迟了。

宁时谦想说声对不起，想说他没有照顾好十三，但是，那些话哽在喉咙里怎么也说不出来。说了又有什么意思？能让十三现在鲜活地在他们面前蹦吗？

焦灼的等待中，宁时谦眼前一遍一遍重复浮现的都是幼时的那个小十三，穿着白白的小裙子、亮亮的小皮鞋，抱着一只小熊，粉团似的冲到他面前，将他挡在身后，气鼓鼓地将小手一伸：“不许打我四哥！”

傻乎乎的小十三啊，从来没有变过……

Chapter 06

手术一直做到天黑。

当手术门打开的瞬间，宁时谦甚至不敢上前问，只远远地站着，紧盯着医生。

眼看领导们和萧叔白阿姨围上去和医生说话，终于从医生口中听到“手术成功，病人没有危险”这几个字时，他全身一松，整个人软得差点儿没站住脚滑到地上。

萧伊然被送去了病房，虽然麻药过去，人醒了过来，却不是那么清醒。

宁时谦是看着她被萧叔抱上病床的。

她长大了，手长脚长的，再不是那个可以抱起来就跑的软乎乎小团子，现在那么瘦，小时候那些软软的肉都去哪里了？

这丫头是他抱大的，宁时谦想插手，却无从着手。

萧叔对他有意见，自然事事将他阻隔在外，宁时谦只能看着。

白一岚心疼女儿，一直叮嘱萧城显轻点儿轻点儿，眼泪一直在眼眶里打转。

病房里安静极了。

宁时谦站在门口，怕开着门冷，进来几步将门轻轻关上，却被萧城显的眼神冻住了脚步，萧城显的眼神里赤裸裸地写着几个字：你怎么还不滚？

他不会滚！

宁时谦顶着萧城显强大的气场和威慑力走到他面前。

萧城显和白一岚一时不知道他要干什么，奇怪地盯着他，却见他突然双膝一屈，跪了下来。

“你干什么？”萧城显小声说，脸色却一点儿也不好看。

宁时谦也不知道自己干什么，他仍然想说对不起，想说幸好十三没事，不然他跪到天荒地老也没人会原谅他，他更不能原谅自己。

他还想说……

“萧叔，把十三嫁给我。”他不知道自己鬼使神差怎么把这句话说出口的，明明他都已经决定要给她时间适应和考虑，可是，他现在只想拥有她。

萧城显明显愣住了，数秒之后，眼里便怒火重重，他手臂一扬，作势要打宁时谦，被白一岚抓住了手臂，使劲瞪他。

萧城显强忍了怒气道：“凭什么？凭你能保护她？还是她保护你？凭你把她打得我们爹妈都认不出来？”

宁时谦对于发生过的事没有什么可辩解的，是他的错，怎么骂他都该，可他就是要娶她！至于凭什么？“凭……我是这个世界上最懂她的人，是最爱她的人，当然，还有您和白阿姨。”

萧城显夫妇看着他长大，对这点倒是没有怀疑，白一岚先叹了口气：“先起来吧。”说完，把他拉了起来。

萧城显却明显不乐意：“你懂她，她未必要你！”

宁时谦脸上明显受伤地一暗，他是怎么糊涂，才把他俩的关系混成了这样？

萧城显看宁时谦吃瘪，心里舒服多了，自己女儿在这儿遭罪呢！他能让这个罪魁祸首快活？

结果，他刚说完这句话，病床上的萧伊然就哼了一声：“四哥……”

萧城显脸都黑了。

宁时谦立即往病床前凑，萧城显稳如泰山地坐在那里不让，气鼓鼓的样子不加掩饰。

“四哥……冷……”萧伊然又哼了一声。

白一岚看不下去了，再次瞪自己老公，对宁时谦招招手，无视萧城显抗议的眼神，把自己的位置让给了宁时谦。

“我在这儿，十三，四哥在这儿！”宁时谦把手伸进被子里，握住了萧伊然的手，凉凉的。

萧城显脸更黑了，指着宁时谦望向白一岚，一脸委屈，好像在说：你看，你看他手不规矩！

白一岚皱眉：“去买几份饭来！”

萧城显一副“我不去！要去他去”的表情，可是，拗不过自家媳妇的眼神逼视，气呼呼地走了。

萧伊然并没有完全清醒，眼睛半眯，眼神也不太聚焦，被子里的手却扣住了宁时谦的手指，皱着眉轻哼：“痛……”

做完手术的她，脸色更加苍白了，嘴唇发乌，宁时谦心揪成一团，放柔了声音，犹如哄着那个小小的十三：“十三乖，四哥吹吹好不好？吹吹就不痛了……”

也不知她到底听没听见，稍稍安静了一会儿，扣着他手指的手也松了，可没过两分钟，她又皱起眉头，嘴里喊着的还是四哥。

“四哥，四哥……”

“我在，在这里。”

“四哥，不去医院，不打针……”

她还在纠结这个呢！“好，不去医院不打针！”

“四哥，背着我……”

“好，四哥背着！”

“四哥，要吃糖葫芦……”

“好！四哥买糖葫芦！”

“还要……吃卤猪蹄……”

“好！吃卤猪蹄！”他双眼通红，却又哧地笑了，都什么时候了，还惦记着卤猪蹄。

“十三，快点儿好起来，四哥背着你去吃好吃的，想吃什么买什么！”他目光落在她的脸上，心里某个地方热热的。

白一岚在一旁看着，这情形也足以让她看明白，这个女儿只有交托给宁小四才能让人放心。

也难怪她爸不高兴，心肝宝贝似的疼了二十几年的女儿，看得比命还重的女儿，幼时手指头磕破点儿皮就心痛得要送去打消炎针的女儿，却拿自己的命去救另外一个男人！怎么不心疼？就连这打了麻药迷糊不清的时候，她口口声声念着的也是这个男人！可念了一声爸妈没有？

所以，她爸那醋坛子脾气，不打翻万年老醋才怪！

萧伊然躺在病床上并不安稳，静了一会儿，又开始胡言乱语各种闹腾，“四哥”两个字被她挂在嘴上翻来覆去地念，萧城显买饭回来的时候就看见宁时谦贴着女儿的脸，宝贝女儿在那喃喃地念着“四哥”，他这心里莫名就烧得痛啊！还泛酸！

他气得肝疼，原地捂着肝儿打转，却听宁时谦又说：“十三，四哥在这儿，会一直陪着你！”

谁要你一直陪！孤男寡女！萧城显气得不行，猛然之间，却发现女儿脸上有水光。

哭了？！

他急忙走过去坐在女儿另一侧，心急如焚：“然然，怎么了？疼吗？”

他正琢磨着要叫医生来，却听得女儿说：“四哥，十三是个坏女孩儿，十三一点儿也不好……”

一席话，把宁时谦都给说蒙了。她怎么会是坏女孩儿？她是世界上最美好的姑娘！

“四哥，你走吧，不要理我了……”

萧城显一个眼神甩过去：叫你走呢！叫你走呢！叫你走呢！

宁时谦却没看到，一心只盯着他的姑娘。还是不要他吗？却见她眼泪大颗滚落。

“不，不，四哥不要走，不要不理十三……”

这是说胡话呢！

宁时谦忍不住亲了亲她的手背，声音柔软得如海绵一般：“不会，四哥不会不理你。”

“十三坏！十三对不起秦洛……

“不，不，然然是爱秦洛的，然然没有变……秦洛，你什么时候回来？

“秦洛，你怪不怪我？是我不好，我再也不理四哥了好不好？

“我再也不理四哥了，秦洛别生我的气……”

宁时谦的唇贴在她的手背上，时间仿佛凝住了。

萧伊然反反复复说着这几句话，直到最后，终于沉沉睡去。

宁时谦额头贴在她的手背上，心中百感交集。

白一岚看了看时间，已经晚上十点了，萧城显也注意到了，沉着脸赶人：“小子，现在可该回去了？你还想跟我女儿一起过夜啊？”

白一岚气得想抽他，这是什么词儿？胡乱用什么？

宁时谦却不吭声，也没有要走的意思。过夜？他跟她这些年何止过了一夜？

“跟你说话呢！”萧城显催道。

宁时谦摇摇头：“她醒来会找我的，找不到会哭。”

“你……”还真把自己当成不可或缺的人物了！

宁时谦到底留了下来，无论萧城显如何驱赶他，他都装聋作哑咬定青松，最后，倒是萧城显被白一岚给轰走了。

虽然不情不愿，萧城显可不敢忤逆媳妇的话，留下一句“我明早来”和一个威胁的眼神，满脸怨念地走了。

萧伊然一直在说胡话，一会儿四哥对不起，一会儿秦洛对不起，翻来覆去，总是这几句，直到后半夜，才沉沉睡去。

宁时谦却是睡不着的，也不敢睡，小丫头磨人着呢！

他还记得有一回丫头生病，晚上也是哭哭闹闹地不肯睡，他来看她，陪着白阿姨一起把丫头给哄睡了，然后太晚，白阿姨就留他在萧家睡了，当然，是睡的客房。小丫头半夜醒来不见他人，哭得那叫一个惊天动地，他慌慌张张跑过去，小丫头眼泪哗哗地在那儿控诉他：“为什么要睡觉？

小十三做噩梦害怕，四哥怎么可以自己睡觉！”

那时候，白阿姨都为这个无理取闹的女儿感到哭笑不得，还为他辩解：“四哥又不知道你在做噩梦。”

结果，小丫头振振有词地说：“四哥不睡觉，离我近近的，就能到我梦里来了！梦里的妖怪就不敢出来了！”

反正小十三做噩梦就是四哥的错！四哥就不该睡觉！

最后小丫头终于不哭了，白阿姨还说：“就知道折腾你四哥！”

小丫头还趴在他的脖子上抽泣：“我高兴！我开心的时候四哥也可以开心！我不开心就要四哥也不开心！”

他不知道是不是可以把这句话理解成变相的有福同享有难同当，可怎么理解怎么觉得这话里透着满满的霸气！女王气十足！

所以，他的小女王，此刻这么脆弱的小女王，还会做噩梦吗？会在梦里哭醒吗？不要怕，总是有他在身边的，离她近近的，即便在她梦里，也为她斩妖除魔，为她披荆斩棘。

萧伊然醒来的时候是早上，没有哭，也没有闹，只是有些迷茫，身体仿佛都不是自己的了，唯一有感知的，是有人握着她的手。

她微微侧目，看见的便是伏在床边睡着的男人，一切记忆才仿若麻醉苏醒，一瞬间涌进脑子里。

这个她豁出命去救的男人……

她悄无声息地就这么看着他，棕色眸子带着些许迷蒙，眼睛一眨不眨地盯着他。

他还穿着执行任务时的制服，衣服上的泥都还在，头发上也有灰扑扑的泥沙……

她想抬起手给他拍拍，可是手被他握着，动一下他就会醒了。

她不想惊醒他。

微亮的晨曦里，闪着浅浅的泪光。

不知道是不是她这样一直看着他，他有了感应，梦里一惊般突然抬起了头，正好对上她的一双眸子，淡淡的棕色瞳光中笼着一层温柔。

“你醒了？”他的声音带着初醒的沙哑，他清了清嗓子，抽出手来，给她理了理额前的头发。

“嗯。”她闻到他袖口的气息，似乎还带着那天弹药的气味。

“疼不疼？”

她摇摇头。

他的脸色瞬息间在气恼、疼惜、无奈、愤怒之间转换，最后他压了下来，化作一声叹息：“你傻啊！”

她抿嘴笑了笑，眼里浮现出忧虑之色。

“怎么了？”他陪了她二十多年，她一点儿点细微的情绪变化他都能看出来。

“我……”她欲言又止。

“什么？”

她垂下眼睑，摇摇头不肯说。

那边白一岚待不住了。

宁时谦一晚上不愿意松开萧伊然的手，她这个准丈母娘便识趣地在沙发上靠着休息，听见他二人说话也不想打搅，让他们好好说说。可这会儿她不能再装了，疾步走过去，担忧地问女儿：“怎么了？伤口疼还是怎么的？告诉妈妈。”

萧伊然看了看妈妈，又看看他。

“说！”他的用词简单化了，有点儿像命令，表明了他内心的焦急。

她低垂着眼皮，低声嗫嚅：“以后……不能游泳了，很丑是吧？”

白一岚和宁时谦无语了，这个时候，中枪手术醒来的第一个时刻，她第一件想到的事竟然是这个！

她伤在右胸……

宁时谦直直地看着她，竟不顾忌白一岚在跟前，说了句：“我还没看。”

白一岚恨不得化阵风飞走！什么叫还没看？是不是要把我赶走好让你看一看？

萧伊然也突然想到了什么，眼神有些游离，垂下眼睑，如果不是现在受了伤，肤色灰白，她脸上一定泛起红晕了。

某人却仍然盯着她受伤的部位，仔细研究，凝眉思索，白一岚在旁边看着，想扶额遁走，这隔着被子能研究个什么？

却听得他颇为认真地说："也不要紧，穿保守一点儿的泳衣，应该能遮住。"想了想，他又道，"实在遮不住也没关系，在私人泳池里游，我陪你就是了。"

萧伊然和白一岚都无语了。

白一岚想的是，原来你看了这么久，是在用眼睛测量吗？还有句话我想问你，你陪着就是了是什么意思？不给别人看，给你看不要紧吗？

白一岚觉得自己待在这里是多余的。

萧伊然垂着眼看着被子，低声说了句："你走吧。"

"嗯？"他还沉浸在目测的世界里没有出来，对这句话的反应有点儿蒙。

萧伊然闭上眼睛不说话了。

他凑上去，眼神探究而担心："累了？累了就再睡会儿，别说话，劳神！"

她眉头都皱起来了，带着浓浓的鼻音道："你快走吧！"

这回他听清楚了，有些愕然。

"哎呀，你不上班了？"虽是不耐烦的语气，可是从鼻子里哼出来的，带着浓浓的娇柔，若不是还伤着，跟撒娇也没什么区别。

他心里忐忑不安，也不知道自己猜对没有，笑了笑："好，我去上班，晚上再来陪你。"

她没说话。

他又不确定了，站在那儿不走。

最终，她只好睁开眼，嘀咕："洗了澡再来，又脏又臭！"

他这才笑了："好！"

他晚上来的时候，果然洗了澡，干干净净清清爽爽的。

连续几天都是这样。

他按时来陪她，在她可以吃东西以后还给她买她喜欢的吃的一起带来。他怕吵她休息，鲜少跟她说很多话，而她大多数时间也是沉默的，闭着眼睛，不知道是在养神，还是真的睡着了。

直到有一天，他从医生那里得知她已经恢复得很好了，兴冲冲地去病房，在门口听见了她轻松愉快的声音，她正在和萧城显说话。

这样的声音于他而言，真是久违了。

好似，从她知道鼹鼠先生是他以后，他就再没听见过。

她果然好了，可是，昨晚他在这儿陪她的时候，她还恹恹的，没怎么跟他说话。

他进门，看见斜靠在病床上的她在笑，脸色还有些苍白，眼神却是发亮的，如云层里浮动的金光。

他今天带了一束花来，可那花在这样的笑容里都失色了。

然而，在他进门的瞬间，金光便消失了，只剩下厚厚的云层。

他不明白是为什么，他觉得，事情必须要有一个了断了。

他什么都没说，像平常一样走近，叫了萧叔白阿姨，然后找了个瓶子把花插起来。

她从小喜欢粉色，他便买了粉色的玫瑰，嫩嫩的颜色，总让他想起小时候的她。

白一岚很识趣地把萧城显拉走了，尽管萧城显十分不愿意。

病房里就只剩宁时谦和萧伊然了。

她再度沉默下来，闭上眼睛。

宁时谦忍不住了，坐在她身边，凝视着她长长的睫毛。

“刚吃完饭就睡？”他不信她真的睡了，分明睫毛还在颤动。

“嗯，困了。”她轻哼。

他有些躁，控制了一下，放缓了语速，这样听起来柔和低沉很多：“十三，我知道你不困。我们说说话。”

她没有反应。

他知道她能听见，自顾自地说下去：“最后一次。十三，我最后一次和你交流。”

短暂沉默后，他低声说：“十三，你应该知道，四哥是最不愿意看到你不开心的人。所以，今天你告诉我心里话，你是不是真的不想见到我，不想我陪着你？只要你说，我就从你面前消失，再也不来烦你了，只要你快乐就好。”

萧伊然眼皮微微一抖。

他静静地凝视着她，却只看见她依然紧闭的双眼，到底不甘心，默默等了一会儿，也没等到她有反应，心里的酸楚排山倒海一般涌来，终化成轻轻一声苦笑，他自嘲站起，转身，病房里响起他离开的脚步声。

走到门口，宁时谦忍不住回头，却看见被子微微抖动，他急跨两步，发现她脸上湿漉漉的，已满是泪痕。

她的泪，是他心上的伤，从来都是，比刀砍枪伤更痛。

他俯下身来，双肘撑在她枕头两侧，手指抹着她脸上的泪，忍不住叹息："这又是为什么？"这丫头，天生就是来折腾他的！

他的手指温暖而干燥，由于常年练拳习枪，十分粗糙，指间的茧刮得她的脸都疼了。

得了他这般温柔而无奈的问话，她脸上的委屈更甚，眼泪也越流越多，最后她竟然抽噎起来，抽噎得说话都有些费力，还流泪流个不停："你……你……太坏……"

"好好好，我坏，我坏。"他俯着身一边给她擦泪，一边答应着。

她一听，更委屈了，止不住地落泪："我受伤了，你还欺负……我……"

他哭笑不得："我哪里欺负你了？"

姑奶奶，你不欺负我就谢天谢地了！

"有！"她还是那般不讲理的样子，"就有！妈妈托你照顾我，你居然要……居然扔下我一个人在这儿，你居然要走！"

说完，她似受了莫大的委屈，竟然如幼时一般哭出声来。

所以，这是不让他走的意思？他一颗心扑通扑通乱跳，无法抑制的欣喜在跳跃，可是他又不敢确定，怕是自己多想。

他这样不回应，她又是委屈又是生气，不知如何是好，一气之下侧头在他给她拭泪的指上咬了一口，还咬得很用力。

他看着自己指上浅浅的牙印，更呆了。

"十三……"他唤了她一声，声音有些颤抖，而后便再也说不出话来。

萧伊然却扭过头，不愿意再看他了！

他渐渐回过神来，身体俯得更低了些，几乎贴着她了，被她咬过的那根手指一直举着，另一只手拨弄着她被泪水打湿的头发：“傻丫头，我没打算走，我只是……出去透透气。”

他低下来的声音仿佛在喉咙里打转，听的人觉得好似有人拿了一根柔软的羽毛在耳中拨动旋转，又痒又酥，连带着心尖尖上也被这羽毛给撩拨了。

她整个人都往被子里缩，逃避着这样的撩拨，语气显得越发委屈：“你有！有过这样的打算！你打算再也不理我！”

实在是霸道不讲理的小娇娇，她说啥他都承认，这点他可不能认，“没有，真没有不理你的打算！”

“还说没有！你踢我！还踢在我脸上！踢得我好疼！”

这是他一辈子的污点。

“踢完后你就再也不理我了！你太坏了！踢完就不负责任了！医药费都不管！”

今天他的确是想做个了断，好好说清楚的，不承想，是她跟他算总账。但什么叫踢完后就不理她了？这可冤枉他了！她完全是倒打一耙啊！但这的确是十三姑奶奶的风格……“十三，是你不再理我的！”

“我不理你，你就不理我吗？我不理，你不会非来理下我？”

他真要哭了，这是什么逻辑，“十三，倒打一耙不是这样玩儿的！姑奶奶！”

她渐渐止住的泪又开始流淌，哭了好一阵，她才憋着一口气说：“是我不好，是我坏，跟你没有关系，你是好男人，是我，我是坏女人……”

“谁说的？胡说八道！”他低声斥责，哄着她，“你是最……”

“最坏的！”她把话接了去，眼泪直流，“我一点儿也不好，我是秦洛的女朋友，我是爱秦洛的，我应该爱秦洛的，可我一直在爱……”

她说不出来，哭着问他：“你说，我是不是很坏？

“我对不起秦洛。

“我不好……

“秦洛牺牲了，我却在给他的信里说我想你，我爱你，没准儿他在枪林弹雨里的时候，我心里想的也是你，我是个坏女人。

“四哥，我是个坏女人，不忠诚，不坚贞，秦洛壮烈捐躯，我却借着他的名义跟你谈情说爱，我怎么这么坏……”

她喋喋不休的哭诉并不需要他的回应，只是沉浸在自己的情绪里，压抑主宰她一年多的情绪全由此而起。

他从不知，原来她内心有这样的想法，却看不得她如此贬斥自己，如幼时般柔声哄着她，给她擦泪：“傻姑娘，没有，是我的错，是我不该冒充秦洛，要怪怪我。”说着，他还拾起她一只手，往自己脸上招呼，“我错了！打我！惩罚我！”

她的手没有力气，任他抓着拍他的脸，她自己却流着泪摇头：“四哥，你没错，从头到尾你都没有错，我没有怪过你，只是怪我自己，可我不知道怎么办才好，我怎么可以移情别恋……”

他清楚地记得，她曾说过：四哥，无论你做了什么，我都不会怪你的。

而今她再次说：我没有怪过你，只是怪我自己……

“四哥，怎么办？我怕我把秦洛给忘了，我不能再和你说话了你知道吗？我怕我把秦洛忘了……”她终于哭着说出了她内心压了许久的症结。

得知秦洛已逝，鼹鼠先生不复存在，她再回顾她与鼹鼠先生的点点滴滴，却发现，处处是宁时谦的痕迹。也许自秦洛走后，她就没有分清她爱的人到底是秦洛还是鼹鼠先生头像后的那个四哥……

原来她的每一句我想你、我爱你，都说给了他听。

这样的她，算不算背叛？

她不可以这样，不可以对不起秦洛，她只能逼自己离那个生日时给她做桂花小圆子的人远远的。

“四哥！”她痛哭，“怎么办？你还是离我远远的吧！我们不能做对不起秦洛的事！我不能忘了他！”

她满脸眼泪，哭肿的眼睛让他心痛不已，他俯身离她更近了一些，双手捧着她的脸，任她的泪水漫过他的指间：“不哭，十三，不会忘记秦洛，你不会，我也不会，所有爱他的人都不会，我们把他记在心里一辈子。你还记得我们第一次遇见秦洛的时候吗？”

他的声音柔软得像校园里穿过海棠花的风，暖暖的，带着粉粉的颜色，那是回忆里校园春天的颜色，和秦洛的相识，就在海棠花开的春天。

她点点头。那是一个周末，宁时谦去学校看她，两人沿着校园散步，途经篮球场，一个篮球朝他们飞过来，差点儿打到她头上，被他拦截，然后他一时兴起，加入打球的队伍，一起打球的人中，就有秦洛。一场球下来，两人算是不打不相识，得知他是已经工作的警察，秦洛对他更加惺惺相惜，然后几人兄弟好地一块儿吃夜宵去了。

“我们那晚喝的什么？”宁时谦摸着她的头发问。

“我喝的……橘子味的汽水，你们喝的啤酒，我要喝啤酒，你不让……说我得毕业了才能喝……”她要回答他的问题，顾不上哭了，只是抽噎得打嗝，“你们太能吃了，几个人吃了500串烤串……”

他微笑着俯视着她：“是啊，你看，一切你都记得那么清楚，怎么会忘记？我还记得你也吃了不少，光汽水都喝了八瓶。”

“秦洛那天穿的红色球服，2号。”她脑海里闪过红色2号起跳投篮的身影，矫健而帅气。

“对！”于是宁时谦开始跟她说秦洛，说那些三人行的时光。

她躁乱的情绪终于渐渐恢复宁静，最后，彼此陷入沉默。

他没有再说话，等着她自己去体会，良久，听见她细小的声音：“四哥。”

“嗯？我在。”

她再一次泪目，他在，她知道的，他一直都在。

萧伊然出院后第三天就是汇演的时间，她不能再参与这个节目了，可是她可以当观众，分享汤可她们的喜悦。

汇演那天晚上，她和宁时谦一起看了演出。

汤可她们的表演很精彩，还拿了二等奖，领奖的时候她们推了年纪最大的徐素上台，颁奖的人那么巧，是宁守义。

萧伊然紧紧盯着台上的人看，却没看出宁四伯和徐素二人之间任何的异样，她忍不住再看看身边的宁时谦。

他知道她在想什么，摇摇头：“估计是没戏，这个任务以后交给你了，你要孝顺孝顺我爸，选个合你意的人。”

他话里有话，她却没听出来，点点头，自认为宁伯伯那么疼她，她孝顺是应该的："我帮着打听，看有没有合适的人。"

看完演出，他们随着人流往外走，人很多，他下意识牵住了她的手，就像小时候牵着她出去玩儿一样。

她没挣开。

人群中，他暗暗吐出一口气来，手心里竟然有汗。

时间真是个奇怪的东西，曾经轻而易举的一件事，在时间一重重冲击之后，竟然需要小心翼翼才敢去争取，还一路胆战心惊患得患失。

这一回，牵住了，他就不想松开了。

两人走出演出厅，冷风呼啸着卷过来。

"冷不冷？"他抓着她的手，放进自己的外套口袋里。

"不冷。"她围着围巾，戴着针织帽子，衬得一张小脸白生生的，和他说话的时候微微一笑，眉眼弯弯，一如多年前他领着去看花灯的女孩儿。

"十三……"风呼啦啦吹进他心里，他却觉得心里莫名滚烫滚烫的。

"嗯？"她轻轻的一声被风声淹没，几乎听不见。

"我们去吃点儿东西吧？我有点儿饿了。"

"好啊！正好我也答应了汤可她们呢，不知道她们出来没……"她回头看。

胸口那点儿热热的烫意瞬间凉了，"不准！"他连语气都变得像这呼啦啦的冷风。

"干吗？"她仰起脸，眼睛亮亮的，"我请客就好了嘛！不要你出钱！"

他是这个意思吗？"不行就是不行！听一次话好不好？"她和汤可在一起？今晚就又会变成养狗交流会！

"那……好吧。"她掏出手机来，"我跟汤可说一声。"

可是她的手机刚拿出来，汤可就打电话来了。

"萧伊然，我今天不跟你一起吃宵夜了，那个刑侦的魏未说他家狗好像生病了，让我帮忙去看看！"汤可在那边说。

是吗？

"魏未什么时候养狗了？"还有，狗生病了为什么不带去宠物医院，找汤可干吗？萧伊然抬头问宁时谦。

他也一头雾水。魏未这小子不错啊！难怪！上次段扬跟魏未探讨怎么哄女孩子开心，魏未说了句：投其所好！现在是付诸行动了？

投其所好？汤可和十三共同的爱好就是养狗！宁时谦想了想自己家再养只狗是什么情况，马上否决了这个想法！他和狗之间的天平已经斜得不能再斜了，在家再养一只，估计他得从天平上掉下去了！

坚决不能让狗在属于他的不够宽裕的领地里再侵犯一步了！

萧伊然接完电话，十分自然地把手插回他的口袋里。

他暗暗弯了弯嘴角，手伸进去握住她："想去吃什么？"

"酸辣粉吧！住院吃的那些东西太清淡了！"她想起杏林路那条小吃街，他们已经很久没去了。

冬天的小吃街，依然很热闹。家家都给自个儿摊位围了一圈塑料棚，风吹起来哗啦啦直响，感觉这强风能把整个棚都给连根拔起，可是，走进棚里，却还算暖和。

老板娘见到他们特别热情："哎哟，你们小两口很久没来了！"

宁时谦对"小两口"这仨字特别敏感，上回萧伊然是在想事情没听见，这回呢？他有些心慌意乱，忙看了一眼，没见她脸上没有什么特别反应，才算是放了心，又有点儿失落，怎么一点儿反应没有呢？

"先来两碗酸辣粉！"他坐下来道，末了又问，"还想吃点儿啥，我出去买了过来吃。"

她摇摇头，有点儿说不出来的感觉，就好像外面吹着的冷风，有些唏嘘，也有些怅然。

馄饨再也吃不上了，风铃也没处买了。她是警察，百无禁忌，可总有那么些物是人非的感觉。时间是一点儿一点儿在往前走的，不会停留，更不会倒流。

与这风声相呼应的是吃消夜的人群，人声鼎沸，笑语不断，也许有人记得这里曾有好吃的鸡汤馄饨，也许有人听过秋日夜晚的风铃叮咚，可是，慢慢地大家都会忘记，已经有新的买卖顶替空着的摊位，馄饨摊已经变成了烤生蚝，风铃声被夜间街头大学生的弹唱代替，不变的只有欢声笑语，一波接着一波。

酸辣粉端上来了，男孩儿的吉他和歌声在风里飘荡：“乌溜溜的黑眼珠和你的笑脸，怎么也难忘记你容颜的转变，轻飘飘的旧时光就这么溜走，转回头去看看时已匆匆数年……”

一首老歌，年轻的声音，酸辣粉蒸腾的热气模糊了视线。

“四哥……”她觉得喉咙莫名有些哽。

“嗯？”

只听呼啦啦一阵巨响，她还没明白怎么回事，手腕被他用力一拉，整个人被他拉进怀里，而后在地上几个翻滚，她被他压在身下。

尖叫声响起，场面一片混乱。此时她才看清，酸辣粉摊的大棚真的被风给吹倒了，他抱着她滚了几滚还是没能躲过，他半个身体被压在棚子底下，而她完好无损地被他护在身下。就像那年逛庙会，她被人挤倒，他也是这般压在她身上，拥挤的人群踩着他的手和他尚且不那么强壮的身体而过。

“四哥？你有没有事？压伤了吗？”她双手捧着他近在咫尺的脸急问，却不敢碰其他地方。

“没事，没事，不重。”塑料的棚，支架也不重，大概是空心的，才这么容易被风吹翻。

大棚很快被人抬起来了，里面还罩着好些人，老板娘急坏了，一个挨一个地询问有没有砸伤。

只是一场虚惊，并没有什么损伤。棚子很快重新支起来，这一拨老板娘请客，全部免费重新给再下一碗。

萧伊然快把他背上每一寸都摸遍了，确认他确实没事才罢休。

两人吃了一碗热热的酸辣粉下去，整个人从内到外都热乎乎的，再走进风里，也没感觉到冷。

经过弹唱的大学生身边时，男孩儿还在唱：“轰隆隆的雷雨声在我的窗前，怎么也难忘记你离去的转变，孤单单的身影后寂寥的心情，永远无怨的是我的双眼……”

她停下来，留下一张钱。

回去的路上，有热烘烘的心情，有歌声相伴，她的手仍在宁时谦的口袋里。

还有，秦洛说，然然，再见。

萧伊然回头，夜风里年轻的男孩儿沉浸在自己的歌声里。曾经，有一个男孩儿也这般青葱，一身红色篮球服，夕阳下三步上篮的时候，整个天空都是红彤彤的颜色。

“四哥……”她轻轻喊道。

“嗯？”

“上次你说……让我考虑的事，我考虑好了。”

“嗯？”上次？什么事？

“好。”

好？谁来告诉他！上次到底是什么事？！

她从他的口袋里抽出手来：“那……我先回家了啊！”

“不是……等等啊！去我家怎么样？”他还有好多事没做呢！他家里做了好多准备呢！都是魏未教的！扎成心形的花！气球！红酒！音乐！戒指！

“不去啦！爸爸不让！”她抿着唇，一双萧家的桃花眼，在严冬里泛着淡淡的春色。

“别啊！可是……”他急得拽住她的胳膊。

“不着急啊！我不是都答应了吗？”她轻轻把他的手拉开。

“答……应？答应什么？”

原来他也有这么傻的时候啊！有点儿可爱呢！她忍着笑：“答应……以后你家里要多养一位成员了啊！”

多养一位成员？“不！我不答应啊！坚决不答应！”他什么时候说过要养狗啊！打死也不养！他的家里，有他无狗！有狗无他！

“真的吗？”她嘟着嘴，有些落寞的样子，“那……我还是回去让我爸继续养我吧！”

出租车来了，她一笑，招手，上了车。

他愣在那儿，半天才反应过来，车已经启动了，他追上去大喊：“喂！我弄错了啊！我养！我养啊！”

车已经开远了，也不知道她听见没有，他急得边跑步往前追，边掏手机想打电话，手机刚拿出来就振动了一下，一则来自她的消息：“快回家吧，傻瓜！”

傻瓜……

他看着那两个字，在马路上又蹦又跳，笑得合不拢嘴。

那天他就是这么蹦着跳着回家的，完全忘记了自己的车还在路边等着他开回去呢……

要嫁人了……

秦洛，你会祝福我的吧？

这注定是一个不眠夜。

QQ已经删除，那个只有鼹鼠先生和四爷两个好友的QQ号，她再也没有登录，没有勇气，也自觉没有这个脸面。

脑海中连绵的是春日里的海棠花，一树又一树，一丛接一丛，铺展蔓延，染就整个青春的画幅。

夜太黑，我看不清方向，可我看得见你在我瞳孔里恒久的影像，所以，我始终坚持信仰。

这是鼹鼠先生留给她的最后一句话。

而后，他便融入他的黑夜，将“鼹鼠先生”交给另一个人。

从那以后，她的喜怒、她的哀乐，源源不断地输入，如千江万河汇入大海。

哦，不，她的海，一直都在，从这世上有一个萧伊然开始，后来就没有再离开。

她是海岸线，他是海，她知道海会永远以温柔的姿态包围着海岸线。

这一次，她点开的是四爷的界面。

他不是鼹鼠先生，再也不是……

头像是灰色的，他不在线，不知道他在做什么，会和她一样睡不着吗？

她的手指轻轻抚过手机上的字母，最终输入了两个字：“晚安。”

晚安，宁小四。

她把手机搁在一边，闭上眼，打算好好睡觉了。

窗外的风在树间穿梭，哗哗作响，迷迷糊糊之间，她听到有什么声音混在风声里，嗡嗡，嗡嗡……

她睁开眼，是手机在振动，黑暗中他的名字在屏幕上发亮。

她立即接听了，那边依然是呼啸的风声，还有他粗哑的嗓音：“开门，我在你家门口。”

他疯了？

她轻手轻脚起来，下楼，灯都没开，打开门。

他裹着一阵寒气进来了，风吹得她发抖，她赶紧把门关上，看了看楼上，压低声音：“你怎么来了？”

他拉着她往楼上跑，一路跑进她的房间，关了门：“睡不着。”

她摸着他的外套，冰凉冰凉的，“怎么这么冷？”

“出租车开到路口不肯进来了，我跑过来的。”他的手插在外套口袋里，手心里握着个东西，握得紧紧的。

“你的车呢？”他怎么不自己开车过来？

作为一个刑警的体力，宁时谦跑十公里都不喘气，此时却呼吸急促，手心里都捏出汗来了，“我……不知道车扔哪儿了，在小吃街吧……”

莫非他今天一晚都在大街上乱跑？

她嗔了他一眼，在他胳膊上用力掐了一下：“你这会儿跑来干吗？”

“我……我不知道……”他愣愣的样子有点儿傻，可是他真的不知道来干什么，回家后躺在一堆气球和鲜花里，他仍然不相信今晚发生的事。他的姑娘，答应嫁给他了？

他一鼓作气傻子似的大半夜跑过来，大概是来确认的，他真的不相信啊！

萧伊然对这个人的智商有了全新的认识……

可是，这么晚了，总不能让他又跑回去吧？

“算了算了，你去客房睡吧。”她打开门，脑袋偷偷伸出去张望。

他把她一把拉了回来，门一关，小声说：“别啊！客房要经过萧叔叔的房间，他会赶我走的。”

从小到大，他也不知道在萧家住过多少晚了，可是今非昔比，现在萧叔叔见了他就跟见到阶级敌人似的。

那就是要在她的房间住了？

她偷偷瞄了他一眼，觉得他看自己的眼神从来没有像现在这样可怕，怎么说呢，就好像一头饿极了的猛兽，看见了他的猎物……

她忽然想到，他的生肖可不就是老虎吗？哎哟，她有点儿想抱怨妈妈把她生错了时间！怎么着她也该属龙才是！龙虎斗两人关系才平衡啊！怎么就偏偏是个被老虎吃的属相呢！

她在这儿纠结属相，却不防突然被他抱住了。

她从小在他的怀抱里长大，可从来没觉得他的怀抱这样紧，好像要把她的骨头都给箍断，生生要把她揉进他的身体里一样！还有他的气息，很热，很急促，喷在她的脖子上，一层鸡皮疙瘩迅速立了起来……

她吓着了，怕刺激到他，赶紧哄着他："好好好，那就在这儿睡吧，你……你先洗个澡暖和一下，这么冷……"

说着，她努力解放了自己的双手，把他的脸推开，免得他热烘烘的气息熏得她犯晕。

她的身体又温又软，抱着她的时候，他觉得自己燥热不堪，就像被火炭烤着的干草，焦躁不已。

她软乎乎的小手温热地在他脸上爬过，顿时就惹祸了，如同火星擦过干草，呼啦啦燃成熊熊大火。

"十三……"他托着她的后脑勺，语音模糊得他自己都听不出他的声音了。

粗糙的胡楂剐蹭着她的脸、她的脖子，她只穿了一件睡衣，觉得他进门时的冰冷温度已经全部融化了，抱着她的是一团火……

她忍不住有些颤抖，但还是有些害怕。

从小到大他都是哥哥，是温柔的，和顺的，突然之间化身成猛兽，她有点儿不习惯了。

再者，她的理智还在，任他这么发展下去，就算她愿意配合，明天爸爸也会把他给剁了！怎么说也不能在爸爸眼皮子底下发生这种事吧？

"别闹……别闹……"她小声地安抚着他，"我爸来了，你听，我爸叫我……"

想到准岳父近来嫌弃的表情，宁时谦总算找回来一些理智。

趁着他一松神的空当，她用力把他推开了。

他犹自喘息着，灯光下她的皮肤染上了一层胭脂般的红色，也不知道是害羞，还是被他蹭红的。

小丫头一双眼睛水润润的，眼里满是惊惶和羞怯。

这样子，倒让他有些惭愧了，的确禽兽了些，昨天还是好哥哥来着，大概是吓着她了。可是，她又怎么知道，这样的情形在他梦里已经出现过好多次了，有时候早上醒来……

算了，丢人！

“我去洗澡！”他的确该冲个凉水澡了。

看着他脱了外套进了浴室，她终于松口气，寻思着给他找睡衣。

他留在这里的衣服不多，还全在客房里，她轻手轻脚溜去客房，翻箱倒柜一通也只找到两条内裤，也不知道是不是他的……

不管了！

她手里握着那两条内裤回房间的时候，想着刚才的事情，只觉得自己握着两团火。

进房间后她又找了件自己的大T恤裙子，胸口印着一只大大的米老鼠，给他当衣服穿应该够了吧？

她敲了敲浴室门：“给你衣服。”

门被打开，一只手伸了出来，把衣服取走。

几滴水溅到她的手背上，凉的？

她愣了下，拍门：“你怎么不开热水？左边红色标记的开关是热水啊！”

里面的宁时谦默默冲着冷水不吭声。

“喂！你听见没？”

“知道了！”

她放了心，寻思着怎么睡。

谁睡地板谁睡床？

[下册]

写给鼹鼠先生的情书

吉祥夜

作品

青岛出版社
QINGDAO PUBLISHING HOUSE

Chapter 07

萧伊然纠结半天，最后想想算了，别这么矫情了，又不是没一起睡过，而且他们也快结婚了！

于是她取了床被子、一个枕头铺在床上。一起睡吧，不盖一床被子就好了！

然后她把他随手扔在一旁的外套拾起，抖了几下，却不料抖出一个东西来。

萧伊然拾起来一看，羞恼的同时，心里一片雪亮！她暗暗冷笑，宁小四，什么叫出租车不肯开进来？是你自己主动要求在街口24小时便利店下车的吧？

“怎么了？”身后忽然响起他的声音。

洗完澡出来了？

她暗暗哼了一声，猛然转身，笑嘻嘻的样子，一脸天真道：“四哥，这是什么东西啊？”

他脑袋嗡的一声，顿时一个头两个大：“是……是口香糖……嗯，口香糖……”

他伸手去抢，她却飞快躲开，手藏到了身后："口香糖是吗？那我明天拿去给我爸吃……"

"别！"他自己都想笑，"姑奶奶！我错了！快还给我！"

"宁小四！我说你怎么大半夜跑来呢！原来你怀了这样的心思！你个坏蛋！"她将手里的东西用力一扔，那东西撞到墙上又掉了下来。

她将门一拉："你赶紧给我滚回去！"

"嘘！小声点儿！"他也没工夫去管地上那东西了，直哄着她关门，"我错了，我错了还不行吗？别把萧叔叔给闹醒了！"

见她还板着个小脸，俏生生的模样，微嘟的唇瓣如同水晶糖果一般莹润，宁时谦不由得又有些心猿意马，恨不得扑上去在那唇上咬几口。

但如果他那样做了的话，今晚估计真的会被打出去了……

当下还是一个赖字诀，他往床上一躺，双手举在耳边投降："我错了，明天罚我！随便怎么罚！今天睡觉吧啊！睡觉！你也累了是不是？"

他一个大男人，就这么穿件米妮卡通裙四仰八叉地躺在床上，米妮头上还扎着个粉色蝴蝶结，配着他黝黑的皮肤，作个求饶状，要多滑稽就有多滑稽。

她用力绷着脸，才逼得自己没有笑出来。

"别压着我的被子！盖你自己的！"她没好气地捏住被子的边用力一甩，把他甩开，再用另一床被子把他裹住，"今晚睡你自己被子里，越过边界者剁！"

新的被子带着女孩子房间里特有的清香，将他裹了个严严实实，宁时谦晕头转向，脑袋一晕，嘴巴又有些管不住了，头伸出来便贱贱地问了一句："剁哪里？"

"我错了我错了！"一说完他就知道自己闯祸了，脑袋往被子里一缩，把自己卷得跟个蚕蛹似的。

她站在床边，看着那只巨型蚕宝宝，却没有他意料中的怒气，反而微微一笑，看了他好一会儿，才悄悄地在他旁边睡下，睡在她自己的被子里。

萧伊然从没想过有一天，会以这样的情形和他同榻而眠，她曾犹豫过，甚至抗拒过，可是此时此刻，她却觉得，原来还不错……

他等了许久也没等到有什么动静，悄悄从被子里探出头来，身边已经多了一张如花的睡颜。

灯光下，她白皙细腻的皮肤没有一点儿瑕疵，脸颊上胭脂似的红晕淡了些，变成浅浅的粉色，好似花瓣揉碎了渗进皮肤里。

桃花浅深处，似匀深浅妆。高中时背的古诗，说的就是眼前这样的风景吧？分明是冬天，他想到的却偏是这句诗。

宁时谦到底没能忍住，凑过去在她额头上轻轻印了个吻，却不满足，再轻轻向下，鼻尖、唇瓣，轻轻一碰，便被攫取了所有呼吸……

可是，他又不敢继续，只是轻轻一碰而已。

宁时谦老老实实退开，关上灯，黑夜将所有悸动与不安包围容纳，整个世界静得只剩下窗外不眠不息的风声。

他唇上还记着刚才那个火热的印记。

明天的太阳，拜托不要早起。

第二天，却是个明媚风停的日子。

萧伊然醒来的时候只觉浑身温暖而舒服，淡淡的不属于她的气息钻入呼吸，她才猛然想起昨晚的事，以及身边的人。

她轻轻转身，入眼便是某人犹如山峦起伏的侧颜。这张她看了二十多年的脸，忽视了二十多年的脸，在这样一个清晨，如拨开袅袅云雾，这般远山笼烟地出现在她眼前，竟让她的心不小心漏跳了一拍。

觉得自己大清早盯着一个熟睡的男人看有点儿奇怪，她的脸渐渐热了起来，萧伊然轻手轻脚下床，去了洗手间。

嘴角依然含着笑，这家伙，让他老老实实睡觉，不准过界，这一晚上果然老老实实的呢！

她刚进洗手间，门上就响起了叩门声。

身为一个警察，睡得再如何安逸，警觉这种基本的职业素养还是有的，何况不仅有人敲门，还有人在外喊：“然然？”

宁时谦睡得很舒服，迷迷糊糊间下意识问了句：“谁呀？”

问完后，他骤然清醒，睁开眼，不得了，他睡意正浓，完全忘了自己身在何处了！作为一个警察！真是不该！

所以，门外的人是……

宁时谦惊恐地一坐而起。

就在此时，门从外面被打开了！

萧城显第一眼就看到宁时谦坐在床上，穿了女儿的米老鼠花T恤，一脸没睡清醒的样子！

萧城显已经无法用语言来形容自己心中的怒气了！

在女儿的门外敲门！听到一个男人的声音！作为一个父亲，心里是什么感受？

他推开门后，果然看见了他最不想看见的画面！

所以，宁家小四！你不乖乖受死还待何时？！

萧城显四处看了看，没有什么可以上手的东西，操起走廊过道里的一个古董花瓶就往房间里冲。

“萧叔！萧叔！您悠着点儿！您说过那是宋代的……”宁时谦的声音在房间里响起，他有心想跳下床跑一跑，但想到自己除了米老鼠T恤就穿着小三角，这模样满屋子跑只有死得更快的！

对于萧城显来说，宋代的也好，远古的也罢，都没有他的宝贝女儿来得宝贝！

眼看这花瓶就要从萧城显手里脱手而出了，他忽然站住脚步。

宁时谦大难不死，呼出一口气来，顺着萧城显的目光往他脚下一看，顿时魂飞魄散，觉得自己刚才不如被花瓶砸死……

萧城显也放下了花瓶，弯腰拾起这个对于男人来说一点儿也不陌生的东西，气得脸都扭曲了：“宁小四！”

宁时谦急了，大喊：“萧叔！我没有用它！没有用！”

没有用它？！

没有用它！

空气突然安静……

宁时谦正觉得有哪里不对劲，就见萧城显扑了上来，疯狂地大喊着：“我打死你个小浑蛋！我打死你！打死你！”

“不是……”宁时谦终于明白这不对劲是怎么回事，有心要解释，却忽然灵机一动。

话说死有多种，或重于泰山，死得其所；或轻如鸿毛，死也白死！

所以，既然他今天非死不可，不如让他好好地死上一死！

宁时谦抱住头，任萧城显的拳头落在头上、身上，大喊：“萧叔！轻点儿打！留个活口！打死我您外孙就没爹了！”

萧城显的拳头在空中停住，时间静止……

良久萧城显都没有反应过来：“外……外孙？”

宁时谦从萧城显的拳头下逃出，用被子把自己没穿长裤的双腿裹住。

萧城显终于明白过来，指着浴室，手指都在发抖：“然然怀孕了？”

宁时谦不敢撒这弥天大谎，迟疑不定：“我是说，万……万一呢……”他瞟了一眼地上的东西，不是没用吗？

说完他往前凑了凑，轻轻地叫了声：“爸！”

爸？被这个消息震得七荤八素找不着北的萧城显又被刺激了一下。

宁时谦见准岳父没反应，以为自己的小算盘打得很成功，又往前挪了点儿，笑呵呵地说：“所以……爸，我会负责的，反正都这样了，不如我和然然早点儿结婚吧！”

“谁是你爸！”一声怒吼之后，便见萧城显一把拉开萧伊然的抽屉，从里面找了把剪刀出来，冲着宁时谦奔过来，“臭小子！我阉了你！”

宁时谦吓得被子都掉了，光着两条腿在房间里绕着圈地跑，他只知道为了早点儿把十三娶回家自己可以死上一死，却不知道原来还可以生不如死！

“救命啊！十三！十三快出来救我！”

这里都闹得人仰马翻了！他就不信十三没听见！可是，她还不出来是怎么回事？

“一大早你们这是在干什么？”一个女声响起。

宁时谦立马裹起被子把自己卷成了一个蚕宝宝。

萧城显的夺命追杀也终于停了下来……

能让萧城显如此听话的人只有一个！

宁时谦暗暗叫苦，没把十三叫出来，结果把丈母娘叫来了，也不知道等着他的是死是活……

白一岚站在房间门口，看着里面一片狼藉，还有一个举着剪刀，一个卷成被子卷的男人，表情淡淡的，一丝喜怒哀乐也看不出来。

空气再一次安静下来。

萧城显慢慢地挪到桌边，把剪刀放下了。

宁时谦卷在被子里一动不敢动，想叫声白阿姨，又在想是不是该叫“妈”，叫了妈会不会被打？他觉得，这样的安静是种折磨，不知道丈母娘心里到底在想什么啊，不如像岳父那样狂风暴雨秋风扫落叶，早死早超生不是？

沉默片刻之后，白一岚轻轻咳了一声：“都给我下楼来！”

白一岚一贯温柔，这会儿也柔柔的，实在看不出到底是什么情绪。

她说完就转了身，房间里两个男人立马对视，萧城显立马化作斗鸡眼，宁时谦没底气，脑袋慢慢往被子里缩。

只听已经离开的白一岚头也不回地又喊了声：“萧城显？”

轻轻的一声，尾音上扬，跟唱曲儿似的好听，可对萧城显而言分明是暴风雨前的宁静，他跟白一岚生活了二三十年，太有经验了！

萧城显指了指宁时谦，意思是：小子，你等着瞧！而后，他便垂头丧气地跟着妻子下楼去了。

宁时谦有种劫后余生的感觉，躺在床上长长舒了口气，起来换衣服下楼面对丈母娘去！不管怎么样，一定要求娶成功！

他估量了一番，在这个任务里，丈母娘才是终极boss！岳父的战斗力遇上丈母娘就可以忽略不计！所以，他的路线直指丈母娘！

他刚穿好衣服，浴室门就开了，萧伊然洗漱完，清清爽爽地出来了。

宁时谦犹如看见了亲人！

他顿时觉得委屈极了！刚才多凶险！

“十三……”他张开双臂，一副求抱抱的样子，“刚才你为什么不出来救我？”还有一句他不敢说：我差点儿被你爸剪掉了你的终生幸福……

萧伊然伸出一只手来，撑在他的鼻子上，阻止了他求抱抱的势头。

他昨晚买的东西已经被萧城显摞在桌子上了，很显眼的，就在他们眼前。

她斜斜看了一眼，哼道：“你活该！谁让你不安好心？”

“不是，我冤枉啊！”他觉得自己很有必要解释一下！话说他从小就是五讲四美社会主义好青年，怎么可能居心叵测怀有这般龌龊的思想？那不是他的人设！那是萧伊庭啊！“我真的没有想和你那样，我……我经过那里，看见便利店了，突然想着万一呢？对不？”

他发誓，他来的时候傻乎乎的都不知道为啥要来！就是睡不着！就是想见她！然后，车开到路口，他就脑抽了……

“万一？”萧伊然憋了一肚子火呢！刚才这人在她爸面前胡说八道了些什么？“你就是存心想和我万一吧？”连孩子他爹这种话都从他嘴里蹦出来了！

“不是，我真没想……”宁时谦连连摇手，“我是怕，万一你想呢……”

然后，宁时谦只觉得眼前一黑，就没有然后了……

宁、萧两家这桩婚事，并没有宁时谦想象的那么大阻力。

那天宁时谦和他准岳父被白一岚拎下楼，白一岚就甩给他一句话：“问问你爸，什么时候有空，过来商量着把日子定下来！”

他准岳父在一旁咆哮着跳脚抗议，可抗议无效啊！

宁时谦就这么把他的小媳妇给定下来了！

萧伊然就这样进入了待嫁的日子。

说是待嫁，却好像从头到尾没她什么事，倒是白一岚成天忙得团团转。萧伊然感觉对于白一岚来说，在最初吾家有女要嫁人的小伤感过去之后，就陷入了亢奋的买买买模式，恨不得把整个商场搬进宁时谦那套房子里去……

哦，对，萧伊然还是有事要忙的。

这段时间她唯一要做的事就是拍婚纱照。

萧伊然回顾自己的从警历程，觉得身为警察，拍的婚纱照也一定要有警察的风格，所以坚持要穿警服在工作场所拍。

于是宁时谦去找了技侦的小刘给自己当摄影师，小刘喜欢鼓捣摄影，还拿过摄影比赛大奖。

宁时谦以为自己要费一番口舌才能游说小刘答应下来，万万没想到小刘一听就握着宁时谦的手，喜出望外：“宁队！谢谢你们对我的信任！谢谢你们给我这个机会！要知道，我学摄影这么久以来！除了拍尸体，就没机会拍过活人……”

宁时谦顿时全身一僵，呵呵干笑着，缓缓抽出自己的手，而后看向萧伊然，挤了挤眼：你确定还要拍?

萧伊然自然不信那些邪乎的玩意儿，给了宁时谦一个白眼：“拍！当然拍！”

宁时谦咳了咳：“那就……拍吧。”末了，他揽着萧伊然的肩膀，在她耳边小声说，“这事，回去别跟你爸说……”

他那时不时一出戏的岳父呀！宁时谦真是有心理阴影了！

宁时谦和小刘约了一个周末，地点就选在警犬大队。

小刘对这个地方很满意，宽敞，能拍出符合他们警察气质的婚纱照来！这不正是宁队下达的任务吗?

对了，萧警官是养警犬的啊！不是要拍出特色吗？警犬那么萌……

小刘灵光一闪，真是个绝妙的主意啊！

“宁队、萧警官！我觉得要拍出特色的话，可以把贝贝牵出来啊！很有一家三口的感觉呢！”小刘一脸求表扬的样子，觉得自己真是个天才！

宁时谦的脸色顿时耷拉下来，小刘，你还能再蠢一点儿吗？贝贝平时跟他抢口粮、抢抱抱、抢媳妇的爱心也就算了，他好不容易结个婚，还要来跟他争新郎不成?

宁时谦有心阻止，却阻挡不了萧伊然的脚步，新娘子大赞小刘一声，跑去找大队长老赖申请去了。

于是，贝贝欢喜雀跃地蹲在了宁时谦和萧伊然中间，还狗腿地绕着他的裤管嗅。有什么好嗅的？嗅到我嫌弃你的味道了吗?

“所有人都到齐了！咱们开始吧！”小刘开心地道。

宁时谦闷闷的，什么叫所有人都到齐？旁边这只也算人?

小刘架起了相机，开始忙前忙后。话说他是非常认真地对待这次拍照的呢！补光板啊各种镜头什么的都带得齐齐的！

在连续拍了一系列照片之后，小刘看着相机里的照片发愁。

“怎么了？”萧伊然凑上去看。

“这个……我怎么看怎么像集训的照片，一点儿也不像婚纱照啊。”

小刘看看照片，再看看宁时谦和萧伊然的着装，很是发愁。

萧伊然寻思了一番，不得不承认："的确没有婚纱照的感觉。"

两个穿制服的警察带一只狗，确实像集训……

小刘建议："还是要一个人穿礼服才好。"

"嗯。"萧伊然点点头，礼服好像是带来了的，可是她想的"一个人"和小刘想的"一个人"则是两回事了，她想保留职业特色啊！

所以，她取出了宁时谦的礼服。

小刘在一旁跟着连连摇头："不行不行啊！宁队穿礼服跟你一拍，拍出来的感觉像两个男人了！"末了，觉得自己用词不妥，小刘连连吐舌，忙道，"婚纱照婚纱照，一定要有婚纱才行！"

所以要穿婚纱？

可是她不想啊！她要穿制服！她是帅帅的警察！

于是，萧伊然捧着礼服往宁时谦那边看。

宁时谦吓坏了，想起了小时候她捧着一条粉红裙子来找他，吓得他跳窗逃跑的惨烈画面，立马义正词严地拒绝："我不穿！我就穿警服！"要他穿婚纱？杀了他吧！他以后还怎么在警局混？再宠媳妇他也不能宠到这个份儿上！他是一个有原则的人！

萧伊然横了他一眼，拿出婚纱头纱奔过去。

宁时谦捂住脑袋誓死抗争："不戴！要头没有！要命一条！"

他抗争了半天，没感觉到下文，却听十三清脆的声音响起："好了，拍吧！"

怎么回事？

宁时谦睁眼一看，却见贝贝的头上顶着她的头纱……

"小刘！开始了！"萧伊然抱着贝贝的头，嘟着嘴，亲贝贝的样子看起来充满幸福感。

宁时谦在一旁冷眼看着，记忆中好像自己还从来没有过这样的待遇呢！什么时候她能亲亲他？而那只贝贝呢？居然也眯着眼作陶醉状！

所以呢，他杵在这里还有什么意义？这个画面有贝贝和她就足够了嘛！婚纱照嘛！呵呵！他活脱脱就是多出来的那个第三者！

对面的小刘偏偏还一直在喊："宁队！你笑一个呀！笑一个嘛！宁

队，你表情不对！宁队！笑啊！你是结婚呀！不是谁欠你千八百万你去讨债啊！宁队……”

哼！他笑得出来吗？

讨债？

没错！他就是讨债的！他要从贝贝那里把媳妇讨回来！

然而，宁时谦每一张都僵着脸的照片已经激起了他媳妇的愤怒：“你跟我拍个照片有多苦大仇深，这么不乐意那不拍了行吗？”

他敢不乐意吗？他笑还不行吗？

十三拍拍贝贝的脑袋：“贝贝，亲亲爸爸！”

宁时谦的内心是拒绝的！

最终，小刘的相机里留下了一堆他皮笑肉不笑的照片。

拍完后，萧伊然满意地抱着贝贝夸奖：“宝贝，你可真棒！比爸爸上镜多了！”

呵呵！

作为一只长得膘肥体壮的大狗，还要抱抱亲亲举高高！你好意思吗？

“宁队！我敢发誓，这将是婚纱照史上最出色的一组作品之一！”小刘兴奋地收拾着他的工具，“你想啊！拍照技术好的，没有特色！有特色的，他再有特色，也没谁有警犬这个大招啊！贝贝真是咱们这照片里最大的亮点！宁队，我这主意出得怎么样？”

好气哦！可还是要保持微笑呢……

真的要嫁人了。

结婚前一天两人不能见面，宁时谦打电话过来和她煲了大半个小时电话粥，挂电话的时候萧伊然滋生出一些依依不舍的情愫，这在从前是没有的。哥哥和老公，终究还是不同的，她在慢慢地体会，慢慢地学会转变。

萧伊然刚挂电话，白一岚便来房间找她，说是她有朋友来拜访。

萧伊然换了衣服下楼，还在楼梯上，就看见客厅里美貌逼人的女子——江琳。

“江琳姐！”宁时谦曾经的女神，回国了？

“然然！”江琳张开双臂，冲着她热情地笑。

浅浅一个拥抱之后，江琳的笑容里便带着假意的嗔怪："你们俩可真是，结婚了也不通知一声！如果我不是赶巧回国，还不知道这事呢！"

萧伊然笑了笑："你在国外嘛！怎么好意思兴师动众的！"

"宁时谦那小子可是早说过的，娶你的时候一定请我喝喜酒！这家伙言而无信！"江琳看起来很兴奋，比萧伊然这个当新娘的还兴奋，紧紧抓着萧伊然的手，"哎！这小子终于娶到你了！我都替他着急！"

萧伊然还有些不适应眼下这情况，江琳和宁时谦到底是什么关系啊？

"对了，事先也不知道你们要结婚，没有特意准备礼物，这个送给你们！祝你们幸福！"江琳把礼物交给萧伊然。

萧伊然一看，一对情侣对表啊！乖乖，价值不菲。

她有些迟疑："江琳姐，这……太……"

"拿着！"江琳一直有着御姐气魄，"我是真替你们高兴！不枉那小子爱了你这么多年！总算有结果了！"

萧伊然心里这本账其实有些糊涂，宁时谦对她的好，她从不怀疑，大概也是爱自己的吧，只能说大概，因为她和宁时谦之间到底是爱情多还是亲情多，她到现在还分得不是很清楚。而且，她曾经在高中时主动表白遭到拒绝，而宁时谦那时候爱的不是江琳吗？

江琳高兴的样子全然不像作伪，也没留意到萧伊然懵懂的眼神，只顾握着她的手说话："到现在了，然然，我也不瞒你，姐是个有啥说啥的人。当年啊，宁时谦又酷又跩，高中的时候喜欢他的女生都可以围着篮球场绕好几圈了！我也是其中之一！亏我自诩女生中的佼佼者，为了追他还跑去他们部队！结果被他硬生生给拒绝了！好在还有两家长辈的情分在，我们俩做不成情人做了朋友，不然我也跟其他女生一样的命运，被他的冷脸冻结在他方圆十米之外！"

萧伊然听得瞠目结舌。怎么会这样？难道不是宁小四暗恋江琳吗？怎么变成江琳追他？

江琳却误会了萧伊然的意思，以为她生气了，忍不住捏了捏她的脸："想什么呢？我既然能跟你说，就表示我心里没鬼！谁不知道他心里只有你一个啊！"

萧伊然想想也是，她认识宁时谦二十多年了，除了自己，还真没见过他身边有别的女孩儿，说他是女生绝缘体毫不为过。只是她早已经习惯了这样，从没去想过这跟爱情有关。

“说实话，其实很多女生都羡慕死你了，直到现在人家提起宁时谦，还是羡慕你！至少在我们周围，没有见过哪个男人像宁时谦对你那样对待身边的女人。”江琳感叹了一声，“他那么爱你啊……”

“哪儿有啊！”萧伊然完全出于习惯地谦虚了一下。

江琳却笑着点了点她的鼻子：“身在福中不知福！我都记不得多少次了，上着晚自习他就旷课跑回去，不是十三要吃谁家的冰激凌，就是十三要吃谁家的糕点，再不就是十三哭鼻子了！你啊，是他的全部，为了你，他可以放弃全世界！”

萧伊然低头，眼里弥漫着泪水，江琳只道她害羞了，又一番打趣。

江琳也知道今晚萧家有事要忙，说了一会儿话就走了，萧伊然却因江琳的话久久无法平静，耳边回荡的一直是江琳那句“他那么爱你啊”……

她知道的。

晚上，萧伊然好几次想拨个电话过去，她想告诉宁时谦：我会努力，以后，你也是我的全部。

第二天一大早金光推散漫天重云，温温和和地拥抱着整个大地，阳光照在树叶上，叶尖都闪着亮光。

接亲的队伍就这般沐浴着阳光闯入了萧家的大门。

伴娘团是不会让宁时谦这么容易把新娘接走的，各种整人的法子折腾了一圈，把宁时谦都整出汗来了，最后还有刁钻的问题候着他。

“宁队，你是什么时候开始喜欢我们萧警官的？”汤可趴在门口，笑着大声问。

“什么时候啊？我想想……”宁时谦眼睛里的柔光让今日窗外的阳光都失了色，“我想不起来了！也从来没去想过。大概我先她几年来到这个世界，就是为了大她几岁，可以有能力护着她、捧着她，牵着她的手陪她走所有的路吧。”

“这么说，宁队是从萧警官生下来就喜欢她了吗？”汤可大声笑道。

宁时谦一笑，也没否认：“大概是吧！”

汤可原本想嘲笑宁时谦，可一转眼，却看见萧伊然哭了，便怎么也不好意思再笑。

“怎么了？”汤可检讨自己是不是玩儿得太过火，惹萧伊然生气了。

萧伊然却摇摇头，示意没事。

汤可不敢再胡乱开玩笑，一本正经地继续问：“宁队，你说说，什么是爱呢？”

外面的人沉默了一会儿，似乎笑了一声，才道：“我也说不好。我不是一个善于言辞的人，更不懂得浪漫，说白了我就是一个大老粗。一个大老粗说什么爱不爱呢？我只知道一辈子对她好，只对她一个人好！满足她所有的愿望，她需要我时陪在她身边，她哭的时候哄她，累的时候背她，饿的时候买吃的给她……我能做到的只有这些，可能做得不好，远远不够，好在我们还有一辈子的时间，我会努力做得更好。”

他果然不是一个善于言辞的人啊，二十几年的宠爱和陪伴，在他嘴里就是这么几句朴实的话，还说做得远远不够，如果这样还算不够，那怎样才够？

他在门外微笑，她却已经在门内哭成了泪人。

萧伊然不想再等下去，竟然一把推开汤可，自己就把门给打开了，一张泪脸对上了他的微笑。

门突然打开，宁时谦微微一惊，再看见她哭成这样，更是慌了神，却还来不及问，她便扑入他怀中，双臂搂紧了他的脖子。

他手里还拿着捧花，一时也不知该扔掉花还是抱着她，呼吸间全是她身上的馨香，脑袋开始犯晕，若不是强行稳住，他都快站不住脚了。

“这是怎么了？”宁时谦一只手揽着她的腰，柔声问。

萧伊然不说话，只是哭着往他颈窝里拱。

她还光着脚呢，是等着他来给她穿鞋的。

宁时谦将她抱起来，回到房间里坐下。

汤可向来是个机灵手快的，马上找了鞋子出来给他。

宁时谦接鞋子的时候用眼神问汤可：这是怎么了？

汤可也不知道，无措地摇头。

萧伊然见他们这样，也不好意思再哭了，忍着，努力笑道：“四哥，我没事，我就是太高兴了。”

宁时谦给她穿上鞋，凑过来在她脸上亲了一下：“傻丫头，妆全花了！成小花猫了。”

汤可已经拿了粉扑过来，给萧伊然重新补了一遍妆。

萧伊然这才辞别父母，坐上了宁时谦来接亲的车。

车窗外，萧城显和白一岚含泪送别女儿，虽然嫁得近，可从此以后就是别人家的媳妇了……

起初两人还能忍住，眼看车越走越远，两口子的眼泪就哗哗往下淌。白一岚是个内敛的性子，还克制些，萧城显竟一点儿也不能忍，只差号啕大哭了，尤其进了屋子，他总觉得这屋子里少了一个人，便缺失了一大块儿，难受得左右不适坐立不安，无论宁家小四怎么在他面前发誓许诺，他都不放心他的宝贝女儿，冷了饿了受委屈了有没有人管?

下午才是按原定计划举行草地婚礼时间，萧城显到中午就恨不得去婚礼场地等着了，而且他真的去了！一直在场地里傻待了几个小时!

并没有大摆筵席，只是亲近的亲朋好友参加了婚礼，见证了属于萧伊然和宁时谦的幸福时刻。

萧伊然扔捧花的时候，众人哄抢，不承想魏未跟猴子似的，蹿起老高，一把就将捧花捞进了自己怀里。

汤可一跺脚，气得不行：“人家都是女孩子抢的，你一个大男人来凑什么热闹?”

魏未嘿嘿一笑，内心一个声音在说：我抢到跟你抢到有什么区别？不过，这话他不敢说，宁队的“万里长征”用了二十几年才走到，他的才刚刚起步啊!

说起来，宁时谦怎么也是一把年纪的人了，虽然结婚这事是头一遭，但参加婚礼不知道混了多少经验值了，对于兄弟们闹洞房的套路再了解不过，而且，他通常还是闹得特别出彩的那个。

所以，这回为了防止自己的春宵一刻被打扰得太过分，宁时谦请了自己老爹在家里坐镇。

那帮调皮得跟猴崽子似的货，一进门看见大领导居中正坐，顿时傻眼了。

宁守义把他们请进来，让他们在自己对面坐了一排，上了茶、瓜子、糖这些零嘴。

皮猴子们一个个跟被上了金箍似的坐在那儿，彼此大眼瞪小眼。确定这是闹洞房吗？为什么感觉像开座谈会？要批评和自我批评了吗？谁先来？

没有一个敢吭声！

最后还是领导先说话："今天辛苦你们了，我代表时谦对你们表示感谢……"

好嘛！妥妥的开会的开头嘛！

一个个谦虚地摇手："不敢不敢！应该的应该的！"

宁守义点点头："个人问题是大事，有了坚固的后方，你们工作起来也更加没有后顾之忧。你们都是年轻小伙儿，还有哪些人没有解决人生大事？魏未？"

"报告，正在努力！"魏未苦恼死了，想了一堆整宁队的点子呢！看来用不上了！不知道今天这个"会"要开到几点……

可是，今晚还有机会吗？今晚只有领导给他们开会的机会！领导点了魏未又点段扬，这是要各个击破的节奏吗？

以魏未为首，众人赔着笑开始往门口挪，找着各种借口要告辞，从进门到撤退没超过十分钟。

等宁时谦和萧伊然回来的时候，家里干干净净，只有宁守义一个人在看电视。

宁守义见他们回来，也要告辞离开。

"爸，您就住这儿吧！"一想到老头儿要一个人回到冷冷清清的旧房子里去，宁时谦就觉得心里不好受。

宁守义摆摆手，怎么也不肯留下。

萧伊然觉得宁守义是怕打扰他们新婚，忙挽留："爸爸，家里房间够多，您完全可以住下来的！而且，我喜欢家里人多，不然这么大的房子就我跟四哥两个人，太冷清了！"

宁守义笑了："嫌冷清啊，就赶紧生个孩子玩儿！到时候只会闹得你们头疼的！"

"爸爸……"萧伊然有些害羞，又觉得公公说话挺逗，孩子是生下来玩儿的吗？而且，生孩子吗？她跟四哥？她婚前所有的想象只到结婚为止，从没想过还会生孩子……

对哦，结婚了，自然就会有孩子，好像前一天她和宁时谦都还只是手牵手一起出去玩儿的孩子，如今，他们也快有自己的孩子了吗？

这种感觉真奇妙……

宁守义笑着走了，萧伊然还站在那儿愣神。

宁时谦关了门，转身看见他的新娘，昔日那个白嫩嫩软乎乎跟糯米团子似的小丫头抽枝结蕊，不知何时已经曼妙如花了，尤其今日，一身红色中式礼服衬得她肤色如雪，唇若蔻珠，亭亭宛若尽情盛放的牡丹。

他的姑娘，今夜是真的要为他盛放了，一切都如做梦一般。

他不能再忍了……

萧伊然还没看清眼前的人是个什么表情，就被一团火卷了进去，沉重的身体压在她身上，一团火热堵住了她的嘴，令她觉得呼吸都燃烧起来。

就这家伙冲锋陷阵的狠劲，就算有障碍，他也只会横冲直撞扫平一切障碍直达目的！

比如现在，她就被他的攻击整得没有还手之力，感觉身上的肉都快被他搓掉了，整个人化成了绵软一团。

"十三……"他咬着她的耳朵，"准备好了吗？怕不怕？"

她点点头，又摇摇头，下意识抓住了身下的床单，等着那一刻的来临。

可是，一分钟过去了，两分钟过去了……

怎么回事？

她能感觉到力度的冲撞，就好像踢球，不断踢在门框上，甚至踢出场，就是进不了球门……

"你……到底会不会？"她忍不住睁开眼，结果视线撞进他的眼睛里，他那五光十色的脸上，表情实在很精彩……

她觉得自己可能说错话了，不然他为什么看起来有些生气？

可是，她并没有说错什么呀！他一把年纪了从来没有过女人，不会也很正常，而且，这等于变相表扬他呢，证明这个人作风很正派嘛……

“萧伊然！”他果然很生气，这样美好的时刻竟然直呼她的大名。

他一生气后果还很严重，然后莫名其妙就找到了窍门，球，进了……

猝不及防，萧伊然痛得想揍人！

而且，这痛还一直在持续，在升级，随着他越发兴奋，她感觉自己被活生生一刀又一刀地劈成了两半……

这场球赛耗时太长，上半场、下半场，还来了场加时赛，某个人好像就为了证明不但会踢球，还很有体力踢全场一样，不亦乐乎，越战越勇。

萧伊然本就是个怕痛的，在他面前又是个格外娇气的人儿，前半场她还很硬气地忍了，谁让女人都要过这一关呢！她呜呜哭着，把他身上抓得乱七八糟，可是，这没完没了的痛让她对世界都绝望了，连抓他的力气都没了，哭着求他：“你怎么还没完啊！求求你，打我一顿得了！我宁愿你打我一顿好不好啊！”

打一顿都没这么痛啊！

后来，她甚至不知道自己是怎么睡着的，只知道这实在是一段糟糕透顶的记忆！以致她第二天蜜月旅行都没给宁小四好脸。

宁小四同学初识肉味，心花怒放地一路狗腿讨好，换来的却是萧伊然充满愤懑和鄙夷的一句：“不懂业务不要紧，不懂又逞能，还一而再再而三地逞能，就是傻了！”

什么？难道从小学的“不会就要练，熟能生巧”是错的吗？

蜜月地点是萧伊然定的。

萧伊然对于那些热门景点城市没有太多兴趣，便提出想去一个人少一些、安静一些的地方，好好享受时间的流逝就行，不需要马不停蹄地一座接一座城市地赶路。

这个提议很合宁时谦的心意！

人少！安静！不是可以方便做爱做的事吗？

于是，他们便选了这个以天然温泉而闻名的地方。

地处山里，有绝美的山景，可登山看日出，可饮茶听古曲，山下有历史古城，民俗活动，山上清闲的生活腻了也可以融入凡尘俗世。

他们住的酒店叫隐泉，清一色竹楼，掩映在半山的竹林里。

两人到达的时候已经是傍晚了，小楼在暮霭中的竹林里若隐若现，有昏黄灯光映出的窗，框住空山晚暮的诗情画意，令人宛若进入远世仙境。

酒店招牌是篆书写的“隐泉”二字，进入大堂后，便是一幅山居秋暝的诗意工笔画，萧伊然只觉得入眼的每一处，都恰到好处地合她的眼缘。

她捏捏宁时谦的手，表示很喜欢。

他们很快办理了入住手续，穿着深蓝汉服、头发绾成整齐高髻的服务员把他们领去了房间。

酒店分东、西两区，东区全是一层的竹楼，西区则是三层小楼，中间以苏氏大花园隔开，暮色四合，灯笼初上，露天茶桌已有零星客人坐了饮茶乘凉，天色再晚一点儿，就会有人出来弹琴抚筝。

他们住的是东区。

萧伊然挽着宁时谦的手臂，十分兴奋，低声说：“我们得快点儿吃晚餐，然后出来听琴。”

宁时谦不忍扫她的兴，只笑笑作罢，随着她加快脚步走去房间。

房间依山，还带有一个小院子，院子里有单独的露天温泉。

服务员走后，宁时谦把门一关，细细勘查了一番周围的环境，确定这个露天温泉是私密的，不会有任何人看见，顿时也对这酒店非常满意了。

“四哥，你干什么？赶紧去吃晚餐啊！”见他盯着温泉发呆，萧伊然过来拉他，“你看什么呢？”

宁时谦摇摇头，“没什么。”其实他想说，这里或许是一个练习技术提高业务能力的好地方，可是他不想变熊猫眼……

“走吧，先去吃饭。”他牵着她的手，然后，再回来加餐……

就在他们离开前台不久，店里又进来四个男人，三人在大厅里坐下，其中一人拿了四张身份证交给前台：“办理入住。”

“好的，请稍等。”服务员一张一张地看过身份证，“先生，你们一共四个人，订了四间房，对吗？”

“是的。”男人的声音有些冷漠。

服务员便快速给他们登记，末了，递出一张纸，指着某处：“先生，请您在这儿签字。”

男人接过笔，在签名处写下了“陈继余三个字。

名字和其中一张身份证上的名字一样。

“好的，先生，这是你们的钥匙，可以入住了。”服务员把钥匙递给男人，另有服务员来领着他们去房间。

陈继余对着那三人点点头，那三人便起身跟了过来。

陈继余让他们走在前面，自己走在最后。

忽地，前方传来女孩儿清脆的声音：“四哥！等会儿吃什么？不知道餐厅有没有火锅！”

陈继余身体一僵，目光迅速穿过前面几人之间的空隙。

从竹楼走廊那头走来一男一女，男人一身黑色休闲装，慵懒中透着英挺和凌厉，女孩儿穿了件红T恤，反戴着帽子，双手挂在男人的手臂上，仰着脸问男人话的样子娇俏又可爱。

陈继余如被雷电当头一击，瞬间感觉血液仿佛都凝固了。

却见男人伸手把她的帽子给转正了，轻柔地道出一句：“大热天吃火锅，长痘痘了别找我哭！”

陈继余眼睛一阵刺痛，人活了过来。

一条到底的直走廊，躲无可躲。

他猛然转身，飞快往外走去。

有同伴喊他：“陈继余，你去哪儿？”

陈继余挥了挥车钥匙，头也不回地走了。

萧伊然不满地把帽子又给转了回去，继续抱着宁时谦的胳膊：“山里凉快！吃火锅好不好呀？”

“好——”他拖长尾音，娇宠意味柔得似能滴出水来。

她抿嘴一笑，满足了，和四个人在并不宽敞的走廊里相遇，其中一名服务员，三个男人。

对方人多，他俩下意识便贴墙站了让路，宁时谦的手圈着萧伊然的腰，让她贴着自己。

三个男人，当先的一人四十多岁，另两人看起来二十多，表情严肃，四十多岁那人一边走，左手食指一边拨动着拇指上的大戒指。

出于职业的敏感性，宁时谦下意识多看了那人几眼。

对方似有察觉，目光向宁时谦移过来，宁时谦才转开眼，并按住了萧伊然的后脑勺，将她的脸按进自己怀里。

待所有人走远，他才松手。

萧伊然诧异地看着那些人的背影，用口型问他："怎么了？"

宁时谦摇摇头："吃饭去吧。"

这是一个温泉山谷，温泉酒店挺多，连带着还有一条街，全是餐馆，因为夏天是淡季，所以人不是特别多。

山里空气很好，湿润清新，萧伊然走出酒店，只觉全身都被氧离子包裹，舒服极了。

她挽着宁时谦的胳膊，正准备往美食街走，发现酒店门口的停车场多了一辆车，本地牌照，这是刚才那几个人开来的吗？

她一抬头，看见宁时谦也在看这车。

"有问题吗？"她轻声问。

宁时谦摇摇头。

他并没有发现什么，只是那几个人莫名给他汗毛竖立的感觉，就好像一个猎人进入深山野林，闻到了野兽的气息一样。

也许，是他神经质了。

"走吧。"宁时谦牵了她的手去吃饭。

在他们走远后，从角落里走出一个男人，仍然半遮了身体，小心翼翼地看着他们的背影，直到最后再也看不见。

他重新走进酒店，去了之前订好的一个房间。

"去哪儿了？"男人问他。

"我的烟忘在车里没拿。"陈继余从口袋里掏出一包烟来，扔在桌上。

男人笑了一声："还抽什么烟。"

陈继余关上房门："我们要不要换一家酒店？总觉得这里怪怪的。"

男人往床上一躺："换什么换！一共几家酒店？不都一个样！"

陈继余便点头："那好，都小心点儿，我回房间了。"

"这里有没有女人玩儿？"男人又问。

"我问问。"陈继余说完出去了。

萧伊然和宁时谦吃完饭回来，天已经全黑了，宁时谦手里还抱了一大堆零食。两人走进酒店，便听见有人在弹古筝，高山流水一般的声音，在这样的竹楼夜晚里分外有意境。

“已经开始了！快些！”萧伊然挽着他加快了脚步。

宁时谦笑，一只手抱吃的，一只手牵着她。

花园里坐茶座的人又多了一些，穿汉服的女子坐在花影绰约里，琴声悠悠，如清泉绕石、月满溪涧。

住客不多，所以空位还有很多，萧伊然找了个阴影里不显眼的座位，拉着宁时谦和她一起听曲。

宁时谦哪儿有心情听曲？

空气里满是混着她身上气息的花香，她柔软的小手就搁在他的手心里，他捏着揉着。

记忆的最初，这双手短短的、肉乎乎的，手背上还有十个圆圆的手窝，他一双大手牵小手，不知何时这双手也慢慢长大了，学了搏击，练了枪，可捏在他手里，还是软乎乎的。捏着捏着，他的手便渐渐往她胳膊上移，再慢慢和她越坐越近，手也越发胡闹起来。

“干什么？这可是在外面呢！”萧伊然用力按住他的手，小声说。

她说山里凉，可他偏偏燥热得厉害，贴在她耳边轻声道：“咱们回房间去，不听了成吗？”

萧伊然不乐意。

山谷暮风，美人隔花，多好的意境，谁要去房间里闷着？

可她眼睛一瞥，宁时谦马上露出一副可怜兮兮求抱抱的表情，就跟贝贝撒娇时一个样：“明天听也是一样啊！”

萧伊然一下心软了，就连此时浮动的琴声也变得格外缠绵起来。

她心里热热的，又有些嗔意，好似被他缠得无可奈何：“你啊，跟贝贝越来越像了！”

什么时候他又跟那只狗有联系了？话说她在这儿跟他度蜜月，没事老想那只狗干吗？怨念之后，宁时谦却见她站了起来，瞬间喜悦冲淡怨念，狗腿地抱起桌上的零食，“十三，我们回房间也可以听的！这琴声整个酒店都能听到！”

“可是看不到风景，也看不到美女啊！”萧伊然遗憾地回望花影丛中弹筝的女子，只远远看见身形瘦削的侧影。

“你是最美的！”他牵着她的手，毫不犹豫地往房间走。

前方，迎面走来的是之前遇到的那三个男人，在他们不远处的座位坐下。

宁时谦顿了顿脚步，牵着萧伊然走了。

他们走远后，服务员来给这三人上了茶。

“阿郎呢？”其中一位年轻的问。

“说累了，在睡觉。”中年男人道，目光落在弹筝的女子身上。

“这么早睡！”

另一年轻人接茬：“他是对这清水白菜的味道不感兴趣吧？换个大胸妹他就出来了。”

三人脸上都露出轻浮的调笑，中年人喝了口茶：“灯红酒绿过惯了，偶尔尝尝清茶也不错。”目光却盯着弹筝的女子，眼里欲望的颜色不加掩饰。

三人的笑更加放肆起来。

“不然去把水哥招来？”

那中年男人笑了：“人家这叫高雅，你们别用那些俗物去招惹人家！”

另外两人笑得更加猥琐：“水哥也懂高雅？”

“我不懂高雅，我倒是知道，高雅和俗物之间隔着的不过是价码而已。比如，金银玉器、黄白之物，几千几万地买，那叫土！俗！可是几千万买一个老古董回来，那就叫收藏家！就成了高雅！再比如这美人，几百一晚、几千一晚，那叫嫖，庸俗！可砸它个几万几十万，那叫为美人一掷万金，就成了风雅！”水哥跷着二郎腿，眯着眼笑。

其余两人哈哈大笑，表示叹服。

流水般的琴声里夹杂着这样的笑声，显得分外刺耳。

萧伊然和宁时谦则相携着穿过竹楼的走廊，一路还能听见古筝悠扬之音，曲子已换，却是一首《梁祝》。

萧伊然缓缓地跟着哼，这首曲子她曾在警校某一年的新年晚会，将它的《化蝶》编成了舞蹈，好像还得了学校一等奖，那次宁时谦也来学校看了的，演出结束后，他和秦洛还带着她去吃夜宵庆功。

那支双人舞，和她一起演蝴蝶的，是秦洛……

曲流千年，还是那一首《化蝶》，昔日的蝴蝶却已陨落了一只……

她浅浅地哼着，不自觉已陷入了哀伤情绪之中。

牵着她的那只手，扶到了她的肩膀上，手上带着夏日的温度，将她整个肩膀都焐热了。

她便停了下来，抬头，看见他眼里的温暖，便冲他一笑，他似乎知道她心里在想什么，可是那样的哀伤是属于她和秦洛的，她没有理由让他来承担，那对他不公平。

他们谁都不知道，在经过某个房间时，房间里的人贴在门上，贪婪地听着她哼出的曲调，眼前绽放开的，是巨大的蝴蝶翅膀，深深浅浅的蓝色斑斓交错，流着金光……

到最后再也听不见她的声音时，他仍然紧紧地贴着，直到最后无力地缓缓沿着门滑下，以头撞门，一下，又一下，依稀有压抑的悲泣声隐隐溢出……

宁时谦和萧伊然的房间里，零食已经散落一地，刚进门的他迫不及待地便将她压在门上，吻如这火热的季节将她席卷。

初时，《梁祝》的乐曲不散，她的心还随着那两只蝴蝶在悲凉的乐曲里浮浮沉沉。

仍是有些痛，也没有传说中的感觉，可她还是努力地去适应宁时谦，因为她觉得自己不该，不该把属于她和秦洛的情绪带进和他的生活里，所以尽管承受得有些勉强，勉强到她没办法不专注在这件事情，到最后，更是被他的火热与力量冲击得没有精力去想其他。

话说，一场球赛，总得势均力敌才能踢完全场不是?

然而，男女体力上的悬殊注定攻守不平衡……

这一折腾，她都不知道折腾到了什么时候，反正她实在扛不住睡着了，他还在奋战。

第二天早上醒来，萧伊然又是一身疼痛难忍，动一下，便忍不住哼出声来。

宁时谦倒是睡得十分安逸，毕竟心满意足嘛！她这一动，把他闹醒了，他顺手便把身边软乎乎的人儿搂进怀里，带着满足和喜悦道：“醒了？昨晚怎么样？”

关于业务能力不强这个问题，他总要翻身才有夫纲不是？

她趴在他的胸口，不吭声。

“说话！”他咬咬她莹白的肩膀。

要她说什么呢？还是痛啊！她扁扁嘴：“不想打击你！”

这已经比什么打击都重了！宁时谦闷了好一会儿，得出一个结论，“那……既然真不熟练，只有多练了，熟能生巧。”

说着，他准备进一步和她熟悉一些。

萧伊然实在是怕了，苦着脸：“你要我的命啊！”

的确是太打击人了！这事儿跟要命一样严重吗？

“我洗澡去！”她挣扎着要起来。

“我抱你去……”他勘探了好久的温泉地形呢！

她实在是没力气，也就由了他。

没入温泉后，疲倦疼痛的身体如被一只巨大的手温柔抚遍全身，舒适极了，萧伊然趴在温泉边上，半闭着眼睛看着他一级一级台阶走下来，小声嘀咕了一句：“难怪这么痛……”

“你说什么？”他没听清，靠近了问。

身体的接触，让她脑中警钟长鸣，马上退开了些，想了想，和他分析：“你说，我们打高尔夫球，球门跟球洞刚好匹配才能进球不是？球大了怎么进得去呢？挤破了土壤不痛吗？”

这丫头怎么说话让人听不明白？

萧伊然撇着嘴往下看了看，颇为怨念：“别人的大概都是球，你的是plus版吧……”

宁时谦恍然大悟，笑得停不下来，忍不住强行把她拖到怀里来用力亲。

两人正在水里闹着，忽然听得不知何处一声凄厉的尖叫声响起。

“怎么回事？”她双手撑住他的胸膛。

宁时谦下意识地便想起昨晚那三个男人，什么旖旎心思都没了，拍拍萧伊然：“穿衣服，去看看。”

两人飞快穿好了衣服，打开门，外面已是一片混乱。

“发生了什么事？”宁时谦随便抓住一个服务员问。

服务员全身发抖：“杀人了！有人死了！”

“什么地方？报警了吗？”宁时谦忙道。

“报了，警察还没来！”服务员指了指前方，“梅屋。”

这家酒店所有房间都是以花命名的，宁时谦和萧伊然住的房间就叫“桃”。

“去看看！”宁时谦领着萧伊然急赴梅屋。

梅屋外已经站了好些人，宁时谦立时掏出警官证，驱散人群：“请让让，我是警察，请不要在这里围观，保护现场！”

他挤到人群最前面，萧伊然帮着他把围观群众给请离了房间门口，房间里的情形便一目了然。

一地的血。

房间里一男一女，男的仰躺在地上，穿着白色浴袍，浴袍散开，腹部全是血，浴袍也大面积被染成了红色。女的同样穿着浴袍，趴在茶几上，浴袍和身下也全是血。

现场并没有遭到破坏，大家对这样的场面终归是害怕多于好奇。

宁时谦看了看时间，依旧保护着现场，等着当地的警察过来。他回顾了一下刚才看热闹的人群，里面似乎没有昨晚那三个男人。

山区派出所的警察来得很快，宁时谦在表明身份后便将现场交给了他们，没过多久，这边刑侦的也来了，队长居然是宁时谦认识的。

“时谦！”意外相逢，却是这样的场景，两人也没多少喜悦了。

宁时谦苦笑，与对方握手：“张端！”

没有叙旧的时间，张端拍拍宁时谦的肩膀以示歉意，立即投入查案。

宁时谦和萧伊然回了房间，这样的蜜月，可就没了半分心思。

两人躺在床上，各自琢磨，许久之后，宁时谦想起身边的萧伊然，握住了她的手：“十三，对不住，蜜月的地点没选好，发生这种事。”

他想，没有谁的蜜月是这样的吧？如果在家里，只怕奶奶要拿他的职业说事了，总跟死人打交道，带煞！虽然十三也是警察，不会在意这些，但谁的蜜月不是一生最好的回忆？

萧伊然自然是懂他的，他得了一种一有案子就陷进去出不来的病，案子不破，他的心是松不下来的。

萧伊然冲着他一笑，乖乖地倚到他身边。

他手臂收紧，拥住了她。

两个人就这样依偎着，倒也十分平静。萧伊然闻着他的气息，和他一样，继续琢磨着案子，可到底这两天晚上没休息好，难得这样安静的时刻，她竟然睡着了。

萧伊然再次醒来却是因为突然响起的敲门声，宁时谦下床去开了门，门外站着的是张端和另一个警察。

“时谦，打扰了，这是我们的干警小周。”张端进了门。

“请坐。”宁时谦知道，这是来例行询问的，这么大案子，酒店每个人都要被问。

张端向萧伊然点点头：“嫂子。”

萧伊然十分惊讶，张端怎么会认识她?

张端是宁时谦在部队时的战友，一起转业，张端回了老家进了公安系统。

虽然心情晦暗，张端还是笑了笑：“当然认识！时谦以前每天要把你的照片拿出来看一看！”

宁时谦有些窘，黑脸发热，拍拍张端：“瞎说什么？赶紧说正事！”

张端就是来说正事的，坐下后，小周准备开始记录。

萧伊然将两瓶矿泉水放到他们面前，忙了这么久，他们只怕连水都没喝一口。

“先说说你看见的吧！”张端也没心情喝水。

宁时谦点点头，把今早他所知道的说了一遍：“就是这样，我保护了现场等你们来，不敢自作主张，其他我什么都不了解。”

“谢谢。”张端陷入沉思。

“酒店所有人都问过了？”宁时谦想起那三个男人，他知道自己有些主观了，但直觉有时候是无法说清的。

张端却摇摇头：“没有，有四个客人今早退房了。”

“哦？”四个？

“嗯。男性死者叫吴建，四十五岁，女性死者叫付雯雯，二十八岁，情人关系。房间里有一封遗书，是付雯雯写的，遗书里说生而无望，要与吴建同归于尽，表面看是付雯雯杀了吴建再自杀，现在在等法医的报告。”张端把遗书给宁时谦看。

遗书已经用证物袋封起来了，宁时谦摆摆手，表示自己不方便。

张端却道：“没关系，我这是来向你求助的，谁不知道你有一双出名的超电脑电子眼，神探在这里我不趁机使唤使唤那才是傻！”

“问出些什么来没有？”既然这样，宁时谦也就不过于谦虚了。

张端还是摇头：“服务员第一个发现的，他们叫了早餐，服务员来送早餐，结果吓坏了，然后报了警。其他客人都是听到尖叫出去看的，和你一样。初步侦查没有有用的线索，等法医结果再看。”

“退房的四个人呢？”

“这四个人还是可疑的，前台说原本他们订的是三天的房，却在今早临时退房走了。我们已经派人去追了。”张端想了想，又道，“这四人走之前在意见簿上留了一句话。”

张端把那句话拍下来了，将照片展示给宁时谦看。

“明月松间照，清泉石上流？”宁时谦轻声念出来。

“是的。字写得很难看，要么是左手写的，要么字真有这么丑。”

萧伊然也过来了，看着照片上的字皱眉：“留这么风雅意见的人，字不该这么丑吧？”

“难说。”张端把照片收了起来。

“酒店监控呢？”宁时谦又问。

“无巧不成书，监控坏好几天了。”

这边他们在谈案子，他们口中的四人却已经远远离开了这座城市，换了车，行驶在乡间的公路上。

马不停蹄开了一天的车，四个人都饿了，嚷嚷着要找个地方吃饭。

陈继余又开了一段，眼看要到黄昏了，发现一路的农家乐，停了车：“就在这儿怎么样？”

“行。”叫水哥的同意了。

一行人低调下车，陈继余道：“你们去点菜，我去放个水！”

从洗手间出来的他没有马上去和那三人会合，这一天的亡命逃路，好像被人掐住了肺管，沉溺在黝黑的深海里，无法呼吸，再多一刻他似乎就要溺亡。

陈继余在杂草丛生的野地里走了两圈，用力地大口呼吸，渐渐把自己从溺亡边缘给拉了回来。

他的脚下零星开着一些小花，白的、粉的、紫的。

他轻轻移开脚，唯恐踩痛了它们。

陈继余蹲下来凑上去闻了闻，并不香，可他分明感觉到了生命的气息，仿若有人一点儿点将氧气输入他的肺里，将他救活。

那是阳光的味道，是土壤的味道，是青草的味道，是新鲜空气的味道，是鲜活的生命的味道……

下巴上被熟悉的东西轻轻一撞，他抓住了，放回衣内紧紧按住，那是一枚小羊玉牌。

“阿郎！干什么呢？吃饭了！”有人在叫他。

陈继余默默起身，摘了一朵小花夹在指间而去。

有人笑他：“阿郎又去看花了！我说你到底是不是男人？男人有那么爱花的吗？”

陈继余没有回答。

他爱花，爱它漂亮的颜色，爱它的生机勃勃，爱这蓝天白云，爱阳光下的一切，而不是令人窒息的黑暗里没有边际的腐臭和污垢。是的，无边无际，没有希望，他恨，恨这腐臭和污垢，也恨自己……

偏有人憋了这一天要闹事，嘲笑他的那人一把抢走了他的花，脸上充满调笑的意味：“阿郎，你是不是变态？你想做女人也不错啊！正好水哥身上的火没地方撒，晚上你伺候伺候水哥得了！水哥一掷万金的，扔给谁不是扔？昨晚那小娘儿们没福气，给你这小白脸儿得了！”

他这话一出，另一人也笑了，神情淫邪。

陈继余盯着那朵紫色的小花在那人手里晃来晃去，柔嫩的花瓣在风里颤颤巍巍，最终被那人手指一捏，花儿便被捏变了形，花瓣飘落下来，一片一片落入油乎乎的菜里，粉紫的花瓣染上了让人作呕的颜色。

“你还我！”陈继余疯了般冲上前一拳将那人打翻在地，而后骑上去，眼前的已经不是一个人，而是所有他痛恨的一切，不见光日的黑暗、散发着腐臭味的每个人，还有那些变态而恶心的呻吟和疯狂……

他恨！他要撕毁这一切！他要毁灭这一切！一如他也想毁灭自己！

所有的恨在这一瞬间爆发，陈继余的拳头仿佛是要毁天灭地一般，痛击在那人身上。

他已没了知觉，没有意志，充斥着他的只有恨，毁天灭地的恨，还有那一声声在他脑中回荡的巨大呜咽：“你还我！还我的花儿！还我的阳光！还我光明的世界……”

最后，他是被水哥和另一人强行拉开的。

“别闹了！还嫌事不够多？阿虎已经进去了！你们也想进去就再闹大声点儿！”水哥警告着两人，只道陈继余是因为被当作女人受到侮辱而生气。

狂暴过后，陈继余浑身颤抖，一脚踢翻椅子：“你们吃。”而后，他抽着气去了车上。

车里，他一双眼睛通红，双手垂在座位两边紧紧握成拳，指甲割破手心，鲜血渗了出来，他却感觉不到痛。

只见他手一翻摸出一把匕首来，撩起裤管一刀用力划在腿上，眼睁睁地看着鲜血渐渐涌出，心里的痛和恨，才慢慢平息……

待那三人回到车上时，陈继余已经恢复平静，若无其事地叼着一根烟，一脸傲气。

那位水哥扔了一包东西给他：“饿了吃！”

“我……我来开车吧！”被这一场莫名其妙的打架震慑到的人话说得都没有底气。

陈继余也没说话，叼着烟下了车，把驾驶座让了出来。

被打那人脸肿得跟猪头似的，眼角淤青，嘴角还出了血，正用仇恨的眼神盯着陈继余。

陈继余一副无所谓的样子，眉梢眼角带着鄙视的傲气和挑衅。

水哥看不下去了，怒道：“都给老子消停点儿！谁再给老子惹麻烦，自己结果了去！”

两人这才稍加收敛，陈继余上车，四人继续往南。

命案之后的隐泉酒店，在这个淡季里显得越发萧条。

酒店的客人纷纷改变计划要退房，虽然案子没有破，但张端也没有权力扣留所有人，只请他们留下联系方式以及报备去向，以便随时再请他们协助调查。

于是，整个酒店除了工作人员，便只剩下宁时谦夫妇和警察了。

此时此刻，张端正带着小周聚集在宁时谦的房间里。

"更多的资料出来了。男性死者吴建，建筑商人，有过前妻，前妻于一年前自杀身亡，自杀时已是癌症晚期。吴建有一子一女，女儿二十岁，在读大学，儿子十岁，在念小学，平时由爷爷奶奶监管。吴建与付雯雯是四年前认识的，育有一名即将周岁的男孩儿，据说是打算男孩儿周岁生日那天结婚，这次他们是打算提前来度蜜月的。经法医检验，死者死亡时间在昨晚七点到九点之间，这个时间段，酒店大部分人还没休息，晚上花园里的演出还没结束。死者身上除了刀伤并没有其他伤痕，但死者有吸入高浓度七氟烷，初步认为，是先吸入七氟烷导致昏迷，再腹部中刀而亡。吴建腹部一共三处刀伤，付雯雯腹部两处，地上有一块浸有高浓度七氟烷的毛巾，茶几上，付雯雯的鼻子底下也有一块这样的毛巾，房间里玻璃杯、桌子、衣柜等物件上都有死者二人的指纹，除此之外，只发现保洁人员的指纹，遗书上的指纹也是付雯雯的。"

张端把大概的案情跟宁时谦简单说了一遍。

宁时谦习惯性地皱了眉，思考的时候他总是这样："前妻一年前癌症晚期，自杀身亡，付雯雯的儿子即将周岁，也就是说，付雯雯是'小三'，现在'小三'就要转正了，她还杀人并且自杀是为什么？"

"遗书上只说她对未来不抱希望，恨吴建，并没有说太清楚，但是据调查，吴建家人说过，吴建为了补偿前妻，所有财产将给前妻的两个孩子继承，吴建不会给付雯雯和她儿子一分钱财产。"张端再次出示一份打印的遗书。

"遗书在哪儿打印的？"

"目前还不知道，这个有点儿大海捞针，一下找不到，但是如果是外面打印店打的，打字员见了这样的文件不可能没有反应，要么报警，要么拒绝打印。当然，不排除付雯雯用非常手段堵打字员的嘴的可能。"张端把每个可能性都给分析到了，又想起一件事，“对了，吴建的女儿吴颖婧，音乐学院学生，在这家酒店当暑期工，晚上花园里的演奏就是她表演的，工作时间从晚上六点半到九点。”

“哦？”宁时谦想起那个隐在花丛中的身影，“她人呢？”

“已经下山了。”

“怎么之前没听你提起这个人？”宁时谦微觉奇怪，这么重要的一个人却不提?

“我们第一次问吴颖婧的时候，她并没有说出自己和吴建的关系，对于吴建的死，她的反应也挺冷漠的，后来因为解剖尸体要家属签字，我们查吴建的家属才查到她。”

宁时谦沉默片刻道：“如果是自杀，那么也就是说付雯雯先用七氟烷麻醉了吴建，然后杀死他，自己再趴在茶几上，用七氟烷麻醉自己的同时，在七氟烷还没完全迷倒自己之前，用刀自尽？这么做是因为怕疼？”

“还有啊，你说付雯雯点了第二天的早餐，一个将死之人，还记挂着第二天的早餐干什么？”萧伊然在一旁补充。

小周也在一旁点头表示认可：“的确，疑点很多，不排除他杀的可能，但是没有明显证明不是自杀的证据。”

“时谦，今天我们来是请你下山去和吴建家属见见面的，法医那边尸检已经结束了，家属会把死者遗体领回去，如果你没什么事的话，陪我们走一趟吧。”张端有些抱歉，“不好意思，本来你新婚……”

宁时谦摆摆手：“发生这种事，我们也没心情度什么蜜月了，走吧。”

起身的时候，他顿住了脚：“对了，那四个提前离开酒店的人找到了吗？”

“没有。”

宁时谦微微沉思：“算了，先下山吧，我总觉得那四个人很奇怪，你们查身份了没有？反正我自始至终只看到三个人，我们俩离开花园的时候是七点过十分，当时三个男人进花园听曲，你说的第四个人不知道在哪，我始终觉得这第四个人很奇怪。”

“身份查了，陈继余，江东人，无业，另外三个也是江东人，都是无业游民。”

宁时谦皱着眉，一时却没有更多灵感，挥挥手，四人一起下了山。

家属领回遗体的场面真叫一个混乱。

宁时谦他们到的时候，只有吴建的母亲和女儿在场。

如张端所说，吴颖婧的样子很冷漠，好像死的这个人跟她没有一点儿关系，只有吴建的母亲哭得差点儿闭过气去。

待老人家情绪稍稍稳定，宁时谦和张端才和吴颖婧进行谈话。

吴颖婧在面对他们时一点儿表情也没有。

一开始，谈话就从古筝切入。

“你是学古筝的？”宁时谦问。

“是。”吴颖婧的目光根本不在他身上，看着他的方向，却仿佛穿透他的身体，看向了别处。

“为什么会想到去隐泉兼职？你并不缺钱。”

吴颖婧的脸上是和她这个年纪不相符的沧桑：“我妈跟我说过，这个世界上除了自己，没有任何人可以依靠，自力更生从兼职开始。”

“你父亲去世了，你看起来并不难过。”

吴颖婧沉默了一瞬，之后声音有些发颤地道：“我的父亲，早死了。”

这个答案倒是出乎他们的意料。

吴颖婧声音凉薄地继续道：“他在四年前就死了。我的父亲是一个心中有爱的人，他会陪妈妈过生日，送妈妈好看的礼物；会按时回家，检查我的作业；会回来把我和弟弟举高高；会带着我学兴趣班，陪我练琴；会给我买漂亮的蝴蝶结；会给我们一家人幸福。他在四年前就死了。这个人，冷血、无情，眼里只有醉生梦死和另一个不要脸的女人，我不认识他，为什么要难过？”

空气一度沉闷，四个人都有些不忍看吴颖婧凉到冰冷的眼神。

宁时谦轻轻咳了一声，打破沉默：“7月24号晚上七点到九点之间你在哪儿？”

“隐泉酒店。”

“在干什么？”

“在花园里演奏古筝，弹了《高山流水》《春江花月夜》《梁祝》……”吴颖婧一口气把所有弹过的曲名说了出来。

“记得这么清楚？”

“因为每天都弹一样的。”

外面又传来吴建母亲的哭声，还有乱糟糟的喧哗。

“如果没什么事我就出去看奶奶了。”吴颖婧道。

宁时谦点点头：“谢谢你的配合。”

吴颖婧不吭声出去了。

张端在一旁道：“她的确一直在弹古筝，酒店工作人员和当晚在花园听曲的客人都能做证。”

宁时谦想的却是，当晚听曲的客人有三人没有问到，还有一人不知道在哪儿。

小周在一旁有些愤然：“那个吴建也是个渣男中的战斗机！小姑娘真可怜！”

外面却愈加喧哗，他们相互对视一眼，紧跟着出去看是个什么情况，却见又来了一群人，围着吴建母亲和吴颖婧骂。

这群人是付雯雯的家人，竟是找吴家人要说法来了。

“我们雯雯是因为你们吴家死的！你们吴家不给个说法我们就不下葬！”

“对！几年了，我们雯雯没名没分地在你们家，还给你们吴家生儿子传宗接代，你们做人要有点儿良心！”

“吴建还有个儿子呢，扔给我们就算了？这孩子是姓吴的，不是姓付的！”

“你们吴家要丧尽天良吗？”

“这个孩子也是有继承权的！”

“我可怜的女儿哎！你可真是不值啊！吴家都是畜生啊！”

“姐姐！姐姐你死得这么惨，外甥以后怎么办啊！”

“今天你们不给个说法，我们就把尸体停进你们吴家！”

一行十几个人围着一老一少，又哭又闹，其间还夹杂着孩子的哭声，闹得人脑仁儿发紧。

被这些人围住的吴建母亲又是伤心又是气恼，哭得全身发抖，吴颖婧却只站在那里，扶着她的奶奶，一脸冷漠地面对着所有人。

这情形实在让人看不下去，宁时谦四人上前劝阻，却不料还遭到那些人的谩骂。

“警察有什么了不起？”

“警察是看吴家有钱就帮吴家吗？”

“警察肯定被吴家人收买了！”

“警察打人啦！救命啊！警察打人了！”

宁时谦四人算是领教这些人颠倒黑白的功夫了，他们一根指头都没敢动，倒是自己身上莫名其妙挨了几拳。

这一团混乱，直到更多警察过来才把场面控制住，付家的人虽然暂时不闹了，领走了付雯雯的遗体，但没忘记放话，称不会轻易放过吴家，同时把那个一直在哭的孩子往吴建母亲怀里一送，一群人呼啦啦就走了。

小周尤其气愤：“什么人啊！那个哭姐姐的，是付雯雯的妹妹吗？还穿着红衣服来领姐姐的尸体，是真心实意哭吗？”

宁时谦却只顾着查看萧伊然，直到确认她没有被打到才罢休。

萧伊然对他这种行为很不以为然，老是把她当成那个还在他庇护之下的孩子，她早已经长大了，而且还跟他一样是警察！

孩子在吴建母亲怀里哭个不停，吴颖婧却松开了扶着奶奶的手，冷冷地瞪着这个孩子：“奶奶，我要把这个孩子还回去。”

吴建母亲一边摇着孩子，一边哭：“他到底也是你爸爸的骨肉，是你弟弟！付家那些人良心被狗吃了，只知道要钱，不会管孩子的！孩子跟着他们可怜啊！”

吴颖婧的眼神更加冷漠了：“我只有一个弟弟，今年十岁，哪里来的野种，也敢说是我弟弟！”

“你胡说什么野种？”吴建母亲气得扬起一只手要打吴颖婧，可看着孙女小小年纪寒冰一样冷漠的脸，这一巴掌怎么也不忍心拍下去，吴建母亲单手抱着孩子，孩子差点儿滑下去，她含泪收回手，抱紧了孩子，“阿颖，我知道你恨，可大人再怎么错，孩子是无辜的，他千真万确是你爸爸的孩子，这么小没了爸妈，也可怜，除了我们自己家里人能疼疼他，还有谁会真心疼他？”

说着，吴建母亲紧贴着孩子的脸，泪流不止。

吴颖婧退开一步，眼睛里浮起淡淡的雾气，声音却越发冰冷：“家？家里人？我的家早就没有了！在我妈从楼顶跳下去的时候就没有了！家对我而言，只剩噩梦，梦里全是血，还有我妈妈死都闭不上的眼睛，和鲜红的血里白乎乎的脑浆……”

她用力闭了闭眼，瘦削的身体颤抖不已。

吴建母亲听得心都碎了：“阿颖！我知道你爸爸对不起你们，也知道你和弟弟经历了不少痛苦，可是你爸爸已经去世了，也算是……算是受到报应了，你就……就把过去忘了吧……”

吴颖婧睁开眼来，已经恢复她惯有的冷静和漠然：“忘？我早忘了，那些不值得我记住的人，我早忘记了，我只记得我妈妈，还有弟弟，所谓的家里人，对我来说只有妈妈和弟弟了。”

她微微转过头，看着吴建母亲，眼神凉凉的：“奶奶，本来还有你的，可是如果你要带着这个杂种，那我……就是最后叫你一声奶奶了。”

“阿颖！”吴建母亲没想到吴颖婧如此决绝，凄厉地叫了声孙女的小名，泪如雨下，可是，要她把小孙子舍下，她却又万万不忍心。

吴颖婧便苦笑道：“你看，是你不要我的，既然你选了他，那以后就当没有我和弟弟了吧！再见。”

吴颖婧居然转身就走，绝情得不像个二十岁的女孩儿。

“阿颖！”吴建母亲哭得不能自已，“你就是这么对奶奶的？你怎么这么冷血啊！你忘了吗？你是奶奶带大的，你是奶奶的第一个孙女，奶奶怎么疼你的你都忘了？你爷爷早就不在了，你妈妈走了，你爸爸也不在了，你就这样把奶奶孤零零地扔下？哪天奶奶死在家里都没有人知道啊！”

吴颖婧停住脚步，回过头来脸上却是不加掩饰的嘲讽：“怎么会孤零零的？你不还有你的宝贝小孙子吗？还有付家一家人，那些不都是你儿媳妇的亲戚？他们可热闹着呢！他们会孝顺你的！”

“阿颖！”吴建母亲被这番话一气，嘴里只叫着她，却再说不出一句话来。

“奶奶，我本来是不打算领回里面那个人的尸体的，那个人在我眼里就是个畜生，可因为我是你的孙女，所以我陪你来了。可是，你看，现在是你不要我了，所以，我走了。”

吴颖婧转身快步离开，身后是吴建母亲的哭喊：“阿颖，奶奶没有不要你，怎么会不要你？”

可是，我跟你怀里那个孩子不共戴天！吴颖婧加快脚步，奔跑起来，风刺进眼睛里，眼泪哗哗直流。

这一场闹剧，在吴颖婧的决然离去和吴建母亲的痛哭声中结束。吴建母亲怀里那个孩子倒是慢慢止住了哭泣，不到一岁的人，长得白白胖胖很是可爱，不大会说话，只是拍着小手“巴巴、麻麻”地胡乱喊着。

宁时谦等四人找了个地儿坐下来谈论案情。

“你有什么想法？”宁时谦问张端。

张端把吴建的人际关系都说了个清楚：“吴建这个人从建筑工地工人做起，白手起家，做人相当有狠劲。据熟识他的人说，最开始的时候这个人谦虚好学，特别能吃苦，拼起事业来不要命，也就是因为他这股狠劲才让他发达了。但发达之后他好像就释放了，灯红酒绿就不说了，为人也张扬，傲气十足，自以为了不起，得罪了一些人，但得罪的这些人不至于谋杀他。”

张端拿出一张纸在中间画了个圈，写上“吴建”，“有三个人是我的重点。第一，吴颖婧。吴颖婧对吴建有着强烈的恨。吴建在吴颖婧妈妈重病期间出轨，还闹出个私生子来，导致她妈妈伤心欲绝跳楼自杀，这些恨，让吴颖婧整个人性格大变。但是，吴颖婧在案发当时的确在弹琴。有酒店客人做证，也有酒店工作人员亲眼看到她穿着演出服上台，还跟她说话了。”

“说了什么话？”宁时谦拿过笔，帮着张端在纸上从圆圈延伸出一个箭头，写上“吴颖婧”。

“很多人都看到她，都跟她说了话，小周记了几大页，等会儿你看看。”

小周便把记录拿给宁时谦。

宁时谦搁在一旁，请张端继续说。

“第二个人，是吴颖婧的舅舅。吴颖婧的舅舅雷成是雷英的弟弟，雷英就是吴建前妻的名字。这个雷成在吴建和雷英没发家之前就是个游手好闲的混混儿，因为打架斗殴聚众赌博这些事不止一次被抓，也算几进几出，他姐姐、姐夫发家后他尝到了好日子的甜头，也算改邪归正，进公司当个小小的头儿，女人很多，却三十大几的人也没正经结婚。自从他姐姐雷英死后，他不止一次和吴建发生冲突，甚至打过吴建，也曾扬言要弄死吴建和付雯雯。”

“吴建案发时雷成在哪儿？”宁时谦问。

“下午钓鱼，钓鱼回来在家睡觉。”

“有人证吗？”

“钓鱼是和朋友一起去的，有人证，晚上回家也有邻居看见。”

“说下第三个人。”宁时谦在纸上写下第二个名字：“雷成”。

“第三个，就是今天那个穿红衣服的女人，付蓓蓓，付雯雯的妹妹。她跟姐姐关系并不好，尤其在付雯雯跟吴建在一起之后。据说，吴建对付蓓蓓这个姨妹子也十分大方，付蓓蓓有跟姐姐争宠的行为。据付家邻居交代，姐妹俩常在家吵架，这两年吵架的内容就是姐姐骂妹妹不要脸，勾引姐夫，妹妹骂姐姐自己也是‘小三’。姐姐还说过，要想从她手里抢走吴建，除非她死。”

宁时谦写下第三个名字，然后翻开小周做的记录看。

张端和萧伊然都知道他琢磨案子的时候就会自动跟这个世界隔绝，谁说话他也不会理，于是张端和小周悄悄去了隔壁，剩下萧伊然安安静静地坐在宁时谦身边一声不吭地陪着他。

宁时谦看了多久，她就陪了他多久。

他认真工作的样子，萧伊然不是第一次见了，也习惯了他这种时候皱起眉头的样子。

江琳说他曾经又酷又跩，惹得一大票女孩子喜欢。

这二十多年里，百分之九十的时间她都忽视了他的外表，近来才常常细细打量。她不得不承认，他的长相其实很对得起当年那些成票成票喜欢他的女孩子，宁家人标志性的深邃大眼睛长睫毛，还有峰峦一般的高鼻梁，完美得能让女生嫉妒。和宁二哥那种白皮肤、打扮成女孩子简直可以艳压群芳不同，宁时谦一身健康的肤色，跟宁二哥的精致大相径庭，肤色深了好几度，也就多出了好几分凌厉和坚韧。这是多年制服生涯磨砺出来的吧，就连他的眼神也亮亮的，充满了豹的机警和灵活，而同样的眼睛，二嫂怎么形容二哥的？像流动的星河……

萧伊然就这么看着。

宁时谦看着记录，她看着他，时光就在这一刻静止不动了。

一旦爱上一个人，随意按下时间的快门，每一张都是叫作温情的照片，有一天照片泛了黄，还值得拿出来细细品说，看，我们那时候……

待他从厚厚的记录里抬起头来时，她正用一双微翘的桃花眼盯着他看，眼波灼灼，里面烟水迷离，正是三月桃花色。

“看什么呢？”他自然知道她是在看他，这样的眼神，让他心头温温热热的，蜜月遭遇惨案的阴沉都冲淡不少。

萧伊然还在那样的烟水迷离里出不来，愣愣的，莫名其妙顺着自己的思绪就说了一句：“我在想……至谦哥哥的眼睛像星星一样好看。”

看着他想着他家老二？这是什么意思？嫌弃他不如老二好看吗？他也就是比老二黑了点儿！宁时谦忍不住捏了捏她的鼻头，“你是我媳妇！记好了！”

她当然知道自己是他媳妇！她又没说对二哥有什么想法！

见他眉头还是皱着的，想着他一直在为这个案子劳神，也想让他松松气，萧伊然索性拍开他的手：“作为你的媳妇，还是有权利欣赏美男的嘛！”

这是明目张胆歧视他的颜值了？“你懂什么？男人不是要黑点儿才man？老二那样的叫小白脸儿！”

“你man？”萧伊然嘟哝着质疑，“你那么man，怎么还打不过至谦哥哥这个小白脸儿？”

宁时谦被气得笑了：“我那是尊老爱幼你懂吗？”

说起这茬宁时谦也是底气全无。从小到大，老大那是忠厚老实的典范，但披着忠厚老实的皮不知道干了多少倒霉事！老二，典型的别人家孩子！搁古代那就是琴棋书画文武双全翩翩公子！唯独宁时谦，最小最不成器还长成了最淘气的样子，只要一闯祸，不但要被老爹削，还有被两个哥哥削的危险！偏偏他还不断闯祸！

萧伊然也学着他蹙眉：“四哥，你的成长史就是一部被削的历史！爸爸削了大哥削，大哥削了二哥削，二哥削了爸爸削……”

宁时谦哭笑不得，轻轻拍了一下她的头：“二哥削了还要挨你削！”

只有老天知道，他只是淘气得比较明显而已！真正淘气闯大祸的是那两个不吭声的！有句俗话叫“咬人的狗不叫”也不是没有道理。

想到这里，宁时谦暗暗懊恼，怎么把自己比喻成狗了……

不过，他心里却也多了一个想法，把小周给他的记录合上，低声道：

"能布置这样一个局来杀人的，不一定是叫嚣得最凶的。"

"四哥，我们再回酒店看看吧。"萧伊然冥冥之中有一种感觉，好像错过了什么很重要的东西，却怎么也触不到那个点。

这时候错过的重要东西，应该是她不经意掠过的线索吧？

火车站。

吴颖婧将一袋水果交到一个男孩儿手里："阿觅，谢谢你来看我，进去吧。"

男孩儿看起来也是二十左右的样子，还有着少年人的单薄清瘦，却长了一张圆脸，肉肉的，笑起来像个无忧无虑的孩童。

阿觅将水果往旁边的地上一放，拥住了她："跟我还说什么谢谢！"

"要的。"吴颖婧眼圈一红，在他怀里闭上眼睛，嘴角却浮起浅浅的微笑，"阿觅，谢谢让我遇见了你。"

天气很热，彼此的体温更高，她那用冷漠铸成的外壳仿佛被这温度融化了，脸上流动着温柔的微光。

阿觅笑了："这句话该我说才对！"

末了，想起她父亲新逝，不该在她面前笑才是，他忙敛了神色："不要太难过了，有事给我打电话。"

吴颖婧摇摇头，将他抱得更紧："我不难过，你知道的，我不会难过，你不要担心我。你路上小心些，车里空调凉，别睡得太沉了容易感冒，要记得吃饭，别光吃这些水果就敷衍了，早上别老睡懒觉，早一点儿起来吃早餐，不吃早餐这个习惯不好，一定要改，不要跟你爸妈吵架了，他们那么爱你，要珍惜……"

"我知道啦！我又不是吴鹏！"阿觅摸了摸她的后脑勺。

吴鹏是她弟弟。

吴颖婧微微一笑，他那么好，他的世界里全是阳光和欢乐，不知愁滋味的样子让她总把他当小孩来疼。少年，愿你永远保持这颗赤子之心。

"开学见。"她轻轻松开他，眼里闪着淡淡的泪光。

"开学见。"男孩儿看看四周，涨红着脸在她唇上飞快一吻，而后朝着进站口飞奔。

“哎！等等！水果忘了！”吴颖婧追上去，把袋子交给他。

“哦哦！”他接回袋子的时候，顺手搂了搂她的腰，“我走了，到地方给你打电话。”

“好。”吴颖婧把他轻轻推进去。

阿觅汇入人群，脸上属于少年人羞涩的绯红久久不曾淡去。

吴颖婧回家的时候从车里拿出另一袋水果，提着上了楼。

这并不是她曾和父母一起住的房子，而是她舅舅的家。

那套她和弟弟跟父母生活了很多年的房子，父母事业有成后买的第一套房子，自从母亲去世以后就不属于她了。

她亲眼看着那个逼得她妈妈跳楼的女人跨入了家门，看着那个女人用贪婪而欣喜的眼神打量着家里的一切，看着她住进了妈妈曾和爸爸住过的卧室，看着爸爸妈妈的婚纱照被那个女人的艺术照代替，看着妈妈亲手布置的家被一点儿一点儿改变，甚至还看见那个不要脸的女人黏着爸爸亲热……

那所曾经代表了幸福的房子现在让她恶心得想吐！

她受够了让她恶心的一切，也受够了那个女人对她和弟弟当着爸爸一套背着爸爸一套的虚伪嘴脸！

终于，在一次爆发性的大吵之后她冲出了家门，发誓再也不迈进一步，可是，她走了，弟弟怎么办？弟弟还那么小，不知道那个女人会如何待他。

所以，她最终还是回了那所房子，继续在那个让人窒息的地方坚持着，每天走读，盯着弟弟，盯着那个女人。

她曾用死来抗议爸爸和那个女人结婚的打算，最后是爸爸投降。

可是后来那个女人怀孕了，这一次，她再也阻止不了。

爸爸说，他没有这么不懂事的女儿，要么乖乖接受她的继母，要么滚出去，甚至还说，她如果想死，那就死好了。

那一刻，她连哭都没了眼泪。

是啊，想死就死好了，反正他又有孩子了。

他对那个孩子宝贝成那样，妈妈怀她的时候她不知道，可是怀弟弟的时候她是看见的，他都没有像对那个女人那样把妈妈含在嘴里怕化了。

后来，有一次那个女人自己不当心差点儿流产，不知道那个女人跟爸爸说了些什么，爸爸回来居然把她痛骂一顿，然后把她和弟弟送去了舅舅家。

舅舅气得把爸爸揍了一顿，自那以后，她就是住在舅舅家里了，除了奶奶常常来看她姐弟俩，直到那个野孩子出生，她都没有见过爸爸一面。

哦，不，那人早已经不是她的爸爸了……

再后来，孩子生了，渐渐大了，大概是奶奶的坚持，那人又要接她姐弟俩回家。

家吗？

当她再一次回到那里时，一切都陌生得让她认不出来了。

她不知道自己为什么要回去，可她还是回去了，只是没有带弟弟一起。那个地方是地狱，她自己去地狱就好了，还是让弟弟在舅舅家安安稳稳地长大吧。

现在，一切终于结束了。

吴颖婧推开舅舅家的门，弟弟正在写暑假作业，看见她进来，那双酷似妈妈的眼睛里除了期待和依赖，还有着明显的惶恐不安。

她多么希望弟弟的成长不受影响，可是小小年纪的他在付雯雯制造的恐惧里小心翼翼地生活了那么久，又亲身经历了父亲和母亲的死亡，这样的人生怎么会不惊慌？

但愿，从此以后一切都会好起来。

吴颖婧温柔一笑，摸了摸弟弟的头："写作业吧，姐姐给你洗水果。"

他很乖地坐下，握着笔，却一个字也没写。

待她洗完水果回来时，他还握着笔在发呆。

吴颖婧发现了，却没有点儿破他，轻轻把水果盘放下，声音更温柔了："阿鹏，吃了水果再写。"

他并没有吃水果的欲望，但还是听她的话拿起了水果。从很久以前开始他就知道，姐姐是他唯一可以依靠的人，所以，听姐姐的话成了他生活唯一的准则。

开门声响起，是舅舅雷成回来了。

"怎么样？"雷成问她。

问的自然是领回遗体的事，他是不会去给那个丧尽天良的人收尸的，也不赞成吴颖婧去，可那人终究是她爸。

正在吃水果的吴鹏顿时竖起耳朵听。

吴颖婧默然。

雷成正要再细问，她却道："交给吴家的人吧。"

雷成混了那么多年社会，是个精明的，一听就大概猜到发生了什么，双眉一竖："有没有人欺负你？"

吴颖婧摇摇头："有警察呢，他们敢？"

雷成想想也是，他巴不得不去管吴家那档子破事，于是摆摆手："都过去了！你们和吴家再没有任何瓜葛！以后就跟着舅舅吧，只要舅舅有一口饭吃，就不会让你们挨饿！"

这也是吴颖婧所想的，她深深地看着雷成，点点头："嗯。"

雷成心里一酸，把外甥女抱进怀里，再一次低声道："别怕，一切都过去了……"

吴颖婧身体紧绷而僵硬，雷成轻轻拍着她的背，就好像小时候妈妈哄她睡觉时那样，一下、一下，躁动不安的心渐渐在这样的节奏中安定下来。

她全身缓缓放松下来，再次点头，过去了吧……

Chapter 08

边南某镇，某高级餐厅包房。

水哥带着三个人闯进来，四人都是风尘仆仆的样子，狼狈不堪。

包房里已经坐了半桌人，最中间那人站起来，笑道："水哥，辛苦了！老大要我为你接风洗尘！"

水哥往座椅上一瘫，一路保持的冷静严肃全无，只剩心有余悸和抱怨："差点儿回不来！"

"俗话说，大难不死必有后福嘛！"那人手一伸，对水哥身后的三人道，"小兄弟们也辛苦了，请入座。这次虽然人没救出来，阿虎也搭了进去，但开辟新市场这么成功，老大说过段日子要亲自为你们庆功！"

听见"老大"两个字，那三人也都面露异色，表现得十分惊喜。

"你是烈哥？"其中一人问。

谁都知道，老大神龙见首不见尾，鲜少亲身示人，除了水哥等核心人物，底下的小弟要见上老大一面很难，即便是水哥他们，也不是随时能见到老大。

烈哥哈哈大笑："是的！老大说这次你们接洽的那几个地区的大客户

他很满意，你们就等着老大赏你们吧！”

一路逃亡的四人灰头土脸的狼狈和怨气才消退些，尤其水哥，稍稍振了振精神：“虽然惊吓不小，但总算是值得！”

烈哥笑了：“我们干这行哪天不是在受惊吓？水哥怎么变得胆小了？”

水哥哼了一声，不说话。

“倒霉啊！办事的时候顺利得很，结果办完事回来的路上遇到一起杀人案，被警察当目标追！”有人脸上青肿还没消，从大猪头变成小猪头，还恨恨地瞪了陈继余一眼。

“我们看起来很像杀人犯吗？为什么退房了还来追我们？！”另一人也表示很郁闷，“就怕被警察怀疑，一发现不对赶紧退了房跑路，还是被怀疑！”

“知道你们辛苦！可是你们不是有阿郎吗？阿郎逃命功夫不是一流？”烈哥看着自进来后还一句话没说的陈继余。

而此时，被点到名的陈继余还是一句话不说。

陈继余旁边的人捅了捅他，要他给烈哥面子，陈继余才板着脸举了举面前的茶杯。

“什么人啊！还真当自己是个人物了！”被打肿脸的人一脸不屑。

烈哥却不放在心上，大笑：“敬茶就不必了，我们上酒！今晚啊，我敬兄弟们！谁不喝醉谁就是王八养的！”

酒菜上齐，包房里顿时热闹非凡。

酒过几巡后，好几人已微醉，便吵着要划拳行令。

陈继余始终冷冷淡淡，也没有醉意，对所谓的划拳酒令也不呼应。

可有人偏要拉他一起，他脑海里翻天覆地的，莫名便冲出一句：“那就行个有难度的！诗词接龙啊！”

他此话一出，遭到多人口啐：“知道你是个有文化的！羞辱我们吗？滚！一边去！”

众人大多没念过几天书，对他的提议无不讽刺，也不再邀他划拳了，自己嗨了起来。

酒席上的气氛顿时如沸腾的水，只有陈继余目光空洞，如置身寒潭，耳边响起女孩儿清脆的声音："你们划拳斗酒的那些玩意儿真没意思啊！咱们要玩儿就玩儿个有档次的行不行啊？什么小鸡小鸡的，都听腻了！不如古诗接龙吧！我给你们当裁判！"

女孩儿唇红齿白，笑起来眼睛弯弯的样子越来越清晰，好似这么多年过去，从不曾走远。

周围的喧闹潮水一般退去，那些记忆深处的温柔如月光倾落，将他包围，这是属于他的世界，封闭、柔软、芬芳，没有人能侵入，没有人能污染，无论外面是风狂雨骤，还是喧哗腐臭……

隐泉。

暮色渐合。

宁时谦和萧伊然坐在花园里，除了他们俩，花园里再无他人，只有寂寥的几盏灯，不复那日的琴音悠悠，茶香花浓，唯一的动静便是树上那些不知疲倦的夏蝉，一声接一声地填充着这空阔的静谧。

萧伊然面前摆着一份酒店工作人员和客人的口供记录。

已经被宁时谦翻看好几遍的记录，实在找不出什么蛛丝马迹了。

"有发现？"宁时谦看见她皱着眉和自己如出一辙的样子莫名觉得好笑，那种感觉就像看着她小时候偷穿岳母的高跟鞋一样。当然，也带了些许戏谑的傲气，他都看不出破绽的东西，她还能有发现？

她认识他二十几年，彼此熟悉得跟一个人似的，怎么看不明白他的意思？在他眼里，她始终是个啥也不懂的小孩儿呗！

萧伊然实在是不服气！

"如果我真的找到你没发现的线索，你打算怎么办？"她也不知为什么，那种她错过了什么东西的感觉时不时冒出来。

"你说怎么办就怎么办。"这两天低迷的情绪，总算因为她这不服气的样子而有些活络起来。

萧伊然想了想，绷着脸，表情很是认真："如果我比你先发现有利线索，你就给我当马骑三圈！还要大喊：我认输！"

末了，她觉得不过瘾，又补充道："还要拍视频！留下证据！"

"确定？"宁时谦笑，眼睛里涌动着异样的波纹，"确定要留证据？”

“当然！”留着铁证！几十年以后还可以羞辱他！

“好！”

他答应得这么干脆，倒让她生了疑惑，可一想，就算她输了也没啥损失！这个比赛，她占主动！于是萧伊然又一头埋进记录里，一副较真儿的样子，整个头都快埋进去了，宁时谦笑了笑，顺手摸摸她的头发：“要看回房间去看，这儿光线不好。”

“是啊！”萧伊然叹了一声，抬头，目光正对着吴颖婧曾经演奏的地方，美人蕉依然开得浓艳。

“别愁眉苦脸了！走吧！”宁时谦牵着她的手，拉着她回房间，在走廊上，遇见了清洁员推着清洁车过来，车里有换下来的床单和浴袍，像是刚刚从房间里收拾出来的。清洁员是个四十来岁的阿姨，也是一脸愁容，推车还不小心撞到萧伊然身上了。

“对不起对不起！”清洁员连忙道歉。

“没关系没关系！”萧伊然还帮清洁员捡起了掉在地上的毛巾，顺口问了句，“今天还换洗啊，有人退房吗？”

她记得这酒店已经基本空了。

清洁员叹了口气：“唉，别提了，今天上午陆陆续续来了几波订房的客人，听说这里才杀死了人，一晚都没住又退房走了，也不知道这样下去，这酒店还能不能继续开！”末了，清洁员还奇怪地看看他们，“你们不怕吗？”

萧伊然摇摇头：“不怕。”

也是，除了张端带来的人，没人知道他们是警察。

清洁员叹息着摇头：“不怕也别住了吧！没人！曲也没人弹！饭做了也没人吃！干脆不做了！这样再过几天，我们大概也要被辞工了……”

清洁员絮絮叨叨说着，推着车走远了。

萧伊然却猛然想起什么，跑进房间，打开记录本再次看了起来。

宁时谦颇为意外，难道还真让她发现什么了？

他也不打扰她，靠在一旁一个人思考。

萧伊然不停翻动记录，随后突然站起来往外冲。

“你干什么去？”宁时谦追了上去。

“快来！”萧伊然喊道。

宁时谦不明所以，跟着她跑。只见她跑到前台，再次拿起了顾客留言本。

他到她身边时，她已经翻到最近一页：“明月松间照，清泉石上流。”

萧伊然脸色大变，一颗心如同被一只爪子抓住一般，捏得她发疼，她捧着纸页的手都在颤抖。

宁时谦觉察到她的异样，心内也是一紧，扶住她：“怎么了？”

她抬头看着他，喃喃念道：“明月松间照，清泉石上流。竹喧归浣女，莲动下渔舟。”她念完后，眉目间已是一片哀楚，“四哥，你说，你老念着的那四个人到底是什么人？”

他不知道她为何突然变成这样，握着她的肩膀，撑着她发软的身体：“我不清楚，你先说说你想到了什么？”

萧伊然闭了闭眼，往事一幕幕浮现。

曾几何时，她嫌弃秦洛他们喝啤酒划拳太喧闹太俗气，闹着要他们行酒令的时候改古诗接龙，谁接不上了就喝酒。

是了，宁时谦那时候参与秦洛同学的活动次数很少很少，他只是她和秦洛的朋友而已，所以并未玩儿过这个游戏，可是，留这两句诗的人到底是谁？是在提供线索吗，还是仅仅是巧合？

如果是巧合，那这样留言的人算是骨骼清奇；如果是提供线索，又是谁会用这样的方式？他，已经不在了啊……

“十三！”宁时谦忧急交加。

萧伊然倏然睁开眼来：“四哥，我觉得这件案子跟清洁员有关！或者，我们该往这个方向努力！明月松间照，清泉石上流。这个人大概意指后面那句竹喧归浣女的浣女！四哥，你再看看口供记录，有破绽！”

两人回到房间，萧伊然翻动着记录，指给他看：“你看，这是所有清洁员的口供，一人轮休，其他人几点做了什么都记得十分清楚。我们再看看意见簿，酒店用的是表格式意见簿，第一行三格，分别是时间、顾客姓名、联系方式，顾客没有留姓名和联系方式，只写了时间和诗句，时间这一栏填的是725，那几个人退房那天是7月25号没错，可是你看，他写的是

7：25！两个点！我觉得这不合常理，只有一个可能，那就真的是在留线索！7：25，有可能是25号早上的7：25，也有可能是24号晚上7：25！如果是24号晚上的7：25，也许就是案发时间，但是，没有一个清洁员在24号晚上这个时间工作过！”

宁时谦深深地看着她，脑中逐一闪过的是那日所遇的三人的脸，还有始终不曾露面的第四个人……

宁时谦蹙眉，往后一躺，却不慎压到遥控器，房间里的电视机打开了，一段古筝音乐流淌出来。电视机首先呈现的是一段酒店广告，画面正是酒店的花园，美人蕉掩映中，弹古筝的美人半遮半掩。

宁时谦双眼一眯，盯着画面，萧伊然则凝神静听着画面里的人弹筝。

突然，两人同时跳了起来。

“去弹段筝给我听！”

“去弹琴的地方再看看！”

两人异口同声。

“这段广告啊，是我们上个星期新录的！弹筝的就是吴颖婧。”服务员这么跟他们说，并且配合他们的要求，把筝抬了出来，摆在日常演奏的地方。

小小一处石头搭建的表演台，周围环以假山和美人蕉，演奏者坐在其中，有着不识庐山真面目的神秘感。

宁时谦还坐回了第一次所坐的位置，萧伊然则坐在台上开始弹筝。她不擅长这个，只小时候院里的小姐妹们练，她跟着瞎胡闹过，勉强能弹成调。

一小段后，萧伊然站了起来，望向角落里的宁时谦。

他在黑暗中端直而坐，招了招手，示意她可以回来了。

张端带着人来到雷成家门口，按响了门铃。

门从里面打开，露出雷成看见警察时骤然一怔的脸。

张端出示了警官证：“你好，我们是警察，请问吴颖婧在吗？”

“不在。”雷成硬着声音道。

“我们可以进去吗？吴建和付雯雯的案子需要你协助调查。”

雷成犹豫了一下，开了门。由不得他不开啊！

张端进门后问了些情况，而后道："我们想看看你家的电脑。"

雷成迟疑不定，却没有办法说不，指了指书房。

张端带着人进去了，雷成也惴惴不安地跟了进去。

将电脑打开后，张端带来的网络技术同事飞快地敲着键盘，查阅文件，片刻之后，对雷成道："我现在要对你的电脑进行恢复。"

雷成脸色一变，想上前阻止，被小周迅速按住了。

电脑里被删掉的文件毫无难度地被一一恢复，那份付雯雯的遗书也被找了出来。

雷成脸色顿时煞白，整个人软了下来，却也只是一瞬，很快他的眼神便变得坚定："我自首，人是我杀的！"

张端也脸色微微一变，和小周对视一眼。

"是我杀的！你们带我走吧！我恨吴建那个畜生还有付雯雯那个不要脸的狐狸精害死我姐！我早就想杀他们了！我跟踪他们进了温泉酒店，假扮清洁员进去，然后迷昏了他们，再捅了他们好几刀，假装是付雯雯干的！"

"你用来迷昏他们的药叫什么名字？"张端不动声色地问。

雷成想了半天也说不出来，"谁……谁知道叫什么，反正我买来能用就行了！"

"在哪儿买的？"

雷成支支吾吾的，还是说不上来。

此时，一道阴影出现在书房门口，同时，响起女孩儿清脆而冷漠的声音："是我杀的。"

雷成回头一看，急了："我说你这个傻丫头！你胡说些什么啊！人是我杀的！是我杀的！"

吴颖婧嗫了嗫唇，却冲着雷成含泪一笑："舅舅，谢谢你，可是既然做了，我就知道会有这一天，抹得再干净，也会有这一天，只是因为吴鹏我才存了点儿侥幸心理罢了。这样也好，不用再提心吊胆了。不过以后得麻烦舅舅多照看照看吴鹏，他……只有你这个亲人了。"

说着，吴颖婧的眼泪滚落下来。

雷成见她这副模样，眼眶一红，也流下眼泪，一个大男人，蹲在地上抹起了泪："你这是何必啊！傻孩子！我都已经认了！舅舅本来就是个混混儿！光棍一个，无牵无挂，也不是第一次进局子！你不一样！你那么年轻！还有大好的未来啊！吴鹏也不能没有你这个亲姐姐！"

吴颖婧默默地听着，只是流泪。

"姐姐。"

吴颖婧身边多了一个十来岁的孩子，仰头望着她，一双本该稚嫩的眼睛里满是与年龄不相符的小心和恐惧。

"阿鹏！"吴颖婧终于蹲下来，抱着吴鹏大哭。

张端的想法是考虑到对这个十岁孩子的影响，不希望给他造成阴影，等他们都哭完了，才提出带吴颖婧回去问话。

谁知吴颖婧却擦了擦泪："等等好吗？我想让阿鹏知道。"

她看着弟弟，面对着弟弟那双清澈而满是惊惶的大眼睛，忍不住想要捂住那双眼。本该是无忧无虑的童年，她的弟弟却没好好享受过几天……

"阿鹏……"她哭出声来，"你听着，姐姐做错了事。从小，妈妈和老师就对我们说，知错就改还是好孩子，可是有的错误，是没有改正机会的。阿鹏，爸爸和付雯雯是姐姐杀的，姐姐不想瞒着你，瞒得了一时也瞒不了一世，你长大了总会知道的！阿鹏，你要记住，以后好好听舅舅的话，不要像姐姐这样轻易犯错了，遇到事情要三思而后行，不能冲动，要想想舅舅，想想姐姐，想想你在乎的朋友。你要知道，像姐姐这样冲动之下犯了错，就再也没有和亲人在一起的机会了……"

该承担的责任，她会承担，她只是放不下唯一的弟弟……

"姐姐……姐姐你不要走……"吴鹏本就早熟，现在怎会不明白发生了什么？他抱着吴颖婧的脖子哭了起来。

"阿鹏！"吴颖婧此刻是后悔的，不为其他，就为了再也不能陪伴弟弟长大，"阿鹏，对不起，姐姐不好，姐姐做错了事，错了就要受到惩罚，阿鹏是男子汉，不可以这样，知道吗？舅舅，你把阿鹏拉开吧，记得好好教他，别让他走错路……"

最终，吴颖婧在三人的痛哭声中一步一回头地走了，是她自己选择以这样的方式被带走，她想要给吴鹏留下一个深刻的印象，盼他长大后不要成为自己这样的人……

公安局。

吴颖婧已经渐渐平静下来，面对问讯也不是很配合，只是承认自己杀了人，而小周一连串的问题诸如“怎么杀的、作案时间”等，她都拒绝回答。

到后来，她被小周问得心浮气躁，抱着头再次哭了起来：“你们别问了！别问了行吗？我都承认了还不行啊！”

张端这时来了，放了一段监控录像给她看，画面里出现了一个男孩儿。

心理防线终于瓦解，吴颖婧瞪大了眼睛：“你们怎么找到他的？”

录像里的男孩儿开口了：“那天晚上阿颖要表演，衣服都换好准备上台了，她临时说不舒服，要我替她，我就换了衣服，戴了假发去了。你们问这个干什么？阿颖怎么了？”

就这么一小段，让吴颖婧崩溃：“你们怎么找到他的？跟他没有关系！他什么都不知道啊！你们不要打扰他……”

怎么找到的？

张端想起宁时谦他们来找他时说的话，两人都肯定7月24号晚上在花园里弹琴的人不是吴颖婧。

“我在电视里听到的吴颖婧弹的筝，明显和那天现场演奏的不是一个人弹的，吴颖婧水平更高！”萧伊然那天很笃定，如果是古筝专家来听，估计还能听出更多区别，但她只是业余的，凭着自小练钢琴的耳力只能听出高低之分。

宁时谦却说：“吴颖婧的身高比十三还矮，十三坐在那里弹琴的时候坐高只到最高那朵美人蕉的花托，而那天那个人，我记得很清楚，高出了花朵。”

张端看着吴颖婧：“是，几乎酒店员工都看见你穿着汉服装扮好了准备上台演奏，你有意在酒店晃了一圈让所有人看见，最后上台的时候，却是在表演台旁边更衣室里候着的阿觅。表演台那边本来就没什么员工会去，表演的时候演奏台离得远，又隐藏在花丛里，看不见人的真面目，化个浓妆，汉妆长头发一放就遮了大半张脸，谁知道演奏者是谁啊？是吗？”

阿觅已经承认代替吴颖婧上台表演的事实，吴颖婧无法抵赖，捂着脸哭了一阵之后，终于道：“是，一切都是我计划好的。我在知道他们俩要来酒店度假之后，先他们一步到酒店求职，酒店正好需要一个弹琴的，我就留下来了，好做安排。我先是损坏了监控，然后为了制造排除自己嫌疑的证据，谎称不舒服，让阿觅帮我弹琴。这段时间虽然是淡季，客人不多，但我还是怕露出马脚，所以换了清洁员的衣服，戴了口罩去房间杀人。当时，开门的是我……是吴建，我进去就迷晕了他，然后在浴室里找到付雯雯，用同样的办法捂晕了付雯雯，最后捅死了他们，并且制造付雯雯自杀的情景，清理了房间，再戴上口罩离开……”

这一次，吴颖婧把作案的过程都交代得清清楚楚，最后哭着说：“真的是我一个人做的，跟阿觅没有关系，他完全不知情，从头至尾以为我只是不舒服。如果……如果阿觅来找你们，也请你们不要告诉他我是杀人凶……”

话说了一半，吴颖婧最终却哭着苦笑：“算了，说不说都不重要了……”

她存了最后一线希望，希望可以留给阿觅一个美好的印象，自己就这样偷偷去赴死，却是一时犯了傻。

本来一切都万无一失的，没想到会出现一个变数。

她问道：“是那个色鬼告诉你们的吗？”

“色鬼？”这倒是张端不曾掌握的信息。

“如果不是那个色鬼晚上找我去陪他，堵在更衣室里，结果堵到的是阿觅，你们会知道不是我在弹琴？”

“当然不是。”

“不是？”吴颖婧又问。

“不是。”张端诚恳地回答，看来宁时谦的直觉没错，那四个人还真不是好人。

吴颖婧没再说什么，却暗暗地松了一口气。

隐泉酒店，宁时谦和萧伊然原本已经打算退房，这个蜜月过得太阴郁，既然案子已结，他们也想早点儿离开这个地方。

张端却坚持要请他们吃饭，说什么即便不是为了感谢他俩帮他破案，只是为了尽地主之谊也要请客，他俩结婚，他一直忙着也没空接待他们，心里过意不去。

宁时谦和萧伊然便索性第二天早上看了日出再走。

下午，他俩叫了辆车下山，直接去公安局找张端，哪知却遇上张端正要出门。

"真不好意思！我正打算联系你们呢！我这儿还要出去一个小时，然后刚好到吃饭时间！"张端十分抱歉的样子。

宁时谦笑："是我们不好意思，来早了，没办法，谁让媳妇爱吃呢！老早惦记着了！急着下山来坑你一顿！"

萧伊然用力砸了宁时谦一拳，什么人啊！有这么败坏她名声的吗？哪里是她惦记着吃嘛！

张端也笑了，心里一松。这两天气氛这么压抑，他真的对老友感到很抱歉，人家好好的蜜月被搅了，现在看着他们心情好些了，他也感到舒服多了。

"我这是打算去吴颖婧家里看看，就一个十岁小孩子在家里，我有点儿不放心。你们如果不介意的话，一起去？然后我们去吃饭？"张端道。

"好，那就一起吧！"宁时谦拉着萧伊然的手上了车。

张端一笑："嫂子不会介意吧？"

"她介意什么？"宁时谦大手一挥，"她都听我的！在家我是纯爷们儿！"

张端哭笑不得："你啊！就图嘴巴快活吧！小心回去跪搓衣板！"

"张队，你落伍了！现在还有搓衣板吗？人家都流行键盘、榴梿！"小周也在车上，这两天跟宁队熟了，一起打趣道。

"你们跪得有经验啊！"宁时谦一脸不屑，揉了揉萧伊然的头发，"问问她，咱家到底谁跪！我跟你说，就算我求着她让我跪，她也舍不得……"

"是吗？"张端和小周揶揄地笑。

"可不！万一把键盘、榴梿跪坏了可怎么办？咱家里不是还有打碎的碗啊杯子啊什么的，对不，媳妇？”他瞬间变身讨好的贝贝。

萧伊然将他凑过来的脸推开，真是没脸没皮到极点了！不过她也知道，他这是在故意逗她开心呢，她郁郁寡欢的样子，他一直看在眼里。

张端和小周彻底被宁时谦逗笑了，或许她也应该配合着笑一笑吧，不应该再把思绪缚在那句诗上了，留诗的那个人，也许真的只是一个恰巧也喜欢这么玩儿游戏的人，秦洛毕竟已经牺牲了，边南那边的消息不会错，人都葬在异国了不是吗？陈继余，江东人……

她如此想着，心里依然摇摆不定，脸上却朝宁时谦露出一个笑容。

“对了，时谦，陈继余等四人，我们接到江东公安局发回的资料，四人一直在江东，从来没离开过，所以，那四人很可能是用的假身份证，套的别人的身份信息。”张端笑过之后道。

萧伊然脑中紧绷的那根琴弦突然之间铮一声断了，嗡嗡的回音不断震荡。

“我记得其中三个人的长相，我回去搜搜资料库，看看这些人有没有在我们库里挂号。”

耳边是宁时谦的声音，萧伊然摸出手机，悄悄发了一条短信到边南：“张队，您确定秦洛牺牲了吗？尸体确认是他吗？”

发完，她偷偷看一眼宁时谦，他并没有注意到她。

车渐行渐快，她的手机轻轻一振，有消息发来。

她靠在车门上，快速打开瞄了一眼，一句话：“是的。小萧，我理解你的心情，可是事已至此，放下吧，开心生活。”

萧伊然放下手机，闭上眼睛。

没有岁月可回头，但她始终希望浩渺人间，存一丝关于秦洛的气息。

有人握住了她的手，除了他，再无别人。

她舒缓了手指，与他十指相扣，靠在他肩上。

窗外，一幕一幕飞速替换的是小城的街景，小楼高低错落，夏日里的行道树树叶繁茂，放学的孩童追追打打，收工的男人骑着脚踏小货车，车上载着他的妻子和孩子，男人回头看一眼，妻子对着他一笑，他黝黑的脸上瞬间绽开满足的笑容。

时间永恒。

吴鹏是个内向而腼腆的孩子，站在他们面前时低垂着头，双手交错在身前，食指绞在一起不停地扭着，两只脚的大脚趾也叠着交替踩来踩去。

他话很少，张端问他什么答什么，声音也小小的。

张端把吴鹏的学习生活方方面面问了一遍后，也没什么可说的了，留了电话，说了些有什么困难可以找他的话，便准备离开了。

“阿鹏，去送送警察。”雷成指了指。

“不用不用！”张端忙道。

吴鹏犹犹豫豫的，雷成挥着手：“去去去。”

吴鹏这才打开鞋柜，从里面取鞋子。

雷成在一旁叹息：“这孩子本来就内向，这回发生这种事，更加封闭了，得让他多锻炼，不然连跟别人说话都不会了，以后可怎么办？”

张端这才没有阻止，反而亲和地走到吴鹏身边摸他的头，结果吴鹏紧张地一拉，把鞋柜里的鞋子扯出来一堆。

吴鹏涨红了脸，手忙脚乱地开始捡鞋。

张端笑了笑，也蹲下来帮他捡，雷成急了：“张警官，怎么好意思让您捡呢！快放下！我来！我来！”

“没关系！”张端拾起一双鞋，摆了回去。

雷成也赶紧凑过来捡，一时地上蹲了三个人忙着捡鞋子。

鞋柜迅速恢复原貌，雷成和吴鹏一起把四人送到门外。

到了大街上，张端低声跟小周说了句什么，小周应了声“是”，开着车走了，张端回过头来对宁时谦两人道：“走！我们三个打车去吃晚饭吧！”

张端私人请客，选了个当地特色的小馆。

萧伊然原本以为他们会喝酒，谁知张端并没有，下酒菜倒是叫了好几个，三个人喝着果汁。

“时谦，这次咱就不喝酒了，下回……”张端说着有些惆怅，顿了顿，“也不知下回是什么时候了，如果不是你们来度假，我们还没那么快见着……总之，这顿酒我欠着，来日方长，总要还了你，到时一醉方休！这回就请你原谅了！”

宁时谦一笑，拍拍张端的肩膀：“咱们兄弟这么说就见外了！宽宽心，我想喝我媳妇也不让！”

萧伊然暗暗掐他大腿，她什么时候管着他了？每次都把她拎出来挡。

“怎么？戒酒了？还是嫂子本事大！”张端笑。

宁时谦被萧伊然掐着，眉头都没皱一下，悄悄在底下握住她柔软的小手，低声道：“暂时戒，这不是担心……喝酒影响孩子质量吗？”

萧伊然顿时满脸绯红，狠狠瞪了他一眼。

可男人之间，这样的玩笑简直连荤菜都算不上，张端只大笑了声，说了句“应该的”，就此揭过了，留萧伊然自己在那尴尬了好一会儿。

战友久别重逢，说不完的往昔，道不尽的兄弟情谊，两人的回忆从最初的爆笑糗事，到后来渐渐笑不出来，最后无声哽咽，红了眼眶。

两个男人猛灌果汁，果汁清淡的滋味自然压不住心潮澎湃的情绪，两人闷头陷入久久的沉默。

这样的沉默，萧伊然懂。

警校毕业时，大家都曾抱头不舍，和秦洛分别时，不曾想过一别就是永远，但也许是注定，这世上有许多人只是彼此擦肩而过的故事，即便这故事本身再如何感人肺腑，它也终究是个故事。

故，为旧，故事，便是过去。

萧伊然在这沉默里悄无声息地呼吸，像一株端详着游鱼的水草，凝视着宁时谦的侧颜，有好几个瞬间都想用草的柔韧缠绕他的身躯，却始终低下头来，数着饭粒。

回酒店的车上，萧伊然没有再控制，柔软的胳膊缠着他的腰，在他耳边悄声说了句：“四哥，我会一直陪着你的。”

失去的已经太痛，此生唯愿在岁月的长河里，不再失我所珍。

他一怔，握住了她的手，眼里的温柔蜜一般化开来：“当然。”

许是今晚的气氛有所不同，自此刻起，宁时谦就一直握着她的手没松开，从山下到山上，从车里到酒店房间。

一进门，他的吻就压了下来。

这几天“724杀人案”带来的阴沉压抑似乎到了爆破的顶点，彼此心里都有着一根埋藏在枯草下的导火线，在这一刻将一切点燃，一切的一切，痛、恨、阴郁、酸楚，噼里啪啦爆裂开来……

很快，烈火熊熊般烧了个彻天彻地，释放过后，是散发着火星腥味的余烬，在并不舒缓的呼吸里，依然噼啪作响。

他用力地抱着她，在她耳边嘶哑了嗓音："十三……"

他的胡楂硬硬的，像是生生要刮掉她一层皮，虽然刺痛，偏偏每擦过一次，她心里便有不安分的浪与他呼应，潮起，潮退，是比痛更折磨人的沉溺，随浪放逐的水草无法安生，好似要抓住什么，要咬住什么，才能在这场放逐中立稳。

她转过头去，一口咬住他的唇，咬得他闷哼一声。

游鱼终于被水草缠住，纠缠，摩擦。

"十三……"他翻身。

"嗯……"她又像一只将将学猎的小兽，得了些许乐趣，便新奇而贪婪地追逐她的大型猎物，一点儿一点儿地咬。

"还记得我们的……赌约吗？"他也要颇为费力才能忍住不去反击这只不听话的小兽。

脑子里只有食物的小兽，思绪一团糨糊。

"你赢了……"

萧伊然好像有些记起来了，可是他这时候提赌约干什么？

"你说，要我给你当马骑。"

"嗯……"她趴在他身上，一双眼睛水润迷离地看着他。

"现在给你骑马。"

"现……现在？"她有些不相信。

"嗯……"

当她终于明白怎么骑马的时候，她已经说不出话来，也忘记了羞涩，只是暗恨此人怎么这么不正经，还特能装，她到底被他以前的好哥哥形象蒙蔽了多少年？

"十三？"

她并不想说话！

"十三？你说过要录下来的！手机！"

她忙里偷闲想到自己得意非凡试图羞辱他的瞬间，觉得可以羞愤至死了！

好一场策马扬鞭的奋战！

她甚至不知道自己是怎么被他唤起来去看日出的，站在地上双脚发软，最后，是他给她裹上外套，背着她到山顶，一路上淡淡硫黄气息的空气里混着松香晨露，可她完全无知无觉，趴在他背上再次睡着。

“萧小猪，到了！”

她浑浑噩噩的，并没有反应过来他是在叫她，她什么时候有这样的外号？

直到被他放在地上，睁开眼，太阳的金光在地平线上炙烧，她才感觉山里初晨的清冽和特有的芬芳。

“美不美？”他将她搂在胸前。

“嗯。”她点点头。

自此，两人再无话。

两个人很少有这样的时候，不打打闹闹，只是安静地凝望着那一抹金红燃烧成一大片夺目的辉煌。

这种时候，似乎比较适合说一两句天长地久的誓言，但，两人都没有。

也许是没有必要。他们从那么小就在一起，仿佛是为了对方而生，就像日出和天空，宇宙混沌般相依的存在，理所当然，不容置疑。

又或者还有别的也许？

下山的时候萧伊然已经完全清醒了，宁时谦仍要背她，她不让，大气地挥挥手：“我自己可以了！我现在背你都没问题！不信你试试！”

他倒是舍不得让她背自己，但她这种常常突发奇想又特别固执的人，一旦有了想法就不肯放弃了，非要背他，结果踩在清晨被露水浸湿的草叶上一滑，两个人滚作一团。

两人倒也没有相互抱怨，反而抱在一起哈哈大笑一通，就像小时候两个人非要叠在一块儿滑滑梯，最后像两只笨拙的小熊猫一样滚在地上爬不起来，也是这般傻笑了一通。

傻笑过后，宁时谦牵着她去找水源洗洗手，擦擦衣服。

松林里有一小潭水，远远地便看见水面的亮光。

萧伊然一路走着，忽然想到，如果这是夜晚，还真真应了那句诗的景：明月松间照，清泉石上流。

“我们应该晚上就来看夜景的！诗里的意境可真美！”她吸了吸鼻子，松叶的清香闻着很是舒服。

“那我们再……”

他话还没说完，便怔住了。

两人站在水潭边，水面浮着一层死鱼，鱼儿小小的，密密麻麻翻着肚皮。

“怎么会这样？”

宁时谦拿出手机：“叫张端过来！”

张端在半小时后就赶到了，从水里捞出了两块毛巾、一瓶药。

“我们怀疑‘724’的案子没有那么简单，昨天在雷成家里收拾鞋柜的时候，我发现吴鹏有双鞋子有异样，虽然清洗过了，而且清洗得很干净，但只要走过路，就会有痕迹，这是瞒不了的。我昨天悄悄取了一点儿成分，让小周带回去化验。这座山是天然温泉山，土里含硫成分比较高。化验结果出来了，我从他的鞋子上取下的样，成分和山里土壤的成分是一样的，证明吴鹏至少是来过山里的。”张端的表情十分凝重。

宁时谦和萧伊然也没出声。

“所以……你要不要再留几天看看进展？”张端又问。

凝思过后，宁时谦缓缓摇头：“不，我们回去了。”

他不知道留下来会面临怎样的结果，十岁的孩子……

他眼前浮现出吴鹏那双总是充满惶惑的眼睛，还有交错在身前不断扭动的手指。

他这些年经手的案子无数，经历的沉重和无奈无数，但他是警察，避无可避，那些残忍、痛楚、揪心，他无论如何难受也不能不去面对，而这一次，他可以不面对的，就真的想逃了……

我内心里经历着一场油烹火炙的煎熬，我想说与你知道，却又希望你永远不要知道……

两人从温泉回到燕北，仿佛走进了人间。

生长了二三十年的地方，一呼一吸间的空气都是熟悉的，夏日里扑面而来的热风，带着燕北市特有的味道。

无法描述这是怎样一种味道，夏天里隐隐浮动着丁香花香味的干燥空气，晚间不知从哪儿飘来阵阵卤猪蹄的卤香，就连偶尔的汽车尾气，都和别地儿不同。

宁时谦和萧伊然回到家的时候是傍晚，家里亮着灯，空气里隐约有丝丝菜香，不知哪家在炖肉。

宁时谦吸了吸鼻子，颇为诧异："好像是我爸炖黄焖鹅的味道。"

"就是……把鹅肝炸得焦焦的那种？"萧伊然冲他挤了挤眼睛。

宁时谦嘿嘿一笑，牵着她打开门，菜香味顿时扑面而来，整个房间里都是鹅肉被炖透了以后尽情释放的肉香。

"还真是我爸在做饭！"宁时谦站在门口，惊住了。

听见开门的声音，宁守义围着围裙出来了，两手还是湿的，一张大黑脸上堆着类似于挤出来的笑，说话的声音也透着刻意的讨好："回来了？马上就可以吃饭了！"

宁时谦再次一呆，结结巴巴地说："爸，您……这皮笑肉不笑的……我可真不习惯。"

难道不该黑着脸一声吼：臭小子！你还知道回来？！

这种才正常不是吗？

他话音刚落，宁守义便脸一黑："臭小子！滚一边去！"

虽然转变得有些快，但宁时谦满意地点点头，这才是他爸不是吗？

只是，转眼间那种一言难尽的笑容又回到了宁守义脸上，他对着萧伊然道："然丫头，累了吧？赶紧歇歇，准备吃饭！"

宁时谦看着自家老头儿不忍直视的笑容，实在想说，她累个啥呀？行李是您儿子提，一路还要顾着抱她背她鞍前马后茶饭伺候！最重要的是，还要为了宁家的孙子日夜操劳！累的是您儿子啊！能不能关注下重点人物？

他真是心想事成！

接下来老头儿就关注他了，大手一挥："把东西拿进去，再去厨房把饭菜端出来！”

话说他老头儿把他当苦力使唤，他认了！可能不能别每次都在对他黑着脸一顿咆哮后立马换上触目惊心的笑容对十三笑？这种转换的效果完全等同于恐怖片啊！宁时谦嫌弃地走开了些，免得晚上做噩梦！

萧伊然被宁守义迎进来，唯恐怠慢她似的嘘寒问暖。宁时谦看着，心里酸酸的，莫非人长得可爱就是讨喜些？为什么他不管在自己家还是在岳父家都是被嫌弃的那个？

萧伊然笑嘻嘻的，甜甜叫了声“爸”，又把宁守义喜得不行，掏出一个大红包来塞给萧伊然。

宁时谦抗议了，跳出来：“爸，我的呢？”

“去去去，一边儿去！”

宁时谦哼了哼，“爸，我说您是不是傻？这叫一声爸，就给一个红包，您那点儿养老钱没几年就给完了！”

宁守义回头瞪了他一眼，宁时谦嘴一撇：“我去放行李！”

萧伊然笑吟吟道：“爸，我也先去换个衣服，再来吃饭。”

“去吧去吧！”宁守义笑眯眯道。

宁时谦把行李收拾好，乖乖听他老头儿的话，饭也摆好，才去房间叫萧伊然吃饭，却听见她在房间里打电话。

“妈，我今晚就不过去了，公公在家给我们做了饭，我陪公公吃饭算了。”

是了，两人一早就告诉了萧家，今天回来，萧家应该也准备好晚饭了，他还打算今晚吃两顿的呢，先在家给老头儿面子吃顿饭，再去萧家赶场。

那边白一岚又是笑又是酸：“哟，这是嫁出去的女儿泼出去的水了？只顾着婆家，把娘家忘了？”

“妈！”萧伊然撒娇地叫了一声，“您明明知道不是……”

“好了好了，妈妈开玩笑的，妈妈还担心你在家里骄横惯了，不会给人当媳妇，惹人厌呢，既然懂事，妈妈也就放心了。”

“妈。”

宁时谦并不知道白一岚在另一端说了些什么，只听见萧伊然的声音柔柔的，像清泉淙淙淌过：“妈，其实我还是不知道怎么当个好媳妇，我只是回来的时候看见宁伯伯，不，看见爸爸觉得挺心疼。妈，我们这次出去还顺便办了个案子……”

她把吴家的案子简单说了一下：“我现在觉得自己很幸运，有这么好的一个家，有你们这么好的父母，让我从小到大都泡在蜜罐里，可是，四哥不一样。我从前不懂事，没有好好站在他的角度想过，从小只觉得他贪玩儿，成天只会跑到我们家来带着我玩儿，我现在想想，他除了我，还有什么呢？他从小就没妈，没有人管他冷不冷、饿不饿，过年过节，常常不在家，现在回想起来，都不知道四哥一个人怎么熬过来的。我记得小时候，他的衣服袖子都短得露出胳膊肘了，他还在穿，我那会儿也傻，把自己最喜欢的裙子拿去给他穿，那个时候还是狠下了决心的，因为是四哥，我才舍得自己最漂亮的裙子……”

她想了想宁时谦那会儿被她吓得跳窗逃走的情形自己也觉得好笑，笑容里却含着淡淡的泪光：“还有我公公也是这样，这个家没有女人，就不像一个家。每次去四哥家的老房子，我都觉得很安静很冷清，就像没有人住一样，公公这么多年一个人孤孤单单的，好可怜。妈妈，我现在常常想，我们家那么热闹，是因为有我和您，有我闹着，有您打理着，家里才始终充满欢乐和生气。妈妈，我也想做一个像您那样的女人，给四哥和公公一个家，一个真正的家。妈妈，他是最疼我的四哥，我也想好好疼他。”

宁时谦在外面听着，渐渐红了眼眶，没有再叫她，转身回了餐厅，一路上心里酸酸胀胀的，好似有什么东西要爆裂开来。

“然丫头还没来？”宁守义看见他一个人表情古怪地在自己对面坐下，问道。

“就来。”短短两个字，带了鼻音，齉齉的。

宁守义诧异地看了宁时谦一眼：“吵架了？”还没等宁时谦回答，他就开始了思想工作，“两个人再好，结婚了有个口角也在所难免，你是男人，凡事让着点儿就没有解决不了的问题。你从小不是最擅长哄然然吗？别娶回来就不当一回事了。”

说到这里，宁守义顿了顿，又道：“然然可是萧家千娇万宠养大的，现在交给我们家，总不能委屈了。我们家这么些年就两个男人，突然来个女孩儿，也不知道该怎么养才好，真是生怕一不小心给亏待了。女孩子心思又细腻，受了委屈也不肯说，自己闷在心里难受，那可真是不好了……”

宁守义想着，越发觉得头疼：“别人家里都有婆婆，如果你妈还在，也有个知轻重的，现在……”

他想起亡妻，心里堵得难受，第一次不得不承认，妻子是真的走了，无论他怎么自欺欺人地保留着老房子三十年前的模样，也不能逃避这个事实。他可以生活在回不去的往事里，但儿女不能。

看着如今已经长大成人并且成家立业的儿子，宁守义心里又是骄傲，又是酸楚，还有浓浓的愧疚，叹了声：“小子啊，爸爸还是亏欠你，这些年只顾着自己的想法，也没能给你找个妈照顾你。”

小子就这么糊里糊涂地长大了，谁知道这其中有多少委屈？

看着老爹黯然神伤的样子，宁时谦如何不知道他怎么想？

他很是哥儿俩好地拍拍老爹的肩：“老头儿！挺好！您给我找一后妈来，如果不好，没准儿我还得跟她斗智斗勇！咱们爷们儿的世界，有什么亏欠不亏欠？您可别酸了吧唧的！有工夫不如教教我当初是怎么哄我妈的！我妈可是绝世美人！还是有名的才女！结果嫁给您这个大老粗！您别告诉我您没使手段！”

这就是爷们儿的世界，二三十年了，没大没小，哪怕前一个小时他爹把他抽得爬不起来，但凡能站起来了，又这样和当老子的勾肩搭背，没个正形！

可偏偏爷们儿两个还都挺享受这样的相处模式，也幸好，就这么放养着长大，儿子也没有学歪，不然百年后可真没脸去见他母亲。

宁守义看着儿子，摆出一副“你欠捶”的样子，真是岂有此理，爹妈的情事也是他能打趣的？可看着这样的儿子，宁守义到底没绷住，笑了出来。

宁时谦也笑了。他和老头儿的世界别人不懂。

萧伊然打完电话回来，想是听见了他和宁守义之前说的话，接了上去：“爸！您可不能教他！”说完她又瞪着宁时谦，“宁小四！你脑中在想啥？这才刚刚结婚呢，就想着要爸传你祖传法宝骗女人？我说你都把我骗到手了，还想骗谁？”

这个活宝！

宁时谦笑出声来，捏了捏她红扑扑的脸蛋儿。

“他敢！”结果老头儿子很配合，“然然啊，这小子要敢欺负你，你跟我说，我不抽死他！”

“嗯！”萧伊然用力点头，“爸爸您要给我撑腰！”

宁时谦失笑：“还撑啊！你的腰都跟水桶一样粗了！再撑下去就没腰了！”

“爸爸，您看他怎么说话的！”狐假虎威的招数马上得用起来！

宁守义一筷子敲过去：“还不盛饭！”

得得得！宁时谦被敲得乐颠颠的，起身劳动去了。这日子，真好，但愿一直这样下去吧……

身后响起萧伊然的声音：“爸爸，您以后就跟我们一起住吧！如果您不喜欢这里，我就跟四哥一起陪您住老房子里。

“爸爸，一家人住一起才像家啊！

“爸爸，您是不是嫌弃我不是个好儿媳妇啊！

“爸爸，我和四哥啥都不懂，怎么带孩子呀……”

宁守义的沉默终于被打破：“有孩子了？”

宁时谦觉得老头儿的发散思维也挺快，不过，更让人糟心的是某人说谎不带红脸的本事，只听某个声音脆脆地在答：“嗯嗯！”

宁时谦背着身也能想象出她小狗一样猛点头的表情。有什么办法？那只有他多努力，让谎话快点儿变成现实呗！

不管怎样，老头儿算是被萧伊然忽悠得答应住下来了。

夜晚，萧伊然旅途劳顿，早早睡了。

客房里，宁守义静静坐着，心里默念着妻子的名字：你看，儿子终于长大了，我算是完成你的托付了。你儿子娶了个好媳妇，如今哪怕下一秒赴黄泉，我也没什么可牵挂的了。媳妇，现在我人生的全部就是等待了，等待和你重逢的那一天到来。

宁时谦则在书房里抽烟，一根接一根，最后他拿出手机，翻出一个久未联系的号码打了过去，那边有人接了，宁时谦皱着眉，烟蒂在指间燃烧："喂，张队，是我，您给我一句实话……"

新房里，萧伊然睡得不甚安稳，门开的声音惊醒了她，迷蒙中感觉到有人靠近，浓浓的烟味袭来，她推了推搂住她腰的胳膊，转开脸："怎么又抽烟，不是说了抽烟对宝宝不利吗？"

他用力将她搂回来抱紧，呼吸埋进她的颈项里，模糊低语："明天，明天再开始戒，对不起……"

他狠狠地就挺了进去，带着莫名的阴郁和压抑……

"你……"毫无准备的萧伊然被弄得痛了，却来不及说出一个反对的字，就被浓烈的烟味给完全封了唇。

她并不讨厌这样的味道，只是有些不适应这样的他，皱着眉，却到底还是松软下来，纵容了他。

蜜月很快过去，两人都要上班了。

短短十几日的休养，虽然在蜜月期间经历了温泉命案，但萧伊然的气色还是十分不错。她本就姿容出色，在宁时谦面前也从小骄纵，虽从警后硬朗了不少，但习惯使然，宁时谦对她又一味娇宠，且毕竟完成了少女到女人的转变，萧伊然整个人透着与往常任何时候都不同的红润与鲜嫩，加上她一双顾盼生辉的桃花眼，当真随便一个眼波流转都像浓春枝头一朵新雨浸润的桃花，勾人心魄。

宁时谦常常看着她，就能看呆。

比如此刻，萧伊然换上笔挺的制服，在镜子前照来照去，不停整理自己发型，端详镜子里的容颜，并且还一直抬袖子闻自己衣服上的味道。

宁时谦在一旁觉得自己至少看了半个小时，从最初的入迷到后来的疑惑，忍不住问："你在干吗呢？"

萧伊然一张脸白里透红，娇俏地凑到他面前："帮我看看，我的发型还好吗？还有，我新换的这个气垫怎么样？有没有奇怪的味道？"

她一双眼睛猛然靠近，盈盈目光中不经意泄露的风情让他想起昨晚她眼中的旖旎，还有她微微嘟起的唇瓣，柔腻的粉色泛着脂光，令他心猿意马，忍不住凑上去轻轻咬她的唇，脑中一片糨糊。至于气垫是什么东西，他从来就没明白过，边咬唇边摸她的脑袋，含含糊糊的，“气垫？在哪儿？我摸摸……”

萧伊然被他这急色的样子给弄郁闷了，这几天也不知道到底怎么回事，两个人没法单独相处，只要没了旁人，他就是这副德行，黏糊糊贴在她身上似的。

萧伊然当即把他给推开了，颇为怨嗔：“干什么呢？我刚梳好的头发！”

宁时谦表情委屈：“不是你让我摸摸气垫吗？”

萧伊然对着镜子重新梳头，被他咬过之后，脸上更是布满红晕：“摸啥摸？你到底知不知道气垫是啥？”

宁时谦一脸茫然：“不知道啊！莫非……”

他的目光下移，落在她纵然穿着宽大制服，依然凸显的某处。如果要垫的话，只有垫这里了，还是充气的？他有空了要不要研究研究这个东西？

萧伊然敏锐地感觉到了，狠狠瞪他：“看哪里呢？”这家伙，简直就跟流氓似的！

“你自己说……垫的……”宁时谦下意识吞了下口水。

萧伊然被他不争气的表情给气笑了：“气垫气垫！是擦脸的！”

他才郁闷呢，好好的擦脸的为啥叫气垫啊？什么人起的名字？

萧伊然收拾妥当，伸袖子到他鼻子前：“闻闻，你家的洗衣液气味难闻不？”

什么话？他都用这么久了这会儿嫌难闻？那不是嫌弃他身上味难闻？宁时谦把她的手拍开，不悦地道，“我说你不就上个班嘛，跟参加晚宴似的，照镜子照个没完，还嫌味难闻，那你喷香水呗！”

她只好自己闻闻：“一边儿去，你不知道我们不能喷香水啊？”她吸着鼻子嘀咕，“算了，暂时就这么着吧！如果贝贝不喜欢这个味道，那就换洗衣液吧！”

宁时谦腾一下站了起来，原来她折腾一早上就是为了去见那只狗啊！“要不你考虑下换老公？”

他这么激烈的反应真是出乎她的意料，更多的是觉得好笑。

萧伊然走过来，逗贝贝似的挠挠他的下巴："干吗呢？"

宁时谦满脸不悦："你不觉得在你心里贝贝比我还重要吗？"这话他早想说了！现在身为她的老公总有资格说了吧？"你说，你什么时候见我刻意打扮过？连衣服的味道都要讲究？它就是一只狗，它懂吗？"

她越发觉得好笑了。他是她的英雄啊！居然有这么幼稚的一面！

"四哥，别闹了！贝贝可聪明可懂事了，啥都知道！我这么久没见它，担心换了气味它不习惯！"

"那意思是比我聪明比我懂事了？"宁时谦堵着一口气绷着脸，他还从来没因为她换了味道就不习惯呢！

萧伊然笑出声来，真想说，你现在的样子可真没有贝贝懂事呢！三十岁的人比一只几岁的狗还幼稚！

她没工夫跟他磨嘴皮子了，两手揉着他的脸，凑上去亲了亲："我要迟到了，不跟你说了，晚上见！"

一肚子不高兴的宁时谦因为她这个动作好受了些，可是马上又想起另一个问题："你亲过贝贝没有？"

"当然亲过啊！"萧伊然不假思索地说。

"什么？"刚下去的火苗又噌地蹿了上来。

萧伊然拍拍他的脸，转身就走了："好了，别闹了！我真着急了！我还从来没有离开贝贝这么久，真的想它了！你跟一只警犬较什么劲？"

这是安慰人的话吗？什么叫离开贝贝这么久？不才十几天吗？话说他离开她十几天她会这么想他吗？

一堆的问题，还没等满怀幽怨的他说出来，萧伊然就已经不见人影了，隐约听见她在外面说了句"爸爸，我上班去了"，就没了声息。

萧伊然欣慰的是，贝贝一点儿也没因为她休假而和她生疏。

看着贝贝兴奋地朝她冲过来，她心都软了，蹲下来将贝贝抱了个结实，小家伙多日不见她，黏在她身上闻个不停。

"你可算回来了！"身后传来汤可的声音，"你们家贝贝只有你能伺候！可把我们折腾得不行！真是个小娇娇！"

贝贝也不知道是不是听懂汤可的告状了，在萧伊然怀里呜呜两声，两眼水汪汪的，一脸委屈状。

汤可被气笑了："话说贝贝你那么大个儿，好意思做这受气小媳妇样子吗？你以为你是小型犬啊？"

贝贝哼哼两声，不理汤可了，钻到萧伊然怀里一动不动贴着，老老实实享受萧伊然的抚摸。

"哼！真是你来了就这么乖！我们带着跟伺候条狼似的！"汤可晃晃手里的袋子，"贝贝，火腿肠，要不要了？"

贝贝一副"我妈来了，我有肉吃"的样子，十分不稀罕地偏过了头，把萧伊然逗得哈哈大笑。

汤可也笑了，在一天的工作正式开始之前，八卦地冲萧伊然眨眨眼："新婚的感觉怎么样？咱们宁队……勇不勇猛？"

"去去去！"萧伊然满脸绯红，转眼注意到汤可脖子上一点儿可疑粉红色痕迹，顿时乐了，指着她笑，"难怪问我这样的问题呢！不知羞不知羞啊！快点儿老实交代！都干了些什么坏事？"

汤可也闹了个大红脸，捂住自己脖子："不是你想的那样！"

"那是哪样？别告诉我是蚊子咬的！这只蚊子得姓魏吧？"魏未追汤可的事早已经不是秘密了！萧伊然结个婚，难道两人突飞猛进？

汤可噘着嘴，脸色更红了："没有……就是……就是被他强行……咬……咬了一下，我不同意……"

萧伊然乐得不行："不同意他能咬到你？"

"你又不是不知道他们！力气那么大……"汤可说话的声音越来越小，到后面几乎听不见了。

萧伊然不由得也想起了宁时谦晚上干的那些事，的确是……力气不小。想着自己昨晚苦苦求饶他还不放过自己的画面，双腿不禁有些发软，两颊也红得胜过天边的朝霞。

汤可见她那样，怎不想报仇？靠过来捏着她的脸笑："还说我！还说我！看看你！老实交代在想什么？是不是在想宁队是怎么力气大的！"

"去你的！"被说中了心思的萧伊然拍开汤可的手，两个人追着闹起来，贝贝也在一旁凑热闹地又叫又跳。

不管怎么样，每一天都是新的一天了。

下午下班的时候，萧伊然接到宁时谦的电话，说是回岗位第一天，兄弟们闹着他请客，他就不回家吃饭了。

萧伊然表示知道了，也没有要求跟宁时谦一起去，虽然他队里的人跟她都熟，但男人间的聚会，她才不去参与，索性也告知了宁守义一声，自己和汤可慢慢逛会儿街再回家。

不工作、不面对萧伊然时的宁时谦，是另一副模样。

席上热火朝天，兄弟们猜拳聊天十分热闹，宁时谦只浅浅喝了一口酒，酒劲滑过喉咙口的瞬间，他耳边回荡的便是电话里张队的声音：对不起，无可奉告。

曾经，是张队亲口告诉他，秦洛已经牺牲，并亲自把“鼹鼠先生”的密码告诉他。

而今，张队说无可奉告。

无可奉告是什么意思，他会不明白？

宁时谦并不知道事情为什么会变成这样，他仅仅知道的，是秦洛深爱那个丫头，而那个丫头，心里也从不曾忘记秦洛。

她是他兄弟的女朋友。

她已经是他的妻子了。

每一天，他都用笑容来面对萧伊然，每一晚，他都蛮横地行使他做丈夫的权利，可是，放纵过后，是难以入眠。

他不知道自己现在是怎样一种矛盾的心理，就好像也不敢确定萧伊然给他的笑容背后，是怎样的内心，更不敢确定，他们有怎样的未来。

他的人生，从不曾如此彷徨。

指间燃着一支烟，烧到了尽头他也不知道，长长的烟灰掉落下来，掉在他的裤子上，裤子被烫了一个小洞。

“宁队，你在想什么呢？”魏未今儿有些亢奋，大概是因为昨天初尝女孩儿肌肤鲜嫩的滋味，整个人都飞起来了的感觉，虽然事后被汤可扇了一巴掌……

老实疙瘩段扬也察觉了：“好像不太高兴？”

魏未笑了：“头儿，你新婚大喜啊！有啥不高兴的？难道是小嫂子让你欲求不满？”

宁时谦把烟蒂扔了，打起了精神，这群猴崽子，再让他们说下去，只怕会越说越不像话。

当下他带了嘚瑟的笑道："你们管好自己！我可是修成正果了！你们呢？段扬你的护士姐姐追到了？小魏子搞定汤可了？"

段扬想起了谭雅坚定不移的冷淡，魏未想起了那一巴掌，顿时蔫了下去，头儿不带这么毒的啊！专挑扎心的说！

"革命尚未成功，同志仍需努力啊！向头儿学习！赶紧修成正果！"老金呵呵一笑，脸上泛着满足的红晕。

修成正果？

宁时谦暗暗苦笑。

佛说，苦海无边，回头是岸。

哪里是岸？何处有正果？没有人能回头，苦海里的那个人，此岸非彼岸。

段扬一本正经地说："金叔，你才是我们人生的终极目标。"

老金连连摇手："我算什么呀？一辈子到退休了还是个小警察！没有建树，也没几个钱，除了老婆孩子热炕头，我啥也没有！"

老金干完这半年就要退休了，警察的接力棒就要完美地传递出去，接下来的生活就是晒太阳陪老伴儿带孙儿了。

段扬手里转着酒杯，目光深沉："这就是终极目标啊！人一辈子还求什么呢？工作踏踏实实做好，有一个家，有陪伴终生的人，有一个可爱的孩子，看着孩子长大、成人，再成一个家。老了，退休了，家还在，老伴儿还在，回顾一生，自己无愧于这身警服，作为一个警察，也许是一个不那么尽职尽责的丈夫、不怎么合格的爸爸，但是，为了这个家，自己也尽了全力，陪着老伴儿的时候，能说一句无愧于心！还要什么呢？"

一时间，大家都安静下来。是啊，还求什么呢？到我们都老了，你还在，我还在，大家都还在，岁月安好，还要什么呢？

良久，宁时谦拍了拍老金的肩膀："老金！段扬这话说到了心坎上！你才是那个修成正果的人！希望我们每个人都有这一天！"

老婆孩子热炕头，最简单最平实的幸福。

大伙儿举起了酒杯。

“老金，我们敬你一杯！”宁时谦代表大家说。

老金憨实地一笑：“那好，算是为我光荣退休提前送行吧。”

“不！”宁时谦和他碰了碰杯，“你正式退休的时候我们还要大排场庆祝的！到时候把嫂子和您孩子一起叫来！今天啊！就为我们二三十年后活成你这样干杯！”

想不透的事、解不开的结，交给时间吧，但愿多年以后，我们都有机会发生华霜，彼此有属于自己的安宁归属，夕阳下的我们，无论身处何处，于这一生无悔无怨。

静谧的气氛一瞬间又活络起来，问起老金的儿子，老金也是眉开眼笑。

“我结婚晚，三十多才解决个人问题，老伴儿也没什么文化，就是贤惠，儿子基本是她带大的。年轻时候出勤多晚班多，也没那个精力和时间管儿子，好在儿子从小很乖，也肯争气，现在大学毕业两年了，自己和朋友折腾做生意，听说还不错，就是跟我一样，不肯结婚……”

说起孩子来，每一个父母都是骄傲的，老金脸上满是自豪的光芒：“我和他妈希望他快点儿成家，生个孩子，这不我也退休了，趁我和他妈还能动，也能帮着带带。”

大家都笑了，段扬指指自己，又指指宁时谦和魏未：“金叔，您看看我，看看宁队还有他们，谁不是三十大几还单着？宁队终于把自己推销出去了，我们还熬着呢，您别急，到时候我们几个生的孩子都叫您爷爷！”

魏未不乐意了：“哎哎哎，说谁三十大几呢？我才二十九！二十九知道吗？我还是年轻小伙儿，别把我跟你们划一堆！”

一时间，大家都笑了起来。

宁时谦笑着，抿了口酒，眼角莫名有些酸。

已是深夜十一点儿。

萧伊然斜靠在床上看书，一个姿势久了，脖子酸疼，她直起身，揉了揉后颈，一看时间，这么晚了，宁时谦还没回来？

九点钟左右她打过一个电话，他接了说还要一会儿，让她先睡。

她原本是想先睡的，可不知为什么，怎么也睡不着。

人的习惯是个可怕的东西。

她认识宁时谦二十多年，真正意义上同吃同住却是这十几天才开始，然而，仅仅十几天，居然就让她习惯了他的存在。

这个人实在有些霸道，晚上睡个觉，一张大床他一个人能占去大半，然后把她牢牢地锁在怀里。

最初那两天，她嫌受束缚，总是会睡到下半夜醒来，想要离他远点儿，可一动他就醒了，黑暗中睁着一双亮灼灼的眼睛，猫一般充满警惕，然后再把她抱紧一些，让她枕在他的胳膊上，不许她动。

她无奈地认命了，再后来几天，便习惯了他坚实的胸膛和结实的双臂。

到现在，也不过一个蜜月期，少了他在身边，她竟然迟迟无法入眠了，这才取了书出来看，一直看到此刻。

可这都什么时候了，宁时谦也该回来了不是？

萧伊然正想着，电话来了……

她一接，听见的是魏未的声音："小嫂子！宁队喝醉了！没法开车，你来接下他呗！"

她还没来得及回答呢，就听宁时谦的声音在那边嚷嚷："没事，媳妇！你别来！我叫代驾！"

吐词都模糊了！怎么醉成这样？

"四哥！"她忙道，"我马上过去！你等等啊！"

"不用来！老婆！不用！真不用！媳妇，你睡……"一会儿老婆，一会儿媳妇的，完全是一个醉汉的胡言乱语了。

魏未大概也喝高了，一个劲地嚷着要小嫂子去接。

萧伊然只好让魏未把电话交给段扬，那群人里，只有段扬最老实，可是她忘了，段扬也是个酒坛子，在那边话都说不利索了！

她不知道今天到底发生了什么，一个两个都喝成这样！

"段扬，你告诉你们头儿，我马上过去接！"在得到那边段扬肯定的回答后，萧伊然换了衣服就往外走。

她出去的时候，却将宁守义给闹了出来，站在书房门口问："这么晚还出去？"

她一时疏忽，不假思索就答了："嗯，爸，我去接四哥，您先休息。”

“小子喝醉了？”

不愧是父子，一下就猜着了。

“呃……”萧伊然心里掠过的是宁时谦小时候被老爸抽的画面，马上过去摇着宁守义的胳膊，“爸，是他们队里几个兄弟聚一聚呢，肯定是高兴了，您别骂他好不好？他很少这样的！”

宁守义本来也没生气，见她撒着娇好似身后有条尾巴似的摇啊摇的模样，倒是笑了，只听过丈夫喝醉酒被老婆训斥嫌弃的，倒没见过老婆给喝醉酒的丈夫求情的，这从小养着的啊，感情到底不一般，你疼她，她疼你的，可心！

萧伊然见他笑了，开心地撒腿就跑：“爸，您可是答应了，不能反悔啊！”

宁守义笑着看她出门，反悔什么呢？这么好的一对，他还瞎掺和啥？小两口儿自己的事自己解决呗！宁守义笑着摇摇头，进了厨房。

萧伊然赶到的时候，宁时谦他们还没出来，不过已经喝得差不多了，宁时谦一张黑脸泛着红，招手叫她“老婆”，一双眼睛亮亮的，好像所有喝下去的酒都升腾到他眼睛里，凝成了结晶。

魏未那些人也沸腾起来了，嫂子嫂子热情地叫个不停。

一群人喝成这样，大概连账都不记得结了吧？

萧伊然觉得自己肩上的责任突然重了许多，她本是这里面最小的，可喝醉以后的男人一个个都像孩子，尤其宁时谦，趴在她肩上，整个重量都压着她，一副耍赖的表情哪里还像个刑侦队长？

她撑着他去结了账，然后把他们都弄进车里，再一个个送回家，最后回到家的时候，已经快一点儿了，她也累得筋疲力尽。

好在宁守义还没睡，把宁时谦从她肩上给接了过来，宁时谦还不乐意，缠着萧伊然叫“老婆”，呼吸里浓浓的酒味都喷在她脸上，长满胡楂的下巴还在她脸上蹭，蹭得她没脸面对宁守义。

宁守义脸一黑，强行把醉醺醺的儿子给扯了过来，冷森森的声音响起：“老实站墙角思过！想不清楚我再抽你！”

熟悉的台词啊……

宁时谦有些错愕了，莫非又回到小时候了？他媳妇呢？

宁时谦一双迷茫的眼睛瞪着宁守义看，宁守义的脸黑得像锅底。

一旁的萧伊然急了，搀着宁时谦，哭丧着脸求："爸，您说了不生气的！他都这样了您让他站墙角哪里还站得住嘛！"

宁守义只黑着脸不说话，把儿子往房间里搬。

"爸，不然……我替他站吧？"萧伊然讨好地说。

哎哟，这傻孩子……

宁守义暗暗摇头，想起儿子小时候被他抽的光景，还是小雪团子的萧伊然可不是一次两次横冲过来保护她的四哥，现在忆起，宁守义还能记得她气鼓鼓的小表情呢！

这人是长大了，脾性还没改呢！

"爸……"身边的小人儿又开始撒娇了。

宁守义哪里是真要罚这臭小子？

房间到了，他将儿子弄到床上，萧伊然便开始忙碌着给宁时谦脱衣服、擦脸擦手，那醉鬼却只会"老婆老婆"地胡喊。

"老婆，我爱你！"

"老婆，你是我的！我从小就把你养在跟前！"

"老婆，我后悔……后悔高中没……没……"

都是他平时从不说的话，最后几个字也说得模糊不清，萧伊然正在给他擦手，听在耳里，顿了顿，而后又快速继续擦。

"老婆，对不起……"

热毛巾敷在宁时谦的脸上时，他蹦出这么一句话，同时也被这毛巾一烫，清醒了几分，睁开眼来，两汪墨瞳如酒池般深邃浓郁。

眼前的世界似在旋转，宁时谦眩晕中看见她的容颜，发丝低垂，遮住她半边脸颊，青丝掩映中，只有鲜嫩的红唇最为夺目，在他眼前晃啊晃。

他一伸手就把她拉了下来，虽醉，却准确无误地印上她的唇。

"老婆，对不起，我们……我们都要好好的……"他吮着她的唇呢喃，低语过后，翻身将她压在了身下。

"喂，你……"

多余的话萧伊然再没办法说出来，一个人喝醉后，怎么蛮力比平时更大？

门口，宁守义端着一碗醒酒茶、一碗夜宵进来，醒酒茶是给儿子的，夜宵是给儿媳的，可眼前这情形，怕是不需要了……

宁守义摇摇头，顺便帮他们把门带上。

萧伊然是听见动静了的，羞得死命捶身上这个人，可面对一个醉鬼，有劲也是白使！

宁时谦根本就不管不顾她的捶打，直接进入主题。

萧伊然又羞又恼，狠狠咬他，他却还只当是给他鼓劲，一边说着稀奇古怪的话，一边加紧干活……

“十三，宝宝，你会不会离开我？你说？”他锲而不舍地问着这个问题。

起初，萧伊然还咬着唇不肯理他，后来快被他折腾散了，才掐着他的胳膊回应他：“不会，不会的……”

可他是醉糊涂了吧，像是压根儿没听见她的回答，还是一遍一遍地撞，一遍一遍地问。从能回答只字片语，到最后话也说不出来，萧伊然觉得自己快晕厥了……

宁时谦在闹钟声中醒来时，觉得头还隐隐作痛，他很久没有这样的感觉了。

身边是空的，隐约有水声从浴室里传来，他甩甩脑袋，清醒了些，感觉到身上是光的，大概还记得一些昨夜的片段，心里说不上来是什么滋味。

开门声响起，萧伊然从浴室出来了，也不见有生气的痕迹，反而冲他一笑：“醒了？起来洗漱吧，今天还要上班呢！”眼角眉梢却有着点点嗔怪，好似在说，明知今天要上班，昨晚还那么疯。

昨晚真是疯狂呢，看她脸上桃花般浓浓的春意就知道。

宁时谦笑了笑，招手示意萧伊然过去。

萧伊然嗔他一眼，进衣帽间找衣服去了。

宁时谦撸撸一头凌乱的头发，就这么光光地下床，进了浴室。

正准备换衣服的萧伊然就听见浴室里传来他的吼声：“十三！你给我过来！”

萧伊然自然知道他为什么叫她，憋住笑，假装没听见。

很快，身后响起他的脚步声，然后肩膀被大力一拉，正对上了气得哭笑不得的某人。

萧伊然再也憋不住了，伏在他的肩头哈哈大笑起来。

某人的脸上此刻五颜六色的，画着各种各样稀奇古怪的玩意儿：花朵、小裙子、蝴蝶结、娃娃脸……全是女孩子喜欢的东西，最重要的是，额头上画了一只狗狗的头！

萧伊然笑得上气不接下气地解释："你看，我这么好，把我最爱的都送给你了，你不感动吗？"

"是吗？"宁时谦双手抱住她的头，脸往她脸上蹭去，"既然是好东西，那就要分享！"

萧伊然笑着尖叫，推他的头。

画是彩笔画上去的，宁时谦并不能把色彩蹭到她脸上来，可他的胡楂过了一晚扎得人又疼又痒，他却偏偏不肯放过她，两个人嬉闹着，又闹回床上去了。

翻滚了好一阵，宁时谦总算饶了她，气恨不得，在她脸上咬了一口，也没怎么用力。萧伊然捂着脸呜呜叫，然后两手捏着他的脸不依不饶："谁让你醉成这样？作为一个警察！竟然在你脸上画画都不知道！你说你的警惕心有多差？如果是坏人袭击呢？"

她的手将他的脸蹂躏得变了形，他双手撑在她两侧，俯视着她，只见她笑靥如花，微微上扬的眼角神采飞扬，双颊被他蹭得泛着桃色红晕，娇美得如一朵初开的花。

她是他成长过程中途经春天时落在他手心里的一瓣桃花，惊艳了他年少的双眸，成就了他一世的珍藏。

宁时谦看得呆了，连瞳光都涣散开去。

她却误以为自己闹过头，惹得他不高兴了。虽然她在他面前一向爱胡闹，可那是小时候，现在人家都是威风凛凛的刑侦队长了，没准儿不喜欢她这样？

不过萧伊然也不怕他恼，双手软软地垂下来，搁在他肩上圈住了他的脖子，声音也软软的，一如当年那个小然然："是不是生气了？不许生气……”

他哪里是生气？宁时谦俯下身来，在她眼角的地方轻轻地吮着，声音模糊：“嗯，我不生气……”

我内心里经历着一场油烹火炙的煎熬，我想说与你知道，却又希望你永远不要知道……

两人耳鬓厮磨了好一会儿，没什么激烈的大动作，却也安静温馨，若不是闹钟第二遍响起，两人真不愿起来。

萧伊然推了推他，拉着他进浴室，边笑边给他把脸上的画都洗了。

他伸手去拍她的屁股，她却笑得更欢了，忙讨好道：“我昨天跟汤可下班后去逛了会儿街，给你买了套秋装，你不许不喜欢。”

他想了下，她这样的语气让他突然警铃大作：“什么衣服？”

两人同时想到了一件事，萧伊然顿时笑得直不起腰：“保证……保证不是裙子啊……”

他还瞪着她。

萧伊然举手投降，眼泪都笑出来了：“真的！是你可以穿的！不信你等会儿试试！我给爸也买了，爸都说挺好的！”

宁时谦这才放下心：“自己买了没有？”

“没有！现在秋款还没全面上市呢，没什么中意的，我过一阵再买。”她用力擦着他的脸，后悔不已，画的时候一时爽，擦起来累成贝贝啊！

宁时谦笑了笑：“好，到时候我陪你去。”

“真的？”他自从当上这个刑侦队长，就成了一个超级大忙人，已经很久没陪她逛街了。

“当然真的。”他贴过去一些，配合着她给他洗脸。

说实话，她这样给他洗起来可真费力，好几次他都想说，让我自己来吧，可他就是很享受此刻的感觉。

两个人在一起，没有什么甜言蜜语，也不需要什么惊天动地，就这样说些鸡毛蒜皮的事，毫无意义，却又是全部意义。

“好了！差不多了！”萧伊然拍拍他的脸，心血来潮，手心蹭着他的下巴，“我给你刮胡子吧！你都快把我的脸蹭掉一层皮了！”

"好啊！"他闭上眼，一副等着享受的姿态。

窗外灰蒙蒙的天色渐渐亮白，萧伊然匆匆忙忙换上鞋跑了："哎呀，我一大早就起了的！还磨蹭到这时候！都怪你闹的！希望今天别堵车！"

宁时谦静静听着她的埋怨微笑，也不知是谁闹？

宁守义急急忙忙提了一盒粥出来："然丫头！别跑！早餐！"

萧伊然挥挥手："爸，我不吃了！"

宁时谦接了过来："我去给她吧！"

萧伊然已经发动了车子，车窗外突然露出一张大脸。

"下来，我送你去！保证你不会迟到！"

她想了想，他的车技确实比自己好，于是从善如流地把驾驶座让给他。

宁时谦却把粥塞进她怀里："在车上慢慢喝，给老头儿点儿面子，他这辈子最擅长的就是煮粥。"

"是吗？"萧伊然打开来尝了尝，果然又糯又软，非常好喝，她看着宁时谦由衷地道，"比你强啊！"

宁时谦扬扬眉："知道老头儿为什么粥煮得好吗？"

萧伊然摇摇头，准备听一个有教育意义的故事，一般都是这样开头的呀，不是吗？

"因为有粥煲啊！只要把米扔进去就得了！你说能比我强？"

"……"

一场夏日的暴雨之后，迎来了宁守义的生日。

宁守义已经很多年不过生日了，不是不过，而是根本记不得。

萧伊然却留了个心眼，女孩子总是对这些事情比较在意。

偶然见到宁守义的身份证以后，她便把这个日子记住了，早早地和宁时谦商量要给老爸过生日。

小两口为表孝心，两个家务白痴照着网上下载的菜谱忙出了一顿生日大宴，且不说味道如何，看着满地狼藉的厨房和俩孩子满头大汗的样子，宁守义心里暖得冒酸。

一家人和和乐乐正准备吃饭，突如其来的手机铃声打破了用餐的氛围，宁时谦一看，居然是队里打来的。

“宁队，北郊一套公寓里发生命案，请你马上过去看看。”

一家子都是同行，对于这突然被打断的生日宴一点儿也不觉得突兀。

宁时谦扔下筷子就走，萧伊然捧着自己的碗追上去，趁他穿鞋的时候往他嘴里硬塞了两口饭，然后连话都没来得及说一句，宁时谦就冲进夜色里了。

“爸，我陪您继续吃吧。”

然而，她也没能顺利陪着宁守义吃完这顿饭，不多一会儿，她的手机也响了，大队要她迅速带贝贝出警，出警的地点和宁时谦赶赴的是同一处。

北郊是新开发区，因为房价稍低，成为许多外来人员买房首选地，因而居住人员比较复杂。

萧伊然到案发现场的时候，第一个看见的人却是老金。

在被警戒线拦住的围观人群外，老金蹲在地上抱着头，手指将一头掺杂着银丝的头发抓得乱蓬蓬的。

“老金！怎么回事？”萧伊然牵着贝贝，诧异地站在老金面前。

老金却只是揪着头发猛地摇头，一个字也不肯说。

眼看在他这里问不出什么来，萧伊然略加迟疑，只好道：“那我先进去看看。”

老金仍不理她，她只好牵着贝贝进了警戒线。

命案发生在三楼，宁时谦带着刑侦以及北郊派出所的人在现场调查取证，见她来了，也只点点头，注意力仍然在案子上，双眉习惯性锁着。

这就是宁时谦，工作时严肃到近乎刻板的宁时谦。

地上倒着一个女人，从头到脚多处刀伤，手臂上的伤深可见骨，头上脸上的伤处更是狰狞，鼻子被削去了一半，其中一刀从额头划到嘴角，眼睛被剖开，头发完全被血浸着，黏在了一起。

太残忍了！

萧伊然捂住嘴，差点儿吐出来。

她从警这几年，不是没见过杀人案，可是这么惨的死法她还是头一遭遇到。

她把视线从死者身上移开，看见地面散落着针管。

"吸毒？"萧伊然站在宁时谦身边，轻声问道。

宁时谦点点头："具体情况要等法医尸检。死者身份基本明确，应是……"他看了眼萧伊然，轻咳一声道，"是混迹夜店的小姐。"

他常常会忘了萧伊然是一名警察，在他心里，她始终是那个被他护在羽翼下不谙世事娇滴滴的小姑娘，世间的一切丑恶和阴暗他都不舍得让她知晓。

不过，迟钝后的恍然总会提醒他，她瘦弱的肩膀和他肩负着一样的责任与义务。

宁时谦抬了抬下巴，示意她可以带贝贝行动了。

萧伊然牵着贝贝在室内走了一圈，把相关物品给贝贝闻了后拍了拍贝贝，贝贝便朝外奔去。

"走！"宁时谦一声令下，带着魏未追上贝贝，其余人留下继续处理现场。

到了户外，老金依旧蹲在那里，看着前方的黑夜发呆。

宁时谦停了停脚步，终究不放心，接着边走边给留在楼上的段扬打电话，让他看着点儿老金。

"老金怎么回事啊？"萧伊然不禁问道。

宁时谦一边跟着贝贝跑一边沉重地告诉她："这房子的租户，是老金的儿子金名扬。"

"跟老金的儿子有关？"萧伊然想起那个老金挂在嘴上颇为自豪的儿子，眼前浮现老金蹲在地上用手指抓自己头发的画面，心里顿时揪紧了。

宁时谦没说话，有关是必然的，房间里全是金名扬的东西，现在就看到底有多少关系了。

萧伊然一看他的神情就明白了："人联系不上？"

"嗯。"宁时谦闷闷地应了一声，"老金说，昨天打电话叫人回来吃饭就没打通。"

贝贝此时停了下来，在地上嗅着，汪汪直叫。

"味道没有了。"萧伊然解释。

魏未打着电筒扫了一圈："有车轮印。"

宁时谦想了想，打电话给交警队，请求帮忙查明一辆银色大众轩逸的去向："车号燕P3N715，拜托尽快，从北郊静宜园附近查起。"

说完，他又对魏未道："朝着车轮印的方向追。"

"是！"魏未把车开了过来，载上宁时谦和萧伊然疾驰而去。

沿着笔直的路行驶了一段距离后，交警队那边打来电话，说这辆车五个小时前向东驶出了城，在国道上失去目标，并将最后一个监控拍到该车时的位置告诉了宁时谦。

宁时谦让魏未开着车直奔而去。

到地以后，三人下车，分头在周围一寸一寸地找。

忽然，萧伊然牵着的贝贝大叫起来。

"这边！"萧伊然急速向他二人发出信号，同时命令贝贝前进。

跟着贝贝一番飞速奔跑后，三人渐渐看到玉米地旁停着一辆银色小车，再近，便看清车牌了，燕P3N715，大众轩逸，车内已经空无一人。

贝贝对着车大叫，而后又往玉米地里奔去。

"你看着车！我跟萧警官去！"宁时谦吩咐完转身跟着贝贝进了玉米地。

魏未略觉别扭，想了一下，直到他们人影都不见了才知道是什么原因。怎么还叫萧警官？不是已经结婚了吗？办案的时候和不办案的时候连称呼都不同？

"那车是谁的？老金儿子的吗？"萧伊然猜测。

"是！老金才买不到一年，说是儿子做生意总得有个代步的！车牌还是我陪他去上的！"所以记得。

贝贝忽然不跑了，对着地面大叫，那处地上玉米倒了几根，土明显有被翻动过的痕迹。

宁时谦戴上手套，把土刨开，从里面找出一件带血的衣衫和一把刀。

"走吧，回去看看。"宁时谦把证物装好。

两人带着贝贝回到公路上，只见魏未还守在车旁，没有明确指示，他也不敢对车怎么样，神情却十分肃穆。

"宁哥。"魏未这些年轻小伙子对宁时谦的称呼十分随心，宁队、老大、头儿，各种乱叫，这会儿又叫他"宁哥"。

“宁哥，我觉得……我相信不是金名扬！你说呢？”魏未开始说“我觉得”，后来换了“我相信”，语气还十分强硬，并且逼着宁时谦同意他的观点，像个孩子一样。

宁时谦在工作尤其查案上十分严谨，从不说不负责任的话，此刻他看了眼魏未，却点点头：“我也相信。”

魏未如了愿，得到了宁时谦的肯定，却没有半点儿高兴，神情越发沮丧。

宁时谦拍拍他的肩膀：“叫拖车吧。”

金名扬的车肯定是要查的。

车被拖回分局的时候已经凌晨一点儿多了，北郊现场那边取证的同事也回来了，老金没在办公室，就蹲在分局停车场空地上，看着宁时谦回来的，也看着拖车把金名扬的车拖回来的。

宁时谦在车上就看见老金蹲在地上失魂落魄的样子，心里不好受，示意魏未停车。

还隔着很远的距离，宁时谦是走到老金身边去的，硬底的鞋子，深夜里踩在地面上，节奏有些重。

“老金！”宁时谦挨着老金蹲下，有心想要宽解宽解，老金却突然站了起来。

“老金！”宁时谦不知道他要干什么，大声喊道，却见老金从路边捡了块砖头继续大步向前走，脸色阴郁，走得极快，后来干脆跑了起来。

宁时谦莫名感到丝丝的凉意涌上心头，喊着“老金”，也跑着上前追他。

老金却跑得更快了，直奔着金名扬的车的方向。

只听砰一声巨响，老金一砖头砸在车窗玻璃上。

宁时谦闭了闭眼，没有再上前阻止。

魏未和萧伊然也下了车，呆呆站在一边，不知道该如何是好。

老金却没停下，捡起掉落在地上的砖头继续砸，一下一下，砰、砰、砰，寂静的深夜，这声音震得人心里发颤。

楼上的人都被震了出来，站在阳台上，看着这一幕也是呆住。

直到车窗玻璃被老金完全砸破，哗啦掉下来，魏未才反应过来，上前拉人。

老金一双眼早已通红，只是在这黑夜里看不见，他最后将砖头狠狠一扔，砸在车顶上，再次发出咚一声巨响。

“查！赶紧查！”老金指着自己砸开的那个大洞，对魏未吼道。

“老金，您……”魏未话都不会说了，十分无措。他们把车拖回来就是要查的，本来有的是比较温和的方式打开车门，却没想到老金会这样。

“快查啊！”老金抹了一把脸，给魏未让出一个位置。

“魏未，查！”宁时谦的声音传来，原来他也走到了近旁。

“是！”魏未站直，缓缓呼出一口气，让自己平静下来，才开始查车。

于是，周围骤然间安静下来，只剩下魏未窸窸窣窣查车的声音，以及老金清晰可闻的喘息声。

随着一件件东西被翻找出来堆放在宁时谦和老金面前，老金的呼气声也越来越粗。

“就这些了。”魏未声音发虚，低着头看着脚下那堆东西，不敢抬头看老金的表情。

他的脚下，是一堆针管、少量冰毒，还有一些粉、锡纸。

末了，魏未又轻轻地补充：“驾驶室有少量血迹。”

声音轻得快要听不见了。

宁时谦点点头，示意他把东西都收起来，存证的存证，该交给技术检验的准备交给技术，“上去告诉大家，都辛苦了，回去休息吧，明天等技术检验结果出来再说。”

“是。”魏未低着头，默默收拾东西走了。

宁时谦明白魏未心里的感受，就在不久以前，他们哥儿几个喝酒，还在羡慕老金的幸福，羡慕他人生完整，妻子俱安，羡慕他朝花夕拾，即将安享斜阳，而现在……

难怪魏未无措，宁时谦也不知道该怎么面对老金的痛。不管金名扬是不是杀人凶手，涉毒已经是八九不离十了。

楼上的同事已经陆续下来，准备回家了，大伙儿看着他俩，脚步都不由自主放轻，却不知该说些什么，表情凝重地离开了。

宁时谦心中暗叹，开口道："老金，你也回去吧，这个案子你就……别参与了。"后面四个字说出来还真有些费力。

哪知老金反应却很激烈，梗着脖子："不！我要参加！"

宁时谦一时不知道该怎么说。

"队长！"老金忽然抓住他的肩膀，两人距离近得宁时谦都能看到他眼中的绯红，还有，液体的光亮……

"队长！求你了！让我参加吧！我保证！用我的命！对警徽发誓！我绝不徇私！"因为激动，老金的嗓子都破音了，还带着努力压抑却不能控制的些微哭腔，"我……我这辈子最后一个案子，无论结果怎样，我……我亲手把他铐回来！"

说完，他终是没能忍住，哭声溢了出来，在深夜里，声声悲怆。

男儿痛，英雄泪。

宁时谦心里酸得难受，老金性格十分乐天派，这辈子怕都没哭过几回。

他没再反对，踌躇了一会儿，道："那你也先回去，好好跟嫂子说。"原来自己也嘶哑了声音。

老金却摇摇头，缓缓蹲下来："你回去吧，我在这儿待着，你嫂子那儿……暂时不说。"

"老金……"

他想劝老金耗在这儿不是事，可他一开口，老金就道："队长，你别劝我，我……我心里难受，回去你嫂子该看出来了，我还没想好怎么跟她说。她身体也不太好，本来打算等我退休了好好陪着她在医院疗养一段……"

说着，好像又扯远了，老金停了下来，只道："队长你回去吧，我在这等技侦。"

"要等也明天等，大晚上的等什么？"

老金摇摇头，很是固执："我等。"

他就像等着一个希望，仿佛越用力，希望就越大。

宁时谦没有办法，可是也没离开，挨着老金席地而坐，既然要等，就一起等吧。

眼前的地面上多了一道影子，被路灯拉得长长的。

宁时谦揉了揉眉心，他这会儿竟然把这个人给忘了……

他正想解释，萧伊然也蹲了下来，视线和这两个男人一样的高度，声音轻轻的，像这样的气候里拂过的夜风。

“我也先走了，带贝贝回大队去，也许回家，也许就在大队休息了，我会给爸爸发信息的。”

宁时谦点了点头，心里忽然就热了。

萧伊然也没有多话，只跟老金对视了一眼，就起身离开了。

看着她的背影，尽管不合时宜，但宁时谦心头那股热热的熨帖感还是挥之不去。

有这样一个人真是好。

从小娇气又任性，分寸却拿捏得十分好，那么聪慧，该懂事的时候完全不需提点。短短一句话，就表明了她对他的所有理解和包容。她没有埋怨，不缠着他回家，不唠叨他不该坐地上弄脏裤子，对他和他朋友之间的事没有一个字的置喙，甚至不像寻常人的妻子在这个时候叮嘱他不要熬夜或者回办公室去聊，交代她自己的去向，暗示他不需担心，甚至想到了通知爸爸，免了老人家挂心，却又特意发信息，万一爸爸睡觉了打电话会打扰。

她理解他的一切，他的工作、他和兄弟的情感，并信任他，所以才有她如今轻描淡写却包含诸多信息的一句话。

而这份理解和信任，源自他们这许多年的默契相处。

所以，他们是最合适的，对不对?

看着她的车灯渐渐隐匿在黑暗中，宁时谦心中那一朵内疚的火苗也变得忽明忽暗。

“队长，你也回去吧！不用陪我！”老金提醒宁时谦。

宁时谦递给老金一支烟，老金摇摇头，示意不要。

宁时谦便自己点燃，用力吸了一口，红色的烟头在黑暗中一亮一亮的。

“刚入行的时候，我爸跟我说要尊敬老同志，他们是你的老师，每一个老警察的一生都是一本书，里面的血和泪值得用丰碑来铭记；要热爱你的同事，他们是你的兄弟，是和你生死与共的人，是战斗时你唯一放心把命交给他们的人。”

你是我的老师，也是我的兄弟。

当然，男人之间，这句话是说不出来的。

老金便不再赶他走，也同他一样坐在地上，默默地看着前方的黑暗，仿佛在那团模糊的黑暗里，有他平凡的一生。

宁时谦没有打破这沉寂，只是一根接一根地抽烟。这种时候，沉默便是最好的。

许久以后，久到老金几乎把他一生中记得的那些事回忆完，只觉白驹过隙，沧海一粟。

嘶嘶的吸气声后，老金拿了宁时谦的一支烟，点燃，却没吸，只是夹在指间，手指有些颤抖：“我是个粗人，没什么文化，这辈子就是个没出息的小警察，你嫂子也只有初中毕业，老实本分，相夫教子，我俩一辈子也没能挣几个钱。名扬从小聪明，是我们的希望，我们给他起名名扬，就是希望他有出息，不再像我们夫妻俩一样……”

老金哽住了，一时说不下去。

宁时谦默默地听着，没打断他。

老金吸了吸鼻子，声音里带了浓重的鼻音：“子不教，父之过，是我的错……”

宁时谦动了动唇，原本想开解老金，但又想，这种时候即便自己辩赢了，证明金名扬的今天不是老金的错又能如何？能减轻老金的痛苦吗？并不能，只怕他会更难受。

“年轻的时候我在派出所，成天忙得脚不沾地，值晚班、出差，回到家里也累得不想动，周末的时候加班，节假日加班，陪孩子的时间少得可怜。我一直觉得很欣慰，我的孩子很乖，成绩很好，是老师嘴里的好学生，他妈回回开家长会都被表扬，毕业了也争气，懂得自己做生意，比我和他妈两个没文化的有本事！哪里知道……哪里知道……他怎么变成了这样！怎么变成了这样……是我的错……都是我这个当父亲的错……”

老金重复着这几句话，呜咽起来。

宁时谦心里也在颤，只好说：“一切还没查清，也许跟他没关系。”

老金摇头："他变了，我知道。小时候他特别懂事，从不在物质上提过分的要求。上次买车，他要买好车，我跟他细算说不能，咱们家就这点儿钱，要给他结婚买新房子，还要装修，没准儿人家姑娘还要彩礼，得省着来，他就不高兴，说这车开着没面子。我晓得他变了，只是没想到变成这样了。我这么多年警察没白当，如果跟他没关系，他跑什么跑？还有那些东西，怎么会在他车上？我这个父亲不称职啊……"

话题又绕了回来。

"队长，我没有别的想法了，只想亲自查这个案子，是人是畜生我都要把他拎出来，给一个交代！"

两人就这么坐了一晚，有时候老金唠叨几句，有时候什么话也不说。

太阳总会升起的，无论黑夜多么漫长，真相，也总会被揭开的，无论过程多么难挨。

不知什么时候，天色泛了白，周遭的寂静渐渐被打破，动静多了起来，车声、人声越来越清晰。

分局第一辆车开进来的时候，宁时谦和老金站了起来，老金直接去了技侦实验室门口等。

宁时谦知道说服不了他，便随了他。

报告是徐素送来的，她没给老金好脸色。

自从徐素的心意遭到宁守义拒绝以后，整个刑侦支队都成了池鱼，徐素见到他们任何一个人都没好脸，但是这个时候，老金哪里还有心思关注这个？拿了报告就回宁时谦那里。

关于静宜园杀人案的第一次会议召开，会议桌上已经摆放着法医的尸检报告和技侦的检验报告。

"死者的死亡时间是9月3日，也就是昨天中午十二点到两点之间，全身十七处刀伤，腹部七刀，刺破内脏，其余十处在头部、背部、腿、胳膊。死者死前注射过冰毒。"

宁时谦说完拿起技侦的报告："根据现场的指纹来看，案发当天在房间里的不仅有金名扬和死者两个人，一共有五个人的指纹，沙发上、地上取到的体液……"

宁时谦顿了顿，看了眼老金，见他目光呆滞地看着前方，硬着头皮继续说："证明当天发生过淫乱关系。玉米地里埋着的衣服，证实是金名扬的，衣服上的血是死者的，刀上的指纹不止一个人，其中有金名扬的指纹，金名扬的车、方向盘上，有金名扬的指纹，其他地方，如车窗、把手等地，还有其他人的指纹，其中一部分指纹和房间里的重合，车里的血迹和死者的吻合。"

他合上报告："段扬，说说你问讯的情况。"

"是。"段扬打开笔录，"据静宜园其他业主所说，302室经常有男男女女在里面放很吵的音乐，又唱又跳，很是扰民，邻居提过几次意见也没有用。9月3日那天，听见里面发生争吵，还有尖叫声，业主们已经习以为常了，所以没有特别注意，在一点儿四十左右，四个人从楼道出来，开车走了。静宜园的监控已经调出来了，当天的五个人身份已经证实，其中一个是金名扬，三个小姐，还有一个也是经常出入静宜园的男人，叫张建，业主说，是和金名扬一起做生意的伙伴。"

"张建已经不知所终，另外两个小姐也藏起来了，据和她们一起工作的小姐说，死者前些日子傍上了一位富二代，富二代经常送她礼物，她已经不接其他客人的单了，常和富二代在一起。"段扬又补充了一段，说完，也是小心翼翼地看了眼老金。

会议室里出现片刻的安静。

宁时谦看了众人一圈，一个个表情严肃地等着他发话："那就……先找到金名扬、张建等四人吧！请兄弟单位协助。"

也就是说，全网通缉。

萧伊然所在警犬大队也接到了通知，24小时待命。

萧伊然是参与了9月3日当晚行动的，汤可却并不知道情况，于是下班的时候问她："我怎么听说金名扬是刑侦老金的儿子？"

萧伊然点头："是的。"

汤可惊叹："天！那老金不难过死了？"

"是啊！"萧伊然也叹息，"昨晚我们家的陪了老金一晚上。"

"真希望凶手不是他！"汤可叹了一声。

萧伊然暗暗摇头，没说话。谁不是这么希望？但昨晚的命案跟从前她参与的几起都不同，现场混乱，证据明显，就连金名扬的出逃，都是那么狼狈仓皇，一看就知道这起案子的嫌犯不具任何反侦查能力，很有可能是吸毒后失去理智丧心病狂的行为。

两人走到停车场，汤可说："我搭你的车走吧，我今天没开车！"

"怎么了？"萧伊然开的也是宁时谦的车，昨晚从分局开过来的。

汤可脸有些红："还不是这个案子啊！前天魏未就约我出去给他过生日，说好今天下班来接我！结果现在24小时待命！"

萧伊然敏锐地捕捉到了一个信息："咦？一起过生日？那是有进展了？我们汤警官被糖衣炮弹收买了？"

汤可飞了她一眼："哪有？我是看他可怜，没爹的孩子，陪他过个生日！不然都没人给他庆祝！"哼，当时魏未就是这么跟她说的！骗取她的同情心！

"好好好！我们汤警官最善良最有爱心！"萧伊然捏了捏汤可泛红的脸蛋儿。

魏未的父亲是烈士，在魏未还是个孩子的时候就牺牲了，魏未子承父业，从小就立志要当警察。

汤可被捏了不服气，反手来拧萧伊然，两个姑娘闹了好一会儿，萧伊然才开车离开，短暂的打闹倒是让压抑的气氛轻松了些。

宁时谦还是回来得很晚，一双眼睛满是血丝，狼吞虎咽塞进去一碗饭，就被萧伊然推进房间休息去了。

他自己也知道非常时刻，体力就是战斗力，于是把手机铃声调到最大，仍不放心，叮嘱萧伊然："我怕睡迷了，你注意听着点儿，尤其是信息！"

"好好好！"她忙不迭地答应，她也24小时待命呢！

宁时谦的确很累，但是不是累过头了反而睡不着？他躺在床上，头一涨一涨地疼，就是无法入眠。

"十三！"他大喊了一声。

萧伊然还没睡，不知在外面忙什么。

"来了来了！"她光着脚捧着一本书，抱着他的手机，踢踢踏踏地跑了进来，"要什么？喝水吗？"

宁时谦招了招手："过来，给我按下头。"

"好嘞！"萧伊然放下书爬到床上，温热的手指搭上他的额头。

在她指尖用力的瞬间，难言的舒服感从头顶传遍全身，宁时谦不禁哼出声来："再用力点儿。"

"好！这样可以吗？"

"嗯……"宁时谦闭上眼，"你怎么还没睡？在忙什么？"

"我看书啊！"其实萧伊然是怕自己在他身边会影响他睡觉，她那么闹……"你的手机我带着呢，来电话和信息都不会错过！你放心！"

宁时谦没再出声，专心享受她的按摩，渐渐有些迷糊了，轻道："好了，你也睡吧！"

"我再去看会儿书……"

"睡觉！"他一把拉住她的胳膊把她扯了下来，搂进怀里。

温软的身体像一汪暖融融的泉，陷进去整个人都舒服了，宁时谦亲了亲她，也不知亲在哪块皮肤上，然后蹭到她的胸口贴着，模糊地低语："睡吧，大概是你不在我才睡不着。"

萧伊然怔住，微微一笑，抱住了他，亲在他的头发上："好，那睡吧。"

他心里很多事，乱七八糟的，这个迷糊的时候更是在他的意识里胡乱翻腾："十三，你说，金名扬变成这样到底是谁的错？老金很自责，说没有好好管过他。"

"不是说睡了吗？怎么又说这么多？"是谁的错谁能说清呢？一个人的成长内因是根本，外因是辅助，这个外因就包括得多了，家庭、社会、学校、社交群体等，怎是老金一个人能背的责任？若说管教，她公公哪里又有时间来管教宁时谦？可宁时谦还不是长得好好的？

宁时谦打了个哈欠，将她搂紧了一些，手在她腰部摩挲："不管怎么样，等我们以后有了小孩儿，我会多花点儿时间陪他。"

萧伊然听了一笑。

"笑什么？你不想跟我生小孩儿吗？"这是他一直没有得到答案的问题。

"睡觉啦！"她的语气便有些娇娇的。

这回宁时谦却较了真："你说，要不要跟我生小孩儿？"

萧伊然被他逼得没办法，只好笑道："你说呢？要生小孩儿也得把身体养好啊！该睡睡！不然你有那个精力生？"是不是傻？这么久了，他见过她采取措施了吗？

宁时谦这才满意了，搂着她哼哼："会让你看看我的精力的！"不过今天，他是真的没力气了……

萧伊然忽然觉得，慢慢地，两人好像调了个个儿！

从小都是他照顾她，她在他面前撒娇、不讲道理，现在怎么他越来越像小孩儿？在她面前胡搅蛮缠的？

她不禁微笑，算了，这也没什么不好！她还挺喜欢这种感觉的。

萧伊然的手指在他硬硬的短发里穿梭，梳子一般梳着他的头皮。

他越发觉得舒服了，在她怀里呼吸也渐渐沉了，迷蒙间，问出一句话："十三，你爱我吗？"

她低头一看，这是说梦话啊？还真是孩子气！四哥！你越活越小了！

她附在他耳边轻轻说了一句话，而后，在他耳朵上咬了一口。

他闭着眼抗议地皱起眉头，把她抱得更紧了些。

她暗暗好笑，不敢再乱动，慢慢伸出手，把他和自己的手机都捏在手里，也是为了自己万一睡迷了能第一时间感觉到手机的振动。

她爱不爱他？他还不知道吗？

那他要的爱是什么？

像他们一直走来这样，一生无风无雨继续走下去，他始终牵着她的手，或者，她牵着他的。每一个明天都像今天一样，日子里不过是吃饭睡觉上班，或许不久以后，他们会有个孩子，再多些孩子成长时鸡毛蒜皮的小事。

这样不好吗？就如大多数夫妻一样，像她爸爸妈妈一样，等到孩子长得有她那么大了，他还会像爸爸对妈妈那般，无人的时候偷偷叫她宝贝。

这样迷迷糊糊想着，她也睡着了。

这一晚倒是什么事也没有，两人一直睡到天亮。

两人各自去上班的时候，宁时谦已经换了制服，蓝色警衬平平整整，束在藏青色裤子里，整个人修长又挺拔。睡了一觉，他精神了不少，衬衫上的肩章衬得他双眼神采奕奕，好像在发光。

所以，眼前这个制服一上身便浑身上下透着威严肃杀气质的俊朗警官，是昨晚趴在她胸口问她爱不爱他的人吗？

萧伊然看着他，忍不住笑。

“笑什么？”宁时谦有些莫名其妙，下意识摸了摸脸。脸上有东西？

“没有……”萧伊然抿着嘴摇摇头，笑弯了眼。

宁时谦的眉头皱了起来，这家伙，一定有事瞒着他！

他站在车旁对着镜子照了照，没问题啊！头发没翘，脸上干干净净，衣服扣子也没扣错……

“说！到底怎么回事？”他假意板着脸威胁。

萧伊然想了想，示意他低头，悄声问：“你还记得你昨晚问我什么吗？”

问什么？昨晚他太累了，难道说了什么胡话？

看着他一脸迷茫又很担心的样子，萧伊然不由得想起他喝醉酒那次，他这是有心理阴影了吗？要不要补偿一下他？

她拉着他的衣袖，四下里看看，小声说：“你说……我们家附近会不会有督查？”

什么乱七八糟的！“你到底想干什么？”媳妇这小脑袋他越来越闹不明白了！

萧伊然靠近了些，快贴着他站了，一双带着水汽的眼睛里透着狡黠，“我想做一件违规的事……”

宁时谦下意识退后一步，她想怎么胡闹？

看着他一级戒备严阵以待的样子，萧伊然暗暗好笑，而后突然抱住他的头，踮起脚用力在他唇上亲了一下，末了，她觉得没过瘾，好好磨蹭了一番，还给他咬了一口才罢休。

眼看他犹自愣在那里发呆，萧伊然嘻嘻哈哈笑了一阵，跑向自己的车。

傻瓜！我不想干什么，就想告诉你答案而已！

萧伊然转身的时候，发现公公黑着脸站在门口，她吐吐舌头，钻进了车里。没有督查！可是有个大boss啊！

宁时谦被这一大早突然的热情给弄蒙了，挠挠头，对着他爹傻笑。

宁守义经过他面前时脸色又黑了几分，忍不住还是停下脚步斥责宁时谦：“两个人穿着制服不注意影响！成何体统！被督查发现或是被群众抓拍举报我看你怎么收场！”

搞不懂现在的年轻人！家门就在两米远的地方，关上门亲热很难？！当然，在他看来这都是儿子的错！肯定是儿子一肚子坏水憋不住火！

宁时谦还在想，原来是这种违规啊！其实他内心里真不介意多违几次，违规的尺度也还可以再大一些！

宁守义发现儿子根本没在听他说话，一脸春光明媚春意盎然的！他气不打一处来，吼了一声：“宁时谦！”

“到！”宁时谦条件反射地双腿一并，立正敬礼，“报告领导，我知道错了！坚决改正错误！绝不再犯！”然后他一溜烟也钻上车，油门一踩，刺溜就跑了。

宁守义看着跑得比兔子还快的儿子，气得笑了。他知道错？他知道个屁！

宁时谦到分局后不久，段扬就来汇报，拿着一沓资料给他：“宁队，那个张建有问题！张建是化名！真名叫张宗英，是边南那边记录在案的毒贩！”

宁时谦翻着资料，快速而精准地浏览了一遍：“我去报告领导，请缉毒大队合作。”

紧接着，案发当日在现场的两名小姐被找到，据这二人口供，金名扬就是死者傍到的所谓富二代。那日他们吸毒后，金名扬与那小姐发生了争吵，小姐嘲笑金名扬是穷鬼装腔作势，金名扬在狂躁之下将人杀死，还捅了许多刀。

怎样的争吵会让人丧心病狂至此？这其中不乏毒品的刺激作用，可是金名扬的内心世界到底扭曲成什么样了？

得知问讯结果的老金，全程沉默，是绝望还是早就料到是这样，宁时谦没有时间和他细谈。

下午就从邻市北山传来消息，发现张宗英和金名扬的踪迹。

北山市在燕北市南部，以山为界，高速过去不过两小时车程。

从案发到现在，这两人还在北山，可见他们的逃亡之路并不轻松。

当即，燕北刑侦和缉毒公安便派出部分警力，前往北山市跟北山的干警们一起参加追捕行动。而警犬大队那边，因为萧伊然参加了案发当晚的侦查，所以由她带着贝贝加上汤可带着她的警犬“英雄”和刑侦及缉毒队一起出发。

众人集合完毕以后，列队迅速而有序地上车。

魏未跑过汤可身边时，汤可手一抬，向他掷了个东西。

出于职业的警惕性，魏未伸手一抓就抓住了，只见汤可已经上车，他也没有时间和她说话，上了他该上的车。

车上，他才悄悄打开手里的东西看，随即在这紧张的追捕气氛里，心里悄然绽开一朵花，好像看见那个总是红着脸气鼓鼓的女孩儿笑着对自己说：生日快乐。

他是真的很喜欢这个姑娘，甚至想好了，他生日的时候要不要求婚？他连戒指都看好了，心形的钻戒，特别漂亮。他看到戒指的第一眼，眼前就浮现出汤可的模样，也就是那时候，他坚定了要娶她的心思，可是他又觉得是不是太快了？她好像都没有表明她也喜欢他，只是自己一厢情愿而已。

那现在看来，他是有希望的吧？等这次行动结束，他就把那枚戒指买回来先放着，等到时机成熟了，他就求婚，家里的母亲盼着这一天很久了。

追捕的过程并不顺利，一行人在北山市地毯式搜查了一天，一无所获。

当晚，队里加班召开紧急会议，商量下一步策略，却接到电话，张宗英和金名扬的踪迹出现在另一个市，方向往南，距离北山车程四个小时，已经是两省交界处。

于是，宁时谦等人连夜出发，继续向南。

然而，这两人仿佛在和警察捉迷藏，当宁时谦他们赶到以后，当地公安局却告诉他们，两人再次失踪。

Chapter 09

如此几番，他们已经越来越靠近南边。

队里再一次开会研究的时候，宁时谦等一致认为，这两人的目的地是边南。

张宗英这个人极不简单，是内地和边南边境毒贩之间的中间人，跟大毒枭有着密切联系。他们俩不敢乘飞机，不敢坐火车，不敢住酒店，不敢做任何需要身份信息的事，还能一路顺利向南，像泥鳅一样怎么也不被抓住，显然各地都有藏身所，甚至有掩护他逃亡的势力。

所以，在这么严密的追捕下，张宗英唯一能想到的出路就是去边南，然后混出境。

“既然这样，我们不如通知边南警方，在所有入境口设关、撒网，我们继续把他们往南赶，同时，他们这条逃亡路线沿线所有兄弟单位警力也围拢过来，将他们直接收进网里。”

宁时谦的建议得到了大家的赞同，然而，当他们和边南警方协商的时候，对方却提出了不同意见。

原来，边南警方在织着一张更大的网。

张宗英凑巧是这张网里一只被盯上的小虫而已，他们要用这只小虫，引大毒虫出来！

此时，宁时谦他们距离边南已经不到半天车程。

在跟边南进行战术上的协商以后，双方达成一致，宁时谦带着他的人入边南，和边南这边的警方一起参与这个行动。

宁时谦等人迅速入组，听从边南警方的指挥。第一次开会之前，宁时谦和萧伊然见到了张队——他们的熟人。

“欢迎你们。”张队和他们握手，好像他们之间就是普通的同行关系，其他什么也没有。

没错，原本就什么都没有吧……

萧伊然心里幽幽地冒出一股酸气，带着钝钝的痛，缓缓地往上升，在眼睛里雾化成一团模糊的水汽。

肩膀上突然多了一只手的力量，宁时谦的声音在她耳边响起：“张队，你好，我们又见面了。”

萧伊然吸了口气，鼻子有些堵，她抬起头，视线变得清晰：“您好，张队。”若非眼眶微微泛红，她看起来也是若无其事的。

寒暄几句后，张队对宁时谦道：“你们初来乍到，我们这边对你们的情况也不了解，现在离开会还有十几分钟，不如来我办公室聊聊，谈谈你的人各自的情况，以便我们合理安排工作。”

“好！”宁时谦看向萧伊然。

头儿之间的谈话，萧伊然知道自己不必参加，笑了一下：“你去吧，我去会议室等。”

说完，她也没等宁时谦说话，转身走了。

宁时谦看着她的背影走远，视线也随之拉远，担心显而易见。

见他这个样子，张队叹了一声：“其实你们不应该参加这个行动的。”

宁时谦的思绪被拉回，他明白张队的意思：“你放心，我们不会忘记自己的身份，工作的时候，首先是个警察。”

张队无奈：“好吧，这是我的个人意见，大家决定的事我也没权力更改，只不过……”他看着萧伊然的方向，最后苦笑，“我相信你们，也相信……”

他也相信另一个人的能力，只不过，有些事情是徒劳。

“她现在是我老婆。”宁时谦补充了一句，仿佛是对张队心里那句话的回应。

张队有些意外，之前他并不知道这个情况，于是点点头：“那是我多虑了！”说完，他眼里又泛起浓浓的悲怜之色，为另一个人。

宁时谦也觉得有些心烦意乱，那种平素被他努力压着的负疚感突然之间高涨：“谈工作吧！”他指指办公室的门。

开会的时候，边南这边对这个案子总负责的周局也对宁时谦等人的到来表示了欢迎，这对他们的行动来说，是一股全新的力量，至少是边南这边犯罪集团完全陌生的力量，对案子的进展会是极大的助力。

而后周局还对他们几个人进行了一番分析。因为这个案子牵涉老金的儿子金名扬，所以老金要暂时避开，同时，金名扬是认识宁时谦的，所以宁时谦在最初侦查的阶段也要暂时隐蔽，其余几个人，段扬和魏未都年轻，进入刑侦的时候金名扬已经上大学去了，所以从没见过，而萧伊然和汤可是警犬大队的，金名扬更不曾与她们碰面，这四个人也是边南的犯罪分子不认识的，穿便装很方便侦查，比他们自己的警力更灵活。

“宁队，我们边南的缉毒警不容易啊，谁也不知道自己是不是在犯罪团伙的死亡名单上，所以侦查起来很小心，你们来了，挺好！”周局感叹道，“我们摆了很大一盘棋，也撒开了一张大网，现在要慢慢收网，我们一起来打一场硬仗！”

张队张了张口，有话想说，可是看了看宁时谦，还是住了口，转而看着那个认真听周局讲话的小姑娘，心底再次叹息。

为了尽快熟悉工作，萧伊然等四人要对这座边境小城的环境先有所了解，尤其是犯罪分子可能出没的场所。

他们四人在当地年轻警察小窦的带领下决定当晚就去毒品流通的场所摸摸底。

宁时谦看着萧伊然换衣服，看着她化妆，从头到尾，目光不曾移开过一秒。

他忽然觉得张队说的话有点儿道理，或许他该把萧伊然送回去，但是，以什么理由？

千言万语，最后只化作两个字：“小心。”

“你放心！”萧伊然心里有一股火山爆发般的力量，支撑着她整个人显得很坚韧，坚韧到僵硬。或者，可以给这股力量另外起个名字，叫仇恨。她会用仇恨的火将这块地方所有的黑暗点燃、焚尽！这是他曾经战斗和牺牲的地方……

夜晚，四个人穿了便装，尤其萧伊然和汤可，还化了妆，穿了紧身衣，随小窦去了一家夜店。

他们叫了些喝的，也没真喝，坐在椅子上默默观察周围情况，小窦跟他们介绍道：“开会的时候你们已经了解到了，我们这次要端掉的是往内陆供毒的最大团伙，为首的有三个人，拜把子兄弟，老大、老二一直行踪隐秘，老三叫阿水，在边境和内陆之间奔走，负责打开内地供毒地盘，张宗英还有几个人在中间当联系人。这个案子我们跟了几年了，老大、老二是谁之前都摸不清，现在渐渐明朗起来，这家夜店背后的老板是阿水，名义上却是……”

小窦小声说着，忽然灯光亮了起来，音乐声里，有笑声传来。

他们顺着笑声一看，只见几个男男女女搂搂抱抱地进来了，其中一个人大叫着服务员。

萧伊然的目光在这些人脸上一扫而过，原本她只是无意识地一瞟，却在最后一个男人进来时眼前一黑，只觉头顶电闪雷鸣一般，轰隆隆乱响……

像是一只利爪掐住了她的喉咙，令她无法呼吸，时间也仿佛停滞……

几秒的光亮，短得像火花一闪而灭，快得她怀疑自己刚才看见的是幻象。

“然然？然然？你怎么了？”汤可抓住她的手轻喊。

萧伊然回过神来，才发现自己两手紧紧握着酒杯，一双手不受控制地在剧烈颤抖。

“然然，酒杯快被你捏碎了！”汤可把酒杯从萧伊然手里拿出来。

喉间那只利爪仿佛骤然间松开，萧伊然缺氧多时一般大口喘息着，轻轻垂下双手，可双手还在抖，激光灯一闪一闪，闪得她头晕目眩，每闪一次，她脑中就出现一张脸，熟悉而清晰，不，不是幻象……

她猛然站了起来。

“你干什么去？然然！”汤可拉住她的手，发现她冰凉的手仍然在颤抖。

“我去洗手间！”萧伊然甩开了汤可的手，盯着昏暗的光线里那群人的方向，疾步前行。

可是，她才迈出一步，便感觉双腿一软，整个人往下倒去。

扶住她的人是魏未，撑着她诧异地问："你怎么了？不舒服吗？"

萧伊然努力让自己的呼吸平缓下来，轻轻挣开魏未的手："没事，站急了头晕，现在没事了。"

而后，她便直直朝着那群人奔去。

汤可觉得不对劲，问小窦："那些人是什么人？"

小窦并不知道："还能是什么人？不是好人。一看就是嗑药的。"

汤可见萧伊然像着了魔似的直冲着那些人跑，有些担心，忍不住也站了出来。

萧伊然此刻眼前只有一个背影，前方那个穿着黑衬衫的男人的背影。那年海棠花开的季节，学校篮球场上就是这样一个人，一个转身上篮引来全场欢呼，也留给她这一模一样的背影！

近了……近了……三步、两步、一步……

萧伊然不顾一切地撞了上去。

那人回头，一双黑眸，一张笑脸，满目摇动着混乱的灯光。

那一瞬，天地倾覆，万物崩裂，萧伊然似听见自己身体里爆炸的声音，一声巨响，伴随着隆隆回音，她自己和这整个世界仿佛都被炸成了齑粉，冲上高空，血肉四溅，再随着那凌乱的光芒缓缓飘落，不痛、不悲、不喜，只有满天满地的血泥肉糜……

"哪个不长眼的！干什么？"

一个刺耳的声音将那个血肉模糊的世界打破，萧伊然看到他身边的女人，红唇妖艳。

"对不起！请让让！"萧伊然从这些人中间急急穿过，往洗手间跑去。

跑快一点儿！再跑快一点儿！她害怕，害怕自己发软的双腿支撑不了会当场倒在地上，害怕自己会抑制不住冲动地揪住他的衣领问个究竟，更害怕刚刚发生的一切不是真的，只是一个梦。害怕！害怕！害怕！她害怕的太多太多！

终于，萧伊然提着最后一口气跑进了洗手间，一进去，她就哆哆嗦嗦地上了闩，再也没有力气，软倒在地，身体趴在马桶上，大口大口地喘息着找回自己的呼吸。再慢一步，她大概就真的窒息而死了……

不知道过了多久，那张脸还在她眼前，随着混乱的灯光晃来晃去，晃得她神形俱散，无法自已。

外面传来汤可焦急的声音："你在里面吗？在不在？"她已经在外面等很久了，还不见萧伊然出来，便心急如焚地进来找她，连萧伊然的名字都不敢叫。

萧伊然只觉得汤可的声音好远，可终究还是把她给拉回来了。萧伊然摸了摸脸，满满一手全是泪……

"我没事。"萧伊然站起来，还是有些腿软，可她必须站起来！"我肚子不舒服，马上就好。"

"真的没事？"汤可不放心地问。

"真的！"萧伊然想了想，"你一直站在外面吗？"

"是啊！从你进来就等着你！吓死我了！"

也就是说，那个人分明已经看见她了，却并没有跟着她来？"别担心，我真的没事，你先出去吧，我一会儿就过去。"

汤可听她的话出去了，可是一想，还是站在门口等她。

萧伊然在镜子前打量自己，这发红的眼眶和肿胀的眼皮是怎么都遮不住了，眼泪也把妆给弄花了，她索性在水龙头下直接用水冲洗，用力搓着脸上那厚厚一层粉，搓得她皮都快掉了……

越痛越好吧！越痛她就越清醒！

最后，她是用指甲抠掉那些粉底和眼影的。水洗过后，镜子里是一张泛红的脸。

也好，这样看起来跟酒精过敏差不了多少。

萧伊然擦了擦水，挤掉前额头发上湿漉漉的水，深深吸一口气，开门出去一看，汤可在外面。

萧伊然忍住了往后退的脚步，下意识转过自己洗得发红的脸："走吧。"

怕汤可追问，她疾步先走了。

一进入大厅，萧伊然便能感觉到那群人坐在哪个位置，可她知道，她不能看。

萧伊然直视着前方往前走，只有眼角的余光能够扫到那个角落，视线的一隅，已足够将那个人的一眉一眼、一颦一笑容入。

是的，他在笑。

还是当年海棠花下少年的容颜，却已不复从前。那个纯净、笑起来眼睛里装进了春天里所有阳光的笑容已消失，坐在座位中央的那个人张狂、浮夸、阴沉，让她怀疑她是否真的认识过这样一个人，还是这个人真的不是他，只是她认错了？

是他的笑声缠绕着她的脚步，还是她的脚步追逐着他的笑声？

一声一步，一步一痛。

笑在耳畔，痛在心尖。

他身边的女人不知道在他耳畔说了句什么，更是惹得他笑得嚣张。

那女人便把酒杯递到他嘴边，他一口喝干了，挑起女人的下巴便凑了下去，两人唇唇相贴，酒液顺着女人的嘴角往下淌……

萧伊然彻底转开眼，这样的画面，她再也看不下去了！

两手在身侧不知何时紧紧地握成了拳，萧伊然眼前却不断浮动最后那一幕，女人嘴角流淌的酒液在灯光下发亮，她的泪，在眼角闪光。

前方走来个侍应生，端着一托盘的酒，不知道他的脚在哪儿绊了一下，竟然重心往前朝萧伊然倒过来。

她闪身一避也没能避开，和侍应生撞在一起，酒杯酒瓶哗啦啦碎了一地。

"你没事吧？"汤可追上来拉着萧伊然看。

"没事。"不过是衣服弄脏了，有什么事？

可是，这巨大的声响惊动了不少人，他那一桌的人都往这边看过来，一看是她，就有人起哄："这妞今天是撞人撞上瘾了？撞了阿郎又撞酒瓶？"

原来他叫阿郎……

原来，他就是阿郎！

原来，他们早就暗地里交过手！

"长得不错啊！叫过来玩儿玩儿！美女，来陪陪哥哥！"他身边流里流气的人喊。

更有人笑得邪里邪气地端着酒杯过来，掏出一沓钱直接拍在萧伊然的脸上："妹子，把这杯酒喝了，这些钱就都是你的！"

萧伊然默然不语。

汤可却拉住了她的手，另一角落的小窦他们三个发现情况不对劲，也起身走了过来。

他们谁也没想到今晚会发生这样的事，不可能让萧伊然被这个人欺辱，那就只有打一架，直接跟这些人杠上了。他们今天只是来摸底的，这样一来，对以后的行动会有影响吗？对整个计划会有影响吗？

情况发生得太突然，令人措手不及。

萧伊然目光越过眼前这个人油腻腻的脸，看向后面座位里的人，那人一手搂着女人，神情怡然，好像这一切都不关他的事。

萧伊然灵光一现，心里忽然有了个主意，至少可以避免小窦和这些人正面冲突，至于后面的两步、三步，走着看吧。

于是她看向那个人的目光更加执着了。

他身边那个女人酸溜溜地道："阿郎哥，她好像看着你呢！难道她看上你了？"

那人终于把目光落在萧伊然身上了，轻佻地笑了笑，还在那女人胸口捏了一把："没你身材好！"

那女人娇笑一声，滚倒在他怀里。

萧伊然目光一收，抢过她面前油腻男人手里那杯酒，在众人惊讶的目光下，向那人走去。

女人还在那人怀里，看萧伊然走过来，贴得更紧了。

萧伊然压根儿就没看那女人一眼，走到他面前，一杯酒就泼在了他脸上。

"哟嗬！"他身边那些人吹起了口哨。

小窦他们则看呆了，可又不敢轻举妄动。

"你这贱女人！疯子！"酒液顺势流到他怀里的女人脸上，女人气急败坏起来，擦着脸上的酒。

"谁贱？"萧伊然操起桌上的酒瓶一砸，哗啦一声，酒瓶裂口直接对准了那个女人，"抢老子的男人谁贱？"

顿时，所有人目瞪口呆，连口哨声都停了。

萧伊然左手一巴掌扇在他脸上，酒瓶直接压上他的脖子："你玩儿够了就想甩了老子是吗？老子告诉你，没门！要么把人留下！要么把命留下！"

他那边的人总算缓过点儿劲来，拿钱砸萧伊然脸的油腻男人笑得恶心极了，凑过来戏谑他："阿郎，你小子到底欠了多少情债？长得好看就是有女人缘啊！"

男人低头看了眼抵在自己脖子上的酒瓶，倒是从容不迫地点了支烟，吸了一口，夹在指间，看着她饶有兴味地笑。

他身边的女人已经脸色发青，咬着牙娇滴滴地喊："阿郎哥……"

阿郎挥手示意她闭嘴，而后手一伸，摸出一个箱子，从里面拿出两大沓钱来甩在桌子上："拿去。"

萧伊然没有动，只是看着他这张脸，看着他的脸在绿色的玻璃瓶裂口处分裂出的无数个倒影。

阿郎突然抓住她的手腕一挥，酒瓶从她手中飞了出去，随即他抓起两沓钱甩在她身上，和刚才油腻男人的动作并无本质区别。

"滚！别再出现在我面前！否则，别怪我不客气！"

萧伊然久久地凝视着他，最后蹲下身拾起钱，快步走了，眼眶依然是红的，倒真像个弃妇。是他，她没有认错，真的是他，否则他怎么会配合自己演戏？

油腻男人表情色眯眯的，一脸贪婪："阿郎，你既然玩儿腻了，就给我玩儿玩儿？这妹子很正啊！"

萧伊然掉在地上的酒瓶还在那儿呢，阿郎拾起来再次一砸，碎玻璃四溅，好几粒还溅到了油腻男人的脸上。

酒瓶尖锐的断裂口这回抵在了油腻男人的脖子上，阿郎神情狰狞："肥仔，我看你活腻了吧？老子玩儿过的女人你还想染指？让老子当活王八吗？"

油腻男人色眯眯的样子顿时收了起来，他小心翼翼地推着酒瓶："我……我就是开个玩笑……哥你……你别当真。"

阿郎冷哼一声，起身，手一挥："去楼上！"

一行人恢复了来时的张狂，油腻男人已经吓软了腿，从地上爬起来跟在后面，眼里却透着阴狠的戾气。

萧伊然最先冲出夜店，汤可随后。

发生这么大的事，段扬和魏未也是焦心得不行。他们完全不懂萧伊然在干什么，可又不敢贸贸然影响她，一直都像店里其他客人一样远远地看着。

萧伊然一跑，他们第一反应也是跟出去，小窦却把他们拦住。

也是，情况有变，萧伊然已经无遮无掩地站在那些人面前，他们几个从大局出发，还是先隐起来比较好。

直到那些人都上楼了，魏未他们才走，而在此过程中，他们都在暗地里打量刚才和萧伊然演对手戏的人。魏未还注意到，那人的手背上一条血线蜿蜒而下，从他指尖一路滴落下来，一滴、两滴……

回去的路上，萧伊然再不用伪装，手里紧抓着那两沓钱，眼泪就没停过。

汤可等人面面相觑，也不敢问，一行人就这样回到了住处。

宁时谦已经在房间里走了无数个来回，这三十几年他还从没有如此担心过，只要外面有一点儿点动静，他就把门打开，看看是不是萧伊然回来了，结果已经失望很多次。

当门外再一次响起轻微的脚步声时，他的心又一次提起，走到门口，他还听见汤可轻声说话的声音，这下确认无误了，打开门，就看见一个失魂落魄满脸是泪的萧伊然。

"这是怎么了？"他看着萧伊然，再看看她身后那些人，一个个愁眉苦脸的，却不能给他答案。

他落下的心再次高高悬起，把萧伊然拉进门，汤可他们垂下头，一个个蔫蔫地走了。

宁时谦突然有种不太好的预感，把门一关，看到了她手里的钱："这是怎么回事？到底怎么了？"

她一动不动地看着他，如果不是一直下滑的眼泪和抖动的双唇，他会怀疑眼前的这个人是蜡像……

"发生什么事了？告诉我！嗯？"他伸手给她擦泪，可哪里擦得干净？他不擦还好，越擦，好像越是刺激她的泪腺一样，那眼泪竟滚滚而下。

宁时谦收拢双臂，想要抱她，然而还没抱上，就听见她颤抖着声音说了句："我看见他了……"

他手一僵，心里已经有了猜测："谁？"他就这样僵硬地保持着环抱的姿势。

"秦、洛……"她一字一顿地说出这个名字，说完再控制不住，即便咬紧了嘴唇，还是泣不成声。

他闭了闭眼，再睁开时，已经没有了继续抱她的勇气，僵持在空中的双手缓缓垂了下来。

她见他这样的反应，心里也有了猜测，哽咽着，很艰难才问出这句话："你一直知道的，对吗？"

他想过否认，可瞬息间脑中闪过无数画面——他和秦洛称兄道弟，一起打球、一起撸串、一起切磋散打、一起谈理想抱负……

从他替代秦洛成为鼹鼠先生开始，他就在痛失兄弟、背叛兄弟的阴影里，一边爱，一边受着良心的折磨。

也好，这样也好，该他受的，不该他得的，总要有一个结果。

他垂下头，而后又用力地点了一下。

"什么时候？什么时候知道的？"还是，自始至终都在骗我？

宁时谦不太敢看她的眼睛："我们……结婚以后……"

接下来，两人便是长久的沉默。

他心虚地垂着头，抗拒这沉默："对不起，我没有告诉你……"任何结果都可以，他都接受。

可是，许久过去了，萧伊然还是没有声音。

他抬起头来，只看见她流不尽的泪，和她那双泪眼里模糊不清的光亮。

她还是那个爱哭的小孩儿，他是不是已不再是值得她信任的哥哥了？可是，她一声不吭地只会流泪对他而言也是备受煎熬的刑罚，他宁可她像上次那样，跟他狠狠打一架，也好过她这么沉默。

暴躁，是对别人的惩罚；沉默，是对自己的苛刻。

她是个任性的小孩儿，不是吗？

"你怪我吧！怪我……你打我……"他执起她的手，往他脸上用力拍着。

她手里的钱掉在地上，混着她的眼泪。

她的手绵软无力，无论他怎么甩，打在他脸上都没有痛感。他索性松开她的手，扇了自己一巴掌。

这样扇起头，似乎找到了一个宣泄自己内心负疚感的方式，他一下接一下地扇着自己，一下比一下重："怪我！我欺骗了你！我对不起你！对不起秦洛！"

她骤然哭出声来，扑上去用力抓住他的手。

他想挣开，她不让，将整个身体的重量吊在他手上，死命往下压，哭着说："不要打！不要打！我没有怪你！没有怪你！"

他另一只手用力将她环住，心里有个声音在说：可是我怪自己……

萧伊然趴在他肩头哭道："我不会怪你。你记得的，我说过，无论你做了什么，我都不会怪你。四哥，我只是……只是怪我自己……我怪我自己……"

他苦笑。

怀里的人已经哭得抽气，想起小时候，她这样哭，他大概得抱着她背着她哄大半个晚上才能好，今晚呢？她会哭多久？

然而，终究已经长大，她记得更重要的事。

哭过以后，她把今天发生在夜店的一切都告诉了宁时谦，包括她说的每一句话："就是这样，我们是不是要去跟张队汇报一下？"

她边说边擦着脸上的泪，是抽噎着说完的。

"去！当然去！走吧！"宁时谦联系了张队，约好见面。

萧伊然和宁时谦把夜店的事又说了一遍，出了萧伊然这个变故，不知道边南这边原来对萧伊然的工作安排需不需要发生变化。

说起秦洛，张队也没想到这么快就让萧伊然给遇上了，叹了一声："你不要难过，也不要怪他，欺骗你是他的选择，应该也是他深思熟虑的结果，我作为他的联系人，只要是对他的工作和安全有利的，我都支持。他很不容易，每一天、每一秒都走在死亡边缘，时时和子弹擦身而过，我能做的，就是尽可能地帮他完成我能做到的事。"

说完，张队眼里又是心疼又是自豪："他很棒！潜伏进去这几年立功不少，从混进去的小马仔做起，一点儿一点儿接近犯罪团伙核心，这几年各地端掉的几个地方贩毒团伙他功不可没，我也希望这个案子早点儿结束，让他可以过正常人的生活。他这几年，真是太难了……"

萧伊然苦笑："我知道，阿郎……"

张队颇为诧异："哦？你们之前就见过？"

"是！"萧伊然忽然想起这件事还没跟宁时谦说，之前在房间里情绪太激动，说得太混乱了，她抓住宁时谦的胳膊，"我忘了跟你说，他就是阿郎！我们前年追捕的那个阿郎！我还记得，当时连夜封山缉拿，他挂了一件衣服在灌木丛里，人跑了！后来我们还在内网发了通缉！"

是！在自己的内网通缉自己的同志！

萧伊然想起来，心里又是一阵难受。

张队听了，无奈地道："这也是没办法的事，他的联系人是我，知道他是卧底的人原则上只有我一个，这也是为了他的安全着想。有时候我在想，从某个程度上来说，就算是为了他，我也要好好保住自己的命，否则，我死了，大概就没人能证明他是谁了……"

宁时谦紧紧拧了拧眉头："我想，我们还遇到过他一次。"

萧伊然也想起来了："没错。明月松间照，清泉石上流，是他。"

"是的，和他在一起的就是水哥，我们在温泉酒店和他们正面遇到，但并没有看到秦洛，大概是他先看见我们，躲起来了。"温泉酒店一直神秘存在的第四个人就是秦洛。

"那就是了，夏天他从北边回来，有一段时间情绪很不对，和我见面的时候跟我说，他受不了了，要疯了。"张队暗暗叹息，"不过，他是最优秀的，情绪波动之后还是回去好好执行他的任务了，好在已经可以看到曙光，秦洛已经接近这个毒品团伙链的顶端，再努力最后一把，便能将他们一网打尽！"

说完，张队看着萧伊然，忽然眼睛一亮："你们见过水哥？"

"是的，正面遇上。"宁时谦道。

"你也是？"张队又问萧伊然。

萧伊然回忆了一下："一共见到两次，一次是在花园里，我看见了他们，他们应该没注意到我，还有一次是在走廊，擦肩而过，但是四哥按着我的脑袋，他们只看到我的背。"

张队便道："我有一个新的想法。"

然而，当张队把他的想法说出来以后，宁时谦立刻暴跳起来："我不同意！"

张队脸上略略尴尬。

"不可能！我绝对不可能让她去！无论你说什么！"宁时谦胳膊一伸，把萧伊然护在怀里，"走，我们回去！"

张队欲言又止。

萧伊然轻轻推了下宁时谦："你别急啊！能听张队说完吗？"

“当然，我这只是个建议，具体是否可行我们还得跟领导商议，再有……”张队看了眼萧伊然，“要你自己愿意。”

他说你，而不是你们，这个决定权在萧伊然这里。这又把宁时谦气得不行。

“我想听您好好说说。”萧伊然这个时候显得比宁时谦冷静得多。

张队瞄了一眼正在盛怒中的宁时谦，迟疑了一会儿，才慢吞吞地对萧伊然道：“既然已经造成你和秦洛情侣关系的假象，那我们就将错就错。秦洛一个人在里面真是非常非常难，我们也想过多派一个人进去，可这更是难上加难。现在那么巧，有了这个误会和关系，可以说，不费吹灰之力你就能到秦洛身边去，同时也接近犯罪集团最高层。要知道，秦洛走到这一步，可是用了好几年的时间！你去了，可以让秦洛多一个助力，多一份照应。”

“也多一份危险！对秦洛来说，多一个人，多一份暴露的危险！对她来说……”宁时谦低头看着萧伊然，脸比锅底还黑，“就不用说了！”

张队便不说话了，只笑了笑。对他们这些人来说，有什么是绝对安全的呢？有什么是不危险的呢？

宁时谦也明白张队这个笑容的意思，只坚持一句话：“反正我不同意。”

“你们可以先回去考虑一下，不一定急着做决定，我也跟领导汇报汇报再说。”

萧伊然是被宁时谦给一路拖回房间的，带了惩罚的性质，力气大得快把她的手腕给拧断。

回去后，一关上门，宁时谦就发火了：“你怎么想的？别告诉我你打算答应下来！”

萧伊然静静地看着他，等着他的怒火平息。

每每这时候，他就无法直视她的眼睛，那双猫儿似的眼睛带着期盼和请求，是他这辈子都无法抗拒的！可是，这一次无论怎样，他都要坚持自己！再不被她的眼神蛊惑！

“不用这样看着我！我不会同意的！”他再一次重申。

萧伊然也不和他闹，到他身边拉着他的手坐下。

宁时谦心里有气，一把将她的手甩开了。

她只好叹息一声：“四哥，如果换成是你，你接受这个任务吗？如果今天张队提议你去呢？”

“我当然接受！”宁时谦想也没想就道！服从是军人的天职！这可是从十八岁开始就在他的思想里根深蒂固的信念，而且，作为一名优秀的军人和警察，从来都该是明知山有虎偏向虎山行！越是危险的地方才越是他该待的地方！

但是，她想用这个来说服他吗？不可能！“你不用想了！你跟我能一样吗？你不用待在这里了！赶紧给我收拾东西，回家去！明天就走！”

宁时谦心烦意乱，站起身开始给她收拾东西，将房间翻得一团乱。

“四哥……”萧伊然走到他面前蹲下来，按住他胡乱塞东西的手。

他忽然反手握住她的手，很用力地握着，两人的手指都在这样的纠缠里泛着白：“不去！你知不知道那都是些什么人？穷凶极恶！没有人性！你进去了很有可能九死一生你知道吗？”

宁时谦双眼通红，快把她的手指掰折，声音也变得嘶哑：“答应我，不去！只要你不去，你提什么要求我都能答应！”哪怕，等案子结束，等秦洛回来，把你还给他都可以！只要你不去……

当然，这句话他没说出来，也说不出来……

她直直地看着他，一直看进他的瞳孔深处，抽出手来，指尖轻轻碰着他的眼角：“四哥，我知道你担心我，可是你要知道，这不是在家里！在家里，我是你宠着惯着的小十三，你舍不得我受委屈，总把我护在你的臂膀底下。但现在我们在哪儿？我们在干什么？这种时候，我首先是个警察！是和你一样的警察！四哥，这个世界上还没有因为危险就选择退却的警察！我不会成为第一个！那是警察的耻辱！”

宁时谦无言以对，闭了闭眼，前所未有地后悔曾经支持她当警察，那时候他还是太年轻……

“四哥……”萧伊然轻轻靠近，靠在他肩膀上，“我是因为你才选择当警察的，从小我就崇拜你，你是我心中的英雄，所以长大了，我就变成了另一个你。我不会给你丢脸的，相信我，我也是警察！是警校优秀毕业生！青山埋忠骨，是一个警察最好的归宿！我和你一样，宁可最后的归宿是血拼战场，也不愿在怯懦的温床里终老，那不是你，也不是我！”

他被她的一句句话堵得无话可说，心里又气又恨，抓着她的脑袋，用力揉了揉她后脑勺的头发，两眼更红了："胡说八道什么？还没去就想着青山埋忠骨！小丫头到底会不会说话？"

她微微一笑，知道他这毛已经被她理顺了。

可他心里难受得跟无数小爪子在抓似的，挠心挠肺，挠得他焦虑不安。

她还从来没见过他这副模样，仰着头呆呆地看着他，心里一股酸气也一个劲地往上冒。

宁时谦低下头，便看见她这样的神情，还是那个白生生软乎乎的漂亮丫头，还是那双水雾雾迷蒙蒙的眼睛，他以为他可以，也有能力一直护她到老，始终把她养得娇娇的，千宠万宠，可现在，他护不了她了……

他有千言万语想要说，却不知道该先拣哪句，最后愤懑到恨不得用力捏她的脸，想就这样把她揉碎了才解恨，可又舍不得，便捏着她的下巴，直接吻了下来，把内心里憋着的所有力气都用在噬咬上，狠狠地碾磨，狠狠地吮咬……

"这是你的新身份证。刘贝贝，我听说你那天在夜店说的是从川话，既然你能说，所以给你定的身份是从川人，无业。因为跟秦洛是老乡，所以跟他有过一段时间，现在你过不下去了，又来找他，住在廉价的出租屋，对你来说已经付不起房租了，你用秦洛那晚给你的钱缴了房租。这个出租屋，当然是我们安排好的，在安全的时候，会有我们的人。"

萧伊然手里拿着一张刘贝贝的身份证，耳边回响着张队的话。

没错，因为秦洛的关系，她能听懂这边的话，从川是这边一个县城，也是秦洛的家乡，因为好玩儿，她曾经缠着秦洛跟他学家乡话，两个人在一起的时候也时不时用他家乡的话交谈，没想到，这会儿还真派上了用场。

明天她就要正式用这个新身份生活了……

萧伊然低头看了眼身边的人，宁时谦闭着眼睛，也不知道是睡着了还是在装睡。这一天下来，他就是这副样子，板着脸，一句话也不说。

这是在生气？

萧伊然转身趴在他身边，双手托着下巴，执着地盯着他看，目光细细扫过他的眉眼、他俊挺的鼻、他好看极了的唇。

他当真有着极出色的五官，只是糙惯了，从来不把自己的外貌当回事，就好比现在，这么一张有棱有角的脸，却偏偏胡楂横生。

也不怪他，忙起来睡觉都没时间的人，哪里还记得打理胡楂？

她忍不住伸出手去，在他下巴上摩挲，来来回回好几圈，胡楂扎在她手心里，又痒又麻的，他却还不醒。

真睡着了，这么折腾还不醒？

她便靠近了些，快贴着他的脸了，低语："喂，还不理我？就这么让我走了？"声音娇娇的，像小时候她缠着他玩儿，不让他去上学一样。

他果真仍闭着眼睛不理。

萧伊然心里哀叹一声，不知如何是好了，手指在他硬硬的短发里穿梭把玩，默了好一会儿，看着他紧闭的双眼，忽然想起小时候他哄她睡觉时的情形来，那时候的她，比他现在的样子可难缠多了，也不知道他一个大男孩儿是怎么过来的。

想着，萧伊然便低低地唱起了歌："黑黑的天空低垂，亮亮的繁星相随，虫儿飞虫儿飞，你在思念谁……"

唱歌的人倚在他耳边轻轻唱，听歌的人眼眶却渐渐发热。

很久很久以前，曾有一个温柔的女人，身上有着淡淡的花香味，每晚睡觉时，总是用这样轻柔温暖的声音唱歌给他听。唱的什么，他已经记不太清了，只记得那时候的梦里也全是花香，黑黑的夜空，繁星点点，星空下各式各样的花开得漂亮极了，萤火虫在花间飞来飞去，和天上的星星混在一起，分不清哪些是星星，哪些是萤火虫……

那个女人，是妈妈。

后来的很长一段时间里，他想妈妈了，梦到的也是妈妈的歌声，想象着妈妈牵着他的手走在萤火虫飞来飞去的花间，那是他心里最宁静的画面。

再后来，他学着妈妈的样子唱歌给萧伊然听，却想不起妈妈唱的是什么歌，他便自己去学，学各式各样的儿歌和摇篮曲。从她还在襁褓里开始，到她渐渐长大，他学会的有限，翻来覆去也就那几首，他最喜欢唱的便是这一首，唱着歌，好像回到了童年的梦里。

有时候，他自己也分不清，唱歌给她听到底是为了哄她，还是哄自己……

"天上的星星流泪，地上的玫瑰枯萎，冷风吹冷风吹，只要有你陪……"

她细细的声音在他耳边萦绕，像一根丝线钻进他心里，一圈一圈地缠在他心上。

他从来没有想过，还会有一个女人这样唱歌给他听。

“虫儿飞，花儿睡，一双又一对才美，不怕天黑，只怕心碎，不管累不累，也不管东南西北……”

他无端地喉头涩疼，一伸手便将那个捣乱的脑袋给捧住了，一双漆黑的眸子睁开，撞上眼前那双慧黠的眼睛，恰恰逮住眼睛里那些还来不及消散的调皮。

心里的郁结一下驱散了不少，宁时谦和她鼻尖对鼻尖，用力蹭了一下：“你个小坏蛋！你个小坏蛋！”而后，便是深深吮咬。

他好不容易放开了她，她蜷在他怀里，额头轻轻蹭着他的下巴：“不生我的气了吧？”

他怎么舍得生她的气？他只是……

他对自己的行为也很无奈，这样的孩子气，还是在她面前，真是前所未有！

灯光下，她刚才被他肆虐过的唇泛着绯色珠光，他忍不住凑过去又吮了一番，哑着声音叮嘱：“要小心！一定一定要小心！”

他甚至想说，我不需要一个英雄，我只要一个活蹦乱跳的小十三。

可这句话，他说不出口。

“我会在适当的时候在你的出租屋等你，不要怕。”他只能这么说。

“我不怕。”她圈着他的脖子，犹豫了一下，还是说，“我只怕你生气，怕你不理解。”

宁时谦苦笑，摸着她的脸颊，只觉指尖肌肤温润如玉：“你记得，四哥永远在你身后。”

“嗯！”她终于放心地笑了，“陪我去看看贝贝。”

贝贝从来没有长途跋涉这么远执行任务，如今寄养在这边，萧伊然有些舍不得离开。

难得他没跟贝贝争风吃醋，陪她一起去了。

贝贝见了萧伊然十分高兴，扑过来上蹿下跳的，她好不容易才把它安抚下来，抱着它的脖子给它顺着毛，自顾自地说：“贝贝，妈妈要离开一段时间，你要听汤可阿姨的话，嗯，也帮着看着点儿爸爸！别让他犯傻……”

说着话，她却是冲着宁时谦眨眼。

宁时谦哭笑不得。爸爸？

这话贝贝是听不懂的，萧伊然是说给他听的，故意逗他开心。

这傻姑娘……

他们会有一个孩子的吧？

会有那么一天，有一个叫宁萧的小男孩儿或者小女孩儿，长着和他或者她一样亮亮的眼睛，叫他爸爸，叫她妈妈。

他苦笑，又或者……

宁时谦闭了闭眼睛，不愿去思考。

不舍、不想、不愿，有时候，面对某些问题，他只是个懦夫。

夜里训练基地的操场上，一朵黄色的微弱荧光一闪一闪。

"看！萤火虫！"萧伊然牵着他的手往前奔。

一朵、两朵、三朵……操场边的草木里，一盏一盏小灯点亮。

萧伊然伸出手去，舍不得碰，只手掌随着萤火缓缓移动，好似手心里托着一盏盏小灯，回过头，就见他站在数步之遥看着她微笑。

"你过来啊！好美！"

宁时谦没有过去，只在原地静静看着萤火点点中的她，淡淡流萤，憧憧树影，萤光里追逐旋转的女子，仿若坠入凡间的精灵。

他耳边回响着女子温柔的歌声：黑黑的天空低垂，亮亮的繁星相随，虫儿飞虫儿飞，你在思念谁……

前路风狂雨骤，这一刻，宁时谦内心里却宁静得一如童年的梦。

亲爱的，你才是最美，你才是我的小小萤火，是我的繁星朵朵，照亮我夜空下的路，陪我前行。

深夜，雨。

小城已进入沉睡，喧闹的瓢泼大雨却让这夜晚迟迟静不下来，紧锣密鼓地敲打着这座小城，仿若战前闷闷的鼓声，敲得人心烦意乱。

与之相呼应的，是灯红酒绿处闪动的霓虹，凌乱，压抑，越亮处，越阴郁。

门开，嘈杂的音乐随之流泻出来，扰乱雨点的节奏。

"下这么大雨！"

从门内出来的男男女女开始咒骂。

只有中间穿黑衬衫的男人显得极为冷静："够了！去开车！"

大雨如注，男人微眯起眼，目光穿过雨帘四下里扫视，静若止水的表情和这样的目光隐隐有些不和谐，不和谐的根源是瞳孔深处隐藏的不安。

只是，没有人注意到他的不安。

这密集的瓢泼大雨，压得气压都低了不少，压得人喘不过气来，好像被人勒住了脖子一般。

男人解开衬衫的扣子，从领口开始，一颗、两颗……

也没有人注意到，他的手指在微微发抖。

忽然，一双柔腻的手握住了他的手，香水味骤然靠近，一双红唇在他眼皮底下一开一合："阿郎哥，热吗？我帮你脱啊……"

有人在男人身后轻狂地笑："红妹！你随时随地发情啊！哈哈哈哈……"

男人暗暗深吸一口气，控制住自己的心跳，控制住自己的手。

女人已经熟练地把他的衬衫扣子全部解开，涂着黑色甲油的手在他胸口四处游走。

男人脑中出现扭动的毒蛇缠在他身上吐着信子的画面，带着潮热腐烂的气息，又腥又臭，令人作呕。

如幕雨帘里，一把红伞渐移渐近。

男人脑中的画面里，那条蛇还在扭动，腥臭味汹涌不断，他突然很想伸手掐住那条蛇的七寸，狠狠掐住，狠狠地、狠狠地……掐死它！

胸前滑动的手摸上了脖子上挂着的玉牌，指甲划过他的皮肤，男人只觉针扎一般痛了一痛。

他猛然抓住那只手，玉牌从女人手里跳脱出来。与此同时，红伞停止移动，近在眼前，伞下的女孩儿化着浓妆，一双眼睛却如雨水洗过一般。

毒蛇扭动的画面骤然间被驱走，满世界只听见雨水倾盆而下噼里啪啦的声音，似乎，大雨将那条蛇的腥臭味也洗刷了个干净，漫天漫地只有雨水，清亮清亮的，还有那双眼睛，江南烟雨一般水雾迷蒙。

"不要脸的贱货！你又来了？不是给你钱了吗？"女人将红伞下的女子用力一推。

女子一个趔趄，红伞一抖，清亮的雨滴簌簌滴落，其中一颗滴在他的心口，一凉，一紧，男人身侧的手却不经意握成了拳。

女子根本就没看推她的女人，只直直地注视着他。

他身侧的拳头，手背上青筋已然暴起，心头有火山在燃烧，声音却如冰："不是让你拿着钱滚蛋了吗？还来干什么？"

女子手一松，红伞落在地上，下一瞬，她已扑入他怀里，手抓着他的衬衫，声音委屈又可怜："我不！不要赶我走！我再也不生气了！以后随便你有多少女朋友我都不生气了！只要你让我留在你身边……"

红伞在地上滴溜溜地转，转出一片模糊的红影，让人头晕目眩。时光回转，他眼前仿佛出现一片海棠花开的春天……

男人用力闭了闭眼，将幻影挤走，用力握住她的肩膀，把她从怀里推开，她却死死抓着他的衬衫不松手。

男人怒了，正好车开来，他索性脱下衬衫一甩："给你！"

而后，男人光着膀子上车离去。

他身边的女人甩给女子一个轻蔑的眼神。

女子没有看见，只看见他胸前跳动的小羊玉牌，还有，车轮下被碾过的红伞。

她一咬牙，奋力向前冲去，冲到行驶的车前站定，一动不动，大雨倾泻而下，瞬间将她淋得湿透。

车紧急刹停，车里的司机不知所措："阿郎哥，怎么办？要不……你下去看看？"虽然司机天不怕地不怕，但这个女人到底是阿郎的人，碾过去还是要掂量掂量的。

男人目光深沉。大雨落在挡风玻璃上，将玻璃分离成一颗一颗的雨珠，每一颗雨珠里，都站着一个倔强的她……

男人打开车门，夜风夹着雨滴灌进来，打在脸上生生地痛。

"阿郎哥！伞！"

有人从车里递出一把伞来，然而，雨中的人头也不回。

雨水顺着男人光裸的肩背和胸膛蜿蜒而下，他悄悄揪住了胸口的小羊玉牌，用力一拽，拽落下来，藏进了裤子口袋里。

他一步一步向她走去，大雨滂沱，模糊了她的身影，他眨了眨眼睛，想让视线清楚些，雨水却漫进眼睛里，一阵一阵地刺痛，雨中的她愈加看不清了，他只知道她在那里，站在那里。

她自然也看见了他，轻轻巧巧地跑过来。

男人盯着她，前额的短发被雨水冲洗过，贴在额头上，有几缕遮住了眼睛，发丝后面雨水浸润过的瞳孔，深、冷、阴。

她站在他面前，被他的身躯完全遮住，车里的人只隐约看见一双小手揽住了他的脖子，于是有人吹起口哨来，调笑之意变得明显。

还有人嘲笑车里的女人："红妹，你看看，你看看，女人就要像这样，乖巧一点儿，听话一点儿，男人才喜欢，像你，成天喊打喊杀的，男人看见就跑了！"

叫红妹的女人气得鼓囊囊的胸部一上一下起伏得厉害，回手就给了那人一拳。

萧伊然第一次如此清晰地看着眼前这个人，手指轻轻滑过他的耳朵、他的脸、他的鼻子，还有那双盯着她的冷冰冰的眼睛，睫毛在她手心里轻轻扫过，痒痒的触感如此真实。

她原本想笑，想冲他轻巧调皮地笑一笑，为自己的得逞，可是在手指真真切切触摸到熟悉的眉眼的时候，眼泪却簌簌而落，混着雨水，模糊了视线。

是真的！眼前的这个人，是真实的！真真实实就在眼前！就在她的指尖过处！

你还活着，真好。

只是，对不起……

他一把抓住她的手腕，拉着她往回走，把她塞进车里，两个人都已全身湿透，坐在车上还一滴滴地往下滴水。

萧伊然冲大家一笑："你们好，我叫刘贝贝。"

男人看了她一眼，没吭声。

叫红妹的女人哼了一声，想要骂人，看了看男人，闭了嘴。

萧伊然友好地对红妹点头："姐姐好。"末了，她又做出小心翼翼讨好男人的样子，"我不闹，听你的话，你看好不好？"

红妹想起刚才几个男人的话，气不打一处来："谁是你姐姐？你比我老！"

"那……妹妹？"萧伊然又道。

“行了！开车！”男人冷冷出声。

“是，阿郎哥！”司机立即发动车子，继续往前开。

车里的人便开始开各种荤玩笑，全程男人都一脸冷色，萧伊然却笑嘻嘻地听着，也不生气，到下车的时候，已经有人叫她阿郎嫂了。

“再见！下次再聊……”

她话没说完，就被男人拽下了车。

车里的人笑得猥琐：“阿郎哥，虽然说春宵一刻值千金，你也不用这么急啊！”

“都给我滚！”男人用力把车门关上，也将那些人的调笑隔断，还有红妹阴郁而含恨的眼神……

车在一片嬉笑声中开走，而他，一路拖着萧伊然进了门。

一套不大的房子，一套半旧沙发、一个衣柜、一张床、一张桌子，差不多就是全部。

一切都简简单单，整整齐齐，一如他当年在警校时的宿舍。

有些东西，大概是根深蒂固的。

走进这道门时，萧伊然心里是极其忐忑的。她对他居住的环境充满了好奇，可是，又隐隐有些害怕，害怕她所看到的会是她不想看到的。

似乎，还好。

窗开着，风吹进来，窗口挂着的风铃叮叮咚咚撞击着夜色，有着与这气氛极不符的悦耳声音。

萧伊然走上前去细看，那叮咚之音却化作雷鸣阵阵，轰得她心里灼烧般震痛。

这个风铃，竟然是她在肖潇那里定做的那一个。

白色的风铃管，三角梅开得鲜艳而明媚，刺得她眼睛发疼。

她不敢回头，无声流泪。

良久，泪意渐退，萧伊然如同没看见这个风铃一般，在沙发上坐下，打量着四周，也借此平复自己的情绪，找一个开场白。终于，只剩他们两个人了，不需要再伪装。

她的第六感告诉她，他在盯着她看，可是，一旦只剩他们两人，她是不敢看他的眼睛的，因为心虚、内疚，毫无疑问。

"我……"

"你来干什么？"

两人异口同声，只是他的声音小得如同耳语。

萧伊然警惕地看着四周。

"说，没问题。"他坐在她对面的地上，小声道，"我不是不让你来吗？"

"是张队给我的任务。"她也压低了声音。

"我不是没同意吗？怎么还来？"他压低的声音因有了怒气而变得嘶哑。

萧伊然没有再说话，只是静静地看着他。她并不知道张队已经跟他知会过了，他的不同意，大概和宁时谦是一个理由。

他似乎很生气，是真的生气："你明天就给我滚回去！"

萧伊然很无奈，甚至有些疲累，花了很多工夫去说服宁时谦，哄宁时谦，她不想再在这样的环境里费那么多唇舌说服眼前的人，环境也不允许。

"就这样了，秦洛，没有回头路了，还是想想我们该怎么办吧。"她忽然想起一件事，"对了，你到底叫什么名字？阿郎？陈继余？"

秦洛怔怔地看着她，许久都没有吭声，仿佛入定一般。

"问你呢！"

秦洛眼神一晃，没有回答她。

"那我叫你阿郎了？他们都这么叫。"

秦洛还是没吭声，只是随手点燃了一支烟，尤其刺目的，是他夹烟的那只手，少了一根手指……

烟圈一个叠一个地袅袅而上，刺鼻的烟味熏得她闷闷的，心口也开始闷闷地痛。萧伊然盯着他断指的指根，想问的话问不出口，却莫名说了一句："你以前不抽烟的……"

其实说完她就后悔了，在这样的环境里，抽烟也许只是一种思考时的强心剂，宁时谦在思考时也抽。

果然，叼着烟的人露出一个古怪的眼神，有嘲讽，有阴霾，还有一些她看不明白的东西……

这是一个完全陌生的秦洛，陌生到她不敢面对这样一双眼睛。

她知道，那个阳光下目光清朗、笑容纯净的青葱少年，再也回不来了……

"秦洛……"她哽咽道。

他狠狠地吸了一口烟，烟圈堆叠中，他的眼里模模糊糊地隐着绝望。

“秦洛已经死了。”他淡漠的口气，像在说今天天气很好。

这算是给了她回答吗？你叫什么名字？呵，他叫什么名字啊……

他这么说，萧伊然其实不懂，只是他淡漠的口气揪得人心里浸了柠檬水一般，酸酸涩涩的。

来时她曾想过，这一次见面要好好跟他聊聊，可是现在突然觉得，她想问的那些事，有什么可说的呢？你这几年好不好？为什么说自己牺牲了？有答案吗？又或者，答案的意义是什么？还有，她心里放不下的，那些难以启齿的歉意，还有说的必要吗？只能这样了，是她负他，抑或是命运负他，也只能这样了。

那就，这样吧……

至少，她此刻不能哭，她不是来哭给他看的。

不能哭，那就笑吧，哪怕心里是苦的，萧伊然也像什么都没发生过那样微笑道：“先洗澡，把湿衣服换了吧……”

他的头发还在滴水。

秦洛吐出长长一口烟，掐灭了烟蒂：“你洗吧，衣服……你自便！”

说完，他起身要去开门。

“你去哪里？”萧伊然站起来问。

他的手已经搭在门把上，秦洛在门口站了会儿，似乎又改变了想法，回过身来，带着若有若无的古怪笑意：“好，我哪儿也不去！”

他这样的笑，竟然令浑身湿透的她莫名生出了一股寒意。

“快去啊！”他坐下来，又点燃了一支烟。

萧伊然双手搓了搓脸，抹去脸上残留的雨水，寒意才渐渐散去。

就这样，两人再也无话。

她洗完，自动蜷到了沙发上，他洗了出来，扔给她一床薄被，自己去睡了床，而后，便是沉寂的夜。

其实，萧伊然是睡不着的，闭着眼睛，脑海里千头万绪。

屋外的雨渐渐地停了，萧伊然再一睁眼，窗外已经有了灰灰的白，房间里传来细小的声音，窸窸窣窣的。

她以为秦洛醒了，也起了身，走到门口等他出来。

然而，门一直关着，里面奇怪的动静不断。

突然之间，萧伊然想到了什么，开始敲门，敲了几下敲不开，她心里一急，直接上脚将门踹开，里面的人骤然一惊。

而门口的萧伊然，心口重重一震，一颗心被震成了粉尘，太碎太碎，碎得连痛都感觉不到了……

昏暗的光线下，她看见的，是蜷缩在地上发抖的人，还有他颤抖的手里，那支刺眼的注射器……

“不……”干涩的嗓子里好不容易挤出一个字来，萧伊然飞奔过去，用力抓住他的手腕，眼泪再也控制不住，哽咽着嘶语，“不！不！不要！”

她忽然之间懂了他吸烟时眼神里的嘲讽是什么，阴霾是什么，看不懂的又是什么！到了这一步，吸烟算什么？吸烟算什么啊！

“不要！秦洛！我求你！不要……”泪眼模糊中这张变形的脸、这双眼睛里卑微的渴望，和她从前在派出所时抓的瘾君子一模一样……

她清俊的海棠花少年！警徽下曾经踌躇满志的少年！怎么会是瘾君子的模样？！

“走开！”他连声音都变了调，用力甩她的手。

“我不！不！”萧伊然不知道该怎么办，只是死死抓着他的手腕不松手，她做不到，她不能眼睁睁地看着他把针扎进他的皮肉。

他眼周一片水渍，她哭着把自己的脸贴过去，贴在他的脸上，她的泪和他脸上的液体交融在了一起。

她一遍遍在心里告诉自己，那不是他毒瘾发作的涕泪！那真真切切是他的眼泪！她知道他心里也痛的！他比谁都痛！

“走开！”秦洛一声嘶哑地低吼着，终于挣脱她的手，并将她用力一推。

萧伊然被推倒在地上，眼看着他起身跌跌撞撞地要出去，她不顾一切地扑了上去，抱住他的腿。此时，她才发现，他的裤子是松开的。

“放手！”秦洛甩了几脚。

萧伊然说不出话来，只是死命抱着，流着泪摇头，拼命地摇头，好像她用力一些，就能多一点儿可能挽回眼前这一切……

秦洛急躁不堪，迈脚就往前走，萧伊然却死不松手，就这么被他拖曳着前行。

从卧室一直拖到洗手间，两人挣扎间，他的裤子被她越拽越下，他大腿上那些密密麻麻的针眼露了出来，刺痛了她的眼，好似这千针万孔，一针一针都扎在她心上……

一路拖，萧伊然一路流泪。

他似乎忍无可忍，用力几脚，终于把她掀翻在地，其中一脚踢到了她的下巴和嘴唇，一股甜腥味瞬间涌进嘴里……

萧伊然爬起来再一次扑上去，这一次，扑到的却是冰冷的门。

她知道他在里面干什么，可她无能为力。

萧伊然无声地大哭，无力地捶着门，一下又一下，这一次，她却连破门而入的勇气都没有，只有眼泪，不停地流……

她脑海里回放的，是多年前他警校毕业时身穿制服上台领奖的模样，优秀毕业生、警界新秀、最有前途的新生力量！他的照片被刊在宣传窗里，排在第一个，警帽下年轻的容颜神采飞扬，和帽子上的银色警徽交相辉映。

回忆翻来涌去，流泪间，已是半生。

窗外泄进来的光不知何时已变得透亮，萧伊然靠在洗手间的门上，发丝被泪痕凝结，仿佛生命也随之凝结。

门，从里面打开，开门的人仅穿着T恤和底裤，两条大腿上布满的针眼暴露在阳光下，比昨晚更加清晰刺目，此外，还有她昨晚不曾看见的，几条刀疤横在腿上，爬行在针眼间。

他近乎仓皇地从里面出来，盯着地面，不曾看她一眼，脚步慌乱得还绊到了她的脚，差点儿摔倒。

她在仿佛凝固的世界里，怔怔地看着他，看着他手忙脚乱地穿上裤子，看着他始终不敢转身看她的身影，看着他脚步趔趄地落荒而逃……

直到他跑出去关上门，那一声巨大的门响，才将她惊醒。

萧伊然抹了抹脸上干结的发丝，急忙站起，却不料脚下一麻，又跌了回去。

待她重新站起，追到门口打开门，却不见了他的踪迹。

脑袋木了一般麻麻地胀疼，萧伊然缓缓往回走，在沙发里抱着被子蜷缩成一团。昨晚的一切像一场噩梦，现在梦醒了，秦洛还是从前的他，对吗?

眼前却突然出现那密布的针眼，萧伊然咬着被子，泣不成声。

就这般蜷在这里，她自己都不知道过了多久。天，黑了白，白了黑。麻木的脑袋艰难地理出了一点儿点理智，让自己不至于忘了吃喝。

她没有想过要走，她知道，他一定会回来！她还在这里，他就一定会回来！

门再一次打开，已经是深夜了。

轻轻的转锁声，轻轻地关门声，轻轻的脚步声，萧伊然知道他走到了自己面前。

他扭亮了一盏小灯，她能感觉到光源，却闭着眼睛装睡，连呼吸都屏住了，只左胸膛里，不安地胡乱跳动。

他看见的便是这样一个安静的她。

来见他时刻意夸张的浓妆已卸，还是那张干干净净的小脸，闭着眼时，睫毛又长又翘，鼻子也翘翘的，这样安静地睡着，像乖巧的梦娃娃。

只是，这却是一张被泪水糊花的小脸，嘴唇上还带着伤，又青又肿，还破了皮，结了血痂。

是他的"杰作"。

他久久地看着他曾捧在手心里疼的梦娃娃，看着她唇上的伤。

终于，他缓缓地伸出手，手指有些抖，颤颤地朝她脸上慢慢地靠……

在即将触摸到她的脸时，他的手却停住了，停在离她的脸几毫米的地方，抖得厉害。

他终是没有继续，收回手，握成了拳，握得手背青筋暴起，眼泪却大颗大颗地落下来。

萧伊然闭着眼，手背上一热，滴落一滴液体，烫得她手背发痛……

他迅速站了起来，冲进洗手间，打开水龙头，一双手用力在水下冲、洗、搓。这双肮脏的手，那些看不见的污垢，剥掉一层皮，还能清洗干净吗？

他把头埋进蓄水池里，冰凉的水刺激着每一个细胞，和他脸上的泪水混为一体。

萧伊然睁开眼，入眼便是洗手间里他的背影，只差把整个人埋进蓄水池了。

手背上残留着浅浅水痕，依然滚烫，她轻轻起身，却看见了茶几上的餐盒，是他给她带回来的？

萧伊然心里一酸，移开了目光。

曾几何时，他常常买了夜宵在她宿舍楼下堵人，随意堵到一个女生，便请人家把夜宵带给505的萧伊然，导致她在女生宿舍楼都出了名……

他一直把头埋在水里，多久了？这是要溺死自己吗？

她心里一慌，快步跑过去，把他从水里拉了出来。

秦洛满脸是水地看着她，表情淡淡的："放心，死不了！"

他就这么湿漉漉地出去了，进了房间，把门一关。可惜，门在昨天被她踢坏了，已经无法锁上。

萧伊然拿了条毛巾，跟着进了房间，秦洛仰面躺在床上，盯着天花板。

她在床沿上坐下，想给他擦擦脸和头发，刚伸出手，便被他挥开了。

萧伊然拿着毛巾静静坐了一会儿，想把自己这两天理清的想法跟他说一下，结果，刚开口叫了一声"秦洛"，便被他打断了，他还是那样淡淡的语气："秦洛已经死了。"

她眼眶涩得难受，强忍着，看着他："秦洛没有死，他好端端地在这儿！"

秦洛冷冷一笑，笑容带着自嘲。

萧伊然固执地坚持着："没有死！不会死！他永远是当年的秦洛！永远是最优秀的那一个！"

他没有说话，却看向了一旁，眼底隐隐发热。

"秦洛……"萧伊然转过去追寻他的眼睛。

他继续躲着，有些不耐烦："行了。"

她追到另一边，锲而不舍："我知道你在想什么，你被我看见了，所以你觉得无颜面对我，可是，看见了又怎么样？不管你变成什么样子，你在我们心里，还是最美好的样子！"

他被她的眼神追来追去的，无处可躲，最终斜视着她，还是一声冷哼："你们美好的秦洛会这么肮脏？这么下贱？"

萧伊然咬着唇摇头，她不喜欢这些形容词，更讨厌他用它们来形容自己，"你不脏！你一点儿也不脏！不许说这样的话！"

"是吗？"秦洛呵呵地笑，"昨天晚上发生的事还没击碎你的幻想吗？我就是这么下贱的一个人！你昨晚继续阻挠我，我会跪下来求你给我！没有什么是我做不出的！你让我从你胯下钻过去，我也会钻！你让我吃屎，我也会吃！你明白吗？我就是这么下贱！就是这么脏！就是这么……人不人鬼不鬼！对！我已经不是人了！我是魔鬼！是魔鬼！”

说到后来，他已经破音。

“秦洛……”

字字句句，皆是轻贱，出自他口，扎在她心。

终于把自己最丑陋的一面在她面前暴露无遗，秦洛埋下头，卑微而怯懦的样子像只颓败的兽。

“秦洛……”萧伊然双手轻轻捂在他耳侧。她很难过，她这辈子还从来不曾这样难过，她想和他抱头痛哭，和他一起哭他这些年受的苦，可是，她知道不能，她已经哭了好些天，不能继续哭下去。

萧伊然捧着他的头，用了十分的力气：“秦洛，看着我，看着我的眼睛。”

秦洛却使劲往下低头，抗衡她手上的力量。

一只在粪坑里浸淫的蛆虫，和一朵始终粉白干净的枝头海棠，怎是相同的视平线？

她不管，使劲拎起他的耳朵，念起他的句子：“夜太黑，我看不清方向，可我看得见你在我瞳孔里恒久的影像，所以，我始终坚持信仰。”

他的头颓然垂下，好似骤然间散尽了所有力气，他的整个灵魂，都被她这样托在了掌中。

隐隐地，有低低的悲泣溢出，他的肩膀，轻轻地颤动起来。

“夜行”多年，他从来没有这样脆弱过。

萧伊然双目莹然，一点儿一点儿靠近，最后揽着他的头，让他依在自己怀里，抚着他扎手的短发，柔柔的声音，像安慰着耍小脾气的贝贝那般温柔，又像哄着失认的爷爷那般耐心：“秦洛，你好好看看我的眼睛，我眼睛里的你永远是当年你在警徽下宣誓的样子。秦洛，你说的，你始终坚持信仰，而我，始终坚持相信你。”

怀中的人轻轻抽了一下，一双胳膊搂住了她的背。

她缓缓舒了口气，含泪而笑：“秦洛，就快好了，你看，黑夜总会过去的，我陪你一起走过去，大家都在等我们，在阳光明媚的地方等我们。一切，都会过去的。”

回应她的，只有低低的泣声，压抑而隐忍，静静依靠，默默流泪。

那些最初的时光、曾经激昂的青春和梦想，像深埋的火种，一点儿一点儿复苏，一点儿一点儿重燃。

黑夜，总会过去。

夜店。

萧伊然和身边的男子十指相扣进来，很乖的样子，带着娇羞和喜悦。

一时，口哨声四起。

"阿郎哥这几天过得不错啊！你们看你们看，一脸春色啊！"

萧伊然看着说话的人，耳边回响起秦洛的声音："那天开车的司机叫阿丁，算是跟着我的。"

"快看嫂子这嘴！阿郎哥，你也太狠了吧！咬成这样！多久没开荤了啊！"

面对众人的调笑，萧伊然泰然自若，抱着他的手臂大方地和大家打招呼。他的手臂依然光洁如初，并没有针孔。

这些暴露在外的皮肤，大约是他的尊严和守护之所在，一如他内心的挣扎，无论深陷在怎样恶臭的泥泞里，无论如何千疮百孔，他一直在努力，一直没有放弃。

她也感觉到了两处极不友善的目光，一处来自上次要非礼她的胖子，一处来自那个红妹。

"肥仔跟我历来不和，遇上了只管掐，能动手不动口，不怕！红妹……"

她记得，他说起这个名字时停顿了一下，眼里满是厌恶，于是她当时就接了下去："红妹从前怎样我不知道，现在跟我绝对也是掐上了的，反正我是不怕的，只当是跟我抢男人，怎么斗都不为过。"

彼时他是点了头的，很支持她："嗯，怎么斗都行！"

所以，这两个不友善的人，她还真是不怕。

而偏偏，有人还要找上门来寻不自在。

红妹斜着一双化着烟熏妆的眼就过来了，走到秦洛面前，下巴抬得老高："那老娘我算什么？"

萧伊然根本就没给秦洛答话的机会，插在了红妹和秦洛中间："问他不如问我！"

“你个从川小婊子！”红妹开口就骂，显然已经将萧伊然的来历调查清楚了。

萧伊然一口从川话倒也没露馅儿，亲昵地挽着秦洛：“阿郎哥也是从川人！”

红妹脸色一变，一拳就打了过来，拳头来势汹汹，只不过没能如愿打在萧伊然脸上，而是被一只力量强大的手掌给阻挡了，萧伊然也被这手掌的主人给护在了臂弯里。

红妹眼睛都气红了：“你帮这个小贱人？”

秦洛略皱了眉，极为不悦的样子：“她是我的女人，你骂她什么？”

“我……”红妹气得说不出话来，半晌，指着萧伊然，“你个小……你！给老娘滚出来！有本事抢老娘的男人，就跟老娘单打独斗！别躲在男人身后当婊子！”

秦洛还待说什么，萧伊然却把他轻轻推开了，和红妹面对面：“打就打！谁怕谁！丑话说前面！输了就滚！离老子的男人远一点儿！”

火药味燃到了极限，旁边起哄的人不断，甚至还有人开始押注，红妹气极：“你也给老娘记住！马上给老娘滚蛋！”

“先打赢我再说！”萧伊然回头看了一眼秦洛，发现他并没有阻止自己。

她心内明了，他这是对她有信心吧？毕竟两人曾经对打无数次，她的实力怎么样，他清清楚楚！

所以，眼看着红妹疯子一样冲过来，萧伊然直接迎面接战！

她并没有用警校学的擒拿，而是一味胡搅蛮缠的女人打法，各种抓挠顶咬，撒泼耍狠，当然，她的优势在于，不经意的时候夹进去一点儿擒拿，转眼便将红妹揍趴下了。

有时候，揍人，是一种疯狂的发泄方式。

萧伊然揍着红妹，眼前出现的却是秦洛黑暗中那张扭曲的脸，还有那些触目惊心的针眼。

两个女人为争男人而打架，引来无数观众，起哄声不绝，更有人吹着口哨叫好，可萧伊然仿佛全然听不到，秦洛在她怀中那些细细的、压抑的泣声穿透鼎沸喧嚣在她耳边海啸雷震般放大，震得她心里发痛。

眼前这个女人成了邪恶的代表，萧伊然内心积压的所有痛楚、愤怒、憎恨，化作拳、爪、腿踢，飓风一般落在红妹身上。

有人震惊：这女人是疯了吧！这么个打法要打死人了！

可是，对这群变态的人来说，死个把人又算什么？只会更热闹、更刺激！

于是起哄声更大，萧伊然也打得更狠，心里一个声音在狂啸：就是这些人！就是这些人害得秦洛生不如死！就是这些人害得她的战友们流血牺牲！她要报仇！要给秦洛报仇！要撕碎这些罪恶的嘴脸！

已经毫无还手之力的红妹起初还能哀叫几声，到后来连呻吟声都发不出来了，软绵绵的，任由萧伊然打沙袋一般揍，直到萧伊然把她拎起来往柱子上用力一撞，一口鲜血从红妹嘴里喷出来，尽数喷在萧伊然脸上。

眼前一片血雾，血雾彼端是红妹惨不忍睹的脸，浓浓的血腥味越发刺激了萧伊然心内的愤恨和戾气，她狠狠一脚踹在红妹的肚子上，将红妹踹飞了出去。

桌椅碰撞声里，红妹重重摔在地上，已经不能动弹了。

萧伊然犹不解恨，还待再追上去继续揍，却被一个身影挡住了。

她看也不看地把他往一旁扒，手腕却被人抓住："好了，不打了。"

萧伊然大口喘息着，犹如一只杀红了眼的豹子。

一双手臂将她轻轻抱住，他的声音在她耳边轻响："行了行了，不打了，我怕你了，以后再也不随便招惹女人了，行吗？"

他的声音虽小，却足够让人听见，便有人狂笑："阿郎哥居然也怕老婆？！哈哈哈哈！"

他在她背上轻柔安抚的手，渐渐抚平了她的狂躁，他的声音，还有周围那些喧闹渐渐入耳，越过他的肩膀，萧伊然看到红妹伏在地上一动不动的身体，理智终于渐渐回归。

秦洛把她从怀里拉出来，握着她的肩膀，带着几分不正经的调笑："前几天还说乖乖留在我身边，不干涉我找女人，这才几天就变卦了？"

说着，他还捏了把她的脸。

阿丁邪笑着跳出来说："阿郎哥！这你就不知道了！女人啊！就是口是心非。要女人不吃醋？除非母猪上树！"

萧伊然缓缓呼出一口气，抬起小脸，很配合地一脸骄纵："她先惹我的！说好的女人之间的决斗！你插什么手？怎么？舍不得啊？"

秦洛回头看了一眼，笑：“有一点儿……”

围观的那些人便大笑起来。

“不过……”他揉了揉她的头发，样子痞痞的，“既然你们说了是决斗，我还是很荣幸能成为奖品的！我就归你了！”

阿丁还不罢休，笑着挑拨：“是今晚归嫂子了吧？明晚又不知道在谁床上了！”

众人都笑，秦洛也笑，好像阿丁说中了一般。

萧伊然看着他，也笑：“是吗？那我明晚不是又要打一架？”

大家只当是玩笑，笑得更畅快，没有人看见，萧伊然暗地里揪住秦洛的袖子，指甲快把衣袖戳穿……

只有他感觉到了，暗暗握住她的手，用力地回握。

喧闹间，有人喊道：“水哥来了！”

水哥这个名字，萧伊然已经很熟悉了，这个团伙排行第三的人物，也是今晚她要面对的人。

“接近水哥，差不多就是接近核心了，只是始终差那么一点儿点，这一点儿点，我花了两年都没能攻破，每年一度的几个头头儿集中开会，今年我有望随水哥参加，进入他们基地。狡兔三窟，他们的基地也在深山里，十分隐秘，而且不止一处，防御十分牢固，装备先进，而这些，我竟然还都只是道听途说。不过这一次，一定要将他们一网打尽！”

秦洛的原话再度在萧伊然耳边回响，同时，在众人的簇拥下，进来一张熟悉的面孔，正是她在温泉见过的那人。

水哥领头，其他人自觉地跟在后面朝这边走来，水哥的目光落在了萧伊然脸上。

萧伊然说不出那是怎样一种感觉，就好像被一条两眼冒绿光的毒蛇盯住了一般，恶心且寒意四起。

秦洛伸手揽住她肩膀，道：“水哥，我女人！”

水哥这才收回目光，哈哈哈一阵大笑，拍了拍秦洛的肩膀，同时，终于看到了地上的红妹，只是他似乎对这种事情司空见惯，并未再看第二眼，便往楼上去了。

于是众人也跟着上了楼，秦洛牵着萧伊然，走在最后。

喧哗的大厅，人少了大半，一个胖子走到红妹身边，伸手在她鼻端一探，还有呼吸，立马把她抱了起来，往外走去。

萧伊然回头，刚好看到这一幕。

她再抬头看秦洛，他也正好看着她。

两人相互捏了捏手，一切尽在不言中……

上楼后，众人便几个一堆进了不同的包间。水哥回头找了找，招手："阿郎过来！"

萧伊然是顶着一张溅满血滴的脸进的房间。

一进去，她便感觉到昏暗的灯光下水哥的注目，还是那样的感觉，如毒蛇一般的目光幽暗而阴冷。

萧伊然全身有些发紧，毕竟她和水哥是有过交集的，她有些没把握了，莫非水哥曾看过她的脸？瞬息之间，她已经在脑中把温泉当日之事过滤了好几遍。

水哥却挥了挥手："去洗把脸！"

萧伊然原本已经忽视了自己脸上的东西，被他这么一说才想起，手一抹，还有些黏黏的。

"我去洗。"她转身往外走。

她身边的人也随了出去："我带你去。"

水哥望着他俩的背影，眼神有些阴暗："阿郎对他这马子有点儿上心了啊！"

阿丁马上就接了嘴："也没有，阿郎让她滚！这妞很能缠，也真漂亮……"

水哥似笑非笑地喝了一口酒。

站在洗手台前的萧伊然盯着镜子中自己密密麻麻沾了好些血点儿的脸，随后埋下头，用冷水拼命搓脸，脑海里仍在回想和水哥交集的片段。

一只手搭上她的肩膀，她知道，只会是他。

萧伊然抬起头来，湿漉漉的脸，湿漉漉的眼睛。

两人看着镜子里的彼此，忽见他伸手捏捏她的耳朵，另一只手轻轻按在他的胸口。

那一瞬，她的眼泪差点儿夺眶而出。

Chapter 10

很久很久以前，有个人也是这样捏捏她的耳朵，对她说，别害怕；也曾这般牵着她的手放在他的胸口，对她说，有我在。

时隔多年，久到她再也没有资格在他面前说“我害怕”，可是，她一个字都没说，他却什么都明白……

只是，那只贴着他胸膛的手，已经只有四根手指了……

萧伊然咬着唇，对着镜子里的人摇摇头。我不怕，秦洛，因为我明白，在这条路上，我们没有资格害怕……

门外响起脚步声，几乎是不约而同地，她转投进他的怀抱，他将她拉入怀里。

门瞬间被撞开，水哥身边的人冲进来，见了抱在一起的两人，邪恶地调笑：“你们俩也挑挑地方啊！随时随地发情？”而后，他便是一长串的下流话。

秦洛也是一脸流氓气，一句“关你屁事”把人打发了，牵着萧伊然出去，一边走一边用他的大拇指摩挲她的拇指。

他在用他们俩的方式告诉她：加油。

她知道，这是他在回应刚才她的那次摇头，那句她没说出口，他却能懂的“我不怕”……

两人再次回到水哥的包间，推开门，糜腐之气便扑面而来，房间里多了几个女人，各种香水味充斥着每一个空气分子，憋闷到让人觉得呼吸困难。

“来了？”水哥搂着怀里的女人，看着萧伊然，幽深的目光像毒蛇信子，带着腥臭味，在她身上上上下下地舔。

萧伊然忍住恶心，笑：“是的，水哥！”

水哥仍是那般似笑非笑地盯着她，盯得人毛骨悚然，萧伊然甚至能感觉握着她的手的秦洛，手筋都绷紧了。

却见水哥伸手取了一杯酒，放在桌面上，问她：“刘贝贝？”

“是。”萧伊然语调脆生生的，带着笑。

“从川人？”

“嗯！是从川人！和阿郎一个地方的！”她的从川音也没有问题！

“以前是做什么的？”

“嗯……什么都做过啊！帮人卖衣服！卖啤酒！夜店打工！”萧伊然笑了笑，“不过，最想做的还是跟着阿郎！”

水哥便没再问什么了，指了指面前那杯酒：“喝了它！”

无言的紧张，在她和秦洛相握的手之间传递，一次紧握，一个来回，一秒的时间。

萧伊然甩开秦洛的手，爽快地走过去，指尖还残留着他试图阻止她的力度划过的痛感，她端起酒杯，一饮而尽。

红酒在昏暗灯光下的色泽如血一般，谁也不知道酒里有什么……

秦洛看着那红色的液体一点儿点流进她嘴里，某年某日有过的，熟悉的绝望感开始一点儿一点儿将他吞噬，体内的愤怒和憎恨咆哮着，他想要捏碎那个玻璃杯！捏碎一切！

眼睛漫上一层红色，秦洛大步迈了过去！

眼前的姑娘却将那酒一口喝干了，回头靠进他怀里，笑道：“这个酒，还挺好喝的！”

“哈哈哈哈……”水哥张狂的笑声响起，“阿郎，你这个马子有点儿意思！喜欢喝？喝个够！”

没有人看见，她和他的手指纠缠在一起，彼此抗衡，彼此安抚，彼此询问……

所幸，后来便真的只是喝酒而已，凌晨三点，一切结束，她和他回到他的居所。

这个晚上，他的注意力都在她身上，关注她是不是有不适，是不是有异样。

他的担忧，她何尝不知道？

所以，回来后他这般生她的气，她也只能好言好语地哄。

“你真的不理我了？”萧伊然垂头丧气的样子，在他对面的地上坐下。

记忆里是多年前她在他面前撒娇的样子，他从来舍不得不理她……

“你……”秦洛仍是气恨交加，“你答应过我什么？说好一切听我的呢？我准你喝那杯酒了？！你知不知道在这个地方每一步都要小心翼翼？！你知不知道，所有吃的、喝的都不能大意？你知不知道我……”

余下的话却再也说不下去，曾经的痛楚和悔恨，他不想再提及，可是，如果她也遭受一遍他所经历的，那他宁可付出一切代价！

“我知道……”她轻轻拉起他的手，他只余四根手指的手，她从来没有真正触摸过他的断指处。

他如同被火烫了般痉挛地抽回，带着怒气道：“从现在起，你吃的每一样东西、喝的每一样东西，都要经过我的允许！在这里，没有那么多侥幸和运气！”

说完，秦洛扔下她回了房间，还把门砰地关上了。

萧伊然有些哭笑不得，这倒是像从前他生气的时候扬言要关她禁闭的样子，只不过每回又欠欠地来哄她。

她其实想说，她知道在这样的环境里，走出的每一步都会有风险，可是一杯酒的风险，和两个人被怀疑曝光丧命的风险比起来，孰大孰小？

是的，没有侥幸和运气，只有选择。

她没有再跟着去解释，也不用解释，没有人比他更懂。

又或者说，他们之间根本没有那么多时间和精力用来废话，她还有很多话要跟他说，她一直很想问他的手指是怎么没的，他又是怎么染上毒瘾的，就像今晚一样吗？

可是，这些都等以后吧，等一切都了结以后，他们有大把时间可以聊天叙旧。

然而，谁又知道，以后，或许永远都是以后了呢……

出租小屋。

萧伊然固定回去碰面汇报的日子。

晚霞似火，漫天延绵。

她刚一打开门，便被一只手扯了过去，而后门被迅速关上，她落入一个熟悉的怀抱。

紧紧的拥抱好似要把她给挤成碎片，让她无法呼吸，却有种就此窒息而去的心甘情愿……

良久，他的怀抱才松动了一些，他略带沙哑的声音响起："你好不好？让我看看好不好！"

黄昏的灰暗里，她只看见他黑亮的眸子里似燃着一团火，好像窗外气势磅礴燃烧了半边天空的晚霞连带着将他的眼眸也点燃了一般。

多日不见，他好似瘦了一圈，这煎熬的日子，谁都不好过。

眼里莫名地便含了泪，萧伊然想起小时候，他偶尔跟公公出去个几天不归，她便一到傍晚就搬个小凳子，坐在家门口怏怏地等，奶奶抱她回家，她怎么也不肯，等到天黑还不见他来看她，她便哭。

那时候，好像任何事情只要哭一哭就能如意，不管等几天，他总能踩着暮色而来，带着给她的礼物，喊着"小十三我回来了"……

一定会回来的！那些平静美好的时光！那些曾一起笑过哭过的人！一切一定都会完完整整地回来！

"想我没有？"宁时谦上上下下将她打量，看见她完好无损一颗心才落地，捏捏她挺翘的鼻子，指尖有浓浓烟味。

她抓住他的手指一看，常用来夹烟的两根手指都是黄的。来之前他洗浴过，身上有淡淡沐浴乳的清香，这指尖的烟味却浓得洗不去。

所以，她不在的日子，他是如何焦虑的？

萧伊然没有犹豫，用力点头，一个“想”字说出，便搂住了他的脖子，眉眼埋进他的颈间，湿润了他颈际的皮肤。

他心里便有什么东西满满胀胀地热了起来，双手细细摩挲着她的后颈，托着她的下颌，刚想低头去寻找她的唇，却见她突然从他怀里跳了出来：“哎呀！忘了！”

他有些莫名，忘了什么？

却见她跑去开门，门一开，通红的霞光倾泻进来，背光处站着一个人，昏暗的光线模糊了他的五官，他身后是四合的暮色，黯黑天幕的火烧云像带着黑烟的浓浓岩浆，喷薄延展，沉沉地压着这个世界，压在他身后，将他的肩压垮，将他的背压弯。

他就是这般低着头，佝偻着站在宁时谦面前，像一只怯懦的、恐慌的、受伤的兽，想要靠近，又害怕袒露伤口。

宁时谦轻嗤一声，眼眶一热，也是泛了红，手指指着来人，一个“你”字后，半晌没说出其他字眼来，指尖都是抖的。

“进来啊！”萧伊然将外面那人一把扯进来，关了门，将那漫天的红霞关在了门外。

那人仍退缩着，靠在门上，不敢抬头，目光试探。

这是宁时谦第一次看见“活过来”的他，终于将他看清，昔日那个阳光少年褪去了青涩，时间和经历将他壮实的身体修整得清瘦了不少，原本稚气的五官也被雕琢得历尽沧桑。

眼前这个“死而复生”的人，死去的是曾经的男孩儿，活生生在他面前的已然是个男人……

宁时谦纵使早已知晓，可亲眼再见，却是无法言喻的欣喜，喜悦得……有些语无伦次。

“你你我我”好一阵后，宁时谦索性什么也不说，上前将人紧紧拥抱住。

“太好了！”这是宁时谦憋了这半天憋出来的三个字，没有任何思量与考究的三个字。

三个人的重逢，就是这三个字，太好了！

旁的，根本没有人去想。

秦洛和宁时谦一般高，被他这样撞过来，有些站不稳，两个人攀扶着，晃了好几晃，宁时谦才一拳重重捶在秦洛的肩膀上，又说了一遍：“太好了！”神情还是抑制不住地激动，于是，也热了眼眶。

萧伊然看着这两个人，捂住嘴，眼泪忍不住滑落，喜悦而又心酸。有些事改变了，但有些东西始终没有变。

两个男人的目光同时落在萧伊然身上的时候，三个人心里才咯噔一下，好像被什么东西给磕着了。

萧伊然和宁时谦同时低下头来，一时陷入短暂的沉默。

宁时谦想说点儿什么来缓和一下这有些尴尬的气氛，或者说，其实他长久以来都在考虑，到了这样一天，他该是个什么态度，拿出个什么说辞才是最合适的。然而思虑了千千万万，他此刻却是一句话也说不出来。

大概这一天来得太快，又或者，其实已经太晚。

宁时谦轻轻嗬了一声，他是个男人，做了的事总该他第一个站出来提出问题，且不管如何解决。

然而，这一声之后，他还没开口，他的手就被一双只有九根手指的手握住，断指处的疤看得宁时谦心里堵得难受。

他能感觉到这双手的热度和力度，虽然少了一根指，虽然不复曾经的长指如玉，那熟悉的热情和力量却没有变。

“四哥。”秦洛这么叫他。

他从多年前开始就跟着萧伊然叫宁时谦四哥。

“四哥，我们抓紧时间好好谈谈，待久了只怕不行。”秦洛说。

宁时谦用力反握住他的手，点点头。一句四哥，一次握手，一秒之间释怀。他分明看见了秦洛进门时的踌躇，却不料迈出第一步的也是秦洛。

眼前这个女孩儿，是他和秦洛的深爱，他们一定能有一个妥善的结局，无论结局是什么，他们还是好兄弟！眼前最迫切的是案子，等一切结束，他们还有大把时间可以把酒言欢！

没有足够的椅子，三个人索性席地而坐。

提起接下来的计划和部署，三个人便进入忘我状态，不觉间，时间一点儿一点儿流走，结束时已近深夜。

要走了。

一盏黄灯，三处沉默。

三个人都在笑，却无声。

宁时谦的手轻轻拨动着矿泉水瓶，低着头，再抬起头时，他举瓶道："秦洛，等这个案子结束，我们找一地儿，撸个500根串儿！喝个两箱啤酒！"

"好！"秦洛眼眶涩涩的，"我请客！"

"行！"曾几何时，宁时谦总体谅这俩弟弟妹妹还是学生，都是他抢着埋单的时候多，小丫头更是女生外向，理所当然坑他这当哥的，他便对秦洛说："等你以后工作了，得三倍请我吃大餐，才能把我妹娶走。"秦洛拍胸脯应着，满眼都是幸福与得意。

那些画面，终归变成了曾几何时……

两人各执半瓶矿泉水，咕噜咕噜往喉咙里倒，明明是寡淡无味的白水，却生生喝出了灼热的味道，刮得喉咙刺啦啦地疼。

出租屋跟隔壁的房间是相通的。

宁时谦坐在地上看着他俩离去。

窗外已全黑，只有薄薄星光，秦洛的身影融入黑暗的瞬间，定格在四方的门框内，仿佛一张冥暗的旧照片，阴冷而孤凉。

宁时谦心里无端冒起了凉气，凉得可怕。

"秦洛……"宁时谦忍不住叫他，喉咙里沙沙的，发不出声。

门却已关上，砰一声轻响，将那幅破败僵冷的画面击得粉碎，只剩下未知的夜，仿佛刚才那一瞬的冥暗与阴冷全是错觉。

"秦洛……"心内一个声音无声呼唤，手里的矿泉水瓶被宁时谦捏变了形，"记得请我吃烤串儿、喝啤酒！"

黑暗中，宁时谦站起身，走向那扇隐藏的门，进入隔壁。他们走远后，他会在合适的时机离开。

宁时谦拉开房间厚重窗帘的一角，看见两人走在街上的身影，原是一前一后，后来便走到了一起，男人揽住了她的肩膀。

视线再放宽一点儿，宁时谦便看见对面的两个人，一个胖子，一个打扮妖艳的女人。

四个人在说什么宁时谦听不到，只隐约看见胖子和女人张狂的表情，还有秦洛垂在身侧那只紧握的拳头。

而后，四个人便打了起来。

宁时谦听萧伊然说过，曾在夜店打过一个女人，没用正规搏击，像个街头妇女一样把那女人打得爬不起来，可是，此时的她却那么狠，招招都表现出她的训练有素，绝不像个四处打零工的丫头。

宁时谦知道，他们遇到了麻烦，他却不能下去帮忙，只能远远地看着。

胖子和女人不是他俩的对手，很快就被揍得在地上动弹不得。他俩站在旁边喘着气，大概是在想接下来怎么办。

胖子和女人是开车来的。

忽见秦洛开始把两人往车上拖，两人已经昏过去，死猪似的任秦洛摆布。

萧伊然见状，却上前去拽秦洛的胳膊，几次被秦洛甩开，最后一次她被甩到地上，便蜷跪在地上看着他，无声地摇头。

秦洛将两人都弄进车里，摆弄了一阵，车子开动，朝着花坛直直撞过去。

一声巨响后，车头撞陷，车身燃火，随即炸开……

秦洛拉起地上的萧伊然飞奔而去。

宁时谦闭上眼，捏了捏眉头，然后打电话给张队，叫了救护车。

秦洛的居所里，没有开灯。

他躺在沙发上，她蜷坐在地上，在他身边一声不吭。

窗帘拉着，屋里一丝光亮也无，黑暗、阴冷而压抑。

她忽然抓住他的手，指尖凉凉地颤抖着："我没有说你不对，我只是……只是……"

"然然……"他淡淡地叫她，"我是阿郎，不是秦洛。在阿郎的世界里，每天都有人死，不是别人，就是我。"

他顿了顿，加了句："只有死人才不会说话。"

她没有再说话，只静静依在他身边。

"今天的一切，都是我做的，与你无关。"黯黑的夜里，他冰冷的声音稍稍柔软。堕落的是我，黑暗的是我，所有的错误和歧路都由我一个人走下去，与你无关，你永远是仲春里那朵干净的海棠花，风中独美，不染尘埃。

我要你是这样。

萧伊然抱着他的胳膊用力摇头，却也只能用力摇头了。

她知道他有多难，悄悄地摸上了他的断指处。

这一次他没有退缩，只颤了颤，而后闭上眼睛让她摸，声音沙沙的，像金属在玻璃上刮过："想问，就问吧。"

她仍是摇头，只是在他断指的地方轻柔摩挲。不需要问，他经历的所有的苦、所有的痛、所有的挣扎、所有的险恶，她都能摸到。

"秦洛。"漆黑的夜里，她柔软的语调，像一朵小花轻轻爆开，花瓣柔润清凉，"你也是。"

你也是。

无论现实如何将你残酷磨砺雕琢，你也仍然是当初的模样。

"我们都是。"她握紧了他的手，脸贴在他的手背上，"我们大家，永远站在你身后，以你为荣。"

他闭着眼，"以你为荣"四个字，如春雷阵阵，在他耳边轰鸣，将过往那些他不想回顾，却夜夜在他梦里纠缠的记忆炸得前所未有地鲜明。

他缓缓地抽着气，将那些满是血光的颜色抹去，抽回手，拍拍她："睡吧。"

夜色深沉。

他被十几个人压在地上揍，身上已经痛到不知痛为何物，只知道拳打脚踢还在雨点儿般落在他身上，一股又一股红色的液体不断往外吐，眼睛已睁不开，他眯开一条缝，看见的也全是猩红的颜色。

一支枪指在他的太阳穴上。

是最后一天了吧……上一次失去的是手指，这一次就是这条命了！

他意识模糊，趴在地上喘气。

他等这一天似乎等了很久。

就这样结束吧！终于到头了！哪怕是死……

唯一遗憾的，是死得像只蝼蚁……

可是，也挺好的，至少结束了，终于，结束了……

“是不是你？”

他听见了子弹上膛的声音。

最后一秒也要坚持下去，不是吗？

他咬紧牙关：“不是……”

砰——枪响。

他以为自己已被爆头，可是，他错了，他还好端端地趴在那儿，一身血污，苟延残喘。

死的是他身边的小五，连一句“不是我”都来不及喊出口。

他又一次活了下来，像从前的很多次一样……

他颤抖着转过头，看见小五的身体在离他不远的地方，一枪爆头，血肉模糊。

他闭上眼，抽搐得无法呼吸。

死的原本该是他……

他才是卧底！他才是那个协助警方端掉一个大省贩毒集团的内线！不是小五！

小五是刚刚加入的小家伙，还不到二十岁，自己吸着吸着就入了伙，还保持着少年人的天真，没经历过大事，常常屁颠屁颠地给他买饭，有时候也惆怅，当初真不该吸……

他曾想过，如果来得及，如果一切结束得早，在小五还没犯下大错之前，他一定要努力把小五保下来！拉回来！

可是，还是晚了……

可以说，是他亲手把小五送上了绝路。

被怀疑的只有这么几个人，他深谙怎么把自己摘除出来。

他再一次得到了幸运之神的眷顾，那个年轻的生命却因此结束。

每天都有人死去，每天都有人活下来。

可小五，是他唯一想救的一个人……

他仿佛看见小五提着盒饭笑着朝他走来，叫他：“阿郎哥！说好的，我二十岁生日那天你请我喝啤酒！管够！”

忽然一支枪指向小五，一声枪响过后，小五的脑袋爆炸开来，血肉四溅。可只剩下半边脸的小五依然提着盒饭，嘴角含着笑："阿郎哥，你为什么开枪打我？"

他开的枪吗？

他低头看着自己的手，果然，枪在他的手上……

"小五……"他望着小五剩下的半边笑脸，吓得把枪扔了出去。不，不是他开的枪！不是！

"阿郎哥！我请你喝酒啊！我请你！"小五手里的盒饭变成了啤酒罐。

他拉开啤酒罐往外倒酒，倒出来的却全是红色的液体，带着浓浓的腥臭味……

"小五——"他大喊。

"秦洛！秦洛！"有人在他耳边急迫而低声地呼喊，"秦洛，是我，是我，别怕，你做梦了……"

他喘息着，眼前没有小五，没有半张脸，也没有血，空气里是她发丝里的淡淡清香……

秦洛缓缓平息下来，又是梦啊！小五今年应该二十三岁了……

身边的人还在他耳边低柔轻言："秦洛，别怕，别怕……"

怕？

其实他真的怕啊，很怕很怕……

秦洛困难地吞咽，哑着声音说："我没事，给我杯水。"

"好……好……"她跑得那么急，几乎是趔趄着去的，可是回来的时候，门已经关紧了。

她端着水，轻轻推了推，没能推开。

她再没有像初时那般激动，只是站在门口，额头轻抵在门上，默默咬唇。

她知道他不需要水了，她也知道他在干什么。

两人似乎已经达成默契，她不再阻止他，不再叨扰他，只是在门外悄悄地等着他，隔着一道门陪着他，安静得仿佛不存在一般。

然而她知道，他也知道，每一次，门外安静的她都几乎将嘴唇咬破……

就一次！再一次！很快就要结束了！等一切结束，她便可以看见一个全新的他！

不止一次，她这般对自己说。

胖子和红妹出事，水哥这边的人第二天便全知道了。

场面那么惨烈，整辆车燃成了火球，乃至爆炸，网上都传遍了。

新闻只说事故原因还在进一步调查中，水哥这边却有消息渐渐传开，说是胖子喝多了醉驾的缘故。

萧伊然隐约觉得这个说法是秦洛放出去的，只是秦洛不说，她也不问。

这个说法是否有说服力，她也不知道，毕竟“车祸”发生在她“家”附近。

而秦洛，事发后这几天都不肯带她出去，只扔给她四个字：见机行事。

为什么不肯带她，她懂。

何为见机行事，她也懂。

她看秦洛的每一眼，看到的都是躲闪和隐藏，而他的每一次躲闪里都有千万个故事。

她现在跟秦洛这样近，却还是这样远。

她站在窗口，不知远处谁家的院子里，三角梅开得蓬蓬勃勃。

这是座明媚鲜妍的城市。

她有些迫不及待了。

咚咚——沉重的敲门声响起。

不是秦洛，他从来不会像这样敲门。

萧伊然上前打开门，门外站着的是水哥身边的人。

那人只做了一个请的动作，她便明白，水哥的车必然在底下。

她心里数着的，自上次在夜店她喝下那杯酒之后，这是她第五次见水哥，前四次都有秦洛在身边，这一次，只有她一个人。

水哥的意图，她大概也能猜到一二了。

萧伊然平静地下楼，站在车前，迎面而来的是让人充满恐惧感的压迫力。

黑色的车，黑色的车窗，她的影子映在玻璃上，温暖潮湿的风里，她却能感觉到自己内心里恐惧的颤抖。

车门打开的那一瞬，仿若巨大的黑洞敞开，里面是未知的深渊。

她身体绷紧，甚至连眼睛都不敢眨，恍惚间仿佛看见秦洛躬着背，蜷缩着身体，在黑暗中挣扎喘息。

“上来吧。”车里慢吞吞的声音打破幻象。

萧伊然没有犹豫地上了车，坐在水哥身边。

车刚一开动，她的手就被水哥的手握住了。

萧伊然微微一僵，没有动，感觉自己的手如同被一条蛇缠住了一般，滑腻而腥臭。

她忽然想起秦洛被红妹缠住的画面，他是不是也跟她一样，分明恶心得想吐，却还要强自支撑？

捏着她的手的那条蛇缠住了她的腰，耳边响起令人作呕的笑声：“还算上道！哈哈哈！”

没错，水哥的确没有想到她就是温泉山庄和他擦肩而过，被那个年轻警察按住后脑勺的女警，他看到的只是她的好颜色，想到的只是怎么把她玩儿上手……

她是秦洛的女人，可是在这些人的观念里，哪儿有是非？

萧伊然不知道车将驶向哪里，可是她知道自己在干什么。

手机铃声突然响起，水哥俨然没有被打扰，前座的人接了电话，回头来报：“水哥，店里被警察查了！”

水哥这才变了脸色：“谁在那儿？”

“阿郎他们都在。”

“去看看！”

萧伊然觉得诧异，这个时候，应该正是按兵不动的关键时期，就差最后一击了，怎么会有行动呢？

车子飞速往夜店驶去，但最终并没有直接驶至夜店，远远地就停了，进了离夜店不远的楼，可以远远看见夜店门口。

夜店门口果然停着好几辆警车，有人从夜店里被押出来，而萧伊然竟然看到了宁时谦！

她转身就准备出去，被水哥揪住。

她反手一挣："我要去找阿郎！"

水哥狞笑："还想着阿郎？"

萧伊然藐视地瞄了他一眼："你除了比阿郎有钱，拿什么跟阿郎比？他比你好看多了！"

水哥倒是并没有生气，只冷冷地看着她笑："小姑娘，还是不懂事！"末了，他对手下的人抬了抬下巴，"带她下去看看。"

萧伊然被人带着，从小巷往夜店后门走去，却在临近夜店的地方遇到一场打斗。

两边的人都是她认识的——警察和这些日子天天见面的人。

最初，她并没有看到秦洛。这样的场合，他已经经历过很多次，想来对他来说不难应付，应该已经找到机会离开了。

萧伊然放慢了脚步，和陪她一起下来的两人隐藏起来。

然而就在此时，她忽然听见一阵熟悉的犬吠！

她顺着声音一看，果然是贝贝！

她更加小心地隐藏起自己，怕贝贝认出她来。

却见贝贝往和她藏身处相反的方向奔去，警察中不知谁喊了一声"贝贝"，却并没有阻止贝贝继续扑过去的势头。

贝贝是好样儿的！从来没有做出过错误的判断……

贝贝在墙根处扑倒了一个人，那人打了几个滚，躲开贝贝的撕咬，清晰地露出脸来。

萧伊然腿一软，差点儿没站住，耳边响起那两人的低呼："是阿郎！"

然而，贝贝又岂会轻易放弃目标？还没等秦洛站起，再一次扑了上去。

秦洛再一次跌回地上，却并未还击，只是双手抱头，在贝贝的撕咬下躲闪、翻滚……

只是，萧伊然一手训练出来的贝贝，每一次撕咬和攻击都是如此准确无误。她领着它追过逃犯、搜过毒品、做过刑侦，无论遇上多么穷凶极恶的嫌犯，它从来没有失败过！

可是她从来没想过，有一天秦洛会像她曾抓捕的罪犯那样，在贝贝的利爪锐齿下残喘挣扎，他甚至不能反击……

萧伊然心里一个尖锐的声音在呐喊：“贝贝！贝贝停下！”

实际上，她却一丝声息也不敢发出。

她恨，恨不能上前抱住秦洛大声喝止贝贝，告诉它这不是目标！是我们的战友！

可是她不能！她甚至不能让贝贝知道她在这附近……

她只能捂住嘴无声地流泪，瞪着眼前的两个人，用眼神逼着他们去救秦洛。

那两人却缩了缩脑袋：“这出去，铁定就被逮了！”

甚至还有人调笑：“哭什么？阿郎被抓了，你就可以名正言顺跟着水哥了！不比跟着阿郎好？”

萧伊然真想撕烂眼前这个人的笑脸！

这样的日子，她才过了这些天，就已经受够了！每日里平静的外表下，是蠢蠢欲动随时可能爆发的地震与火山。她不知道秦洛是怎样坚持这么多年的。

这样的日子，到底还要多久才是头？

每一次，她都无比肯定地告诉秦洛：快了！再坚持一会儿！马上就要天亮了！可是只有他们自己知道，坚持的每一秒，都是煎熬……

萧伊然盯着贝贝和秦洛，连眨眼都不敢，有警察朝着他们奔去，她隐约好像看见宁时谦的影子在最前方一晃而过。

悬着的心算是稍稍安定，他出现了，秦洛应该就能脱困了。这是很奇怪的信任感，可她就是这么相信他。

秦洛终于从贝贝齿下逃脱，朝着宁时谦一晃而过的地方跑去，于是贝贝追着秦洛，警察跟着贝贝，迅速消失在拐角处。

萧伊然揪着心，却再看不见人，只听见贝贝间或叫了两声，短暂静默后，传来一声枪响，而后便什么也听不到了。

等在这里已经无用，不管发生什么事，都有宁时谦善后，萧伊然用力抹了一把眼睛，转身便往回跑。

跟着她的那两人追着她："你去哪儿？"

"滚！心情不好！别跟着我！"萧伊然低声吼道。

黑暗处，出现一双阴沉的眼睛，那两人发现了，转头请求示下。

水哥挥了挥手，示意放她走，眼神却更加阴沉了。

萧伊然回到了秦洛的住所。

如果秦洛无事，就一定会回来，如果有事……

萧伊然摇摇头，不愿再想下去。

她等了大半夜，快天亮的时候，终于听到门响。

萧伊然弹跳而起，扑向门口。门从外面打开，她果然看到了秦洛血迹斑斑的脸。

"你怎么样？"萧伊然心里一痛，扶住了他的胳膊。

他脸上那些伤口她很熟悉，从前在追缉罪犯时见过无数次，是贝贝咬的，有的地方皮肉都翻开了……

"没事……"秦洛只回了简短的两个字。

他所谓的"没事"，就是还有命在吗？萧伊然咬紧唇，不敢看他脸上翻开的皮肉，扶着他在沙发上躺下。

手上湿湿的，有些黏，萧伊然心里便有了不好的预感，悄悄一看，果然满手鲜血……

他穿着黑色衣服，只闻得见血腥味，却看不到伤，她没说话，动手去解他的衣扣，手却被他一把按住。

"我看看！"萧伊然咬紧牙关，执拗的目光落在他的脸上，鲜红的皮肉再次刺痛了她的眼。想起那一声枪响，她哑声再问，"是枪伤？"

他默了片刻，微微点头："嗯。没事，必须受伤。"

她忽然想起她带着贝贝追捕他的那一晚，追到水边，他就没了踪迹。

这些年，他像潜伏在暗夜里那只最机敏的犬，协助摧毁了这个贩毒网的多个大网点，多次在夹缝里逃生，每一次用的是什么样的计谋，才能继续活下去且不被猜疑？

她没有再说多余的话，只是坚持解他的衣扣。

他仍是捂住不让。

她恼了，压着嗓音轻吼："秦洛！"

他苦笑，松开了手。

枪伤在肩膀上，除此之外，他的手臂上、脖子上、胸口，都有贝贝咬过的痕迹……

萧伊然怔怔地看着，心里酸得说不出话来。

秦洛笑了笑，把衬衫拉拢："就知道你会难过……"

是，她会难过，可是难道因为怕她难过，就对这些伤不管不顾？还是，他习惯了这样？

家里是有简单的外伤药的，萧伊然找了出来。

作为一名警察，她见过尸体，见过凶杀现场，却对着他身上这些伤双手颤抖，下不了手。

"我自己来吧。"秦洛说着，来抢她手里的药棉。

萧伊然挥开他的手，僵着脸按了下去。

可是，枪伤怎么办？她嚅了嚅唇："咱们……去医院？"

秦洛摇摇头。

她也明白，好不容易走到今天，不能出一点儿点意外，否则前功尽弃。

"你等我！"她站起身来，出了门。

拂晓的街道上，车少人稀，店铺紧闭，只有一家24小时药店开着门。

萧伊然进去，想买些她需要的东西，药店里却买不齐。

她有些沮丧，有些压抑，从药店出来时街上多开了家早点儿铺。

她过去买早点儿时，却撞入一双墨黑深瞳里。

卖早点儿的男人戴着口罩，只那双眼睛黑若静夜，又亮如星辰，静静凝视着她，仿若安静的气流将她包围，无论她走在怎样的黑夜里，他都在温柔凝望着她。

萧伊然骤然想起小时候爱哭任性的自己举着被树枝划破的食指，只一点儿点浅浅的划痕，她却不得了一般，在他面前眼泪汪汪地求疼爱："四哥，疼，呼呼……"

其实并不是那么疼，她只是喜欢他抱着自己，喜欢他温暖的气流给自己吹着小指头，喜欢他哄她时的温柔和耐心。

一点儿点委屈，在他那里都像是天塌下来一样的大事。

越长大，越坚强，可在他面前，她还是那个受不得一点儿委屈的奶娃娃，莫名地还是想哭。

等一切结束了，她第一件事就是抱着他好好哭一场！她对自己这么说。

“四个包子，两碗粥。”她低头取钱。

他递给她早餐，指尖的暖意擦过她的手指。

她就此转身而去，仿若与此人从不相识，只有指尖的暖意久久萦绕，迟迟不去，无端地就让她心里充满力量，仿佛小时候看的武侠电视剧，真气自指尖注入，内力暴增，所向无敌。

回到秦洛住处的时候，她才发现他递给她的早餐里，有她买不到的局麻药和狂犬疫苗。

萧伊然吸了吸鼻子，脑海里浮现的那双眼睛，如幼时庭院里的月光那般安宁。

她走到秦洛身边，持着注射器，尽量以轻松的语气对秦洛说：“我只给狗狗打过针，技术有限，你多包涵。”

他看着她，伸手轻松取过她手里的注射器：“我自己来吧，这个我……”

他说到一半，却戛然止住，有一秒钟的怔然，而后低头给自己注射。

萧伊然也怔住，她知道他没说完的是什么，看着他熟练地给自己注射，她还是心疼得发酸。

“秦洛……”她低声叫着他的名字，准备局麻药，“我是来帮你的，万事还有我。”

他的手微微一顿，那个娇滴滴的女孩儿，也能用这样的口气说话了，好像他从前说过的那样：万事有我，我会护着你的。

他的表情僵在那里。

“我取子弹就真的不行了，你忍着点儿……”

良久，在她轻柔的声音响起的时候，他缓缓释放出一个笑容来。

她长大了。

每个人都在变。

他心里泛起淡淡酸楚，却到底是笑着的，像喝了一口从前陪她在学校门口喝的柠檬茶，酸酸涩涩，却沁心清凉。

“然然……”他低声叫着她的名字，局麻后的伤口，并没有疼痛感。

“嗯。”她皱着眉，很认真地在挖他的皮肉，想把那颗子弹夹出来。

这对她来说很难，萧伊然全心全力地做着，甚至忽视了他的语气。自她来到边南，他还从来没用这样的语气叫过她。

他弯了弯嘴角，慢慢合上眼。

“疼不疼？”她手法生疏，伤口被她弄得一塌糊涂。

她自己都看不下去了，他却半眯着眼，轻轻摇头。哪里会痛呢？都已经麻醉了，怎么都不会痛了。

哪里，都不痛了。

他能活动的那只手轻轻盖在心口处，那个地方，长久以来除了跳动，没有其他感觉。

手背上贝贝咬的地方是最难看的一处，他一直藏着，这会儿另一只手被她按着，他一时忘了，袒露无遗。

他反应过来的时候，她已经看见了，却假装不曾留意，好似一心在他的枪伤处折腾。

他悄悄移开手，眯着眼的时候，并没有忽视她眼睫间的一颤。

她的颤抖，他懂。

他想说一声：不要紧，习惯了。

却终是什么都没说。

看着她一直在发抖的手，他眯着眼睛开始说话：“我见到金名扬了。”

“是吗？”萧伊然一皱眉，“他出现了？”

自从追踪金名扬到此，她便和秦洛待在一起，后来金名扬的行踪便不得而知了。

“嗯，今晚的事就是他搞起来的。”

“怎么回事？”一说话，萧伊然的手倒是不抖了。

“有人带他来的，看他的样子，这段时间在这个团伙里混得还挺顺，有点儿不知天高地厚了，吸了之后就跟人杠起来，最后打起来了，被人踩着脑袋狠狠羞辱了一顿。”至于羞辱的方式是什么，秦洛没有说，在这个圈子里，残暴与变态的表现方式层出不穷。

“后来呢？”萧伊然追问。

“后来……”他的思绪从那些恶心的画面里脱离出来，“后来他就想起自己当警察的父亲了，在人前吹，说他爹是警察，他要让他爹把所有欺负过他的人抓起来！然后打110报警，说这儿有人贩卖毒品，容人吸毒，再后来……就是你看见的了。”

“你……知道我去了那里？”萧伊然大吃一惊。

秦洛看着她，嘴角微微一弯，没有说话。

她想想也明白过来，他如果不具备这般异于常人的机警，又怎么能潜伏这么多年不被人猜疑?

“那……金名扬人呢？”萧伊然说着话，手下却没停。

“藏起来了。”他低声道，“查到是金名扬报的警以后，他们找了他一晚上。不知道他躲去了哪里，大概也知道自己没活路了。”

两人说着话，就听当啷一声，子弹掉落在盘子里，萧伊然已是满头大汗，却终于松了口气：“好了。”

秦洛笑了笑，闭上眼，在她给他包扎的过程中竟然渐渐睡着了。

所有的人都在找金名扬，水哥甚至已经发出诛杀令。

警察当然也在找他。

公安局办公室内，老金白着一张脸，气得发抖：“不找了！不用找了！让他被人砍死街头！我只当……只当从没生过这个儿子！”

说着，他眼圈却已泛红。

宁时谦拍拍他的肩膀，叹息道：“找还是要找的。”

两人正说着话，魏未进来了，向宁时谦报告：“头儿，发现金名扬的行踪了！”

这座城市最老旧的街区，大部分房子都是低矮的平房，年久失修，房子的墙根一片一片绿色青苔，某个角落，还有水一点儿一点儿渗出来。

就在这样的街区里，在一扇破败的门后，探出一张肮脏的脸，脸上血痕混着污泥，头发蓬乱，几乎辨不出本来面目了。

一双充满红血丝的眼睛左右看看，确定无人后，从门里挪了出来，拔腿就跑。

可是还没跑出十米，就看见前面有一群人堵住了去路，俨然是水哥的人。

他吓得转身往回跑，然而来路也被堵住了。

“金名扬？”领头的人一字一顿念着他的名字，“警察的儿子！”

念到“警察”二字的时候，那人眼里的凶光像刀子一样，在这座城市明亮的阳光下闪着寒光。

金名扬绝望了，跪地哀号：“饶命！饶命啊！我爸是警察！我不是！”

一把刀挑起了他的下巴：“你不是？可是你当警察的爸不是要来抓我们吗？”

“没有！没有！”金名扬魂都吓掉了，感觉刀刃已经割破了他的皮肤，“我……我错了……大哥饶命……”

这一晚他过得跟过街老鼠似的，终于感觉到自己走到绝境了，往前走，水哥的人不会饶他，往后退，被警察抓住，他背着人命，这辈子也注定完蛋了。

他跪在地上瑟瑟发抖，突然想到一件事，一件他并不确定的事，但此刻穷途末路之际，他却好像抓住一点儿灵感，猛然大叫起来：“我要见水哥！我有重要的事情要告诉水哥！真的真的！非常重要！”

那人却不信，冷笑道：“你还有什么屁要放？见水哥？水哥等着见你的尸体！”

说着，刀刃又深了一分，那人狞笑：“我想想，你说，我把你的肉一片一片给片下来，送给水哥涮火锅吃，水哥会不会更高兴？”

金名扬大声尖叫，裤裆里顿时湿漉漉一片，竟然被吓得失禁了。

裤子上渐渐漫开湿意，那人鄙夷冷笑：“真是个窝囊废！就你这熊样还敢杀人？”

金名扬浑身发抖，嘶哑着嗓音哀求：“求求你，求求你大哥，我真的有很重要的事跟水哥说！你们……你们当中有警察卧底！”

那人脸色一变：“谁？”

金名扬大口喘着气：“我……我要见水哥！见了水哥我才说！你做不了主！”

他话音刚落，警察的脚步声近了。

“不许动！”

“举起手来！”

警察迅速朝他们围拢。

金名扬既害怕被警察抓住，又怕落入这伙没有人性的人手里，慢慢挪着脚步打算悄悄溜走。

那些人开始四处逃散，为首的发现了金名扬的企图，一枪开出去，击中金名扬的小腿，金名扬顿时鬼哭狼嚎地软倒在地。

“说啊！卧底是谁？”那人边跑边喊，眼看又要开出一枪，却发出一声惨叫，原来他的手腕被击中。

他吓得连枪都来不及捡，抱头鼠窜。

金名扬趴在地上大喘气，想跑也跑不了，哆哆嗦嗦地看着他爸怒气冲冲地朝他走过来。

他双肘着地往后爬，眼里满是惊慌，结结巴巴地喊着：“爸……爸……我……”

老金气红了眼，一巴掌打在他脸上：“我没有你这样的儿子！”

金名扬的脸色阴郁下来，他怀着最后一线希望抱着他爸的腿：“爸，你救救我！救救我！我不想被判死刑……不想死……”

老金心里痛如刀割，紧闭上眼，一脚将他踹开，其他警察默然将金名扬带走，只听得他的声音不断回荡：“爸，我不想死……救我啊……”

在他看不见的方向，老金眼角滚落两行泪水，顺着他老去的沧桑的皮肤蜿蜒而下。

病房里，老金揪住金名扬的衣领怒问：“你小子都知道些什么？你要胡说八道些什么？”金名扬那么大声喊的那句话，大家都听见了的。

在金名扬的印象里，老金是从没发过这么大火的，他又惊又怕，一时傻傻地看着老金，话也说不出来。

老金气极，将他整个人从床上提了起来：“说不说！？不说老子今天干脆一枪打死你！一了百了！”

金名扬被他爸眼里的怒火吓得缓过劲来，哭得哇哇直叫。

一旁的宁时谦将两人劝解开来，拍拍同样泪眼婆娑的老金，问金名扬：“你都说了些什么？”

金名扬是真的被吓着了，哆哆嗦嗦的，不敢再隐瞒：“我……我还什么都来不及说你们就来了，我啥也没说啊……”

“那你都想说些啥？知道些啥？”宁时谦眼神暗暗一沉，究竟是哪里出了纰漏？竟然能让金名扬看出来？那秦洛他们是否安全？

尽管他已经通过特定的方式提醒秦洛和萧伊然，也派了人在暗地里注意并保护他们，但这是悬在他心里的大事。

金名扬颤抖着声音道：“我……也不知道是不是……我……猜的……猜那个阿郎……是警察卧底……”

宁时谦只觉得当头一阵雷击，不能再问他是怎么猜出来的，只沉着嗓子说了句：“胡说八道！”末了，他又补充，“不过你这一嗓子倒是喊得好，让他们内乱去！”

他虽这么说，眼睛里却是更深的阴霾，语毕，宁时谦立刻离开，加派了人手守着金名扬。这个人，一定不能出错！

金名扬脑子很乱，难道他真的猜错了？那晚他把警察叫来后，就一直躲在垃圾桶里，听着外面的打斗和枪声瑟瑟发抖，忍不住顶开一点儿点桶盖，透过缝隙看外面的情况，正好看见阿郎从宁时谦手底下逃走，而宁时谦这个拼命三郎竟然不去追……

Chapter 11

夜，笼罩着这座静谧的小城。

然而，在一处空旷的河边，车辆来往，脚步声凌乱，一点儿也不平静，河口更是停了几艘船。

秦洛和萧伊然便是在这个时候赶过来的。

车灯凌乱，秦洛和萧伊然的脚步止在了水哥逼人的冷幽目光下。

周遭沉寂下来，只有水哥毒蛇一样的目光从每个人脸上掠过。

被抓了一批人，水哥手下的人已经少了许多，目光很快落在秦洛和萧伊然脸上。

两人心里暗暗发紧，表面却不动声色。

“阿郎。”水哥一双眼睛在黑暗中闪着幽光，沙哑的嗓音透着冰冷的杀意。

熟悉的死亡气息扑面而来。

秦洛站在黑暗的中央，笔直而岿然，眸色如光，看尽归途。

短暂对峙后，秦洛脚下微微一动，脸上是伤未曾愈的苍白。

水哥的手也是一动，一秒之间，水哥的枪已然指向秦洛。

夜太黑，看不清枪口，可是数尺的距离，足够闻见弹药的气息，秦洛十八岁第一次闻到，之后便融进他血液里的气息。

“阿郎，有人告诉我，我身边有个警察卧底，”水哥眼里的阴狠又深了几分，“你告诉我，这个王八羔子是谁？”

秦洛皱了皱眉，看着黑洞洞的枪口，脑袋里嗡嗡作响，一瞬间千回百转。

这是一道死亡选择题，还来得十分突然，似乎连转嫁给别人的机会都没有，选的不过是两个人死还是一个，是坚持，还是放弃。

秦洛的手动了动，砰的一声枪响，血便从秦洛的指尖一滴滴往下淌。

水哥开了枪，正中秦洛的手肘，血流淌下来，淌过他仅余四指的手。

水哥眼睛一眯：“阿郎，我是不愿意怀疑你的，可是你得弄清楚，你的女人是什么来历！”

枪口又缓缓移向萧伊然。

萧伊然微微退后一步。

水哥便笑得十分猖狂：“怎么？怕了？”

秦洛便看着她漠然开口：“这就是你回到我身边的目的？”

萧伊然冷然，看他的眼神含着泪光：“不然你以为呢？我最重要的人就是被毒品所害！你以为我会留恋一个毒贩？警察早就盯上你了！知道我跟你的关系，说服我给他们当线人！否则，我绝不会看你们这些毒贩一眼！”

我最重要的人就是被毒品所害！这话并没有说错！她眼里的泪光，也不是在演戏。

她来的时间不长，如果今晚能替他把这个卧底的身份担了，也算是为这份工作和职责尽了她的力！

总要保全一个人！

“原来不是真女警啊！”水哥狞笑，“我还说这辈子还没玩儿过女警！今晚正好可以开开荤呢！”他走近了些，又道，“不过，长得这么漂亮，还是值得一玩的！阿郎，你说，我是先杀了她玩儿死的呢？还是玩儿了再杀？”

阿郎脸上一片冷漠，那是水哥熟悉的阿郎。

水哥靠近萧伊然，手向她的领口伸去。

萧伊然下意识要反抗，几个人冲上来押住了她，她挣扎了一下，但一人之力，不过徒劳。

她看向阿郎，阿郎扭过头，没有搭理，还是一脸冷色。

水哥大笑，揪住她的衣领用力一撕，衣服被撕破，露出里面白色的背心。

这些人是什么事都做得出来的！

“阿郎！你不是男人！”她尖声嘶喊。

阿郎咬紧了腮帮子，一声不吭。

水哥便笑得十分猖狂，低下头去啃她的脖子。

“你浑蛋！”萧伊然用力挣扎，试图摆脱那恶心的嘴唇。

一只手终于横在了她和水哥之间。

水哥脸上生出不悦，还有怀疑，甚至有毒蛇一般的杀意：“阿郎！你是什么意思？”

阿郎只余四指的手掐住了萧伊然的脖子，将她拖了过去，目色冰冷：“水哥，我惹的麻烦我自己解决！我这个人，你是了解的，她到底……是我睡过的女人！”

水哥没有说话，冷冷地盯着他，好像在说：你要怎么解决？

却见阿郎渐渐收紧了手指，如冰的眼神里只余令人生寒的无情。

萧伊然脸色逐渐因窒息而泛红，眼睛里浮起一层水光。

“怕了吗？”阿郎并没有松开手指，同时，一支枪顶在了她的胸口上，他的声音如枪口一般冷硬，“你对我来说，是不同的。”

他顿了顿，心口一阵抽搐般疼痛，是戏，非戏，是台词，不是台词……

“可是，我最容不得的是背叛。贝贝，你背叛了我，背叛我的人通常没有好下场！”他的目光越发冷硬起来，“没有人能例外，你也一样！”

忽地一道细微的声音传来，她的胸口漫开一朵鲜花，渐渐扩大，晕在白色背心上，分外显眼。

而后他用力一脚正踢在她的腹部，将她踢飞出去。

萧伊然趴在河边上，一动不动。

阿郎又取了支枪出来，左右开弓，胡乱补了几枪，她的背上、手臂上也绽开几朵血花。

而阿郎再次上前，飞起一脚，将她踢入河里。

他似乎还不愿放过她，举枪再射，所有的车灯都打开，粼粼水光中，一抹白影身上涌出一片鲜红后，便渐渐沉没，汇入河水的鲜红也消失不见。

阿郎僵着脸，吐出一个字："走。"

水哥眼神探究地看着他，片刻后挥了挥手，所有人都上了车。

没错，水哥的确算得上了解阿郎。这个人冷面冷心，心狠手辣，却又有情有义，今天这事倒是符合阿郎一贯的作风。他在女人这种事上一贯冷，顶多逢场作戏热热场子，这么多年却少见他真把哪个女人当回事，又爱花，小喽啰们私下里都开玩笑，怕实际上是个情种，想来这个刘贝贝当真于他而言是不同的。不过，他们这条道上的人，最怕也最忌讳的就是背叛，用阿郎的话说，背叛他的人没有一个有好下场，所以，哪怕是他的女人，他也亲手解决了。

行！这很像阿郎！水哥回想起阿郎的手隔开他和刘贝贝那一幕，四根手指，断掉的那一指，阿郎是为了他。

车里，晦暗不明处，水哥绷紧的脸渐渐放松。

车队渐行渐远，直到车灯渐渐变成模糊的亮点，静静流淌的河水再起波澜，水纹荡漾处，有几人从水里浮出、上岸，拖着一个穿白色衣服的女人。

"十三！十三！"摘掉给她戴上的氧气面罩，男人轻轻拍着她的脸，仔细一看，直想骂人，"浑小子！开真枪！快送医院！"

即使被河水冲洗过，整件衣服也都是红色，看起来，她一身的血。

萧伊然是被悄悄送进医院的，保密工作做得极好，尽管有准备，外科主任还是被这样一身湿漉漉浸在鲜血里的人给吓了一跳。

仔细检查过后，他才松了口气，看着"血糊糊"的一个人，其实就只有手臂中了一枪。

外科主任立刻手术，取弹。

手术不大，术后她醒来也快，只是醒了睡，睡了醒，模模糊糊的梦境意识里，回荡着一句话：你对我来说，是不同的，可是，你背叛了我……

萧伊然闭着眼，黑暗中满是他一身伤痕的样子，还有他失去理智的疯狂和挣扎，像一匹黑夜里无助哀号的狼，最后，画面凝成一幅图：瘦削的大腿上，遍布针孔，在她眼前不停地晃动。

疼痛痉挛般漫开，她却不知到底是哪里疼。

两颗泪珠从她的眼角溢出，她哽咽而出的只有两个字："秦洛……"

很小的声音，却如雷声般震在床边的人耳侧。

他握着她的手，唇轻轻印上去，另一只手轻拂她的发丝，呼唤着她："十三，十三……"

她皱着眉头，仿佛时光流转，她穿一身红色的新衣，扎两个小辫，奶娃娃似的模样，十来岁的少年牵着她的手去逛庙会，她肉乎乎的小手指这儿指那儿，要买风车、要买糖人、要买棉花糖、要买糖葫芦，走不动了，她两手一张："四哥，背……"

小小的少年，背膀并不宽厚，她一张小嘴吃得脏兮兮的，却乐滋滋舔着糖葫芦，末了，把自己舔过的糖葫芦往前一伸："四哥，给你吃一个！"

风里忽然传来一阵歌声："黑黑的天空低垂，亮亮的繁星相随，虫儿飞，虫儿飞，你在思念谁……虫儿飞，花儿睡，一双又一对才美，不怕天黑，只怕心碎……"

天突然一黑，热闹的街景不再，她从四哥背上跌落，一直往下坠，周遭只剩一片黑暗，像无底的黑暗，黑暗里传来狼嚎一般的嘶吼和挣扎。

她害怕，挥舞着双手大哭："四哥！四哥救我！我怕……"

柔软的温热贴上她额头，暖暖拥抱将她包围，她闻到熟悉的气息，孩子般大哭，一如当年那个才四五岁的奶娃娃，哭得上气不接下气："四哥，好黑……我怕……怕黑……"

"不怕不怕，四哥在这儿！四哥在！"

四哥！是四哥的声音！

她张开双臂，瞬间就搂住了他的脖子，贴着他的温暖，就好像这么多年来的任何时刻，她想要他，他就在她身边，从不曾远离。

心渐渐沉静下来，她只是抱着他，听着他在她耳边低低说话，他的唇擦过她的耳际、她的脸颊，柔软而温暖。

她终于明白，她如今身处何处。

“四哥，我……回来了……”萧伊然哽咽着，周遭的宁静和那些黑暗里的阴冷挣扎仿若两个世界。

他收紧了手臂，也有些哽咽：“是，回来了，回来就好，不怕……”

“秦洛……”

“秦洛没事，没有被发现，放心，很快就要结束了，很快。”末了，宁时谦又表扬她，“你功不可没！”语气跟表扬小孩儿似的。

萧伊然心里一松，再度沉沉睡去。

伤并不重，她只是太累了，卧底的日子，无论白天黑夜，每一秒钟都绷紧了全部神经，如今松懈下来，好好睡一觉也好。

她睡了个昏天黑地，醒来时简直不知过了几天几夜，身边的人趴在床沿，握着她的手，她一动，他立刻抬起头，脸上都是胡楂，发型也乱成一堆草。

“终于醒了！”他呼了口气，捏了捏她的脸，眼睛有些泛红，却亮得灼人，“我还怕你睡成睡美人呢！”

她怔怔地看着他，忽道：“你去刮胡子，不帅了。”

他也是一怔，莫名其妙说了句：“那你会嫌弃我吗？”

说完他眼里一暗，眼神变得游移，气氛突然有些尴尬，他干笑了一声：“我去给你取点儿粥来喝。”

他脚下一动，却迈不开腿。

宁时谦低下头，看见一只小手拽着他的裤管，就好像很久很久以前，那个奶声奶气的小娃娃也这般拽着他的衣角，糯糯地说：四哥，带我去玩儿。

“怎么了？”他脸上的笑还是有些不自然。

她眨了眨眼：“睡美人是怎么醒的？”

“嗯？”他完全不懂她的意思。

她还是抓着他的裤管不放，却闭上了眼睛：“我睡了。”

他呆了好一会儿，终是明白过来，失笑，俯下身捏着她的下巴：“小脏猫，不洗脸，也不刷牙……”

说着，他却低头含住了她的唇，眼底有温温的东西漫了上来。

你一直是公主，我，是你的王子吗？

宁时谦一直到行动开始的时候才明白为什么秦洛会开枪打伤萧伊然一只手臂。

在金名扬爆出水哥手下有卧底之后，他们便火速通知秦洛，并果断想了几条对策，其中一条便是曝光萧伊然，然后由秦洛亲手“结果”她，他们再将萧伊然救回。

真是天时地利人和，水哥选的地点竟然在河边，“抛尸”河中是最不易穿帮也相对安全的方案。

血袋、血弹、假枪，都准备得妥妥当当万无一失，结果秦洛来了个双枪，一真一假。

宁时谦也想过，也许秦洛这么做是为了更加逼真，可是现在看来，除了逼真以外，大概秦洛是不想让萧伊然继续参加这次行动。

“宁哥，回去以后还是把然然调去户籍之类的吧。”

这是那次接头，秦洛在分手时对宁时谦说的一句话。

宁时谦似乎明白了。

他们是警察，金色盾牌，热血铸就。

可他们也是寻常人，有七情六欲，有他们想要呵护的人。

梦想是坚硬的，内心是柔软的。摸着他的心口，他也宁愿折断萧伊然梦想的羽翼，将她关在没有风吹日晒的温室里。

所以，在出发前看到萧伊然手臂上还裹着纱布跑过来，宁时谦眼睛都气红了：“你跑来干什么？”

他还从来没对她这么凶过。

结果她在他面前啪地敬了个礼：“报告组长！警犬大队萧伊然归队！”本次行动分了组，宁时谦是这个组的组长。

她一张小脸还白兮兮的，在外面卧底了这么久，大概吃不好也睡不好，整个人瘦了一大圈！

看着她的小模样，宁时谦就恨不得把她扛回去。

“萧伊然！你不听命令！”他吼得中气十足，被气的。

萧伊然身板站得笔直，下巴倔强地抬着："报告组长！我身体已经康复，而且对犯罪集团十分熟悉，我强烈要求加入行动！"

宁时谦觉得自己有必要打她一顿！

萧伊然却看向队伍里的贝贝，小家伙发现她早已经兴奋不已，却乖乖地遵守着纪律，蹲在队伍里一动不动。

真是好孩子！

"贝贝！"她一声呼唤，奔向贝贝，站在了它旁边。

贝贝亲昵地贴着她的腿，又蹭又舔，如果不是在集合，只怕要扑到她身上来了。

萧伊然安抚了一下贝贝，笔直地站着，坚定的眼神挑衅着宁时谦的权威。

别的组已经出发了，没有那么多时间再和她打擂台，宁时谦狠狠瞪了她一眼，大声整理队伍，宣布："准备出发！"

另一组里，魏未和汤可已经上车，在车里对着萧伊然挥了挥手，萧伊然笑着比了一个V字手势，迅速上车，假装没看见宁时谦"等回来以后看我怎么揍你"的眼神。

边南地处高原，地形复杂，又临国界线，外号为秃鹰和蝎子的某贩毒集团两大头目在境内外狡兔三窟，活动十分隐秘，更不谈这里防卫重重，步步机关。

贩毒集团在这里已经聚集好几天了，宁时谦他们已经收到秦洛发来的这片区域详细的布防图，最后一战拉开帷幕。

追踪着秦洛的信号，边南警察和武警分组呈包围之势向这片山靠近。

宁时谦这一组里，某组长的脸还是黑的。

某人自知理亏，全程很乖，一句话也不说，只抽空跟贝贝亲昵亲昵。

"跟着我！一步也不能离开！"宁时谦绷着脸，在她面前保持着绝对的权威。

"嗯嗯！"萧伊然悄声应着，用力点头，还狗腿地拍了拍贝贝，"听见没有，要听宁爸爸的话！"

宁时谦迅速转过头去，怕自己绷不住了……

以他为首的一行人进入丛林，对照着手里的图，小心而飞速地穿行在林间，避过雷区，穿过红外线，抵达中心区域。

已经可以看见人了，有人端着枪在来回巡视。

宁时谦跟组员做了个手势，大家意会，只见宁时谦和段扬还有两个组员一跃上前，两人一对配合，悄无声息便打晕了两个哨探，将他们铐起来之后继续向前靠近。

一切都很顺利，在距离会所不到一百米的地方，宁时谦停了下来，和其他各组联系。

秦洛的信号十分清晰，就是这里了。

整个会所建得有如一座宫殿，极尽奢华，防卫森严。

会所周围一圈守卫，全部端着枪在巡视。炎热的雨林里没有一丝风，静得只听见虫鸣蜂吟此起彼伏，急促而又闷热。

很快，宁时谦收到行动信号，一时，所有小组在部分队友的掩护下朝着会所冲锋，如一支支利箭，出其不意地迅速出现在守卫面前。

这个地方极其隐秘，这么多年还从来没有外人进来过，那些守卫也有些大意了，等他们发现不对时，警察和武警已经到了跟前，他们还没来得及开枪，枪就被卸了。

也有守卫转身就跑的，同时鸣枪报信，仓皇之下喊破了喉咙："警察来了！警察来了！"

一时间警报器大响，与此同时，只听见巨大的爆破声不断，轰隆轰隆，震得整个山谷都在晃。

宁时谦他们在浓浓的硝烟味里回头，身后的整个世界一片烟尘滚滚，来时的青山碧草被炸成破裂燃烧的景象，只有持续不断的爆破还在继续，烟火弥漫，轰隆声不绝。

这一秒的回头，众人背上满是寒意，同时再一次佩服且感激秦洛，否则，将会有多少人在这一场硝烟里被炸得血肉横飞？

每个人的心都随着轰隆隆的爆炸声阵阵发紧、震颤，这爆炸声如号角般催促着他们加快了进攻的步伐。

警察冲进会所的时候，里面已是一团混乱。

隔着大厅，宁时谦第一眼就看到了秦洛，和水哥以及另外两个男人在一起，站在会所最前方，想来那两人便是秃鹰和蝎子了。

警察冲进来以后，正在集会的人蚂蚁般四处乱窜，一时枪声四起。有人往外跑，却尽数被堵在门口的警察生擒。

眼看着这一屋人全成了瓮中之鳖，无论怎样也跑不出去了，然而，秦洛他们所在的地面不知道发生了什么，忽然出现一个四方形洞口，水哥、秃鹰和蝎子迅速落入洞口。

地道!

秦洛显然是不知道这个地道的，略怔，随即跟着走下台阶。

可是，他才走了几级，地道口就开始关闭。

他回头一看，宁时谦正飞奔而来，跑在前面的是那只曾咬过他的警犬，萧伊然也紧随其后。

关闭地道口的那块板渐渐推进，已经将秦洛卡住，钢质的板被机械力量推动，如刀刃一般往他胸膛里挤，瞬间，他的脸就涨得通红。

秦洛费力地挣出手来，把钢板往后推，人力和机械对抗，使得他双臂发抖，五官都变得扭曲了，血瞬间从他的手掌周围溢出来，他却奇迹般一点儿一点儿将钢板推远。

宁时谦和萧伊然跑过来的时候，只看见陷入他手掌的钢板和流淌的血，那钢板便像是生生卡进了他俩心里。

贝贝最为敏捷，萧伊然一个命令，它便从秦洛推开的洞口里钻了进去，宁时谦沉着脸，举枪在钢板周围一阵乱射，倒是打坏了机关，钢板停住了。

没有任何言语交流，秦洛飞快追了下去，宁时谦和萧伊然随即跟上，同组的警察也在此时赶到，一同下了地道。

地道很黑，一通到底，没有任何岔路，宁时谦打开警用电筒，只见沿途零落堆着一些木箱，有组员撬开一箱查看后报告宁时谦：“组长，全是各种各样的毒品！”

“继续追！”宁时谦脚步不曾停留，追着秦洛的步伐。

萧伊然却忍不住回头看那些毒品，再追着秦洛的背影时，内心却情不自禁开始担忧。

“放心！”一旁的宁时谦低声说。

“啊？”萧伊然不知他何意。

“他肯定已经……”宁时谦不忍心说出那几个字眼，“他肯定已经做好了十足准备，确保今天的行动不出问题。你放心，他一直那么优秀，他知道自己在做什么。”

“嗯！”萧伊然点点头，脚下的步伐却不曾慢下来，脑中想象着那个画面，还是觉得极其难受。不过，终于看见光明了！这一切，马上就要结束了！

一行人追了一阵后，听见前方传来惨叫声。

是水哥的声音！

秦洛是冲在最前面的，对这个声音也十分熟悉，很快，他便看见被贝贝扑倒在地的水哥。

水哥的枪掉在一旁，手腕上一道鲜红的伤口，想来是贝贝咬掉了他的枪。

秦洛心底生出由衷的骄傲，这只警犬被然然那丫头养得很好呢！

“阿郎！弄死这条狗！”水哥气急败坏，已经十分狼狈了。

宁时谦追得近了，手电筒光一晃，秦洛敏锐地发现了前方一只箱子后黑洞洞的枪口，枪口是指着贝贝的！

秦洛就地一滚，拾起地上水哥掉落的枪，耳边仍然是水哥咆哮的声音：“打！打死这畜生！”

却见秦洛起身，左右两枪同时开工，射向箱子后的影子。

宁时谦等人同时赶到，自有人铐住了在地上和贝贝厮打的水哥。

秦洛一边开枪，一边往箱子走去，箱子后的人却已经不见了，众人拔腿继续追。

水哥被按在地上，一脸狼狈，满眼怨毒，嘶哑着嗓子吼：“阿郎！你个王八蛋！居然是你！原来是你！”

秦洛回望他一眼，淡淡抛下一句：“我不叫阿郎，我叫秦洛。”

说完他眼里却有了泪光，腿边有什么东西在拱，他低头一看，是贝贝。

这是在向他示好吗？

“它在向你表达歉意，它曾误伤你！它也在感谢你，你刚刚救了它！”萧伊然行进中向秦洛解释。

秦洛一笑，摸摸贝贝的脑袋："好样儿的！走！"

贝贝竟然也表现得格外欢乐，好似明白它已经得到了秦洛的谅解。

看着这一人一狗，萧伊然眼泪一涌，这是她这许久以来第一次看见秦洛这样笑，就好像她珍爱的一颗宝石掉进了海里，时隔多年海浪重新将它送到了她面前。

她抹了抹眼睛，泪光模糊中，仿佛看见清俊少年飞扬的笑脸。

所以，秦洛，你看，我们说好的，这一天终于来临了！

地道越往前便越狭窄，却渐渐有了亮光。

到洞口了！

大家屏息静气，就连贝贝的呼哧声都压小了。

然而，亮光仅仅出现一瞬，很快前方就又变黑了。

秃鹰和蝎子已经逃出，一道门封住了出口，门上有密码锁。

"段扬来！"宁时谦喊道。

段扬这个人沉默寡言，看起来还笨头笨脑的，却在这方面下过苦功。

宁时谦用电筒给他照着，这是一排特制的五位数密码锁，段扬小心地一个数字一个数字计算、试探，其他人都盯着段扬的手指，汗水从段扬的额头上渗出来，缓缓往下淌，地道里空气不充裕，气氛紧张得众人只听得见密码锁转动的声音——咔嚓，咔嚓。

段扬心里默默数着，到最后一个数字时松了口气，抹去鼻尖的汗珠，声音微哑："差不多了。"

在段扬的手指试探着转动最后一圈时，秦洛脑中灵光一闪，猛然喊道："等等！"

他话音刚落，锁已转下，秦洛双臂用力一推，秦洛身前的人收不住脚，往后连退，以致一干人等皆往后急退数步，与此同时，轰隆隆的声音震天响起，感觉地面都在震动，震得地道顶部的土块扑簌簌往下落。

好一阵过后，爆炸声才停了。

萧伊然身上紧紧趴着的贝贝跳开来，萧伊然拍着身上的土，发现除了炸药爆炸时飞溅擦伤的皮外伤，并没有致命伤，这多亏了刚才秦洛反应敏捷。

她环视一周，宁时谦就在她身边不远的地方，可秦洛……

“秦洛！”她大声喊道。

洞口已开，光亮透了进来，爆炸炸飞的土堆积着堵了大半个洞口，每个人都在，除了秦洛。

“秦洛！”萧伊然再次大喊，声音尖锐而嘶哑。

宁时谦头有些晕，身上有些痛，动了动，感觉还好，只是爆炸给震的，应无大碍，倒是萧伊然的喊声震着他的耳膜，又尖又细，好像穿透了他的耳膜，扎进心里……

“你们……都好吗？”宁时谦咳了一声，吐出一口又腥又咸的东西，也没去细看，大概是红色的吧。

大家都站了起来，拍着身上的土，爆炸时宁时谦和段扬站在最前面，段扬一张脸黑黑的，手背上有血，但能站着，就是个完整的人！

的确只不见了秦洛！

大家只记得最后那一幕，秦洛张开手臂把他们都推开，他自己在洞口，身后是渐开的洞门和半扇青天，随后便是轰天巨响和满幕烟尘。

密码锁打开，亦即引爆炸弹……

“秦洛！”萧伊然往洞口的土堆冲去。

“小心！”宁时谦紧跟而上。

萧伊然却宛若没有听见，伸手在土堆上刨着，贝贝也尾随着她，爪子跟着她刨。

“把贝贝带走！带走！”她尖声嘶喊着，一脸污垢，面目全非，可她心里比谁都明白，谁也不知道会不会再刨出炸药来，会不会再有雷，那就留她一个人好了！

宁时谦看着她那双手，那双他从小小心呵护、一点儿点划痕也要吹很久的小手，此刻满是泥土，指尖被砂石划破渗出血来，和泥土混在一起。

她那么怕痛的一个人……

只一眼，他便移开目光，心里某个地方酸疼不已。

秦洛，好兄弟，一定不要有事！

宁时谦忍着心里的疼痛跨到洞外，外面竟然直接通到了河边，河边有船只和人接应，秃鹰和蝎子已经乘船离开。

宁时谦一边用通讯设备和指挥组联系，一边用望远镜查看，只见秃鹰站在船头狞笑着，手里端着狙击枪，瞄准这边的方向。

“小心！隐蔽！”宁时谦大惊，大声喊道。

其余人倒是飞速反应过来，唯独萧伊然还在土堆那儿挖，宁时谦飞身过去扑倒她用力一滚，滚回了洞里，子弹打在洞口，击碎一大团石块，瞬间灰土飞扬。

洞外传来段扬惊喜的声音：“在这里！秦洛在这里！”

宁时谦和萧伊然相视一眼，飞速往洞外跑，萧伊然脚步一个趔趄，竟然栽倒在地。

宁时谦拉起她，两人相扶着往外跑去。

秃鹰还在朝洞口扫射，宁时谦以身护着萧伊然在地上连续滚了好几次，才抵达段扬藏身处，只见土坯后，尘土掩盖下露出了男人的脚和手，依稀是秦洛的鞋子和裤子，只因满是血污，所以不敢确定。

萧伊然眼泪扑簌簌直落，颤抖着扒开那些土，看见另一只手时才流着泪点头：“是他！是他没错！”

这只手只有四指。

同伴们围了过来，将秦洛脸上的尘土拂落，露出血糊糊的一张脸。

“秦洛……秦洛……”萧伊然扶起他的头，泣声轻喊。

不动还好，只这一动，便有血从秦洛的嘴里流出来，一大股一大股的，很快他的衣领、肩膀就都被血染红了。

宁时谦看得触目惊心，颤抖着手伸到秦洛鼻端，感觉到微弱的呼吸后，整个人一软，差点儿跌坐在地上：“还活着！”

所有人听见这三个字，顿时都开始抹泪。还活着！活着就好！

“看样子是被震晕了……”这样吐血，只怕内脏也严重震伤了，可是，这话宁时谦不敢说，只抹了把泪，“不要再轻易搬动他！让他在这儿休息！”

不管怎样，还是个完整的人！还是完整的！宁时谦已经通知了指挥组，相信救护很快就会到来！

宁时谦满目热泪，内心如熔岩在炙烤，望着河里远去的那条船，他观察了一下周围的形势，不能再拖下去了！虽然他已经报告指挥组，但是等后援包围过来，不知道还来不来得及！绝不能让秃鹰和蝎子再跑掉！

宁时谦身形敏捷，迅速隐没在山林里，抄近路在陆上追赶河里那艘船。

都是配合默契的战友，组里其他组员见状飞速跟上，在山林里散开，以组为阵，又有各自的路线。

就连悲痛中的萧伊然也拍了拍贝贝的头，银牙紧咬，满眼憎恨，追随宁时谦而去。

秦洛一身血污的模样在每个人面前晃动，此时，人人心里都充满肃杀之意。没有人言语，只有奔跑，只有目标，只有热带雨林擦耳而过的猎猎热风，只有一颗不猎毒寇不复返的壮烈之心！

在他们离开之后不久，土坯后一身血污的身体微微一动，再一动，血大口大口从躺着的人嘴里喷吐出来……

宁时谦带着人一路狂奔，一点儿一点儿地拉近与河中那条船的距离，却听见快艇的轰鸣声响起，且以极快的速度靠近。

宁时谦回望，只见泥黄色河面上，一个白色小点儿正以风一般的速度飞快靠近。

单艇轻浪，宁时谦渐渐便能看清快艇上的人，身形依稀有些眼熟，再近一些，不是秦洛是谁？

"是秦洛！"萧伊然比他更早看清来人，激动而又振奋道，"我们快！不能让秦洛一个人去扛！"

所有人脑海中重复着的画面，都是秦洛一身灰土，满脸血污，不断吐血的情形，接着萧伊然这句话的，还有在每个人心中浩然震动却说不出口的回应：不能让秦洛一个人去扛！不能让拿最后一口气去拼命的秦洛一个人扛！

这回声，同快艇发动机的轰鸣一起，如进行曲，催得每个人热泪盈眶，热血沸腾。

船上的人发现了急速追近的快艇，一排排子弹扫过去，枪声逼得岸上的人越跑越快，也逼得每个人心里如即将爆发的火山，岩浆在炙烤，在奔流，逼得萧伊然终于忍不住，在密集的枪声里哭出声来，纵然咬紧了牙关，眼泪还是止不住地往下淌，心内一个声音在祈祷，在咆哮：秦洛！你一定要撑住！一定要坚持住！

而谁人不是红了眼眶？只是他们谁也看不清快艇上到底是什么情况，不知道在这样密集的枪声里秦洛是个什么状况，只听见快艇还在不断前进。

没有情况，就是最好的情况！

秦洛已经麻木了。

之前他醒来的时候身边一个人也没有，身上从头到脚没有一处不痛，大概正因为这样，他反而不知道是哪里痛了……痛得麻木了吧？

他潜进这里数日，把每一个地方都摸得极熟，却独独不知道这个密道，也不知道这密道通到河边，可是，他早早便在河边又密又高的水草里藏了一艘快艇，以备不时之需。

他不知道自己昏过去多久了，也不知道秃鹰他们逃了多远，只听见零落的枪声，表明他们还在这条河上。

人的潜力是无限的。

他站起来的时候，鼻子里热乎乎的，有东西正流淌出来，嘴里的血也一股一股地往外冒，黏糊糊的很不舒服，他用手一抹，短暂眩晕后，他逼着自己站稳了，一步步朝他藏快艇的方向走去。起初还有些勉强，后来适应了他便跑动起来，边跑边能感觉到鼻子里的血不断流下，当他快步疾奔起来的时候，便感觉不到痛了，只有滴滴答答往下淌的鼻血很是碍事，他边跑边抹。

就如此刻，他驾着快艇以最大马力在河中疾驰一样，眼中只有前方那条船。子弹落在他周围的水面上，激得水花四溅；或打在船舷上，噼里啪啦铿锵直响；肩头一震，他似乎听见细微的噗的声音，大约是没入他的皮肉里了吧？反正他也感觉不到痛……

终于近了！

秃鹰和蝎子站在船头，两人都执了枪，朝着紧逼而来的快艇上那个人射击，只听见突突突突枪声一片，子弹尽数打在那人身上。

一直关注着快艇和行船的宁时谦等人也愣住了。

他们眼睁睁地看着快艇超越了自己朝秃鹰的船冲过去，也眼睁睁地看着所有子弹都射向了快艇上那个人……

“啊——”萧伊然跪倒在地上，压抑而嘶哑的尖叫细细的，淹没在枪声里，泛青的手指陷入泥土里，地面的草随着她手指的力度而扭曲。

“起来！”宁时谦一把将她拎起，用力向前一推。

萧伊然一个趔趄，摔倒在地，摔了个嘴啃泥，可她倒是听话，一声不吭又爬了起来，连嘴里的草和土都顾不上吐掉，跟着宁时谦继续跑起来。

就在此时，河面的情况却发生了变化。

秃鹰和蝎子乘坐的船突然往前倾斜，与此同时，秦洛的快艇也撞上了船身，两船相撞，快艇体积小，顷刻便被撞翻，秃鹰的船却也遭到重创，倾斜得更加厉害，船头已经没入水中。

河水漫延，船下沉已是必然。

如此一来，倒是给宁时谦他们争取了时间，一行人与船的距离又近了些，贝贝跑得快，已经下坡朝水里冲去。

秃鹰和蝎子自知船将沉没，慌乱间弃船跳水，各自往岸上游去。

然而黑影一闪，只见贝贝一口咬住了秃鹰的手腕，手中拿着枪舍不得扔的秃鹰吃痛，枪脱手，沉入水里。

贝贝狠狠咬着不松口，秃鹰便在水中与贝贝缠斗起来，已经游远的蝎子见状，举枪对准了贝贝。然而，秃鹰和贝贝一直在动，蝎子举棋不定，迟迟没办法瞄准。突然另一道枪声响起，却是宁时谦他们已经下水游过来，蝎子枪还没开出去，那边已经朝他开枪了。

一时，蝎子掉转枪头自保，一边游泳逃命，一边回头射击。

宁时谦带着人在水中追蝎子，萧伊然、段扬和另一名男警则游向秃鹰。

水中施展不开拳脚，三人擒一人倒是轻松，不多时，秃鹰便被段扬和男警制服了，在水中动弹不得。

只是萧伊然像是魔怔一般，一张滴着水的小脸清白交错，双眼瞪得直直的，拳头、枪身直往秃鹰头上招呼，无论段扬跟她说什么，她都仿佛听不见，秃鹰很快被打得头破血流，头肿胀如猪头。

段扬也铁青着一张脸，倒并不是反对萧伊然的行为，而是在这河里体力消耗极大，此刻的萧伊然实在让人担心！

他和另一名男警刚把人拖到岸边铐住，萧伊然一腿就飞了过来，秃鹰如同沙袋一般被萧伊然的拳打脚踢揍得砰砰直响。

段扬站在一旁只看着，牙关咬得紧紧的，直到萧伊然青着一张脸枪口顶在了秃鹰的太阳穴上，段扬才大喊一声："萧伊然！"

萧伊然握着枪的手颤抖着，眼前全是秃鹰的枪向快艇上的人射击的画面，她心底只有一个声音在咆哮：我答应过的！我答应过秦洛的！一切很快就会结束！很快就会结束！现在终于结束了啊！

段扬死死抓紧了她的手："别冲动！别冲动啊！"

秃鹰被另一名男警压住，目睹这一幕，却猖狂地狞笑："你开枪啊！有种你开枪啊！"

萧伊然红了眼，握枪的手眼看段扬都快控制不住，情急之下，段扬将她整个人都给紧紧禁锢在怀里，同时一脚踹向秃鹰的脸，大吼："你给老子闭嘴！"双臂却更加用力，一点儿一点儿将萧伊然挪远，安抚道："不要冲动！把枪给我……给我……"

萧伊然也知道不能……她只是恨！心里满满的，全是恨！

"啊——"她在段扬的禁锢中悲鸣着，终于还是挣脱，枪口朝天连续开了数枪。

之后她便像是耗尽了所有力气，跌坐在地。

段扬无言，河岸边，宁时谦等人押着蝎子也过来了，河面已经恢复平静，若非那漂着的破船残骸，就像什么也没发生过一样，就像……不曾有人驾着快艇驰骋过一样。

众人目光扫过茫茫河面，再没有那个人的踪迹，可那绵密的枪声、发动机的轰鸣，分明还在耳侧久久回响，难以散去。

叫人如何不恨？

宁时谦已经走过来，默默地将秃鹰和蝎子铐好，而后联系指挥组报告这边的情况，并得知后援已经赶来。

果然，远远已经看到他们的踪迹。

终于正式结束了！

他却没有曾以为的欢喜，沉闷的气氛如这热带雨林的天气，憋闷得让人几欲疯狂。悲伤、低落压在他心头，他甚至不敢去看战友的眼睛，只怕一个对视，眼神便能扎进心里去。

萧伊然坐在地上，一身湿透，头发凌乱，脏兮兮的衣服混着血和土，无望的样子像遭人遗弃的小孩。

可是，第一次，宁时谦不敢上前拥抱她，不敢上前给她安慰……

眼神移开之时，他却猛然发现另一个问题："贝贝呢？"

段扬这时候才意识到，他和萧伊然几个擒秃鹰的时候，是贝贝咬着秃鹰的手腕，之后便再也没见贝贝的踪影。

听见"贝贝"两个字，萧伊然才像是活了过来，四处张望，一张青白的小脸瞬间比纸还难看。

"来了！在那儿！"不知谁喊了一声，指着某个方向。

大家这才看见贝贝呼哧呼哧吐着舌头过来了，浑身的毛也是湿漉漉的。

贝贝飞速朝着萧伊然冲过来，萧伊然眼眶发热，正要抱抱它，它却低着脑袋咬萧伊然的裤管。

这是要她跟着它走？

"你们待在这里，看好这两个！我去。"宁时谦拍了拍贝贝的头，大步跟着贝贝走了。

贝贝急得很，似乎是嫌弃宁时谦没它快，呼哧呼哧咬他的裤管。

一狗一人，跑到河边泥泞的草丛里。

草丛掩映处，躺着那个血糊糊一身泥浆奄奄一息的人……

贝贝吐着舌头一脸求表扬的样子蹲在一旁，好像在说：看，我把他从水里拖到这里来藏着的！我还一直守着他！

宁时谦搂着狗脖子，用力地蹂躏了一把狗头，那一刻却真的哭出声来："好宝贝！以后再也不跟你抢吃的了！全是你的！"

他再次联系指挥组，一向沉稳的宁大队长也沉稳不起来了，操着一副破锣似的嗓子孩童般任性地吼："你们倒是快点儿啊！快点儿啊！救人啊——"

喊完，他跪在秦洛旁边，堂堂男儿，竟泪如雨下。

段扬那边隐隐猜到发生了什么，心提到了嗓子眼，又恐自己猜错，喊起来的声音都是颤抖的："是不是？是不是？"

连是不是什么他都不敢问清楚。

贝贝在那边汪汪汪地叫了好几声，好像在替宁时谦回答，直到宁时谦用力挥着手告诉他“是，是秦洛”，段扬的一颗心才算落了下来。

若不是还看着秃鹰和蝎子，众人只怕振奋得要互相拥抱！

萧伊然捂住嘴，无声地哭泣着，眼泪大颗大颗地坠落。

秃鹰和蝎子却恨极了那个被称作秦洛的人！秦洛！阿郎！那个驾着快艇来追他们的警察卧底！他们分明对着快艇一通扫射，可快艇到面前他们才发现，快艇上的根本不是人，就是一根木头披着件外衣！而快艇上的人不知什么时候下了水，潜上了船！干掉了那个开船的蠢货，还把船给弄沉了！

没有车道可行，急救车便在山口等，一起等着的，还有他们整个行动队的车。

宁时谦背着早已陷入昏迷气若游丝的秦洛，快速而稳健地一路奔来。

远远地他便看见一溜儿的车，还有熙熙攘攘的人，瞧着应是其他组的任务也顺利完成，押着一个又一个嫌犯准备收队了。

宁时谦加快脚步，朝着车队靠近，原是铆足了劲要叫医生，却在刚要开吼的瞬间听见一声凄厉的哭喊传来，听着声音，有几分熟悉……

他心里一紧，到口的话卡在喉咙里，如一颗石子，磕得他嗓子发疼，用力一咽，仿佛还能听见石子刺啦划破喉咙的声音，而后缓缓地沉落下去……

“汤可——”

他听见身后萧伊然的喊声，眼前身影一晃，便见萧伊然晃到了他前面，往前直奔。

他忽然觉得双腿有些发软，耳边轰隆隆直响，前方的一切声音都有些模糊起来。

他依然走得很快，却不知自己是如何走到目的地的，也不知背上的秦洛是怎样被人放到了担架上，身体里一个声音在咆哮：快！快抢救秦洛！眼睛却瞪着萧伊然怀里那个挣扎着又哭又喊的汤可，思维停滞。

他听见段扬在哭，周围的人都在哭，男人、女人，声音悲戚、压抑、愤懑……

地上的担架上躺着一个血糊糊的人，没有了左臂，左肩齐肩处只剩一团血肉模糊，隐约看得见白森森的肩骨，迷彩服被血浸透，已不是原本的颜色。那张脸，又脏又黑，满是血污，宁时谦哽着喉咙，觉得自己认不得这是谁。

他们要给地上的人盖上白布，汤可不让，哭着喊着“魏未”的名字，在萧伊然怀里疯了般挣扎着。

宁时谦迟钝而后知后觉地意识到，地上这个人是魏未。

魏未牺牲了……

那个年轻、敏锐、偶尔嬉皮笑脸叫他头儿的鲜活生命再也不会站起来了，再也不会和他一起加班到深夜再陪他去吃酸辣粉了……

他也想哭，他觉得自己是很想哭的，却哽得难受极了，哽得哭不出来，如同急欲喷发的火山被堵住了喷口，岩浆在内里奔腾，恨不能喷发出去，将这一切燃烧熔化才能了结。

汤可终于从萧伊然怀里挣开，往地上那个人扑过去。

白布被她掀开，她哭着控诉：“你们干什么！为什么要把他盖起来？！他会醒过来的！他会醒！马上就会醒！他说了要娶我的……他说了行动结束就娶我的……”

她跪在地上，慢慢俯下身去，趴在他身上哭：“小魏子，你倒是醒来啊！你醒醒啊！我答应你嫁给你行不行？我答应你了！你不要吓我好不好？你醒来！只要你醒过来我们就结婚！我穿大红的喜服给你妈妈看！不，给咱妈看！对了，还有妈妈呢！妈妈还在等着你回家啊！你醒醒好不好？我给你亲！再也不打你了！”

她忽然想起什么，捧着魏未满是血污的头，对着他的嘴唇吻了下去。

血，连同泥沙，蹭了她满脸满嘴，地上那个人却再也不能给她回应……

周围哭声一片，有人不忍再看下去，七手八脚想把她扯起来。

汤可哭着挣开，满嘴都是血，跪在地上去拉魏未仅存的右手。

魏未的右手贴在裤缝上，抓着裤子，她怎么拉都拉不开。

“魏未——”她绝望地哭着，去掰他的手指，“你摸摸我的脸，抱抱我好不好？告诉他们你醒了……好不好……”

她的手在颤抖，胡乱地扯着他的手，却怎么也掰不开，她一根根摸着他的手指，抬着一双泪眼看着萧伊然，泪如雨下：“你看！你看他那么用力！

我都扯不开！所以他肯定活着是不是？他那么用力！怎么可能没活着呢？”

忽然之间，她摸到了什么东西，顿了顿，手往他的裤子口袋里伸。

在触到某个东西的时候，汤可号啕大哭，无法言语。

魏未到死都紧紧抓在手里的，是她行动前送给他的生日礼物——一个小小的护身符。

可是，这个护身符到底没有好好守护他……

整个山林都回荡着她的哭声，一只流血的警犬原本趴在一旁的担架上，此时慢慢蹭了过来，在她脚边轻轻地拱着，呜呜直叫，仿佛在陪着她哭，又仿佛是在安慰她。

那是汤可的警犬——豹子。

汤可抱着豹子的头，哭得上气不接下气：“豹子，你说，他会醒来的对不对？你告诉我……”

豹子蹭着她，呜呜呜地回应着，眼里竟然有泪光。

老金扑通一声跪在汤可面前，捶地大哭：“我对不起你！对不起你啊……”

救护车的声音已经远去，警车也已鸣笛，有的人，却再也回不去了……

秦洛受了很重的伤。

手术集各科室主任动了快三十个小时，术后人直接被送入了重症监护室。

宁时谦和萧伊然第一次见到秦洛的母亲和弟弟。

萧伊然不知道秦洛对于自己消失的这几年是怎么向亲人解释的，却看得出来，这位善良的母亲直到这一刻才知道自己儿子在做什么事。

萧伊然和宁时谦一起陪着老人家等了三十个小时，又在重症监护室外等。

老人家似乎并不关心和她一起等的人是谁，三十个小时，她只抓着小儿子的手，一句话也没说，直到秦洛进了重症监护室，她才满脸是泪，颤抖着自言自语：“原来，是我错怪了他啊……”

秦洛的弟弟听了，揽紧了母亲的肩：“妈，大哥一直是我的榜样！是最优秀的！”

老人家也含泪点头：“也是，我的儿子怎么会差……”

这个时候，四个人的目光才相遇。萧伊然和宁时谦都还穿着那天的迷彩制服，身份很明显。

面对着老人家的眼神，萧伊然喃喃道：“伯母，您好……”

老人家点了点头：“我知道你是谁……”

萧伊然愣住。

老人家又点了点头：“知道……”

一旁秦洛的弟弟却友好地朝萧伊然微微一笑。

她忽然觉得难以面对老人家的眼神，眼角微微一颤，垂下头来。

这次行动，是一次彻彻底底的胜利，原本该欢欣鼓舞地庆祝，却因为牺牲的魏未和依然在重症监护室的秦洛，没有一个人能生出哪怕一点儿点的欢喜，每个人心头都沉沉地压着厚重的阴云，浓得化不开。

魏未的左臂，永远留在了这片土地上不知哪个角落，再也找不回来了。

秦洛，也还在监护室里不知能不能醒来或者何时能醒来。

而宁时谦他们，终究要返回燕北市了，他们甚至不能带回魏未残缺的遗体。

魏未的遗体在当地火化。他牺牲那天穿着的那套缺了左袖子的迷彩服，是汤可流着泪亲手脱下来的，洗干净了和那个护身符一起，被汤可收了起来。

他们能带回去的只有这些，还有魏未的骨灰。

临走之前，宁时谦和萧伊然再次去探视秦洛。

秦洛依然无声无息地躺在那里，全身插着各种管子。

秦洛的母亲是位很坚强的老人，自手术那天之后，再没见过她流泪，探视的时候，她只一遍一遍地和沉睡的秦洛说话，说他小时候的事，每每探视完出来，眼睛里都闪着光，好像看见幼时那个优秀的儿子活蹦乱跳的模样，只是看见萧伊然和宁时谦时，总是好像没看见一样。

萧伊然便莫名有些害怕进那道门，害怕看见秦洛悄无声息插满管子的模样。可是，又是要去看的，站在里面，她无法像秦妈妈一样说个不停，竟一个字也说不出来，只是站着，慢慢便开始流泪，流个不停。

宁时谦在外面等，等着她出来，他再进去看看，可是，一直等到探视时间到了，她都还没出来。

是护士把她叫出来的。

萧伊然出来的时候，明显眼睛是红的，可脸上一滴泪也没有，她轻轻对宁时谦说了句："走吧。"

那一刻，他竟然没办法去牵她的手，手垂在两侧，似有千斤重。

走时，宁时谦想要留些钱给秦洛的家人，还说："我们有时间再来看他。"

秦妈妈却摇了摇手，钱是不会要的，并且说："你们也不用来看他了，我自己的儿子我会照顾好的。"

宁时谦拿钱的手显得十分尴尬，甚至脸上隐隐发热。

萧伊然低着头，一句话也说不出来。

他们就这么回去了，少了一人，多了一个骨灰盒，还有一只受伤的狗。

魏未的追悼会去了很多人，他们自己分局的不说，其他分局还自发来了许多兄弟姐妹，殡仪馆里都站不下了，外面空地上也站得满满的。

谭雅也来了，站在十分偏僻的角落，甚至看不到段扬在哪里。初时她只听说有人牺牲了，后来才得知不是那个傻乎乎只会时不时来站岗的男人，可是，这样的场面丝毫让人感觉不到庆幸。

魏妈妈呆呆的，似乎对这样的场面麻木了，只有那不到六十岁便全白的头发和苍老的容颜才能看出她经历了怎样的打击和心痛。

悼词念完，仪式结束，站着的人却迟迟没有散去，依然整整齐齐保持着默哀的姿势。

汤可戴着孝，站在魏妈妈身边扶着老人，也是一动不动。

宁时谦看着遗像上魏未年轻的容颜，眼里热辣辣地痛，心里热流一涌，他走到魏妈妈面前，扑通跪下，嘶哑着嗓音喊了一声："妈！"

对不起，我没有看好他！

他原以为只有自己的声音，不料这一声喊出来，却是响亮的异口同声。

和他默契地一同跪下、一同喊"妈"的，还有他身后整个大队的人……

宁时谦回头，身后黑压压跪了一片，从殡仪馆里面一直到外面……

直到这一刻，魏妈妈才表情一动，眼泪滚落下来。

在最后那个角落里站着的谭雅，捂住嘴，哭得不能自已……

Chapter 12

沉默。

从边南回来后，生活便只剩这两个字。

办公室里少了一个人，像缺失了一大块，空得厉害，空得说一句话都仿佛有回声，空得人失去了欢笑的能力。

于是，除了工作，再没有人说一句多余的话。

宁时谦知道，这样的情况大概要持续很久。

提审金名扬的时候，他十分不配合，大概也知道自己惹了大事，认与不认都是一回事，故而死活不承认，还自认为自己智商高，玩儿着各种狡辩的花样。

宁时谦在连续的低气压里过了这些天，情绪已经临近崩溃的边缘，急需一个发泄口。

在金名扬一脸“你奈我何”的表情里，他一拍桌子，大步朝金名扬走去。

段扬感觉到这暴风雨来临的前奏，按住桌上跳起来的笔，大声提醒宁时谦冷静：“宁队！”

宁时谦却充耳不闻，上前一把揪住金名扬的衣领，把他整个人都提了起来。

金名扬这才有些怕了，缩着脖子大喊：“你不能打我！有监控的！救命啊！警察打人了！”

宁时谦拳头都举起来了，却被段扬从后面抱住，打不下去。

“宁队，冷静点儿！”段扬大喊。

“你走开！”宁时谦憋了一肚子气，“大不了我这身警服不穿了！我就不信收拾不了这个王八蛋！”

他话音刚落，就听审讯室的门开了，老金站在门口。

宁时谦这拳头还真就打不下去了。

提审这事老金一直是主动回避的。

这会儿他却关上门，沉着脸走了进来。

看着父亲的脸，金名扬也不知是害怕还是看见了希望，缩在那里倒是一声不吭了，眼神变了又变。

却见老金闷声不吭地脱了制服甩在一边，伸手把宁时谦和段扬给扒开了，忽然就揪住金名扬的衣领重重一拳打了过去。

金名扬被打得晕头转向，紧接着老金索性把他从审讯椅里提了出来，一阵暴风雨般拳打脚踢，最后将他按在地上，老脸憋得通红，额头青筋暴起：“警察不能打你是吗？那就老子来打你！老子为什么不在你生下来的时候就掐死你！留你在这世上害人！”

金名扬被他父亲一顿揍，只觉得全身骨头都被拆散了一样痛。他从小娇生惯养，还没吃过这样的苦，怕父亲再打，梗着脖子大叫大嚷起来：“那你怎么不掐？你当初掐死我还好了！我也不会吃这么多苦还走到今天这一步！我现在这样都是你害的！”

老金气得脸都青了，按着金名扬的两只手都在发抖：“我害了你？是我害了你？”

“是！既然没钱没本事就不要生孩子！当个破警察，瞎忙乎一辈子也没几个钱！如果你有钱我会在人前抬不起头来吗？我会比别人矮一截吗？我会被女生瞧不起吗？还一天到晚说结婚结婚，就你买的那破车破房子，哪个女生愿意嫁给我？一切都是因为你没有钱，我才会想尽办法去赚大钱，才会跟那些人混在一起！我为了什么？还不是为了钱！你有钱我会走上这条路吗？”

金名扬的声音在空旷的审讯室里回荡，老金红着一双眼，气得说不出话来，却猛然掐住了金名扬的脖子：“好！我对不起你！是我对不起你！反正你现在也是一个死！干脆让我亲手掐死你好了！”

老金冲动之下真的下了狠手，金名扬一张脸顿时通红，渐渐无法呼吸，眼珠子都要凸出来了。

如果可以，宁时谦真想就此置之不理，假装没有看见，可是，他倒是冷静下来了，清醒地知道，他不能放任不管。

他到底还是和段扬合力把两人拉开了，他已经不想再跟金名扬说什么废话，段扬却气得不行，把金名扬铐了回去，指着金名扬的鼻子训：“瞧不起警察是吗？瞧不起警察就别做犯法的事啊！就因为有你们这些垃圾的存在，才有我们的存在！就因为你们，我们的一位战友还躺在边南的重症监护室里醒不过来！我们的一位同事牺牲在边南遗体都拼不齐全！有姑娘等着嫁给他，家里还有老母亲等着他回家，他的父亲也是烈士！瞎忙乎一辈子是吗？我们也不想瞎忙乎！可是，只要你们这些浑蛋还存在一天，我们就还要继续忙乎下去！”

老金听着，一张老脸已泪水潸然，他默默拾起衣服：“审吧，再审不出来我真的亲手掐死他！”

宁时谦看着老金皱成一团的脸，只觉他短短几日，迅速苍老和消瘦下去。他忽然想起曾有一天，大队几个人凑在一块儿喝酒，那时候他们都羡慕老金，一生兢兢业业，即将功成身退，余下的时光便是陪老伴儿、弄孙儿。他记得，那次他们几个谈及的人生终极目标便是到老了的时候，你还在，我还在，大家都还在，岁月安好。

然而事与愿违，老金终究还是无法再享受他的夕阳静好，而年轻的魏未，甚至还来不及品尝岁月的滋味……

转眼一周过去。

宁时谦现在每天下班都要去打一阵沙袋，打到天黑才回去，或者确切地说，他如今有些害怕回去。

在单位的低气压里沉默了一整天的他，回到家里，莫名地进入另一个低气压。

所以，他才会去打拳，希望能在回家之前将所有情绪散尽，然而并没有用。

他也不知道为什么会变成这样。

打完拳一身的汗，宁时谦冲了个澡，体力倒是散尽了。

他身体很累，脑子里绷着的那根弦却依然紧紧的，心头沉沉压着的东西，还压在那里。

带着这样的情绪回到家，宁时谦一开门，便看见萧伊然的鞋和玄关柜子上她的车钥匙。

她已经回来了。

厨房里隐约传来声音，她是在做饭吧？

他心里越发沉了沉，她其实大可不必这样……

老头儿曾说请两个阿姨回来，但这段时间发生的事情太多，始终没有请到人，从边南回来后，便是她每天在做饭。

宁时谦光着脚悄无声息地走向厨房。

她在厨房里忙碌，根本不知道他来了，他便静静站在门口看着她。

饭煲冒着热气，正在煮饭，站在门口都已经能闻到饭香了；蔬菜洗得干干净净，水淋淋的，摆放得整整齐齐，就等着下锅。

萧伊然在切菜，缓慢而轻重不一的落刀声都在表明她在这方面是个生手。

从小到大她都没做过这些，除了给贝贝做窝头。

她现在很像一个妻子该有的样子，应该说从边南回来以后就格外像，下班回来买菜做饭，每天给他洗衣服熨衬衫。

他曾经那样宠着她，恨不得给她做牛做马，她终于变得像一个妻子了，他却觉得好像有点儿不认识她了。

这个在厨房里低着头切菜的女子是他的十三吗？

这样的十三从前也是有过的。两种情况下她会这样讨好他，那时候她小，自然不会做饭，但是会给他带好吃的，或者送他小礼物，又或者帮他把作业本整理齐，然后小脸凑到他面前说事，要么是她求他办点儿什么事，比如帮忙写个检查罚抄个课文什么的，要么则是她弄坏了他的东西，巴结着让他别生她的气。

那时候，她的表现那叫一个好。

所以，她现在表现这样好，是为了什么呢？

她切着切着便慢了下来，渐渐停了，也没开始炒菜，站在原地不动，呆呆地望着窗外。

这些天她一个人的时候常常这样，坐着或者站着就开始发呆，有时候在阳台上晾衣服，晾着晾着便入定一般望着窗外一动不动。他发出声音惊动她了，她才恍然回神，再温柔地走向他，给他理理衣领倒杯水什么的。

她以为他没看见，其实他什么都知道。他看着她从一个小豆丁长成现在的样子，有什么不知道的？

就像现在，他知道她想当他的好妻子，只是她这样看着窗外的时候，内心里……

砰的一声，老头儿回来了，关门声很响，也惊了她。

她急忙回头，看见他这么大个儿杵在门口还吓了一跳，伸头一看，发现回来的人是宁守义，才问他："你站那儿多久了？"表情有些不自然。

他们认识二十多年了，彼此熟悉得就像看着镜子中的自己，一点儿点情绪的异常对方都能感知，他能感觉到她的，她当然也能，哪怕不明白为什么异常，但总能感觉到不对劲。就像鱼水相融，原本有如一体，水却生生冻了冰，鱼游起来便有了磕磕碰碰，不那么顺畅。

宁时谦看了下时间，算了算："十来分钟吧。"

"怎么傻站着也不出声啊！"她表情有些勉强，低下头来，发现他光着脚，便上前来驱赶他，"怎么鞋子也不穿？赶紧去把鞋穿上，我炒菜，等会儿就能吃饭了。"

他没有说话，乖乖听她的话去穿了鞋。

她居然也能烧出四菜一汤了，老头儿赞赏不已，宁时谦却尝不出味道来。

吃饭的时候，她努力地在说话，老头儿也很是配合她地附和着，宁时谦默默吃完，扔了碗回了房间。

他觉得自己这样很不好，却无法解释自己为什么要这样。

她过了很久才来，大概是洗衣服去了吧。

她进来的时候，宁时谦坐在桌前跷着腿玩儿手机，刷了半天也不知道自己在刷什么。

她便走到他面前，一双眼睛雾蒙蒙的，问他："我是不是哪里做得不好？你说。"

他怔了怔，摇摇头，她真的好得无可挑剔。可是，他宁可她不这么好，不要变得这么好。

越是用力要去证明的东西，恰恰越是到了需要证明的时候。

宁时谦继续低头玩儿手机。

萧伊然忽然伸手把他的手机抢走扔了，挤进他怀里坐下，双手绕着他的脖子。

怀里满满的都是熟悉的馨香和柔软，宁时谦全身一紧。他已经很久没碰她了，边南时自然没有，回来后也不曾，没有心情，似乎……也没有这个想法。

而后，她的唇便贴了过来。

宁时谦仿似听见嗡的一声，点燃身体的同时，也将他这么多天以来低气压下各种各样的情绪引爆，奔流、躁动、不安的岩浆好似终于找到突破口，一触即发，所向披靡。

他折腾了她许久，从来不曾这样粗暴地对待过她，从来不曾这样不懂怜惜，好似他所有无处排放的戾气终于找到了发泄的对象一般。他想揍的人揍不了，他想说的话说不出来，他想爆发的不允许他爆发，此刻便通通发泄在了她身上。

恨、爱、愧，都化成最原始的冲撞。

最后的最后，风停雨歇，他看着她身上的红痕，想到自己大概弄伤她了，心里又有些后悔不该这样对她。

宁时谦暗暗叹了口气，拥她入怀，她终究是他从小呵护的十三……

"明天休息？"他轻轻在她耳边问。

"嗯。"她枕在他的手臂上，低低应了一声。

"明天我们去看秦洛。"其实，他已经买好票了。

萧伊然猛然间睁大眼惊讶地看着他，似乎难以置信。

那一刻，宁时谦便知晓自己做对了。她是不会主动选择的，她怎么会呢？

从燕北到边南，他知道萧伊然一路都是忐忑的，原因有许多，其一，秦妈妈说过，请他们不要去看秦洛了，至于其二其三乃至其四，也是有的吧……

他们差不多是赶在探视时间到的，秦妈妈对于他们的到来没有表露出任何情绪，只淡淡看了他们一眼。

秦妈妈先进去探视的，这个时间，宁时谦和萧伊然便找医生了解情况。

秦洛的状况并没有任何进展，医生也给不了肯定的答复，在一堆医学术语解释之后，他们得到的信息大约是：或许不久的将来会醒，或许再也醒不过来了，又或许，在某个时刻便会悄然停止呼吸……

宁时谦是牵着萧伊然的手的，这段话后，他分明感觉到她的手痉挛似的一颤……

他懂的，因为他的心也在那一刻狠狠地颤了一下，因为那个年轻蓬勃充满活力与自信的少年警官在他心里的分量也很重很重。那是他的兄弟，地位不比在她心里的轻。

不知道里面那个人如今成了什么样子，宁时谦心里有些焦躁，一边看时间一边踱来踱去，萧伊然倒是静静地坐在那里等着，一动不动，连眼珠都不曾转一下。

宁时谦移开眼，心里涌上浓浓的涩痛，像被强酸腐蚀过一般。

不承想，秦妈妈居然一直在里面待着，探视时间到了才出来。他们没有时间了……

宁时谦便去求医生，说就让他们看一眼，好说歹说医生也不松口，宁时谦还欲再说，感觉有人在扯他的袖子，他一看，便看见她白皙的小手和她无神的眼。

“算了吧。”萧伊然牵着他的袖子说。

宁时谦觉得心里某个地方被扯了一下，反而更坚定了游说医生的决心，最后，终于迫得医生点了头，允许他们看一眼，就一眼。

也就是这一眼，宁时谦如迎头遭到一阵雷击，完全不敢相信这个人是秦洛！

他一度怀疑自己看花了眼，暗暗挤压了好几次眼睛，都是一样的情形……

怎么会这样？

秦洛本就比从前瘦了不少，可这短短十来天过去，他整个人又瘦了一圈，躺在那儿毫无生气，就如一层薄薄皮肉裹着一具骨骼……

宁时谦再细看，秦洛手术时剔掉的头发已经长出短短发楂，两鬓和前额新长的那些竟然不是黑色，而是缕缕灰白，如同洒上了斑斑烟灰。

这一眼，宁时谦情绪尚且如此，更何况是她？

萧伊然什么都没有说，看起来更沉静了，可是，只有宁时谦知道，她越是这般，心里藏的事越大。

平素里她闹、她娇，可他记得有一回，只有一回，有个错不是她犯的，家里人都说是她，就连宁时谦都认为是她，尽管大家都娇宠地抱着即便是她也没关系的态度，她却较真儿极了，竟然玩儿离家出走。萧家的人四处也找不到她，急坏了，后来，还是他在一个树洞里找到她的，辫子散了，衣服脏了，抱着个布娃娃，可怜极了，却不辩解一句，用沉默对抗着所有人，也包括他。

委屈得狠了，伤得狠了，她会把所有的话深深地藏在心里。

见秦洛这样的状况，宁时谦牵着萧伊然再一次去找医生。

医生只得再给他们解释一遍，也很是叹息："我们……尽力而为，他是英雄，我们也很敬佩他，但是……他的情况很复杂。"

萧伊然一双眼睛里满是茫然，看着医生，忽然开口："那怎么办呢？"

宁时谦闭了闭眼。

怎么办呢？

曾经有个小姑娘，比他矮一大截，总是遇到这样那样的小事，每每喜欢皱着小眉头来牵他的手，奶声奶气地问他："四哥，怎么办呢？"

那时候，他像无所不能的英雄，总是轻而易举地解决那些对她来说很严重的事，他在她眼里就是超人，可惜，他终归不是超人，在生老病死这样的巨大难题前，他是如此弱小而无力，什么都不能为她做……

如果人不长大该多好！越长大，越艰难……

"我们尽力而为。"医生再一次说，"作为家人和朋友，多跟他讲一些对他来说比较重要、可能会刺激他反应的事。"

宁时谦握着萧伊然的手，眼中也满是迷茫了……

秦妈妈这一回终于还是理了他们，说老人家坚强，这十来天过去，也明显像老了十岁。老人家垂头叹息：“我知道你们对他好，可是，有些事情也不能勉强，能活蹦乱跳的当然好，不能，也是他的命。你们啊，也不用大老远地这么跑来跑去，回去好好工作就行……”

宁时谦听见身边的萧伊然发出轻轻的吸气声，一声轻轻的“伯母”出口后，萧伊然拥住了秦妈妈。

从他的角度，只能看见萧伊然的背影，可是他知道，在他看不见的方向，她一定是在哭。

出乎意料的是，秦妈妈也搂着萧伊然轻轻地拍着，眼中渐渐含了泪。

宁时谦看着这两个相拥的女人，忽然想到一个词——相依为命，也忽然想到，萧伊然原本不该叫秦妈妈“伯母”的，应该叫“妈妈”……

那一晚，他们在边南住下。

两个人很早就躺到了床上，平躺着闭着眼睛。

房间里静得能听见彼此的呼吸。

他的呼吸声甚至不敢重了，身体僵硬得一动不动，好像已经睡着了。

萧伊然也没动。

他其实知道，她和他一样，都是在装睡……

良久，黑暗中传来她细细的声音：“四哥。”

他浑身一震，心跳如擂鼓，手压着心口，闷闷地应：“嗯？”

“你睡着了？”身边的人动了一下，好像翻了个身，面对着他了。

他毫不犹豫地嗯了一声。

这个回答真是拙劣又幼稚，可是他就是突然之间害怕了，害怕那些话从她嘴里说出来。他其实不知道她会跟他说什么，但他就是不太想听……

她果然便不再说什么了，动了动，靠他更近了些，双手抱住他的胳膊，额头抵住他的肩膀。

他浑身都僵硬了，这下更不能动了！

还好他有站军姿的基本功，就这样僵硬着继续装睡。

后来，他还真迷迷糊糊睡着了，只是睡得不安稳，猛然间莫名其妙又醒了过来，搁在肩膀上的重量没有了，他伸手摸了摸，身边空空的。

宁时谦睁开眼来，房间里有微微的亮光。

窗帘留着一条缝，外面的灯光挤进来些许，萧伊然抱着腿坐在窗边的椅子上，黑暗中，像一张昏暗的黑白照片。

虽看不清她的五官，可他闭着眼睛都能勾画出她眼睛的形状和色彩。

她那双萧家人都有的桃花眼，最是水润娇媚，眼波流转间俨然凝露桃瓣，烟雨含情。可如今她的眼睛他记得，已似零落的花瓣，枯败干涸。

他感觉到肩膀周围的床单湿湿的，有些凉，于是又想起了那个藏在树洞里抱着布娃娃的可怜小姑娘，沉默、无助，而她现在是连娃娃都没有抱的，抱着的只是她自己……

他还是起了身，一如当年把她和布娃娃一起抱出树洞时一样，抱着她重新躺下，轻轻吻了吻她的头发，哑声说出两个字："睡吧。"

她却是十分委屈的样子，往他怀里更深处挤，鼻息间发出轻微泣声。

他想起那首歌，可以唱着哄哄她睡觉的，冲到嘴边的却是一句"虫儿飞，虫儿飞，你在思念谁"，他顿时觉得唱不出来了……

他觉得自己有些丑陋。

第二天他们探视了秦洛之后就回了燕北。

去上班的时候，领导找他谈话，谈话的内容宁时谦知道。

其实在去边南办案之前领导就跟他表露过这个意思，调他去外地挂职锻炼几年。

那时候他新婚，怎么舍得离开老婆？他毫不犹豫地拒绝了。

这次果然又是谈这个事情。

宁时谦沉默着，久久给不出回答……

"你好好考虑一下，也不是马上就要走，等调令真正下来还有一段时间，你也可以回去和你父亲再商量商量，对你的前途有好处。"领导这样对他说，还有些恨铁不成钢，"你怎么就这样胸无大志呢？换成别人都得争着抢着去！"

宁时谦是苦笑着离开领导办公室的！他本就是一个胸无大志的人啊！

他回到办公室，把陈年的案卷都搬了出来，忙了整整一天，一直到天黑了还没回去。

实在看不见了，他才想起要去开灯，灯却突然亮了，他从大堆案卷里抬起头，看见的人是段扬。

“你怎么还不回去啊？”段扬在他对面的椅子上坐下来。

“没看我忙吗？”宁时谦拍拍自己面前让自己显得很忙的案卷，“你怎么不回去？”

段扬将手机扔在办公桌上：“我一个单身汉，回不回去不都一回事吗？”

宁时谦便想起那个凶巴巴的护士，段扬没事的时候去站了好一阵岗，现在好像的确没见他再去了，所以，是就此撤退了？

“怎么回事啊？”宁时谦问。

段扬没说话，垂头丧气的。

就在此时，被扔在桌上的手机振动起来，屏幕上出现一个可爱的称呼——小坛子。

这不就来了吗？宁时谦看着段扬依旧垂头丧气的样子忍不住道，“接啊！”

段扬盯着手机却没动，直到手机不振了。

“怎么了？”宁时谦觉得怪怪的，这不像人家不理他啊？两人吵架了？

段扬沉默了一会儿，叹了口气：“我觉得吧，像我们这样的，还是算了吧，免得最后留下她一个人。她本来就受过伤，别又害她一次……”

宁时谦一时无语。

若在从前，他肯定会鼓励段扬给段扬打气，但现在他脑海里掠过一个又一个名字，最终什么也说不出来了。

两个男人沉默了一会儿，宁时谦站起来拍拍段扬的肩膀：“走吧走吧，跟我吃东西去！咱哥儿俩好好吃一顿！”

他紧绷的心裂了一丝缝，气从里面缓缓释放出来。挺好，除了工作，他又多了一个借口不回家……

宁时谦一天比一天回家晚，有那么两天，居然通宵没回来。

萧伊然会给他打电话，但他不是说自己在办案就是和兄弟们在一起。

于是她等他回来常常等到深夜，餐厅里她辛苦做的饭菜凉了热，热了又凉。

就连宁守义都看不下去了，直说浑小子越来越不像话，让她别等。

可她还是等，也有等到的时候，他深更半夜从外面披着一身夜风回来，身上带着烧烤烟熏火燎的味道，还有淡淡的啤酒味。

她站起来走向他，鞋子都忘了穿，可还没来得及说话，他便捋了把头发，好像很惊讶的样子看她一眼："咦？怎么还没睡啊？我困了，先去睡了。"

就这样，一天又一天。

到她轮休的时候，他倒是会回来很早，还是安排了去看秦洛，票都买得妥妥帖帖的。

她在警犬大队的轮休并不能总是和他的休息日撞上，不在同一天休假，他们俩就各自分别去，她一个人去的时候，他会给她买好票。

在燕北和边南之间来来回回几趟，一个多月就过去了。

燕北进入秋天，几场秋雨之后，气温一降再降，杏林北路道路两侧的银杏树，树叶渐渐泛了黄。

而秦洛的情况不容乐观，两人每次去看他，仿佛都觉得他头发上的烟灰色又多了几分，容颜又枯败了几分。

心里很是难过，可流泪又如何？在命运面前，眼泪是最无用的东西……

又到她轮休，宁时谦依然给她买好了去边南的票，并且送她去机场。

这么久以来，他们之间说话不多，彼此好像习惯了对方的沉默。

萧伊然站在他面前，想说点儿什么，却听他道："进去吧。"

她终究还是什么也没说，转身往安检处走，却在走了几步后又听见他叫她。

她转过身来，见他站在原地看着她，眼神有些痴。

"四哥……"她轻轻叫他。

他笑了笑，走到了她面前。

他真的很久没有笑了……

他比她高一截，看她的时候总是低头俯视，就像此刻，眼里有她熟悉的许久不见的温柔，一如二十多年来他每一次凝视她时一样。

她也有些怔然了。这样的他才是她的四哥，那这一两个月以来那个莫名其妙的人是谁？

宁时谦抬手，动作轻柔地给她理着头发，声音压得低低的："一个人去，要注意安全。”

“嗯……”她已经不是第一次一个人去边南了，他从前都不这么叮嘱她。

他沉默着，手滑到她的耳垂，轻轻地揉着，看着她又不说话了，目光里却似有千言万语。

“四哥，你晚上也别太晚回家。”她想了想说。

“嗯。”他低声应着，又道，“要好好照顾自己。”

“嗯……”她仰头看着他，觉得他有些奇怪。

“不管发生什么事情，都要开开心心的，要像从前那样笑。”

她点点头，能发生什么事呢？他是指秦洛吗？也不知道这一次去看秦洛，会是怎样的情形……

想到这里，她的心提了起来，却听他又在说话了。

“我不在的时候……”他顿了顿，垂下眼睑，声音变得僵硬起来，“你要好好吃饭，别太累了，别让自己太辛苦。天凉了，要记得加衣服，别光脚在地上跑，别碰冷水，刷牙也记得要用温水，凉的东西不要吃，会肚子痛……”

“四哥……”她瞪大眼睛看着他，怎么好像看见他眼睛有些红？

她刚想看仔细一些，却被他用力一抱，拥入怀里。

他的手用力按着她的背，揉着她后脑勺的头发，好一会儿后，握着她的肩膀一转，将她推进了安检区入口。

她被他弄得晕晕乎乎的，呼吸里都是他刚才抱她时的味道，想起他眼睛里隐约的红，她立即回头，却看见他在对着她微笑，红眼圈也不甚清晰，难道是她看错了？

“去吧。”他边往后退边冲她挥手。

后来他又说了两个字，声音很小，距离也远了，她没听见，看口型依稀是“再见”？

宁时谦看着她的身影终于消失在安检通道里，脸上发酸的肌肉松了下来。

她今天穿了一件浅灰色的外套，一点儿也不打眼的颜色，可是在他眼里，她却是人群中最抢眼的。

随着这个亮点在他的视线里再也看不见，他觉得心里也空了，空得哪怕用余生几十年的悲喜去填，也无法再填满。不，应该说，自此，人生再无悲喜……

他人生中最珍贵最重要的东西，从此缺失了。

可是，他自认为并没有做错。还有两个字，他没有说出来，也始终无法说出来，以后再找个机会用别的方式说吧……

再见，十三！暂别，这座记载了他生命里所有欢喜的城市！

宁时谦回到家里，快速收拾了行李，带着一只箱子奔赴异地，大概短期内是不会回来了吧……

他临出门的时候回身，仿佛看见他的十三坐在沙发上，穿着睡衣，光着脚，深更半夜还在等他回家，可是一眨眼，人影消失，只剩空空的沙发。

宁时谦眼眶一热，还是涩痛得厉害。

他用力将门一关，再也没回头……

萧伊然每次去边南乘坐的基本是同一次航班，所以到达医院的时间也次次差不多。

她是赶着去探视的，在医院下车后便加快了脚步，心情沉重得如压了一大坨铁，实在是害怕看见秦洛一次不如一次的模样……

在住院大楼门口，她遇见了秦洛的弟弟，看见她主动走了过来，对她说：“又来看我哥吗？”

“是啊！”萧伊然看了下时间，差不多到了。

秦洛弟弟却道：“我哥已经回家了。”

“回家了？”萧伊然大惊。

“是。”秦洛弟弟脸上是淡淡的温和神情，“好几天了。”

“他……醒了？”她心里已经雀跃无比，眼睛都亮了起来，唯恐自己猜错了，小心地压着激动的心情求证。

秦洛弟弟缓缓点头：“嗯！醒了！回去好几天了！”

“太好了！太好了！”她激动得语无伦次，在他面前走来走去，不知该如何是好。

最后转得她自己都晕头转向了，她才想起问他：“那……你今天是来做什么的？我等着你，我们一起去看他！”

秦洛的老家在从川，小城，也是她那年曾去过的地方，离这儿可有好几个小时的车程呢！

“还有几份报告，出院的时候没出来，我今天过来拿，顺便也咨询一下医生后续的康复问题。”秦洛弟弟回答，而后又道，“我哥并没有回从川。”

“哦？那……”

秦洛弟弟又笑了下：“我把他接回我那儿了，在外省，远着呢！我哥还在恢复期，需要一个好的环境，也需要人照顾。”

“外省啊……”难怪她那次来秦洛家里一个人也没有，原来是他弟弟把家人都接去外省了，“那……我还来得及，具体是哪儿呢？我赶过去看看！”

秦洛弟弟却道：“姐，不用了。”

他叫她姐，有点儿突兀，她听着却很舒服。在此之前秦洛弟弟于她而言都还很疏远，现在他这样一叫，她倒是觉得亲近不少，但是他为什么说不用了呢？

“我哥想开始新的生活。”秦洛弟弟垂下眼眸，轻道，“这几年下来，他身心都遭到重创，身体的创伤是看得见的，可心理上的伤害……姐，你懂的。”

秦洛弟弟重新抬起眼眸，眼眶还是泛了红。

萧伊然想起那个在黑夜里挣扎、残喘、咆哮的身影，心痛不已，捂着嘴点头，眼泪已经坠落下来。

“漫长的那几年，有些东西是他深恶痛绝不愿再回首的，也不愿展现在世人面前的，所以，他想和从前的一切划清界限，和这里的一切划清界限，在没有人认识他的地方，重新开始新的生活。姐，他大概……也不愿意你打扰他，毕竟你见过他最不堪的样子，而事实上，他也许可以忍受他的卑微和狼狈被任何人看见，唯独不愿袒露在你面前。姐，记住他最好的时候吧……”

于是萧伊然笃定，秦洛弟弟是知道她和秦洛的关系的，他的意思，是再也不要她和秦洛见面了吗？

“可是……”萧伊然含着泪，无法接受这件事。

“姐，这样挺好的，以后你和宁哥都不用再来了，我哥会好好的，你们放心。”秦洛弟弟笑了笑，又道，“对了，你们来了这么多回，我和我妈也没有想到要招待你们，实在是失礼了，你们别见怪，今天就让我请你吃顿饭吧，走！”

秦洛弟弟说着，已经先走了，萧伊然只好跟上去。她和四哥怎么会怪罪呢？秦洛那时情况那样不乐观，谁有心情请客吃饭？

餐馆里，秦洛弟弟说了许多，都是关于秦洛的情况。

“说话还不行，但比刚醒的时候好多了，醒来那会儿好不容易能说几个单字，现在可以说词。他恢复得很好，才几天，算是进步神速了，就是行动还十分困难，但我哥能克服的，你了解他的毅力，是不是？”

听了秦洛弟弟的话，萧伊然才渐渐放宽心。只是，她真的再也不能去见秦洛了吗？她心里感到十分失落，也有些难过，可转念一想，又觉得自己自私。非要见他一面是为什么呢？还不是为了满足自己的愿望，却枉顾了他的意愿。既然秦洛不想见她了，那尊重他的决定才是对他最好的吧？

秦洛，只要你好好的，就好……

虽这样想着，萧伊然心中却还是酸楚不已。

她看向窗外，抹去眼角的泪痕。

外面阳光明媚，温暖如春，窗台上一排的三角梅，在阳光下开得如火如荼。

“你们这儿满城都是三角梅。三角梅的花语是什么你知道吗？”萧伊然觉得自己不该难过，秦洛醒了，应该是高兴的事啊！

秦洛弟弟还真不知道，男生一般不会去留意这样的事情。

“是热情、坚韧不拔、顽强奋进。”她想起那个自豪地向她介绍家乡的少年，他从来都是这样的人，她相信他在另一个地方依然会用满满的热情去拥抱生活，坚韧不拔地与困难抗争。

“嗯！”秦洛弟弟点头，好似明白她的意思。

萧伊然心里轻松不少，直到现在她才有闲心打量秦洛弟弟，发现他跟秦洛长得其实很像，说话的声音都像。

“你叫什么？”这么久了，她也没问过他的名字。

“我叫秦臻，姐。”

萧伊然点点头："秦臻，谢谢你的款待，那么巧，幸好遇上了你。"

秦臻笑笑不语。

既然如此，她便打算改签第二天上午的机票，早点儿回去，至于今晚，她想她第一次可以在这边睡个好觉了。

萧伊然打出租车去的酒店，一上车，她就想起该给宁时谦打个电话，告诉他这个好消息。

然而，她拨他的号码，却是关机。

又出任务了吗？

秦臻是把萧伊然送上出租车的，看着出租车汇入车流里，他脸上淡淡的笑意才垮了下来，温和的眼眸暗淡下去。

一个人走在熙攘的街头，他眼眶渐渐湿润，眼前的一切渐渐变得模糊。

哪里有这样的巧合？她来就刚好遇上他？不过是算准了她的假期，他特意在这里等她而已……

这样的结局，算是他哥愿意看到的吧？

唯愿她安好……

萧伊然回到燕北的时候刚过中午，北方的秋天凉意习习，却是晴空万里，行道树顶端泛黄的树叶在阳光下闪着金光。

她再次拨打宁时谦的手机，还是关机……

她只好发了条信息过去，想起距离上一回和宁时谦一起去看魏未妈妈已经过去一周多了，于是买了营养品和水果，打车去了魏未家，如果来得及，她还可以给魏妈妈做顿饭。

魏未家门开着，里面还有说话声，听声音是汤可。

萧伊然往内一看，只见魏妈妈坐在窗边，汤可正在给她梳头，边梳边说着话。

虽然开着门，但阳光大片大片地照进屋里，晒着太阳的两个人看起来倒是不冷。

"然然？你来了！"汤可刚好梳完，给魏妈妈在脑后绾了个髻。

"我今天休息，正好来看看。"萧伊然把东西放下，走到魏妈妈身边叫了一声“妈妈”。

他们所有人可都是在追悼会上喊了“妈”的。

魏妈妈精神状态还不是很好，拍拍萧伊然的手，表示自己听见了，然后指指桌上，请她吃水果。

萧伊然暗暗叹息。

客厅的墙壁上挂着两张黑白遗照，一张魏未的，一张魏未他爸的。父子俩长得很像，也都穿着警服，只不过，两代人，穿着两代不同的制服。

前赴后继。

这样的伤痛，魏妈妈大概很难再走出来了。

汤可端了菜出来，对萧伊然说：“我现在比从前更忙了，好不容易今天中午有点儿时间，过来陪陪妈。你吃饭了没有？坐下一起吃吧！”

汤可端了个小碗去阳台，阳台上趴着豹子。

豹子伤愈后已经不适合再当警犬了，汤可打了报告给豹子申请了退休，并且请求带回来领养。大队竟然批了，汤可便带过来给魏未妈妈做伴。还好豹子不是特大型的犬，也敦厚温和，如今陪着魏妈妈，也能看家。

汤可也离开了警犬大队，是她自己主动申请调离的，调去了禁毒支队。她的眉宇间憋着一股气，这股气的意义，大家都明白。

萧伊然虽已经在飞机上吃过一些东西，原本她近日胃口都不太好，此刻看着汤可炒的菜酸酸辣辣的样子，竟然来了食欲，坐下又陪着吃了一顿。

汤可知道萧伊然从哪儿来，见她今天气色不错，想是秦洛情况还行，于是问她怎样了。

萧伊然把情况说了，汤可点点头：“这样也好，无论如何，只要人好好的就足够了，你和宁队也可以放心了。”

她的确是可以放心了，那汤可呢？萧伊然不太好意思问。

汤可却读懂了她眼睛里的意思，反而安慰她：“你别担心，我挺好的，真的。小魏子就是个乐天派，就爱跟我嬉皮笑脸打打闹闹，我会好好的，就像他还在的时候一样。”

萧伊然听得心里发酸，可是，人总要生活下去，汤可能这样想总比整天流泪好……

从魏未家出来，萧伊然回了趟娘家，感觉很久没有放松心情好好陪家人了。

爸爸妈妈还没回来，房子外面的空地上，爷爷奶奶正蹲在那儿扎风筝。

爷爷如今越来越像小孩儿了，大秋天扎风筝，奶奶也都顺着他，还在一旁给他指点帮忙。

爷爷不乐意了，眼睛一瞪："我知道！还用你教！你别给我弄坏了！"

奶奶无奈地笑。

秋风吹过，落下几颗银杏果，正好打在爷爷身上，大概打疼了吧，爷爷有些生气，可是一看银杏果，忙指着："捡起来，给顺顺煮汤！"

萧伊然心里浮起暖意，走上前将银杏果一颗一颗拾起："爷爷，我来帮您捡！"

岁月静好，莫过如此。

陪爷爷扎了一下午风筝，好不容易才把爷爷哄回屋子里去，奶奶留着萧伊然吃晚饭，萧伊然想起了宁时谦，打电话叫他一起来吃，可是手机还是关机。

"打谁电话呢？"萧奶奶见她皱着眉头，问。

"四哥啊！叫他过来吃饭！"萧伊然翻了翻信息，之前她给他发的，他也没回！

萧奶奶却惊讶了："小四不是昨天才走吗？今天又回来？"

"走？他去哪儿了？"真的出任务了？

"你不知道？他调去外地了啊！说是要去好几年呢！这么大的事你都不知道？"萧奶奶点了点她的眉心，有点儿斥责的意思了，"你这媳妇当得可真心大啊！"

"我……"萧伊然也想问啊！这么大的事为什么她不知道？！她每天等他等到半夜，就为和他说几句话！他一副爱理不理的样子，什么都不跟她说！

她从莫名其妙到震惊，再到愤怒，气得一巴掌拍在桌上。浑蛋！这种事都不跟她说！也不和她商量！把她当什么人啊？

她这一巴掌用力过大，还撞翻了奶奶的密封盒，里面剥好的山核桃仁撒了满地。

萧伊然暗暗心虚，蹲下来收拾，还是很生气："奶奶，你们什么时候知道的啊？"

"前天啊！"萧奶奶一边帮着她收拾一边说，也是很生气的样子，不过气的是这个不长心的孙女！"前天你在干什么？小四就要走了，你当媳妇的不陪他，他跑这里来陪了我们一晚上！给我剥了一整盒核桃仁！你倒好！还给我撒了一地！"

前天晚上？前天晚上她在家里等那个浑蛋回家！真是气死了！

萧伊然站起来就往外冲。

萧奶奶撵着她追问："上哪儿去？不是吃饭吗？"

她要杀人去！她觉得自己向来对他太好了，以至于惯得他上了天！果然男人是不能惯的！

"我下回再来吃！我要找人算账去！"萧伊然气呼呼地挥了挥手。

萧奶奶急得在后面喊："哎哟，小祖宗！你这是要去打架还是怎么？小四的电话号码都变了，换了那边的号！你号码都不知道怎么算账？呸呸呸，算什么账啊！小两口儿要和气……"

萧伊然气得肺都要炸了！什么？连电话号码都换了也不告诉她？！这可真是三天不打，上房揭瓦！

"没错！我就是去打架的！打的就是宁老四那个浑蛋！"

奶奶追不上她，只能眼睁睁看着她去了，心里犯嘀咕，这宁小四人都不在家，她上哪儿去打啊？

这个问题，萧伊然是回到家以后才想起来的。

对哦，她这么习惯性地一奓毛就气冲冲跑来他窝里找他算账，可他人早就飞了！

萧伊然满肚子怒火无处发泄，冲进房间打开柜子门，要把他的东西都扔出去！不是要走吗？那就滚蛋好了！

然而，她这一看，发现他的秋冬衣服都不见了！行李箱也不见了！

空空的衣柜，让她觉得心里也猛然一空，她终于真正意识到一件事——他走了，不告而别，这是多么反常的一件事。

于是她又想起在机场时他那些奇奇怪怪的表现，以及说的奇奇怪怪的话：

“要好好照顾自己。”

“不管发生什么事情，都要开开心心的，要像从前那样笑。”

“我不在的时候，你要好好吃饭，别太累了，别让自己太辛苦。天凉了，要记得加衣服，别光脚在地上跑，别碰冷水，刷牙也记得要用温水，凉的东西不要吃，会肚子痛……”

还有他挥手时最后那个她没有听清的词——再见。

她终于明白了他的意思，这么久的别扭，这么久的沉默，都只为将她推开。

原来，他不要她了……

宁守义回到家的时候，家里一片漆黑。他打开灯，吓了一跳，餐厅里坐着他家默不出声的儿媳妇，在那儿抹着泪哭。

“然然，回来了？这是怎么了？”宁守义走过去，小姑娘哭得一抽一抽的，让人心疼。

萧伊然看着他，心里的委屈和愤怒滔天地往上涨，哇的一声大哭起来。

宁守义慌了神，他最怕的就是萧家这个宝贝小丫头哭，怕了二十几年，如雪如玉的小丫头，哭得跟个泪娃娃似的，怎么看怎么心疼！

他还以为是秦洛那边有不好的消息，围着她转着圈地安慰，左递一张纸巾，右递一张纸巾，都没有效果，小姑娘越哭越委屈。

宁守义不由得暗暗想臭小子了，也只有他家臭小子有本事哄这丫头。

他这个念头刚起，就听见他儿媳妇又哭又喘地控诉：“爸……四哥……他……他欺负我……”

乖乖！这可得了！他还在盘算着给臭小子打电话让人来哄哄，原来罪魁祸首就是小浑蛋啊！

“岂有此理！臭小子真是越来越浑！然然，你告诉爸爸，他怎么欺负你的？我帮你教训他！”在儿子、媳妇闹矛盾这样的大是大非面前，宁守义是很有原则的，“是”的永远是萧伊然，“非”的永远是儿子！

有人撑腰，萧伊然更觉得委屈了，越发哇哇大哭，却不说是为什么，急得宁守义再次围着她转圈。

萧伊然也急啊！可是她要怎么告诉公爹，他的儿子浑蛋上天了！想娶她的时候就非娶不可！不想要她了说不要就不要！他把她当什么？货品还是衣服啊？从来就只会按照他的意愿行事！也不问问她怎么想！是！秦洛受伤她是很难过！可他不是也难过吗？！她难过可从来没有想过要离开他！可他呢？难过了就把她送人！把她送出去了他心里就好过了是吗？他自私！他是浑蛋！他为什么要把她送人？她早就告诉过他她爱的人是他！他为什么还不要她，也不跟她说话！她这么讨好他！他还不理她！好！他不理她，她也不生气，以为反正还有一辈子的时间可以和他好好处！可是转眼他就不要她了！气死啦！

“气得……心肝肺……都疼啊！呜呜！”萧伊然越哭越大声，一时惊天动地。

宁守义头大如斗，差点儿也学着萧家人叫小祖宗了，浑蛋儿子到底做了什么事啊，把儿媳妇气成这样？

“然然，你跟爸爸说说，臭小子到底怎么了？我好削他！一定削得他哭爹喊娘向你跪地求饶！”宁守义硬着头皮哄，“你先别哭，好好说话，好好告诉爸爸。”

萧伊然一双眼睛已经肿成桃子了，抽噎不停：“爸爸……我也……不……不想哭啊，可是，我忍……忍不住……四哥他……他不要我了，我拿命给他挡枪，他居然不要我了……”

这可摊上大事了！宁守义气得拍桌！这个小浑蛋！他早就看出儿子和儿媳之间有问题，私下也找小浑蛋谈过，可那浑蛋儿子说他都知道，还让自己放心！就是这么让他放心的吗？

宁守义拍着桌子向儿媳妇保证：“然然，别哭！这事爸爸肯定是站你这边的！他敢不要你，我打断他的腿！还敢不要你？我看是要让他滚出去才是！”

萧伊然听了，可怜巴巴地看着他，继续抽噎：“他……他真的滚了……不回……不回来了……”

“那我就抓他回来！”宁守义铿锵有力地道，“抓他回来再打断他的腿！”

萧伊然脑中亮光一闪，也学着宁守义一拍桌子，哭着喊：“对！我要缉拿他归案！”

“好！就缉拿归案！”只要能哄顺儿媳妇，她说什么都行！

“回来关禁闭！”

“关禁闭！”

“终生监禁！”

“就终生监禁！”

“还要有刑罚！”

“怎么罚你说了算！”

“十大酷刑！”

有点儿惨，宁守义开始同情儿子了，不过还是一拍桌子，“十大酷刑！”

“还有……”

“还有什么？”

萧伊然本来想说宫刑的，突然醒悟过来她面前的人是谁，及时把这俩字给吞回去了，只一拍桌子，气势十足，“看他还敢不敢跑！”

“我明天就去把他抓回来！”

“我要自己去！”

“好！你自己去！”

萧伊然又想起宁时谦酷上天的表情，心里有点儿打鼓，万一他打定主意不肯跟她回来怎么办？她看了眼宁守义，决定找靠山！

“爸，您等等。”她跑去书房，在电脑上噼里啪啦一阵敲，而后打印出一份文件，连同笔一起递到了宁守义面前，“爸，您签字。”

宁守义一看，通缉令……

涉案人姓名：宁时谦（大浑蛋）

身份证号：××××××××××××××××××

案由：玩忽职守

嫌疑人宁时谦身为萧伊然的丈夫，未经批准，擅离岗位，无故关机，消失达48小时以上，给萧伊然女士造成重大经济及精神损失，犯罪情节严重。立即发布家庭通缉令拘捕到案。

宁守义大笔一挥，签上名字。

萧伊然捧着这张宝贝通缉令，想了想自己把它拍在宁小四脸上的画面，心里的气总算是消了。

宁小四！我让你上天！有种你别回地上来！

某地的宁小四一个晚上都在打喷嚏，怎么也想不到他老爹和媳妇凑在一块儿商量怎么炖了他……

宁守义见儿媳妇总算气顺了，也舒了口气："然然，饿不饿？家里炖着鸡呢，我去给你盛。"知道她今天回来，他老早就炖了只土鸡，没办法，儿子走了，他这当爸的，得尽职尽责。

"爸，我自己去。"萧伊然是真哭狠了，也哭饿了。

汤煲保着温，鸡汤还热乎乎的！

她揭开盖子，鲜味扑面而来，本该是香喷喷的鸡汤，可她一闻，胃里却一阵翻腾。

萧伊然扔了锅盖就往洗手间跑，稀里哗啦一阵狂吐。

宁守义又急了，只觉一晚上心惊肉跳的，赶紧跑过去，一个劲问她怎么了。

萧伊然吐了个昏天黑地，好不容易喘过气来："我也不知道，是哭的吧？"宁小四浑蛋！害她哭得都呕吐了！

"不该啊！哭怎么会吐呢？然然，咱们去医院看看！"宁守义不敢小觑，可比当年带儿子谨慎多了。

"没事。"萧伊然漱着口，"要不就是中午吃酸辣的吃多了？还是飞机上的东西不干净？"

"然然！不管怎样，你都得跟我去医院！走走走！"

"不用！爸爸！吐完了就没事了！我现在好多了……"

这俩人，一个是独居多年的老光棍，一个是懵懵懂懂的傻媳妇，闹得鸡飞狗跳，却谁也没对"吐"这件如此敏感的事产生某个可能的联想……

番外

我的超级英雄

这是一个有趣的小城。

萧伊然去Y县的时候已是入冬，沿途一路的行道树抖尽了一身的冗衫，徒留干干的树枝割裂着灰白色的天空。

进入Y县地界以后，天幕渐渐明媚起来，透亮的蔚蓝万里无云，阳光带着冬日特有的清凉温度洒下金光点点，最喜庆的是道路两旁的柿子树，挂着黄澄澄的果子，一个个足有饭碗大，萧条的冬日骤然间变得热闹拥挤起来。

适逢周末，又是午时，主街道熙熙攘攘的，下兴趣班的孩子、上街溜达的年轻人，全是人。各种叫卖声、街边小店嘈杂的音乐声、汽车喇叭声，吵则吵矣，却是实实在在鲜活的气息。这小小的县城，在这些声音里显得越发充实而热乎。

不知不觉间，令人心里也被这样的拥挤填满了。

萧伊然直接去了宁时谦的宿舍，可他不在家，宿舍楼前就种了几棵柿子树，她站在树底下，想起小时候吃柿子的情形。他在柿子上剥开一个涧，用小勺子一勺一勺喂给她吃。

她轻轻按着自己的腹部，从来就没有过这样的情愫，好似内心里始终温了一煲甜甜的糖水，不凉不烫，温度刚刚好，冒着丝丝热气，吸一口，满心满肺都是甜润。

不知不觉，竟然已经这么多年……

想象着不久以后，某个人拿着小勺子一勺一勺喂另一个小团子吃的情形，柿子树下的萧伊然一双水润的桃花眼里，水光柔和，潋滟如星。

可是……

她按了按包，里面还搁着拘捕令！

她决定去公安局找他。

县公安局，虽然是周末，但一派井然的值班秩序——宁副局亲自坐镇值班，自任职以来从不曾休过假。

听说萧伊然是来找宁副局长的，值班小警员一直给她往局长办公室带。

一路上萧伊然也不说自己和宁时谦的关系，只问问宁时谦在这儿的情况，圆脸小警员把宁副局大大地夸赞了一番，宁副局年纪不大，在警员心目中威慑力可不小。自从调任Y县以来就以严肃克己、一丝不苟的工作形象深入Y县广大干警的心，大家心服口服，就比如今天明明不是宁副局值班，他也在办公室里，可勤勉了！

当然，还有一句话小警员不敢说，那就是，大伙儿服气的同时也心存畏惧，因为宁副局好像从来就没有笑过呢，走过路过，谁见了都全身神经末梢紧绷，气压太强大了！这不，小警员一路走一路伸着头看动静，一个探头出去，就看见宁副局从办公室出来，正在关门。

“宁副局！”小警员立即喊道。

萧伊然站在楼梯口没有露面，只听见某人的声音，嗯，有几分局长的威严了。

“有事？”

小警员站得笔挺：“报告宁局，燕北市局有同志来下达文件！”

“人呢？”

萧伊然这才沉着一张脸走了出来。

宁时谦一愣，瞳孔像是被火苗灼了一下，他第一个反应竟然是掉头往另一个方向走。

萧伊然气得直恨自己没带贝贝来，不然就可以放狗了！

“站住！”她大喊一声，眼看他还在走，就要走到那端的楼梯口了，她一急，将拘捕令展开，在小警员眼前一晃，“抓住他！”

小警员一眼之下，只看到“拘捕令”三个字，还有就是宁时谦的大名，瞬间傻了，什……什么？抓宁副局？他……他打不过啊！可是不行啊！他是警察！不能打不过就不打啊！不对！关键根本就不在打不打得过这个问题上！而在于，宁副局怎么会是坏人？

小警员跑前一步，又退了回来，眼前白纸黑字，“拘捕令”三个字再次在他眼前一晃而过！怎么办？怎么办？宁副局不是坏人！他不信！

“宁时谦！你再跑一步试试！你敢拒捕是吗？”

小警员只觉得眼前晃过一道身影，从燕北来的女警察已经自他眼前掠过，直奔宁副局而去。

他心一狠，不管怎么样，不能在这里打起来！

他只好紧跟而上……

两分钟后，他们三人都进了宁副局的办公室。

燕北女警大加赞扬：“小伙子，好身手！能把咱们全系统搏击第二的宁副局扑倒，前途无量！”

小警员欲哭无泪。他只是想冲上去阻止二人打斗，谁来告诉他，一招之下就把宁副局扑倒了是怎么回事啊？宁副局根本就没有任何防御好吗？

“那……那第一是谁啊？”小圆脸问完又觉得自己蠢，现在关注的重点是这个吗？他忍不住偷偷瞄了一眼宁副局。

灰头土脸在一旁待着的宁副局黑着一张脸，被扑倒也就算了，谁在他倒下后还一顿乱捶？她那一顿捶也就算了，反正也不痛，可还有一个人跟着一阵拳打脚踢是怎么回事？现在还有脸看他？他狠狠一瞪，把某张圆脸给瞪了回去。

圆脸小警员真的要哭了：“宁副局，我的的确确不是故意的！”

“别怕！”萧伊然安慰小圆脸，“你做得很好，他要敢找你麻烦我给你兜着！他现在自身难保！”幸亏小圆脸帮了她忙，不然她现在顾着肚子里这颗小黄豆，还真不敢动手动脚。

小圆脸要哭了，怎么兜啊？“同志，你那张拘捕令……”他是真的很关心宁副局好吗？

“哦！拘捕令啊！在这儿呢！正好，你念给你们宁副局听听。”萧伊然原本是想把拘捕令拍到宁时谦的脸上的，现在改主意了，拍到了桌上。

小圆脸好奇，拾起来一看，顿时瞠目结舌。

拘捕令？宁时谦自己都好奇了。

“念念！”萧伊然道。

小圆脸哭丧着脸，不敢，苦兮兮地看着宁时谦。

宁时谦伸手去抢，却听得一个脆脆的声音喊道：“宁时谦！”

宁时谦坐了回去，舍弃了小圆脸乖乖递给他的所谓拘捕令，“念！”既然她要玩儿，就陪她玩儿呗。

“拘……拘捕令。”小圆脸结结巴巴地开始念了，“涉案人姓名：宁时谦……大浑蛋？”本来直呼宁副局大名就让他瘆得慌了，“大浑蛋”三个字一出简直吓坏他了好吗？小圆脸马上流着汗解释，“不！不是大浑蛋！不不不！是大浑蛋！不不不！我是说，不是我说您是大浑蛋……”

他已经语无伦次……

宁时谦瞪着小圆脸，无言以对：“继续念！”

小圆脸觉得自己今天出门一定没看皇历，怎么就变成了一只小池鱼呢？“身……身份证号：××××××××××××××××××，案由：玩忽职守……嫌疑人宁时谦身为萧伊然的丈夫，未经请假，擅离岗位，无故关机，消失达48小时以上，给萧伊然女士造成重大经济及精神损失，情节严重。立即发布家庭通缉令拘捕到案。签名……宁守……守义……”

宁时谦气得笑了，果然像模像样，连老头儿签字都有！

“念……念完了……”小圆脸表情苦哈哈的，把拘捕令递上。惨了惨了，他知晓了宁副局这么私密的事，不知道会有什么下场，不过，他心里还是稍安，他敬爱的宁副局高大的形象并没有坍塌。

宁时谦点点头，接了拘捕令，示意他先出去。

“宁副局，我真的不是故意揍您的……”小圆脸觉得自己还是要残喘一下。

“去吧。”宁时谦轻轻地咳了一声。

小圆脸惴惴不安、一步一回头地出去了……

门关上后，宁时谦才把拘捕令又细细看了一遍，擅自离岗、无故关机、消失达48小时以上、拘捕到案……

读着，他心里却泛起了酸：“十三……”他语气沉重，“你……又何必过来……”

丫头看起来瘦了一大圈，脸蛋儿尖得跟杏仁核似的，脸色也不好，白得泛青。这是没饭吃吗？说好的照顾好自己呢？

“宁副局。”萧伊然绷着脸，心里愤懑不已。好你个宁时谦，居然还是这态度！

他苦笑，这个称呼从她嘴里叫出来，还真是……别有味道。

“所以，你现在还是不愿意归案？你拒捕？”

宁时谦不敢看她的眼睛，脑中一片混乱，“十三……”

萧伊然等了他五秒，数到五的时候开始脱外套，卷衣袖，松了松腕关节，一连串动作都是要揍人的前奏。

“等等！先别打！”宁时谦站起来，胳膊横在面前。

“打？”萧伊然漠然反问，并道，“我不会打的。我从前打你，是因为你是我四哥，对于陌生人，我一向是以礼相待的。”

所以，现在他是陌生人了吗？也好，陌生人……

他的脸僵得有些难受。

萧伊然揉着手腕继续说：“既然你已经做了决定，那咱们就把该办的都办了。”

所以，她这次来是办手续的？

宁时谦苦笑，没错，是他做的决定，只是“离婚”两个字，他最后一次送她去机场时怎么也说不出来。但，这一天总要到来的。

“好。”他轻道一声，尾音有些颤。

她在他面前慢慢踱着步，慢慢地说着：“第一，杏林北路那个家，你曾经告诉我，是我的家，那么你要走，那里还是我的家。”

这意思是说，离婚，她要房子？

“当然。”他毫不犹豫地回答。

“第二，你的银行卡在我这里，你要走，我不会还给你。”

净身出户？没有问题！原本他的一切就都是她的。

“好……”心里似揪着一根弦，又酸又痛，他高估了自己的心理承受能力，眼前晃着的全是她从小到大的模样，嫩嫩的声音叫着她“四哥，四哥”，他有些恍惚起来了。

“第三，孩子是我的，你不要他，他会跟新爸爸的姓……”

“好……”宁时谦恍恍惚惚的，只知道她提的所有条件他都会答应就是了。

萧伊然恨得眼睛都要喷火了，上前几步，从包里掏出手机，啪地拍到他桌上：“怎么说你也是孩子亲爹，这些都是孩子爸的候选人，你发表发表意见，看谁合适。”

宁时谦犹自在走神，低头看见一组照片，顺手翻了翻：“这些……都很帅……”他边说脑中边闪过几个词，孩子？爸爸？顿时，他脑门雷鸣阵阵，一拍桌子，“什么？”

“我说……”萧伊然眼眶差点儿泛红了，咬牙忍着道，“我说！请你给你的孩子选个爸爸！”

“孩……孩子？”宁时谦这才反应过来，盯着她的肚子，噌一下朝她走过去，带翻了椅子，也带翻了桌上一堆文件。

他哪里顾得上收拾，站在她面前，手不会摆了，脚不会动了，话也不会说了。

盯着她的肚子看了一会儿，宁时谦搓着手低着头在她面前踱来踱去，脑袋里仿佛有一脑袋蜜蜂，嗡嗡嗡地叫得他心乱。

我有孩子了？我要当爹了？真的假的？孩子爸……孩子爸怎么办？咦？

宁时谦捡起手机一看，这一堆照片都是谁？！她和秦洛……不是！怎么变成这样了？

宁时谦唰地向后转，猛地抓住了萧伊然的肩膀，第一个问题：“你……真的怀孕了？”

萧伊然没吭声，冷着一双眼看着他。

宁时谦也看着她的眼睛，内心有许多话要问，可是，张了张嘴，一句也问不出来。

萧伊然对着他这副傻样，耳边回响起某个时刻他说的那些话：我不在的时候，你要好好吃饭，别太累了，别让自己太辛苦。天凉了，要记得加衣服，别光脚在地上跑，别碰冷水，刷牙也记得要用温水，凉的东西不要吃，会肚子痛……

那个时候他就打定主意不要她了！

她怀着他的孩子！他居然说不要就不要了！

委屈、气愤再也忍不住，萧伊然红了眼圈，最后掉下泪来。

宁时谦还有什么不明白的？她的选择，她的委屈，千言万语，都在这一眼里。

他用力在她额头上吮了一口，眼眶变得有些发热，只想把这个人紧紧地拥进自己怀里。他和她竟然有孩子了呢，多么奇妙的事情！好像昨天她还是那个粉团子一般可爱的小人儿……

怀中的人却用胳膊撑在他的胸口，抗拒他的怀抱。

他如今哪儿敢用力？

宁时谦小心翼翼地松开，只见她红着一双眼，仍然执着地问他："说啊！你看中谁当孩子的爸爸？"

"十三……"宁时谦苦笑，张开双臂。

"你说啊！"

"对不起……"

"我比较喜欢这个。"萧伊然拿起手机，指着其中一张道，"长得帅，跟他再生一个娃娃，基因一定差不了。"

"十三……"

"这个也行，皮肤白啊，如果再生个妹妹的话，就不用担心她黑了！"

这是嫌弃他黑了？

"或者他吧！个子高，学历也高，以后宝宝智商高，一定是学霸！"

嫌弃他是学渣？

"要不这个……"

"萧十三！"宁时谦不能忍了，照片上那些男人他一个也看不顺眼！宁时谦抢过手机一扔，怒道，"孩子爹就站在你面前，你在这儿挑爹，是想给我染个新发色吗？"

萧伊然也怒了："这不是你自己想要的吗？你自己想绿，现在来凶我？宁老四，你胆子肥了啊？你敢凶我？你有什么资格凶我？要凶也只能孩子他爹、我以后的老公来凶！你凭什么？你谁啊？"

"你……"真是岂有此理！他再不宣示主权，她就要翻天了！"我就是孩子他爹！你老公！"

吼完，宁时谦握着她的肩膀，头一低便堵住了她欲还口的小嘴。

萧伊然挣了一下，到底不敢太用力，被他结结实实亲了个够。而后，他便进入了呆傻复读机模式，揉着她的小脸，一个劲傻笑："我要当爹了！十三！你真棒！我要当爹了！我要当爹了！"

末了，他一脸忐忑："十三，你是不是因为怀孕了，所以才……"

萧伊然气得变了脸，拾起手机，随便打开一张："我决定了！就他了！我结婚的时候会给你寄一顶新款帽子的，保证是你喜欢的颜色！"

她说完转身就走，宁时谦一个大力又将她拉了回去，落入熟悉的怀抱，然而，某人又觉得自己太粗鲁了，小心翼翼地将她拉远一点儿，一脸紧张："有没有撞到？疼不疼？"

"疼！"萧伊然没好气地回答。

"哪里疼？"宁时谦在她身上胡乱揉着，手臂、肩膀、肚子等凡是可能撞到他身上的地方都不放过。

萧伊然带了怨气，指着心口："这里疼。"

宁时谦一怔，轻触她瘦削的脸颊："对不起……"

她的眼泪顿时哗哗而下："你就这么走了，我心里疼死了你知不知道？"

她在他面前本来就是个小娇娃，这回受了这许多委屈，情绪一崩，哪里还收得住，哭得停不下来。

"乖乖，别哭了，怎么罚我都行，你自己千万别哭了，哭多了对孩子不好。"听她说这样的话，宁时谦心里也疼死了，后悔不已。

萧伊然一听，更伤心了："所以，你是为了孩子才回心转意是吗？现在有了孩子，你这么欺负我，我连伤心都不可以了是吗？我也不想哭啊！我忍不住啊！是谁把我弄哭的？"

"好好好，都是我的错。你说怎么罚我？"

"我不知道怎么罚你，有本事你永远不要回家，否则你爸和我爸都准备好了棒子候着你！”

宁时谦失笑：“我知道我知道，我自己会主动去领打！现在，我们不哭了好不好？”他把她抱了起来，在椅子上坐下。

宁副局长开始漫长的认错之路，为表诚心，泣血写下了保证书交于萧伊然查看。

萧伊然看了一遍，默然不语。

“现在高兴了吗？”好不容易哄得她不哭了，宁时谦亲了亲她的脸，把那颗泪珠给吮去了。

“不高兴。”萧伊然顺手把保证书夹在桌上的文件夹里，“你唱歌给我听。”

“好！唱《虫儿飞》？”

“不！唱《两只老虎》！边唱边跳！”

那还是她幼儿园时的玩意儿，小家伙在幼儿园学了新歌回来，非要教他一起表演，他一个十来岁的半大小伙子，跟着她摇头晃脑地演老虎，要多傻有多傻，最重要的是，还被他二哥给撞见了！然后全院都知道了！致使他的整个青春期都是一个笑话！话说至谦那小子说好的城府深呢？

“就要听《两只老虎》，唱给儿子听！”

“好好好！”他能怎样？老婆儿子最大！反正这会儿没人！

于是，宁副局长一个一米八几的傻大个儿，在办公室里又蹦又跳又扭屁股摇尾巴地唱起了《两只老虎》。

“一只没有耳朵，一只没有尾巴……”

唱到关键处，宁时谦撅着屁股扭着腰，两只手还在头上舞着扮耳朵，忽然，门开了，响起一个声音：“小宁，昨天的文件……”

空气突然安静……

门口站着Y县公安局邱局长，今天轮值的也正是他，他身后还跟着一办公室女警，正处于目瞪口呆中，这是他们不苟言笑、生人勿近脸的宁局吗？

“邱叔叔。”萧伊然憋笑憋得脸都红了，起身打招呼。这是老局长，宁守义的熟人，她也认识。

到底是老局长，风云变幻岿然不动，就像没看见宁时谦的表演一样，慈祥地笑着点头：“是萧家丫头来了。”

只可怜了他身后的女警，呆过之后忍得脸上肌肉都快扭曲了。

“小宁，把昨天那份文件拿给我再看看。”老局长道。

“哦，好。”宁时谦此刻已经失去思考能力，他完全能想象明天全局会流传怎样的故事了，果然，《两只老虎》是他人生的噩梦！

他一张黑脸隐隐发烫，飞快把桌上的文件夹递给了老局长。

老局长深谙人心，为了照顾萧伊然和办公室女警的情绪，拿了文件就走，不约而同地，门里门外同时爆发出一阵大笑。

门外，女警笑得捂住肚子，老局长也忍不住破功，把文件交给她：“拿去复印。”

女警打开文件夹一看，结果又哈哈大笑起来。

而门内的萧伊然趴在办公桌上，也笑得直不起腰。

宁时谦咬牙在萧伊然的头顶弹了个栗暴，却也是轻轻的，舍不得弹痛她，最后，自己也笑起来，将她整个搂住：“现在开心了？我的一世英名都毁在你这里了。”

好不容易不哭了的萧伊然又笑出了泪花，也有些歉意，轻轻捏着他的脸：“我也不知道嘛……”谁知道小圆脸出去的时候居然没把门关紧！

“我这里受到了伤害，需要安抚。”某个一世英名毁了的宁局破罐子破摔指着自己的心口，把脸凑近了她的唇。

萧伊然笑着把他推开：“你不怕又有人进来？”

“走！我们回家去！”回家好好亲热，唔，还要让她美美吃一顿，真的太瘦了！他捏着她的胳膊，嘀咕，“老头儿就这么不会照顾他孙宝？”

“胡说！”萧伊然随着他的力度站起来。公公已经是变着法子给她补了，只是她反应太厉害，吃了的全吐掉了，“我觉得这个孩子肯定跟你一样调皮，以后啊，有你头疼的！”

“嗯，我的孩子当然得像我！”某人还一脸自豪。

两人慢慢下楼，聊着孩子，突然觉得，岁月就这样慢了下来，好像一生还有很长很长的时间，等着他们就这样慢慢地走下去。

公安局院子里也种了柿子树，好些果子都熟透了，落在地上摔破了，流出橙黄的汁水来。

萧伊然站在树下，伸着手朝他撒娇：“我要柿子。”

“乖，这个柿子不能吃，要吃咱们去买。”大约是因为她肚子里有个小家伙了，宁时谦对她说话越发像哄孩子。

“不，我就要这个柿子，我喜欢，我不吃。”这些像小灯笼似的柿子，在她一进Y县的时候就给了她好心情，看见它们，萧伊然就想起丰硕、繁华这样的词语。

可是他也够不着啊！

宁时谦想了想，蹲下：“来。”

这是要给她骑马吗？她上一次骑在他肩上是什么时候？六岁的春节？还是七岁？总之是很多很多年前了，又仿佛就在昨天。

萧伊然毫不犹豫地骑在他肩上，宁时谦扶着她的手慢慢站起。

视线一点儿一点儿升高，原来，站在他的肩膀上看世界，是这样的视角，她都快忘了……

柿子就在她头顶，伸手可摘，萧伊然却忽然又不想摘了，丰硕和繁华，就让它们自己随岁月一起峥嵘吧！

“好了，四哥，我要下来了。”

她刚说完，就听见有人大喊：“猪八戒背媳妇！”

萧伊然回头一看，办公楼走廊上趴了好几个人呢！

她从宁时谦背上滑下来，羞涩不已。

谁知，还有更糗的！

不知是谁，居然开始大声念：“保证书！老婆，我错了！不但知法犯法错得离谱，还不投案自首知错就改，以致劳动老婆亲自来拘捕！在此，我请求自罚，求老婆将我终生监禁，并保证，从此以后对老婆百依百顺、不离不弃，如有再犯，自练《葵花宝典》……”

萧伊然恍然回神，着急地揪着宁时谦的袖子：“你的保证书，夹在文件里被邱叔叔取走了！怎么办？”

宁时谦哭笑不得，还能怎么办？反正他的一世英名也毁了，不在乎再多毁上几回！

保证书的笑声还未绝，歌声又响起来了：“两只老虎，两只老虎，跑得快，跑得快……”

自办公楼走廊传来，整齐嘹亮……

宁时谦索性笑了，拉着萧伊然的手，将她负上背，背着她大步往宿舍走去。不就是笑他老婆奴吗？老婆奴怎么了？男人疼自己老婆有错？

“四哥，还是放我下来自己走吧。”萧伊然自己都觉得不好意思。

“你说，我们给孩子起什么名字？”宁时谦顾左右而言他。

“嗯……现在起啥名啊？都不知是男孩儿还是女孩儿！不过可以起个小名！叫小柿子怎么样？”

他笑：“你今天就跟柿子耗上了？”

“那你说好不好呀？”

“好，当然好。”

她忽然觉得这样的场景似曾相识，曾几何时，有个小女孩儿也是这般趴在男孩儿的背上，揪他的耳朵、呵他痒痒，以各种小赖皮的方式求着他带她去许多地方，也曾这般娇娇地在他耳边说“好不好呀”，他每一次的回答都是“好，当然好”，从没有一次说过“不”。

下意识地，萧伊然开始揉他的头发，小腿还一甩一甩的。

宁时谦甩甩头躲开了，温和的语气像梦一样：“乖，别闹，四哥背你去吃好吃的。”

嗯，是了，男孩儿每一次都会这样躲着她的小手，温柔地说：乖，别闹，四哥带你去吃糖葫芦！去买年糕！去吃炸串儿！去吃……

她果真变乖了，静 静地趴在他宽厚的背上，他的衣领飘出她熟悉的气味，从少年到如今，从不曾改变。

“四哥……”她声音略哽。

“嗯？”

“你会一直这样背着我吗？”

“当然！再也不会扔下你了。”

“那……以后生了宝宝呢？”

他笑：“别忘了，四哥是超人，宝宝和你，能一起挂上！”

“那……等我们都老了呢？老到你背不动了呢？”

“老了我也是你的老超人啊！”

她趴着，眼中漫起了水光，手指在他背上一笔一画地写着字。

“你在写什么呢？乖乖？”

萧伊然微微一笑："不告诉你。"

不告诉你，我的超人。

我爱你，我的超级英雄。

永远的少年

我叫秦洛。

从小我就有惩奸除恶、匡扶正义的理想，所以，我考进了离家数千里之遥的燕北警校。

在警校，我不但学到一身本领，还遇到两个很重要的人——一个是我的恋人萧伊然，一个是然然的朋友，宁时谦，然然叫他四哥，我也叫他四哥。

然然是世界上最好的女孩儿，至少对我来说是，或者，对宁四哥来说，也是。

她的活泼、娇柔、调皮、赖皮，甚至坏脾气，都是我生命里从未体验过的明丽与生动。

我们有着相同的理想和抱负，并一起为之努力，那么娇娇的一个女孩儿，陪我训练的时候，那股子刻苦的韧劲，却让人佩服又心疼，连宁四哥看了都觉得难以置信。

可是我知道，她就是有这么好，从我第一次在海棠花底下见到她，我心里便有一个声音在说：就是她了……

那一瞬的惊艳远胜枝头海棠春意。

那是我一生最美好的时光，学业有成，爱人相伴，人生充满期待。

我们甚至已经规划好了未来，我先工作，等她毕业我们就结婚，然而，我毕业的时候发生了一个变故，使得我们的计划不得不改变。

边南，也就是我老家所在地的公安局来学校要我，派我去执行一项特殊的任务——边南边界毒贩难灭，他们需要我这样的新鲜面孔深入贩毒集团内部卧底。

"小伙子，你是燕北警校这一届毕业生里素质最好的，也是我们边南人，目前看来，是最适合这个任务的人选。可是，你也要有心理准备，这个任务的难度和危险程度都超出了你现在所能想象的，在你之前执行任务的同志……因为身份暴露，已经牺牲了。你一旦进入那个环境里，我们就不能再给你任何帮助，一切全靠你自己，而且，我们也不知道任务什么时候能结束，这些都取决于你的能力。”

我就这样回了边南，甚至不能给然然一个合理的解释，只是告诉她：等我，我会回来娶你。

那时候年轻，踌躇满志，自信爆棚，以为人生有去必然有回，以为等待就一定能等到，不承想，人生如戏，故事的开头对应的往往是我们猜不到的结局。

昵称改为鼹鼠先生的QQ号，是我唯一带走的东西。

鼹鼠，活跃在地底下的动物。

不会再给她打电话，我也给不出解释，可是，她什么都没问，同为警察，我想她应该是理解和明白的。

任务果然比我想象的更艰难。

张队是我的联系人，他送给我一句话：从此你过的是刀尖上跳舞的日子，万事小心。

刀尖上跳舞……

多么贴切的形容。

这是一个活跃在滇缅边境以及东南亚的特大贩毒集团，神秘、庞大，像一只巨大的毒章鱼，又长又大的章鱼脚延伸至国内多省以及东南亚其他国家地区，牢牢吸附，注入毒汁，即便警方猛力打击，砍断其中几只脚，却始终伤不到根本，很快，新的脚又会长出来，继续延伸、吸附……

我化名阿郎，以一个小喽啰的身份打入了这个集团，行走在该集团的最底层。

我终于体会到这个任务所谓的“难”。

该组织发展成熟，组织性极强，网状分布管理，顶端的犯罪集团头目是三个外号分别叫秃鹰、蝎子和水哥的人，这三人十分神秘，行踪诡异，隐藏极深，且不说我这样的小喽啰，就连那些小头目据说见过他们的人也极少极少。水哥是主要负责国内这边毒品贩卖渠道的，据说偶尔还会出现，之所以是据说，是因为另外两人就只是两个名字了，不，应该说只是两个外号，他们的真名都无人知晓，连警方都不了解。

张队之所以说不知道这个任务多长时间能完成，大概是不知道我能走到哪一步，我的能力是只够斩断章鱼的脚，还是能绞杀这只大章鱼。

我在最底层晃荡了半年，半年的时间几乎没有进展。

这与我两年内完成任务的计划相差太多。最重要的是，这样的环境，多忍一天都是折磨。

每天生活在乌烟瘴气里，所见所闻不过是吞云吐雾的瘾君子、性关系混乱的男男女女，所过之处，全是腐朽肮脏的空气。我总是想要屏住呼吸，想把自己与这世界隔离，可是，我又不得不强装轻松，与这些空气融为一体，每呼进一口，我都告诉自己忍住别吐。忍住了，就还可以继续走下去；忍不住，明天躺在这肮脏污垢里的就是我的尸体。

有时候我想，忍不住的时候就闭上眼吧，眼不见自然为净，可是我不能，也不敢，醒着时不敢大意，就连睡着，也不敢睡得太沉，我怕做梦，怕自己在梦里没有忘记自己是警察，我不知道自己有没有说梦话的习惯，但我怕我会说。

我常常想然然，想起对她的承诺：等我回来，我就娶你。

与其说，这是我留给她的承诺，不如说，是我在这暗不见光的鼹鼠生涯里支撑我走下去的动力——等我回来，我一定会回来。

在黑暗中一边辗转一边抗拒着睡眠时，我多想听听她的声音，她一定会安抚我、鼓励我，一定会用她特有的娇娇的声音告诉我：秦洛，加油，坚持下去，你一定会成功的。我等着你。

有时候，尤其在我找不到前路的时候，这种想念更是刻骨。

然而，我不能。

行走在刀尖上，每一个多余的举动都可能前功尽弃、横尸街头，我不敢尝试。我只能偶尔，极其偶尔，在确认万无一失的时候，匆忙上Q看一眼，她有很多给我的留言，也有写给我的信，我都来不及细嚼，匆匆一瞥，便如甘霖绕过心间，而后在很长很长的时间里，仓促中记下的词句便是我的强心剂，在无数个荒凉的夜里，给我希望和慰藉。那些字字句句，就着回忆，如她的怀抱，在黑夜中拥抱着我，给我继续前行的力量。

我写给她的是：夜太黑，我看不清方向，可我看得见你在我瞳孔里恒久的影像，所以，我始终坚持信仰。

然然，你是我的信仰，是光明，是希望。

努力没有白费，第七个月，我找到一个契机，表现不错，终于引起小头目的重视，开始了一步步朝核心靠近的漫漫之路。

第十个月，我设计灭掉了那个小头目，自己取而代之，管着几个人。其中跟我最近的，是个叫小五的年轻人，不到二十岁，拼命巴结我，给我买烟买饭当跑腿。小家伙是个话痨，一张嘴不停说个没完，说他当初是怎么吸上的，怎么进了这个团伙，说他离异的爸爸妈妈如何不管他，说他初中就辍学，还说起抚养他长大的奶奶。有时候一起吃饭，他还会把吃剩的都打包，带回去给他奶奶吃，他说，奶奶眼睛不好，做不了饭了，这些剩饭剩菜她可以吃一天。

自从进这个团伙，我内心里自然而然生出一座铁板似的屏障，屏障外是我憎恶的各种丑陋和污浊，屏障内是我与这些污秽格格不入的心，然而，小五的遭遇让这块铁板稍有软化，可继而更加坚硬——誓要摧毁这一切罪恶的决心更加坚决。

那时候我想，十九岁，还是个孩子，我一定要尽快完成任务，然后把小五送去戒毒，他刚刚和这些罪恶挨边，一切都还来得及。后来，我就让他给我守屋子做饭，表面看起来是我的贴身跟班小弟，实则，我不想让年轻的他再往罪恶的深处走。我想救他。

卧底这种任务，就是一场漫长的斗智斗勇的战争。我的大脑每时每刻都在高速运转，怎样避免暴露自己的身份，怎样躲避警察的追捕，对，我不但害怕被那些毒贩识破身份而击杀，也害怕在一场场追捕中死在自己人枪下，而我甚至不能告诉他们，我也是警察。

我睡眠不好，浅眠而且经常做噩梦，梦到自己死。

梦里的我脑袋开花，脑浆和血流了满地。

我并不怕死，我只是想死得明白一点儿，像一个警察那样死去，而不是万人唾骂的过街老鼠。

我开始有能力获得有用的信息，并且将其传递给张队，接二连三地，开始有小窝点被端掉，甚至这个贩毒网一些重要的负责人被抓。

于是有人怀疑有卧底。每一次我都想办法把自己择了出来，步步惊险，可总算是步步向前。

第二年，我见到了水哥，虽然离他的距离还很远，但他居然对我印象不错。

然而，就在这一年，发生了一件足以毁灭我人生的事。

这一年，我的目标是走到水哥身边去，然后再通过他接触这个贩毒集团的真正核心。

在我的不断努力下，我踢掉一个个阻碍，朝着这个目标缓慢前进。

然而，有利益的地方就有矛盾，在毒品如此巨大的金钱诱惑面前，这个团伙内部也一样有争斗。我被牵涉到这个矛盾中去。

水哥曾经得罪的人，另起炉灶，抢水哥的市场，两方开始了火并，对方突然发起的偷袭让水哥有些招架不住。

我是属于在水哥这边游走的人，就算是演戏也要演得逼真，然而，那时候我在水哥这边还算不上什么重要的人，在水哥败走的过程中我落了单，寡不敌众，我拼尽全力，还是被对方给捉了。那么巧，捉我的人是曾经水哥这边被我踢下去的小头目雷管。

我以为我会死在他们手里，毕竟雷管恨我甚深。

这些人残暴而没有耐心，通常是用最简单直接的方式来解决问题。

然而，我想错了。

他们并没有弄死我，只是让我生不如死。

用他们的话来说，一枪爆头很容易，那已经让变态的他们感觉不到快感了，他们就是想要羞辱水哥、羞辱我，他们抓不到水哥就只能折磨我，尤其雷管，看着我在他们面前像狗一样，他便叉着腰哈哈大笑。

他们把我绑了起来，关在一间黑屋子里，给我注射了针。

在这里面混了这么久，我比谁都清楚他们给我注射的是什么。我愤怒、憎恨，可我除了抗议地大喊，却只能眼睁睁地看着针扎进我的皮肉。

而后，每天如此。

我内心里那道铁板似的屏障终于被彻彻底底瓦解，我甚至能听见它坍塌的声音，轰隆轰隆，化作一抔尘土，我在这废墟里苟延残喘，像一只要死不活的狗。

如果就这样让我死去，我可能还好过一点儿，可是我被这样绑着，连死都不能。每当身体里那种被魔鬼控制的丑恶卑污的欲望暴风雨般涌上来，我就恨不得能以各种可能的方式结束我这条命，可是，那些人怎么会轻易让我死？

他们只会在这时候进来，逼我做出各种丑态。

他们用绳子吊着我的脖子拉着我钻他们的胯。我在对“针剂”渴望的折磨下，索性勒紧了绳子希望就此一了百了，然而，他们打折了我的手，吊着我继续钻，甚至还有人解开了裤子，尿在我脸上。

热乎乎的液体流进我的眼睛里，流进我的嘴里，流了我一脖子，我躺在地上痛苦地抵御着身体里万千虫蚁噬咬的痛苦，周围是那些人猖狂放肆的笑声、叫声，一声声“求我啊，求我就给你”往耳朵里钻。我突然想起了海棠花开的时候，站在树下的然然，穿一件警衬，干干净净的，风一吹，还有薰衣草味的洗衣液香气飘过来，一笑，明眸皓齿，桃花沁露，更胜她头顶海棠的颜色。

我的眼泪就这么流了下来。

他们打断我的手骨的时候，我没有泪；他们把针扎进我身体里的时候，我没有泪；我想，就算他们把我全身的骨头一寸寸砍断，我也不会流一滴泪。可是，这一刻，我的眼泪无声地、止不住地往下流，混着尿液一起。

那些狂笑声似乎渐渐远去，耳边声声清晰的是她的呼唤：秦洛。秦洛！秦洛？秦洛……

欢喜的、生气的、质问的、娇媚的……越清晰，越泪流。

折辱人的花样层出不穷，后来，又是在这样的时刻，他们有人直接把裤裆里的东西往我嘴里塞，尿液流进我嘴里。

我愤恨之下，一口狠狠咬了下去。

那一次，他们把我打到吐血。

而我竟然感觉不到痛，和身体里魔鬼附体般定时爆发的痛苦比起来，这又算得了什么？他们打得越重，我反而越舒服，打在我身上，也打在恶魔身上，我甚至恨不得他们再猛烈一些，刀、枪一起上吧，划破我的皮肤，割开我的皮肉，剔出我的骨头，是不是这样，骨头里那些咬我的虫蚁、隐藏的恶魔也可以被杀死？可以被除掉？

再后来，他们竟然带了大便进来，往我嘴里塞。

我被糊了一脸大便，竟然感觉不到臭，甚至不知道他们给我喂的是什么，只听见他们狂吠：要屎还是要针？求我就给你针！不求你就吃屎！

和身体里的魔鬼抗争的我意识已经模糊，我不知道自己要什么，唯一残存的意志力在声嘶力竭地提醒我：不能暴露身份，不能暴露身份……

不能暴露身份，你们给我什么就是什么……

我不知道这样的日子什么时候是个头，我甚至不知道外面是天亮还是天黑。

直到有一天，他们没有按时来，我在里面熬得痛不欲生、忍无可忍时，却等来了张队。

我不知道是谁来了，只听见一声惊呼：“孩子！”

孩子……

我不知道多久没听到有人这么叫我了。

可是我没有感觉，我全身每一个细胞都叫嚣着要一样东西，我看向他，眼里只有渴求。

他跑到我面前，大概是想捧我的脑袋，那双手却在抖，微胖而黝黑的脸上，眼泪哗哗直滚。

我知道我现在的样子很难看。

被关进来这么久，我从来没见过水，别说洗澡，连喝的水都没有。

我从来没想过自己会以这样一副面容出现在张队面前，那时的我，正遭受着痛不欲生的身体上的折磨，痛苦到我已经顾及不到灵魂了，我在他面前喘息着，只有一句话：“把枪给我！把枪给我！”

我只想就这样解脱！再不用卑微地活着！

张队听了突然抱住了我，一个四十多岁的大男人，哭得像个孩子，嘴里还喊着：“孩子……”

我咬紧牙关，咬得浑身颤抖，眼泪决堤般冲了出来。

忽然听到外面有动静，张队迅速放开了我，拍拍我的肩膀，自己藏了起来。

来的人竟然是水哥，还带着几个人。

他们见我这副模样，也吓了一大跳，当然，他们也知道该怎么解决我现在的需求，他们有我需要的东西。

他们把我带走了，出去之后我才知道我被关在地下室里。

伤好后我在约定的时间再去见张队，张队一脸激动，想要拥抱我，我躲开了，淡淡说了两个字："我脏。"

张队却仍是紧紧将我抱住。他身上淡淡的烟味有些熟悉，像小时候闻到的爸爸的味道，想起他叫我的那声"孩子"，我鼻尖有些酸。

他告诉我，上一次约定的时间我没去见他，他预感可能出了事，然后顺着水哥和雷管那帮人火并的线索去找，才找到我留下的暗号。

他们把雷管一锅给端了，但是他不便大白天大摇大摆地来地下室找，只能遮掩了地下室，准备晚上再找准机会来，谁知水哥那边的人知道了雷管被端的事，也趁着夜晚来探情况，把我给弄了出去。

"秦洛，你受苦了。"张队这么跟我说。

我沉默了很久，说："秦洛已经死了。"

是的，秦洛已经死了，死在了那个臭气熏天、污秽肮脏的地下室里。

张队听了我的话，眼眶都红了，我却问他要纸笔。

然然，等我回来，我娶你。往日的承诺犹在耳侧，我心里却痛得如千针在刺。

然然，别等我了，我不会再回去了……

我红着眼提笔写信，假装自己是一个为信仰献身的警察，而不是如今这般肮脏污浊的阿郎。

然然：

真希望你永远没有机会看到这封信，可是，你看到了，那么，我只能说，很抱歉，然然，我失约了。

不要难过，你也是警察，你该为我骄傲的，对吗？

然然，还记得我们的誓词吗？

恪尽职守，不怕牺牲，全心全意为人民服务。我愿献身于崇高的人民公安事业，为实现自己的誓言而努力奋斗。

青山埋忠骨。这是一名人民警察最好的归宿。

所以，不要为我哭泣。

记得吗？我说过的，夜太黑，我看不清方向，可我看得见你在我瞳孔里恒久的影像，所以，我始终坚持信仰。

然然，我的信仰里有你。

我们用属于警察的方式相爱，走到这里，我的生命和我们之间的爱都画上了圆满句号。

我走了，走得无怨无悔，我要一起带走的，还有你给我的爱，就在这一刻，无论还剩下多少，全部给我，不许再藏私，然后，你刷机，把我清理干净，用你余下的生命继续去爱，爱这个美好的世界，爱这世界上可爱的人。

这，才是我的然然，值得我以信仰来爱的然然。你还会在阳光下笑，在雨中奔跑，或许偶尔也还会傻傻地流泪，不过，那不再是为我，只是为你自己更鲜活的人生。

然然，再见。

然然，再见。然然，再见。然然，再见……

写完最后一个标点，我心头反反复复轰鸣着的便是这四个字。

然然，再见，再也不见了……

我把信交给张队，又另写了一个QQ号码和密码给他："有机会就把信给她，没机会给信，就上QQ通知她，告诉她，我死了。"

青山埋忠骨，是一个警察最好的归宿。

回想信里自己写的话，只觉得讽刺，我多么希望自己真的已将枯骨奉青山，这样，然然就可以真的以我为傲，而不像现在，我脏得连面对QQ上她的头像都不敢……

"放心，秦洛死了，阿郎还在，我要直捣他们的老巢，一个不留，全部剿灭！"我对毒品对毒贩的恨已经燃烧到了极点，不在燃烧中灭亡，便在燃烧后永生！如果说从前我执行这个任务还有几分急功近利的焦躁以及促使我急于求成的牵挂，此刻的我，已经完全放下了所有，并且打算耗上所有，两年三年、五年八年，哪怕毕生，我都跟他们耗到底！

只是然然，不必再等这样一个我。

我知道离开我之后的她仍然会幸福，因为，我知道还有一个人和我一样爱着她。她一直叫着四哥的宁时谦，我的好兄弟，从小陪着她长大，或许比我更会照顾她。

所以，我死了，时间终究会慢慢冲淡我在她心里的印记，她会有四哥，也会和四哥有孩子，一个、两个或者更多，这些人以后才是她生命里最亲的人，而秦洛，就让他变成一个名字，留在他们渐行渐远的回忆里吧……

当然，我并不知道张队没有按照我的要求去做，也许是因为面对然然的QQ时，不忍心编我已死的谎言，于是把我的“死”告诉了宁四哥，并且把我的QQ号也给他了。

水哥那天并不是特意去救我的，他们还没有这样的义气，我和他也没有这样熟的关系，只不过探情报的时候顺带把我捞了回去，但是这之后，倒是对我多了些器重。

我在水哥的圈子里越来越顺风顺水，同时，自己的身体和灵魂却陷入了痛苦的深渊。

我再也没有上过鼹鼠先生的QQ，却申请了一个新的QQ，里面没有任何好友，用了她QQ用的头像，假装打牌，却是一直盯着头像看，就好像看着数千里之遥的她一样。

一个死去的人，原本没有资格再想念，我却忍不住要去想念，怎么办？是不是我这样的人连想念她一次也是对她的亵渎？

可她是我的光明、我的信仰，我该怎么办？

我还是不想了吧……

我开始喜欢一切鲜艳光亮的东西。

我喜欢在黎明前黑暗的时刻醒来，然后在窗边等着太阳升起，太阳升起来了，意味着我又多活了一天。

我买了一盆三角梅摆在窗台上，日出的时候，太阳的光照在花瓣上，有时候是粉色的，有时候是橙色的，有时候是金色的，有时候是火红色的，无论是哪一种颜色，都是生命在蓬勃开花、生长。

我喜欢小花，喜欢蝴蝶，喜欢猫猫狗狗，这些美好的小生物就像我心里微弱易碎的小希望，也像我曾经闪闪发光的少年时光，像这世间美好的一切，给我坚持下去的力量。

许许多多个夜里，我扛不过体内恶魔的吞噬，我恨自己，恨这恶魔般的针剂，却又不得不无助地把针扎在自己的腿上。待一切平息下来，恨充斥灵魂，灵魂的痛苦丝毫不逊于身体的折磨，在痛不堪言的时候，我只能将匕首扎进自己的皮肉，在流血中看着太阳升起，告诉自己，新的一天，又开始了。

后来，我在摸熟了邻省整个贩毒网络后，配合张队搞了一次大行动，把整个省的贩毒网都给摧毁了。

行动中我和水哥在一起，除了张队，没有任何人知道我是警察，我和水哥一样被警察满街追着跑。警犬咬水哥时，我把他扯了出来，用手去阻挡警犬的攻击，生生被警犬咬去一根手指。而后，我掩护他逃跑，枪声在我们身后呼啸乱响，我带着他逃脱了。

我知道这其中应该是张队帮了忙，他也知道水哥的重要性，在这张网状的贩毒团伙里，水哥是仅有的能见到秃鹰和蝎子的几个人之一，我好不容易靠近水哥，暂时的计划就是保全水哥，让他带着我走进核心之处。

这次行动算是给贩毒团伙一个重创，毕竟要建立一个省的成熟网络不容易，水哥再次怀疑有卧底。

所有人都被水哥勒令跪在地上，找卧底。

抹清自己的痕迹这种事我已经驾轻就熟，但水哥阴毒的目光在我身上蛇一般扫过时，我还是觉得全身发冷。

水哥的枪居然瞄准了我。

我闭上眼，等待着自己的脑袋开花，甚至有种认命的解脱感，就这样吧……

然而，不承想，一声枪响之后，脑袋开花的是小五，血溅了我满头满脸。

很长的时间内，我都在做噩梦，除了梦到我自己被打爆头以外，还梦到小五，那个我曾经打算在一切结束后将他拯救出来的少年。他手里端着自己冒着血的头对我说：阿郎哥，不是我，你陷害我……

是，我把自己择出来了，可是我没有想到，所有的伪饰那么巧地都指向了他。

我去看了他那位瞎眼的奶奶，给她带饭。

我说我是小五的朋友，她便总是问我，小五什么时候回来？已经出去很多天了。

我不知道怎么回答，眼前晃动的是小五犹显天真的眼睛，我只能说，他找了份工作，但是要接受培训，所以去上培训班了。

奶奶听了，特别高兴，跟我唠叨了许久，说小五从小就聪明，也孝顺，就是没有爹妈管，她一个瞎婆子又没用，没能让他好好上学，把他耽误了。现在好了，有个正经工作还能学习，她就放心了。她对我说谢谢。

我心里有点儿酸，孩子在家人眼中永远是最好的。我没有拆穿她，也不会告诉她小五没那么好，他吸毒……

后来，我隔了一阵没去看她，再去时，她死了。那时候是冬天，破屋子里冰冷冰冷的，她躺在地上，尸体都硬了，却没人知道。

如果我不来，不知道尸体是否就此腐化在这里了。

我上次给她买的蛋糕她一块都没吃，搁在桌上已经长霉了，我记得她好像说过，要留着等小五回来吃……

我把她葬了，在她坟前坐了一个通宵，天亮走时，脸上绷得厉害，泪痕斑驳，不知何时流的泪。

第四年，我跟着水哥来到燕北，我以为再也回不去的地方，见到了我以为再也见不到的人。

郊区山脚的屋子里，燕北的头目和水哥等人在打牌，我一个人静静地坐在一旁，他们只道我性格孤僻为人冷傲，虽然在这个团伙里已经算得上人物的我的确以这八字著称，但是，他们不知道，我只是在等警察的到来。

今晚的行动，活跃在燕北及邻近地区的头目黑叔以及他的整个老窝都要被端。

我盯着手机上的时间，心里默默倒数，当我数到零的时候，果然响起"警察来了"的慌乱之声。

我飞速跃起，逃走。

逃走的路线我都已经设计好了，万无一失，却在潜伏在山中树林里时，听见一个熟悉的声音在叫"贝贝"。

我当即全身发冷，僵在了原地。

借着月光，我只看见她牵着一只警犬，英姿飒爽，就像开在夜光里一朵圣洁的花。

忽然，我看见侧前方一个强壮的黑影隐藏在树丛里，警察所在那条路上是看不到的，只有我这儿看得到。

那黑影正是黑叔，举着一支枪，枪口对着她。

我拾起一块石头，瞄准那人的手腕掷过去，枪声倒是响了，只是准头却偏了，并没有打中她。

枪声暴露了目标，警察手电筒的光朝黑叔照过去，显然他已经跑不了，她手里那只叫贝贝的警犬竟然朝我藏身的地方扑过来，我立即脱下外套挂在树上，择路而逃，甩掉了警犬的追踪。

第二天晚上我又来到了这里。

我不知道我回来干什么，在她走过的路上来来回回地转，就能留住她曾来过的气息吗？

我也不知道，却只是走了一遍又一遍，想着她牵着贝贝站在这里时的容颜。

脚下忽然踢到一个东西，我一看，似曾相识，捡起来，竟然是我送给她的小羊玉牌。就连系玉牌的绳子都还是原来那根，月光下，也能看出败了色……

小羊玉牌仿佛还留着她的体温和气息，我紧紧握在手里，而后戴在了我的脖子上，贴着我的皮肤，凉凉的，却暖到心里。

谁知道她也回来了。我再度藏了起来。

看着她四处找东西的样子，我就知道她在找这块玉牌。

原来，我离开后这么久，我对她还如此重要……

温暖如蒸汽冉冉缭绕的同时，我又觉得心酸，然然，不是让你忘了我吗？

我没打算把玉牌再还给她。既然我“死”了，就彻底断干净吧，往事留给我一个人，小羊玉牌也留给我。

宁四哥也来找她了，看得出来，他很紧张她，这是好事。两人还是从前的相处模式，吵吵闹闹，到底是下山去了。

我竟然鬼使神差地跟着她，而且，在燕北这几天，都悄悄开车跟着她。

我明知道不该，但鬼使神差，脚不受控制。

是脚不受控制，还是心？

她去定做了一个风铃，画着三角梅。

后来，我把这个风铃买了，带回了边南，挂在窗框上，风铃响的时候，三角梅也开得艳艳的，好像某个女孩儿在花开的季节，声声地叫着：秦洛！秦洛……

我没有想到，本是打算永不再见的人，在这次碰面以后，竟然数度重逢。

她的生日，我是记得的。正是桂花香的时候，她喜欢吃小圆子，我恰好会煮，曾经便煮了送给她吃。

后来即便我离开了，每年她生日时我还是会煮小圆子，自己吃。

这一年，我回了边南的从川老家，在家附近的小餐馆叫了一碗小圆子，却不承想，这个傻姑娘，竟然跑到从川来找我。

我看着她在我家扑了个空，失魂落魄地在街上晃荡，我也悄悄尾随着她晃荡。

初秋金色的阳光洒在她瘦削的身上，刺痛的是谁的眼？

我叫了一个小男孩儿，交给他一捧三角梅，如此这般嘱咐了他一番，然后，看着男孩儿把花交到她手里，看着她捧着花渐渐远去。

我没有继续跟下去。

生日快乐，然然。

永远快乐。

之后我又去了几次燕北，无一例外，都与她相遇。

看见她和宁四哥一起吃夜宵，一起查案，也看着她卷入柳瞳的杀人案里。

于是宁四哥在明里查，我在暗里访，我倒是比宁四哥更早找出真相，毕竟我和那兄妹俩是旧识，但我没有出面，因为我知道宁四哥完全有这个能力查个水落石出。

柳瞳是我十几岁时的邻居，一个盲眼小姑娘，和她哥哥相依为命，那时候我从没想过他俩有什么过往和背景，只是觉得她可怜，却没想到，这两人与这么多起杀人案有关。

我更没想到的是，柳瞳的杀人动机与我有关。

于是，在柳瞳绑架幼儿园小孩儿那个千钧一发的时刻，我吹了曲口琴，应是击垮了柳瞳的心理防线，后面的事，宁四哥他们就好办多了。

之后，我离开燕北，整整一年不再北上。

我的卧底生涯第六年，在水哥的安排下不得不再回燕北，这一次是水哥陪着阿虎过来劫囚或者干脆杀了囚车中的人，同时，因为燕北周遭片区贩毒网点被整个端了之后，一直没有再建起来，水哥想重新派人过来。

于是，在我开车进入燕北的第一天再次遇上她，过马路时冒冒失失，差点儿撞上我的车。我苦笑，开车的手都在发颤。

他们的劫囚注定是不能成功的，因为有我在！结果我们非但没能把人劫出来，阿虎还被抓了，我和水哥逃脱。

但是，没想到小丫头却那么勇敢地给宁四哥挡了子弹。

我一边逃，脑海里一边不断重复着那一幕，原来，宁四哥对小丫头来说其实比她自己的命还重要，只是，她自己知道吗?

我怅然若失，好像从前养的一只小猫，十分黏人，等我毕业回来，偶尔在邻居家看见，我还认得它，它却有了新主人。

可我到底还是为他们高兴，这是我希望的结局不是吗?

我在燕北和周边辗转多时，零零碎碎知道了他们的消息：她的伤没有大碍，很快就出院了；她和宁四哥打算结婚，婚期都定好了……

而我们，因为后来活动动作太大，惊动了警察，我没有机会和张队联系，便只能和水哥他们一起南逃，好不容易才脱身，在一个温泉酒店暂时休息。

然而，遇到了前来度蜜月的他们。

我迅速躲起来，贴在门上，却听见她在门外一路哼着《梁祝》经过。

曾经，我与她双双蝶舞，如今，她依然是美丽高贵的蝴蝶，而我坠落入泥，满身的污垢无法清洗。

温泉酒店再现杀人案，引来警察，我们为避免麻烦，立即退房离去，临走，我在意见簿上写下一句诗，是谜语，是答案，是回不去的往事隔岸。

我下定决心，从此，再不北上。

可是，她偏偏要出现在我面前，在我最不愿意看见她的地方。

我知道她心中的震惊，我甚至能感觉到宁四哥对我的愧疚，但早在几年前恶魔住进我身体里的时候我就已经选择了放弃，如今也不可能再走回去。

我在然然面前表现得跟女人不清不楚、不三不四，我想告诉她，我已经不是从前的秦洛，可是，我所做的一切都没有让她打退堂鼓，她毅然决然地加入到我的任务里来，成为我的“女友”。

呵，女友……

我多么希望，她记住的是那个学校橱窗光荣榜里的秦洛，是为我们共同的信仰牺牲的秦洛，然而，我现在要把我的丑恶、污浊和脆弱，全部无遮无掩地暴露在她面前。

我的骄傲、我的自尊、我残存的最后一点儿希望在她苦苦抱着我的大腿不让我拿针的时候尽数崩溃瓦解，那次之后，我想，我清醒后就去死吧，死了是不是还有点儿尊严？

她却抱着我，像很久很久以前一样叫着那个快要被我遗忘的名字：秦洛。秦洛，你好好看看我的眼睛，我眼睛里的你永远是当年你在警徽下宣誓的样子。秦洛，你说的，你始终坚持信仰，而我，始终坚持相信你。

是吗？还是当年的样子吗？

她说：“秦洛，就快好了，你看，黑夜总会过去的，我陪你一起走过去，大家都在等我们，在阳光明媚的地方等我们。一切都会过去的。”

我埋在她怀里，想说话，却溢出的是一声泣。

那一夜，我们静静依靠，默默流泪。

我仿佛看见那些最初的时光，看见曾经激昂的青春和梦想，像深埋的火种一点儿一点儿复苏，一点儿一点儿重燃。

然然，我相信，黑夜总会过去。

她曾问我叫什么名字，阿郎，还是陈继余。那一刻，我想回答她：我叫秦洛。

终于到了最后一刻。

决战前我去见张队，在确认了部署以后，张队问我还有什么要说的。

我说：“又立遗嘱吗？”

张队骂我。

这么多年，他和我之间真有了长辈和孩子的感情，他希望我说点儿吉利的。

是啊，说点儿吉利的。

小羊玉牌自然然来边南后我就取下来了，这次我把它交给了张队：“就说我活着吧。”

张队不明白我的意思，我笑，我终于能切身理解如释重负是什么意思了：“这一次，我希望每个人都活得好好的。只有我们大家都好好地活着，才不会成为彼此的负担，所以，这一次，我一定是要活着的。”

“秦洛……”张队欲言又止，他怕我的话不是他理解的意思。

“就是你理解的意思。”我把玉牌塞进他手里，包住了他的手，“谁都希望活着回来，我也想活着，我会尽力，但假如，我说假如，我希望这个玉牌能陪我一起。”

张队良久没有说话，最后搂了搂我。

离开的时候，我有些忐忑，又回头叫他：“张队。”

“你说。”

“我叫秦洛，你要记得。”

张队眼眶忽然红了，用力在我肩上一拍：“滚你的！说这些！要活着给我滚回来！我让你婶子给你煮米线吃！”

我眼眶微涩，却坚持道：“还有，我要穿警服，穿警服！”

“知道了！再啰唆打你屁股了！”

张队一脚踹在我的屁股上。

我走了，我会争取活着回来，可是我还是担心，万一我回不来了，你们会不会忘了我叫秦洛？会不会忘了给我穿警服？

最后一战比我们想象的更加艰难，可我知道我们胜利了，当我亲手毁掉那艘船，看着它慢慢沉没的时候我就知道我们一定会胜利。

可是，我也累了，我再也没有力气游动哪怕一米，我想休息，想睡觉，想睡很长很长的一觉。

我睡着了。

这一觉真的好长好长，长到好像重新走了一遍人生。

是我做了一个很长的梦吗？

梦里有妈妈、弟弟，有早去的爸爸，爸爸抱着我的时候，身上有淡淡的烟草味，胡子刺得我痒痒的直躲。

我梦见自己背着书包去念书，梦见老师和同学，老师问我的理想是什么，我说，我想当警察。

长大后我就是警察了，警校里许许多多的海棠花，海棠花底下站着个姑娘，眼睛像浸了水一般灵动，蹦蹦跳跳地拍着手喊：秦洛加油！秦洛加油！

哦，不，海棠花消失了，我在水里不断往下沉，而后便是救护车的声音。我常常听见然然跟我说话，妈妈和弟弟跟我说话，可我太累了，没有力气回答。

后来，我连听的力气也没有了，什么也听不见了……

再后来，连呼吸都变得艰难起来，我突然明白发生了什么，我受了很重的伤，我已经在医院里躺了很久，这大概是我最后的时刻了。

我一点儿也不难过，青山埋忠骨，我终于可以堂堂正正地死去了，我叫秦洛，死后我可以穿警服，小羊玉牌会和我在一起。

然然，这一次是真的要说再见了，我不想告诉你，我怕你难过。你这个傻丫头，有时候也太爱哭了。你就假装以为我在鸟语花香的地方快乐健康地生活着好吗？边南，是一个美丽的地方，蓝天白云，四季三角梅盛开。

我这一生，实现了一个警察最大的荣光，爱过一个值得我爱的人，没有什么遗憾了。

记得我曾对你说过的，用余下的生命继续去爱，爱这个美好的世界，爱这世界上可爱的人。

然然，我这一生不信鬼神，不信轮回，可因为你，我希望有来世。愿我这一世所修，修得来生与你重逢。

再见，然然。我先走了。

彼年韶光正好，我尚年少，我知道你会来，我自去等待。

我仿佛看见了春日的海棠，秋日的银杏，在校园的四季里微笑的女孩儿。

我信人生有去必然有回，只要等待就会等到。待到海棠花开，我等，你便来，可好？

有一个秘密

第二年夏天，萧伊然顺产生下一名男孩儿，起名宁萧，小名叫柿子。

小柿子三岁的时候，宁时谦调往更远的县任公安局长，工作也更加忙碌起来，有时候一个月也不能回家一次。

奇怪的是，小柿子却异常黏爸爸，只要爸爸回来，那爸爸必然是他的专属。

宁时谦年轻时本就是个跳脱捣蛋的性格，儿子跟他在一起，俨然就跟两兄弟似的，一起玩玩具，一起做游戏，甚至一起扛着锯子、刀子，做小板凳、小桌子等小玩意儿。

不止一次，为了玩儿遥控汽车，当爹的和儿子抢玩具，萧伊然看不下去，替儿子训斥老子，结果儿子反而把她推走，言曰：男子汉的事！不要妈妈管！

也不止一次，她私底下对宁时谦下禁令，不许他带着儿子玩儿刀玩儿锯子这些危险的东西，可宁时谦反而开导她："教育在于引导不在于禁止，疏优于堵，而且柿子是男孩儿子，不能把他养成温室里的花朵。放心，我心里有数。"

父子俩就算啥也不玩儿，宁时谦躺在地板上，小柿子也能趴到他身上去，两人滚来滚去，其乐无穷。

俨然没有了萧伊然的地儿。

有时萧伊然心里也泛酸，儿子是自己亲手带大的，某人常年不在家，可这亲生的就是亲生的，人家就是哥儿俩好、父子好，但儿子你也是妈妈亲生的好吗？儿子会理直气壮地给她掰手指头："妈妈，我陪你这么多天，一二三四五六七八，只陪爸爸两天……"

好吧，好像还是她无理取闹了吗？

宁时谦三十五岁生日那天，小柿子一早就给爸爸准备了一份生日礼物，一整天巴巴儿地盼着爸爸回来，这一回，爸爸好像又快一个月没回家了。

一家子望眼欲穿地等啊等，天擦黑了，还没半点儿动静，萧伊然和小柿子不知扑到门口去看过多少次了。

又一次失望而归时，宁守义指着满桌的冷菜："吃吃吃，不等了，他没个准数儿的，没准儿又不回来了！”

“爷爷，再等一会儿吧？就一会儿，爸爸说了会回来的……”小柿子一双大眼睛里满是乞求。

小柿子很会拣基因，宁家好看的大眼睛，妈妈的白皮肤，都让他拣着了，又养得圆嘟嘟的，整个就跟妈妈小时候一样，像个白乎乎的豆沙包，眼睛还比妈妈的更灵动，爷爷宁守义对这个孙儿完全没有抵抗力，有求必应！

就在天色全黑灯火辉煌的时候，门外终于响起车轮声。

“是爸爸的车！”小柿子都不用开门看一看，只听，就能辨别出爸爸的车轮的声音了。

这是什么功能？

只见小家伙刺溜滑下凳子，小短腿飞快迈着往门口奔。萧伊然也不落后，紧紧跟上。

门开，小柿子一声“爸爸”就飞扑过去抱住了某人的大腿。

“儿子！”某人风尘仆仆，把儿子举了起来，小柿子被逗得哈哈大笑。

又是这样……

萧伊然站在门口，自从儿子会走，宁时谦回来的第一个拥抱一定是儿子的……

宁时谦一手抱着儿子走进来，一手搂了萧伊然，凑过去在她脸上一亲：“乖乖，想我没？”

萧伊然嗔他一眼，示意他正经点儿！自从有孩子之后，这家伙越来越没有顾忌，也不叫她十三了，总是叫她乖乖！儿子还在呢！现在儿子也会学他了，有时候也叫她乖乖，都什么事啊！

小柿子却看着他俩笑眯了眼，还猛点头：“爸爸，你的乖乖想你的！我看见了！晚上拿着手机看你的照片！”

什么叫你的乖乖？

萧伊然使劲瞪了某人一眼，都怪你老不正经！

宁时谦却哈哈大笑起来，十分得意的样子。

小柿子不安分了，两条小短腿甩着，身体扭啊扭的，要下去。

宁时谦把他放回地上，小柿子一溜烟往自己房间跑：“爸爸，我有礼物送给你！”

宁时谦看了看萧伊然，萧伊然摇摇头，她也不知道儿子什么时候给他准备了礼物。

小柿子跑回来的时候，手里举着一幅画：“爸爸，这是我画的画，老师说要画爸爸和妈妈，那我们家还有爷爷啊，怎么办呢？爷爷就在这里了……”

这是一幅什么样的画呢？

小孩子喜欢的元素都有：草地、花儿、太阳、云朵、大树、房子、气球。

小柿子手指指的爷爷正猫在一棵树上，还捂着眼睛。

画里还有一男一女一小孩儿，女的在中间，自然是萧伊然，左边是爸爸宁时谦，右边一个小孩儿举了个氢气球飘在空中，一大一小两个男人一人亲着女人的一侧脸。

“妈妈妈妈，我和爸爸是男孩儿子，我们俩亲亲你，我们爱你呀。”小柿子着急地解释。

萧伊然亲了亲儿子：“宝贝，妈妈也爱你。”

宁时谦却打趣她：“看，儿子多懂事，不像某人，还吃儿子的醋。”

“你走开！我哪儿有……”她才不承认！

小柿子嘿嘿嘿地笑：“妈妈，没关系。爸爸说，女孩子喜欢吃醋，爱撒娇，我们男子汉要宠着女孩子，妈妈你吃醋吧！我和爸爸一起宠你！”

萧伊然顿觉头疼，暗暗拧宁时谦的腰：“都怪你教坏儿子！以后有你头疼的份儿！”儿子是不是太早熟了啊？

“柿子，为什么爷爷要猫在树上，还捂眼睛呢？”宁守义不解地问。

小柿子摸了摸脑袋，嘻嘻笑：“爸爸亲妈妈的时候，妈妈说，不能让爷爷看见，还骂爸爸来着。那我们亲亲，爷爷不要偷看……”

宁时谦大笑，萧伊然则恨不得钻地缝。这样的儿子，到底是谁教出来的啊？

某人笑着笑着，又发现一个问题：“儿子，你给爸爸的头发画的什么颜色？”

“绿色啊！”小柿子一本正经地回答。

这回轮到萧伊然笑了。

“为什么……”宁时谦绷着脸，“儿子，我跟你说，不能画绿色……”

小柿子是好学宝宝：“为什么不能？”

怎么跟儿子说？宁时谦只能指指自己的头发，“你看爸爸的头发是黑色的！事实就是黑色的！”

“爸爸你自己说，画画想用什么颜色就用什么颜色，不要……不要……”“束缚”这个词小柿子怎么也想不起来了。

萧伊然唯恐天下不乱地赶紧给他提醒：“束缚想象力！”

“对！不要束缚自己的想象力！”小柿子大声说。

宁时谦暗地里捏了捏萧伊然的腿，意思是，看我等下怎么收拾你！同时继续说服儿子：“不行，儿子，爸爸是警察，警察不能染头发！这是纪律！”他只能出这招了！

“噢！”小柿子可崇拜警察了，觉得警察的纪律是特别紧要的事，既然纪律不允许，那一定不能做了！他点点头，“我知道了，我等下去把头发改黑！”

宁时谦摸摸儿子的脑袋，正想表扬几句，就听他儿子继续说：“那我就给爸爸加上一顶绿色的帽子吧！”

宁时谦无言以对……

萧伊然和宁守义都绷不住了，笑到捶桌。

这三十五岁生日餐，还真是乐和！

夜，渐浓。

萧伊然回房间的时候，小柿子正好从里面出来，竖起小指头轻轻嘘了一声：“妈妈，爸爸睡着了。”

“好，那你也该睡觉了。”

“我这就去，晚安，妈妈，你去陪爸爸睡吧，我今天不用你陪，我是男子汉。爷爷，我来了——”虽然他不明白为什么爸爸是男子汉却要妈妈陪着睡，但他已经一路叫着爷爷去了。

“晚安，宝贝。”萧伊然轻轻推开卧室门，果然看见某人已经洗完澡，静静睡在床上。

她轻手轻脚走近，在床边坐下来，细细打量睡着的人。

这究竟是有多累呢？能跟儿子玩儿着玩儿着就睡着？

看着他睡着的样子，萧伊然忍不住俯下身来，想偷偷亲一下他的唇，结果刚刚碰到，她就感到腰上一紧，而后天旋地转。

她被某人压在了身下。

“你……没睡着啊？”你这个骗子！连儿子都骗！

“不把儿子骗走，你待会儿又得吃醋了……”

他的体重完全压了下来，她感觉到空气中的燥热，轻轻捶了他一拳：“我才没吃醋……”

“好好好，不吃醋。”宁时谦握着她的手，完全是敷衍的态度，眼睛里的笑那么明显，“不吃醋，反正今晚我一整晚的时间都是你的……”

“你……不累……”

她话还没说完，便被他干燥的温软封住了唇。

空气渐渐变得火热，她在他耳边轻声问：“你不问问我给你准备了什么生日礼物？”

“什么？”宁时谦有些难耐了。

“我今天排卵日……”萧伊然勾住他的脖子，近乎耳语道。

两人倒是颇有灵犀，所想甚同……

他越发激动起来，只是，始终没有脱上衣。

她摸索着他的扣子，他却一把按住了。

“怎么了？”她立时警觉。

“没……没事……”

“宁时谦！”你当我是傻子？

最终，他的上衣被褪去，肩膀裹着长长的纱布。

“你……你还想瞒着我！”未语，她已先哽。

“真的没事……”宁时谦吻着她的胸口，那里有她为他挡子弹的疤痕，感觉到她在哭泣，他低低一声“傻丫头”，已吻上她的泪，“乖乖，心疼我？”

萧伊然哽着点头：“你说呢？”

“心疼我就好好疼疼我，嗯？”都素了一个月了！他此刻说话的声音都变了……

“你真是……”

萧伊然到底拗不过他，让他如了愿，而且，还是十分如愿，她怀疑他是不是想把这一个月缺的给补齐……

宁时谦肩上的伤口又长又深，缝了许多针。

大约是看见他受伤的缘故，这一回送他离开时，萧伊然便格外舍不得，他都上车了，她还站在外面扒着窗户迟迟不肯回去。

“乖乖，回去吧，我会小心的，就算是为了你，我也不会让自己有事。嗯？”这番话，他这两天已经不知道说了多少遍，可肩膀伤处在这里，口说无用啊！

萧伊然也知道职责所在，危险是避免不了的，只能赌气地瞪着他：“你自己说的！你可要记好了！反正你自己看着办！儿子连绿帽子都给你画好了！”

宁时谦哭笑不得：“你放心，我舍不得你。”

萧伊然扑哧笑了出来，嘟了嘟嘴：“再亲一个。”

宁时谦笑，伸手轻轻托住她的后颈，柔柔地吮了吮她的唇：“乖，我下周就回来了，一定回来。”这丫头，是越来越黏他了，比小时候还黏！小时候的黏人是彼此倚靠的依恋，如今是生死相绕、血肉相融的纠缠，此生，两人灵魂血脉都纠缠在一起了，恨不能合为一体。

他的车终究渐渐远去，当踮着脚也看不到车的踪影时，萧伊然才黯然回家。

他每回来一次，都像秋风过境一样，匆匆忙忙，在的时候满是欢喜，走了，便徒剩思念，以及满室凌乱——他和儿子的杰作，书房、卧室、儿童房，哪里不是乱了秩序？

从前她是娇娇女，如今也渐渐学会了收拾。

她向妈妈保证过，要给他和公公一个真正的家，她正在努力，而且自我感觉做得不错。

“妈妈，我和爸爸把玩具都收拾好了。”小柿子向她表功。

萧伊然蹲下来捏捏儿子的鼻子：“真乖！妈妈的小乖乖！”

儿子笑：“那你是爸爸的大乖乖！”

臭小子！

萧伊然在几个房间里走了一圈，果然已经收拾整齐了，唯独最后的书房，还有他的一件外套搭在椅背上。

她走过去拿在手里，坐进他坐过的椅子里。

衣服上还有他的味道。

窗户开着，风一吹，风铃叮咚作响。

这个风铃，是有一天宁时谦带回来的，正是她在肖潇那儿所定，被秦洛买走的那串。

宁时谦把它挂在了这里。

她从来没问这串风铃是怎么来的，他也没说。

但是有的事不说，并不代表她不知道，就好像那块她珍藏起来的小羊玉牌，她一拿到手里就知道不是当年秦洛送她的那块了，虽然两块仿得极其相似，但她的东西她怎会不认得？然而，他希望她不知道，那她就永远不知道好了。

只是，她依然会珍藏，很宝贝地珍藏。

他常常开着窗在书房里久坐，有时候只是坐着，什么也不做。

她知道是为什么，她也从来不说。

每个人都有自己的小秘密，她也有，或许，他们心里藏着的还是同一个秘密。

不是善忘，不是欺瞒，只是因为她不再是当年那个执拗得逼着他决斗的萧伊然，只是因为，有人希望他们如此这般生活下去。

时间最终会让真相慢慢浮出水面，不用刻意告知，谁也不是傻子。

他们心里有一个共同热爱并怀念的人。

那个人也许永远留在三角梅盛开的地方了，并不曾离开过。

有人对她说，记住他最好的时候吧……

她认识他的所有时候，都是最好的时候。

所以，他的时间大概也停在了那一刻，不再向前了……

亲爱的少年，你看，我像你希望的那样好好活着：用我余下的生命继续在爱，爱这个美好的世界，爱这世界上可爱的人。四哥，亦然。

这，是你想看到的我们，对吗？值得你用信仰来爱的然然，以及你最敬爱的四哥。

我还会在阳光下笑，在雨中奔跑，偶尔也还会傻傻地流泪，为我鲜活的人生，也为你，就像此刻一样。

所以我无法将自己刷机，风铃响起，那个海棠花下穿藏蓝警校制服的少年，黑夜里如狼啸兽鸣的少年，都会自我心底浮起，挥之不去。

小东西不知什么时候在她膝头爬啊爬，终于爬进她怀里。肉肉的小手笨拙地在她眼周擦拭，稚嫩童音清脆响起："乖乖，不哭，爸爸不在家，小柿子保护你。"

那一声"乖乖"，跟他爸爸学了个十足。

"妈妈的小乖乖，妈妈没有哭。"萧伊然抱紧儿子，怀里还有某人衣服的味道，满满的，都是幸福的味道。

"那妈妈为什么流眼泪了呢？"

萧伊然亲了亲儿子肉嘟嘟的脸："傻孩子，流眼泪不一定是伤心。人啊，激动的时候会流泪，高兴的时候会流泪，想念的时候会流泪，当然，难过的时候也会流泪，很多很多时候都会流泪。"

小柿子不明白了，为什么高兴的时候还要流泪啊？"妈妈，那你现在流泪是为什么呢？"

"是……想念吧……"

小柿子还是不太理解，纠结一番后大人似的叹息："唉，女人就是爱流眼泪呗！好了好了，小柿子的大乖乖，小柿子和爸爸都爱你！你不流泪了哦……"

"嗯，好！妈妈也爱你和爸爸。"

少年，前路是轮回，只愿来生安。

再见。